Verlag und Autor danken dem Aargauer Kuratorium
für die Unterstützung bei der Drucklegung dieses Werks.

AARGAUER KURATORIUM

FSC www.fsc.org
MIX
Papier aus verantwortungsvollen Quellen
FSC® C012536

Lektorat: Gudrun Schury
Umschlag und Satz: Jürgen Schütz
Umschlagbild: © Franjo Seiler
Druck und Bindung: Christian Theiss GmbH
Printed in Austria

ISBN: 978-3-902711-82-3
www.septime-verlag.at
www.facebook.com/septimeverlag | www.twitter.com/septimeverlag

Markus Bundi

Alte Bande

Kriminalroman

für Alice

1

Frieda wurde am frühen Dienstagmorgen tot aus dem Wasser gefischt, angetrieben am Rechen des Stauwehrs. Hauptkommissar Troller lag noch in den Puppen, Jette war auf sich gestellt. Sie versuchte erst gar nicht, den Mann aus dem Bett zu holen, drückte stattdessen auf das Gaspedal. Die Frühschicht war – einem ungeschriebenen Gesetz folgend – ihr überlassen. Für eine weitere Wasserleiche am Rechen würde Walle Troller nicht einmal den Weg zur Kaffeemaschine auf sich nehmen. Das wusste sie. Doch es störte sie nicht.

Jeder hatte seine Zeit, Troller und sie waren ein eingespieltes Team, ihre Aufklärungsquote konnte sich sehen lassen. Und so lange das so blieb, interessierte sich niemand dafür, wann wer von ihnen in Aktion war; sie arbeiteten eh zu viel.

Der Morgen war trist, nebelverhangen, typisch November, in Gedanken war Jette Hagen schon beim Wochenende, das sie auf dem Land, in den Weinbergen bei ihrer Familie, verbringen würde. Frieda?

Der Kollege am Telefon hatte keinerlei Zweifel geäußert, ganz entgegen den Richtlinien. »Frieda ist aufgetaucht, Kraftwerk Nord.« Dabei war das Identifizieren von Wasserleichen alles andere als leicht. Papiere trugen angeschwemmte Tote selten mit sich. Dennoch vermied man es, lediglich auf einen Verdacht hin Angehörige in die Pathologie zu bitten, zumindest so lange, wie alle anderen Möglichkeiten nicht ausgeschöpft waren.

Jede Stunde im Wasser setzte den Prozess der Entmenschlichung fort. Gnadenlos. Das war kein Anblick für Laien, geschweige denn für Angehörige. Eine Wasserleiche schlug jedem aufs Gemüt; die Gewöhnung schuf ein wenig Milderung, ermöglichte einen anderen, doch kaum weniger trostlosen Blick. Aufgequollenes Fleisch, je nach Verheerungen in den unnatürlichsten Farben, oder auch nur grau. Grau wie grauenhaft. Eine zähflüssige Masse, unter der die Erde durchzuschimmern begann. Jener Staub, zu dem die Menschen alle wieder werden. Leichen dieser Prägung, so hatte die Kommissarin für sich entschieden, waren nicht mehr Menschen, stellten vielmehr ein lebloses Etwas dar, organische Überreste, die gleichwohl zu identifizieren waren, zurückzuführen auf einen Namen, der einmal einem Menschen gehört hatte. Einzig das Feuer noch setzte den Opfern auf so entstellende Weise zu.

Feuer und Wasser, Jette fiel dazu im Moment nichts mehr ein. Ihr stand der Sinn mehr nach Erde und Luft, nach festem Stand und klarer Sicht. Sie mochte den Morgenverkehr, auch wenn die Straßen in den knapp vier Jahren, die sie nun in Jedastedt ermittelte, merklich voller geworden waren. Die Menschen schienen genug zu haben von überfüllten U-, S- und anderen Bahnen, zogen stattdessen den Stau und die tägliche Dosis Abgase den morgendlichen Einpferchungen unter ihresgleichen vor. Dabei ließ sich immerhin der Radiosender frei wählen.

Kein Anlass für Frust oder Aggression, kaum einer hupte, jeder war mit sich beschäftigt, telefonierte oder glotzte, hörte Musik oder kaute, kaute irgendwas.

Es herrschte Einvernehmen, man fügte sich mit seinem Wagen ein und ließ sich treiben. Auch eine Wasserleiche schaute nicht mehr auf die Uhr, ging es Jette durch den Kopf, ganz im Gegensatz zu den Kollegen, die vor Ort warteten, mit Eintüten und Wegschaffen auf ihr Einverständnis warten mussten.

Jette hatte den Stadtrand erreicht, es war höchste Zeit, sich ernsthaft mit den anstehenden Dingen zu befassen. Und sie beschlich ein ungutes Gefühl, eines, das sich gegen die Wahrscheinlichkeit zu stellen schien. Der »Kriminalistenreflex«, wie Troller das nannte. Die Wahrscheinlichkeit für Suizid war bei Wasserleichen am Rechen hoch, sehr hoch sogar. Wahrscheinlichkeiten spielten ihnen jedoch bei den Ermittlungen nicht immer in die Hände. Ansonsten gäbe es keine komplizierten Fälle, keine ungelösten. Ansonsten wäre ihr Job uninteressant, gar überflüssig.

Lag Friedas Fall anders und gehörte also – statistisch gesehen – zu den Ausnahmen, dann, das wusste Jette, wäre das Wochenende akut gefährdet. Was hätte die Wirtin der Roten Laterne in den Selbstmord treiben können? Das Gesicht der Kommissarin hellte sich wieder auf. Ihr fielen auf einen Schlag mehrere gute Gründe ein, die Frieda zu einem frühzeitigen Abgang hätten bewegen können, und sie parkte das Auto beinahe ein wenig zu flott zwischen dem Streifenwagen der Kollegen und dem Kombi der Pathologin ein.

Jette griff nach dem Mantel auf dem Beifahrersitz und stieg aus dem Wagen, dachte: kein Knall, kein Schaden, sah sich die Karosserie der drei Autos aber doch genauer an. »Sag ich doch, kein Knall, kein Schaden«, und sie zündete sich eine Zigarette an.

Am Fundort der Leiche kein großer Bahnhof, wegen einer Wasserleiche wurde kein Aufhebens gemacht, nicht in Jedastedt. Spuren gab es keine zu sichern, und das Interesse der Presse an Funden beim Kraftwerk Nord hielt sich mittlerweile in Grenzen. Womöglich hatten die Vertreter der schreibenden Zunft von der toten Frieda noch nicht einmal Wind bekommen. Um diese Uhrzeit arbeitete nur, wer musste.

Inzwischen hatte, passend zur Jahreszeit, feiner Nieselregen eingesetzt. Beste Voraussetzungen für eine Lungenentzündung. Jette schlug den Mantelkragen hoch, die entzündeten Bronchien und der drohende Totalschaden, jenes Feuer, das sich vor drei Jahren nur noch mit einer Dreißigerschachtel Antibiotika und einer Unzahl an Fieberträumen hatte löschen lassen, war noch nicht vergessen. Seither wusste sie um die Kraftlosigkeit, das Ausgeliefertsein, seither wusste sie um die Sterblichkeit des Menschen. Bis zu jener Erkrankung, die sie mehrfach durchgeschüttelt und auf sich selbst zurückgeworfen hatte, war Jette sich ihrer eigenen Verletzlichkeit nicht bewusst gewesen, hatte sich vielmehr für unverwundbar gehalten. Mit einem Mal hatte die Jugend ausgehustet.

Jette hielt sich am Mantelkragen fest, ging die letzten Schritte zu den Kollegen hin und nickte wortlos in die Runde.

Keine Frage, es war Frieda. Allzu lang hatte dieser Körper nicht im Wasser gelegen. Die beiden Kollegen von der Streife warteten nur noch darauf, dass sie ihren Segen, der Pathologin das Zeichen fürs Zusammenpacken gab. Der Pensionär, der die Leiche entdeckt und pflichtbewusst die Polizei gerufen hatte, war noch vor Jettes Eintreffen mitsamt seinem Dackel wieder nach Hause geschickt worden. Was hätte man den Mann fragen sollen? Mit großer Wahrscheinlichkeit war der Dackel der eigentliche Finder. Wer auf den Hund gekommen ist, hat sich entschieden, den Weg nicht mehr selbst zu bestimmen. Eine von Trollers Weisheiten.

Jette gebot sich Einhalt, für Gedankenspiele würde später noch Zeit sein: Gerda die Große, sie maß auch ohne Absätze über eins achtzig, hatte den Finger demonstrativ am Reißverschluss. Man wollte den Sack zumachen, zurück in die Stadt, zurück an die Wärme.

– Willst du noch genauer hinschauen?

Jette blies Rauch aus und schüttelte den Kopf. Das folgende Zippgeräusch war den Umstehenden vertraut, es war der Beginn jenes Rituals, dem sie sich verpflichtet hatten. Eines Tages würde sie dieses Geräusch in die Träume verfolgen, dachte sie, schnippte den Zigarettenstummel zur Seite und kassierte vom jüngeren der beiden Beamten ein »Ökodino«. Sie nickte dem glattrasierten Jüngling freundlich zu, musterte ihn beiläufig, doch es war noch zu früh für ein Wort, zu nass und zu kalt, zu früh für alles, selbst für Jette. Ihr ungutes Gefühl war sie jedoch trotz guter Gründe nicht losgeworden und wandte sich noch einmal Gerda zu.

– Wirst *du* noch genauer hinschauen?

Gerda reagierte nicht, die Frage war rhetorisch, das wussten beide. Die Frau vom Gefrierfach, wie Troller sie nannte, die Königin der Forensik, die Frau Hagen stets ein wenig Furcht einflößte, schaute immer genauer nach. Würde sie nicht alle an Körpergröße überragen, sie hieße nicht Gerda die Große, sondern Gerda die Akribische, die ungekrönte Eiskönigin Jedastedts.

Frieda hieß mit bürgerlichem Namen Friedrich Aufderhalden, stammte ursprünglich aus der Schweiz, hatte sich jedoch über viele Jahre hinweg zu einem der wenigen

Originale der Stadt entwickelt, und dies noch bevor er sich dazu entschlossen hatte, Frau zu sein. Jette sah schon die Schlagzeile vor sich: »Das Ende von Travestie-Frieda«. Dazu war keine Fantasie vonnöten. Egal, wie es zum Tod der Wirtin gekommen war, die Presse hatte wieder Stoff.

Diese Revolverblätter!, wie Troller gern schimpfte, nicht ohne ihr erklärt zu haben, was es mit der Bezeichnung auf sich hatte: Dreht die Trommel erst einmal, kommt sie so schnell nicht mehr zum Stillstand. Ob dabei mit Platzpatronen, Leuchtmunition oder tatsächlich scharf geschossen wird, ist einerlei – anders als beim Hai: Gehen in dessen Revolvergebiss eines Tages die Zähne aus, krepiert er elendiglich. Wer überleben will, muss zubeißen können. Walles Erklärungen waren zwar nur bedingt kompatibel mit dem, was die Kommissarin ihrerseits dazu im Internet recherchiert hatte, so viel aber stand fest: Frieda war ein dankbares Opfer noch über ihren Tod hinaus, wenngleich sie wohl weder Schussverletzungen aufwies noch einem Haifischbecken entnommen worden war. Oder doch?

Kein guter Tag, dachte Jette und ärgerte sich darüber, den Mantel, als sie die Rückfahrt antrat, nicht wieder ausgezogen zu haben. Weil Gerda genauer hinschauen würde, fände sie auch Hämatome, wie sie fast jede Wasserleiche aufwies, sei es vom Aufschlagen auf Grund, sei es vom Anecken unterwegs. Oder die Hämatome stammten von Schlägen vor der letzten Reise im Fluss. Für Hämatome gab es viele mögliche Ursachen, und Gerda gehörte nicht zu jenen ihres Fachs, die sich dann festlegen wollten, ob post mortem oder davor.

Vor noch nicht allzu langer Zeit hatte sie der Mordkommission einen Vortrag über das Zustandekommen von

Hämatomen gehalten, über falsche Schlüsse, die der Laie zog, nicht zuletzt wegen unzähliger Fernsehkrimis: Wenn ein Fall in vierzig Minuten gelöst sein soll, dann kann die Pathologie nur Eindeutigkeiten liefern, was mit der Realität allerdings wenig zu tun hat.

Sie erinnerte sich: Ein jeder Organismus hat seine Eigendynamik. Wer daran Zweifel hege, solle einem Huhn den Kopf abschlagen und es danach davonrennen sehen. Jette hatte es vorgezogen, auf das Experiment zu verzichten, nicht weil sie sich das Köpfen des Huhns nicht zutraute, doch verspürte sie wenig Lust, am Ende die Sauerei aufzuwischen. An der Autorität Gerdas hätte sie so und so nicht rütteln wollen, ihre forensischen Erkenntnisse entbehrten jeder Spekulation. Die Pathologin lieferte ausschließlich Fakten. Und je bekannter die Person auf ihrem Tisch, desto hartnäckiger die Zweifel der Staatsanwaltschaft.

Was jedoch am Standardprozedere zunächst nichts änderte: ermitteln in alle Richtungen. Keine Nichte, kein Weinberg, kein heiteres Beisammensein, stattdessen ermitteln in alle Richtungen. So etwas konnte Klein-Selma noch nicht verstehen, denn das meinte die unheile Welt, und ebendiese brachte der Beruf mit sich: das Versehrte, das Kaputte und Unzulängliche … das Allzumenschliche.

– Scheiß drauf!

Jette stieg vom Gas. Wegen einer Wasserleiche würde sie sich nicht ins Bockshorn jagen lassen; einige Befragungen, Aussagen und Fakten sinnstiftend bündeln, und ab in die Pfalz.

Sie machte Halt beim Bäcker. Nun regnete es richtig. Der Tag, kaum angefangen, hatte jedoch eine zweite Chance verdient. Mit einem frischen, noch dampfenden Croissant im Mund ließ sich ganz anders weiterfahren.

– Und? Was macht unser Treibgut?

Jette fuhr zusammen. Sie hatte beim Betreten des Büros mit niemandem gerechnet. Zuallerletzt mit Troller.

– Darf ich erst den Mantel ausziehen? Hat dich Scarlett wieder mal nicht schlafen lassen, hm?

Troller hob die Kaffeetasse, als wolle er seiner Kollegin zuprosten, stellte die Tasse dann aber, ohne getrunken zu haben, wieder hin.

– Sie hat sich in der Küche übergeben, direkt vor dem Kühlschrank.

– Na, da wäre ich auch aus dem Konzept geraten.

– Und ich bin reingetreten.

Jette riss sich zusammen, prustete nicht los, ließ sich mit dem Hinsetzen noch ein wenig Zeit. Die Vorstellung, wie Troller schlaftrunken zum Kühlschrank wandelte und beim Ergreifen des Plastikgriffes in das Erbrochene von Scarlett trat, wollte sich so schnell nicht abschütteln lassen.

– Sie hat jetzt Hausverbot … das war ein Scherz. Eine Sauerei war das. Aber ich werde die Sorte wechseln, ab sofort.

– Von Kurzhaar zu Langhaar?

– Du hörst nicht zu. Die Kartäuserin bleibt, nur das Katzenfutter wird ein anderes. Will ja wohl keiner so genau wissen, wie Fleischabfälle und Chemikalien miteinander vermischt werden. Wer den Deckel öffnet, ist selber schuld. Meine Schuld. Scarlett hat ein empfindsames Wesen. So geht das nicht weiter. Aber sag, was ist jetzt mit Frieda?

Jette hatte sich in der Zwischenzeit hingesetzt und entfernte mit Daumen und Zeigefinger letzte Brösel des Croissants aus den Mundwinkeln.

– Du weißt es also schon.

– Der Michel war vor dir zurück, guter Mann. Ein wenig zu korrekt vielleicht, passt aber in dein Beuteschema, nicht wahr?

– Gerda will noch genauer hinschauen.

– Verstehe.

Mehr gab es zu diesem Zeitpunkt nicht zu sagen. Die Kommissarin wusste, Troller würde in sich kehren, sich einmal auf seinem Bürostuhl drehen und schon bald zu einem Spaziergang aufbrechen. Standardverfahren hin oder her, Hauptkommissar Walle Troller wich von seiner Ermittlungsmethode nicht ab. Erst denken, dann schießen, lautete einer seiner Grundsätze, den er Jette schon an ihrem ersten gemeinsamen Arbeitstag preisgegeben hatte.

Schon damals hatte sich Jette gefragt, wie Troller so lange hatte überleben können. Der Mann passte in kein Muster, weder sah er aus wie ein Fernsehkommissar, was sie zuweilen bedauerte, noch verhielt er sich danach, was sie hingegen schätzte. Doch Walle verhielt sich auch nicht wie ein echter Kommissar.

Dieser Troller war ein Überbleibsel aus einer Zeit, die Jette nicht miterlebt hatte, die es aber vielleicht auch nie gegeben hatte. Stattlich, das war der Mann, und sanftmütig, wenigstens auf den ersten Blick. Doch Gnade allen Verbrechern der Welt, wenn er dieses Funkeln in den Augen hatte, den andern gleich mehrere Schritte voraus war. Trollers Augenblitze erzeugten unmittelbar Atemnot. Jette war überzeugt, Walle hatte in solchen Momenten den Teufel in den Augen, war nicht mehr er selbst, schreckte dann vor unvorstellbaren Widerwärtigkeiten nicht mehr zurück, sondern dachte sie zu Ende. Mit dem Teufel hatte das freilich wenig zu tun. Der Hauptkommissar schloss mit niemandem einen Pakt, er war nur rücksichtslos gegen sich selbst.

Keiner legte sich vorsätzlich mit Troller an. Das gab Sicherheit.

Die Befragungen würden an ihr und den Kollegen hängen bleiben. Auch das Koordinieren und Erteilen der Aufträge war Jettes Sache. So hatte es sich eingespielt, so war es gut, und die Kommissarin überlegte, welchen Auftrag sie Katterer geben würde, dem Michel, wie Troller ihn nannte, dabei hieß er weder Mike noch Michael, sondern Hans Georg.

Solche ursprünglichen Fehlbenamsungen interessierten den Hauptkommissar jedoch nicht. Hans Georg war Michel, weil er eben ein Michel war. Für Gerda hatte Troller den Namen Sibir, und auch Jette ließ er nicht gelten. Das sei ja völlig verkehrt, antwortete er einmal auf ihre Frage, warum er sie nicht bei ihrem richtigen Namen nenne. Wenn er »Jette« nur schon höre, denke er an Cuxhaven, an eine Rettungsschwimmerin im besten Fall, doch dann würde er gar nichts mehr verstehen, denn dieser Nordslang gehe ihm so ziemlich ab, die s-pinnen dort oben doch, und das meine er keinesfalls rassistisch, er sei aber nun halt mehr der erdige, der eingemittete Typ. »Kennst du die Geschichte von König Wenzel? Dem war schon als Säugling in der Kirche bewusst, dass Wenzel kein Name für ihn war – und er kackte ins Taufbecken.«

Die Kommissarin startete den Computer, ja, sie mochte Troller. Der Mann war schräg, und er war, das nahm sie am meisten für ihn ein, ungeheuer geistreich. Ob die Betonung eher auf »ungeheuer« oder auf »geistreich« lag, hing von der Situation ab. So war der Troller gestrickt, so dachte er; kein Mensch lässt sich eindeutig zu- oder einordnen: Weil es eben keine einfachen Menschen gibt.

Jette erwischte sich nicht das erste Mal beim Gedanken, dass jemand Walles markige Sprüche aufzeichnen sollte. Am Ende würde dabei ein neues und zugleich revolutionäres Lehrmittel der Kriminalistik herauskommen. Dass eine von Jettes Großmüttern, jene, von der sie den Namen hatte, tatsächlich aus Cuxhaven stammte, konnte selbst der Hauptkommissar nicht ahnen. Auch das wusste sie inzwischen: Trollers herausragende Gabe war seine Intuition. Wirkte er weit weg, war er in Wahrheit näher an der Lösung des Falls als alle andern. Darum beneidete sie ihren Partner, darum vertraute sie ihm. Und deswegen war Jette glücklich, dass es nicht bei der »neuen Susi«, wie Troller sie seinen Kollegen ursprünglich angekündigt hatte, geblieben war.

– Angie, ich geh dann mal los.

Die Kommissarin nickte in ihren Bildschirm, und als sie wieder aufsah, war Troller durch die Tür. »Nicht wegen der *Stones*, glaub das nicht«, hatte ihr Walle vor Zeiten erklärt, »wegen *Tomb Raider*, kennst du den Film?« Das gefiel ihr und auch, dass er wie nebenbei erklärt hatte, sie sei vielleicht ja so etwas wie sein guter Engel. Er hatte schon Charme, der Troller. Wenn er wollte. Ob er auch das Remake von *Tomb Raider* gesehen hatte?

Jette blieb auf ihrer Suche nach Angehörigen erfolglos, Friedrich Aufderhaldens Zeit schien erst in Jedastedt begonnen zu haben, der Computer bot nichts, oder sie suchte am falschen Ort. Bestimmt aber hatte Frieda einen Treuhänder oder einen Steuerberater gehabt, so oder so, es führte kein Weg an der Roten Laterne vorbei. In ihrem Kopf entwickelte sich die Geschichte erdrückender Schulden; immerhin war die Rote Laterne ein zwielichtiger Ort, eine Geldwäscherei? Vor Jahren noch ein Puff, das wusste sie, wenngleich sie damals hier noch keinen Dienst getan hatte.

Sie hatte ein offenes Ohr, wenn die Kollegen von früher sprachen. Nur wer zuhört, lernt – noch ein Trollergesetz, eines, das sie zu beherzigen gelernt hatte. Wer einen Ort und seine Menschen verstehen wollte, musste eine Ahnung von der Vergangenheit haben. Vielleicht harmonierten Troller und sie auch deswegen: Sie konnten beide zuhören. Und Jette hörte auf ihre innere Stimme. Allerdings kam von dieser Seite bislang nichts. Vielleicht war das Gefühl, das sie auf der Hinfahrt zum Fundort am Kraftwerk Nord begleitet hatte, noch immer zu diffus und überdeckte jeden klaren Gedanken.

Bestätigte Gerda den Selbstmord, würde sie am Freitag fahren … zuweilen kamen sich Kriminalistenreflex und Wunschdenken in die Quere. Frieda war bestimmt verschuldet und wenn nicht verschuldet, dann hatte ihr das Frausein zu schaffen gemacht. Die psychische Belastung bei einer solchen Verwandlung war nicht zu unterschätzen. Frieda und Friedrich waren sich ins Gehege gekommen. Zwiegespräche, Dissonanzen … wäre doch plausibel.

Da Frieda auf dieselbe Adresse wie die Rote Laterne registriert war, hatte sie wohl in einer der Wohnungen über der Kneipe gehaust. Die Kommissarin suchte im Netz nach anderen Bewohnern, nach einem Hausmeister. Einfach hinfahren, klingeln, dafür war es noch zu früh. Gerda anzurufen, hatte keinen Sinn, die Frau vom Gefrierfach würde es genau nehmen, und sie meldete sich, wenn sie fertig war. Jette griff nach der Zigarettenschachtel. Auf dem Weg nach draußen würde sie nachsehen, ob sich schon Kollegen von der Sitte oder der Drogenfahndung eingefunden hätten.

2

Troller hatte sich bei der Roten Laterne absetzen lassen. Er würde einen Spaziergang machen, sich umsehen, nachdenken. Der Regen hatte aufgehört, kalt war es noch immer, der Hauptkommissar zog die Wollmütze tiefer ins Gesicht. Die Rote Laterne befand sich zwischen den letzten Wohnquartieren und der Industriezone. Mittlerweile war der Übergang fließend, die Stadt war in den letzten Jahrzehnten gewachsen, dennoch schlug ihm hier etwas Modriges entgegen. Oder die Tristesse, die ihn befallen hatte, war dem eigenen Missmut geschuldet, rührte einzig von innen her.

Wirkte die Gegend ausgestorben oder er?

Troller verspürte eine Müdigkeit, die an Niedergeschlagenheit grenzte und wenig mit seinem frühmorgendlichen Fehltritt zu tun hatte. Immerhin, er gab für seinen Zustand nicht Scarlett die Schuld, ganz so schlecht ging es ihm nicht, und der Hauptkommissar zwang sich zu einem aufrechten Gang.

Ältere Menschen wohnten hier, ehemalige Arbeiter aus den Fabriken, die meisten heute im Ruhestand. Ein wenig Blutauffrischung aus dem Osten hatte es nach der Wende gegeben, der Ausländeranteil hielt sich in Grenzen. Der eine oder andere hatte sich hinter den Gardinen postiert, das spürte Walle, die Unsichtbaren hatte er schon immer gespürt, und sie fragten sich wohl, wer da jetzt, die Wollmütze ins Gesicht gezogen, durch ihr Quartier schlich. Beobachten und beobachtet werden, das war des Menschen Schicksal.

Der Hauptkommissar kannte dieses Spiel, wusste auch um die Regeln für Fortgeschrittene: Im Beobachtetwerden die Beobachter beobachten, das machte die Kunstfertigkeit aus, Fassade und Durchlässigkeit, das verlangte sein Beruf. Wie einer geht, um das Denken zu animieren, so wie einer denkt, um das Gehen zu befördern, nicht zwingend das Fortgehen oder Wegkommen, aber das Weitergehen.

Er warf einen Blick durch die dunklen Fenster ins Innere der Kneipe. Zu sehen war fast nichts. Eine leere Kneipe war eine leere Kneipe. Nichts deutete auf das Verschwinden Friedas. Auf dem Parkplatz standen zwei Autos, ein roter Ford Mustang, der noch aus dem vergangenen Jahrtausend stammte, und ein grauer VW Golf, der, würde man ihn durch die Waschanlage fahren, wohl wieder als weißer Wagen herauskäme.

Der Hauptkommissar hatte durch die schmutzgetrübten Scheiben auch einen Blick ins Innere der beiden Autos geworfen. Unverfänglicher Kram. Leere Einkaufstüten, Schirm und Zeitung im einen, ein auf dem Armaturenbrett festgeklebter Schlumpf mit Kochmütze und Schöpfkelle sowie drei halbvolle Flaschen Mineralwasser im Fond des andern. Troller notierte die Kennzeichen. JED-FA und JED-IS plus je eine vierstellige Zahl. Der Golf gehörte mit großer Wahrscheinlichkeit Frieda. Den Jedi würden sie in Bälde auch zuordnen können, ob der Besitzer nun Ritter, IS-Sympathisant oder Unbeteiligter war.

Der Weg zum Wasser war weiter, als Troller gedacht hatte. Er ging schon eine Viertelstunde und hatte die kleine Fußgängerbrücke noch nicht erreicht, die er von früher her kannte, jene Brücke, die er auf Radtouren mit dem Bruder oft überquert hatte. In seinem Gedächtnis waren die Strecken hier noch immer als Distanzen auf zwei Rädern abgespeichert.

Ging sein Atem schwer? Und das Denken? »So tröstet sich ein alter Mann«, sprach er, sprach es gut vernehmbar, wenngleich Zuhörer fehlten. Er wusste, dass Intelligenz an der Schnelligkeit des Denkens gemessen wurde, die Schnelligkeit eigentlich das wichtigste, wenn nicht das einzige Kriterium war. Tempo, Teufel, Troller, was aber war das für eine Wissenschaft?

Die Schachuhr konnte ein sehr unangenehmer Gegner sein, daran erinnerte er sich wohl, ihm war Talent attestiert worden, dennoch hatte er noch vor Ende des Gymnasiums entschieden, seine Zeit nicht länger auf diese Art abzusitzen. Die Figuren auf dem Brett waren ihm verdächtig geworden, suspekt in ihrer Leblosigkeit. Es gab keine Abweichungen, keine falschen Bewegungen, keine Fassade, den Gegenspieler einmal ausgeschlossen. Die Figuren indes, die den jungen Mann mehr und mehr in ihren Bann schlugen, folgten nur zeitweise festgesetzten Regeln, sie brachen aus, sie brachen ein, da ein Geniestreich, dort eine Verzweiflungstat – das zeichnete die Figuren aus Fleisch und Blut aus.

Die Handlungen der Menschen spielten sich zwischen russischem Roulette und vorgezeichneten Zügen ab, auf diesem weiten Feld zwischen den Extremen, immer dort, wo Absichten nur scheinbar klar waren, Ursache und Wirkung zuweilen die Plätze tauschten.

Troller hatte nach und nach ein anderes Denken kennengelernt, eines, das sich im Verborgenen abspielte, unbeobachtet von ihm zu Ergebnissen kam, angeregt durch die Literatur, durch Filme oder auch Musik. Und wenn er sich genügend Schlaf gönnte. Tage später, manchmal auch Monate danach schoss ihm plötzlich ein Gedanke durch den Kopf, den er dann zurückführen konnte, dessen Anstoß vielleicht in einer Zeile lag, in einer Szene oder einem Refrain, und dieses Glücksgefühl war jeder Berechnung fern, war durch ein gezieltes, lediglich mechanisches Denken nicht zu erlangen.

Eine friedliche Gegend, meldete Walles Wahrnehmung, noch immer, fügte er hinzu, nur an die Bezeichnung »Naherholungsgebiet« würde er sich nie gewöhnen. Auch bislang unverbauten Flächen musste eine Funktion zugewiesen werden, das war das Diktat der Zeit.

Auf der Fußgängerbrücke stand Cesare. Troller hatte ihn gleich an der Silhouette erkannt. Der alte Perlini war schon vor einiger Zeit ins Quartier der Roten Laterne umgezogen, zuvor war er Hausmeister gewesen, just in jener Siedlung, in der auch er zu Hause war, bis zu seiner Scheidung zu Hause gewesen war. Und für einmal begegnete Walle dem Zufall ohne Argwohn.

– Cesare, Mensch, so früh schon auf den Beinen?

– Walle! Che sorpresa! Was treiben dich in diese Gegend?

Die beiden Männer schüttelten sich freundschaftlich die Hand, dann stellte sich Troller ans Geländer, wie eben noch Cesare gestanden hatte, und blickte auf den Fluss. Cesare Perlini, ein Kopf kleiner als der Hauptkommissar, diesem jedoch an Masse ebenbürtig, stellte sich neben ihn.

– Was macht die Rücken? Ti fa male?

Walle Troller beugte sich ein wenig vor, stützte die Unterarme auf dem Geländer ab. Cesare tat es ihm gleich, blieb jedoch aufrecht stehen.

– Mein Körper tut seinen Dienst wieder ganz ordentlich, danke der Nachfrage.

– Und der Kopf auch, nicht wahr, Walle? Ich weiß dich. Du hast eine Fall, du bist für Arbeit hier.

– Wenig Wasser für die Jahreszeit.

– Sì. Aber du willst nicht unter die Fischer gehen, ich nehme an.

– Ach, mein Freund, das Fischen im Trüben gehört, wie du weißt, durchaus zu meinen Aufgaben. Aber sag, was glaubst du, würde eine Leiche, hier ins Wasser geworfen, überhaupt flussabwärts treiben?

– Ma, che cazzo! Habt ihr wieder jemande gefunden, ja?

Perlini hatte sich Troller ein wenig zugewandt. Der Kommissar starrte weiterhin in dieselbe Richtung flussabwärts, als wollte er seiner Vorstellung auf die Sprünge helfen.

– Nein, Walle, das glaube ich nicht. Kaum Wasser, nix Strömung. Wer hier reinfällt, bleibt hier liegen. Ma dimmi –

– Wir haben heute früh Frieda herausgezogen, beim Stauwehr unten.

Der Alte bekreuzigte sich mehrere Male, Troller ließ das Geländer los und wandte sich seinem Freund zu.

– Sprich zu mir, Cesare, weißt du etwas? Hast du eine Ahnung?

Perlini schnäuzte sich, auch dieses Trompeten lag noch in Trollers Ohr. Cesare hatte sich, fiel ihm jetzt auf, über die Jahre kaum verändert, der Mann war kompakt wie eh und je. An den Schläfen lediglich ein wenig ergraut, obwohl er inzwischen über siebzig war.

– Sag, weißt du was? Lass uns ein paar Schritte gehen.

Die wilde Gestik, die man von jedem Südländer erwartete, war Cesare schon immer schuldig geblieben. Nicht dass es dem Mann an Temperament fehlte, er schien nur von unnützen Bewegungen nichts zu halten. Wenn es drauf ankam, packte Perlini zu, wenn es sich hingegen nur um scheinbare Dringlichkeiten handelte, war er die Gelassenheit in Person. Arbeitete die Zeit für ihn, dann ließ er die Hände im Schoß. »Wozu eine Laubbläser anschaffen, wenn der Wind weht?«

Schon zu Hauswarts Zeiten war der Mann um Weisheiten nicht verlegen gewesen. Stets gutgelaunt. Vielleicht aber war auch das nur scheinbar. Troller hatte den Weg flussabwärts eingeschlagen, und er verlangsamte den Gang, als er Cesares angestrengtes Trippeln bemerkte. Er wollte den Uferweg entlang nach möglichen Einstiegsstellen Ausschau halten. So viel war gewiss: Wie auch immer Frieda zu Tode gekommen war, irgendwo zwischen hier und dem Rechen war sie ins Wasser gegangen oder gefallen.

Der alte Hausmeister sprach von einer Spinne, die aber andere weben ließ, und dass dieser Tod einigen sehr ungelegen käme, doch Troller verstand nicht alles, was Cesare zu Protokoll gab, da dieser mehr und mehr ins Italienische abdriftete. Erst hörte er ein »ricco« heraus, was im Nachhall dann doch eher wie »ricotta« klang, wähnte sich schon in einer Pizzeria, meinte dann aber »faccia di merda« aufgeschnappt zu haben, was er doch so auch schon vernommen, … oder hatte Perlini von »la famiglia« gesprochen, was er früher gern und oft getan hatte, weil ihm die Familie über alles ging? Und wieder und wieder »è morto« und »dio«, wahlweise »dio mio«.

So sehr Troller die Einzelheiten von Perlinis Ausführungen entgingen, so unzweifelhaft drang die Sorge in Cesares Stimme an sein Ohr. Als aber der Frosch quakte, hellte sich das Gesicht des Italieners wieder auf.

– Du änderst nie dich, Walle, was? Willst du nicht rangehen?

– Das ist der Staatsanwalt. Da muss ich nicht rangehen, er will mir nichts Neues mitteilen. Er wird in der Zwischenzeit von der Wasserleiche erfahren haben, und er möchte mich anmahnen, dem Fall oberste Priorität zu geben, weil Frieda eine stadtbekannte Figur war, weil die Presse groß anrichten wird, weil wir Ergebnisse brauchen, und weil dies und weil das.

– Capisco. Aber Walle wird die Fall abschließen, ich weiß das.

– Erst einmal lösen, mein Freund, dann abschließen. Zurzeit ist noch alles offen, fast alles.

Troller atmete tief ein, da war viel Feuchtigkeit in der Luft. Neuerdings fühlte sich die Schwerkraft anders an, als hätte er an Gewicht zugelegt. Er aber wusste, dass das nicht stimmte, hatte sich, obschon er das sonst nie tat, vergangenes Wochenende im Hotel auf eine Waage gestellt. Er war nicht schwerer geworden. Dennoch schien es Walle so, als werde er stärker zu Boden gedrückt. Neuerdings? Jeder Schritt fiel ins Gewicht. Sein Atem ging merklich schwerer. Auch der Speichelfluss hatte sich verändert. Kaum hatte er die Zähne geputzt, hatte sich wieder ein Belag gebildet. Pelz im Mund. Oder Pilze? Hatte er inwendig zu schimmeln begonnen?

Deswegen aber würde er, Walle Troller, nicht zum Arzt gehen. Zu viel Selbstwahrnehmung schadete, hatte ihn bei der Scheidung fast den Verstand gekostet. Das sollte ihm eine Lehre sein. Eine kaputte Liebe ließ sich aber nicht so einfach ausblenden, Selbstermahnungen halfen da wenig. Wer sich ein dickes Fell zugelegt hat, darf sich über ein pelziges Gefühl im Mund nicht wundern. Und dass er neuerdings träumte, aus seinen Augen liefe Blut statt Tränen, und das immer dann, wenn er sich im Spiegel anschaute …

Was er sich dazu auch immer ein- oder ausreden wollte, es beruhigte Walle nicht. Da verschoben sich Gewichte, unabsehbare Verrückungen, die keine Hotelwaage anzuzeigen in der Lage war. Von Traumdeutung indes hielt ein Troller noch weniger als von der Schulmedizin. Er war mit seinen einundfünfzig Jahren definitiv in der zweiten Halbzeit angelangt, genau genommen im letzten Drittel. Das war es vielleicht. Vielleicht war es nur das Alter. Perlini hatte Unrecht, er, der Hauptkommissar, hatte sich verändert; eigentlich hatte sich alles verändert in den letzten zwei, drei Jahren.

– Du glaubst nicht an Selbstmord, siccuramente? Ich sehe deine Gesicht.

Troller griff sich unwillkürlich mit der Hand unter die Mütze und zog sie schließlich vom Kopf.

– Und du, Cesare, glaubst du an Selbstmord?

Jette saß mit Shirin und Wolfgang Markowitsch, dem Kollegen von der Sitte, am Sitzungstisch. Auch der junge Katterer hatte sich dazugesellt, allerdings ohne Einladung. Shirin schien noch nicht ganz da, ließ den Teebeutel in der Tasse kreisen und bespielte ihr Phönchen.

– Okay, Leute. Wir haben heut früh Frieda am Kraftwerk Nord aus dem Wasser gefischt. Todesursache ungeklärt. Frieda war früher, noch bis vor knapp zwei Jahren, Friedrich Aufderhalden, Schweizer Staatsbürger, das noch immer, der sich aber schon vor langer Zeit hier in der Stadt niedergelassen hat und sich vorzugsweise in zwielichtigen

Kreisen bewegt … bewegte. Kollege Markowitsch wird dazu gleich mehr sagen. Wie ihr wisst, führte Frieda die letzten Jahre die Rote Laterne – nach dem Wechsel. Wie ich herausfand, ist die Kneipe Teil einer KG, der die Liegenschaft gehört; die Liste der Kommandit-Gesellschafter habe ich angefordert. Der Befund der Pathologie steht – selbstredend – noch aus. Ein Selbstmord ist also nicht ausgeschlossen, noch nicht. Staatsanwalt Häusermann hat aber angeordnet, dass wir Ermittlungen aufnehmen sollen, ihr wisst schon: in alle Richtungen.

– Häusermann, geh du voran!

– Danke, Shirin, ein wertvoller Beitrag. Doch hören wir, was uns Wolfgang zu berichten hat.

Markowitsch war der dienstälteste Kollege auf dem Revier, er hatte alle Abteilungen durchlaufen, teilweise mehrfach, und stand kurz vor der Pensionierung. Er wusste alles, vor allem konnte er Geschichten erzählen, die sich noch vor dem digitalen Zeitalter zugetragen hatten, und war deswegen weit wertvoller als jeder Computer. Zwei Schwächen indes hatte der Mann: Zum einen konnte er sich nicht kurzfassen, sodass Shirin sich erneut dem Teebeutel zuwandte, Jette in Gedanken ins kommende Wochenende abschweifte und lediglich Hans Georg Katterer in regelmäßigen Abständen das Erzählte mit einem interessierten Gesichtsausdruck zu quittieren versuchte, was hinwiederum gar nicht so leicht war, denn zum andern stotterte der Kollege von der Sitte, was eigentlich von seinen Zuhörern eine erhöhte Aufmerksamkeit erforderte, wollte man seinerseits mit dem Zunicken nicht ebenfalls ins Stolpern geraten.

Das Wichtigste blieb gleichwohl allen haften: Friedrich Aufderhalden war in der Vergangenheit Stammkunde auf dem Polizeiposten gewesen, seine Akteneinträge waren rekordverdächtig. Erstaunlich daran war, dass man ihn nie richtig zu fassen bekommen hatte. Aufderhalden habe den Beinamen »Schweizer Aal« gehabt, der »glitschige Fritz«, der wahlweise mit wasserstoffblondem oder blau gefärbtem Haar vernommen worden war.

– Ssssssss-sooo viel Gel, wie der in sein Ha-Ha-Haar strich, der muss wohl Aktien bei W-W-W ... Wella gehabt haben!

Eine Zeitlang soll er Informant für das BKA gewesen sein. Auch dieses Gerücht, führte Markowitsch mit einigen Zusatzschlaufen und weiteren Plattitüden aus, sei allerdings nie bestätigt worden. Zunächst stand der umtriebige Eidgenosse im Verdacht, der RAF wegen nach Deutschland gekommen zu sein, dann fand man ihn in der Antiatomkraft-Bewegung wieder; ein Linker, ein Alternativer, der in unterschiedlichen Milieus aktiv gewesen, a-a-a-a-ber nie radioaktiv, nie straffällig geworden sei. Wie Aufderhalden sein Geld verdient habe, sei ein Rätsel geblieben. Irgendwann sei man zum Schluss gekommen, der Mann müsse von Haus aus vermögend sein, ein waschechter Paradeplatzschweizer eben.

Markowitsch hatte noch dies und das erzählt, konnte aber über die jüngste Geschichte nichts berichten, da die Rote Laterne seit der Schließung als Puff vor gut drei Jahren nicht mehr in den Zuständigkeitsbereich der Sitte fiel. Wolfgangs Bericht bezog sich allein auf Friedrich, wenngleich auch ihm die Travestie des merkwürdigen Mannes nicht entgangen war. So schloss der Kollege denn auch mit den Worten:

– Er möge in F-F-Frieda ruhen.

Der erhoffte Applaus blieb zwar aus, doch hatte Markowitsch immerhin die Aufmerksamkeit am Tisch wiederhergestellt, ein leises Schmunzeln von Shirin erfreut zur Kenntnis genommen und auch das Nicken der Kommissarin. So ließ er sich mit vergleichsweise geringem Aufwand, einem Dankeschön inklusive Schulterklopfen, aus dem Sitzungszimmer hinauskomplimentieren.

– Shirin, das private Umfeld, ja? Ich bin daran gescheitert. Nimm Kontakt mit den Schweizer Behörden auf. Frag deine Leute. Ich will etwas über die engsten Vertrauten von Frieda erfahren und auch, ob wir nicht doch jemand über sein – pardon – ihr Ableben zu informieren haben.

– Meine Leute?!

– Jetzt tu nicht so. Wenn du dir schon keinen Schlaf gönnst, dann spar dir wenigstens die Empfindlichkeiten.

Jette bereute im selben Augenblick, was sie gesagt hatte. Shirin war stolz auf ihre türkischen Wurzeln und verfügte deswegen über Kontakte, die sich für so manche Ermittlung schon als wertvoll erwiesen hatten. Warum hatte sie die Kollegin angefahren? Die Empfindlichkeiten lagen wohl eher auf ihrer Seite. Seit dem Fund der Leiche war sie ihr Unwohlsein nicht mehr losgeworden. Der Gedanke, dass es womöglich kein Selbstmord war, schlug ihr aufs Gemüt.

– Und das Geschäftliche, wie immer. Auch wenn uns Markowitschs Äußerungen wenig Hoffnung machen, das sollte dich reizen, oder? Finde heraus, wie F-F-Friedas Zah-ah-ah-ahlen aussehen … Entschuldigung. Die Unterlagen zur KG sind vielleicht schon bei dir eingetroffen. Äh, Michel, was machst *du* eigentlich hier?

– Hat dich Häusermann nicht informiert? Ich bin euch neu zugeteilt, auf Probe.

Die Kommissarin wusste das, hatte diesen Umstand verdrängt. Anordnungen des Staatsanwalts waren zwar stets unmissverständlich, was aber an der Fragwürdigkeit so mancher Weisung nichts änderte. Kein guter Morgen, schoss es ihr durch den Kopf, kein guter Anfang. F-F-Fuck Frieda! Und Jette atmete ruhig aus. Reiß dich zusammen, vernahm sie nun doch ihre innere Stimme. Sammle dich, Mädchen! Troller und sie hatten im Umgang mit Staatsanwalt Häusermann ihre eigene Strategie entwickelt. So tun, wie wenn …, sich später auf Missverständnisse berufen, andere Prioritäten vorschieben oder sich kleinmütig geben, im Notfall unterwürfig, spätestens dann lenkte Anatol Häusermann ein und markierte den verständnisvollen Chef. Und von wegen Beuteschema, dieser Katterer war im Gegensatz zu ihrem Noah ein Milchbubi, mit so etwas würde sie nicht einmal spielen …

– Und übrigens, ich heiße Hans Georg.

– Na dann, Kollege Hans G-Punkt, wir wollen Licht auf die Bühne bringen. Ich will wissen, was es mit dieser Verkleidung auf sich hat. Mach dich schlau. Vielleicht war Frieda-Friedrich in medizinischer Obhut, psychologisch betreut und oder physiologisch. Womöglich hat sie Psychopharmaka oder auch Hormone zu sich genommen, weiß der Geier, was trieb diesen dubiosen Mann zum Frausein … und vielleicht in den Selbstmord? Klar?

Als die beiden das Sitzungszimmer verlassen hatten, fiel auch bei Jette der Groschen. Katterer naschte bereits an Shirin, da hatte es ein Vorspiel gegeben, schon bevor der stramme Junge in ihr Team befördert worden war. Sie hatte den beiden also eben eine Freude gemacht, indem sie ihnen denselben Auftrag in anderen Worten gegeben hatte: sich so und anders näher mit Frieda zu beschäftigen.

Gute Zusammenarbeit trägt immer Früchte, so dachte sie, sinnstiftend, und dachte zugleich an Troller und daran, was sie selbst nun als Nächstes tun sollte.

3

Troller schlenderte den Uferweg entlang weiter flussabwärts. Er zog die Visitenkarte hervor, die ihm Cesare beim Abschied zugesteckt hatte: »Salvatore Perlini, Fleisch vom Feinsten«. Aus dem gescheiterten Fußballprofi war ein Großverteiler von Würsten, Schnitzeln und Lammkeulen geworden. Wie doch die Zeit verging. Walle hatte noch den Teenager vor Augen, wie er im Trikot der AS Roma das Treppenhaus hinunterhastete. Er hatte durchaus Ambitionen gehabt, der Junge des Hausmeisters, doch ein zu schwaches Knie. Jahre später noch konnte Cesare bedauern, dass Totti einer wie Salvatore bei den *Giallorossi* fehlte, von der *Squadra azzurra* ganz zu schweigen. Salvatore musste inzwischen bald vierzig sein, ein erfolgreicher Großmetzger, wenn Troller Cesares Worten Glauben schenken wollte.

Die Visitenkarte machte Eindruck. Salvatore Perlini war nicht nur Auslieferer, er war der Chef der Firma ..., der persönlich einmal die Woche die Rote Laterne belieferte. Vielleicht kann dir Salvatore weiterhelfen, ruf ihn an, hatte Cesare noch gesagt. Und das würde der Hauptkommissar auch tun, allein schon, um das Bild, das er von Perlini junior hatte, auf den aktuellen Stand zu bringen.

War Frieda hier entlanggegangen? Auf der Suche nach einer geeigneten Einstiegsstelle? Irgendwie musste Frieda von der Roten Laterne zum andern Ende am Stauwehr gelangt sein. Und wenn er diesen Weg freiwillig eingeschlagen hatte und dies auch noch nachts, so musste sie feste Kleider getragen haben, eine dicke Jacke oder einen Mantel. Auch eine Selbstmörderin will nicht schon auf dem Weg zum Tatort erfrieren. Er würde bei den Kollegen nachfragen. Vielleicht fände sich auf dem Weg noch ein entsprechendes Kleidungsstück. Es wäre nicht das erste Mal, dass sie die Klamotten fein säuberlich zusammengelegt bei der Einstiegsstelle auffänden. Selbstmörder, die das Wasser wählen, handeln nicht spontan, das wusste Troller. Vielmehr planten sie ihren Abgang minutiös, regelten die Dinge zu Hause, manche kündigten gar ihren Job, brachten den Hund ins Tierheim, und ausschließlich alle schrieben sie einen Abschiedsbrief, oder fast alle.

Wer ins Wasser geht, hinterlässt keine Unordnung. Wenn die Leiche aber lediglich in diesem Gewässer entsorgt worden war, befand sie sich davor aller Wahrscheinlichkeit nach in einem Kofferraum und war zum Fluss gefahren worden.

Mit oder ohne Wagen, selbstbestimmt oder fremdbestimmt … Hauptkommissar Troller spielte die Szenarien durch, den Blick auf die Uferböschung gerichtet. Die Schwerkraft zerrte nun nicht mehr so sehr an ihm, er ging aufrecht, beinahe unbeschwert, sog die frische Luft ein, und ihm war, als öffnete er an diesem Tag die Augen ein erstes Mal. Er würde vorwärts gehen, weitersehen, noch war nicht aller Tage Abend, noch war er, Walle Troller, in Jedastedt der Hauptkommissar.

Das Flussbett war an der Stelle, an der sich Troller jetzt befand, schmaler, die Strömung stärker, auch wegen des Zuflusses zweier kleiner Bäche weiter oben. Ihm stieg der Geruch von Fäulnis in die Nase. Vielleicht ein Abwasserkanal in der Nähe, ging es Walle durch den Kopf, unterhalb des Wasserspiegels, und er verließ den Kiesweg, denn das Schilf stand günstig, und es war höchste Zeit, dem Druck nachzugeben.

Hier würde wohl ein menschlicher Körper abgetrieben werden, nach einer geeigneten Einstiegs- oder Entsorgungsstelle suchte Troller indes vergebens. Enten vergnügten sich im Wasser, am Ufer hielt ein Reiher stoisch Ausschau, nur wenige Schritte von ihm entfernt. Selbst wenn er eine Tüte altes Brot dabeigehabt hätte, die hiesigen Bewohner würden ihm nicht weiterhelfen. Jeder Friede ist labil, das wusste Walle: Wirst du einer Idylle gewahr, sei auf der Hut. Und er ließ einen fahren. Eben noch war dem Hauptkommissar ein roter Stofffetzen auf der gegenüberliegenden Uferseite aufgefallen, da meldete sich der Frosch an seiner Brust erneut.

– Angie, das ging aber fix! Und? Wer war's?

– Niemand war's, hoffentlich, du Komiker. Wo steckst du?

– Gehe den Fluss entlang, grad ziemlich entspannt, bin kurz vor der Eisenbahnbrücke, und du?

– Rate mal.

– Entschuldige. Aber sag, was hatte Frieda an, als ihr sie heut früh aus dem Wasser gezogen habt?

– Verstehe. Aber nein, ich kam zu spät, die hatten den Sack schon bis zum Kinn zugemacht. Soll ich nachfragen?

– Bitte tu das, eilt aber nicht. Und Häusermann?

– Wenn Mord, dann Pressekonferenz.

– Wären unsere Verbrecher nur auch so berechenbar wie der Herr Staatsanwalt. Und? War's Mord?

– Ich hab ein ungutes Gefühl. Gerda wird frühestens am Nachmittag für Gewissheit sorgen. Hör zu, ich habe den Koch ausfindig gemacht. Der wusste von nichts. Hab ihn aber überzeugt, die Kneipe wie üblich zu öffnen.

– Kluges Mädchen.

– Er wird um zehn dort sein. Die Bedienung ebenfalls.

– Wie auch wir dort eintreffen werden.

– Korrekt.

– Ich geh noch bis zur Eisenbahnbrücke und kehre dann um. Kannst du bitte Peer herschicken, damit er den Abschnitt von der Brücke bis zum Stauwehr unter die Lupe nimmt? Vielleicht findet er noch das Kleiderbündel.

– Troller!

– Was, mein Engel?

– Peer gehört zu jenen Menschen, die ihren Urlaub wirklich antreten. Schon vergessen? Der hockt seit einer Woche mit seiner Liebsten bei den Schwiegereltern in Den Haag.

– Seit einer Woche? … Ja –.

– Bitte streng dich nicht an: Ja, das geht. Aber wir haben Verstärkung zugeteilt bekommen.

– Stimmt! Der Michel, nicht wahr? Auch gut, schick den Michel her.

– Halt dich jetzt mal lieber ran, alter Mann, sonst triffst du noch zu spät in der Roten Laterne ein.

– Ja, Schatz.

In der Zwischenzeit hatte sich der rote Stofffetzen als kaputter Regenschirm zu erkennen gegeben. Troller warf noch einen Blick auf das Display und stellte fest, dass ihn zuvor, als er noch mit dem alten Perlini unterwegs gewesen war, nicht Häusermann, sondern seine Tochter angerufen hatte, und er aktivierte die Sprachbox.

Mit Heikes Stimme im Ohr schlenderte Walle der Eisenbahnbrücke entgegen, ein Schnellzug überquerte den Fluss, und er stellte sich vor, wie Frieda tot oder lebendig aus einem der Zugfenster flog. Troller ersetzte das Zugfenster durch einen offenen Güterwaggon, doch auch auf diese Weise war Aufderhalden kaum ins Wasser gelangt. Und er lächelte, allerdings mehr der Worte seiner Tochter wegen, die er vergangenes Wochenende in Konstanz besucht hatte.

Jette hatte zwei Leute von der Spurensicherung zur Roten Laterne mitgebracht für den Fall, dass es sich bei der Kneipe um einen Tatort handelte. Nichts im Innern aber schien auf ein Verbrechen hinzudeuten. Die Spusis waren mit Troller nach oben gegangen, um die Wohnung von Frieda in Augenschein zu nehmen, während Jette in der Kneipe bei Yannick, dem Koch, und Eleni blieb. Eleni, die in einer halben Stunde die ersten Gäste bedienen sollte, saß in sich gebeugt auf dem Stuhl, schluchzte und behalf sich mit einem Taschentuch, das inzwischen durchnässt war.

– Sollen wir tatsächlich aufsperren? Bringt das was?

Die Kommissarin hatte den vorwurfsvollen Unterton in der Stimme des kochenden Rastaman sehr wohl vernommen, blieb aber sachlich.

– Ja, unbedingt. Das kann für die Ermittlungen sehr hilfreich sein.

– Warum? Ich versteh's nicht.

– Wir möchten die Reaktionen der Gäste beobachten, wenn sich der Tod Friedas herumspricht. Das mag Ihnen vielleicht kaltherzig erscheinen, doch sind erste Reaktionen meist unverfälscht oder so aufgesetzt, dass es auffällt. Und ganz bestimmt möchte Hauptkommissar Troller später von Ihnen beiden wissen, welche Stammgäste nicht gekommen sind.

Eleni hatte sich mit einem Mal gefasst, sich erhoben und das Taschentuch weggesteckt.

– Das Schwein schnappen wir! Solltest du nicht längst in der Küche sein?

Yannick machte zwischen den Dreadlocks große Augen, trottete dann aber mit einer schwer zu deutenden Geste ab.

– Und wenn es doch Selbstmord war?

– Für den Fall eines Selbstmords machen wir bei unserem Vorgehen nichts falsch. Verhält es sich jedoch anders, sollten wir von Anfang an alles richtig gemacht haben.

Eleni fasste sich an ihr Augenbrauenpiercing, als helfe ihr das beim Denken. Dann nickte sie der Kommissarin konspirativ zu, setzte sich in Bewegung und begann mechanisch, die einzelnen Tische herzurichten.

Jeder Ort, wo Menschen sich aufhalten, erzählt eine Geschichte. Auf die Rote Laterne aber konnte sich Jette zunächst keinen Reim machen. Von einem einheitlichen Design keine Spur, jeder Tisch war anders, fast jeder Stuhl. An der einen Wand hingen alte Bilder, an der andern gar ein Hirschgeweih, darunter an einem Haken ein altes Jagdhorn. Als habe man sich vor der Neueröffnung lustvoll auf einem Flohmarkt bedient. Den größten Platz nahm ein gerahmter Spiegel ein, der zwischen den Bildern hing; ein Kunstwerk für sich, denn er spiegelte nicht nur den Betrachter, sondern diente zugleich als eine von Hand beschriebene Getränkekarte.

Ihr war nicht nach Gin Tonic, noch weniger nach Caipirinha; das Übliche, dachte Jette lesend, der eigenen Einfallslosigkeit entgegenkommend, ärgerlich also, Buchstaben für Prozente, für so manchen Korn, jedoch kein Gran von der gesuchten Substanz, womöglich Friedas Schrift, eine schöne, eine stilvolle Schrift.

Die mächtige Theke, die auch als Bar diente, war voller Brandflecken, die wohl aus den Zeiten des Bordells stammten, und die Kommissarin verspürte im selben Moment ein Ziehen, den Drang, sprich den Zwang, eine zu rauchen, und sie zwinkerte dem roten Papa Schlumpf, der auf die Kasse geklebt war, gönnerhaft zu.

Draußen war noch immer November, die Sonne hinter der Wolkendecke nur zu erahnen. Jette zündete sich eine Zigarette an, dann zog sie ihr Kleines aus der Tasche. Nichts Neues. Sie würde Noah eine Nachricht schreiben, später vielleicht. Jette blies Rauch aus, steckte das Gerät wieder weg. Höchste Zeit für einen klaren Gedanken, hörte sie ihre innere Stimme. Das Rauchen überdeckte das Zögern nicht, beendete es auch nicht, Troller wunderte sich bestimmt schon, warum sie nicht längst bei ihm oben in Friedas Wohnung war. Ohne Neugier ließ sich der einfachste Fall nicht lösen.

Als hätte sie etwas gespürt, blickte Jette instinktiv nach oben und Walle, der sich aus dem Fenster gelehnt hatte, direkt in die Augen.

– Schlechten Tag erwischt, was? Komm doch mal hoch, hier gibt's was zu sehen.

Jette stand nicht vor umgestoßenen Möbeln, auch nicht vor einer Blutlache, sondern vor unzähligen Kartons voller Flyer und Plakate in mehreren Formaten. Von jedem einzelnen Plakat grinste ihr Frieda entgegen, eher künstlich als lebendig, in jedem Fall aber druckfrisch.

– Das ist ein Scherz, oder? Glaubst du, Frieda Aufderhalden wollte tatsächlich für das Amt des Oberbürgermeisters kandidieren?

– Steht doch schwarz auf gelb. Für einen Jux scheint mir das ein wenig viel Aufwand. Mit der Menge hier lässt sich die ganze Stadt zukleben.

– Wir haben eine Spur?

– Abwarten. Ich bin gespannt, was wir auf Friedas Rechner finden werden.

– Und sonst?

– Sieh dich um, mach dir ein Bild, und wir tauschen uns aus.

– Ja, Chef.

– Ei! Was ist denn mit dir los? Habe ich was verpasst?

– Du nicht, aber ich, noch nicht, aber bald.

– Seit wann zweifelst du an unseren Qualitäten?

Jette zuckte mit den Schultern und wandte sich ab. Sie wusste selbst, dass sie nicht gut drauf war, wollte aber ihre schlechte Laune nicht auch noch an Troller auslassen. Sie betrat das einzige unaufgeräumte Zimmer der Wohnung, jenes von Carlos, dem Musiker, der sich laut Yannick gerade für Studioaufnahmen in Berlin aufhielt. Ein Gitarrist, der sich Tag für Tag mit Hendrix auf Augenhöhe wähnte und der sich hier sein Nest eingerichtet hatte.

Ein Spätpubertierender, der sich noch an Postern aufgeilte? Carlos wer?

Nicht Santana, sondern Möchtegern-Hendrix, ging es der Kommissarin durch den Kopf; ihr Vater hielt beide in Ehren, auf Vinyl ... Fetische eines Altachtundsechzigers. Und das Wochenende kam näher und näher und rückte – mit dem Mief der Bude eines Jungmusikers konfrontiert – immer weiter in die Ferne.

Auch im Kleiderschrank verbarg sich der Täter nicht. Ein Mikrofon, eine klassische Niere, that's for shure, ohne Kabel, stattdessen Bleistift und Radiergummi, auf dem unteren Tablar ein Stein mit Katzengold bespickt, zwei Packungen Papiertaschentücher, ein bisschen Wäsche und einige CDs. Die meisten Regalbretter aber unbenutzt, staubbedeckt, und im Abteil mit der Garderobe hing einsam und verlassen ein Anorak, olivgrün, mit Pelzkragen – wann hatte sie ein so hässliches Teil zum letzten Mal gesehen? Jette wandte sich ab, wechselte den Schauplatz und warf einen Blick in Friedas Schlafzimmer, ging dann ins Bad, öffnete den Spiegelschrank, worin sich das Übliche befand: Schmerztabletten, Nagelschere, Wattestäbchen, Lippenpomade, Heftpflaster, eine verbogene Pinzette, eine wärmende Salbe. Hinter dem Duschvorhang ebenfalls kein Täter. Frieda hatte dasselbe Duschgel benutzt wie sie … welche Erkenntnis.

Jette schaute in den Spiegel, als brauchte sie noch eine Bestätigung für ihren Zustand, und rief ein wenig zu laut: »Wart ihr schon auf dem Dachboden?« Postwendend reckte Kandlhuber, einer der beiden Spusis, den Kopf ins Badezimmer.

– Schreitherapie, werte Kommissarin, wird gemeinhin überschätzt. Und ja, dort waren wir, selbstverständlich waren wir dort, aber wohl seit vielen Jahren als Erste wieder. Das Zeug da oben dürfte noch von früher stammen. Meister Troller lässt übrigens ausrichten, dass er zum Essen einlädt, falls Sie, geschätzte Frau Kommissarin, einen Abschiedsbrief oder aber das Handy von Frieda fänden.

Jette hielt ihrem eigenen Blick stand, beherrschte sich und also ihr Spiegelbild, denn allein Kandlhubers süffisant vorgetragene Höflichkeiten waren zum Schreien. Erst denken, dann schießen … Sie nickte sich zu, damit der Mann von der Spurensicherung wieder abzog. Die Tat gestehen würde er nicht, nicht der Kandlhuber. Er war's auch nicht.

Kein Gran der gesuchten Substanz. Fehlte ihr denn was? Ein Piercing, wie Eleni eins hatte, fehlte ihr mit Sicherheit nicht. Jette wischte sich eine Strähne aus dem Gesicht; vielleicht täte ihr eine andere Haarfarbe gut. Schwarz, das stand ihr, rabenschwarz zu den hellen blauen Augen, das wirkte, das wusste sie. Klare Kontraste beförderten die Einsicht, und Noah hätte seine Freude daran.

Nach einem Abschiedsbrief zu suchen, würde sie sich sparen, an dessen Existenz glaubte sie so wenig wie Troller. Friedas Handy ließ sich vielleicht orten. Jette hatte den Eindruck gewonnen, dass in diesen Räumen niemand richtig wohnte beziehungsweise gewohnt hatte. Wie Schlafstellen für Menschen auf der Durchreise; entweder hatte Frieda noch eine andere Bleibe, oder sie hatte sich die meiste Zeit unten in der Kneipe aufgehalten. Und der Musiker?

Als sie nochmals das Zimmer mit den Kartons betrat, fielen ihr die kahlen Wände auf. Dem Raum schien keine weitere Funktion zuzufallen. Ein Abstellraum, nicht besenrein, gegen dessen muffigen Geruch kein Fensteröffnen helfen würde. Der Streifen einer rosafarbenen Tapete, virtuos verziert, aber längst speckig geworden, zeugte von damals. Von der Decke baumelte eine nackte Glühbirne. »Sie können sich wieder anziehen!«, befahl jetzt die Kommissarin, um der eigenen Ratlosigkeit entgegenzuwirken. Kein Büchergestell, keine Poster oder Bilder, ausschließlich Kartons mit Wahlplakaten, die in der Mitte des Zimmers auf einem Tisch und ringsum auf dem Boden darauf warteten, dass etwas mit ihnen geschah. Keine Stühle. Ein Wahlkampfbüro sah anders aus. Ein Alibiraum? Für die Kriminalpolizei so hergerichtet?

Jette blickte aus dem Fenster, aus dem Troller sie zuvor aufgeschreckt hatte. Es war kurz vor zwölf, die Sonne hielt sich weiter zurück. Jedastedt im Novemberdunst. War das eine Aussicht? Das Feuerzeug flackerte auf, Jette senkte den Blick. Die ersten Mittagsgäste waren eingetroffen, der Parkplatz zur Hälfte besetzt. Wohl Leute der umliegenden Industrie, die eine Kneipe der Kantine vorzogen. Gebrauchte Kleinwagen oder Firmenautos; da ein Logo, dort ein Slogan: »Wir können mit Druck umgehen«.

Jette sog am Filter, kein Hungergefühl. Ihre Neugier, was dieser Yannick auf die Teller zauberte, hielt sich in Grenzen. Vielleicht aber saßen die Lieferanten der Plakate jetzt unten in der Kneipe.

Eine Streife näherte sich der Roten Laterne. Das musste Katterer sein. Troller wollte einen Beamten in Uniform am Tisch haben, keine Frage. Doch einmal am Tag als Ökodino beschimpft zu werden, reichte ihr. Sie schnippte die Kippe aus dem Fenster, dachte noch einmal an Papa Schlumpf, der des Gitarrenspiels wohl nicht mächtig war, und steckte im Gehen einen Friedaflyer ein.

4

Yannick hatte zu aller Erstaunen nicht nur Deftiges auf der Platte. Das Thaicurry mit Lammwürfeln mundete Jette, das Fleisch hatte den richtigen Biss, das Curry die nötige Schärfe. Der Kattererkopf wurde mit jeder Kaubewegung röter und röter. Doch als sie dem jungen Kollegen von ihrem Wasser anbieten wollte, ertönte am Tisch das Quaken des Froschs. Troller griff sich unter der Serviette ins Jackett, zog sein Telefon hervor, schaute aufs Display und reichte das Gerät an Jette weiter.

Das Spiel war nicht neu. Kommissarin Hagen begrüßte in aller Freundlichkeit Staatsanwalt Häusermann am anderen Ende, horchte auf die Entgegnung und gab den Frosch dessen Besitzer zurück.

– Für dich!

Troller verzog keine Miene, legte nicht einmal die Gabel ab und hielt mit der anderen Hand das Telefon an sein Ohr. Dann und wann ein knappes Ja oder zur Abwechslung auch einmal ein Nein, mehr hatte er dem Staatsanwalt bei Aufnahme eines Falles noch selten zu erwidern gehabt, ganz abgesehen davon, dass sich auch Walle ungern beim Essen stören ließ.

– Nein, Herr Staatsanwalt, wir tappen noch im Dunkeln, doch keine Sorge, Kollege Katterer hat die Taschenlampe dabei – nicht wahr, Michel?

Der junge Mann schreckte hoch, bekam einen nächsten Schweißausbruch, noch bevor er merkte, dass er nicht zu antworten brauchte, Troller lediglich seine üblichen Scherze trieb und auf seine Weise die Fortsetzung gewährleistete. Jette sah sich gleichwohl genötigt, dem armen Hans Georg Wasser nachzuschenken, Kandlhuber schüttelte den Kopf, derweil seine Assistentin, von Troller »Klausis Spusimaus« genannt, in aller Ruhe weiteraß. Die junge Frau hatte sich wohlweislich für das Cordon bleu mit Pommes entschieden – und sie versah beides mit ordentlich Ketchup.

Der Tisch mit den fünf Beamten hatte die Aufmerksamkeit der anderen Gäste auf sich gezogen, was sich vornehmlich in gekünstelter Nichtbeachtung zeigte. Eleni hatte jeden, der wissen wollte, was die Bullen hier verloren hätten, über die tragischen Umstände aufgeklärt, wie es ihr aufgetragen war. Eleni machte ihre Sache gut, sie war entschlossen, den Fall zu lösen und den Täter seiner gerechten Strafe zuzuführen. Die Gäste waren im Bild, die übliche Betroffenheit, die übliche Neugier, da und dort ein wenig Nervosität, das eine oder andere Tischgespräch mochte ein wenig angeregter verlaufen als sonst oder auch leiser.

Elf mehr oder minder voll besetzte Tische mit Menschen, die kurz aus ihrem Alltagsdämmer geweckt worden waren, doch die meisten schien die Neuigkeit nicht aus dem Trott zu bringen. Niemand aß gern im Beisein der Polizei, die Menschen aber stillten ihren Hunger, und die meisten, so machte es den Anschein, hatten ganz andere Sorgen als Friedas Ableben. Der Hunger treibt so manches rein, die Menschheit hat einen großen Magen.

Jettes Blick hing an Elenis Piercing, und sie dachte der Reihenfolge nach an Antennen, an Außerirdische, an magnetische Schwingungen und Gedankenübertragung, kam aber dann zum Schluss, dass ihr Kopf womöglich ein wenig Auslauf nötig hätte. Sie winkte Eleni an den Tisch und bestellte Wasser nach. Beiläufig fragte sie ihre neue Assistentin, ob sich heute Fremde in der Kneipe befänden, was die Frau, die in ihrem Element war, gewissenhaft verneinte. In ihrem Eleniment, korrigierte Jettes innere Stimme, derweil sie den Tisch mit den Männern der Druckerei in den Blick nahm, sich schon erheben wollte, allerdings von Troller zurückgehalten wurde.

– Sag mal, Michel, was glaubst du, wird unser alter OB wiedergewählt?

Katterer verschluckte sich, Kandlhuber schmunzelte, und Hagen studierte die aufhorchenden Gesichter. Wusste einer der Gäste von Friedas Kandidatur? Klaus, seit Jahrzehnten bei der Spusi und mit den Ermittlungsmethoden des Hauptkommissars vertraut, sprang für den überforderten Hans Georg ein und antwortete ebenso gut vernehmbar, dass er um keine ernsthafte Konkurrenz wüsste. Die Männer von der Druckerei wussten Bescheid, das sah Jette sofort. Und auch die junge Frau, die am selben Tisch saß. Alle anderen zeigten keine Reaktion, zumindest keine, die zu weiteren Nachforschungen Anlass gegeben hätte.

Und plötzlich stand auch Master Dreadlocks im Raum. Seine Arbeit war getan, er machte die Runde, begrüßte die Gäste an den Tischen, einige per Handschlag. Tat er das immer? Dass der Koch gleich von mehreren Gästen auch als »Gentleman« angesprochen wurde, war gewiss zu viel der Ehre. War da Musik im Essen, Reggae auf der Platte gewesen?

Jette war mit sich uneins, doch die aufgetischten Speisen sprachen für den Mann. Yannick verstand sein Handwerk, pflegte den Kontakt zu den Gästen; fachliche und soziale Kompetenz, so hieß das doch. Kein unbegabter Koch, doch nicht ganz koscher. Jette ermahnte ihre innere Stimme zu einem korrekten Sprachgebrauch. Mit Yannick würde sie sich noch unterhalten. Sie ordnete den Mann vorläufig in die Fraktion der Kiffer ein, dazu passten die Frisur, der Schlafzimmerblick und der federnde Gang. Vorurteile erhalten die Distanz, und vielleicht war es an der Zeit, dass sie ihre eigenen Gesetze aufstellte, den Hagen-Codex oder besser gleich den Hagen-Komplex: Die Schwerelosigkeit ist immer Illusion, erster Satz; lass dich nicht täuschen, lass dich nicht einwickeln, zweiter Satz; lass dich nicht einfach so ficken. Daran ließ sich in jedem Fall weiterarbeiten.

Carlos, der fehlende Musiker, gehörte aller Wahrscheinlichkeit nach derselben Fraktion an. Die Papierchen, die sie vorhin in seinem Zimmer oben gesehen hatte, ließen kaum einen anderen Schluss zu. Fürs Erste hatte Jette genug gesehen, sie musste dringend aufs Klo und ebenso dringend eine rauchen. Diesmal ließ Troller sie gehen.

»Kein Schwanz ist so hart wie das Leben.« – Jette hatte ihr Kleines gezückt und einige Male abgedrückt, sie würde den Klospruch in ihre Sammlung aufnehmen. Vor wenigen Jahren noch hatte sie sich gern in Männerklos geschlichen, um Sujets abzufotografieren, denn auf den Damentoiletten war selten etwas Griffiges zu finden. »Superwomen don't shit« … eine Erinnerung, geknipst vor Jahren als eine die Regel bestätigende Ausnahme auf dem Personalklo eines Nobelhotels. Damals hatte sie sich in ein kurzes Schwarzes zwingen lassen, war als blutjunge Aushilfe in der Lobby, in der Lounge, wohl gerade wegen ihrer scheinbaren Unbefangenheit, eingestellt worden und sammelte so viel Erfahrung wie in ihrem ganzen Leben zuvor nicht.

Manchmal wunderte sich Jette noch heute, wie sie all den Verlockungen aus Schnee und Champagner hatte widerstehen können; doch es war schon da nichts anderes gewesen als der ihr angeborene Trotz, ein Gen, für welches sie ihrem Vater noch immer dankbar war. Jeder schaute nur auf seine eigene Befriedigung. Eine banale Einsicht, als Landei aber, jung und naiv, gutgläubig und voller Zuversicht, hatte sie so manchen schlimmen Verdacht erst bestätigt bekommen müssen. Das Widerwärtige hatten seinen festen Platz, und die Traurigkeit, die darin steckte, hatte sie zunächst auf dem falschen Fuß erwischt.

Eines Tages, wenn sie selber einmal Töchter hätte, würde das mit der Erziehung ein wenig anders laufen. Eines Tages, so hatte Jette sich vorgenommen, würde sie ein Buch veröffentlichen mit den besten Klosprüchen, den daraus zu ziehenden Lehren und damit ihre Pension aufbessern: *Angie's Gender Studies*. Oder so ähnlich.

Kunstvoll gestaltet war auch das »I love Frieda« gleich unter der behaupteten Härte, inhaltlich aber wenig ergiebig. Die Kombination dürfte auf die Gäste eine andere Wirkung entfalten als noch vor Tagen. Die Kunst war das eine, der Kontext das andere. Eine Handbreit neben dem Herzen stand kaum lesbar: »Stirb langsam, aber ungeteilt.« Vielleicht das Kleingedruckte zum Werk, vorläufig aber war sie, die Kommissarin, noch für den Kontext zuständig.

Jette nahm den Hinterausgang und traf draußen auf den rauchenden Koch. Und sie nutzte die Gelegenheit für ein Kompliment.

– Das müssen Sie Jimmy sagen, der ist für die scharfen Sachen zuständig.

– Jimmy?

– Meine rechte Hand. Steht auf der Liste, die ich dem Hauptkommissar gegeben habe. Fragen Sie mich jetzt bitte nicht nach seinem richtigen Namen.

Jette hatte vergeblich darauf gewartet, dass ihr der Gentleman Feuer gäbe und zündete die Zigarette jetzt eigenhändig an, den fragenden Blick aber hielt sie aufrecht.

– Jimmy ist vor vielen Jahren mit seinem Bruder aus Sri Lanka geflohen. Hierher. Doch was Namen angeht, da haben die Tamilen nicht ans Visitenkartenformat gedacht. Und aussprechen lassen sich die für unsereins sowieso nicht. Jimmy passt, passt auch ihm, die Fortsetzung ist Vergangenheit. Sie können ihn gern fragen, er räumt noch die Küche auf.

– Hat Jimmy am Samstag gearbeitet?

– Nee, da war ich hier.

– Ich dachte, samstags sei hier am meisten los?

– Schon, aber nicht an den Töpfen. Abends reicht es, wenn einer von uns beiden in der Küche steht. Den großen Umsatz macht Frieda am Freitag und Samstag mit den Nachtschwärmern an der Bar. Machte, ja … dumm … nein, was weiß ich. Erst das Bier, dann die Schnäpse. Ist eine ganz andere Klientel, die treibt ein anderer Hunger. Da kommen die Künstler. Sie verstehen.

– Kiffer?

– Auch die, ja.

– Sie bleiben selten bis zum Schluss?

– Eigentlich nie. Warme Küche gibt's bis 22 Uhr, eine halbe Stunde später bin ich weg.

– Und Sie haben noch immer keine Idee, was vorgefallen sein könnte?

– Nein, aber easy. Ich war's nicht … eigne mich zwar für Vorurteile, scheint eine nicht abzuschüttelnde Eigenschaft zu sein, was weiß ich. Liegt wohl an der Frisur. Bin aber, werte Frau Kommissarin, ganz normal veranlagt, koche gern und mache noch lieber Urlaub. Und nein, ich war noch nie in Jamaika, aber ich mag die Musik. Im Übrigen bin ich Tauchlehrer und verstehe was von Meeresbiologie. So einfach ist das, eigentlich.

Jette verzichtete darauf, Master Dreadlocks auf die Plakate in der Wohnung anzusprechen. Falls Yannick davon wusste, würde er sich vielleicht fragen, wieso sie ihn nicht danach fragte. Ob jemand, der sich mit »Gentleman« ansprechen ließ und dazu sanft in den Knien federte, so leicht aus der Fassung zu bringen war? Der Mann hätte sich auch als Kaminfeger verkaufen lassen, als vermeintlicher Glücksbringer auf einer Ansichtskarte, vierblättriges Marihuana-Blatt, Leiter statt Kochlöffel in der Hand, ein bisschen Ruß ins Gesicht, schwarzer Zylinder statt der fehlenden weißen Mütze.

Sie drückte die Zigarette ordnungsgemäß im Aschenbecher aus, der an der Außenfassade des Gebäudes befestigt war, und begab sich zurück in die Kneipe. Als Jette an der Küche vorbeikam, warf sie einen flüchtigen Blick ins Innere, wo Jimmy, vor sich hin summend, den Herd reinigte. Auch dieser Mann würde ihnen nicht davonlaufen.

– Verdauungsprobleme?

Sie mochte auf Katterers Provokation nicht eingehen, setzte sich an den Tisch, sodass der Stuhl unter ihr knarrte, sah zu Troller hinüber, der seinerseits auf eine Reaktion zu warten schien. Das blöde Grinsen Kandlhubers war ihr dann aber doch zu viel.

– Während ihr mit den Resten auf euren Tellern spielt und euch in Gedanken um die eigene Achse dreht, ermittle ich, wenn's recht ist. Die Melodie, die hier gespielt wird, könnte falscher nicht sein. Und Katterer, wenn ich dich so ansehe, frage ich mich ernsthaft, was gerade in deinem Oberstübchen abläuft – ist das Feueralarm, oder verheimlichst du uns bahnbrechende Erkenntnisse?

Noch bevor Katterer etwas entgegnen konnte, wiegelte Troller ab, setzte seine Brille auf, faltete die Liste mit den Namen auf, die der Koch zusammengestellt hatte, und legte sie auf den Tisch. Eine lange Liste, wie sich bei genauerer Betrachtung zeigte.

– Da kommt einiges an Kleinarbeit auf uns zu.

Jette wusste sofort, wer mit »uns« gemeint war, enthielt sich aber weiterer Bemerkungen und schielte zum Tisch mit den Druckern rüber. Noch schienen diese Leute keine Anstalten zu machen …

– Wenn ich das richtig einschätze, gibt es Mittagsgäste und ein Abendpublikum. Die Schnittmenge fällt gering aus, die interessanten Leute dürften sich abends hier aufhalten. Wir werden also wiederkommen –

Kandlhuber fiel Troller ins Wort, da er meinte, die Spurensicherung könne sich jetzt verabschieden. Der Hauptkommissar atmete vernehmbar aus, senkte ein wenig den Kopf und fixierte den Mann von der Spusi über die Brillengläser hinweg.

– Wie lange kennen wir uns jetzt schon, Klaus? Du und deine …

– Ich heiße Petra.

– Ja, entschuldige, weiß ich doch, also Klaus, du und Petra, ihr werdet euch noch einmal die Küche vornehmen.

– Wozu?

– Liebe Petra, ich bin überzeugt, auch Klaus könnte dir das erklären, das geriete aber wohl ein wenig zu umständlich, also höre: Ich bin mir völlig im Klaren, dass ihr gute Arbeit geleistet habt und auch die Mülltüte unter der Theke nicht vergessen habt. Ganz gewiss werdet ihr in der Küche jetzt nichts Verdächtiges mehr finden. Es geht einzig darum, die Herren in der Küche ein wenig nervös zu machen, einverstanden?

Die Idee hätte von ihr stammen können, obschon sie, das musste Jette sich eingestehen, nicht darauf gekommen war. Zu sehr war sie auf den Schlumpf fixiert gewesen, auf das Lächeln hinter dem Bart, und auf das Hirschgeweih, die Gucklöcher des Schädels darunter, woraus ihr das Tier Mal ums Mal zugezwinkert hatte.

Als sie jetzt Petras Gesichtsausdruck studierte, erkannte Jette auch ohne Vorstellungskraft, dass Troller in den Augen der jungen Spusimaus soeben zum Meister aufgestiegen war. Schöne Frau, dachte Jette, zum Anbeißen, mit oder ohne Ketchup. Und sie nahm über die Schulter von Petra wahr, wie die drei von der Druckerei Eleni zu sich an den Tisch riefen.

– Angie, ich meine, du bist hier auch noch nicht fertig.

Sie nickte und genoss den irritierten Blick Petras, die anscheinend von Angie noch nie etwas gehört hatte. Sie beobachtete auch, wie Eleni das Portemonnaie zückte, als würde sie ihren Revolver aus dem Halfter ziehen.

– Und Michel, sag, was haben deine Beobachtungen ergeben? Hast du jemanden im Visier? Das wird schon, glaub mir. Hättest du entlang des Flusses mehr als einen kaputten roten Regenschirm entdeckt, hättest du mir das gesagt, oder? Macht aber nichts, denn ich brauche jemanden, der mich zum Schlachthof fährt.

Jette merkte kurz auf, doch sie wusste, Troller würde sie aufklären, wenn es an der Zeit war. Sie erhoben sich gleichzeitig, außer Hans Georg, dem alles noch ein wenig zu schnell ging. Das Privileg des Anfängers. Kandlhuber und seine Assistentin machten sich mit ihren Koffern auf Richtung Küche, Jette heftete sich an die Fersen der Drucker. Allein Troller blickte geduldig auf den sitzenden Michel herab, bis dieser sich aus seiner Lernstarre befreit hatte.

Auf dem Parkplatz ruckelte der ältere der beiden Männer mit dem Kopf, zu gern hätte er so getan, als wisse er von nichts. Jettes Blick fiel auf den Kastenwagen, auf den Slogan der Firma, den Umgang mit Druck galt es auszutesten. Die Frau hatte sich auf die Beifahrerseite gestellt und zückte scheinbar gelangweilt ihr Handy. Der jüngere der beiden Männer, womöglich ein Azubi, verschränkte die Arme, derweil der ältere, der eben noch andeutungsweise genickt hatte, mit dem Autoschlüssel spielte.

Mit der Polizei konfrontiert, wussten die meisten Menschen nicht, was mit sich anfangen. Ungezwungen verliefen solche Gespräche selten, hatte sie sich einmal als Vertreterin der Mordkommission vorgestellt. In solchen Spannungsverhältnissen ergaben sich zuweilen überraschende Wendungen, neue Erkenntnisse. Jette zückte den Flyer, den sie oben aus dem Abstellraum der Wohnung mitgenommen hatte, und hielt die lächelnde Frieda dem älteren Herrn vor die Nase.

– Ihre Arbeit?

Dem Knaben war in seiner Verschränkung nicht mehr wohl, und er steckte die Hände in die Hosentaschen. Der ältere Mann nickte erneut, machte aber keine Anstalten, darüber auch noch Worte zu verlieren.

– Sie sind der Chef der Firma?

Jettes Blick fiel auf den Schlumpf mit der Schöpfkelle im roten Ford Mustang, der neben dem Kastenwagen der Druckerleute stand. Aller Wahrscheinlichkeit nach Yannicks Gefährt. Doch wer stand für Papa Schlumpf in der Kneipe? Und zum Schein verlor sie mal eben die Geduld.

– Ich verstehe, Sie hoffen auf eine Vorladung, der Rahmen hier auf dem Parkplatz erscheint Ihnen für ein solches Gespräch nicht angemessen.

– Ich weiß nichts, Frau Kommissarin, Ehrenwort. Wir haben den Druckauftrag termingerecht erledigt. Hintergründe haben mich nicht interessiert, ich fragte nicht nach. Solange wir gegen kein Gesetz verstoßen, drucken wir. Davon leben wir. Dass Frieda nicht mehr ist, tut mir leid, ehrlich, aber ich weiß nichts … wir wissen nichts.

– Von wem kam der Druckauftrag?

– Von Frieda Aufderhalden.

– Wer hat bezahlt?

– Hogewald.

– Hogewald?

– Rainer Hogewald, der Immobilienmakler.

– Geht doch.

– Wie?

Troller hatte zweimal hinschauen müssen, bis er im Mann mit Krawatte und dunklem Vollbart Salvatore wiedererkannt hatte.

– Die Zeit fliegt, lieber Herr Kommissar.

– Nenn mich Walle, bitte, wir kennen uns doch bald hundert Jahre, nicht wahr?

Salvatore Perlini nickte und forderte die beiden Beamten auf, Platz zu nehmen, während seine Sekretärin mit dem Kaffee schon zur Stelle war. Ob der Erscheinung setzte sich Katterer, noch nicht immer ganz Herr seiner Reflexe, in Pose, derweil Troller neben dem Bild des Doms von Cremona, das er schon kannte, das Poster eines jungen Fußballers an der Wand hinter Salvatore betrachtete, ein Junge von vielleicht acht oder neun Jahren, mitten im Kopfballduell.

– Dein Junge?

– Ja, Francesco, glänzender Spielmacher. Ich bete jeden Tag, dass er die Knie von seiner Mutter hat.

Troller nickte, lächelte, Katterer verstand nichts, griff nach der Kaffeetasse und fokussierte derweil die Sekretärin, wie sie hochhackig und fraglos um die Aufmerksamkeit wissend in wohldosiertem Tempo den Raum wieder verließ. Walles Aufmerksamkeit hingegen verlagerte sich vom Poster hin zur Fensterfront; er sah jetzt auf den Schlachthof, auf die Fahrzeuge, die unten an der Rampe bereitstanden. Vielleicht war Salvatores Knieschaden ja ein Glücksfall gewesen, der Junge hatte es zu etwas gebracht. Cesare war bestimmt mächtig stolz …

– Ich hoffe, ich gehöre nicht zum Kreis der Verdächtigen?

Perlini junior schob ein Papier über den Tisch, Troller zückte die Lesebrille und warf einen Blick darauf. Es handelte sich um den Vertrag der Kommandit-Gesellschaft, zu der auch die Rote Laterne gehörte. Er blätterte, las und hielt für einen Augenblick inne.

– Du siehst, ich stecke da mit drin.

– Das sehe ich, und zwei, drei andere Namen, die mir nicht unbekannt sind. Erzähl bitte, was hat es mit dieser KG auf sich?

– Nun, als der Puff damals die Tore schloss, hatte Fritz, also Frieda, damals noch Friedrich, schon die Finger drauf. Es war allerdings Hogewald, der mich damals mit ins Boot holte. Er verkloppte zu jener Zeit meine Wohnung in der Innenstadt, und zwar gewinnbringend. Ich war ihm wohlgesonnen, entschied mich zu einer kleinen Beteiligung, eine fragwürdige Investition aus heutiger Sicht – so viel Ware liefern wir nicht an die Rote Laterne.

– Du *warst* ihm wohlgesonnen?

– Vielleicht würde ich heute anders entscheiden. Rainer Hogewald ist ein Geschäftsmann, er achtet auf den Profit. Wer sich über den Tisch ziehen lässt, ist selber schuld. Er hat ein kaltes Herz, da ist er aber nicht der Einzige. Ich suche mir meine Geschäftspartner heute bewusster aus. Das ist leicht gesagt, ich hatte viel Glück, das Neinsagen fällt mir nicht mehr schwer.

Dass sein Bruder Joachim mit drinhing, irritierte Troller, obwohl ihn das eigentlich nicht erstaunen sollte. Jo hatte sein Geld schon immer in die unterschiedlichsten Projekte und Geschäfte gesteckt, und all die Jahre war sein Studio gut gelaufen. Der Schotter musste ja irgendwohin. Warum nicht auch in die Rote Laterne? Das würde er zuhause klären. Er schaute nach links, doch Michel rührte keinen Finger, starrte in die Leere, dorthin, wo es eben noch etwas zu sehen gegeben hatte. Troller griff in sein Jackett, zog den Friedaflyer hervor und streckte ihn seinem Gegenüber hin. Salvatore nahm das Glanzwerk in die Hand, schaute genauer hin und hob die Augenbrauen, wohl aus Verwunderung. Dann schüttelte er den Kopf.

– So aufgetakelt habe ich Frieda nie gesehen, das hochgesteckte Haar, diese viel zu großen Kreolen … was in aller

Welt … wohl ein weiteres Zeugnis ihrer Unberechenbarkeit. Wollte sie tatsächlich für das Amt des OB kandidieren?

Salvatore Perlini warf einen unauffälligen Blick auf seine Uhr, Katterer hatte sich noch immer nicht aus seiner Starre gelöst, und also machte Troller Anstalten zum Aufbruch. Da erwachte der Kollege doch noch.

– Wo waren Sie Samstagabend?

– Michel, aus! Entschuldige bitte, es ist sein erster Tag bei uns.

Perlini winkte verständnisvoll ab und wies mit einer angedeuteten Kopfbewegung auf das Poster in seinem Rücken.

– Wir waren das Wochenende über in Frankfurt, internationales Juniorenturnier, vier Tore … leider im Halbfinale an den Baslern gescheitert. Leichtfertig. Unnötig! Das haben die Deutschen mit den Italienern gemein, sie unterschätzen die Schweizer.

Troller nickte, überlegte, ob ihm Salvatore eben eine Botschaft zugespielt hatte. Über das Desaster der letzten WM, die für die Italiener erst gar nicht begonnen und für die Deutschen sehr schnell geendet hatte, würden sie ein andermal reden. Vielleicht steckte in Aufderhalden mehr als ein affektierter Verkleidungskünstler. Er nahm den Flyer und auch die Kopie des KG-Vertrags zu sich, zog die Brille von der Nase, erhob sich, streckte Perlini die Hand entgegen … und zögerte dann doch.

– Habt ihr Katzenfutter?

– Leber, Herz, Lunge … deine Katze wird es lieben! – Wie groß ist dein Gefrierfach, Walle? Darf es noch ein Rinderfilet für den Herrn sein? Irische Ware, erste Qualität, du wirst deine Freude haben!

5

Die Perlinis teilten das Schicksal vieler italienischer Immigranten des vergangenen Jahrhunderts. Mussolini hatte beträchtlichen Schaden angerichtet, nach dem Krieg war das Land kaputter denn je: Die Wirtschaft lag am Boden, und die Korruption war das einzige, was die Dinge noch am Laufen, die Menschen am Leben hielt, zumindest jene, die es sich leisten konnten.

Cesare Perlini, 1947 als jüngster Spross einer elfköpfigen Familie in einem Küstenstädtchen Siziliens geboren und auf den Tag zwanzig Jahre älter als die Troller-Zwillinge, hatte anfangs nur zwei Möglichkeiten: das Kloster, das ihm der Vater damals ans Herz legte, oder fortzugehen. Cesare war, noch nicht einmal fünfzehnjährig, zunächst bei einem Cousin des Vaters in Rom gelandet, was zwar ob der schieren Größe für Klein-Cesare die falsche Stadt war, doch der Mann, zu dem ihn der Vater noch mit Sorgenfalten auf der Stirn geschickt hatte, war der richtige gewesen: ein begnadeter Cellist und Musiklehrer, einer, der Cesares Talent schnell erkannt hatte und den Jungen an einen alten Freund in Cremona, an einen der damals bekanntesten Geigenbauer des Landes, weiterempfahl.

Und so lernte Cesare Perlini ein Handwerk, von dem er zuvor nicht zu träumen gewagt hätte, von dem er, bevor er seine Reise in den Norden des Landes angetreten hatte, noch nicht einmal wusste, dass es existierte.

Knappe drei Jahre später aber wurde »il gelato«, wie ihn die Cremoneser liebevoll nannten, vom Schicksal eingeholt.

Er war ein erstes Mal in seinem Leben so richtig aufgeblüht. Cesare vermisste zwar das Meer, die heimatliche Küste Gelas, der er neben seiner Liebe zur Eiscreme den Kosenamen verdankte, doch er war angekommen, die Saiten hatten es ihm angetan, der Espresso schmeckte, ja, er fühlte sich aufgehoben – bis eines Tages die Idylle jäh gestört wurde, unvermittelt der Staat in seine heile Welt einbrach und nach ihm rief: die Militärpflicht.

– Jetzt schalt mal einen Gang runter, Michel, du fährst schneller als der Troller erlaubt, so kann kein Mensch klar denken!

Troller hatte entschieden, noch ein wenig in seinen Erinnerungen zu schwelgen, und Katterer am Steuer tat, wie ihm geheißen. Es waren schöne Erinnerungen, Bilder von intakten Familien, die in ihm hochgekommen waren. Sie hatten im Quartier so manchen Geburtstag zusammen gefeiert, immer Mitte August, wenn im Innenhof der Grill aufgestellt war und die Perlinis die Trollers und die Trollers die Perlinis hochleben ließen. Die Frauen richteten die Salate her, die Kinder spielten auf dem kargen Rasenstück Fußball auf ein Tor, sie beide behielten das Fleisch im Auge und sprachen dem Wein zu.

Diesen Geruch der Sommerabende hatte Walle noch in der Nase und die südländische Note dazu, die Freundschaft nicht nur meinte, sondern auch lebte. Ein ums andere Mal war Cesare ins Erzählen gekommen, vorzugsweise über Rebekka, denn ihretwegen hatte der Geigenbauer und Militärdienstverweigerer schließlich nach Jedastedt gefunden. Das Mädchen, welches damals mit ihrem Vater in der Werkstatt aufgetaucht war, dieses blasse Mädchen, das zu jener Zeit vielleicht vierzehn oder fünfzehn Jahre alt gewesen war, ihm plötzlich bei der Arbeit über die Schulter schaute, darauf wartete, entdeckt zu werden, diese erste Begegnung hatte sich Cesare tief eingebrannt. Er sprach von Alabaster und meinte ihre Haut, er schwärmte vom Meer seiner Heimat, das sich in den Augen Rebekkas gespiegelt habe, und manchmal trieb er es so weit, dass ihm seine Frau ins Wort fiel beziehungsweise ergänzte: »Damals sprach er noch kein Wort!« Doch auch das Schweigen wusste Cesare zu erklären, stellte theatralisch zur Schau, wie es ihm damals die Sprache verschlagen habe, zumal Amor in der Werkstatt gleich seinen ganzen Köcher leergeschossen habe, ihn die Pfeile samt und sonders getroffen hätten, alle mitten ins Herz; und tatsächlich hatte er im Liebestaumel sich dann auch nicht mehr als »Rebekka« und »Jedastedt« merken können.

– Mensch, Michel! Bei wem hast du denn fahren gelernt?

Katterer wies schüchtern auf die alte Dame vor ihnen hin, der er eben am Zebrastreifen den Vortritt einräumte, stammelte etwas von Höflichkeit, und Troller ermahnte seinen Schüler, diese doch künftig mit Voraussicht zu paaren.

– Bei meinem Vater.

– Wie?

– Ich habe bei meinem Vater das Autofahren gelernt. Fahrschule Katterer. Heinz Katterer.

– Verstehe. Ich meine, entschuldige, ich wollte dich nicht beleidigen.

– Schon okay.

– Ach, Michel. Ich freue mich. Du hast auch eine Seele. Sei stolz darauf und wehr dich, wenn einer wie ich darauf herumtrampelt, ja?

– Schon vergessen.

Troller merkte, dass es an der Zeit war, sich endlich über die eigene Familie Gedanken zu machen. Doch er hatte das Verlassenwordensein noch immer nicht verwunden. Wie konnte sie nur? Felicitas, wie konntest du nur? Dafür reichte eine kurze Autofahrt nicht aus.

– Michel, kennst du Rebekka Perlini?

– Nö, wer ist das? Die Frau vom Metzger? Hängt die in dem Fall mit drin?

– Bewahre! Das will ich nicht hoffen. Nein, Rebekka ist Salvatores Mutter, spielte Geige, virtuos, erste Geige. Nicht deine Wellenlänge?

– Bei mir muss es ordentlich scheppern, Chef.

– Soso, noch so ein Rammstein. Aber sag, hast du auch normale Klamotten?

– Ähm …

– Wenn du willst, kannst du ab morgen in Zivil zum Dienst antreten. Und jetzt schau auf die Straße, ich muss denken.

Katterer war nicht wohl bei dem Gedanken. Er wusste, dass dieses Angebot für ihn einen Aufstieg bedeutete, hinwiederum wusste er auch, dass Shirin auf seine Uniform stand, und was sie beide da angeleiert hatten, so zwischen den Laken durchexerzierten, das gefiel ihm doch sehr – und er beruhigte sich mit dem Gedanken, dass Troller ihn ja nicht gleich dazu zwang, dic Uniform zurückzugeben.

Walle hatte seine Ex – noch so ein Ausdruck, an den er sich erst gewöhnen musste – im Ohr. Wäre Felicitas jetzt an seiner Stelle gesessen, sie hätte den armen Katterer weiter gelöchert:

Gibt dein Vater denn noch immer Fahrstunden? Und wo denn eigentlich? Hast du Geschwister? Warum wolltest du

Polizist werden? Gefällt dir der Job? Träumst du davon, eines Tages Hauptkommissar zu werden wie Walle?

Doch das hatte keine Eile, der Mann sollte sich erst einmal einfinden, an die neuen Umstände und Aufgaben gewöhnen, ganz verkehrt, dessen war sich Troller schon gewiss, war dieser Sohn eines Fahrlehrers bei ihnen nicht. Ein gewissenhafter junger Mensch, ein wenig verstockt, nicht unsensibel, noch unsicher, der sich aber, was völlig in Ordnung war, auch herausnahm, das eine oder andere Geheimnis noch zu wahren.

Wohl möglich, dass er sich einen Moment lang gewundert hatte über die Firma Perlinis. Die einen arbeiteten sich hoch, andere nahmen eine Abkürzung, standen plötzlich oben, als sei es die leichteste Übung, als hätte man sich einfach nur für diese Position entscheiden müssen. Hatte Salvatore eine Abkürzung genommen? Hatte Padre Perlini als Steigbügelhalter gedient?

So manche wundersame Wandlung erklärte sich damit, dass es unter den Menschen mehr als vierundsechzig Felder gab, Figuren aus dem System ausbrachen oder in eines einbrachen. Das Wort »System« mochte Troller nicht, lieber sprach er von einem labilen Gefüge, auf das die unterschiedlichsten Kräfte einwirkten. Mit dem Ableben Aufderhaldens hatten die Perlinis aller Wahrscheinlichkeit nach nichts zu tun, hier weiter nachzuforschen, hätte wertvolle Zeit gekostet.

Überprüfen lassen hatte Troller den guten Cesare nie. Es gab genügend paranoide Kollegen, die ihr Umfeld abzusichern versuchten, jeden Freund und jede Nachbarin verdächtigten, etwas Böses im Schild zu führen, und irgendwann keiner normalen Beziehung mehr fähig waren. Misstrauen vergrault die Menschen, insbesondere die guten, das hatte ihn nicht zuletzt Felicitas gelehrt. Man durfte dem Argwohn nicht anheimfallen, sonst traute man eines Tages der eigenen Mutter nicht mehr über den Weg.

Wieder und wieder drehten sich seine Gedanken um die Kommandit-Gesellschafter, von denen zunächst sein Bruder zu befragen war, der ihm seinerseits Auskunft zu geben hatte über den einen oder anderen Namen. Es gab Jäger und Gejagte, Mitläufer und Ahnungslose, wie immer. Und es gab Katterer, den Michel, der wenige Schritte von Trollers Haustür entfernt souverän seitwärts eingeparkt hatte und darauf wartete, dass etwas geschah.

Mit Eleni und Yannick hatte Jette abgesprochen, die Rote Laterne am Abend nicht wieder aufzusperren. Eleni konnte als alleinerziehende Mutter so schnell nicht einspringen, sie hatte jedoch zugesagt, die kommenden Abende Friedas Posten zu übernehmen. Auch rechnete sie mit der Rückkehr von Carlos, der abends manchmal aushalf, vor allem an den Wochenenden. Eleni hatte durchblicken lassen, dies sei dessen Art, die Miete zu zahlen. Die Tonlage, in der sie vom jungen Musiker sprach, ließ darauf schließen, dass sie kein großer Fan von Möchtegern-Hendrix war.

Sie hatte ihrerseits Peer auf dem Plan; der Mann würde am Freitag aus Holland zurückkehren. Vielleicht ließ er sich in die Rote Laterne einschleusen – als Kellner oder als Gast. Peer Holthuizen war das Chamäleon des Teams, er konnte in fast jede Rolle schlüpfen, ein hyperaktiver Mensch, den man einzig von Aufgaben fernhalten musste, die mit Geduld zu tun hatten.

Jette blickte in die Runde und hoffte darauf, Troller würde noch auftauchen, doch der Hauptkommissar steckte wohl in dringlichen Ermittlungen. Staatsanwalt Häusermann zupfte wie immer, wenn ein Fall noch unklar war, an der Krawatte, als hätte er es darauf angelegt, auf sein nicht vorhandenes Modebewusstsein aufmerksam zu machen. Oder aber er bemühte sich um einen Farbtupfer im Leben eines Juristen. Die Motive des Staatsanwalts, der ansonsten eher eine unauffällige Erscheinung war, jeden Tag glattrasiert und zuverlässig wie eine Schweizer Uhr, die er aber nicht trug, in seinem Büro erschien, waren, was sein Äußeres betraf, durchaus unklar. Und wie üblich ergriff Häusermann bei Teambesprechungen zum falschen Zeitpunkt das Wort, machte seinem Unmut Luft.

– Wir wissen also nichts. Es kann um Geld gehen oder um Politik; glauben wir den Statistiken, handelt es sich mit großer Wahrscheinlichkeit um ein Beziehungsdelikt. Haben Sie denn das Umfeld von Aufderhalden noch nicht durchleuchtet?

Der Staatsanwalt nahm Verbrechen, die in seiner Stadt verübt wurden, persönlich. Zumindest wollte er das alle glauben machen. Der Mann echauffierte sich grundsätzlich, als gehöre dies zu seinem Berufsethos. Für die direkt Beteiligten nicht immer leicht zu nehmen, diese Wichtigtuerei im Sitzungsraum, die aber dennoch ernst gemeint war, einer Ehrlichkeit entsprang, die die Kluft zwischen Theorie und Praxis jedoch nicht immer zu überbrücken in der Lage war, stattdessen ein Vakuum hinterließ, das ein Durchatmen verunmöglichte.

Mit Ausnahme des jungen Katterer, der sich womöglich an die Taschenlampe erinnerte, die ihm Troller angehängt hatte, beeindruckten Häusermanns Schübe niemanden mehr. Man kannte sich, die Ticks und die Macken, die

Tonlagen und die Launen. Und am Ende dämmerte selbst Hans Georg, dass sich ein einfacher Fall anders anfühlte.

Shirin legte ihr Handy beiseite und gab eine Zusammenfassung dessen, was Markowitsch am Morgen erzählt hatte. Sie bestätigte den Bericht des Kollegen von der Sitte dahingehend, dass die Geschäftsbeziehungen Friedas tatsächlich undurchsichtig seien, fügte hinzu, dass der Vertrag der Kommandit-Gesellschaft von einem gewissen Ewald Scheuchle notariell beglaubigt worden sei und dessen Sekretärin telefonisch zugesichert habe, man werde die Papiere faxen. Allerdings habe sich bislang weder Scheuchle gemeldet, wie mit der Sekretärin ausgemacht, noch sei das fragliche Papier eingetroffen. Shirin zuckte mit den Schultern, um den Mühlen der Bürokratie die Reverenz zu erweisen, nickte aber zugleich Häusermann dienstbeflissen zu und versicherte, gleich nach der Sitzung den Druck zu erhöhen, nötigenfalls würden Katterer und sie dem Herrn Notar heute noch ihre Aufwartung machen. Mit etwas Glück sei Scheuchle auch der Mann, der über die Regelung von Friedas Erbschaft Bescheid wisse.

Häusermann hatte erst einige Male genickt, schüttelte jetzt aber energisch den Kopf, was seine Krawatte, die er kurz zuvor losgelassen hatte, in eigenartige Schwingungen versetzte, und er erklärte, dass man diesen Scheuchle getrost ihm überlassen könne, er würde dem Kollegen höchstselbst Beine machen. Unvermittelt hatte der Diener Justitias gar etwas Farbe im Gesicht bekommen, sodass Jette das Wort von der »Krawattierung einer ausschlagenden Rechtsprechung« anwehte, das sie aber, so vielversprechend es in ihrem Kopf auch nachhallte, bis auf Weiteres zu ignorieren gedachte. Unvermittelt deswegen, weil es sich in der Tat um einen der ganz seltenen Momente handelte, in welchen die Praxis die Theorie nicht nur einholte, sondern aufgrund der anstehenden Maßnahmen gar überholte, und der Staatsanwalt so eine Chance erhielt, ausnahmsweise zu agieren, statt nur der Gesetzgebung folgend zu reagieren. Shirin berichtete indes unverdrossen weiter.

– Nichts von einer brandigen Seele. Dem Vernehmen nach, so mein Zwischenstand, war Friedas Psyche intakt. Wen ich auch frage, die Antwort lautet, das Ganze sei wohl ein Jux gewesen. Nicht der Tod, versteht sich. Will sagen, Friedrich Aufderhalden hatte nicht das dringliche Bedürfnis, Frau zu sein, er stand seit je auf ein extravagantes Äußeres, wie uns schon Kollege Markowitsch in den buntesten Farben geschildert hat. Mit der Friedamasche setzte Aufderhalden lediglich noch einen drauf. Wer weiß, vielleicht kurbelte die Travestie auch das Geschäft an der Bar der Roten Laterne an. Die Kollegen fanden in der Wohnung keinerlei Psychopharmaka oder Hormonpräparate. Alles nur Spiel und Spaß, alles Fassade – so sieht es zumindest aus. Allem Anschein nach, Herr Staatsanwalt, allem Anschein nach … denn plötzlich sind sich auch alle Befragten einig, nie gewusst zu haben, wie Frieda, Friedrich oder eben Fritz, wie man ihn früher auch einmal nannte, tickte. Ich bin zwar keine Psychologin, aber –

– Danke, danke! Bitte keine voreiligen Schlüsse. Ein Selbstmord lässt sich nicht ausschließen, oder? Noch nicht, ja? Wir warten auf den pathologischen Befund, wie immer. Also bitte keine voreiligen Schlüsse, Frau …

– Yüzülmüs.

– Äh, ja, danke. Wie dem auch sei … Frau Hagen, sagen Sie noch mal bitte, was hat es nun mit dieser politischen

Dimension auf sich? Aufderhalden wollte tatsächlich für das Amt des OB kandidieren?

Jette hoffte noch immer auf Troller, doch vergebens. Sie war sich sicher, dass es in diesem Wallekopf, wo er sich auch immer in diesem Moment befand, rumorte, dass er ihnen allen einen Schritt voraus war, wieder einmal. Der Ablauf der Teambesprechungen mit dem Staatsanwalt war stets derselbe: Am Ende, wenn alles gesagt war, würde Häusermann den Hauptkommissar auffordern, seine Einschätzung des Falls preiszugeben. Und wenn der nicht da war, griff er ohne Umschweife auf sie zurück.

Jette versuchte, Widerstand zu leisten, mit allen Mitteln der hypnotischen Wirkung des Karomusters zu entgehen. Zwar schien die Krawatte jetzt wieder am Leib des Staatsanwalts zu kleben, doch vollführte Häusermanns Oberkörper, wenn der Mann ins Denken geriet, eine eigenartige Pendelbewegung, die weniger den unbequemen Schalensitzen als vielmehr einer Eigenart geschuldet war, die sie mit aller Macht zu ignorieren versuchte. Anatolisch, doch das passte nicht, denn das Wort war schon besetzt. Auch wenn sie selbst noch nie in Anatolien war, das Land gab es – und also auch dessen Eigenschaften.

Da mittlerweile alle Blicke auf sie gerichtet waren, riss sich Jette von Häusermanns Krawatte los und fuhr im bewährten Muster fort.

– Daran arbeiten wir. Der Fund der Plakate liegt, wie Sie wissen, Herr Staatsanwalt, noch nicht lange zurück. Für eine Einschätzung ist es zu früh. Die Frage steht im Raum. Wir erhoffen uns weitere Erkenntnisse, wenn der abendliche Barbetrieb in der Roten Laterne wieder aufgenommen wird. Da soll sich jeweils eine illustre Gästeschar einfinden … wir werden sehen, neue Erkenntnisse gewinnen, morgen Abend. Zwar gehen wir alle davon aus, dass die Chancen Friedas für eine Wahl zum Oberbürgermeister bei null gelegen hätten, doch wir wollen keine voreiligen Schlüsse ziehen. Nicht wahr? Was wir wissen, ist, dass der Immobilienmakler Hogewald die Rechnung der Druckerei beglichen hat. Vielleicht hängt der auch in der KG mit drin … das werden wir bald erfahren. Der Mann wird in jedem Fall vernommen, wenn nicht heute, dann morgen.

– Ja, sehr gut. Und klar, besser heute als morgen. Apropos, was macht die Presse?

Häusermann starrte ins Schweigen der Runde, Katterer verharrte in seiner Lernstarre, Shirin hatte sich einer Haarlocke angenommen, wusste aber schon, dass sie gemeint war. Es drohte das nächste Vakuum. Also rückte sich Shirin zurecht, klimperte mit den Wimpern und setzte ein Lächeln auf.

– Zwei Anrufe. Standardverfahren. Identifizierung steht noch aus, wir ermitteln in alle Richtungen, gesicherte Erkenntnisse folgen.

– Nur zwei Anrufe? Pennen die auf den Redaktionen? Muss sich doch längst herumgesprochen haben, oder? Frieda, bunter Hund, tot aus dem Wasser gezogen, sakra! Na, uns soll es recht sein. Und Katterer, na herzlich willkommen bei der Mordkommission – schon angekommen?

Katterer fuhr hoch, als wollte er die Hacken zusammenschlagen. Da stand er, mit einem gutgemeinten Willkommensgruß ins Lot gebracht oder doch vielmehr in den Stand gezwungen, und Jette dachte an das Männlein im Walde, ganz still und stumm, sodass selbst dem Staatsanwalt nichts anderes übrigblieb, als dem Gehorsam des Neuen mit einem milden Lächeln zu begegnen. Doch Häusermann war verstimmt, mürrisch gar, das war niemandem entgangen, denn er glaubte sich bereits in eine unliebsame Geschichte verwickelt, all die Unannehmlichkeiten, die in den kommenden Tagen auf ihn zukämen, auf ihn einbrechen würden, er hatte sie schon im Blick, die Fragen und das Unbequeme, Ungeklärtes von einst und wieder Aufkeimendes, viel Ungemach, das da drohte, und alles wegen dieses überraschenden Endes einer Travestie, einer Zurschaustellung, die doch letztlich, solange sie angedauert hatte, niemanden wirklich interessiert hatte. Deswegen wohl war die aufgesetzte Väterlichkeit Katterer gegenüber nur von kurzer Dauer.

– Wo ist eigentlich Troller? Verdammt! Frau Hagen, Ihre Einschätzung?

Das war sie gewesen, die Schlüsselfrage, nach all dem Lärm. Ihrer Antwort entsprechend würden sie weiter ermitteln. Katterer hatte sich immerhin so weit gelöst, dass er sich wieder hinsetzen konnte. Und Jette gab den Troller, so gut sie es konnte:

– Da sind so viele Geräusche um Frieda, da ist so viel Bewegung, nun, es war eindeutig Mord.

– Begründung?

– Klassisch.

– Ihr Bauchgefühl.

– Ja.

– Troller! Ähm, Frau Hagen, bitte!

– Ja?

– Ich bitte Sie!

– Ich habe hier nicht das Monopol aufs Denken. Es ist allen sonnenklar, dass jedes Motiv für einen Selbstmord fehlt. Abgesehen davon, jedes Gesicht in diesem Raum und davor schon in der Kneipe sagt mir, dass es Mord war. Wir sind also richtig, dafür werden wir bezahlt; nicht fürs Aufklären von Suizidfällen, sondern von Morden. Höchste Zeit, uns an die Arbeit zu machen. Wenn's recht ist, würde ich gern ins Gefrierfach wechseln, die andern wissen, was sie zu tun haben. Der Staatsanwalt kann mich ja ins Untergeschoss begleiten – wie sieht's aus, Herr Häusermann?

Dass die Pathologie nicht der bevorzugte Aufenthaltsort des Staatsanwalts war, hatte sich mittlerweile herumgesprochen; es erstaunte also niemanden, als Häusermann seine Krawatte ein weiteres Mal betatschte, wieder losließ und dann jovial abwinkte. Er wäre Jette gern in die Parade gefahren, doch er fand die Worte nicht und verabschiedete sich mit der Bemerkung, sich nun Scheuchles anzunehmen. Shirin grinste, als wäre sie grad Zeugin einer Revolution geworden, hielt sich aber mit jedweder Bemerkung zurück.

6

– Achtung, Amundsen auf Expedition!

Gerda hatte sich nicht umgewandt; sie wusste, dass nur einer mit dieser Losung ihre geheiligten Hallen betrat.

– Können Sie sich ausweisen?

Troller stellte sich neben Gerda, die am Tisch bei Aufderhaldens Leichnam stand, und drückte ihr einen Kuss auf die Wange.

– Du machst es dir wieder leicht! Hat dich dein Engel verlassen?

– Angie kommt gleich nach, sie arbeitet noch an ihrer Todesursache.

– Verstehe.

– Aufderhalden ist ihr da einen Schritt voraus. Du bist fertig?

– Der toxikologische Befund steht noch aus. Was willst du wissen?

– Alles. Im Moment aber nur das Wichtigste.

– Die Antwort wird dich enttäuschen: keine Ahnung.

– Bitte?

– Mehrfach, irgendwie.

– Mehrfach? Irgendwie?

– Nun, die Verletzungen, mehrere Knochenbrüche inklusive Genickbruch und Schädelhirntrauma, hätten für mehrere Tode gereicht.

– Ein Szenario, bitte.

– Das ist dein Job, oder? Was krieg ich dafür?

Troller wollte sich erneut ausweisen, hatte sich schon in Bewegung gesetzt, da betrat Jette den Raum.

– Stör ich?

– Kaum, gehe mal davon aus, dass du inzwischen mit den Ermittlungsmethoden des Herrn Hauptkommissars vertraut bist.

– Weiß nicht, ich hatte grad den Eindruck, hier unten gelten andere Spielregeln.

Troller schmunzelte, wollte erst etwas sagen, richtete seinen Blick stattdessen auf den Leichnam. Und er fragte sich, ob er Frieda in diesem Zustand wiedererkannt hätte. Ein schöner Anblick war dieses aufgequollene, bunt gescheckte und halb zerschlagene Aufderhaldengesicht nicht.

– Was ist geschehen?

Die Frage gelangte zweistimmig zu Gerda, die auf der gegenüberliegenden Seite des Tisches Stellung bezogen hatte.

– Wie ihr seht, ist so ziemlich alles kaputt. Läge hier nicht Friedrich Aufderhalden und befänden wir uns weiter südlich, in einem dieser wunderschönen Alpentäler, ich würde auf ein Bergunglück tippen. Absturz. Mehrfach aufgeschlagen und zu guter Letzt in einen See gefallen; dann, sagen wir zirka 48 Stunden später, von Wandertouristen entdeckt. Ertrunken ist er nicht, so viel steht fest, dafür fand sich zu wenig Wasser in den Lungen. Die Leiche aber, das muss wohl in diesem Fall gesagt werden, ist anatomisch betrachtet durch und durch männlich.

Jette und Troller hatten beide die Stirn in Falten gelegt, was dem Hauptkommissar eindeutig besser stand. Also sprach die Hagen:

– Gestürzt oder gestürzt worden?

– Der Etat reicht für die Glaskugel noch immer nicht aus, sorry. Spuren eines Kampfes fand ich keine. Doch das muss nichts heißen. Malen wir uns lediglich eine Ursache für den Zustand Aufderhaldens aus, dann würde ich sagen: stonewashed, und das aber gründlich. In welchem Zustand jemand vor solch einer Behandlung war, lässt sich anhand der zur Verfügung stehenden wissenschaftlichen Methoden nur bedingt eruieren.

Troller mochte es, wenn Gerda sich in gespreizten Sätzen ausließ, ihm fiel die Eisenbahnbrücke wieder ein, und er gab das Stichwort. Gerda wiegte den Kopf, bejahte für den Fall, dass es unterwegs in den Fluss schon Gelegenheiten für ein Aufschlagen gäbe. Troller dachte folglich an die Brückenpfeiler. Das galt es abzuklären.

Wie aber war Frieda, wenn sie tatsächlich an jener Stelle ins Wasser gefallen war, auf die Eisenbahnbrücke gelangt? Freiwillig? Gesprungen oder gesprungen worden?

Jette hatte noch keine Vorstellung, rückte näher an Frieda heran, als hoffte sie, auf diese Weise der Todesursache näher zu kommen.

– Keine Berührungsängste?

Sie überlegte sich eine Replik, war aber ihrerseits noch nicht im Antwortmodus angelangt. Gerda war ihr nicht ganz geheuer, und dass da zwischen ihrem Troller und dessen Sibir womöglich etwas lief oder einmal etwas war, irritierte sie. Hier unten fand man sich zur gepflegten Aufbahrung, zur wissenschaftlichen Andacht wieder, und nichts weiter. Die Pathologin tat viel dafür, dass man sich in ihren Hallen im Allerheiligsten wähnte, auch wenn das künstliche Licht wenig zur Beförderung einer solchen Einbildung beitrug, vielmehr der Ausleuchtung nackter Tatsachen diente. Von

Huldigungen indes hielt Jette wenig, auch plante sie keinen längeren Aufenthalt an diesem Ort und wandte sich vielleicht deshalb direkt an Frieda.

– Jemand da?

– Aus jenem Mund wird kein Sterbenswörtchen mehr kommen. Falls doch, kündige ich sofort. Nun, es gibt, meine ich, viele mögliche Szenarien.

Gerda streifte sich die Plastikhandschuhe wieder über – sicheres Zeichen dafür, dass noch etwas kommen würde. Jette hatte keine rechte Vorstellung, wie man den Alltag mit Leichen bestritt, wie man sich vorzugsweise mit Toten beschäftigen konnte, ohne auf Dauer selber Schaden zu nehmen. Doch die Pathologin beherrschte ihr Gefrierfach, das hatte die Kommissarin mehrfach schon anerkennen müssen.

Gerda drehte den Kopf der Leiche ein wenig zur Seite und zeigte mit dem Finger auf ein kreisrundes Hämatom direkt an der Halsschlagader.

– Das hier ist eigenartig. Diese Verletzung unterscheidet sich von den andern. Im Gegensatz zu allen anderen Schlägen, die auf den Körper eingewirkt haben, muss dieses Hämatom von einem klar definierten Gegenstand stammen. Die Halsschlagader allerdings hielt stand.

Gerda schaute auf und traf auf zwei fragende Augenpaare. So musste es sein. Hier unten herrschte die Stille oder das Staunen. Und sie.

– Denke ich an meinen Opa selig, Schreinermeister von Schwarzwälder Gnaden, so erinnere ich mich an einen Gummihammer in der Werkstatt, dessen Schlagfläche vielleicht einen leicht größeren Durchmesser hatte, doch gibt es diese Dinger gewiss auch eine Nummer kleiner. Und denke ich an meinen Ex, diesen Klotz, dann kommt mir das Dreierholz in den Sinn. Beide scheiden als Tatverdächtige jedoch aus. Opa ist nicht mehr, und mit wem mein Ex in Vancouver derzeit das Einlochen übt, will ich gar nicht wissen. Und sowieso, er war's noch nie gewesen.

Jette schüttelte den Kopf, dachte darüber nach, woher die Frau ihren Humor hatte, kam aber auf die Schnelle zu keinem klaren Ergebnis. Ironie und Zynismus waren weit verbreitet, dafür musste man sich nicht erst in der Pathologie einfinden. Troller griff sich seinerseits an die Nase, ihm war klar, was Gerda hatte sagen wollen.

– Du vermutest, hier hat jemand zugeschlagen.

– Möglich, ja. Theoretisch gibt die Physik gern Auskunft darüber, was sich vor einem Aufprall bewegt hat und was stillgehalten, doch in der Praxis sind solche Zuordnungen nicht immer leicht. Nur … mit dem Hals so aufzuschlagen, ohne dass Kiefer oder Schulter in Mitleidenschaft gezogen werden, scheint mir unwahrscheinlich – wenngleich so eine Bergwelt die unterschiedlichsten Felsvorsprünge kennt. Ich sagte bereits: Es gibt viele mögliche Szenarien. Unglückliches Hinfallen als Anfang einer unheilvollen Kette von Ereignissen gehört mit dazu. So oder anders: Das hier war ein Volltreffer. War Frieda Aufderhalden zu diesem Zeitpunkt noch bei Bewusstsein, so gingen ihr spätestens bei diesem Einschlag die Lichter aus. Und, damit das auch gleich geklärt ist für den Fall, dass ihr mir beim letzten Mal nicht zugehört habt: Welche Verletzungen post mortem hinzukamen und welche noch davor, lässt sich ebenfalls nicht immer mit Bestimmtheit sagen.

Kommissarin und Hauptkommissar setzten jeder für sich das Puzzle zusammen. Samstagnacht oder früher Sonntagmorgen: erst ausgeknockt, dann auf die Eisenbahnbrücke gehievt und runtergeworfen. Aller Wahrscheinlichkeit nach mehr als ein Täter.

Und das Motiv?

Jette sah ihr Wochenende in der Pfalz endgültig davonschwimmen und wandte sich zum Gehen. Gerda strich derweil unbeirrt mit dem Zeigefinger am Rand des Tisches langsam ans untere Ende. Sie war sich Trollers Aufmerksamkeit gewiss. Jette spürte, dass ihr Abgang verfrüht gewesen war, ärgerte sich, wollte sich aber nichts anmerken lassen und trottete scheinbar gleichgültig die wenigen Schritte zurück. Gerda drehte Aufderhaldens linken Fuß nach außen, sodass der Blick frei wurde auf die Innenseite des Knöchels, der wie ein Podest für die gleich oberhalb tätowierte Figur wirkte.

– Darf ich vorstellen: Schlumpfine.

Jette schüttelte abermals den Kopf, Troller griff sich ein weiteres Mal an die Nase, beide wussten: Keine Spuren zu haben, ist unangenehm, weit unangenehmer aber ist es, zu viele Spuren zu haben. Und Jette führte den Gedanken stellvertretend für alle zu Ende:

– Wir suchen also Gargamel.

Seit zweieinhalb Jahren lebten die Trollerbrüder wieder im selben Haus. Walles Scheidung und Jos Unfall waren die Auslöser gewesen; und die beiden hatten entschieden, sich gegenseitig vorm Schrulligwerden zu bewahren. Noch auf der Intensivstation hatte Joachim den Vorschlag seinem jüngeren Bruder unterbreitet. Er habe da ein altes kleines Haus in der Altstadt ins Auge gefasst, in einer Seitengasse, nahe der Fußgängerzone, nicht weit von seinem Studio, wiewohl zu groß für einen einzelnen Krüppel.

Und Walle hatte eingeschlagen. Im Grunde hatten sie es immer gut miteinander gehabt, abgesehen von den Rivalitäten, die sich unter Zwillingsbrüdern naturgemäß ergaben. Noch heute meinte Jo, Walle stets die sieben Minuten, die er das Licht der Welt früher erblickt hatte, voraus zu sein. Walle seinerseits war viele Jahre lang nicht unglücklich darüber gewesen, in Joachim einen Vorkämpfer zu haben, einen älteren Bruder, in dessen Fahrwasser er es sich während ihrer Jugend ganz gut eingerichtet hatte. Denn für vieles – kleine Rechte und Privilegien, ob Taschengelderhöhungen oder längeres Wegbleiben an den Wochenenden – musste er sich nicht mehr den Kopf einrennen oder Türen zuschlagen. Die Waghalsigkeit des Älteren hatte den Hausarzt, einen gebürtigen Österreicher, der für seinen Wiener Schmäh weitherum bekannt war, eines Tages so weit gebracht, sich bei der Mutter zu erkundigen, ob man den Jüngeren der Zwillinge verkauft habe. Gab es etwas zu nähen, dann hielt immer Joachim hin, tapfer freilich, stolz auch, wenn er sich hernach als notverarzteter Held der Schulklasse präsentieren konnte. Jo hatte sich ins Zeug gelegt, schon immer, und meistens war ihnen beiden Erfolg beschieden.

Sie waren zweieiige Zwillinge, doch nicht nur biologisch zwei verschiedene Wesen. Als Joachim kurz nach seinem Architekturstudium auf Weltreise ging, wusste Walle längst, dass sie getrennte Wege einschlagen würden. Er selbst hatte sein Psychologiestudium abgebrochen, war nach einigen Gelegenheitsjobs bei der Polizei gelandet. Nicht weil er diesen Beruf für sich erwählt hätte, vielmehr hatte er sich aus einer Laune heraus für die Ausbildung gewinnen lassen. Jo hingegen war von einem besonderen Ehrgeiz getrieben, er wollte es der Welt und den Eltern zeigen, allen wollte er beweisen, dass er Karriere machen konnte. Und das tat er dann auch.

Was Walle unterschätzt hatte und was ihm nach der Rückkehr des Bruders am lebenden Objekt vor Augen geführt worden war: Wer Karriere macht, Kohle scheffelt, teure Anzüge trägt und auch noch ein Cabrio für den Sommer in der Garage stehen hat, dem liegen die Frauen zu Füßen. Joachim Troller bediente sich, es war ihm eine Selbstverständlichkeit. Und der Jüngere staunte über den Älteren, beneidete ihn, den Bruder, den Mann von Welt.

Vielleicht hatte Walle sein Studium abgebrochen, weil er den Menschen nicht so akzeptieren wollte, wie er war. Es gab sie, die Ausnahmen, Menschen, die sich nicht den Normen entsprechend verhielten, die sich einem wissenschaftlichen Zugriff und also der Berechenbarkeit entzogen. Es gab sie wirklich. Darunter befanden sich herausragende Geister, im Schlechten wie im Guten.

Gleichwohl war Walle diese Erkenntnis über viele Jahre hinweg nur ein schwacher Trost gewesen, gern hätte er das genossen, was Jo nebenher einstrich, und er hatte sich mehr als einmal gewünscht, mit dem Bruder die Rollen zu tauschen. Und dann auch wieder nicht. Joachims Unersättlichkeit war ihm fremd. Auch das Unstete. Er hatte als junger Beamter Felicitas kennengelernt und das Vergleichen mit dem Vorzeigetroller schnell vergessen. Die Familie, die Walle im Kopf hatte, wäre Joachim nie in den Sinn gekommen. Und so hatten sich die Brüder eine Zeitlang fast aus den Augen verloren.

Welche Vorteile ihre unterschiedlichen Charaktere mit sich brachten, wurde Walle erst nach dem Zusammenziehen in der Altstadt wieder bewusst. Sie ergänzten sich nahezu perfekt. Was ihm der ältere Bruder an Analytik und Strategie vorausgehatte, immer voraushaben würde, machte er mit Intuition wieder wett. Hatte einer von ihnen einen kritischen Fall, suchte er den Rat des anderen. Eine Alterserscheinung, dachte Walle zuweilen, eine der positiven, wenn man um seine Stärken wie um jene des anderen wusste. Und um die Schwächen.

Es gab nicht mehr viel, worüber sich die Trollers uneins waren. Offen war noch, wer der bessere Billardspieler war, ungeklärt auch die Frage, wer von ihnen beiden den Meisterkoch im Haus abgab. Walle wäre nicht im Traum eingefallen, ein Thermometer in ein garendes Stück Fleisch zu stecken, um dann alle paar Minuten die Innenbeleuchtung des Ofens einzuschalten und die Kerntemperatur zu kontrollieren. Auch mochte er den Blattspinat lieber mit gehackten Zwiebeln, geriebenem Ingwer und einer Prise Curry, wohingegen jetzt, als er die Küche betrat, ihm der Knoblauchgeruch in die Nase stach.

– Du lernst es wohl nie!

– Jetzt wart erst mal ab, Herr Hauptkommissar. Einen Schluck Weißwein?

– Das ist die letzte Flasche Pfälzer Weißburgunder …

– Na und? Kommt ja bald Nachschub, oder?

Walle runzelte die Stirn und prostete seinem Bruder zu. Er wollte nicht gleich mit dem toten Aufderhalden in die Küche fallen, obschon er ziemlich sicher war, dass Jo Bescheid wusste.

– Du hast das ganze Stück in den Ofen geschoben? Kommt noch wer?

– Ich bitte dich! Lesen Sie die Packungsbeilage; da drauf steht »Fleisch vom Feinsten«. Das mit andern teilen? Oder fragen Sie unsere Vorkosterin Scarlett. Der jungen Dame geht es wieder blendend.

– Das ist eine gute Nachricht … ganz im Gegensatz zu Frieda.

– Ich weiß. Scheuchle hat mich angerufen. Der Arbeitsscheuchle! Kennte ich ihn nicht besser, ich würde glatt behaupten, er nimmt das Ableben Friedas persönlich. Habt ihr den Fall gelöst?

– Noch nicht. Ich schlage vor, wir erledigen das nach dem Essen. Wie viel Zeit hab ich noch?

– Exakt 32 Minuten.

Walle verließ die Küche und begrüßte auf der Treppe Scarlett, die sich von ihrem Festschmaus erholte und noch gar nicht so sehr auf Streicheleinheiten aus war. Dass die Katze mehr auf ihn stand als auf Jo, davon war er indes überzeugt, ansonsten hätte Scarlett ja nicht die Treppe, die hinauf zu seiner Wohnung führte, als ihren Lieblingsliegeort auserkoren. Jos Argument, das Tier habe von dort aus einen guten Überblick, sähe jederzeit, wer komme und was gehe, erschien ihm als zu kurz gegriffen. Und dass Joachim es war, der das Tier von der Reha mit nach Hause gebracht hatte, bedeutete ebenfalls nichts. Die Loyalität von Kartäuserinnen folgte anderen Gesetzen. Er streichelte über Scarletts Köpfchen, kraulte sie hinter dem linken Ohr, quittierte das Schnurren der Katze mit einem Summen und ging dann gemächlich die letzten Stufen hoch.

Den Hauptkommissar hatte eine seltsame Erschöpfung ergriffen, vielleicht war eine Erkältung im Anmarsch, oder es lag an dieser tristen Jahreszeit. Allerdings hatte er sich nie viel aus Jahreszeiten gemacht. Zu viel Sonne verbrannte das Gehirn, zu viel Nebel trübte die Sinne. Und hinlegen würde er sich auch nicht, bei ihm funktionierte das nicht; tauchte Walle ab, tauchte er richtig ab. Musste er sich dann gleich wieder hochzwingen, war er unbrauchbar, als Beamter wie auch als Mensch.

Unlängst hatte er von Mauerseglern gelesen, die während des Fluges wechselweise eine Hirnhälfte ausschalteten. Doch vielleicht waren sie gerade deswegen in ihrer Art bedroht. Er würde sich ein wenig frisch machen, den Blick in den Spiegel meiden und bequeme Klamotten anziehen. Indem sich Walle Troller aber aufs Sofa plumpsen ließ, verpufften die letzten Gedanken und die Anspannung wich aus dem Körper.

7

– Ich glaube, wir können Yannick ausschließen. Es gibt eine Zusatzvereinbarung zwischen dem Koch und Frieda, die du noch nicht gesehen hast. Zwar war Yannick schlecht bezahlt, doch überschrieb ihm Frieda jedes Jahr Anteile an der KG. Um fortan darauf zu verzichten, müsste er schon ein starkes Motiv gehabt haben.

Walle strich sich mit der Serviette über den Mund. Sie hatten sich ohne Mühe beinahe ein Kilogramm Fleisch vom Feinsten einverleibt, nicht ganz so blutig, wie Troller der Jüngere es schätzte, doch das Stück war von auserlesener Qualität gewesen.

– Hogewald?

– Ja, den müsst ihr euch genauer anschauen. Allerdings passt Mord nicht in sein Konzept. Kennst du ihn? Schmächtiges Männlein, blass, unscheinbar, kleine Äuglein, inzwischen bestimmt einige Millionen schwer, der Rainer. Mord hat der nie nötig gehabt. Doch es gibt Gerüchte über einen Baumarkt, der just auf jenem Gelände gebaut werden soll, worauf sich die Rote Laterne befindet. Würde mich nicht wundern, wenn die brachliegende Parzelle Land nebenan sich im Besitz von Hogewald oder von einem seiner Kompagnons befände. So viel weiß ich, Rainer ist kein Solotänzer, das war er noch nie, große Risiken scheut er, am liebsten arbeitet er mit dem Geld der andern. Geht etwas schief, ficht ihn die Sache nicht weiter an, gelingt hingegen ein Geschäft, streicht er eine fette Provision ein.

Walle hatte vom Roten nachgeschenkt. Er teilte die Einschätzung seines Bruders. Immobilienhändler waren potenzielle Mordopfer, selbst zu Mördern wurden sie kaum. Und wenn, dann untereinander. Erst kürzlich hatte er ein Buch über das Ende der monegassischen Milliardärin Hélène Pastor gelesen. Sie war Opfer eines Auftragsmordes geworden. Auftraggeber war ihr Schwiegersohn gewesen, wie die Kollegen in Nizza ermittelten. Der Mann hatte die Geduld mit der 77-jährigen Frau verloren. Im Falle Aufderhaldens jedoch schien Gier als Motiv wegzufallen, es sei denn, es würden noch Vermögenswerte zum Vorschein kommen, von denen sie bislang nichts wussten.

Der Pinot noir aus der Schweiz hatte erstaunlich viel Charakter, und als Jo erneut zum Glas griff, sprang ihm Scarlett auf den Schoß.

– Damit wäre auch diese Frage geklärt.

– Wie geht es dem Bein? Was machen die Schmerzen?

– Falsche Frage, nächste Frage.

Walle wusste von den Tabletten, die der Bruder schluckte, keine Placebos, richtig starke Schmerzmittel waren das. Troller der Ältere war der Kämpfer geblieben, der er schon immer war, nur stiller. Er hatte alle Energien in die Reha gesteckt, und er trainierte noch immer regelmäßig. Die beiden Krücken war Joachim losgeworden, ganz zum Erstaunen der Ärzte und Therapeutinnen. Ein einzelner Stock als Gehhilfe genügte ihm, dabei war sein Becken beim Unfall auf der einen Seite zertrümmert worden und hatte nur unvollkommen wieder zusammengeflickt werden können, inklusive künstlichem Hüftgelenk.

Wie sehr er trainierte, welche Fortschritte er auch machte, die Schmerzen blieben. Zu Beginn der Reha hatten ihn die beinahe um den Verstand gebracht, Jo hatte Aggressionen entwickelt, die Walle fremd waren. Ohne die Wut, diesen blindwütigen Zorn, hätte er es nicht geschafft, durch den Schmerz hindurchzugehen, wie er selbst sagte, hindurchzugehen im wahrsten Sinn, einen Fuß vor den andern setzend, in Zeitlupe zunächst und in einer schier unmenschlich anmutenden Anstrengung.

Er selbst, das wusste Walle, hätte diesen Trotz, hinter dem eine ganz spezifische Art des Gehorsams stecken musste, nicht aufgebracht, er hätte sich stattdessen dem Rollstuhl ergeben.

Walle erhob das Glas und deutete auf den Flyer, den er, noch während sie am Essen gewesen waren, auf den Tisch gelegt hatte. Und er ließ jetzt seinen Bruder wissen, dass Hogewald den Druck bezahlt hatte.

– Hogewald investiert nie aus Jux und Tollerei, dahinter steckt eine Absicht, ein Geschäft. Die Politik gehört freilich immer zum Geschäft, von diesem Schachzug weiß ich jedoch nichts. Womöglich das Baumarkt-Projekt. Oder die Geschichte ist banal: Rainer hat eine Wette verloren. Darin ist er groß. Ich erinnere mich, wie er auf einer Party Punkt Mitternacht vor versammelter Menge in Unterhosen am Pool einen Toast auf den Gastgeber gab. Die Leute haben gebrüllt! Solange es ihm nicht ans Portemonnaie geht, ist Hogewald hemmungslos, ein Kindskopf, ein Clown, eigenes Geld aber für eine aussichtslose Kampagne zu verbrennen, das liegt ihm fern. Aber sag, Bruderherz, du hast dich noch nicht zu meiner Morchelsoße geäußert?

– Ja, aber ja … ich verneige mich, ziehe den Hut, allererste Sahne! Mascarpone statt Maizena und kein Körnchen Sand in den Morcheln. Dezente Estragon-Note, überraschend, aber nicht unpassend. Zufrieden? Erzähl mir etwas von Hogewalds Spezis. Gibt es da Namen, die ebenfalls zu dieser Kommandit-Gesellschaft gehören? Vielleicht war es ein Auftragsmord.

Jo nahm den Flyer zur Hand, betrachtete das Profil Friedas näher, als ob es etwas zu entdecken gäbe. Walle erhob sich, um eine weitere Flasche vom Roten zu holen, von diesem Réserve. Alle Wege führen in die Schweiz …, und er hoffte, dass ihm Scarlett folgen würde. Das Tier zeigte keinerlei Reflex, verharrte auf Joachims Schoß, ließ sich verwöhnen. Walle hätte gern zu einem Exkurs über die Frauen angesetzt; quälte ihn die übliche Unruhe, wenn er kurz vor der Lösung eines Falles stand? Wunschdenken? Mit vollem Magen ließ sich schlecht denken.

Es gab nicht nur die Trägheit der Masse, sondern auch die Trägheit der Seele. Er hörte die Stimme seines Bruders, die fragte, was mit ihm los sei. Walle kehrte mit dem entkorkten Wein zurück, schenkte noch im Stehen nach und wusste nicht, was er antworten sollte. Das war ein Fall wie jeder andere, nur er schien nicht mehr derselbe zu sein – als hätte sein Gehirn einen Ermüdungsbruch erlitten. Doch Walle fand aus den schiefen Bildern raus und kam zurück auf den Fall, auf den »Arbeitsscheuchle«, wie ihn Jo genannt hatte.

– Ewald Scheuchle dürfte der effizienteste Notar von ganz Baden-Württemberg sein. Er hat es so arrangiert, dass er immer dann für die Kaufverträge zuständig ist, wenn es um große neue Wohnanlagen geht. Auf einen Schlag hast du sechzig bis siebzig neue Eigentümer, deren Wohnungen sich aber nur in Details unterscheiden, sodass die Sekretärin den einmal aufgesetzten Standardvertrag lediglich marginal anpassen muss, die Unterschriften am Ende sind dann ein

Serienfeuer. Da läppert sich was zusammen. Wenn aber einer unangemeldet stirbt, von dem du das eine oder andere Papier verwaltest, einer, der etwas Zwielichtiges an sich hat, du deswegen Anfragen vonseiten der Polizei zu gewärtigen hast, nun, dann machst du dich frühzeitig schlau. Ewalds Anruf galt vordergründig einem Projekt, für das er die Verträge aufsetzt, spannende Geschichte übrigens, eigentlich aber wollte der gute Mann von mir nur erfahren, auf welchem Ermittlungsstand du gerade bist.

– Verstehe. Weißt du denn, wer Aufderhalden beerbt?

– Nein. Gut vorstellbar, dass Frieda die Dinge für die Zeit nach ihrem Tod nicht geklärt hat.

– Welcher ist dein Lieblingsschlumpf?

– Mein was?

– Ist Hogewald Papa Schlumpf?

– … Ah, so, nein, beziehungsweise an der Schlumpfessenz haben so einige mitgewirkt. Halb im Spiel, halb im Ernst. Ich glaube, der eine oder andere hatte Lust, ein bisschen Mafia zu spielen. Papa Schlumpf lässt sich nicht zweifelsfrei zuordnen. Hogewald wär's wohl gern. Lass dich nicht beirren, Walle. Rainer ist ein Großkotz. Dass ich in die KG eingestiegen bin, ist gleichwohl sein Verdienst, und dass wir hier wohnen, dürfte, auch wenn ich das nicht sicher belegen kann, ebenfalls auf Hogewald zurückgehen. Dieser Mann will nur Geld verdienen, das ist alles. Ein gut geschulter, ein brillanter Kapitalist.

– Spannende Geschichte?

– Bio.

– Bio?

– Biotasty, biotastic, schon mal gehört?

– Sagt mir was? Ne, sagt mir nichts.

– Na, du marschierst ja auch noch immer brav zum Markt, derweil die Biolabels online gehen.

– Wie? Das wäre mir aber neu … seit wann beschäftigst du dich mit dem Internet?

– Wenn jemand Bioprodukte übers Netz verticken will …

– … dann muss er die Ware auch gescheit verpacken.

– Eben. Und Bioware verlangt nach biologisch abbaubaren, umweltverträglichen Verpackungen, die als Pawlowsche Glocke funktionieren und zugleich den Inhalt schützen.

– Wow!

– Danke. Aber sag, was ist los mit dir?

– Hm. Wärest du nicht du, wäre ich nicht ich, nun, ich brauche einen Täter, und ein Glöckchen zu bedienen, scheint in diesem Fall nicht auszureichen. Nicht einmal Scarlett würde gestehen.

– Erklär mir das bitte in einfacheren Worten, wenn's geht. Du gibst grad den gescheiterten Psychologen. Wärst du nicht du, wäre ich nicht ich, du würdest zu klareren Sätzen finden.

– Also gut: Das Hämatom an der Halsschlagader von Aufderhalden, es passt perfekt zum Gummipfropfen deiner Krücke. Seit mir Gerda die Einschlagstelle gezeigt hat, kann ich mir kein anderes Mordinstrument mehr vorstellen als deinen Stock. Und da du mit der KG und eben Aufderhalden verbandelt bist, gibt es keinen besseren Verdächtigen als dich. Fehlen lediglich noch ein paar weitere Indizien, am liebsten noch ein Beweis oder ein Geständnis obendrauf, und du bist überführt.

– Ich war's nicht. Und wäre ich jetzt Spock und du Kirk, ich würde mich wiederholen, nein, das wäre nicht nötig, also ein für allemal: Ich war's nicht.

– Dein Blick, deine Stimme, großer Bruder, lassen mich wissen, dass du nicht lügst.

– Und dein Blick und deine Stimme, kleiner Bruder, lassen mich vermuten, dass mehr dahintersteckt. Womöglich hätte ich's sein sollen, und das gefällt mir gar nicht, das … warte …

Jo hatte sich erhoben, nach dem Stock gegriffen und sich vom Tisch wegbewegt. Walle griff nach dem Glas, er wusste nichts anderes zu tun, blickte um sich, keine Scarlett nirgends, prostete sich sodann selber zu, war nur noch müde, zugleich aber angespannt. Da wankte der Bruder zurück, hielt sein Smartes in der Hand, setzte sich wieder hin, fingerte was, murmelte was.

– Sieh da! Ich zitiere: »Dringlichkeit, großer Meister, schau doch noch vorbei, Laternengruß: Frieda.« Ich wurde also, kein Zweifel, spät nachts noch zum Tatort gerufen, war aber definitiv zu breit, hatte mich mit Scarlett vor dem Fernseher eingerichtet, längst weggedöst, antwortete nicht und verließ das Haus nicht mehr. So ist das.

Walle notierte sich die Nummer, die Uhrzeit, griff sich an die Nase und runzelte die Stirn. Was vor ihm lag, gefiel ihm nicht, gefiel ihm noch weniger als Jo. Da war etwas in Gang gekommen, dessen Ausmaße noch nicht abzusehen waren, da lief etwas Ungeheuerliches vielleicht, weit mehr als nur eine kleine Gemeinheit, viel eher die Vollstreckung eines perfiden Plans. So schnell würde er keinen Schlaf finden.

Ein schwacher Hauptkommissar ist untragbar, dachte Walle, als er oben in seiner Wohnung bettschwer auf dem Sofa saß, unschlüssig, ob er das Fernsehgerät noch einschalten sollte oder nicht. Ein kleiner Triumph war ihm geblieben, Scarlett hatte sich auf dem Rückzug an seine Fersen geheftet. Er hatte sich ein Leben lang, bis hinein in sein zweiundfünfzigstes Lebensjahr, mit den Ausnahmen beschäftigt, diesmal aber hatte er keine Ahnung, wo er ansetzen sollte. Er hing in den Seilen. Auch das stimmte nicht. Er hing im luftleeren Raum …

… und vermisste Felicitas' Nackenmassage? Fehlte ihm der rechte Umgang? Kopfunter und überhaupt?

Joachim hatte ihm noch vom einen oder andern Kommandit-Gesellschafter erzählt. Walle empfand nicht die geringste Lust, den Namen nachzugehen. Jemand hatte Aufderhalden umgebracht. Dieser Jemand hatte dafür gesorgt, dass die Leiche keinen guten Eindruck hinterließ. Da steckten Emotionen dahinter, Kapitalismus hin oder her. Na, Herr Doktor, was halten Sie vom tätigen Gattungswesen unserer Zeit? – Seine Marx-Studien lagen weit zurück, und er war erstaunt, wie ihm die Erinnerung daran jetzt wieder hochkam. Weil der Mann wegen seines zweihundertsten Geburtstages kürzlich wieder in den Medien gewesen war? Er selbst war beim Versuch, einer scheinwissenschaftlichen Psychologie mit der Philosophie zu begegnen, kläglich gescheitert, damals; damals hatte er sich nur weiter vom Menschen wegdriften, unter Zweibeinern kein Land mehr gesehen, obwohl es ihm der gescheite Karl eine Weile lang angetan hatte.

Dass das Leben das Bewusstsein prägte und eben nicht umgekehrt, hatte Troller unmittelbar eingeleuchtet, nur war eine klassenlose Gesellschaft diesem Wesen Mensch ferner als die Abschaffung des Verbrennungsmotors. Das wusste der Student, das wusste ein Walle noch heute. Und eine Hand griff nach der Fernbedienung.

Es war ein Glück, dass die Rote Laterne heute die Tore nicht mehr geöffnet hatte. Staatsanwalt Häusermann hätte auf weiteren zeitnahen Ermittlungen bestanden, und er würde jetzt nicht vollgefressen mit Scarlett auf diesem Sofa sitzen … ein Aufschub, aber ein willkommener. Auch ein Hauptkommissar hatte Rechte, zum Beispiel das Recht, zeitweise nicht Überhauptkommissar zu sein. Sein Blick fiel auf die zwei Spezialkoffer, die er eigens vor dem Umzug für seine DVDs gekauft hatte. Er hatte so auf wenig Raum seine ganze Sammlung untergebracht, knapp zweihundert Filme, ohne die platzraubenden Plastikhüllen. Nicht alphabetisch, atmosphärisch hatte er eingeräumt. Wie lange schon lebte er jetzt cineastisch aus dem Koffer? Von der Hand in den Mund, von der Zeit überholt, ohne dass er es gemerkt hätte … hätte merken wollen.

»Aber Paps, wir streamen heute.« Und Heikes Lächeln dazu. Da war er in einem schwachen Moment bereit gewesen, alle seine DVDs der Tochter zu vermachen, … und vergreiste – in ebendiesem Moment. »Aber Paps!« – Da schwang Fürsorge mit, nicht ohne Humor, schließlich war Heike seine Tochter, in den Untertönen aber fürsorglich, dennoch, gleichwohl, nichtsdestotrotz? Würde sie das auch sagen, wenn er in zwanzig oder vielleicht dreißig Jahren nicht mehr richtig essen wollte? Ihm den Löffel vor den sabbernden Mund haltend, geduldig, voller Zuneigung: »Aber Paps!« Er würde das zu verhindern wissen.

Walle gab Scarlett ein Zeichen, dass er gleich zurück sein werde, erhob sich und machte sich an einem der beiden Koffer zu schaffen. In der Wohlfühlabteilung stieß er sogleich auf Yoda, doch er würde für diese Nacht das Lichtschwert stecken lassen. Die Nacht würde auch so mit ihm sein, und in der Ferne schwang einer seine Kelle, ein Autokennzeichen blinkte in Walles Vorstellung, ein eingebildeter Koch unter JED-IS. Augen auf und den Schlummertrunk, den er auf dem Beistelltischchen des Sofas in Stellung gebracht hatte, ins Visier nehmen. Da fiel sein Blick wieder auf das samtige graue Fell der Katze, Scarlett war im Reich der Träume angelangt. Der Neid scheidet die Geister immerdar, die zurechnungsfähigen ebenso wie die erschöpften.

Er würde nun alle Rücksichten fahren und sich auf die Enterprise beamen lassen. Ein Held muss im entscheidenden Moment unvernünftig sein. Er tut, womit keiner rechnet, tut das, was aussichtslos erscheint, was nur schiefgehen kann. Und von außen betrachtet sieht es dann so aus, als habe er einfach unwahrscheinliches Glück gehabt. Für den Helden selbst gibt es keine Zweifel, die Möglichkeit des Scheiterns existiert für ihn nicht. Auch darin war Troller mit der Psychologie uneins: Der Held stirbt am Schluss eben nicht, gerade darin unterscheidet er sich vom Märtyrer. Erst das Überleben begründet sein Heldentum.

Er würde die Welt retten, so war das schon bei Odysseus angelegt, und dieselben Wesenszüge fanden sich in Captain James T. Kirk. Ausgewechselt die Folie: Die See und die Inseln waren das Weltall und die Planeten. Und die Vergangenheit war die Zukunft.

Jo und er hatten früher oft gestritten, wer die Brücke übernehmen dürfe, wer von ihnen Kirk war. Der andere hatte sich mit der Rolle des Vulkaniers zu begnügen. Spock war zwar eine faszinierende Figur, doch es war eben nur Spock, der kühle Kopf, der rationale Wissenschaftler, der mit seiner Nüchternheit den Menschen Kirk ins rechte Licht rückte. Des einen Mut ist des andern Wahrscheinlichkeitsrechnung, doch gegen das unbändige Leben zieht am Ende jede Zahl den Kürzeren. Kirk wurde eben das Kommando der Enterprise entzogen – was immer mal wieder vorkam, wenn der Mann gegen eine der obersten Direktiven verstoßen hatte.

Diesmal war es um Spocks Leben gegangen, der Freund wäre verglüht, hätte sein Captain das Schiff nicht aus den Tiefen eines Meeres auftauchen lassen. Dass dabei die seltsamen Bewohner des Planeten das Raumschiff der Föderation sahen, war halt nicht zu vermeiden gewesen.

Troller hatte sich einen ersten, zweiten, dritten Schluck vom Single Malt gegönnt, prostete Kirk vergnügt zu, denn er wusste, der Mann würde bald wieder auf der Brücke stehen. Helden mussten unten durch, zwischenzeitlich, sodass ihre Leidensfähigkeit auf den Prüfstand kam, der Wille zu großen Taten spürbar wurde – der Weg in den Himmel führt stets durch die Hölle. Egal wo einer grad stand, wie er gebeugt oder gebeutelt worden war – ein Mensch wie James T. Kirk blieb sich seiner Aufgabe bewusst, verlor Sinn und Zweck seines Daseins nie aus dem Blick.

Die Männer vertrauen dir, wollen genau dich zum Anführer, die Frauen himmeln dich an, dafür musst du im richtigen Moment das Richtige tun; keine Ausreden jetzt, keine nüchternen Erklärungen, begrüße das Joch, kopfunter, mit zusammengekniffenen Augen wirst du wieder auftauchen, die Deckung verlassen, die Dinge wieder geraderücken, weil in der Aufgabe die Lösung steckt.

Irgendwann, wohl erst nach der Pubertät, erkannten auch die Trollerzwillinge, dass es sich beim Captain der Enterprise nicht um einen Menschen, sondern um eine Figur handelte, eine Kunstfigur, die passgenau nach den Sehnsüchten heranwachsender Jungs geformt worden war: stark, mutig, gutaussehend und auch gescheit, immer zur Stelle, wenn's brennt. Der Weg zum Heldentum auf Erden erwies sich indes als weniger romantisch, und die Entscheidungen, die Joachim traf, unterschieden sich je länger, desto deutlicher von jenen seines jüngeren Bruders. Jo hatte nie etwas übrig für Mannschaftssport, konnte also nicht nachvollziehen, was Walle bei den Handballern fand, warum er Abend für Abend mit Freunden und einem Ball zubrachte, statt sich dort einzufinden, wo die Musik spielte.

Walle bückte sich zu Scarlett, die im Schlaf schnurrte und mit den Vorderpfoten sanft an seinem Oberschenkel trippelte. Was gab es doch für liebenswerte Geschöpfe! Joachim hatte nie Vertrauen zu seinen Mitmenschen gefasst, ihm stand seine Unabhängigkeit über allem. Hatte Jo sich denn als Kind so eingeengt gefühlt?

Er griff nach dem Glas, nicht mehr ganz bei Sinnen, er war längst fällig, doch er flog durch den Weltraum und verlor sich in der Kindheit. Irgendwer bewegte seinen großen Zeh, als würde das einem Troller helfen.

Als Kinder hatten Jo und er gewetteifert, wem es als Erstem gelang, den Gruß der Vulkanier, jenes V, das man im Wegspreizen von kleinem Finger und Ringfinger symbolisieren konnte, mit den Zehen zu vollführen. Lebe lang und in Frieden!, hatten sie einander zugerufen, noch ohne den Worten Gewicht beizumessen, vielmehr schwerelos auf dem Rücken liegend, Fuß an Fuß, der Zehengruß aber wollte keinem gelingen.

– Du warst es also nicht, Jo, wer aber war es dann?

8

Ging als studierter Architekt nach Amerika und kam ein Jahr später als Verpackungsdesigner zurück. Über seine Zeit in Chicago hatte Jo nie viele Worte verloren; was hätte er auch einem Bruder erklären wollen, der bei der Polizei gestrandet war? Er habe seinen Masterplan drüben gefunden, so hatte der ältere Troller einmal verkündet. Joachim sprach seither von »content« und »response«, von »eye-catcher«. Kaum zurück, hatte er schon seine eigene Firma gegründet, die *Troll 'n' Roll*, aus der die heutige *jo.d* entstanden war.

Walle registrierte, wie der Bösewicht einen Anschlag auf die terrestrische Kommandozentrale in London verübte, als ihm wieder der Artikel einfiel, der damals vom Erfolgsunternehmer Troller berichtete: »Der Verpackungskünstler von Jedastedt«. Jo hatte sich geschmeichelt gefühlt, schließlich war er auf bestem Weg, die Verpackungsindustrie in Deutschland zu revolutionieren. Kirk würde seinen Mentor rächen, so viel stand fest, die Koordinaten, zu denen sich der feige Attentäter hingebeamt hatte, waren ausfindig gemacht worden.

Er würde jetzt nicht auf die Uhr schauen, er fühlte sich wohl, er würde sich mit Spock an seiner Seite auf Verfolgungsjagd machen … und Jo würde rechtzeitig von der Retro-Welle abspringen. Das ist nur gut verkaufter Zeitgewinn, Bruderherz, hörte Walle das Echo durch die unendlichen Weiten, bald kommen die Asymmetrien, die kleinen Verschiebungen in den Proportionen, wirst schon sehen!

Er konnte kaum noch die Augen offenhalten, entschied sich aber dazu, das leergewordene Glas noch einmal zu füllen. Die Kunst bestand darin, mit seinen Bewegungen Scarlett in ihrem Frieden nicht zu stören. Wer auf halbem Weg aufgab, hatte die Chance, ein Held zu werden, unwiderruflich verspielt. Für James Tiberius Kirk eine Selbstverständlichkeit, er schlug die Bedenken von Pille, dem Schiffsarzt der Enterprise, in den Wind; ein Mann mit einer Aufgabe durfte solchen Nebensächlichkeiten keine Beachtung schenken. »Weißt du, Walle, ich tue mich manchmal schon schwer, für mich selbst Verantwortung zu übernehmen.« Das hatte ihm der ältere Bruder gesagt, ihm, dem Jüngeren, gesagt am Hochzeitstag, nachdem er Felicitas zum Altar geführt hatte.

War Kirks Rachefeldzug denn gerecht? Lenkte er die Enterprise nicht vorsätzlich in die Dunkelheit?

Ein Held musste im entscheidenden Moment unvernünftig sein. Jo konnte sich einer Verrücktheit ergeben, sich hingeben, ging noch an Krücken, war eben aus der Reha, der gemeinsame Haushalt der Zwillinge nahm gerade Formen an, als seine Leute von der *jo.d* vorschlugen, man müsse doch die Stege Christos am Lago d'Iseo unbedingt noch begehen, solange sie hielten. Eine Woche später erwies der eine Verpackungskünstler dem anderen Verpackungskünstler die Ehre. Er schleppte sich über die *Floating Piers*, obwohl er dafür nicht über die nötigen Kräfte verfügte. Doch er lächelte in die Kameras, er strahlte und hätte ob der Anstrengung doch zusammenbrechen müssen. Da war kein Pille weit und breit, der Joachim Troller vom Dienst enthob und auf die Krankenstation verwies. Auf den Bildern manifestierte sich einzig Jos Wille.

Allzu schnell aber vergaß man diejenigen, die nicht im Bild waren. Ohne seine Leute hätte auch Joachim nicht übers Wasser gehen können. Sie hatten die Firma während seiner Reha am Laufen gehalten, das Auftragsvolumen war konstant geblieben; ein Umstand, der selbst Jo in Erstaunen versetzt hatte. Obwohl er sehr gute Leute in seinem Team hatte, die Besten, wie er gern betonte, hielt sich sein Vertrauen selbst ihnen gegenüber in Grenzen. Immerhin, er bezahlte gut, dem Vernehmen nach sogar sehr gut; das war seine Methode, die Menschen an sich zu binden. Und Jo hatte nie etwas Verwerfliches in diesem Geschäftsgebaren gesehen, auf diese Weise, so hatte er ihm mehrfach vorgetragen, hältst du dir andere Verbindlichkeiten vom Leib.

Das Zerbersten eines Glases ließ Walle aufschrecken. Es war, wie er sich kurz versicherte, nicht sein Glas gewesen, das Scherbeln war von unten zu ihm nach oben gedrungen.

– Nichts passiert, Walle! Scherben bringen Glück. Schlaf gut!

Jo war nicht davon ausgegangen, dass sein Bruder schon schlief. Sie beide drehten ihre nächtlichen Kreise, auf engem Raum, jeder für sich. Wegen eines kaputten Glases musste niemand nachschauen gehen. Nur Scarlett sah das anders. Fast sorgenvoll hatte sie sich aufgerichtet, die Glieder durchgestreckt und sich ohne einen Blick des Abschieds aufgemacht. Frauen!, ging es Walle durch den Kopf, und er erhob sich ebenfalls, nicht aus Sorge, vielmehr gebot der Harndrang die Bewegung. Er würde sich erleichtern, sich danach wieder hinsetzen und seine Aufmerksamkeit dem Ort des Geschehens zuwenden. Mittlerweile war man in klingonischem Gebiet angelangt, der Feind war nicht mehr weit, und im Gegensatz zu Jos Glas war seines noch heil und zu zwei Dritteln voll.

Wo lag der Frosch? Troller blickte um sich, obwohl er wusste, wo er das Gerät, das zugleich auch sein Wecker war, hatte liegen lassen. Auf der Anrichte in der Küche. Dort hatte er, als er die zweite Rotweinflasche öffnete, einen letzten Kontrollblick darauf geworfen. Vielleicht war doch etwas dran an der Weisheit der Kartäuser. Scarlett hatte ihm den Weg gewiesen. Was hatte Jo noch einmal mit dem Verschieben der Portionen gemeint? Wirst schon sehen? Oder waren es doch Proportionen gewesen?

Zum Glück war ihm die frühmorgendliche Begegnung mit Scarletts Erbrochenem noch präsent, ansonsten wäre ihm die Glasscherbe, die der Bruder beim Zusammenwischen – wohl seiner eingeschränkten Beweglichkeit wegen – übersehen hatte, zum Verhängnis geworden. Instinktiv hatte sich sein Blick auf die Fliesen vor dem Kühlschrank gerichtet, sodass er das Glitzern rechtzeitig wahrnahm, das Bruchstück sachte aufhob und im Müll entsorgte. Immerhin, und das war Walle ein nächtlicher Trost, er hatte seine Sinne noch halbwegs beieinander, denn auch der Frosch, das sah er nun, befand sich an der vermuteten Stelle. Und wie er die Hand nach dem Gerät ausstreckte, hörte er, dass sein Bruder noch telefonierte. Jos Stimme klang ein wenig gereizt, die Verpackung passte anscheinend noch nicht optimal zum Inhalt. Weitere Vermutungen mochte er nicht anstellen, geschweige denn würde er nähertreten und lauschen. Keine Bespitzelungen im eigenen Haus, schon gar nicht um diese Uhrzeit. Der Rückweg würde anstrengend genug sein, und da sich Scarlett irgendwo verkrochen hatte, bliebe er dabei ganz auf sich gestellt.

– Du warst es nicht, Jo, vielleicht aber war es Schrödingers Katze.

Was hatte er da gesagt? Gerda hatte ihn kürzlich über die Zeit belehrt, ihm gesagt, er solle sich Zeit als feinstes Granulat vorstellen, dann leuchte auch deren Krümmung aufgrund der Gravitation ein. »Die Veränderung, die Bewegung macht die Zeit, verstehst du.« Das hatte sie gesagt, als sie über ihm lag, und eines Tages, so hoffte Troller der Jüngere, würde er den Vorträgen zur Quantenphysik folgen können. »Schrödingers Katze lebt und ist zugleich tot, sie ist und ist nicht.« Wenn er aber doch nicht einmal Scarlett verstand, wie sollte er dann mit den Zuständen fremder Katzen zurechtkommen?

Ein Held, so er denn endlich Wasser abgeschlagen hatte, musste im entscheidenden Moment unvernünftig sein. Stand er jedoch vor einem Spiegel, konnte sich das Selbstbewusstsein im Augenblick verflüchtigen. Was Walle sah, war keiner Herkunft mehr zuzuordnen, ihm war, als sei er endgültig seinem Heimatplaneten abhandengekommen. Es gab keinen Grund, weiter unvernünftig zu sein; auf die Enterprise und ihre Crew war Verlass, seine Präsenz war nicht erforderlich. Würde ihn Felicitas jetzt so sehen …

– Ja, verdammt, ich vermisse dich!

Und es war ihm egal, ob sein Bruder ihn hörte. Troller hielt dem Spiegelblick stand, er war so etwas wie das Gegenteil eines intakten Raumschiffes, er war ein Wrack mit flackernden Scheinwerfern. Zähne putzend erinnerte sich Walle, wie die Mutter Jo und ihm die Geschichte des Barons von Münchhausen erzählt hatte, von einem Mann berichtete, der sich am eigenen Schopf aus dem Sumpf zog. Den Trick hatte der Baron mit ins Grab genommen. Vielleicht würde er ihn in seinen Träumen ausfindig machen.

Jette saß am Küchentisch und starrte auf die Zeitung. Eben war Noah aus dem Haus gegangen, hatte sich auf den Weg zur Klinik gemacht. Für einmal hätte Jette gern mit ihm getauscht, obwohl sein Job auch nicht immer ein Vergnügen war. Noah arbeitete in der geschlossenen Abteilung, betreute als Pfleger die Notfälle, darunter häufig auch solche, die nicht freiwillig in der Psychiatrischen strandeten.

So unberechenbar die Leute auch sind, man weiß irgendwie doch, woran man ist; das sagte er, wenn ihn jemand auf seine Arbeit in der Geschlossenen ansprach. Sie war keine Insel der Glückseligen, diese psychiatrische Klinik, das nicht, eine Insel aber schon, denn so manch einem gelang es, sich für eine Weile auszuklinken, runterzufahren, wieder Atem zu holen, bis es in jener Welt, die Aussetzer selten verzieh, wieder weiterging.

Hatte Noah Frühschicht, drehte sich Jette meist noch einmal im Bett um, gönnte sich eine kleine Verlängerung. Auch das Bett war eine Insel, und sie verstand sich gut aufs Drehen und Wenden, aufs erneute Einschlafen, dieses Wegdriften, das nicht selten noch einen Traum freigab, eine Spielerei oder halt etwas Verrücktes, über das sie sich beim Aufwachen amüsieren konnte. Die Bemerkung aber, die ihr Noah noch ins Ohr geraunt hatte, war für ein surreales Szenario genauso wenig geeignet wie für jede andere Ausflucht, hatte vielmehr jede Hoffnung auf ein neuerliches Einschlafen zunichtegemacht – Frieda ist in der Zeitung. So wenig überraschend die Neuigkeit für Jette gewesen war, hatte sie doch sogleich gespürt, dass der Tag keinen weiteren Aufschub zuließ.

Sie nippte am Kaffee und betrachtete das Bild, das dem Flyer entsprach, den sie schon kannte. Jemand hatte der

Presse das Material zugespielt und machte auch keinen Hehl daraus. Rainer Hogewald, der umtriebige Immobilienmakler, ließ sich im Artikel als guter Freund Aufderhaldens zitieren.

Jette warf einen Blick auf ihr Kleines, schon bald würde Staatsanwalt Häusermann anrufen. Troller vorwarnen? Sie schrieb ihm eine Nachricht, rangehen würde der Herr Hauptkommissar so schnell nicht, und also betrat sie den Balkon. Vielleicht würde sie ihre Entscheidung, nicht mehr in der Wohnung zu rauchen, noch einmal überdenken. Je näher der Winter rückte, desto unangebrachter kam Jette ihr Verhalten vor. Warum auf dem Balkon frieren, wenn drinnen geheizt war? Wer sperrte sich schon selber aus? Freiwillig? Die Aussicht war bescheiden, eine Häuserschlucht, vereinzelt Licht hinter den Fenstern jener, die so früh zur Arbeit mussten wie Noah. Oder von solchen, die von einer Nachtschicht zurückgekehrt waren. Unten auf der Straße setzte der Verkehr allmählich ein, der Lärmpegel stieg. Draußen in der Kälte rauchte sie nur noch gieriger, fror an den Füßen. Gesund war das auf keinen Fall, wie sie da auf zwei Quadratmetern um die volle Mülltüte herumtrippelte, doch wenigstens kam ihr Denken in Gang.

Troller hatte gestern noch angeordnet, dass die beiden Wagen, von denen er die Nummernschilder am Morgen notiert hatte, kriminaltechnisch untersucht würden. Der Ford gehörte Yannick, der Golf war auf Friedrich Aufderhalden zugelassen. Nicht dass sich jemand davon Ergebnisse erhoffte, das wusste Jette, doch ließ sich so ein professionelles Vorgehen nicht nur behaupten, sondern auch belegen. Die Pressekonferenz, die der Staatsanwalt nun ultimativ fordern würde, setzte sie auf den frühen Nachmittag an; damit bliebe noch Zeit für weitere Ergebnisse. Und sie korrigierte sich beim Ausblasen des Rauches, nicht um Ergebnisse ging es, sondern um Fakten. Jette durchfuhr ein Schauder.

Anatol Häusermann traf ganz ohne Absicht Mal ums Mal einen wunden Punkt bei ihr; sie wäre ein leichtes Hypnoseopfer, geriete sie eines Tages in die Fänge des Falschen. Da könnte sie irgendein Typ, der über die entsprechenden Fähigkeiten verfügte, einfach so mal flachlegen, von ihr Dinge erfragen, die sie sich nicht einmal selber eingestand. So einer war es gewesen, ein Glatzkopf mit Krawatte, eine gepflegte Erscheinung, der sie in der Lobby zum Aufzug gefolgt war, willenlos, plötzlich, ohne Erinnerung, wie sie allein seines Blickes wegen, zu dem sie die Krawatte zwanghaft geführt hatte, ins Schlepptau dieses Mannes geraten war, und wie sie das grün aufleuchtende E oben an den Türen des Aufzugs rettete, buchstäblich in letzter Sekunde rettete, weil sie instinktiv mit »Exit« übersetzte, auf dem Absatz kehrtmachte mit der Gewissheit, nie wieder im kurzen Schwarzen zu arbeiten.

Jette stellte sich Noah vor, wie er sie pendelnd verzauberte, jeder Selbstkontrolle beraubte und dann fragte: Sag, liebst du mich? Niemand durfte sie bis in ihre Träume verfolgen. Ein jeder hatte das Anrecht auf seine Insel, sein privates Eiland, ansonsten fiele man auseinander, könnte sich selbst nicht mehr zusammenhalten – an sich halten.

Wichtig war, dass sie im Fall Frieda am Nachmittag einiges vorzuweisen hätten. Inwiefern das Recherchierte der Lösung des Falles zuträglich war, spielte für eine Pressefütterung keine Rolle. Selbst der Staatsanwalt ließ sich mit Fakten blenden, sodass man anschließend wieder Zeit für gezielte Nadelstiche hatte.

Sie hatte sich wieder an den Küchentisch gesetzt, las vom »schlimmen Verlust«, vom »großartigen Menschen«, auch davon, dass sich der Immobilienmakler keinen Reim auf Friedas Ableben machen konnte, einen Suizid jedoch kategorisch ausschloss, auch wenn er den Ermittlungen der Polizei keineswegs vorgreifen wolle. Je mehr Jette über den Fall las, desto weniger glaubte sie noch daran, mit Hogewalds Aussagen weiterzukommen. Der Mann würde in gut drei Stunden ihr gegenüber genau das wiederholen, was sie eben in der Zeitung las. Du musst in den Augen lesen, nicht von den Lippen!

Jette goss Kaffee nach, griff nach dem Zucker und suchte vergeblich in Friedas Augen nach einer Botschaft. Eine Hypnosegefahr bestand nicht, kein Flackern oder Flunkern und eben auch kein Leuchten. Nicht jede Fotografie bewahrte das Leben. Da boten die abgelichteten Klosprüche mehr: »Stirb langsam, aber ungeteilt …« Ein Lob auf die Schauspielkünste von Bruce Willis war das wohl nicht. Hatte sie sich nicht vor Jahren mit einem der Halbstarken aus ihrem Dorf ins Kino verirrt und eine dieser *Stirb-langsam*-Folgen gesehen? Gut angebraten hatte der Mann am Ende die Welt gerettet und war seither als »Brutzelwilli« in ihrem Gedächtnis abgespeichert … doch so oft die Welt von Willis gerettet worden war, konnte das damals ebenso gut ein anderer Streifen gewesen sein.

Wie der Kopf eines Stofftieres, eines ausgestopften Tieres, so kam ihr das Konterfei vor, professionell hergerichtet, präpariert und konserviert für die Ewigkeit, die geballte Frieda-Power. Inzwischen gewässert und jetzt erkaltet. Einmal mit dem Strom geschwommen, und das war's. Jette drehte die Filmspule zurück. Tatsächlich hätte man Frieda in dieser Aufmachung auch auf den roten Teppich schicken können. Zu Glitter und Glamour, als Begleiterin von Udo Lindenberg oder Lady Gaga … und zu all den anderen Kunstfiguren. Keine Botox-Sitzung nötig, auch die Zähne waren schon gemacht. Er möge in F-F-Frieda ruhen.

Mit einer unwirschen Handbewegung verscheuchte sie den Wolf, das ungebetene Tier; so weit würde sie es nicht kommen lassen, dass sich gar ein Markowitsch in ihre Wohnung verirrte. Nur wenig hatte gefehlt, und die Asche, die sich in der Bewegung von der Glut gelöst hatte, wäre in den Kaffee gefallen. Selbstbeherrschung, Mädchen, ein bisschen Selbstbeherrschung! Eigentlich hätte Noah doch heute früh den Müll mit nach unten nehmen sollen. Oder?

Jette war nah dran, einen Streit mit ihrer inneren Stimme vom Zaun zu brechen. »Vergiss das Zen«, sagte sie jetzt laut, »damit werde ich in hundert Jahren nicht anfangen, verstanden?« Friedas Augen reflektierten zwar das Licht, doch dahinter verbarg sich kein Innenleben. Dieses Gesicht bildete eine Fassade ab, einen schielenden Wiedehopf. Der Mann, die zur Schau gestellte Frau, schien zwar irgendwie verdreht, doch keineswegs abartig zu sein, ein bunter Vogel, das wohl, einer, der womöglich nur zur falschen Zeit am falschen Ort gewesen und aus dem Nest gefallen war … gefallen worden war. Gefällt wurde?

Rainer Hogewald hatte sich zur Behauptung verstiegen, mit dem Tod Friedas habe eine aussichtsreiche Kandidatur auf das Amt des Oberbürgermeisters ein tragisches Ende gefunden. Vielleicht konnte er nicht anders, schließlich hing er in der Wahlkampagne mit drin. Oder las sie die üblichen Nachrufloskeln, die einen Menschen nach seinem Tod immer besser machten als er tatsächlich gewesen war? Sag's mit Blumen … das Spiel war noch nicht aus, das spürte Jette, vielleicht passte Friedas Ableben dem Immobilienmakler sogar in den Kram. Einen Verstorbenen einzukränzen, war leicht. Ob der Mann bluffte oder nicht, es gab für diesen Hagestolz keinen Grund, der Presse gegenüber ehrlich zu sein.

»Wer bist du?«, flüsterte Jette und griff nach der Kaffeetasse. Irgendetwas an der Aufnahme war eigenartig, hatte sie schon irritiert, als sie den Flyer in diesem kahlen Zimmer über der Kneipe eingesteckt hatte. Es war nicht das leichte Schielen, auch wenn sie in solchen Fällen nie entscheiden konnte, in welches Auge sie sehen sollte. Das galt für ein lebendes Gegenüber, nicht für Fotografien, und schon gar nicht für Tote. War das tatsächlich ein Schielen? Ein scheeler Blick?

Kein Mensch ließ sich für eine Wahlkampagne auf diese Weise ablichten, halb im Profil, ein wenig herabschauend – der Fotograf musste eigens in die Knie gegangen sein. Eine aussichtsreiche Kandidatur? Zu sehen war eine Karikatur, eine Vorwegnahme der nächsten Folge von *Promi Shopping Queen*, nicht aber das Bild einer Bürgermeisterin. Wen hätte diese Inszenierung beeindrucken sollen? Guido Maria?

Jette hatte sich ins Bad bewegt und schaute auf den Zettel, den Noah an der Verpackung ihrer neuen Haarfarbe angebracht hatte: »black is beautiful!« Dazu ein Herzchen und ein großes, ein mächtiges »N«. Sie war in Nullkommanichts auf heißen Sex gestimmt …

– Du nimmst Shirin mit zu Hogewald, und wenn die Zeit reicht, schaut ihr noch bei diesem Scheuchle vorbei. Ich habe mich zum Frühstück mit der Albath verabredet.

… Und zwang sich jetzt zurück in das laufende Gespräch, Trollers Atem im Ohr, sein Warten auf das Einvernehmen, das nun mal einen ganz anderen Kontext hatte.

– Kannst du das wiederholen?

– Angie, Schatz, habe ich dich aus deinen Träumen gerissen? Ich komme nicht mit zu Hogewald, ich geh frühstücken.

– Aha?

– Mit Salomé Albath, der Redakteurin vom *Jedablatt*, die –

– Ich weiß, hab's auch gelesen, wie du weißt. Hast du schon –

– Ja, die Party steigt um 14 Uhr. Häusermann ist ein wenig angespannt.

– Wie immer?

– Leider nicht. Er hat mir etwaige dringliche Ermittlungen für den frühen Nachmittag strikte untersagt, werde also ebenfalls zugegen sein.

– Deinen Mann stehen? … Entschuldige. Dann ist unser Staatsanwalt wohl mehr als nur ein bisschen nervös. Gar aus dem Häuschen, das Männchen? – Entschuldige, ach … nun denn … ich glaube nicht, dass uns Hagestolzwald weiterhelfen kann … oder will.

– Langsam, langsam, mein Liebes. Frag ihn nach den angrenzenden Grundstücken zur Roten Laterne. Joachim hat mir etwas von einem geplanten Baumarkt erzählt, große Kiste. Also viel Geld, sprich wenig Rücksicht. Achte vor allem darauf, was dir der Mann nicht erzählt, du weißt schon.

– Ja, Paps, du kannst dich auf mich verlassen.

– Shirin kommt dich übrigens abholen.

– Was ist denn mit dir los?

– Hab wenig geschlafen, das Alter, vermute ich, und schließlich willst du am Wochenende in die Pfalz, oder? Übrigens, uns ist der Weiße ausgegangen.

– Wann?

– In einer knappen Stunde.

– Wie, du trinkst schon am Morgen?

– Quatsch, ich rede von Frau Yüzülmüs.

– Walle, ich mache mir Sorgen!

– Brauchst du nicht, mein Schatz, wird schon. Küsschen, wir sehen uns!

9

Wie immer vor einer Pressekonferenz, die auf den frühen Nachmittag angesetzt war, hatte sich das Team zur Kalten Runde eingefunden. Sitzungszimmer statt Kantine, nicht Tellerservice, sondern Sandwich, auch wenn Troller an der Bezeichnung »Faustbrot« beharrlich festhielt. Er berichtete von seiner Begegnung mit der Journalistin, hob hervor, dass Rainer Hogewald doch einiges am Pressebericht über den Fall Aufderhalden gelegen sein musste. Unaufgefordert habe dieser Mann der Albath gleich mehrere Bilddateien der Wahlpropaganda zur Verfügung gestellt.

Die Unsicherheit Trollers, der bei seinen Ausführungen nicht einmal den Versuch unternahm, Klarheit vorzugeben, erweckte Erstaunen. Außer bei Katterer. Der Neuling hatte es sich in seiner Lernstarre eingerichtet, unbequemer Schalensitz hin oder her, und verzog keine Miene. Immerhin hatte der junge Kollege Trollers Vorschlag beherzigt, die Uniform zu Hause gelassen und seinen besten Anzug aus dem Kleiderschrank gezogen.

Troller fuhr fort.

– Staatsanwalt Häusermann hat für die Pressekonferenz unsere Polizeipsychologin aufgeboten; sie wird die Leute zutexten, von der Zerrissenheit berichten, die in einer Person wirkt, wenn das Geschlecht zur Disposition steht. Wir alle, so nehme ich an, schließen Selbstmord aus, doch für den Mord haben wir noch kaum Vorzeigbares. Wir werden das Szenario mit dem Sturz von der Eisenbahnbrücke anbieten. Die Kollegen von der KTU haben heute Morgen menschliches Blut am Brückenpfeiler gefunden; ich zweifle nicht daran, dass es von Aufderhalden stammt. Und wir werden die Ergebnisse der Untersuchung der beiden Wagen mitteilen, auch wenn sie uns für die Lösung des Falls kaum dienlich sein werden. Aber ein Wagen voller Friedaspuren ist eine Information, selbst dann, wenn es sich um Aufderhaldens Auto handelt. Ein Unfallwagen, notabene, an dem – wie der Bericht der KTU preisgibt – schon so einiges gemacht wurde. Wenn die Meute dann noch nicht zufrieden ist, liefern wir die Blutwerte nach. Aufderhalden hatte einiges im Tank – 1,7 Promille ist doch eine Schlagzeile wert … Jetzt schaut mich nicht so an, das wird seit Jahren die erste Pressekonferenz, an der ich teilnehme.

Jette hatte sich kurzzeitig in der Vorstellung verloren, wie Petra auf Geheiß von Kandlhuber zum Brückenpfeiler hinunter beordert worden war, um dort an der Kante Proben zu nehmen. Petra mit wehendem rotem Haar …

Dass Troller die PK beehren würde, hatte auch positive Aspekte. Die andern könnten nämlich arbeiten. Sie beauftragte Shirin, der Frage weiter nachzugehen, wer Frieda beerbte, zumal sie vorhin den Notar Scheuchle verpasst hatten. Katterer setzte sie auf Markowitsch an, um in Sachen Hogewald nachzubohren. Seine Höflichkeit heute Morgen war atemberaubend gewesen, doch eine reine Weste hatte dieser Rainer bestimmt nicht. Milan Vanek, einen Mann mit Vergangenheit und ebenfalls auf der Liste der Kommandit-Gesellschaft, würde sich Troller vornehmen, das hatten sie untereinander schon vorbesprochen.

Walle dachte an die Schlümpfe, dachte an Scarlett und sinnierte darüber, ob es tatsächlich die bevorstehende Teilnahme an einer Pressekonferenz war, die ihn verunsicherte, oder die Tatsache, dass er den jüngsten *Star-Trek*-Film noch immer nicht gesehen hatte, »Beyond« lag in Cellophan eingeschweißt auf dem DVD-Koffer, Heikes letztes Geburtstagsgeschenk. Er mochte diese Bühne nicht, er mochte grundsätzlich keine Podeste oder Plattformen, worauf jemand sich zu produzieren hatte. Die letzten Male hatte er sich drücken können, diesmal lag der Fall anders. Und er sah sich mit einer Ahnungslosigkeit konfrontiert, wie er sie nicht kannte, welche zu verbergen einem Troller denn auch nicht recht gelingen wollte. Navigation Fehlanzeige. Ist das die Angst vor dem Schwarzen Loch? Erschöpfte er sich in Scheingefechten? Die Zeit krümmte sich nicht, sie zog sich zusammen. Vielleicht sollte er Gerda noch einmal auf Schrödingers Katze hin befragen. Ihm war, wie schon am Abend zuvor oder vielleicht seit er vom Fund der Leiche Aufderhaldens erfahren hatte, als wäre er kriminalistisch erblindet. Uhura, übernehmen Sie die Brücke, hätte er am liebsten zu Angie oder auch Shirin gesagt.

Darüber und über allerlei anderes dachte Troller während der Pressekonferenz nach, zu der nur wenige Journalisten gekommen waren. Womöglich lag das am Spardruck, von dem ihm die Albath beim Frühstück erzählt hatte, auch vor der Zeitungsbranche hatte der Personalabbau nicht haltgemacht. Hatte ihm Salomé heute im Café Jericho Avancen gemacht? Die Frau sah gut aus, sie sah sehr gut aus, war richtig in Form und mindestens fünfzehn Jahre jünger als er – und wollte ihn um den Finger wickeln? Seine Unsicherheiten betrafen nicht nur die Ermittlertätigkeiten, seine Psyche war zur Gänze kontaminiert. Warum aber nur oder genauer: womit? Mit Zwillingsgedanken? Der Täter war nicht der Täter.

Die gute Gundula, wie Troller die Psychologin schon vor Jahren getauft hatte, wurde ihrem Namen auch diesmal mehr als gerecht, sie hatte zur Unterhaltung beigetragen und den Presseleuten Stoff geliefert. Ein Publikum bei einer ernsten Sache zu unterhalten, war kein Leichtes, das wusste Troller. Es gilt, Distanz zu schaffen und zugleich Nähe zu suggerieren. In diesem Dazwischen die Zuhörer sodann im labilen Gleichgewicht zu halten, ist die Kunst der Spannungserzeugung und – der Spannungserhaltung.

Gundula war ein Profi. Fachliches zur menschlichen Seele interessierte die Menschen, auch wenn es nur scheinbar Handfestes war, das von Expertinnen und Experten aufgetischt wurde. Für Troller steckte hinter der Faszination für die Psychologie nichts anderes als die Betroffenheit über die Betroffenheit. Für das eigene Selbst kämpfte jeder, erschöpfte sich in den tagtäglichen Versuchen, die Balance nicht zu verlieren. Wer tatsächlich hinter das Denken und Fühlen einer anderen Person kommen wollte, musste jede auf Statistiken beruhende Psychologie ausblenden, stattdessen hinhören und zuschauen.

Darüber ließ sich mit Gundula nicht diskutieren. Ihre Stärke war es, zum einen fest an die Psychologie als Wissenschaft zu glauben, folglich und grundsätzlich von »vermeintlichen Unwägbarkeiten« zu sprechen, und zum andern und überdies in der Lage zu sein, ihr Wissen in wohlgeformten, sprich druckreifen Sätzen darzulegen.

Troller hatte während des Exkurses ins Unterbewusstsein Aufderhaldens der Journalistin, die sich in die zweite Reihe gesetzt hatte und die noch immer diese dunkelroten Lederhosen trug, zugenickt, sich ein Lächeln aber verkniffen, und er war in Gedanken nach einigen Umwegen noch einmal die Namen potenzieller Kandidatinnen und Kandidaten für das Amt des Oberbürgermeisters durchgegangen, die sie beide im Café besprochen hatten.

Ein politisch motivierter Mord schien ihm zwar die abwegigste Variante von allen zu sein, den von Gundula wieder in den Bereich des Wahrscheinlichen gerückten Suizid einmal ausgenommen, doch vielleicht lohnte es sich gerade deswegen, das Szenario mit Blick auf die bevorstehenden Wahlen zu durchdenken und andere Figuren in den Vordergrund zu rücken. Da aber bewegte sich die Krawatte, weiße Punkte unterschiedlicher Größe auf dunkelblauem Hintergrund, und Staatsanwalt Häusermann störte das Ordnen privater, parteilicher sowie überparteilicher Begehrlichkeiten, indem er die Schlussfragerunde einläutete. Auch er, der Hauptkommissar, würde um ein Statement nicht herumkommen, da machte sich Troller keine Illusionen. Und er wartete nicht ab, bis er von Häusermann, den Angie treffend zum »Männchen aus dem Häuschen« gemacht hatte, explizit dazu aufgefordert wurde.

– Geschätzte Kolleginnen und Kollegen, ich hoffe, Sie erlauben mir diese Anrede, denn schließlich arbeiten auch Sie an der Lösung des Falls. Meine Einschätzung dürfte zum jetzigen Zeitpunkt enttäuschend ausfallen, denn ich bin kein Mann voreiliger Schlüsse, ich ziehe die richtigen vor. Ohne Frage halte auch ich bei allen Bedingungen und Sachzwängen, denen wir ausgesetzt sind, am freien Willen des Menschen fest – immer solange, wie der entsprechende Mensch nicht unter Druck gesetzt oder gar bedroht wird. Über die eine oder andere psychische Störung haben Sie ja schon etwas erfahren. Ich kann Ihnen meinerseits über die möglichen Motive eines Selbstmords nichts sagen. Psychosen sind immer hausgemacht und von außen schwer einsehbar. Die Spuren, die wir bislang sichergestellt haben, lassen keinen eindeutigen Schluss zu, ob eine Fremdeinwirkung im Spiel war oder nicht. Gesetzt den Fall, unser Verdacht wird vom Labor bestätigt und Aufderhaldens Körper ist tatsächlich am Pfeiler der Eisenbahnbrücke aufgeschlagen, bevor er ins Wasser fiel, so wissen wir deswegen noch lange nicht, auf welche Weise der Mann … die Frau zur Brücke gelangt und in welchem Zustand er beziehungsweise sie anschließend am Brückenpfeiler aufgeschlagen ist. Vielleicht war der Mann davor schon tot, vielleicht bewusstlos, vielleicht begab sie sich auch freiwillig auf die Brücke. Eine Wirkung kann mehrere Ursachen haben. Wir arbeiten derzeit an der Rekonstruktion der Ereignisse zwischen jenem Zeitpunkt, als sich Friedrich Frieda Aufderhalden in der Dunkelroten Laterne aufhielt und noch lebte, und dem Moment, als wir die Leiche gestern früh am Stauwehr aus dem Wasser zogen. Und, um auch diese Frage zu beantworten: Nein, ich weiß nicht, was die ermittelten 1,7 Promille Alkohol, die der Mann zum Zeitpunkt des Todes im Blut hatte, in seinem Kopf bewirkt haben. Es gibt Menschen, die bei solch einem Pegel kaum mehr stehen können, andere halten sich noch für absolut fahrtüchtig und finden auch, wenn wir nicht dazwischenfunken, ohne Probleme den Nachhauseweg. Wie sich aber Aufderhalden in der fraglichen Zeit fühlte, was sie dachte, zu was er noch in der Lage war, bleibt Spekulation. Jede und jeder muss es zuallererst mit sich selbst aushalten, Sie haben davon gehört, wissen aus eigener Erfahrung darum. Sobald wir die Kausalkette beieinanderhaben, werden wir darüber berichten. Ich danke Ihnen.

Hätten nicht noch Fragen folgen müssen? Womöglich hatte der Aderlass in der Zeitungsbranche den Leuten doch mehr zugesetzt, als Troller erwartet hatte. Da blieb keine Zeit mehr für eigene Recherchen, man nahm das, was einem vorgesetzt wurde, dankbar an und verarbeitete es. Er drehte sich auf seinem Bürostuhl einmal um die eigene Achse. Hatte er tatsächlich »Dunkelrote Laterne« gesagt?

Nicht viel hatte gefehlt, und er hätte den Leuten einen Vortrag über die Würde des Menschen, eines jeden Menschen gehalten. Die Gewissheit, dass die Vertreterinnen und Vertreter der Presse in Aufderhalden nur noch das Objekt Frieda sahen, hatte ihn während seiner Ausführungen jäh überfallen – und der Verdacht, dass sie mit der Pressekonferenz genau diesen im wahrsten Sinn unmenschlichen Umgang provozierten und beförderten, hatte ihm zusätzlich einen Stoß versetzt, den er einzig mit dem Blick auf Salomés Beine abzufedern gewusst hatte.

War er schon so weit außer Kontrolle geraten, dass ihn Instinkt und Reflex hatten retten müssen, retten aus einer Situation, die doch auf Erfahrung und Vernunft basierte – oder war er im Begriff, sich als Mensch selbst wieder näher zu kommen?

Eines Tages würde man ihn einfach übergehen, dann ließen sich die Schwarzen Löcher nicht länger umschiffen. Wie sehr die Qualität unter verordneten Effizienzsteigerungen litt, zeigte sich immer erst im Nachhinein. Fehler muss man sich leisten können. Kamen sie als Behörde zum Zug, war der Schaden schon angerichtet, doch es galt, Folgeschäden zu verhindern. Wiedergutzumachen gab es an einem Toten nichts. Eine erfolgreiche Ermittlung brachte den Hinterbliebenen manchmal ein wenig Trost, die Bestrafung des Täters hielt das Rechtssystem hoch und also den Glauben daran. Dass allerdings Gerechtigkeit wiederhergestellt würde, daran glaubte ein Troller nicht, nicht mehr. Die Vorträge über Privat- und Generalprävention hatte er lange satt; die Theorie mochte stimmig sein, den Menschen selbst ging es aber seit alters her um Vergeltung. Wer Schmerzen erfahren hat, will, dass dem Verursacher ebenfalls Schmerzen zugefügt werden; Auge um Auge, nur ein wenig subtiler, will heißen: perfider und härter. Ein Täter gehörte gefasst und geächtet, gequält und am Ende gerichtet, vorzugsweise hingerichtet.

Troller gönnte sich eine weitere Drehung auf seinem Einmannkarussell. Hatte er schon immer so gedacht? Saß er grad einer ziemlich miesen Laune auf? Auf Fragen zu Rechtssystemen gab es keine einfachen Antworten. So mancher Einzelfall strapazierte das System aufs Neue, warf neue Fragen auf, und das Karussell drehte sich weiter, drohte schon wieder in den dunkelroten Bereich abzudriften.

Er erinnerte sich an den jungen Schneider, einen ehrgeizigen Journalisten, ein Schnelldenker war das gewesen, der ihnen das eine oder andere Mal voraus gewesen war und mit seinen Erkenntnissen auch nie hinter dem Berg gehalten hatte. Er war kürzlich in die Schweiz abgewandert, hatte die Albath erklärt, dort neuerdings gut bezahlter Pressesprecher eines Chemiekonzerns. Bestimmt waren die Pressemenschen in ihren Redaktionen jetzt damit beschäftigt, das Fritzfrieda-Psychogramm à la Gundula zu erstellen; Wiederverarbeiten von Vorhandenem, scheinheilige Objektivierung, das war die zu leistende Arbeit, und sie entsprach den Bedürfnissen der geschätzten Leserschaft. Er stellte sich eine Galerie der Travestie vor, lauter bunte Bilder, Porträts schriller, exaltierter Persönlichkeiten, die Zeugnis von der Tragik menschlicher Zerrissenheit ablegten und auf ideale Weise den Voyeurismus der Masse bedienten.

Man würde morgen vieles über die Fragilität der menschlichen Psyche lesen dürfen, dass es keine scharfen Grenzen zwischen den Geschlechtern gäbe, hinter jeder Verkleidung ein Wille stecke, gar ein Zwang, dass genau genommen jede und jeder an einer Persönlichkeitsstörung leide; dazu Erörterungen von der lebenslangen Aufgabe, »mit sich hauszuhalten«, wie Gundula fast schon in einzelnen Buchstaben ausgeführt hatte, von den täglichen Entscheidungen zwischen Aushalten und Raushalten. Betroffenheit stellte sich fast immer von selbst ein.

Wäre Gundula PR-Agentin geworden, das ging Troller nicht zum ersten Mal auf, die Frau wäre inzwischen mehrfache Millionärin. In einem Punkt stimmte er mit der Polizeipsychologin überein: Jeder Mensch ist ein Möchtegern-Wahrgenommener. Und dennoch: Es wäre ihm ein Leichtes gewesen, die Selbstmordthese zu zerpflücken. Allein das Wenige, das Aufderhalden an Kleidern getragen hatte, sprach entschieden gegen einen freiwilligen Abgang. Jeder Vereinfachung entgegen blieb auch dieser Mensch ein Subjekt, ein Individuum, dem galt es Rechnung zu tragen, wenigstens von seiner Seite. Bestimmt würde ihn die Albath noch anrufen. Die Frau war nicht auf den Kopf gefallen, sie pflegte lediglich einen weniger aggressiven Stil als der Schneider.

Troller nahm den Bericht der KTU zur Hand. Zwei altgediente Karossen, jede hatte weit über hunderttausend Kilometer hinter sich. Im Golf fanden sich unzählige Spuren von Aufderhalden. Was Wunder. Mitfahrer hatte es auch immer wieder gegeben. Doch dass eines der beiden Fahrzeuge auf Fritzens letztem Weg eine Rolle gespielt hätte, dafür gab es keine eindeutigen Belege. Stattdessen trat Angie mit zwei Kaffeebechern bewehrt durch die Tür, stellte den einen kommentarlos vor ihm auf den Tisch und setzte sich mit dem andern an ihren Arbeitsplatz.

Jette beobachtete Troller, der zu einer weiteren Drehung auf seinem Bürostuhl ansetzte. Das Ritual hatte immerhin den Vorteil, dass er dafür nicht vor die Tür musste. Ganz verbergen konnte Troller deswegen sein früheres Laster nicht. Obschon er, wie er gern stolz verkündete, die Zigaretten vor bald zehn Jahren weggelegt hatte, atmete der Mann nach jeder Drehung so aus, als hätte er eben einen tiefen Zug getan. Jetzt griff Troller nach dem Kaffeebecher, nahm einen Schluck, und jeden Moment, auch das wusste Jette, würde er ihr in die Augen schauen und sprechen.

– Ich hätte mir von den Telefondaten auch mehr versprochen. Doch Aufderhalden ist der glitschige Fritz von damals geblieben. Auch dass Shirin auf dem Laptop kaum Interessantes fand, verwundert mich nicht. Warum elektronisch kommunizieren, wenn man fast jeden Abend an der Bar steht, die Leute nur zu einem zu kommen brauchen, um wichtige Geschäfte zu besprechen?

Jette gab der Maus einen Stoß, sodass die geliebte Rebenlandschaft, die sie vom Friedensdenkmal aus fotografiert hatte, auf ihrem Bildschirm verschwand. *Bounce*, so hieß die Band, die vor einigen Jahren bei jenem Denkmal auf der Anhöhe ein berauschendes Open-air-Konzert gegeben hatte. Ausschließlich Bon-Jovi-Songs. Bis dahin für sie keine Musik. Aus Mangel an Alternativen hatte sie sich damals zum Konzert begeben, ein Bier nach dem andern getrunken, irgendwann lautstark mitgesungen und sich zum ersten Mal in eine Frau verliebt …

– Angie, träumst du?

– Ja.

– Ja?

– Entschuldige, Walle … die Pfalz … muss warten.

– Das ist ein unliebsamer Fall.

– Ja. Friedas Prepaid-Handy war eine Niete. Sei's drum. Vielleicht aber hat dein Bruder noch weitere Nummern in seinem Speicher? Hogewald schließe ich als Täter aus, auch als Drahtzieher. Er hat um den Baumarkt kein Geheimnis gemacht. Dem geht es zu gut, der hat weder Anlass noch Motiv, die Dinge zu beschleunigen.

– Ach Angie, ich werde bald abtreten können, du brauchst mich nicht mehr. In deinem Alter, dreiunddreißig, gell, da waren meine Gedanken nicht halb so klar, ich ging auf Streife und verbrachte die Zeit mit Geschwindigkeitskontrollen. Viel Fahrtwind, kaum Vertracktheiten. Da ein vergifteter Hund, dort ein Parkschaden, Langeweile kam dennoch keine auf. Hast du heut Abend schon was vor?

Jette hatte einen Blick auf ihre E-Mails geworfen, darunter eine neue Botschaft von Noah entdeckt. Wäre es nicht an der Zeit, Sierra Leone in die Pfalz zu überführen? Denn das war eine gute Verbindung, Noah und sie, ihre erste Beziehung, die über ein halbes Jahr schon anhielt, ein guter Mann, ein positiver Mensch, einer, der lächeln konnte, aber auch lachen, einer, der gescheit war und stark obendrein.

– Ja, hab ich …

– Keine Lust, dir heut Abend die Zeit in der Roten Laterne zu vertreiben?

– Unter all den Pressemenschen, Kiffern und Orientierungslosen?

– Weißt du eigentlich, warum ich Kriminalkommissar wurde? Ich mochte die Uniform nicht … der Juckreiz wurde immer stärker.

– Und deswegen hast du dem Katterer die Uniform ausgezogen?

– Nein, nicht deswegen. Ich glaube, der Mann taugt was.

– Wie war das mit vorschnellen Schlüssen?

– Reine Menschenkenntnis.

– Troller?

– Ja, Angie?

– Ich mache mir Sorgen.

– Das ist lieb von dir. Die machte sich der alte Hauptkommissar Bader auch, zog mir damals die Uniform aus, und ich wurde zu seinem Assistenten. Der Beginn einer ungeahnten Karriere! Wer weiß, wenn auch du dir jetzt Sorgen um mich machst, dann ist das vielleicht ein gutes Omen – und ich werde demnächst wegbefördert.

– Walle?

– Angie?

– Du bist richtig schräg drauf.

– Einspruch!

– Abgelehnt. Wann warst du das letzte Mal im Urlaub?

– Wir schicken Shirin und Michel. Präsenz markieren, und wenn ich deine Andeutungen richtig verstanden habe, werden die beiden den Abend in der Roten Laterne nicht ungern übernehmen.

Als plötzlich Häusermann im Büro stand, schaute Jette den Mann an, als sähe sie ein Gespenst. Auch Troller vermochte sich nicht daran zu erinnern, wann der Staatsanwalt jemals dieses Büro betreten hätte. Anatol Häusermann hatte ohne Frage Außerordentliches zu berichten, blickte zunächst noch unsicher um sich, vielleicht suchte er nach einem dritten Stuhl, den es in diesem Büro freilich nicht gab, schickte sich dann aber ins Reden, und die ermittelnden Beamten erfuhren, dass es von Aufderhalden nach dem Kenntnisstand von Notar Scheuchle kein Testament gab, dafür aber eine ältere Schwester, die in einem Schweizer Pflegeheim in der Nähe des Bodensees untergebracht sei und an Multipler Sklerose leide, sich aber gleichwohl am Telefon habe vernehmen lassen, und zwar dahingehend, dass der Kontakt zu ihrem Bruder schon im letzten Leben abgebrochen sei. Die Frau werde weder herfahren noch sich um die Beerdigung kümmern, da sie das nicht könne, geschweige denn wolle.

Der Staatsanwalt griff sich an die Krawatte, hoffte wohl auf ein Lob oder zumindest auf ein Nachfragen, stattdessen aber wendete Jette den Blick von ihm ab, was ihm doch sehr unhöflich erschien, derweil Troller ihn nur weiter anstarrte.

– Ob in der Erbfolge nun automatisch ihr Sohn und folglich Friedas Neffe, ein Architekt in Frauenfeld, zum Handkuss kommt, ist noch ungeklärt. Auch habe ich diesen Mann noch nicht erreichen können. Was die Anteile an der Kommandit-Gesellschaft betrifft, so lässt sich mit diesen, in wessen Besitz sie auch immer übergehen mögen, nicht viel anfangen. Ein direkter finanzieller Anspruch besteht nicht, inwiefern sich die Anteile zu Geld machen lassen, ist ungewiss. Nebenbei, was die Buchhaltung der KG betrifft, nun, sauberer geht's nicht, am Ende jeden

Jahres steht jeweils ein kleiner Verlust, steuertechnisch sehr praktisch.

Jette fragte sich zwar, ob der Herr Häusermann nicht eben seine Kompetenzen überschritten hatte, blickte aber weiter auf den Bildschirm. Auch Troller rückte kein Jota von seiner Haltung ab. Der Staatsanwalt wechselte das Standbein und ließ die Krawatte fahren.

– Ach, übrigens, beinahe hätte ich es vergessen. Friedrich Aufderhalden hat bei der Volksbank ein Schließfach. Ich habe die Verfügung bereits unterschrieben und mit der Bank Kontakt aufgenommen, morgen früh Punkt acht dürfen Sie die Büchse der Pandora öffnen.

Troller entließ den Mann mit einem wohlmeinenden Nicken. Jette nutzte die Zeit, »Büchse der Pandora« einzutippen, stieß sogleich auf einen Text von Friedrich Nietzsche, und sie las und las erneut, denn es hatte sie wieder einmal das schlechte Gewissen gepackt, nie genug für ihre Bildung getan zu haben. Dabei hatte es ihr nie an Neugier gemangelt, es war ihr lediglich verwehrt geblieben, auch nur mit einem Lehrer ein harmonisches Verhältnis zu haben. In den jeweiligen Konfrontationen zog sie am Ende, obwohl sie zwischendurch kleine Triumphe feierte, doch meistens den Kürzeren. »Zeus wollte nämlich, dass der Mensch, auch noch so sehr durch die anderen Übel gequält, doch das Leben nicht wegwerfe, sondern fortfahre, sich immer von Neuem quälen zu lassen. Dazu gibt er dem Menschen die Hoffnung: sie ist in Wahrheit das übelste der Übel, weil sie die Qual der Menschen verlängert.« – So endete Nietzsches Text, und Jette überlegte, ob sich das Nachdenken darüber lohnte.

– Angie, so geht das nicht weiter.

– Wie?

– Eine Shirin, die den ganzen Tag auf den Bildschirm glotzt, reicht hier völlig. Wenn du jetzt auch noch damit anfängst … aber sag, schaut denn wenigstens was raus?

– Nun, du solltest Scarlett nach Azrael fragen.

– Wie?

– Azrael ist Gargamels Kater, ein Schlümpfe verzehrendes Raubtier. Vielleicht hat Scarlett ja ein Verhältnis mit ihm? Abgesehen davon: Azrael kommt aus dem Arabischen, steht für den Engel des Todes, auch im Koran.

– Aha?! Verstehe … und *ich* soll schräg drauf sein?

– Sag mir lieber, was dir während meiner bahnbrechenden Recherchen der Frosch gequakt hat.

– Wie immer: dass er nicht an die Wand geklatscht werden will.

– Aha, und sonst?

– Die Albath war's. Neuigkeiten aus der Politik. Hermann Speich hat seiner Partei überraschend eine Absage erteilt, er will nun doch nicht ins Rennen um das Amt des Oberbürgermeisters steigen.

– Einer dieser Öko-Freaks, was?

– Du hast noch nie von Grünspeich gehört?

– Nichtraucher?

– Bestimmt.

– Dacht ich's mir.

– Und Hoffnungsträger der Grünen. Dem Mann waren gute Chancen auf die Wahl eingeräumt worden. Die Albath meint, der Rückzug Speichs käme allzu überraschend. Erst arbeitet der Typ jahrelang auf die Kandidatur hin, dann schiebt er gegenüber der Parteileitung plötzlich gesundheitliche Probleme vor, dabei schwimme Hermann Speich jeden zweiten Morgen einen Kilometer –.

– Hoffnungsträger? Kennst du Nietzsche?

– Nicht persönlich. Die Albath, kluge Frau übrigens, hat mir noch eine Frage gestellt: Was haben Schwimmer und Politiker gemeinsam?

– Beide versuchen krampfhaft, sich über Wasser zu halten.

– Wow.

– Manchmal bist du leicht zu beeindrucken, Troller.

– Schon? Die Albath meinte übrigens noch, sie wolle nach Speichs verborgenem Grünspan fahnden. Wäre das nicht unsere Aufgabe?

– Unsere?

10

»Troll dich!« – Das waren ihre letzten Worte gewesen. Irgendwann in der Früh. Troller war breit, er war so breit wie schwer, aber seine Schmerzempfindungen waren intakt. Wann war er ins Bett gekommen?

Er wandte den Kopf zum Nachttisch, schaute dem Frosch in die Augen: kurz nach sechs. Seine Blase schwächelte, und er litt, und dies über Gebühr, wie er fand, denn ihm drohte der Schädel zu platzen. Da halfen nur Aspirin und lückenlose Aufklärung. Rekonstruktion in eigener Sache. Wenn das nicht mehr gelang, konnte er gleich zu Hause bleiben. Er hatte den ersten Tisch abgeräumt, souverän die schwarze Kugel via Bande versenkt und sich das Privileg des Trinkers erspielt. Ein guter Anfang. Wer die Einstiegspartie verlor, so schrieben die brüderlichen Spielregeln vor, war Chauffeur und für die Rückfahrt verantwortlich, der Gewinner holte sich ein erstes Pils und brachte seine Freude zum Ausdruck. Was hatten sie nicht alles am Billardtisch geredet, Jo und er.

Troller entfuhr ein Seufzer. Vanek, ja, Vanek, schlimmer Finger, früher, vorbestraft wegen Körperverletzung, mehrfach, Zuhälter a. D., heute Geschäftsmann, Asien-Importe, Bambusmöbel, Steinschalen, Buddha-Figuren, Deko-Ware für Haus und Garten. Früher holte der Vanek dort die Mädchen, heute kauft er die Produkte von deren Kindern. Hatte das Jo gesagt? Hatte er sich das so dazugedacht? Oder geträumt? Wie ein alter Mann schob er seinen Körper sehr langsam zur Bettkante, legte sich auf die Seite, zog die Knie an, sodass die Unterschenkel am Matratzenrand entlang zu

Boden glitten. Zugleich drückte er, auf den Ellbogen gestützt, den Oberkörper unter Aufbietung der vorhandenen Kräfte, sich zur Selbstkontrolle ermahnend, in die Höhe. Ein Walross war er nicht. Walle, ich bin Walle, versicherte er sich, er hatte Beine und Arme, dennoch kam er sich vor wie einer dieser unförmigen Meeressäuger, unfreiwillig gestrandet, angelandet ...

»Geht doch!«, machte sich Troller Mut, wohlwissend, dass ihm nicht mehr viel Zeit blieb, um zur Toilette zu gelangen. Vielleicht schaffte er es, den Kopf gegen den Türrahmen zu knallen, das Überhaupt, den Schmerz auszutricksen, dank der Zentrifugalkraft abzuschütteln; zentrifugal oder zentripetal, darum ging es doch, ging es je länger, desto entschiedener. Und er gab sich einen Ruck. Die Fußgelenke knackten. Ein aufrechter Mensch, fest entschlossen, an diesem Tag weder Blase noch Schädel platzen zu lassen. »Ein kleiner Schritt für Walle, ein großer für Troller«, hörte er sich jetzt sagen, doch eigentlich war es nur ein Murmeln, ein undifferenziertes Grummeln, das er von sich vernahm.

»Troll dich!«, dröhnte es wieder im Kopf, während er sich erleichterte, und er hörte das Echo, als er das Aspirin schluckte. Den Blick in den Spiegel bereute Troller sofort; nicht nur wenig geschlafen, sondern auch schlecht geträumt, wieder schlecht geträumt, ergo: Es gab einen Zombieschlumpf. Gab es auch einen Billardschlumpf? Das hatte er Jo gefragt, nach der dritten oder vierten Runde, als sich das Blatt allmählich zugunsten seines Bruders wendete. Am Ende eines solchen Abends hatte fast immer der Bruder die Nase vorn, ein oder zwei Partien mehr gewonnen als er. Milan Vanek auf den Zahn fühlen, das hatte er sich vorgenommen. Daran konnte er sich festhalten, hauptkommissarisch.

Eine konkrete Aufgabe für einen in Auflösung begriffenen Chefermittler. Weshalb hatte er von dieser Bande damals nichts mitbekommen? Aber Jan-Hubert, der alte Bader, sein Mentor ... warum war er nicht früher draufgekommen?

Troller setzte sich an den Tisch, nahm den Umschlag mit der Einladung zu Jumbos Siebzigstem zur Hand. Bader hatte Wort gehalten. All die Jahre hatte sich der Mann auf dem Kommissariat nicht mehr blicken lassen, er malte, er ging angeln, verabredete sich mit Freunden zum Skat, und er verbrachte viel Zeit mit seiner Frau im Elsass. Der Alte hatte sich immer gefreut, wenn er ihn anrief, sie sich auf einen Kaffee trafen. Wann hatte er Jumbo zum letzten Mal gesehen? Troller versuchte Haltung anzunehmen, die Gegenwart würde nicht mehr lange auf sich warten lassen. Längst hätte er sich für den runden Geburtstag Baders anmelden wollen. Er würde das heute tun, und er würde dem Mann ein Treffen vorschlagen. Er ermahnte sich: Rekonstruktion, Herr Hauptkommissar, Rekonstruktion! Er hatte sich vor das Fenster gestellt und hielt sich an einem großen Glas Mineralwasser fest. Allmählich tagte es. Er war tatsächlich noch bei Gerda gewesen.

Als Jo ausgeglichen hatte, brach er die Spielregeln, genehmigte sich seinerseits ein erstes Pils. »Wir nehmen ein Taxi, ich bezahle, in Ordnung?« So hatte das Verhängnis seinen Anfang genommen, es folgten die ersten Whiskeys, Lebenswasser, wie Troller der Ältere zu betonen nicht müde wurde. Irgendwann waren sie wieder dreißig Jahre jünger. Rufschädigend war das nicht. In weiser Voraussicht hatten sich Joachim und er vor Jahren für eine Spielstätte in der Nachbarstadt entschieden. In der Freizeit mieden sie bekannte Gesichter, schon immer. Deswegen auch die gemeinsamen Radtouren früher, weg vom Geschütz, weg von den Verstrickungen und Begehrlichkeiten.

Plötzlich hatte Jo einen richtig guten Lauf, räumte zwei Mal im Alleingang ab. Unglaublich, hatte er, Troller der Jüngere, da gedacht, sein Bruder hatte definitiv mehr Übung, und war er einmal in Fahrt, war der Stardesigner nicht mehr zu stoppen. Deswegen hatte er Joachim, als er schon hoffnungslos im Hintertreffen war, auch vorgeschlagen, für das Amt des Oberbürgermeisters zu kandidieren: »Speich verzichtet, wusstest du wohl noch nicht, deine Chance!« So hatte er das gesagt, unvermittelt und in der Hoffnung, Jo würde der Queue wegrutschen. Der Bruder stieß zwar heftiger zu, doch so präzise wie ehedem und lochte die Schwarze mit einem Knall in die Seitentasche ein. Und er hatte gegrinst, der Hund, daran erinnerte sich Walle gut. Und wie in seiner Vorstellung Aufderhaldens Kopf anstelle der Billardkugel auftauchte, ein letztes schiefes Lächeln – und zack! Doch Jo war es nicht, war es nun mal nicht gewesen.

Bald würde Leben in die Stadt kommen. Du musst atmen, Zug um Zug, und du musst trinken, Schluck für Schluck. Troller spürte die Gegenwart nicht nur im Nacken, er sah sie vor sich, er atmete tief, er schluckte tapfer. Suche und finde die richtige Krücke! Es musste um Mitternacht gewesen sein, als Jo der Joviale Worte des Trostes sprach: »Von wegen Chancen, Kleiner. Ich bin täglich am Stock. Es wäre geradezu unmenschlich, wenn du an diesem Tisch hier einen Spitzenplatz hättest, oder?« Da waren sie beim dritten oder vierten Whiskey angelangt, beim richtigen Zeitpunkt, um über Frauen zu sprechen.

Als das Taxi vor ihrer Haustür hielt, blieb Walle sitzen. Joachim schaute seinen Bruder fragend an, doch es bedurfte keiner Antwort. Im Rausch kann man sehr viele Worte wechseln oder keine. Jo spürte aufgrund des hohen Pegels keine Schmerzen mehr, Walle hatte aus denselben Gründen die Begierde erfasst – das waren die Quantensprünge des Organismus, die Bedingungen der Möglichkeiten. »Troll dich!«, hatte Gerda lediglich gesagt, als er mit glasigen Augen vor ihrer Tür stand. Hatte sie gelacht? Er versuchte sich zu erinnern. Gelächelt? Kaum hatte er aufgeschaut, war die Tür wieder zu, und er hatte sich auf den Heimweg gemacht, zu Fuß.

So war es gewesen. Aller Wahrscheinlichkeit nach. Troller musste niesen. Die Bestätigung für die jüngsten Ereignisse. Er war durch die Straßen und Gassen zurückgegangen, geschwankt, getorkelt ohne Eile. Keine weiteren Vorkommnisse, da hatte er noch nicht geträumt. Die Abkühlung auf dem Heimweg hatte zwar gutgetan, die halbe Stunde im Nieselregen ihm wohl aber auch eine Erkältung eingebracht. War der Anblick von Salomés Beinen die Ursache für den nächtlichen Besuch bei Gerda gewesen? Oder war es Jos letzter Stoß, der ihm so eingefahren war, dass er eine Endlosschlaufe seiner Vorstellungen befürchtete, der einzig die Anziehung Gerdas hätte entgegenwirken können?

Jette räkelte sich. Kurz nach sechs. Eben war Noah aus der Tür gegangen. Ihr selbst fehlten die guten Gründe, die Bettwärme leichtfertig aufzugeben, es war ein Abend und eine Nacht, ein Drehen und Wenden ganz nach ihrem Geschmack gewesen. Noah hatte sie mit den schwarz gefärbten Haaren wie eine schöne Fremde umgarnt, sie zum

Essen ausgeführt, ihr geschmeichelt wie beim ersten Date, auch von seiner Arbeit erzählt, wie er eine neue Patientin, eine hysterische Frau, nicht habe beruhigen können, diese immer wieder geschrien und sich zugleich die Ohren zugehalten habe. So unberechenbar die Leute aber auch sind, man weiß irgendwie doch, woran man ist, sagte er, hatte es so gesagt, als sagte er es ihr zum ersten Mal. Noah hatte sie angelächelt, sich in Szene gesetzt als Kumpel, als Macho, und sie so heiß gemacht, dass sie sich beide auf dem Nachhauseweg kaum noch zurückhalten konnten. »Com'on, Angie, Tomb Raider!«, gab sie das Kommando und rappelte sich hoch.

In der Küche gönnte sich Jette eine erste Zigarette zum Kaffee. Schon in der Nacht war sie nicht mehr auf den Balkon gegangen. Zu gewagt. Unsittlich und strafbar und gesundheitsgefährdend. Als Noah mit ihr schimpfte, hatte sie sich in der Küche auf einen der beiden Stühle gesetzt, ihm Trollers Ersatzhandlung vorgeführt, lasziv den Rauch ausgeblasen, sich zurückgelehnt, elegant und in Zeitlupe das eine Bein über das andere geschlagen, zwei-, dreimal, bis er sich regte, instinktsicher auf sie zubewegte.

Noah würde sie in die Pfalz begleiten, das war ausgemacht, dieses Wochenende oder das nächste. So viel hatte Jette schon vor dieser Nacht gewusst: Der schwarze Schlumpf ist einer der begehrtesten von allen, Sammler zahlten horrende Preise. So schnell würde sie ihren Noah jedoch nicht wieder hergeben, und ihr Blick fiel auf den Ausdruck, den sie für ihren Liebsten noch auf dem Kommissariat gemacht und mit nach Hause gebracht hatte, jene Textpassage von Nietzsche zur Büchse der Pandora: »Zeus wollte nämlich, dass der Mensch, auch noch so sehr durch die anderen Übel gequält, doch das Leben nicht wegwerfe, sondern fortfahre, sich immer von Neuem quälen zu lassen. Dazu gibt er dem Menschen die Hoffnung: sie ist in Wahrheit das übelste der Übel, weil sie die Qual der Menschen verlängert.« Noah hatte den Auszug gelesen und darunter von Hand notiert: »Gäbe es keine Hoffnung, gäbe es auch keinen Trost.« Und er hatte heute sogar daran gedacht, den Müll mit nach unten zu nehmen.

Als Jette die Zigarette ausdrückte, vibrierte ihr Kleines, und sie dachte sofort an Troller, an eine neue Wendung des Falls, doch es war Noah: »freu mich auf dich! *** lord of the XXL.«

Ob Noah auch an Petra Gefallen fände, ob Petra an Noah, ob da vielleicht … Mit einem Mal gingen Jette Versatzstücke von Gundulas gestrigem Vortrag über die Faszination der Geschlechter durch den Kopf. Sie würde heute ausnahmsweise kalt duschen, noch war sie nicht in der richtigen Stimmung für kriminalistische Ermittlungen.

Troller brummte noch immer der Schädel, doch das Pochen hatte ein wenig nachgelassen. Vom Kaffee versprach er sich weitere Linderung. Die Fliesen vor dem Kühlschrank waren diesmal unbefleckt geblieben, bewegten sich jetzt nicht mehr, er stand auf festem Grund, und Scarlett strich ihm unschuldig um die Beine.

– Hast die ganze Nacht bei Jo verbracht und machst mir jetzt den Hof. Also, ich weiß nicht. Wehe, du fängst mir etwas mit diesem Azrael an, hörst du! Dann sind wir geschiedene Leute. Bestimmt hat dir mein lieber Bruder längst Futter gegeben, hm? Als Rubens-Scarlett möchte ich dich nicht haben. Kennst du eigentlich Schrödinger?

Noch bevor sich Troller vollständig zu Scarlett hinuntergebückt hatte, befiel ihn eine Niesattacke. Die Katze sprang von seiner Seite, und der Schmerz schoss unangekündigt ins Kreuz. Im richtigen Moment, dachte er mit verzerrtem Gesicht, gerade war er dabei gewesen, sich wieder aufzurichten. Er verharrte in gebückter Position, begegnete Scarletts fragendem Blick, konnte sich ein »Ja, ja, schau mir in die Augen, Kleines!« nicht verkneifen, dachte an Hexenschuss und daran, dass er sich das nun nicht auch noch gefallen lassen wollte, und richtete sich entschlossen auf. »Geht doch!«

Joachim hatte sich noch nicht blicken lassen. Sein Bruder schlief den Schlaf des Gerechten, des Siegers, desjenigen, der sich zwar ebenfalls ordentlich betrunken, sich im Anschluss aber nicht blamiert hatte. Schlaf, Brüderchen, schlaf … Nach Konversation war ihm eh nicht zumute.

Erst konnte Troller das schlechte Gewissen, das ihn erfasst hatte, nicht einordnen, doch er hatte es wegen seines Bruders. Zwar hatte Joachim während der Reha die anfänglichen Inkontinenz-Probleme in den Griff bekommen, doch wie sah es mit der Manneskraft aus? Jener Arzt, mit dem Walle ein längeres Gespräch geführt hatte, als Jo nach der OP noch auf der Intensivstation lag, hatte entschieden den Kopf geschüttelt. Auch wenn Troller der Ältere in den Monaten nach dem Unglück einiges erreichte, was ihm noch vor der Reha niemand zugetraut hatte, über Potenz beziehungsweise Impotenz hatten die Brüder nie gesprochen. Den einen oder anderen guten Zeitpunkt dafür hätte es gegeben, jedoch hatte bislang keiner von ihnen die Gelegenheit dazu ergriffen. Eines schlechten Gewissens wegen konnte Walle Troller den Tag aber nicht einfach an sich vorbeiziehen lassen.

Als kleine Wiedergutmachung hatte er die *Star-Trek*-DVD auf die Anrichte gelegt. Auch Jo würde am Ausflug »Into Darkness« seine Freude haben.

Es war kurz vor halb acht. Aufderhaldens Schließfach würden sie auch ohne ihn öffnen, doch Vanek … Troller dachte an Jumbo, so hatten sie früher Jan-Hubert genannt, den mächtigen Hauptkommissar, dessen Gedächtnis jedem Elefanten zur Ehre gereichte. Vielleicht hielt sein alter Chef den Schlüssel zur Lösung des Falles in der Hand, und er würde ihn nur darum bitten müssen. Bader war ein Frühaufsteher, er würde ihn gleich anrufen … Oder doch erst durch den Gemüsemarkt schlendern, schließlich war Donnerstag, und der Spaziergang zwischen den Auslagen gehörte zu den festen Ritualen. Da lag zwischen den Marktständen stets eine ganz eigene Frische in der Luft, ein Hauch von Natur, Kindheitserinnerungen an den großelterlichen Bauernhof. Dort bekäme er im Nu den Kopf frei, könnte die Gedanken neu richten, das Geschehene ordnen. Es wäre nicht das erste Mal, dass er zwischen Kohlrabi und Karotten einen Fall löste …

Scarlett strich Troller erneut um die Waden, und er verspürte ein Kribbeln in der Nase. Fehlte noch, dass er sich aufs Alter hin eine Katzenhaarallergie zugezogen hatte … und fasste sich prophylaktisch ans Kreuz, da verebbte der Niesreiz. Kontrolliert atmen, so ging es, so konnte ein Tag auch mit Kater beginnen. Man musste sich im Alter kleine Ziele stecken, und er blickte zur Kühlschranktür, dann zu seinem Frosch, der neben der Kaffeetasse lag. Wieder die Kühlschranktür, wieder der Frosch. Wie gelähmt stand ein Troller jetzt in der Küche, zu keiner Aktion in der Lage, als würde er heute keine schwerwiegendere Entscheidung zu treffen haben als den nächsten Handgriff. Wo war sie, seine oft gepriesene Intuition?

»Intueor, ich schaue hin«, rezitierte Troller, doch er sah nichts, und er fand nichts. Er hatte schon einige Male versucht, der Intuition auf die Schliche zu kommen. Beruhte sie lediglich auf Erfahrungen, die ins Unbewusste abgeglitten waren, versprach man sich gemeinhin mehr von dem Wort als drinsteckte? *Vom Augenaufschlag des Geistes* – so lautete der Titel eines Essays, den er zu Studienzeiten unbedingt hatte schreiben wollen, über dessen Titel er aber nie hinausgekommen war. Gleichermaßen vertrackt oder eben ernüchternd einfach verhielt es sich mit der Antizipation, dieser besonders im Sport gepriesenen Vorwegnahme der Ereignisse.

Schönes Wort, doch womöglich wiederum nur eine weitere Bezeichnung für Erfahrung. Eingesammeltes und Abgesacktes. Auch deswegen hatte er das Psychologiestudium geschmissen: Der stete wissenschaftliche Drang nach Reduktion, nach Vereinfachung verschleierte am Ende mehr, als er offenbarte. Nach einer Weile, wohl keine Sekunde später, langte Troller nach dem Telefon. Das Display zeigte eine Nachricht an, eine Botschaft von Gerda. Hätte er sich doch nur für die Kühlschranktür entschieden, Scarlett beglückt und sich daraufhin als Wohltäter gefühlt. Dafür war es nun zu spät.

– Veni, vidi, violini!

Troller gab sich in sein Schicksal und drückte auf das kritische Feld: »erwarte dich heut abend nüchtern – und im vollbesitz deiner kräfte!« Im Augenblick verwandelte er sich in einen anderen Menschen. Hellwach war der Mann jetzt, so euphorisch, dass er Scarlett kurzerhand auf Diät setzte. Was die brüderlichen Gewissensbisse anlangte, die würden sich bei einem guten Abendessen abarbeiten lassen. Schon stand Troller draußen auf der Straße, bereit, diesen Tag zu seinem Tag zu machen.

11

Jette hatte den Wagen beim Rathausplatz geparkt, war mit brennender Zigarette im Mundwinkel ausgestiegen und versuchte, sich einen Überblick zu verschaffen. Es war kurz vor acht. Die Volksbank lag linker Hand, knappe hundert Meter von ihr entfernt. Doch wo steckte Shirin? Sie mochte dieses Spiel nicht. Shirin die Unauffällige, Shirin die Unsichtbare, Jette schnippte die Kippe in einen Gully. So versaute man auf einen Schlag vierzig Liter Wasser, hatte sie sich sagen lassen, glaubte das auch, doch ihre Lernfähigkeit hielt sich arg in Grenzen. Höchste Zeit für eine Selbstbelehrung, werte Kommissarin, oder besser noch: eine scharfe Ermahnung, sprach es inwendig, und Jette gelobte spontan Besserung, auch weil hier auf dem Rathausplatz nicht der richtige Ort für eine längere Auseinandersetzung mit sich selbst war.

Ihr Bewusstsein reichte schon einmal dafür aus, sich nicht gleich wieder Feuer zu geben, stattdessen wandte sie sich, einer Eingebung folgend, um und sagte: »Hab dich!« Shirin schluckte leer, machte große Augen und sagte erst einmal nichts.

– Siehst du, so ist das! Kommt alles einmal zurück.

– Wie?

– Guten Morgen.

– Morgen.

– Gibt's was Neues?

– Hm.

– Hallo?

– Äh, ja, Felix Xaver Dillinger hat sich für heute Vormittag bei Häusermann angemeldet.

– Felix Xaver Willi?!

– Dillinger. Der Neffe von Frieda.

– Verstehe.

– Du verstehst?

– Aber ja, der verspricht sich auch etwas vom Büchseninhalt. Hat wohl kurzerhand seine Mutter für unzurechnungsfähig erklärt und will nun das Erbe einstreichen.

– Du bist gut.

– Ich weiß. Können wir?

Zur gleichen Zeit, nur wenige Straßen weiter, hielt Troller auf dem Weg zum Markt vor einem heruntergekommenen Gebäude inne. Die Fassade hatte länger keine Auffrischung mehr erlebt, die Graffiti waren verblasst. Sein Blick schweifte den Firmenschildern folgend die Wand entlang, und er lächelte: *Vanek Import*. Seine Intuition war zurückgekehrt.

– Geht doch! Ich schaue hin, ich sehe.

Oder hatte er sich etwa noch gestern, vor dem Billardabend, genau diesen Weg vorgenommen? Troller verspürte erneut ein Kribbeln in der Nase und fasste sich ans Kreuz. War er erst kürzlich hier vorbeigekommen? Darüber lohnte es sich nicht nachzudenken, stattdessen zückte er sein Notizbuch, dann sein Telefon.

– Guten Morgen, Frau Braun! Hier spricht Stoller, Baumarkt Tobi, ist der Herr Vanek zu sprechen?

Troller horchte und grinste dem Smiley, das sich auf Augenhöhe an der Fassade befand, entgegen. Doch noch eine frische Schmiererei …

– Verstehe. Wann kommt er denn?

Was zum Smiley geschrieben stand, war trotz der großen Lettern schwer zu entziffern.

– Nun, wir sind daran, unser Sortiment zu ergänzen.

Er ging Buchstabe für Buchstabe durch: D-I-S-D-R-A-G-S-C-H-E-N, und er dachte über die Schwierigkeit nach, im Stehen zu telefonieren und sich gleichzeitig etwas zu notieren.

– Ich bitte darum, bin allerdings meinerseits auch nur schwer zu erreichen heute. Vielen Dank.

Die Leitung war unterbrochen, die Niesattacke unvermeidlich, doch das Kreuz hielt, und Troller begann, die Buchstabenkombination in sein Notizbuch zu übertragen. Bis ihm in den Sinn kam, das Kunstwerk mit seinem Froschauge abzufotografieren, war er schon fertig und warf einen letzten Kontrollblick auf die Fassade, die mehrere Risse aufwies. Tatsächlich war jenes Smiley zu den Buchstaben nicht nur ein Smiley, sondern auch ein Fadenkreuz.

Kunst?

Da ging ihm ein Licht auf. Genau an dieser Stelle würde eines Tages, wenn es nach dem Verursacher ging, die Abrissbirne einschlagen. Vertrauenerweckend war das Fundament eh nicht mehr. Troller entschied, doch noch ein Bild zu schießen, Angie würde ihre Freude daran haben. Wer weiß, vielleicht sind Milan Vaneks Tage schon gezählt, und er dachte weiter: Bader anrufen, Speich anrufen – doch erst einmal rief ihn der Markt, und er beschleunigte den Gang.

Es gibt nicht viele Orte, wo Polizeibeamte sich vorbehaltlos willkommen fühlen. Bankfilialen gehören aber dazu. Die Kommissarin und ihre Assistentin wurden vom Filialleiter mit aller gebotenen Höflichkeit empfangen. Die Schalter waren noch nicht besetzt, der Steinboden roch nach Putzmittel, die verantwortliche Raumpflegerin – Jette rühmte sich innerlich der korrekten Bezeichnung – war nicht in Sicht.

Sie folgten dem Krawattenträger durch die hohe Empfangshalle in den Aufzug. Nirgends ein E, doch sie blieb ruhig, es gab keinen Grund zur Flucht. In der Kabine zückte der Mann einen Schlüssel, nur so ließ sich der Aufzug in Bewegung setzen. Gleich würde der Filialleiter zu einem Vortrag über das Sicherheitskonzept der Bank anheben. Jettes Befürchtungen waren jedoch unbegründet, dafür war es dem gut gekleideten Mann, dessen Aftershave ein wenig zu penetrant nach Lavendel roch, doch auch zu früh am Morgen, oder er hatte ihren Gesichtern angesehen, dass man auf diese Ausführungen keinen Wert legte, zumindest am frühen Morgen nicht oder dann solange nicht, wie das Konzept zuverlässig seinen Dienst tat.

Die vornehme Zurückhaltung hielt auch noch an, nachdem der Mann das Schließfach von Friedrich Aufderhalden geöffnet hatte. Jette Hagen war ganz bei sich, auch von der Krawatte des Bankmenschen ging keine Gefahr aus, kein Pendeln, kein Flirren, und sie fragte sich, was es mit dem Lavendelgeruch auf sich haben könnte. War das die neue Note?

Bevor Shirin die Metallbox aus dem Schacht zog, hatte der Duftspender den Raum verlassen. Vielleicht, dachte Jette, hat sich der Mann über die Jahre tatsächlich die Neugier abgewöhnt, oder er handelt lediglich nach Vorschrift, oder er hat einen schlechten Tag, oder in der Früh nach der Rasur doch den falschen Flakon benutzt. Oder?

Der blank polierte Stahl der vielen Rechtecke um sie herum, die eingravierten Nummern … wäre dieser Raum nicht hell erleuchtet gewesen, man hätte sich auch in einer neuzeitlichen Gruft wähnen können. Die Kälte schien ihr ein sicheres Zeichen dafür, wie skrupellos doch Geld ohne weiteres Zutun arbeitete. Hier unten vermehrten sich Vermögen einfach so, keine Energiezufuhr vonnöten, es genügte, dass Zeit verging. Da las sie auf einem der Rechtecke »Zwei Wochen Mauritius«, auf dem nächsten »Nie mehr arbeiten …«, nein, Geld stank nicht. Wem jedoch daran mangelte, halluzinierte zuweilen.

Oder lag das am Lavendel?

Du würdest nicht zögern, Mädchen! So lautete die Antwort, noch bevor sie sich die Frage dazu hatte stellen können. Doch die Frage war keine schwierige Frage, und sie stellte sie sich leise im Nachhinein, der Vollständigkeit halber: Was würdest du tun, Tomb Raider, wenn dir der Passepartout zu all diesen Schließfächern zur Verfügung stände? Unbeobachtet, versteht sich. Also, Jettchen, wenn du drei Wünsche frei hättest, meldete sich jetzt ihr Opa zu Wort, was wären das für welche?

Damals, sie war vielleicht acht oder neun Jahre alt, hatte sie sich spontan einen Berg Erdbeereis gewünscht, als Zweites eine Reise zu Winnetou ins Land der Apachen, und als der Großvater nachhakte und sie ein wenig nachgedacht hatte, wünschte sie, dass der Opa mitkäme zu den Indianern, mit dem Traktor. Jette hatte die Antwort wieder im Ohr: Mal sehen, was sich machen lässt! – Der warme Klang von Opas Stimme, und sie erinnerte sich genau, damals hatte das wie ein Versprechen geklungen.

Auch Shirin hatte sich beeindrucken lassen, die Behutsamkeit, mit der sie die Box auf dem Tisch ablegte, entsprach kaum dem Gegenstand. Als stünde sie vor einer heiligen

Reliquie am Altar. Was Jette im Augenwinkel wahrnahm, auch sie konnte den Blick nicht mehr vom metallenen Behälter abwenden, war nicht mehr eine Kollegin, sondern Shirin die Hohepriesterin. Was hatte sie gestern noch über die Büchse der Pandora nachgelesen, heute früh über die Hoffnung nachgedacht … Trost oder übelstes Übel? Immerhin ging Shirin nicht auf die Knie, Frau Yüzülmüs verneigte sich auch nicht, sondern öffnete entschlossen das Ding.

Beide starrten sie auf die Bescherung. Vor ihnen eine Ansammlung von gut zwei Dutzend Schlümpfen, auf eine sehr dünne Holzplatte geklebt, ein eigenwilliges Stelldichein, darunter eine Mappe, die Wertpapiere oder ähnliches beherbergen mochte. Keiner rührte sich oder wagte, den Blickkontakt des anderen zu suchen. Jette fand erst keinen klaren Gedanken, das Arrangement der Schlümpfe war kein zufälliges; die Figuren bildeten ein Oval, in dessen Zentrum Baby Schlumpf lag; und bei all den versammelten Schlümpfen, so mutmaßte sie, handelte es sich um Raritäten, um Sammlerstücke, obschon sich das aufgrund ihrer gestrigen Schnellrecherche nicht mit Gewissheit sagen ließ.

– Holy shit! Was wollen uns diese blauen Freunde sagen?

Jette zuckte mit den Achseln, nahm ihr Kleines zur Hand und machte einige Bilder. An eine Botschaft aus dem Jenseits mochte sie nicht glauben, doch sie wollte auf Nummer sicher gehen.

– Wir nehmen alles mit. Klärst du das bitte mit Herrn Lavendel?

Shirin grinste, nickte und verließ den Raum.

Jette hatte den Blick noch nicht von den versammelten Schlümpfen gelöst. War dieses Bild nur für Friedas Augen bestimmt gewesen oder eine Art Vermächtnis? Was sich in der geöffneten Metallbox darbot, strahlte eine Intimität aus, mit der sie nicht gerechnet hatte, vorderhand auch nichts anzufangen wusste. Irgendetwas in ihr sträubte sich dagegen, in einer Ansammlung von blauen Hartgummifiguren mehr zu sehen als eine Ansammlung von blauen Hartgummifiguren.

Die wenigsten Menschen rechneten mit einem vorzeitigen Ableben, das wussten Jette, Frau Hagen und die Kommissarin gleichermaßen, dafür traten sie schon in zu viel Unaufgeräumtes. Jette erinnerte sich an das Wahlbüro im oberen Stock der Roten Laterne. Nur ein weiterer Teil einer ausgeklügelten Inszenierung? Was würde man von ihr finden, wenn sie morgen nicht mehr wäre? Sie verscheuchte den Gedanken und schickte eines der eben gemachten Fotos an Troller. Vergebens, wie ihr das Display mitteilte. Kein Empfang. Teil des Sicherheitskonzepts. Als Shirin mit einer Tüte in der Hand den Raum neuerlich betrat, wandte sich Jette ab. Ein Unwohlsein hatte sie befallen, das lediglich daher rühren mochte, nichts gefrühstückt zu haben. Frau Yüzülmüs packte die Schlümpfe und auch die Mappe in die Tüte.

– Geht's dir nicht gut?

– Ich sollte was essen, Schlümpfe auf leeren Magen sind schwer verdaulich, meinst du nicht auch? Fühle mich irgendwie unterirdisch.

– Dann lass uns zurückkehren ans Licht der Welt.

Gefangene Räume, ging es Jette im Aufzug durch den Kopf, auch darin mochte ihre Übelkeit begründet sein, schon als Kind hatte sie den dunklen Wald jedem fensterlosen Kellergewölbe vorgezogen. Klein-Jettchen unerschrocken. Noch weniger ließ sie sich gern an der Nase herumführen. Schlumpforgie im Lavendeldunst ... Am Ende dachte Shirin, sie sei schwanger, so ein ins Zentrum der Aufmerksamkeit gerückter Baby Schlumpf konnte vielerlei Assoziationen auslösen, vielleicht aber dachte die Kollegin auch nichts.

Zurück in der Empfangshalle, meldete sich ihr Kleines, Jette öffnete das Bild, das ihr Troller geschickt hatte, las DISDRAGSCHEN und die Bemerkung dazu: »Vanek im Visier«. Sie schickte ihrerseits eines der Fotos, das sie eben bei den Schließfächern unten in der Gruft gemacht hatte, mit den Worten: »Geheimbund der Schlümpfe entdeckt!« Noch im Abschicken der Nachricht wandte sie sich an den Filialleiter und erfragte den Weg zu den Toiletten; ihr war aufgegangen, woran sie der Lavendelduft erinnerte – an die Duftsäckchen der Oma, die immer auf dem Fensterbrett lagen, auf derselben Höhe wie der Griff der Spülung. Und sie sah nicht nur das alte Klo wieder vor sich, jenen Spülkasten, der für sie als Kind in unerreichbarer Höhe angebracht gewesen war, sie spürte auch den kalten Steinboden wieder unter den Füßen, denn das Örtchen war jener Raum gewesen, der nie geheizt war, in dem man immer fror und so schnell wie möglich sein Geschäft erledigte.

Dieser Duft war es, von dem sie im Fahrstuhl erneut eine Überdosis abbekommen hatte, der ihr jetzt mächtig auf die Blase schlug und ihr keine andere Wahl ließ, als sich schleunigst hinzusetzen. Die Rechtecke aus Stahl hatten sich in rechteckige Kacheln verwandelt, weiße Kacheln, dasselbe Format, allerdings ohne eingravierte Nummern und ohne Schlösser. Dasselbe Licht. Jedoch keine Verheißung nirgends. An diesem Ort war alles zu glatt, und Jette verspürte große Lust, einen Stift zu zücken, ein Zeichen zu setzen, ein

Lebenszeichen: »Sugardaddy gesucht« und dazu ihre Telefonnummer, dachte »Superwoman«, doch der Drang war stärker.

Walle Troller, die Verantwortung für sein Team wahrnehmend, ließ sich am Markt vier Äpfel einpacken. Und als in diesem Augenblick der Frosch quakte, sah er sich erneut mit der Schwierigkeit konfrontiert, eine Hand zu wenig zu haben. Noch den Geldbeutel in der einen, die Tüte mit den Äpfeln schon in der anderen Hand, verabschiedete er sich von der Bäuerin, die womöglich gar keine war – das hätte er noch in Erfahrung bringen wollen –, und steckte die Börse zurück ins Jackett. Allem Anschein nach hatte Jo seinen Rausch ausgeschlafen … sich aber kaum deswegen gemeldet. Gleichzeitig musste auch die Nachricht von Angie eingetroffen sein. Troller schaute auf das Meer der Schlümpfe, und ihm kam Bader wieder in den Sinn. Vielleicht wusste Jumbo, was es mit den blauen Stellvertretern auf sich hatte.

Eigentlich war das Telefonieren auf dem Markt tabu; für gewöhnlich ließ er sich treiben, flanierte zwischen den Auslagen, um auf andere Gedanken zu kommen, manchmal gelang es ihm, wie nebenbei aus dem bereits Vorhandenen an Indizien, Informationen und Spekulationen neue Schlüsse zu ziehen. Nur heute war Kater Troller definitiv zu aufgekratzt.

Die vergangene Nacht hatte ihre Spuren hinterlassen, von Gerdas Nachricht ganz zu schweigen. Es sprach also nichts dagegen, Joachim zurückzurufen.

– Bruderherz! Kauf doch bitte noch Kartoffeln und Rosenkohl, okay? Ich besorge Lammlachse. Apropos: Du hast zwei Karten für das Spiel am Samstag bekommen. Die

Bayern sind fällig! Du nimmst mich mit, ja? Entschuldige, ich habe irrtümlich deine Post geöffnet. Mit herzlichen Grüßen von Salvatore Perlini. Gefällt mir, der Mann. Den solltest du dir warmhalten. Der sorgt für Fleisch und Spiele, eine Kombination nach unserem Geschmack, was? Aber sag, wie geht es dir eigentlich?

– Mensch, Jo, sachte, sachte. Ich nüchtere mich gerade dem Tag an. Was willst du mit den Kartoffeln?

– Entweder mache ich die als Salzkartoffeln oder aber in Würfeln angebraten, passt so und so zum Lamm. Und den Rosenkohl nicht vergessen, hörst du? Ach ja, und frischen Rosmarin bitte.

– Jo …

– Ja, Walle, was denn? Soll ich buchstabieren?

– Ich bin heut Abend verabredet.

– So? Ach so, verstehe. Aber zum Samstagsspiel … das gilt doch, oder?

– Versprochen, es sei denn …

– … es sei denn, die Bösen schlagen zur Unzeit zu, schon klar. Sehe ich dich heute noch?

– Keine Ahnung. Noch hat sich Friedas Mörder nicht gemeldet.

– Vielleicht suchst du am falschen Ort?

– Ich danke dir. Aber ich hatte weder die Radieschen noch die Zucchette im Verdacht. Ich hab aber noch sieben Minuten, nicht wahr? Mach's gut derweil!

Troller steckte den Frosch weg und tastete sein Sakko nach dem Röhrchen mit den Kopfschmerztabletten ab. Der Jackpot befand sich rechts in der Außentasche und offenbarte sich im Handumdrehen als Niete. In weiser Voraussicht hatte er von Zuhause ein leeres Röhrchen mitgenommen, und es blieb ihm nichts anderes übrig, als schnurstracks die nächste Apotheke anzusteuern.

Suchte er tatsächlich am falschen Ort? Kein Fall war wie der andere, das hatte ihn Bader gelehrt. Wenngleich vieles auf Milan Vanek hinwies, er hätte nicht auf diesen Importmenschen setzen wollen, Smiley und Fadenkreuz hatten eine andere Geschichte, auch wenn das Spielfeld womöglich dasselbe war. Und als er den Blick zwischen Zwiebeln, Knoblauch und Ingwer schweifen ließ, fand er den Täter – als hätte ihn dieser aus den Auslagen angesprungen. Sehr lebendig und unverpackt. Walle war sich sofort sicher – und im selben Moment schien ihn das Gewicht der Welt in die Knie zu zwingen.

12

Sie hatte Frau Yüzülmüs die Autoschlüssel gegeben und das Fenster auf der Beifahrerseite runtergelassen. Die Übelkeit hielt an, auch wenn es dafür keinen Grund gab.

– Damit das klar ist: Ich bin nicht schwanger.

– Akzeptiert.

– Fühle mich aber zum Kotzen.

– Schlumpfallergie? Falsche Haarfarbe? Schlechter Tag?

– Was hast du gegen meine Haarfarbe?

– Nichts.

– Worüber reden wir eigentlich?

– Du hast angefangen. Über dich?

– Themawechsel.

– Gut.

– Dann sag was!

– Übermorgen kommen die Bayern.

– Danke.

– Bitte.

–Was interessiert dich denn Fußball?

– Wie?

– Entschuldigung.

– Angenommen.

– Fahr da vorne rechts ran.

Shirin befürchtete das Schlimmste und stoppte den Wagen wie geheißen. Doch Jette stieg zielstrebig aus, betrat die Bäckerei und ließ sich vier Croissants eintüten, ein fünftes steckte sie gleich in den Mund.

– Kommissar Zufall, dich schickt der Himmel!

– Meine Güte, Walle! Doch nicht auch der Blutdruck?

Die alten Kollegen umarmten sich in der Apotheke, was die Frau hinter der Kasse zur Bemerkung verleitete, Verbundenheit sei noch immer die beste Medizin. Trollers Schädel verlangte es dennoch nach Aspirin, und er wünschte gleich zwei volle Magazine. Die Frau verzog ein wenig den spitzen Mund, schien mit der Wortwahl des Kunden nicht ganz glücklich, enthielt sich aber eines weiteren Kommentars und händigte das Verlangte aus. Minuten später hatten es sich die Freunde im nahegelegenen Café eingerichtet.

– Mensch, Jumbo, du siehst richtig gut aus!

– Danke, danke. Wenn Anne nicht wäre! Seit ich den Posten verlassen habe, lässt sie mich nicht mehr aus den Augen. Wenn das so weitergeht, degeneriere ich noch zum Wellnessguru. Viel Schlaf statt langer Nachtschichten, weniger Abgase, dafür Waldspaziergänge …

– Und gesunde Ernährung. Rieche ich da Fenchel?

Troller hatte auf die Tüte gedeutet, die Bader neben sich auf die Sitzbank gestellt hatte. Sein alter Chef nickte, ergänzte, dass ihn Anne am liebsten zum Vegetarier machen wolle, gar zum Veganer, auch wenn er den Unterschied noch nicht einmal kenne, stetig aber an Rohkost nage und inzwischen an die zwölf Kilo abgenommen habe. Kaffee und Tee wurden serviert. Troller studierte Baders Gesicht, als dieser den Beutel ins heiße Wasser tauchte. Er erinnerte sich an die Feierabendbiere, die sie sich früher gegönnt hatten, Hopfentee statt Lindenblüten, an die Zuversicht, die sein Vorgänger noch bei scheinbar aussichtslosen Fällen ausstrahlte. Hatte der Mann Lunte gerochen, fand er auch immer den Sprengsatz. Vom Kraftwerk Bader schien bei genauerem Hinsehen nicht mehr viel übriggeblieben, dachte Troller, derweil das Dröhnen in seinem Kopf wieder stärker wurde.

– Jan-Hubert, geht's dir gut?

– Abgesehen vom Alter, vom Blutdruck, von der Gleichförmigkeit des Alltags: ordentlich. Das Malen macht mir Freude, auch wenn mir das zuweilen wie das Eingeständnis eines Überzähligen vorkommt. Besser als Kreuzworträtsellösen ist es allemal. Kunstwerke werden keine daraus, wie du weißt, doch die Zeit vergeht nicht ganz so zähflüssig. Und ich schätze es, für jedes Bild die Farben wieder neu mischen zu können.

– Jetzt hör aber auf! Wärst du nicht ein so brillanter Kommissar gewesen, du hättest leicht auch den Job des Phantombildzeichners übernehmen können.

– Den heute der Computer erledigt. Danke, Walle, das reicht. Ich wäre den heutigen Arbeitsbedingungen nicht mehr gewachsen. Das ist mir alles zu digital, zu virtuell geworden. Immerhin, das Phantom ist geblieben. Die Vergangenheit lässt sich eben nie ganz abschütteln. Aber reden wir nicht weiter von mir. Davon habe ich jeden Tag genug. Was macht dein Leben?

Troller wusste, dass sich die Frage nicht auf den jüngsten Fall bezog. Er wollte seinem alten Freund und Mentor nichts vormachen, das hätte nicht funktioniert, hatte noch nie funktioniert; Bader hatte längst bemerkt, dass er sich im Graustufenbereich bewegte. Und er begann von den schlechten Träumen zu erzählen, vom ausgetrockneten Mund, dass es sich wohl um die Nach- und Nebenwirkungen der Scheidung handele, aber vielleicht nicht nur. Er erzählte auch, dass es Felicitas dem Vernehmen nach gut gehe, sie die Welt bereise, vieles nun nachhole, was an seiner Seite nicht möglich gewesen war. Das war aber schon mehr Spekulation als Wissen. Tatsächlich unterließ es Felicitas, ihn zu kontaktieren, wollte ihm durch das Auslassen jeglicher Lebenszeichen beweisen, wie gut sie ohne ihn zurechtkam. Dass er zuweilen doch erfuhr, wo sich seine Frau, seine Ex-Frau, gerade aufhielt, verdankte sich dem Pflichtbewusstsein der gemeinsamen Tochter.

– Und dies und das. Derweil schaue ich mir alte Filme an, rede mit der Kartäuserin Scarlett, unserer Hauskatze, und labe mich manchmal freudig und manchmal weniger am Whiskey, auf dass mich der Schlaf einhole.

Er berichtete von seinem jüngsten Besuch bei Heike, die ausgerechnet Rechtswissenschaften studiere, und er ließ auch Gerda nicht unerwähnt, seine Zuneigung und Unsicherheit. Jan-Hubert Bader war noch derselbe Zuhörer, jener Meister, von dem er vieles gelernt hatte. Der Alte machte keine Anstalten nachzufragen. Wenn jemand noch nicht fertig war mit Erzählen, ließ Jumbo den Tee stehen und setzte auf ungeteilte Aufmerksamkeit. Troller kannte diese Methode, kannte sie nur zu gut, hatte sie sich längst selber zu eigen gemacht, doch Jumbo gegenüber wollte er sich nicht verschließen. Das konnte er noch nie.

Es tat gut, jemandem zu erzählen, und es erleichterte ihn weit mehr als die Selbstgespräche, bei denen er sich im Kreis drehte oder, im Sofa vor sich hin darbend, Scarlett bis zur Besinnungslosigkeit kraulte. Er berichtete von der WG in der Altstadt, wie sich Joachim und er durchzuschlagen versuchten, die Wiederannäherung an den älteren Bruder seine Rettung gewesen sei, in Wahrheit nach der Scheidung doch er der Versehrte von ihnen beiden war, Knochenbrüche hin oder her. Gemeinsame Essen, das Billardspiel, das Wetteifern um die Gunst Scarletts. Und er nannte Kommissarin Hagen, sprach davon, endlich eine Nachfolgerin gefunden zu haben, nachdem er die ersten zwei, die man ihm hatte angedeihen lassen wollen, weiterreichen musste, vergrault ging die eine, desillusioniert der andere.

Bader zog nun immerhin den Teebeutel aus der Tasse, schien aber seinerseits noch nicht das Wort ergreifen zu wollen.

– Zusammengefasst: Ich fühle mich elend, fasse kaum einen klaren Gedanken und trinke zu viel. Und ja: Ich war vielleicht noch nie so weit von der Lösung eines Falles entfernt wie heute.

Troller griff nach der Kaffeetasse, um seinem Freund zu signalisieren, dass er nun genug geredet hatte. War das am Ende grad eine faustdicke Lüge gewesen? Den Täter zu identifizieren, war das eine, ihn womöglich nicht überführen zu können, das andere. Bader schlürfte vom Tee, setzte die Tasse wieder ab, räusperte sich.

– Es ist also ernst.

Er nickte andeutungsweise, lehnte sich nun aber seinerseits zurück. Am liebsten hätte er nach dem Aspirin gegriffen, die schlechte Luft im Café oder der Lärm, den die Menschen raschelnd, schlürfend und redend an den Nebentischen verursachten, setzten ihm, noch immer nicht ganz bei sich, obwohl er inzwischen um den Täter wusste, oder vielleicht gerade deswegen, mehr und mehr zu. Die Initiative lag nun bei Jumbo.

– Okay. Dann will ich dir ernsthaft antworten: Die WG, wie du es nennst, ist auf Dauer keine Bleibe für dich. Und das hat nichts damit zu tun, dass ich Joachim gegenüber nicht ganz so positiv gestimmt bin wie du. Dass du dich nach der Scheidung von Felicitas eine Weile verkrochen hast, verstehe ich, aber Junge, du bist eben erst fünfzig geworden, das ist noch nicht der Zeitpunkt für das große Rückzugsgefecht. Das bildest du dir ein. Den alten Mann kannst du getrost mir überlassen, du wirst damit noch früh genug konfrontiert sein, glaub mir. Zwar bist du noch nicht auf den Hund gekommen, die Katze aber, entschuldige die Wendung, macht es auch nicht besser. Du badest dich in Selbstmitleid. Steht dir gar nicht, passt auch nicht. Der Alkohol scheint mir ein starkes Indiz dafür zu sein. Aber gut, was will ich dir Wasser predigen, ich kenne diese Medizin aus eigener Erfahrung, wie du weißt. Doch wie willst du Aufderhaldens Mörder finden, wenn du dich mit dir selbst beschäftigst? Ohne Außenperspektive landest du immer beim selben Täter, bei dir selbst. Noch Fragen?

Troller kam der Sklave Epiktet in den Sinn, der, nachdem ihm von seinem Herrn das Bein gebrochen worden war, lediglich auf den Schaden hinwies, den sie nun beide hätten. Der Schmerz, der ihm mittlerweile in Wellen durch den Schädel zog, hätte jede Aggression gerechtfertigt, verlangte geradezu nach einem Ausbruch, doch es war die Kunst, Gelassenheit zu wahren. Er hatte darin einige Übung, und es ging ihm entschieden gegen den Stolz, Bader gegenüber, an dessen Ausführungen es kaum etwas auszusetzen gab, aufbrausend zu werden. Würde er sich jetzt rechtfertigen oder verteidigen, versuchte er gar zu widersprechen, stünde er endgültig auf verlorenem Posten.

Das leichte Zittern beim Anheben der Kaffeetasse war dem Schlafmangel geschuldet. Das war ein hinreichender, wenngleich vielleicht nicht der einzige Grund, und schließlich hatte er vorhin in der Apotheke aufmunitioniert, zwei, drei Tabletten, und der Tag würde ihm nichts mehr anhaben können. Er würde die Freiheit wiedererlangen – wie einst der Sklave Epiktet.

– Ich will mir das durch den Kopf gehen lassen, weiser Mann. Das Leben beschäftigt mich ohnehin, der Fall Aufderhalden allerdings grad noch ein wenig mehr. Du weißt Bescheid? Hilfst du mir?

– Walle, ich bin in Pension! Und ich habe geschworen … na, du weißt schon, und nicht zuletzt Anne habe ich versprochen, mich in keinerlei Ermittlungen mehr einzumischen.

Troller verharrte im Schraubstock, der nun seine Schläfen malträtierte, verzog aber keine Miene. Der Kaffee war eh kalt geworden, er konnte warten.

– Und außerdem! Wie könnte ich helfen? Aus dem, was in der Zeitung steht, lassen sich kaum Rückschlüsse ziehen. Die haben exakt das geschrieben, was ihr ihnen diktiert habt: eine Psychologin in Hochform, mit nichtssagenden Ergänzungen des Hauptkommissars. Kein Kowalski mehr und auch nicht mehr dessen Nachfolger, wie hieß er noch gleich?

– Schneider.

– Ja, Schneider. Keiner mehr, der mitdenkt, der euch auf Trab hält. Und du spielst auf Zeit, das ist offensichtlich. Keine verdeckten Signale, keine Versuchsballons … na, so wird auch nichts dabei herauskommen!

Es hatte nicht viel gebraucht, Bader für den Fall zu interessieren. Troller brachte, nachdem sie Tee und Kaffee nachbestellt hatten, seinen ehemaligen Chef auf den aktuellen Stand der Dinge. Einzig die Tatsache, dass Jo ebenfalls einer der

Gesellschafter der Roten Laterne war, verschwieg er. Troller der Ältere war für Jan-Hubert ein rotes Tuch, schon immer gewesen, wenngleich Jumbo dafür nie Gründe genannt hatte.

Bader hatte Aufderhalden gekannt, sich mehr als nur einmal mit ihm beschäftigt, den Mann verhört, nach Hintermännern gefahndet, er kannte die Namen, und er kannte auch die Geschichten. Als Troller von den Schlümpfen zu erzählen begann, denen sie im Laufe der Ermittlungen begegnet waren, von Papa Schlumpf, dem Kochschlumpf und Schlumpfine, horchte der Alte ein erstes Mal auf. Er zog den Frosch hervor und zeigte Jumbo das Foto, das Angie von der Box aus dem Schließfach der Volksbank gemacht hatte. Bader kramte umständlich die Brille aus der Innentasche seiner Jacke, die er über die Stuhllehne hinter sich gespannt hatte, und ließ sich das Telefon geben.

Er schaute lange auf das Bild, ließ den Blick eine Weile in die Ferne schweifen und schaute abermals auf das Display. Troller sah, wie Jumbo aufzuleben begann, wieder der Alte war, sein liebster Chef, der sich gern beim Denken zusehen ließ, besonders dann, wenn sich die Teile einer Geschichte ineinander zu fügen begannen. Doch er sah auch die Sorge, die in dessen Gesicht aufschien.

– Spann mich nicht auf die Folter!

– Also … was dich am meisten interessieren dürfte: Papa Schlumpf ist nicht Hogewald, Papa Schlumpf war schon immer Fritz, meine ich. Schlumpfine steht denn auch nicht für Frieda, sondern für Aufderhaldens große Liebe von damals. Das stimmt zwar so nicht mit der eigentlichen Schlumpfgeschichte überein, trifft aber die Verhältnisse in Jedastedt im Kern. Schlumpfine war ursprünglich eine der Nutten, die nach der Wende aus Tschechien freiwillig oder unfreiwillig in die Rote Laterne bugsiert worden sind. Und wenn ich meine alten Zellen noch ein wenig auf Trab bringe, dann fällt mir auch ihr Name wieder ein. Das Faszinierende aber ist, und das lese ich erst aus diesem Bild heraus, Irrtum wohl ausgeschlossen, dass Fritz und – jetzt hab ich's – Irina ein gemeinsames Kind haben. Das blieb uns damals verborgen.

Troller versuchte seinerseits, die Teile so schnell wie möglich neu zu ordnen, wollte aber auch Baders Faden nicht verlieren. Sein Gegenüber zögerte. Suchte er nach einem Zusammenhang oder suchte er nach Worten?

– Alte Geschichten, Walle, alte Figuren. Hier sind einige davon wie auf einem Familienbild versammelt. Der Graf, der Russe, der alte Hogewald … aber auch neue Figuren: Der Fußballerschlumpf, der Schlumpf mit der Sonnenbrille, der Judoka mit geschlossenen Augen, der Schwarze … das gefällt mir nicht.

Alt-Hauptkommissar Bader wurde daraufhin so ernst, wie ihn Troller lange nicht mehr erlebt hatte. Er erzählte von seinen frühen Zuordnungsversuchen, für die ihn Markowitsch und auch andere auf dem Revier ausgelacht hätten, denn außer ihm sei nie jemand ernsthaft den Schlümpfen nachgegangen. Man hätte ihn bezichtigt, einer kindischen Spielerei aufzusitzen, die zu keinerlei sachdienlichen Hinweisen führte. Und Bader nannte Namen: Benvenuti, der aber noch immer saß; der Verleger Kornfelder, für den wohl ebenfalls einer der Schlümpfe stand, vielleicht jener mit der spitzen Feder; Hogewald, wie der Vater, so der Sohn … Und Churkow, der Russe. Namen oder Gesichter, selten nur hätten sie beides gehabt.

– Es sind definitiv neue Schlümpfe hinzugekommen. Eine unheilvolle Vermehrung, wenn ich das so sagen darf.

Offen gestanden: Ich habe Schlumpfhausen nie durchschaut, mit Jedastedt ging es mir folglich ebenso.

– Warum hast du mir nie davon erzählt?

– Das habe ich, das tat ich immer wieder, vielleicht zu wenig deutlich … es ist aber noch immer mein Lieblingsbild: Irgendwann sind in jeder Stadt die Gleise verlegt und die Weichen gestellt, du erinnerst dich?

– Ja, und die Ursprungsstadt ist Jedastedt.

– Für mich ja, schon immer, und wohl auch für dich. Und wenn das stimmt …

– … dann gilt es also, jene zu kennen, die im Kopfbahnhof an den Schalthebeln sitzen.

– Du hast gut aufgepasst!

– Danke. Wär's aber nicht an der Zeit, mein lieber Freund, konkreter zu werden?

– Kennst du einen Kommissar, der gern über ungelöste Fälle von früher spricht?

– Du bekommst noch immer Morddrohungen?

– Ach, das Übliche. Ist aber weniger geworden. Ich denke nicht mehr darüber nach. Aber zieh keine voreiligen Schlüsse, ja? Heute kaufe ich wieder sorglos Pilze ein, nicht nur Fenchel. Du weißt ja, warum Vegetarier keine Pilze essen – der Schlümpfe wegen.

Bader schien eigenartig verstimmt. Der nachgeschobene Witz hätte das überdecken sollen, tat es aber nicht. Er kannte den Alten, und er nahm den Frosch wieder an sich, um eine weitere Bilddatei zu öffnen. Jumbo blickte um sich, wie wenn er sich beobachtet fühlte.

– Was ist mit dir? Hast du Angst?

– Quatsch. Zeig her! … Oh, da ist wohl einer auf Zerstörung aus. Kannst du die untere rechte Ecke des Bildes vergrößern?

Bader schaute genauer hin. Troller versuchte, dem Gesicht seines Gegenübers etwas abzulesen, Jumbo schien auf etwas gestoßen zu sein.

– Sprich, Freund. Was siehst du? Was weißt du?

– Offensichtlich sind noch nicht alle Graffiti-Künstler weggestorben. Wer hätte das gedacht … Sag, wo hast du das fotografiert?

– An jener Fassade, hinter der sich Vaneks Importfirma befindet.

– Vanek? Milan Vanek? Da hat sich seit meinem Austritt doch so einiges getan. Was die Schmiererei betrifft, die ist … nun, es würde mich interessieren, wann sie aufgetragen worden ist. Diese lächelnde Zielscheibe, diese Schrift, sie stammt von einem Sprayer, der einst auch vor unserer Fassade nicht haltmachte. Erinnerst du dich? Nein, kannst du nicht. GRATULEISCHEN lautete die Botschaft. Dieselbe Sprachkomik, verstehst du? G-R-A-T-U-L-E-I-S-C-H-E-N ! Wir haben damals so einige der Sprühdosenköpfe in die Mangel genommen, an den Urheber aber sind wir nicht rangekommen. Auch Aufderhalden wurde vorgeladen, doch der war in jener Zeit grundsätzlich verdächtig.

– Und was war der Anlass für die Gratulation?

– Darüber herrschte Uneinigkeit. Die meisten von uns glaubten, die Botschaft stünde im Zusammenhang mit einem glücklich geklärten Fall von Drogenhandel.

– Und du?

– Das muss Anfang der Achtzigerjahre gewesen sein, da war selbst ich noch jung, neu bei der Mordkommission. Ich maß mir damals noch kein Urteil an.

– Und heute?

– Die Mehrheit liegt nicht immer richtig, du weißt das. Das ist heute so, und das war zu jenen Zeiten nicht anders. Hör zu, Walle, hier sind alte Mächte am Werk, Schlümpfe, alte und neue, der eine oder andere Trittbrettfahrer nicht ausgeschlossen. Dafür brauchst du den weiten Blick und …

– … und Markowitsch?

– Wie? Den alten Wolf? Der dürfte wohl der Letzte sein, der dir bei der Lösung des Falles helfen wird.

– Ich weiß. Eben.

– Was ist los, Walle, ich kann dir grad nicht folgen.

– Wie böse ist dieser alte Wolf … was glaubst du?

Bader reichte Troller das Handy und schaute auf seine Uhr.

– Kommt der Fenchel nicht rechtzeitig ins Haus, macht mir Anne die Hölle heiß! Ich sehe dich doch zu meinem Siebzigsten? Übernächste Woche, ja … und: Geschenke nicht vergessen!

Wäre das Pochen an den Schläfen nicht so heftig gewesen, Walle hätte den Abgang Baders zu verhindern versucht. Zu mehr als einer flüchtigen Umarmung und einem Wir-sprechen-uns-Noch war es aber nicht mehr gekommen.

Troller hatte sich wieder hingesetzt, sehr langsam und auf seine Wirbelsäule horchend, und zugleich nach den Tabletten im Jackett gegriffen. Während er schluckte, sah er, wie Jumbo vor dem Café mit einem mannsgroßen Teddybären zusammenstieß. Der Teddy, eigens für die Neueröffnung des Spielzeugladens nebenan engagiert, wollte den versehentlichen Rempler nutzen und den Mann, der sich ein wenig zu schnell und ohne sich umzusehen in Gang gesetzt hatte, herzen. Jan-Hubert Bader gestikulierte, schien verärgert oder über die Maßen irritiert zu sein. Fehlte noch, dass der ehemalige Hauptkommissar im Reflex den Kostümierten aufforderte, sich auszuweisen. Stattdessen aber zottelte Jumbo davon, ohne den Teddy eines weiteren Blickes zu würdigen.

Er behielt den Bären, der den Elefanten beinahe zu Fall gebracht hätte, im Auge, hauptkommissarisch jetzt, nahm dessen Schulterzucken wahr, wie er die Handflächen als Zeichen seiner Unschuld nach vorne drehte, währenddessen sich die Wirkung des Aspirins in seinem Kopf nicht schnell genug entfalten mochte. Als hätte sich Baders Sprunghaftigkeit, so unnatürlich ihm diese erschienen war, auf ihn übertragen.

Bader war durch den Wind, das stand auch ohne weitere schmerzhafte Denkanstrengung fest, er würde den alten Freund sehr bald und noch vor dessen Geburtstag von wegen Schalthebeln und Kopfbahnhof zur Rede stellen. Wenn einer wusste, wie die Weichen in früheren Zeiten gestellt worden waren, dann dieser Mann. Gut möglich, dass Bader beim Verlegen der Gleise schon dabei gewesen war, nicht nur die Schienenstränge kannte, sondern auch wusste, von wem sie noch immer befahren wurden.

Den Gang ins Spielwarengeschäft hingegen konnte Troller sich sparen, weder würde er die fabrikneuen Schlümpfe vor Ort zu einer Aussage bringen noch ein Weihnachtsgeschenk für Heike finden. Die Zeiten waren vorbei. Das Schenken als solches allerdings nicht, und er machte sich eine entsprechende Notiz in sein Büchlein. Er notierte sich auch G-R-A-T-U-L-E-I-S-C-H-E-N, gleich unterhalb von D-I-S-D-R-A-G-S-C-H-E-N und setzte dahinter drei Fragezeichen.

13

Das letzte Mal, als Bader sich unverrichteter Dinge davongemacht hatte, lag ein Weilchen zurück. An die fünfzehn Jahre. Damals hatte sie der Fall Lefzen über Gebühr beschäftigt, obwohl sie nie direkt in die Ermittlungen involviert gewesen waren. Die Finanzmetropole Frankfurt gehörte definitiv nicht mehr zu ihrem Gebiet. Doch Jumbo, seinerseits Hesse, war ein Freund von Marius Hilscher gewesen, jenem Mann, der dem Entführer der kleinen Céline Gewalt angedroht hatte oder genauer: die Androhung von Gewalt angeordnet hatte. Troller erinnerte sich an die hitzige Diskussion, die sie auf dem Präsidium während des Prozesses gegen Hilscher geführt hatten.

Das anfangs sachliche Gespräch unter Kollegen war nach und nach emotional geworden: Die eine Partei hielt die Menschenwürde hoch, die andere, es war damals zunehmend die Mehrheit gewesen, billigte Hilschers Vorgehen mit der Begründung, dass die Würde des entführten Mädchens mindestens ebenso stark ins Gewicht falle wie jene des Entführers; Lefzen habe fraglos mit seiner Verschleierungstaktik den Lauf der Dinge provoziert, infolgedessen kein Anrecht mehr auf Schonung gehabt. Wer die Unversehrtheit eines anderen missachte, habe selbst das Recht auf ebendiese Unversehrtheit verwirkt.

Es wurden Vergleiche herangezogen, obwohl es kaum Vergleichbares gab. Markowitschs Beispiel, ein Gedankenexperiment, wie der Wolf es damals nannte, hatte auch ihn zum Nachdenken gebracht: Stellt euch vor, es ist

Pokalfinale, eine Maschine mit hundert Passagieren wird gekapert, und die Entführer drohen, das Flugzeug während des Spiels ins Olympiastadion krachen zu lassen. Wie würde Kanzler Schröder entscheiden, wenn noch die Gelegenheit bestünde, das Passagierflugzeug über unbewohntem Gebiet abzuschießen? Der Anschlag auf das World Trade Center in New York lag damals gerade einmal zwei Jahre zurück, und es bedurfte nur wenig an Vorstellungskraft, sich den Schaden vor Augen zu führen, würde ein solches Flugzeug, von Bin Laden oder wem auch immer ferngesteuert, in ein volles Fußballstadion gelenkt.

Trollers Intuition hatte die Antwort sofort gefunden: Niemand durfte einen solchen Abschuss anordnen, weder Gerhard Schröder noch George W. Bush noch sonst jemand, doch ihm ging schon damals auf, dass eine gute, eine stichhaltige Argumentation gegen den Abschuss nur schwer zu finden war. Auch er hatte zu jener kurzen Phase des Schweigens beigetragen, die Jan-Hubert Bader nutzte, um kommentarlos und mit hochrotem Kopf das Sitzungszimmer zu verlassen. Der Hauptkommissar war während der Diskussionen immer stiller geworden, doch nicht, wie er, Troller, damals gedacht hatte, um zu einem bestimmten Zeitpunkt das Wort zu ergreifen und die Dinge ins rechte Licht zu rücken, nein, er entzog sich, ganz entgegen seinen Gewohnheiten, der Debatte.

Tage später, Jumbo hatte seinen Assistenten zum Feierabendbier ins Jericho eingeladen, lernte Troller seine vielleicht wichtigste Lektion. Er hatte nicht mehr damit gerechnet, dass sein Chef auf den Hilscher-Prozess zurückkommen würde, da verteilte dieser die Rollen plötzlich neu: »Also, du bist Wohlmuth, ich bin Hilscher. Seit zwei Tagen versuchen wir, von Lefzen zu erfahren, wo er die neunjährige Céline versteckt hält. Die Gespräche mit den Eltern des Mädchens haben nicht wenig Substanz gekostet, die Worte der Beruhigung, die Beschwichtigungsversuche, das Hochhalten der Hoffnung, von der auch wir uns genährt haben, wohlwissend, dass die Kleine, falls sich niemand um sie kümmert, sie eingesperrt, womöglich gefesselt irgendwo in einem Verlies und ohne Wasser ist, über kurz oder lang stirbt. Ausgehend davon, dass Céline noch lebt, denn das tue ich, solange das Gegenteil nicht bewiesen ist, gebe ich dir den Auftrag, Lefzen Gewalt anzudrohen, falls er den Aufenthaltsort des Mädchens weiter verschweigt. Was tust du?«

Es war die Fangfrage schlechthin, Troller erinnerte sich, als Erstes gedacht zu haben, das sei ein Test, auf diese seine Antwort komme es jetzt an. Er hatte die Frage schon in der Runde im Sitzungszimmer Tage zuvor beantwortet gehabt, hatte noch vor Wolfs Gedankenexperiment auf dem Unterschied beharrt zwischen Androhung und effektiver Anwendung von Gewalt. Doch auch als junger Troller hatte er die Zeit genutzt und für sich herausgefunden, dass es diese Lücke, auf die er selbst gehofft hatte, so nicht gab. Mit der Androhung von Gewalt war die Grenze überschritten, die Würde des Menschen für nichtig erklärt worden. Würde man diesen Schritt tun, wären die nächsten Schritte die unabwendbare Folge davon. Eine Lösung beinhaltete dieser Gedankengang freilich nicht, aber die Möglichkeit einer Antwort, und er wusste noch genau, was er damals Jumbo entgegnet hatte:

– Ich würde antworten, dass dieser Auftrag nicht zulässig sei, dass, wer diese Grenze überschreiten wolle, es selbst tun müsse. Ein solcher Schritt lässt sich niemals delegieren.

Er hatte die damalige Antwort laut ausgesprochen, dabei den schlaffen Teebeutel, den Bader vorhin neben die Tasse auf das Untertellerchen gelegt hatte, ins Visier genommen, und er registrierte, dass die Kopfschmerzen allmählich nachließen. Bader hatte damals genickt, die nächsten Hefeweizen bestellt und ihm direkt in die Augen geschaut: Okay, junger Freund. Und jetzt bist du Hilscher. Was tust du?

Auch bei dieser Frage hatte er bestanden, zumindest in den Augen Baders, wenngleich er die Zweifel bis heute nicht hatte ausräumen können.

Gibt es Situationen, die nur noch Ausreden zulassen? Eine Ausrede war es gewesen, die er auf Jumbos zweite Frage vorgebracht hatte. Dass nämlich die Kluft zwischen Theorie und Praxis in Fällen wie diesen nicht zu überwinden sei; wortwörtlich antwortete er damals: »Wer kann wissen, wie er in einem Dilemma entscheidet? Solange ich es nur überlegen muss, übertrete ich die Grenze nicht, und die Würde des Menschen bleibt unangetastet, stehe ich hingegen mit dem Rücken zur Wand und habe eine Waffe zur Hand, versuche ich jeden Befreiungsschlag, so falsch das auch erscheinen mag.«

Sie saßen an jenem Abend noch lange beieinander. Bader erzählte ihm daraufhin eine andere Geschichte, erzählte ihm seine Geschichte – wie er damals Mitte der Neunzigerjahre Hauptkommissar Heinrich Stahl abgelöst hatte. Troller hatte bis dahin nur gerüchteweise von Stahl gehört.

Der Name Stahl hatte lange Ehrfurcht ausgelöst, bis man ihn entlarvte – bis Kowalski, allerdings erst nachdem Stahl in den Ruhestand getreten war, dessen Vergangenheit aufdeckte. Zu spät, um noch einen größeren Skandal auszulösen, hatte der Journalist die Beweise vorgelegt, dass Heinrich Stahl zum Zeitpunkt seiner Pensionierung das entsprechende Alter längst überschritten hatte, zum Zweck der Entnazifizierung zu Papieren gekommen war, die ihn um elf Jahre jünger gemacht hatten. In Wahrheit war Stahl bereits 1919 geboren, hatte in den SS-Totenkopfverbänden eine Bilderbuchkarriere gemacht, war dabei aber nie in der allervordersten Reihe gestanden. Dafür hatte der Krieg zu wenig lang gedauert.

»Warum erzähle ich dir das? Nun, Hein war ein blitzgescheiter Kopf, ohne Frage, und er wusste, wie man zu Antworten kommt. Es ist nicht erstaunlich, dass man ihn nach dem Krieg nicht wegsperren wollte. Dieser Mann verfügte über Erfahrung und die Fähigkeiten der Anpassung; vielleicht musste er sich selbst gar nicht so sehr um die neuen Papiere bemühen – man bemühte sich um ihn. Was Kowalski nicht aufdeckte, wohl nicht aufdecken konnte, wovon ich aber Anschauungsunterricht hatte: Stahl verfügte über Methoden, die er nur damals, noch während des Krieges, hatte erproben können. Hatte er einen Verdächtigen am Wickel, von dem er wusste, dass dieser Informationen zurückhielt, ließ er ihn Scheiße fressen. Vielleicht ist das noch eine der humaneren Methoden der SS gewesen, das weiß ich nicht, doch die Effektivität der Klobürste hat mich staunen gemacht.«

Troller löste den Blick vom Teebeutel, überlegte, ob er noch einen Kaffee bestellen sollte. Um ihn herum saßen lauter unbescholtene Bürger. Keiner dachte an Folter, niemand litt, so schien es, die Welt konnte auch ganz friedlich sein. Was half ihm jetzt die Erinnerung an vergangene Zeiten?

Er, Walle Troller, hatte einen Fall zu lösen, und er wusste nicht, wem er mit der Klobürste, von der ihm Bader erzählt hatte, hätte drohen wollen, jenem alten Folterinstrument, von dem er sich als Erstes und unbedingt distanzieren wollte, als man ihn nach der Verabschiedung Stahls zum Hauptkommissar befördert hatte. »Kommt einer mit der eben gebrauchten Klobürste in den Verhörraum und droht damit, dir dieses Ding in die Fresse zu drücken. Du kannst davor reden oder auch danach, irgendwann aber erstickst du daran, wetten?«

Bader hatte ihm in jener Nacht, denn Nacht war es geworden, noch vieles über die Folter erzählt, darüber, wie er die Methoden Stahls trotz Erfolgsquote zu hinterfragen begonnen hatte, und auch darüber, wie die Folter einst, vor einigen hundert Jahren, noch anderen Spielregeln folgte, man den auf diese Weise Malträtierten, wenn er lange genug standgehalten hatte, freiließ in der Überzeugung, er hätte die Prüfung dank Gottes Hilfe bestanden und die Reinheit seines Gewissens bewiesen. Anders hätte er ja die Schmerzen nicht aushalten können. Diese Interpretation wurde freilich mit durchgesetzter Aufklärung fallengelassen, nicht aber die Folter, die man fortan, wenn auch mehr und mehr im Verborgenen, vorzugsweise bis zu einer befriedigenden Antwort oder eben bis zum Ende durchzog. »Damit wollte ich nichts mehr zu tun haben.« Auch das hatte Jumbo damals gesagt.

Troller langte nach dem Teebeutel, hob diesen am Papierzipfelchen hoch, wartete darauf, dass die Drehungen sich verlangsamten, der Beutel am anderen Ende schließlich zur Ruhe kam, wartete weiter, bis die hängende Masse, eigenartig zerknautscht und zusammengezogen, noch einen letzten

Tropfen freigab, und ließ dann den nassen Sack, das tote Gewicht in die Tasse fallen.

Lediglich die Nase zu rümpfen, wenn es stank, brachte keine neuen Erkenntnisse. Die Vergangenheit auf Knopfdruck runterzuspülen, hatte so mancher vor ihm schon versucht, und wenn die ganze Scheiße dann wieder hochkommt, bist du längst an einem anderen Ort. Doch kaum drehst du dich wieder um, ist die billige Hoffnung zur Illusion verkommen und der Gestank schlimmer als je zuvor.

Allmählich kam Trollers Denken in Gang, er hatte das Spiel mit dem Teebeutel als Ersatzhandlung erkannt, der Stuhl, auf dem er in diesem Café saß, war nun mal nicht für Karussellfahrten geschaffen. Ohne Frage war er der alte Sack, der sich im Kreis drehte, fallen lassen würde er sich aber nicht. Noch nicht. Es galt, den richtigen Faden zu finden, an dessen anderem Ende weder er noch ein Teebeutel hing, sondern der Täter, der Mörder, den er zwar kannte, aber offensichtlich noch nicht gut genug.

Hatte Aufderhalden Stahls Klobürste noch geschmeckt? Troller rechnete nach. Eidgenössisch verbriefter Jahrgang 1956, als Dreiundzwanzigjähriger erstmals aktenkundig in Jedastedt, ja, das war gut möglich. Der aalglatte Fritz hatte im Gegensatz zu ihm Heinrich Stahl noch gekannt, eher unfreiwillig dessen Bekanntschaft gemacht, jenen Mann noch zu spüren bekommen, der hier »mit eisernem Besen« für Ordnung gesorgt hatte. Kowalskis Artikel war, neben einer Reihe starker Indizien, voller solcher Wendungen, das musste um die Jahrtausendwende herum gewesen sein.

Die Geschichte hatte damals im Präsidium zwar für Gesprächsstoff gesorgt, dennoch hatte er sich gewundert, dass die Enthüllungen des Journalisten nicht mehr Aufsehen erregten. War der gestählte Hein nur einer von vielen gewesen? Nicht nur Ärzte und Juristen hatten weiter praktiziert, auch Kriminalkommissare. Wie hatte sein Großonkel einmal gesagt: Keiner von diesen Herren, die in den Kriegsjahren ein Auskommen hatten, ist ohne Schuld. Und der Mann, seit dem Krieg ein Einäugiger, hatte sich dabei nicht ausgeschlossen, sich selbst des Zuschauens bezichtigt, wenn auch nur als Viehdoktor auf dem Land, den man aufgrund seiner Tätigkeit nicht in den Kriegsdienst eingezogen hatte, weil die Tiere als Basis für die Grundversorgung galten und mit der Milch, dem Käse und dem Fleisch also auch er: Der Hornochse, das war ich, pflegte der Onkel zu sagen, wann immer das Gespräch in der Familie auf die Vergangenheit kam. Nur wie er das eine Auge während der Unzeiten verloren hatte, das erzählte er nie. Hier sind alte Mächte am Werk, hörte Troller noch einmal Baders Stimme.

Die Methoden Stahls reichten keine dreißig Jahre zurück. Da waren womöglich noch nicht alle Weichen in Jedastedt gestellt. Welche Hebel er aber auch immer betätigt hatte, der Mann war vor vier Jahren gestorben, also im hohen Alter von fünfundneunzig. Und Kowalski? – Lebte Kowalski noch?

Troller hob den Kopf und sah, wie der mannsgroße Teddy draußen weiter versuchte, Passanten ins Spielzeuggeschäft zu locken. Eine unermüdliche Witzfigur. Was würdest du unter Folter gestehen? Hatte sich Bader an seinen Vorsatz gehalten? Da lagen immerhin Jahre zwischen Stahls Abgang und seinem Wechsel in die Mordkommission. Jahre, über die er kaum etwas wusste. Vielleicht hatte er selbst bislang nur unwahrscheinliches Glück gehabt; ein Dilemma, wie Kollege Hilscher es vor einiger Zeit erlebt hatte, war ihm bis heute erspart geblieben. Bis gerade eben noch. Und Bader? Was war aus jenem Phantom geworden, von dem heute längst keiner mehr sprach, dem aber sein alter Freund noch immer nachjagte, über das er selbst nur die Gerüchte kannte?

Ein Geschenk für die Tochter, eine Kausalkette für Aufderhaldens unrühmliches Ende; Troller versuchte, sich wieder auf das Nächstliegende zu konzentrieren. Jetzt bezahlen, danach nicht in den Teddy prallen, stattdessen zielstrebig ins Präsidium gelangen, die Dinge ein weiteres Mal ordnen und insbesondere das ins Auge fassen, was ihnen bis dato entgangen war. Nicht umsonst hatte ihn Jumbo zu seinem Nachfolger gemacht.

Die Lösung des Falls lag in seinem Kopf, er brauchte dafür weder Klobürsten noch weiteren Kaffee, ein oder zwei klare Gedanken würden genügen, um die losen Teile aneinanderzufügen. Wäre dem nicht so, konnte er gleich mit dem Teddybären die Rollen tauschen. Kannten sich Cesare und Jan-Hubert? Sie waren eine Generation, Perlini und Bader waren grad einmal ein Jahr auseinander, beide seit Ewigkeiten in Jedastedt, des einen Spinne, die andere weben ließ, war vielleicht des andern Phantom. Und am Ende war beides ein Wolf. Weitblick und Gelassenheit …

… hatte er das nicht Angie unlängst gelehrt? Dass die einfachste Lösung auch die richtige sein konnte? Das hatte er, das hatte sie den letzten Fall lösen lassen. Es war der Ehemann gewesen, klassisch, nicht im Affekt, aber aus der Not heraus. Sie hatten keinerlei Beweise, doch nachdem sie ihm haarklein die Tortur, die er habe erfahren müssen, und die daraus folgenden allzu menschlichen Beweggründe erläutert hatten, willigte er ein. Auf seltsame Art erlöst war ihm dieser Mann im Moment des Geständnisses vorgekommen. Nicht viel hatte gefehlt, und der Mörder wäre in Tränen ausgebrochen. Endlich war ihm seine Geschichte erzählt und sein langes Leiden erklärt worden. Der Täter, er hatte seiner schlafenden Frau den Kopf mit der Axt gespalten, fühlte sich seit vielen Jahren zum ersten Mal wieder verstanden und sah gern ein, dass außer ihm kein anderer hätte in Frage kommen können, dass niemand außer ihm solch perfiden und fortwährenden Scheinheiligkeiten ausgesetzt gewesen war, nur ein angelächelter Hintergangener wie er konnte zu solch einem Schlag gezwungen … Staatsanwalt Häusermann war nicht einmal mehr die Zeit geblieben, die Krawatte zu richten.

Er, Walle Troller und Hauptkommissar, würde mit einem Schlag die Vergangenheit klären und die Gegenwart ins rechte Licht rücken. Auch diesmal. In den Kopfbahnhof hinein und wieder hinaus. Wer den Zug von hinten sieht, erkennt in der Dunkelheit die Rote Laterne. Es kam nur auf die richtige Perspektive an. Und auf die Gefahr hin, dass ihm das Hochgefühl allzu schnell wieder abhandenkommen könnte, griff er nach dem Aspirin. Der Täter würde kein Geständnis ablegen, stattdessen Speichel produzieren, wie es sich für ein hungriges Tier gehört, jeden einzelnen Fortschritt in den Ermittlungen auskosten, und er würde es genießen, von ihm, dem Hauptkommissar, als Täter erkannt zu werden, zweifelsfrei erkannt zu werden, als ein Täter, der sich nicht überführen ließ, an dessen Stelle ein anderer verknackt würde, und dieser andere war Joachim Troller. Die Dinge ins rechte Licht zu rücken, dürfte in etwa so schwierig werden wie Baron Münchhausen wiederzubeleben.

Was den Fall Lefzen betraf und mit diesem Baders schwierigste Frage, fürchtete Troller noch heute, dass er nicht in dem Sinn geantwortet hätte, wie er es Jumbo gegenüber getan hatte, wäre es hart auf hart gegangen, vielmehr wäre er wohl damals wie Ferdinand Wohlmuth den Anweisungen seines Chefs gefolgt, gar ohne Skrupel gefolgt und hätte dem Entführer Gewalt angedroht. Die Klobürste war schnell zur Hand. Fuchteln und drohen, laut werden, noch einmal fuchteln. Und ob er nach der Androhung, falls diese ihre Wirkung verfehlt hätte, auch zur Tat geschritten wäre?

– Ja, verdammt!

Troller hatte einen Geldschein auf den Tisch geknallt und vergeblich darauf gehofft, dass sich der Teebeutel in Baders Tasse noch einmal rührte. Wie hätte das auch geschehen sollen? Versenkt ist versenkt, wie leer die Tasse auch immer sein mochte. Ein jeder hatte mehrere Schiffe in diesem Spiel, zumindest in jenem, das er in Kinderjahren mit Jo und auch mit Schulkameraden des Öfteren gespielt hatte. Das Vorspiel zum Schachspiel; was aber war Spiel in seinem Beruf, was ging darüber hinaus? Das beschäftigte ihn schon, seit er als junger Polizist auf Streife gegangen war. Falls er jemals eine gültige Antwort auf diese Frage fände, würde er den Job quittieren. Und wie er sich als alter Mann, eine Hand im Kreuz, langsam erhob, wusste er auch wieder, dass die Ursache für sein Ende als Hauptkommissar womöglich ein anderes sein würde.

Gab es denn überhaupt Umstände, die nicht in Spielregeln zu fassen waren? – Die Frage, warum sich jemand als Teddybär auf der Straße präsentierte, gehörte in jedem Fall nicht dazu. Oder doch?

14

Troller drehte sich auf seinem Stuhl, es war kurz vor halb zwölf. Anscheinend ließen ihn nach Bader nun auch seine aktuellen Kollegen sitzen. Shirin und Katterer verhörten den Musiker Carlos, den sie aus Gründen, die er noch nicht kannte, auf den Posten zitiert hatten. Aller Wahrscheinlichkeit nach war der gestrige Abend in der Roten Laterne nicht ganz reibungslos verlaufen. Angie war irgendwo, und in Häusermanns Büro saß Felix Xaver Dillinger, Aufderhaldens Neffe.

Er biss in einen Apfel und überlegte, ob ein weiteres Aspirin dazu passte. Sein Kopf schien wieder klar zu sein, die Schmerzen waren gewichen, doch der Tag war noch lang. Vielleicht sollte er wie Bader mehr auf seine Ernährung achten.

Was war bloß in Jumbo gefahren? Erst noch hatte der Alte ihm die Leviten gelesen, um dann quasi hinterrücks von der eigenen Vergangenheit überrollt zu werden. Alte Mächte sind am Werk; fehlte nicht viel, und ihm wäre ein »Sei vorsichtig!« über die Lippen gekommen. Bader hatte ihm nicht alles erzählt, riss stattdessen Witze über Vegetarier.

Troller starrte auf das Display seines Handys. Jemand hatte ihm, während er noch im Café gesessen war, eine Nachricht hinterlassen. Er hörte jetzt die Stimme von Frau Braun; mehr ein Säuseln denn eine Stimme, mit viel Freundlichkeit untermalt. Vaneks Sekretärin machte lediglich ihren Job. Er würde die Aufzeichnung in der

Teamsitzung vorspielen. Und er lauschte noch einmal seiner Tochter, spielte jene Botschaft ab, die er schon vorgestern auf dem Weg zur Eisenbahnbrücke abgehört hatte. Ein Vater auf Abruf würde aus ihm nicht mehr werden, doch er nutzte die Zeit, Heike eine Nachricht zu schreiben: »spätestens an weihnachten, versprochen!«

Entweder du bist eines Tages vollkommen abgestumpft oder paranoid. Das hatte ihm Bader kurz vor der Pensionierung gesagt, ohne Anlass, ohne nähere Erläuterung. Verstieg sich der Mann im Alter noch zu Verschwörungstheorien? Oder war das schon viel früher geschehen? Womöglich löffelte sein Freund nur die Suppe aus, die er sich vor Jahren selbst eingebrockt hatte. Ein Stoiker war Jumbo nie gewesen; er konnte die Dinge nicht aussitzen, Gelassenheit lediglich vortäuschen. Wie schwer die Vergangenheit in Aufderhaldens Fall wog, war durchaus offen.

Warum hatte der Täter zugeschlagen? Warum Frieda? Weil ihm die Gelegenheit die Möglichkeit bot, oder weil er über Jahre hinweg einen Plan ausgeheckt hatte? Was hatte er übersehen?

– Angie!

– Troller, verdammt! Das muss aufhören. Wenn ich reinkomme, kannst du nicht schon hier sitzen.

– Wie?

– Ich werde mich noch zu Tode erschrecken.

– So schlimm?

Jette warf den Mantel Richtung Garderobenständer, wandte sich Troller zu und bot ihm ein Croissant an, für das sich Walle mit einem Apfel revanchierte.

– Steht dir übrigens!

– Danke.
– Erinnert mich irgendwie an …
– Ich weiß. Danke.

Sie hatte keine Lust auf Rollenspiele. Nichts gegen Tomb Raider, nichts gegen Silbermond. Noah hatte sie in seiner unverwechselbaren Art gefragt, ob sie vielleicht die Schwester von Stefanie sei – Du bist das Beste, was mir je passiert ist … das konnte er, das und … doch Jette war nicht nach Singen zumute, noch weniger nach einem Klößchen.

Es war Donnerstag, Donnerstag fast vorbei und nirgends eine heiße Spur; die Rebenlandschaft des Bildschirmschoners, auf die sie starrte, konnte nur Wehmut erzeugen … Dass Shirin sich wieder einmal erfolgreich herangeschlichen hatte und nun zwischen Trollers und ihrem Arbeitstisch verkündete, man erwarte sie im Sitzungszimmer, nahm sie fast schon gleichmütig hin.

Katterer war einer Mischung aus Adrenalin und Beflissenheit zum Opfer gefallen, denn er schien bei seinen Ausführungen, was die abendlichen Vorkommnisse in der Roten Laterne betraf, nichts auslassen zu wollen. Die Äpfel und Croissants waren aufgebraucht, als Shirin ein Atemholen des Kollegen nutzte und in wenigen Worten zusammenfasste, was Sache war. Zum einen war in der Küche kurz vor neun ein Streit entbrannt, dessen Ursache noch der Klärung bedurfte, denn Jimmy war abgezogen, noch bevor man ihn hätte befragen können. Yannick habe versucht, einen auf coolen Koch zu machen und seinen Gehilfen damit entschuldigt, dass in diesem zuweilen noch der tamilische Tiger erwache, aber sie beide, Shirin deutete auf Katterer, würden dem Ausreißer noch heute einen Besuch abstatten. Zum andern war am späteren Abend Carlos aufgetaucht, sternhagelvoll und ein wenig zu gut gelaunt, ansonsten hätte sich der Musiker wohl nicht in der Anrede geirrt. Häusermanns fragendem Blick begegnete Shirin mit der Ergänzung, der Trunkenbold habe sie kaufen wollen, um einen Fall von Beamtenbestechung habe es sich jedoch nicht gehandelt.

– Das wurde Kollege Katterer dann zu bunt; also lud er Carlos gestern kurzerhand für heute vor. Der Mann ist vorhin in den Genuss eines Verhörs gekommen, mit allen Schikanen. Außer einem Denkzettel für den Musikus und einem willkommenen Training für Hans Georg hat dabei allerdings nicht viel herausgeschaut. Die Unschuldsbeteuerungen und Entschuldigungen eines wieder Nüchternen, der sich an nichts erinnern wollte und darauf bestand, kein Kiffer zu sein. Er sei ein Freund des Hauses, der gern aushelfe, wenn Not am Mann sei, und wenn er nicht in der Stadt sei, stehe sein Zimmer dem Personal offen. Abgesehen davon: Carlos von Mangoldt scheint der Sprössling betuchter Eltern zu sein, bin aber mit der Recherche noch nicht ganz durch.

Staatsanwalt Häusermann nickte zufrieden, freute sich, dass die Ermittlungen ins Rollen kamen, und als ein Befürworter wirkungsorientierter Verwaltung wollte er auch nicht länger hintanstehen und berichtete von der Begegnung mit Aufderhaldens Neffen. Ein zurückhaltender Mann, in dessen Augen ein wenig penetrant die Dollarzeichen leuchteten, »die Fränkli«, korrigierte sich der Staatsanwalt gleich selbst, ohne damit auch nur die kleinste Reaktion zu bewirken.

Häusermann räusperte sich, griff sich mechanisch an die Krawatte, was Jette geflissentlich ignorierte, und erzählte von Felix Xaver Dillingers Sorge um einen verschwundenen Schuldschein, der zwar längst ausgelöst sei, dessen juristisches Entkräftungsverfahren man aber bislang anzustreben versäumt habe, der folglich noch immer wie ein Damoklesschwert über einer Schweizer Liegenschaft schwebe.

– Herr Dillinger hat aber zugesichert, sich um die Beerdigung seines verstorbenen Onkels zu kümmern. Die Formalitäten laufen; und wie ich heute früh erfahren habe, ist die Leiche von Friedrich Aufderhalden von der Pathologie freigegeben worden. Eine Sorge weniger.

Katterer beobachte derweil Shirins Spiel mit dem Teebeutel, was ihn vor geraumer Zeit schon zum Verb »teebeuteln« geführt hatte. Erst jetzt aber schien ihm aufzugehen, dass jenes Waterboarding, von dem er unlängst gelesen hatte, sich wohl diesem Spiel verdankte. In Gedanken hatte er einen gelangweilten britischen Offizier vor Augen, irgendwo in einer gottverlassenen Kolonie, dessen Teatime aufgrund einer unliebsamen Störung zur Erfindung einer der effizientesten Foltermethoden geführt hatte – als ihm Jettes Ellbogen in die Seite fuhr. Was wiederum Shirin auf den Plan rief.

– Äh, ja. Der Schuldschein ist aufgetaucht wie auch einige andere Wertpapiere. Ob der Neffe seine Freude daran haben wird, bezweifle ich. Frieda, also Herr Aufderhalden, war zwar vermögend, wir reden von drei oder vier Millionen mindestens, doch Aufderhalden hat auch einen Sohn, den er als Alleinerben bestimmt hat. Richard, geboren am 7. Mai 1993, kein Nachname. Ich habe den jungen Mann auf die Schnelle noch nicht ausfindig machen können.

Troller wartete erst gar nicht ab, bis man sich nach seinem Stand der Dinge erkundigte, zumal auch Jette nicht den Anschein erweckte, dem Gehörten noch etwas hinzufügen zu wollen. Er war zwar seinerseits ein wenig irritiert gewesen, weil er nicht wusste, was in Michels Kopf vorging und sich ernsthaft fragte, ob der junge Kollege eines Tages aus seiner Lernstarre noch herausfinden würde, so wie er Shirins Teebeutel ins Auge gefasst hatte, denn das war doch nachweislich sein Blickfang, der gebrauchte Teebeutel eines anderen. Dann aber fand Troller keine weitere Möglichkeit für einen Aufschub und setzte seine Leute ins Bild, was die Zuordnung von Papa Schlumpf, Schlumpfine und Baby Schlumpf betraf, erwähnte auch Vanek und spielte Frau Brauns Säuselstimme ein, die sich dafür entschuldigte, wohl etwas falsch notiert zu haben, da ihr Chef mit dem Namen Stoller nichts anzufangen wisse. Herr Vanek sei aber am Freitag wieder im Haus, würde sich dann seinerseits melden. Für den Fall, dass das Geschäft drängte, hinterließ Frau Braun Vaneks Handy-Nummer.

– Full Monty?

Katterer schaute Jette mit großen Augen an. Häusermann schüttelte derweil den Kopf. Also übersetzte Shirin.

– Kommissarin Hagen hat eben die Frage in den Raum gestellt, ob man Milan Vanek die Hosen runterlassen soll. Das ist ein Antrag für das volle Programm: Fakten und Gerüchte, Vergangenheit und Gegenwart, vor allen aber inklusive Telefondaten und Rund-um-die-Uhr-Überwachung. Der Staatsanwalt scheint dem, wenn ich das richtig sehe, nicht zuzustimmen, und er wird gleich nach einer Begründung fragen, falls Hauptkommissar Troller weiter schweigen sollte. Das, mein Lieber, ist im Moment eigentlich das einzig Erstaunliche. Alles klar?

Noch bevor Häusermann etwas entgegnete, nahm Troller den Ball auf, bestätigte Shirins Erläuterungen dahingehend, dass er tatsächlich hinsichtlich der Überwachung Vaneks zögere, und zwar in Ermangelung eines Tatmotivs.

– Dass Milan Vanek Dreck am Stecken hat, ist uns allen klar, ob er jedoch mit dem Tod Aufderhaldens etwas zu tun hat, ist völlig offen, dafür fehlt uns jeder konkrete Hinweis. Der Mann steht im Fadenkreuz, aber nicht in unserem, zumindest vorerst.

– Also kein dringender Tatverdacht. Dann wollen wir auch den Datenschutz nicht strapazieren, nicht wahr, Frau Hagen?

– Da hatte ich doch eben einen anonymen Anrufer, meine ich, der mir steckte, Herr Vanek habe Beziehungen zum internationalen Terrorismus, eine größere Waffenlieferung sei im Gang, Gefahr im Verzug. Dem müssten wir doch unbedingt nachgehen, Herr Staatsanwalt, oder etwa nicht?

– Keine Tricks, Frau Hagen! Und schon gar nicht solche Scherze, ja! Das verbitte …

Troller hatte abwiegelnd die Hand erhoben. Ihm war, als würden ihm die Ermittlungen entgleiten, dabei wusste er es besser. Dennoch wartete er, bis sich Häusermann beruhigte, die Krawatte wieder gerichtet hatte … da platzte Peer in die Sitzung.

– Stör ich?

Der Rückkehrer, zumal ein unerwarteter Rückkehrer, sah in eine Runde verdutzter Gesichter. Peer Holthuizen erklärte sein Hiersein als einen Fall von Urlaubsflucht, und er wollte schon sein Grinsen aufsetzen, als er zu seinem Unmut Katterer am Tisch entdeckte.

– Dass ich so schnell ersetzt würde, hätte ich nicht gedacht. Ik voel me kut!

Troller wies Peer mit einer schlichten Geste seinen Platz zu, ohne auf dessen gespielte Entrüstung einzugehen, und er wartete abermals, sah das traurige Gesicht von Katterer, der auf seinem Screen wohl gerade las, dass die Erfindung des Teebeutels auf den Beginn des 20. Jahrhunderts datierte, zur Inspiration für das Waterboarding also nicht in Frage kam, da das Foltern auf diese Weise eine wesentlich längere Tradition hatte, und sah zu guter Letzt, noch voller Mitgefühl für den jungen Michel, Angie in die Augen, die ihm auffordernd zunickte.

– Nun denn. Nicht nur der Herr Staatsanwalt wird mir zustimmen, wenn ich sage, Baby Schlumpf Richard hat oberste Priorität. Diesen Sohnemann und Erben gilt es zu finden, den möchte ich kennenlernen, und auch seine Mutter. Kollege Katterer hat, wie ich sehe, die entsprechende Recherche bereits aufgenommen. Peer, das hat aber gedauert diesmal! Schön, dich zurückzuhaben! Du lädst bitte Shirin und Michel in die Kantine zum Mittagessen ein, lässt dich von ihnen aufdatieren, ja? Wenn ihr den Hitzkopf, ich meine den Hilfskoch, heute Nachmittag stellt, könnte Peer der *Vanek Import AG* nachgehen. Ich will nicht, dass dich der Koch schon sieht, du sollst heut Abend unsere Peerspitze in der Roten Laterne sein. Habe ich den schon mal gebracht? Egal. Und nimm dir Frau Braun vor, vielleicht ist sie ja mehr als nur Vaneks Sekretärin. Stößt du auf etwas, können wir noch immer das volle Programm beantragen, nicht wahr, Herr Staatsanwalt? Es ist an der Zeit, dass wir diesen Fall lösen. Und bevor ich's vergesse: Schon wieder fehlt hier auf dem Tisch das, was uns zu zwei Dritteln ausmacht. Michel, ich erkläre dich zum ersten und einzigen Wasserträger des

Teams. Sei bitte in Zukunft darum besorgt, dass niemand hier drin dehydriert, danke.

Ein Blickkontakt genügte, und Jette wusste, sie und Troller würden noch nachsitzen. Während sich die anderen in Trab setzten, gab sie das Rauchzeichen, denn die zehn Minuten brauchte sie jetzt.

Der Hauptkommissar hatte den Vorsprung genutzt und im Büro an Jumbos alter weißer Magnettafel eine seiner berühmt-berüchtigten Trollerskizzen angefertigt. Die Figurenkonstellation galt es ins Auge zu fassen, das hatte er früh von Bader gelernt. Anziehung und Abstoßung, Verknüpfungen und Verstrickungen, private und geschäftliche Beziehungen, Gewinner und Verlierer, Schafe und Wölfe. Troller hatte einen eigenen Farb- und Zeichencode entwickelt und über die Jahre hinweg verfeinert. Außer Angie und ihm selbst war niemand in der Lage, den wahren Wert seiner Skizzen zu schätzen, geschweige denn, diese zu interpretieren. Jette dagegen hatte vom ersten Moment an die Zeichen, Linien und Farben zu deuten gewusst. Sie hatte inzwischen eine kleine Sammlung des Troller'schen Werks angelegt, schoss immer ein Bild der ersten und eines der endgültigen Skizze.

Würde aus dem Buch der Klosprüche nichts werden, konnte sie immer noch eine Publikation kriminalistischer Fachliteratur ins Auge fassen – oder eine Troller-Biografie. Abgesehen davon halfen ihr die Fotografien, wenn sie zu Hause an der Lösung des Falles arbeiten wollte, dann spann sie die Fäden weiter, suchte ihrerseits nach möglichen Verstrickungen und startete Versuche der Entwirrung.

Troller hatte ein mächtiges Geflecht an die Tafel gezaubert, und sie gingen gemeinsam die Fragezeichen durch:

Witwe von Mangoldt? – Beziehung Vanek zu Aufderhalden? – Schlumpfine Irina, richtiger Name? – Yannick, Rastaman, Koch und ...? – Verstrickung Speich? Walle berichtete ausführlich vom Gespräch, das er im Café mit Bader geführt hatte, von alten Mächten, die der Mann zu spüren glaube, von neuen Figuren, welche die Bühne in Jedastedt betreten hätten.

– Das ist viel Holz, Boss.

– Der Wald, ja, ich weiß, wir dürfen die einzelnen Bäume nicht aus den Augen verlieren.

– Gilt deine Prioritätenliste auch für mich?

– Suche und finde Baby Schlumpf? Lass den mal meine Sorge sein. Ich betätige mich heute Nachmittag in Sachen interner Ermittlungen.

– Wir haben einen Maulwurf?

– Ich habe mich mit Doro verabredet. Wir werden ein wenig in den alten Sachen wühlen.

– Was suchst du?

– Alte Bilder von damals jungen Menschen. Wenn Irina früher eine Prostituierte war, dann wird sie auch aktenkundig sein.

– Im Zusammenhang mit der Witwe von Mangoldt? Das Fragezeichen scheint mir besonders kräftig gezeichnet.

– Jolanda von Mangoldt war ohne Frage auch einmal jung, doch ich meine, sie gehörte schon damals einem anderen Milieu an. Die Familie aber interessiert mich, nicht zum ersten Mal. Der alte von Mangoldt, er starb vor knapp zwei Jahren, war einer der reichsten Männer der Stadt und also einer der mächtigsten. Dass sich er und seine Frau auf der Liste der Kommandit-Gesellschafter der Roten Laterne befinden, ist eigenartig. Mit solchen Kleinigkeiten haben sich die von Mangoldts nie abgegeben. Noch seltsamer ist, dass sich deren Sprössling, der Musiker Carlos, an Ort und Stelle eingenistet hat. Den Jungen hatte ich bislang nicht auf dem Radar. Wahrscheinlich verbrachte der Sohnemann einige Jahre in einem Internat oder sonst wo. Das will mir überhaupt nicht gefallen, das spottet jedem Zufall, das –

– Soll ich mich der Witwe mal vorstellen?

– Guter Plan. Und bevor ich's vergesse: Hast du das Bild noch, das ich dir heute früh geschickt habe?

– DISDRAGSCHEN? Ja, sicher. Ein Gruß aus der Vergangenheit?

– Scheint so, vielleicht verbirgt sich dahinter aber auch ein Schuss Gegenwart. Du kümmerst dich? Ich bin dann später noch bei Speich.

– Walle?

– Ja?

– Darf ich fragen, was dein Bruder mit der ganzen Sache zu tun hat?

– Du darfst nicht, du musst. Ich fürchte, er spielt die Hauptrolle, zumindest in einem Fall. Es gilt allerdings, einige Irrtümer noch auszuräumen.

– Was erzählst du da?

– Ich erzähle dir, dass Joachim Troller direkt mit dem Ableben von Aufderhalden zu tun hat, und zwar als Sündenbock, und sage dir jetzt, dass ich daran nicht den geringsten Zweifel habe. Da läuft ein perfides Spiel. Entscheidend aber wird sein, dass wir herausfinden, wie die Fäden zusammenlaufen, denn der wahre Täter ist ein anderer. Wenn ich die Herren Perlini und Bader richtig deute, dann hängt an diesem Fall weit mehr als eine Wasserleiche.

Trollers Pupillen waren jetzt so geweitet, dass er wieder diesen schwarzen Blick hatte, so schwarz, wie Jette das zuvor noch nie wahrgenommen hatte. Ihr Partner lag ohne Zweifel richtig, auch wenn sie selbst noch kaum etwas verstand.

– Was erwartest du? Von mir?

– Höchste Wachsamkeit, mein Schatz, Ermittlungen in all jene Richtungen, die diese erste Skizze aufweist. Verlass dich auf deinen Instinkt. Du weißt ja: Reißt man jemandem die Maske runter, kommt im Zweifelsfall nur die nächste Maske zum Vorschein. Das wird kein leichtes Spiel. Deine schwierigste Aufgabe aber wird sein: Du ermittelst gegen meinen Bruder. Es geht nicht anders. Auch wenn er es nicht war. Die Indizien weisen auf ihn und eigentlich nur auf ihn. Ignorieren wir das, kommen wir unserer Aufgabe nicht nach. Angie, das wird ein schwerer Gang.

15

Erst hatte sie sich dagegen gewehrt, denn es galt in ihrem Beruf, Distanz zu wahren. Immer. Doch der feudale Sessel, in dem sie sich der Witwe von Mangoldt gegenüber im Salon befand, der halbvolle Aschenbecher vor ihnen auf dem Glastischchen, dazu der Latte Macchiato in Perfektion, das exquisite Gebäck … diese Frau wusste zu leben. Und Jette hatte in den Wohlfühlmodus umgeschaltet.

Das vorgefasste Bild, das sich die Kommissarin von einer Witwe mit Villa in bester Hanglage Jedastedts gemacht hatte, war verblasst und durch die Erscheinung einer Frau ersetzt worden, der man die vierundfünfzig Jahre nicht ansah, deren Frische und Aufgeschlossenheit beeindruckte. Schnell hatte sich geklärt, warum die von Mangoldts zur Kommandit-Gesellschaft der Roten Laterne gehörten. Der Nostalgie des verstorbenen Ehegatten wegen, wie Jolanda von Mangoldt mit einem Lächeln ausgeführt hatte. Ihr Mann sei lange Jahre Stammkunde gewesen.

Jette versuchte, sich in die Lage dieser Frau zu versetzen, fragte sich, ob sie in zwanzig Jahren auch dazu fähig wäre, sich so zurückzulehnen, dieselbe Gelassenheit zu zelebrieren. Allein schon die Art, wie Jolanda von Mangoldt rauchte, faszinierte sie. Ohne Hast, genussvoll, keine Affektiertheit. Die Frau hatte Stil, und sie gehörte hierhin. Ein Dasein in hohen Räumen, gut geheizt, dazu geschultes Personal, das die alltäglichen Handgriffe erledigte, jederzeit zur Stelle war; es hatte seine Vorteile, im Geld zu schwimmen. Ihr Gesicht verdankte die Witwe Mangoldt gewiss nicht nur den teuersten Cremes, da hatte ein Fachmann Hand angelegt, vielleicht schon mehrfach, ein richtig guter. Kein zur Grimasse entstelltes Gesicht, die Eingriffe waren sehr dezent gewesen. Eine Frau, die mitten im Leben stand, die ganz natürlich auf ihre Betrachter wirkte, Aufmerksamkeit auf sich zog, ohne sich mit auffälligen Accessoires zu schmücken. Eine echte Blondine.

Ob man sie deswegen unterschätzte? Schlicht, elegant – und in Form, so präsentierte sich Jolanda von Mangoldt. Jette stellte sich vor, wie die Frau jeden Tag ihre Trainingseinheit im Fitnessraum, der sich ohne Zweifel irgendwo in diesem Haus befand, absolvierte, wie sie sich, den Blick auf dem gepflegten Garten ruhend, von gut geölten Händen massieren ließ, danach einen Spaziergang machte oder eine kleine Ausfahrt: Shopping, Friseur, Freundinnen treffen, Liebhaber. Zu gern hätte Jette gewusst, ob sich die Frau die Titten hatte machen lassen.

Was auch immer sie in Augenschein nahm, alles schien am richtigen Ort. Ein Leben im perfekten Bühnenbild. Oder die Bühne für das perfekte Leben? Die Requisiten waren aller Wahrscheinlichkeit nach keine Requisiten, an den Wänden hingen Originale, wenngleich sich Jette da nicht so auskannte.

Vielleicht sollte sich Noah doch wieder der Musik zuwenden, Konzerte geben und ein Star werden. Solange sie im Dienst des Staates ermittelte und ihr Liebster sich in der Geschlossenen mit Verrückten abmühte, käme kein Geld zusammen, in jedem Fall nicht genug, um die Aussicht längerfristig zu verändern. Ihre Zukunft war, nüchtern betrachtet, düster oder zumindest unspektakulär. Mauritius in weiter Ferne. Doch einen besseren Kistentrommler als

Noah gab es nicht. Ansonsten wäre sie auch nicht auf den Mann aufmerksam geworden, damals, in diesem verrauchten Schuppen am Fluss, wo jeden zweiten Donnerstagabend Jamsessions stattfanden. Weihnachten war nicht mehr weit, und eine neue Kiste war vielleicht genau der Anschub, den Noah für sein Comeback brauchte.

Als sich Frau von Mangoldt für einen Moment entschuldigte, fiel Jettes Blick auf das Sideboard, auf dem sich ein vielarmiger Kerzenständer befand, links davon ein Schlüsselbund und die Aufladestation für ein Telefon, das jedoch fehlte, rechts davon – Katzengold. Sammelte diese Familie Katzengold? Und plötzlich saß ihr gegenüber eine Katze. Das Tier war aus dem Nichts oder aus der Hölle aufgetaucht, auf leisen Pfoten, wie es sich für diese Spezies schickte, und richtete sich jetzt auf der Kaschmirdecke ein. Die Ähnlichkeit mit Scarlett war augenfällig, auch wenn sie bislang nur Bilder von Trollers Kartäuserin gesehen hatte. Jette zückte ihr Handy, schoss ein Bild und tippte hernach den Begriff »Cajón« ein. So hatte Noah das Instrument genannt, und wenn sie sich richtig erinnerte, spielte er damals eine jener Kisten, die inwendig mit Stahlsaiten bestückt waren. Sein Untersatz zum Abheben.

Jette las von »Metallzungen-Fächern« und »spiraligen Drähten«. Amüsiert recherchierte sie weiter, ob es denn in Jedastedt einen Anbieter für diese Flugbegleiter gab.

Troller schickte eine Nachricht an seinen Bruder: »friedas sohn richard = baby schlumpf, was weißt du darüber? gruß! w.« Noch zuvor hatte er zwei weitere Aspirin eingeworfen. Er fühlte sich nicht wohl in seiner Haut. Die von Bader heraufbeschworenen alten Mächte stießen ihm auf, oder vielleicht lag es am Kantinenfraß. Für gewöhnlich fand er andere Mittel und Wege, sich zu ernähren, heute aber war ihm nach der Besprechung mit Angie nichts Besseres eingefallen, als sich zu den Kollegen zu gesellen.

Für Alternativen wäre die Zeit auch zu knapp gewesen, Dorothea hätte ihm ein verspätetes Erscheinen nicht verziehen. Sie war Hausdrache und gute Fee in einem. Anders hätte sie es kaum über dreißig Jahre bei der Kripo ausgehalten. Ihr Gedächtnis reichte weiter zurück als jedes andere auf dem Posten. Wenn Doro Schildknecht etwas nicht mehr fand, dann war das Gesuchte auch nicht vorhanden. Sie wusste, was in welchem Ordner in welchem Schrank abgelegt war, sie wusste mehr über das Personal in diesem Haus als jeder andere, sowohl über das aktive als auch über das frühere. Krankheiten, Ferientage, Scheidungen, Umzüge – bis vor wenigen Jahren noch waren alle Formulare über ihren Tisch gegangen. Inzwischen hatte das Papier als Grundlage aller möglichen Vermerke und Mutationen an Bedeutung verloren. Sogar Arztzeugnisse gelangten mittlerweile per E-Mail ins Haus. Eine eigenartige Anonymisierung, über die Dorothea sich trefflich auszulassen verstand.

Kürzlich erst hatte sie Troller berichtet, wie sie selbst Opfer der aktuellen Praxis geworden war. Denn die Sprechstundenhilfe ihrer Hausärztin hatte ihr keinen Termin geben wollen, schon nach wenigen Sekunden stand die Diagnose fest: Sie leide an exakt jener Grippe, die derzeit im Land grassiere, kein Grund zur Besorgnis, Rezept und Arztzeugnis trafen wenige Minuten später bei ihr ein, elektronisch, versteht sich.

Wie wertvoll die Schildknecht tatsächlich war, hatte sich erst mit der Digitalisierung, in der Ära nach Jumbo, so richtig gezeigt, als die Herren Oberen dachten, man könne rationalisieren, die Verwaltung effizienter gestalten. Dorothea hatte kurzerhand einen längeren Urlaub angetreten, was angesichts Hunderter Überstunden eh überfällig gewesen war, und als sie dann nach drei Monaten zurückkam, stellte man ihr in Anbetracht des herrschenden Chaos zwei Assistentinnen zur Seite und bot ihr eine saftige Gehaltserhöhung an.

Das Geld akzeptierte sie dankend, die Assistentinnen hingegen mussten sich nach einer anderen Arbeit umsehen. Ihre erste Bedingung aber war, dass Troller, falls er sie noch einmal „Miss Moneypenny" nennen sollte, auf der Stelle suspendiert würde. Zwar ließ sich diese Forderung vertraglich nicht festlegen, doch brachte Frau Schildknecht den Hauptkommissar immerhin dazu, vor versammelter Menge zu geloben, sich künftig jeder Diskriminierung ihr gegenüber zu enthalten.

Und Troller hielt sich daran. Er hatte nie etwas gegen Doro gehabt, im Gegenteil, er schätzte ihre Arbeit sehr, jedoch hatte er mit den Jahren auch gelernt, dass sein Humor nicht jedermanns Sache war, noch weniger jeder Frau. So schwierig ihr Verhältnis anfangs auch war, eines verband die beiden: die Freundschaft zu Jumbo. Die Frau war über viele Jahre hinweg Baders rechte Hand gewesen, und auch wenn sie anfangs eifersüchtig gewesen war, als sich abzeichnete, dass er Baders Partner im Dienst würde, so blieb sie dem damaligen Hauptkommissar gegenüber doch treu ergeben, machte weiterhin ihre Arbeit, und dies bis zum gegenwärtigen Tag. Obschon sie in ihm keinen gleichwertigen Ersatz für Jumbo sah, war der gegenseitige Respekt über die Jahre gewachsen. Auf ihrem Schild hatte nun mal nur einer Platz, und das war Jan-Hubert Bader, noch immer. Und so stiegen Hauptkommissar Troller und Frau Schildknecht einträchtig in die frühen Neunzigerjahre ein.

Jette suchte Blickkontakt mit dem Kater, hinter dem sich womöglich Azrael verbarg, der vielleicht aber auch ein Weibchen war, ihr schien jedoch die Wahrscheinlichkeit für einen Kater, obschon sie dafür keine Gründe hätte nennen können, wesentlich höher. Das Tier hatte jenen Blick aufgesetzt, wie er nur Katzen eigen ist, vornehmlich solchen Katern, die sich ihres Reviers sicher sind.

Jette kannte genau einen Menschen, der einen ähnlichen Blick hatte: ihren Bruder Hartmut. Immer dann, wenn die Trauben in der Maische waren, sich ein guter Jahrgang abzeichnete, dann schaute Hartl so in die Welt, am Tisch sitzend wie jener unverrückbare Mensch, der sie selber nie sein würde. Es war Donnerstagnachmittag, die Chancen, am Wochenende ihre Liebsten in die Arme zu schließen, verschlechterten sich zusehends, zumal nichts dafür sprach, dass sie hier, in der Villa von Mangoldt, etwas Genaueres zur Causa Aufderhalden erfahren würde. Gleichwohl hätte sie nur zu gern einen Blick in einige der Schränke hier im Haus geworfen, die Türen des Sideboards geöffnet, sich im Keller auf die Suche nach versteckten Leichen gemacht, auf dem Dachboden nach ungeahnten Schätzen Ausschau gehalten.

– Ottokar! Du meine Güte, welche Ehre! Sie müssen eine gute Aura haben, Frau Hagen, Ottokar meidet für gewöhnlich jeden Besuch. Sie haben auch Katzen?

– Nein, das nicht. Aber wenn ich mir die Frage erlauben darf: Sie haben dem Kater den Namen Ihres verstorbenen Gatten gegeben?

– Ja, und das übergangslos. Das schockiert Sie hoffentlich nicht. Ich hasse Veränderungen. Dank Ottokar dem Vierbeiner kann ich das Gespräch weiterführen. Mein Mann, müssen Sie wissen, wurde in den letzten Jahren immer schweigsamer, der Demenz wegen. Kater Ottokar ist, wenn ich das so sagen darf, mehr als ein gleichwertiger Ersatz. Stubenrein und genügsam; ein starker Charakter übrigens, lässt sich nichts gefallen, geht nachts seiner Wege und setzt sich tagsüber zu mir aufs Sofa. Ein guter Zuhörer und empfänglich für Zuneigung. Wir sind ein gutes Paar!

Jette hatte noch immer ihr Kleines in der Hand; die Recherche nach einem Cajón, das sie Noah zu Weihnachten würde schenken können, hatte noch nichts ergeben, und auch noch keine neue Nachricht, weder von ihrem Liebsten, der schon bald Arbeitsschluss hatte, noch von Troller, der ihr doch jetzt, der Augenblick schien der Kommissarin günstig, die Lösung des Falles hätte verkünden können.

Es galt, den Wohlfühlmodus aufzugeben, das wusste sie, obwohl sie nach wie vor keine Lust verspürte, der Witwe von Mangoldt auf den Zahn zu fühlen. Sie steckte ihr Kleines weg, zündete sich eine Zigarette an, und um den Übergang nicht allzu abrupt zu gestalten, wandte sie sich mit ihrer Frage an Kater Ottokar.

– Was können Sie mir über Frieda sagen?

– Walle, schau, das könnte Irina sein.

Troller lehnte sich nach vorn, rückte mit dem Zeigefinger die Brille zurecht und versuchte etwas zu erkennen.

– Du meinst, der Knabe links sei Fritz?

Dorothea Schildknecht nickte und wies den Hauptkommissar auf das Gebiss des Mannes hin. Tatsächlich hatten nur wenige Menschen so große Zähne wie dieser Eidgenosse, und wenn er lachte, konnte man sich fürchten. Ansonsten war auf der Farbfotografie nicht viel zu erkennen, vielleicht weil das schon immer so war, außerdem war das letzte Vierteljahrhundert auch an diesem Bild nicht spurlos vorübergegangen. Das Lob auf die Digitalisierung sparte sich Troller, er wusste, dass er damit bestenfalls Doros Zorn ernten würde.

– Die Frau an seiner Seite könnte irgendwer sein; echt blond oder nicht, jung und doch, ja, ein attraktives Mädchen, aber davon gab es meines Wissens auch schon zu jener Zeit so einige. Aber sag, Dorothea, was weißt du eigentlich über Friedrich Aufderhalden?

– Kaum etwas, das du nicht auch längst schon wüsstest.

Troller wartete, doch bei Frau Schildknecht wirkte das nicht. Sie zog lediglich die Augenbrauen hoch, sie hatte viele Jahre mit Bader verbracht und ließ sich durch das Schweigen ihres Gegenübers nicht mehr aus der Ruhe bringen. Troller überlegte, ob er sich setzen sollte, um seinem Schweigen weiter Nachdruck zu verleihen, doch auch das würde nichts bringen. Er musste auf eine andere Karte setzen.

– Liebe Dorothea, mein Alter erlaubt den Kniefall nicht mehr, doch ich biete dir die Vorstellung dessen an. Denn es geht mir grad weniger darum, was in den Akten steht, sondern vielmehr um das, was darüber hinaus an Wissenswertem im Verborgenen liegt, und fraglos bist du Aufderhalden über die Jahrzehnte des Öfteren begegnet, hast dich mit dem Mann direkt oder indirekt herumgeschlagen, also bitte: sprich!

Madame Schildknecht zierte sich noch ein wenig, und am liebsten hätte sie erst das Rot ihrer Lippen aufgebessert, die Wangen nachgepudert, stattdessen richtete sie lediglich die Brille, ein neues Modell, wie Troller bemerkte. Und wie er also die Gelegenheit nutzte, gleich noch ein Kompliment nachzuschieben, da war die Frau so weit.

– Nun, es gab einen frühen Verdacht, der noch auf Hauptkommissar Stahl zurückgeht, ein Verdacht, der nie ganz hat ausgeräumt werden können: dass Friedrich Aufderhalden ein Doppelleben führt, und dies seit er in Jedastedt ist, … ein Doppelleben führte, meine ich. Der Mann verschwand immer mal wieder für mehrere Wochen, manchmal sogar für Monate, war wie vom Erdboden verschluckt. Aufderhalden erzählte gerne von seinen Asienreisen, seinen Aufenthalten in Nepal, in Indien oder auch in Thailand, doch wir kauften ihm den Weltenbummler nie ganz ab, fanden ihn aber während seiner Abwesenheiten auch nie in der Nähe; anders gesagt, er hatte sich den Übernamen des aalglatten Fritz redlich verdient.

– Selbst der Stahl ist nicht hinter Aufderhaldens Geheimnis gekommen?

– Ich glaube, ich weiß, worauf du anspielst. Aber nein. Als wir Aufderhalden so richtig auf die Pelle rückten, stand Hein schon kurz vor der Pensionierung. Und er war müde geworden. Heute wissen wir ja, dass er damals schon übers Ziel hinausgeschossen war, wenn ich das mal so sagen darf. Ich selbst war nie zugegen, wenn es verhörtechnisch zur Sache ging, doch was auch immer geschehen sein mag, Aufderhalden blieb unfassbar, schielte uns bestenfalls blöde an. Auch Markowitsch scheiterte, mehrfach.

Troller versuchte, Jahreszahlen zu ordnen; es schien ihm nicht ausgeschlossen, dass Stahl und Aufderhalden bereits vor Doros Regnum ein Rencontre gehabt hatten, die

Geschichte der beiden einen Anfang hatte, von dem selbst die gewissenhafte Frau Schildknecht nichts wusste. Und der böse Wolf, wie hatte er tatsächlich zu Aufderhalden gestanden? Troller wusste, es gab *den* Anfang nicht, zumindest konnte man nicht jede Ermittlung beim Urknall beginnen. Man musste einen Anfang setzen, sei es mit Harvey oder Donald, sei es mit Schlumpfine oder Rotkäppchen, einen sinnvollen oder genauer: den richtigen Anfang.

– Da schau, noch mal dieselbe Frau. Die beiden Männer hinter ihr, das sind Hogewald Senior und von Mangoldt, Graf Ottokar, wie er damals von seinesgleichen genannt wurde. Das nenn ich mal nen flotten Dreier!

Troller schaute Doro über den Rand der Brillengläser an, wollte die Wortwahl mit einem Lächeln quittieren – der Griff ans Kreuz kam indes zu spät. Die Niesattacke ließ Frau Schildknecht instinktiv einen Schritt zurückweichen. Er hätte schreien mögen, doch er wollte der Grande Dame des Kommissariats gegenüber wenigstens einen Rest Haltung bewahren.

– Gesundheit.

– Ja, genau. Danke.

– Als ich übrigens das letzte Mal diese Aufnahmen hervorkramen musste, saß Jumbo noch auf diesem Platz.

Troller nickte und hoffte, der Schmerz ließe nach. Er spürte, wie ihm der Schweiß durch die Poren drang, er wagte kaum zu atmen, versuchte stattdessen, sich wieder auf die Fotografien zu konzentrieren.

– Damals suchten wir das Phantom. Vergeblich. Eine von Baders wenigen Niederlagen. Das war noch vor deiner Zeit.

– Das Phantom?

– Frag Jumbo, das war sein ganz eigenes Hirngespinst.

– Habt ihr bei jener Gelegenheit auch Schlümpfe gesucht?

– Gewiss doch, gesucht und gejagt, das war derselbe Schuss in den Ofen wie die Fahndung nach dem Phantom.

Troller zog den Frosch aus dem Jackett, fotografierte die beiden Bilder ab und wusste im selben Moment, warum es der Schildknecht hier unten so gut gefiel: kein Empfang. Er verzog das Gesicht, mahnte sich zugleich, die Mundwinkel nach oben zu ziehen … Wenn das Phantom hier unten nicht zu finden war, dann vielleicht eine unsichtbare Spinne. Ein Zimmermann. Josephs Geständnis im Staub. Hier unten war nichts unbefleckt. Hier und auch anderswo. War das eine Eingebung?

Wie immer ging es darum, die richtigen Ursachen zu den im Blick stehenden Wirkungen zu ergründen, Unsichtbares sichtbar zu machen, Undenkbares denkbar, und so bat er Dorothea, sie möge doch überprüfen, ob der Name Cesare Perlini in den alten Akten irgendwo auftauche. Er nickte ihr so freundlich zu, wie es die Gesichtsmuskeln erlaubten, und betete, sein Kreuz würde das, wenn er sich jetzt sachte fortbewegte, mitmachen. Doro auf die Notwendigkeit des Telefonierens hinweisend, wagte er einen ersten kleinen Schritt, bat die Schildknecht, auch noch nach weiteren Irinas Ausschau zu halten, und trottete, den Denker mimend, in Zeitlupe aus dem Archiv.

16

Als Troller das verdutzte Gesicht der Sekretärin sah, hatte er schon eine Ahnung, und wie die Frau sagte, Hermann Speich sei vor einer Viertelstunde mit einem seiner Kollegen aus dem Haus, hätte er sich die Beschreibung jenes älteren Herrn mit Vollglatze und Goldzahn auch sparen können. Genau der sei es gewesen, beteuerte die Sekretärin und schien das Schlimmste zu befürchten. Als er darum bat, sie möge doch bitte umgehend ihren Chef anrufen, bekam sie es mit der Angst zu tun. Die Frau verwählte sich, entschuldigte sich, schaffte es schließlich aber doch, die gewünschte Verbindung herzustellen, brachte allerdings kein Wort mehr heraus und reichte den Hörer kommentarlos weiter.

– ...rinna? Hallo? ... Corinna?!

– Hier spricht Hauptkommissar Troller, Mordkommission Jedastedt. Guten Tag, Herr Speich; wir hatten einen Termin vereinbart, und ich frage mich nun, wo Sie wohl sind.

– Ähem, Herr Hauptkommissar, nun, also ... ich sitze hier, also im Bahnhofscafé.

– Würden Sie mir mal freundlicherweise Kollege Bader geben?

– Ähem, ja. Gewiss.

– Walle? Bist du das?

– Sag, bist du von allen guten Geistern verlassen?

– Mensch, Walle ... ich ... ich kann doch nicht anders.

– Ihr rührt euch jetzt nicht vom Fleck, verstanden! Ich bin in fünfzehn Minuten da.

Jette schaute auf die Uhr neben dem Tacho und drückte aufs Gas. Mehrfach schlug sie auf das Lenkrad ein, ginge es nicht bald flotter voran, sie würde Noah verpassen. Das stimmte freilich nicht, ihr Prunkstück würde auf sie warten; die Aggression richtete sich auch nicht gegen den Verkehr, sondern gegen sich selbst. Sie wäre der Witwe von Mangoldt doch um ein Haar auf den Leim gegangen. Diese Frau mit ihrer Weltoffenheit, ihrer Eloquenz; eine über die Jahre perfektionierte Fassade. Undurchdringlich. Undurchschaubar. Ihr freimütiges Erzählen diente lediglich dazu, auf raffinierte Weise das zu verbergen, was Sache war. Dagegen waren Hogewalds Inszenierungen aufgesetzter Höflichkeit geradezu stümperhaft gewesen. Was hatte ihr Troller noch mit auf den Weg gegeben? Reißt man jemandem die Maske runter, kommt im Zweifelsfall nur die nächste Maske zum Vorschein. Sie hingegen war nicht einmal hinter die gut sichtbare Jolanda gelangt.

Jette blies Rauch aus und erinnerte sich, dass sie schon am Morgen den Aschenbecher im Auto hätte leeren sollen. Überhaupt hätte ihr geliebter kleiner Fiat eine Innenreinigung verdient. Doch wie sollte man bei ihrem Job an die Dinge des Alltags denken, an die wichtigen Dinge? An das Wochenende zum Beispiel, das sich, je näher der Abend rückte, weiter von ihr entfernte.

Da waren sie mit ihren Ermittlungen in eine feine Gesellschaft geraten, und der Stich ins Wespennest war noch nicht geglückt. Im Umfeld des Opfers keinerlei Nervosität, keine unüberlegten Handlungen oder sonstigen Auffälligkeiten. Im Gegenteil. Am liebsten hätte sie den Stein auf dem Sideboard mitgehen lassen, um wenigstens mit einer kleinen Provokation noch ein Zeichen zu setzen. Doch

Tomb Raider Angie kehrte ohne Trophäe zurück, reumütig, wie ihr jetzt schien, kein Skalp, noch nicht einmal ein wertloser Stein. Was Wunder, diese befanden sich alle im Ranzen Markowitschs. Ihr jedoch war die Verfolgung Joachim Trollers auferlegt worden. Alte Nähte aufreißen, Salz in frische Wunden streuen … das fiel ihr doch sonst nicht so schwer! Vielleicht war sie zu sehr bei Noah und dem Cajón gewesen, in den falschen Harmonien schwelgend. Sie würde dem virtuosen Spiel von Sein und falschem Glanz nachgehen müssen, einmal richtig nachtreten, aber gezielt, darum ging es.

Warum hatte sie die von Mangoldt nicht auf Joachim Troller angesprochen? Vorgenommen hatte sie sich das, es aber sein lassen. Aus Rücksicht? Rücksicht auf wen?

Die Menschen, mit denen Jette in den letzten Tagen zu tun hatte, taten alle so, als hätte es Frieda gar nie gegeben – oder als weilte sie noch immer unter ihnen. Also ließ die Kommissarin die Muskeln spielen, betätigte die Hupe und gab sich verbalen Entgleisungen hin.

Als Troller in die Trambahn stieg, hallte das Echo von Jumbos Stimme in seinem Kopf wieder nach: Hier sind alte Mächte am Werk. Vielleicht war sein ehemaliger Chef der Lösung des Falles näher als sie alle, vielleicht jagte der Alte aber auch nur weiter die alten Gespenster. Er zog den Frosch aus dem Jackett und bemerkte, dass er Angie die beiden Bilder aus dem Archiv noch nicht geschickt hatte. Er schrieb dazu: »Irina, most wanted«. Und er bemerkte auch, dass er seinerseits keine neuen Nachrichten bekommen hatte, von niemandem. Setz dich, wenn du nicht mehr kannst, noch so eine alte Bader-Weisheit, und Troller setzte sich.

Er atmete durch, schloss die Augen. Wieder hatte er dieses pelzige Gefühl im Mund. Man trocknet aus mit zunehmendem Alter, das wusste auch ein Hauptkommissar, ihm war jede Kondition abhandengekommen. Außer Cesare mit seinen kurzen Beinen ließ sich niemand mehr von ihm abhängen. Er war die Robbe, Walle, das Walross, unbeweglich geworden, er, Troller der Jüngere, hechelte den Ereignissen hinterher, hatte den Anschluss verpasst. Wenn er Glück hatte, war mit seinem Körper noch alles in Ordnung, nur seine Gedanken hatten sich verheddert. Er dachte an Gerda und den bevorstehenden Abend; das waren doch Aussichten, daran sollte er sich aufrichten.

Troller setzte sich aufrecht hin, fuhr sich mit der Hand übers Gesicht, öffnete die Augen. Noch immer November. Graustufen. Und er dachte an seinen Bruder Jo. Eben setzte draußen der Regen wieder ein, und ein kleiner Junge in der Tram erregte seine Aufmerksamkeit. Der Krauskopf lächelte seine Mutter an, lächelte und strahlte. Das leuchtende Kind erinnerte ihn an Mowgli; so hatte er sich den Jungen vorgestellt, damals, als Mutter Jo und ihm abends die Geschichten aus dem *Dschungelbuch* vorlas. Er erinnerte sich, wie sie gesagt hatte, es gäbe in jedem Dschungel einen Python wie Kaa, einen Tiger wie Shere Khan, aber auch Baloo und Bagheera seien nie weit. Man müsse nur die Augen offenhalten, genau hinsehen, dann erkenne man die Guten – und auch die Bösen. Im Dschungel, in der Großstadt und sonst wo.

Jahre später hatte er während seines Studiums dieselben Geschichten wieder gehört, nur anders verpackt, als würden solche Zuordnungen im wissenschaftlichen Jargon wahrhaftiger. *Psychologie im Märchen,* so lautete der Titel des letzten Seminars, das Walle dann aber nicht mehr bis zum Ende besucht hatte. Schon zuvor hatte ihm Lavater zugesetzt; die Seminararbeit über die Erkenntnisse der Physiognomik im 18. Jahrhundert war ihm gänzlich missglückt, und die Studien zu den Schattenrissen hatten tiefe Spuren in ihm hinterlassen. Ob der Verwirrung war er dann nicht mehr in der Lage gewesen, sich mit den sexuellen Implikationen in *Schneewittchen und die sieben Zwerge* zu beschäftigen. Jedenfalls nicht in vorgegebener Manier. Humbug, dachte er damals, alles Humbug. Zu einem Gesicht gab es nicht eine Geschichte, sondern so viele Geschichten wie Betrachter. Folglich gab es zu einer Geschichte auch nicht bestimmte Gesichter, sondern jene Gesichter, die der Erzähler dazu bestimmte, damit eine Geschichte daraus wurde.

Troller erwiderte das Lächeln des Jungen und fragte sich, warum er ausgerechnet jetzt, während einer kurzen Tramfahrt zum Bahnhof, in diesem kleinen Krauskopf Mowgli sehen wollte. Weil er dessen Leichtigkeit vermisste? Dessen Fröhlichkeit? Die kindliche Naivität? Hätte der Junge, seiner Herkunft entsprechend, nicht glattes Haar haben müssen? Pustekuchen! Der Mensch war stets Opfer seiner eigenen Projektionen, so viel war sicher.

Wie hatten des Mörders Vorstellungen ausgesehen? Was hatte ihn zur Tat schreiten lassen? Wann immer es sich dem Menschen anbietet, nimmt er eine Entlastung dankend an. Die hauseigenen Vorstellungen stehen dabei immer zuvorderst, an erster Stelle, dafür macht man sie sich ja, malt sich das eine oder andere aus, in wohlklingenden Tönen, in aufeinander abgestimmten Farben, stets mit Blick auf die Wende zum Guten oder genauer: zum eigenen Glück; das ist der Wille, das ist dein Eifer, nicht wahr, Herr Kommissar?

Der Knabe hatte mittlerweile einige Fahrgäste für sich gewonnen. Er stand im Korridor, tänzelte und strahlte. Unbeschadet. Unangefochten.

Um diese Selbstverständlichkeit weißt du erst, nachdem du sie verloren hast. Wahrscheinlich verfallen deswegen Eltern auf die Idee, ihr Kind Sonnenschein zu nennen … warum erlischt dieses Licht bei so vielen im Erwachsenenalter? Meist schon früher, während der Jugend … zerstörten die Schulen die Kinder oder die Kinder sich selbst, weil sie erwachsen werden wollten? Wäre er ein bisschen gescheiter, kam ihm nicht zum ersten Mal in den Sinn, er würde sich tiefgründige Gedanken über die Unschuld machen.

Bescherte ihm Heike eines Tages Enkelkinder, würde er im Handumdrehen zum Märchenonkel. Er würde den Kleinen von einem Mann erzählen, der einst aus der norddeutschen Tiefebene kam, von einem, der Hannover für eine Stadt hielt und sich eines Tages zum Werbeträger machte, mit einem T-Shirt auf dem Präsidium herumlief, auf dem » … und der böse Wolf« zu lesen war, in weißen Lettern auf schwarzem Grund, was denn tatsächlich seinen Ursprung in einer Kneipe dieses Namens im Stadtteil Linden hatte, wie er all jene wissen ließ, die ihn danach fragten, was aber vor allem dazu führte, dass sich alle, und zwar ungefragt, bei diesem Mann, der die Haare immer ein wenig zu lang trug, nach Rotkäppchen erkundigten, sodass er eines Tages den Humor verlor und vielleicht auch ein paar Freunde. Und wenn er nicht gestorben ist, dann findet man ihn wohl wieder dort, wo er herkam.

Er würde noch üben müssen, oder aber Markowitsch eignete sich nicht als Märchenfigur. Nein, er würde seinen

Enkelkindern ganz gewiss nicht von Wolfgang Markowitsch erzählen.

Was hatte der Mann an Spott ertragen müssen, erst von Bader und dann auch von ihm. Lag es nicht längst an ihm, dem Hauptkommissar, den Wolf auf ein Bier einzuladen? Ihn auszuhorchen? Für sein Stottern konnte er nichts, und dennoch dürfte dieser Makel den Ausschlag gegeben haben. Man hatte in Jedastedt keinen stotternden Hauptkommissar gewollt und also Troller den Zuschlag gegeben. Und Markowitsch kaute noch heute daran, wenn auch diskreter als früher.

Am liebsten hätte sich Troller erhoben und mit dem kleinen Krauskopf getanzt, die verdutzten Leute in der Trambahn angelächelt, so unschuldig wie möglich getanzt und gelächelt; ganz verloren war er noch nicht, und zugleich spürte er das Ruckeln seines Frosches. Er schaute auf das Display und las: »altes hartnäckiges gerücht, der name richard sagt mir aber nichts. cherrio sagt jo«. – Für diesmal schien ihm der Bruder keine große Hilfe zu sein.

Troller der Jüngere packte das Gerät wieder weg, setzte die Wollmütze auf, erhob sich, nicht ohne sich stützend ans Kreuz zu fassen, zwinkerte Mowgli zu, auch wenn ihm das unschicklich erschien, und stieg aus. Markowitsch hatte es nicht auf seinen Bruder abgesehen, sondern auf ihn. Er war in dessen Dschungel in eine Falle gelockt worden, blindlings hineingetappt, und die Uhr tickte. Es war höchste Zeit, die Machete auszupacken.

– Darf ich vorstellen: Doktor Dimitros Yannakopoulos, der schnellste Assistenzarzt im Land und – leider! – unverbesserlicher Bayern-Fan.

Jette war ein wenig überrumpelt, sie hing in Gedanken noch den von Mangoldts nach und war auf einen jungen Psychiater im Rollstuhl nicht gefasst, obwohl Noah ihr freilich vom griechischen Schnelldenker, der sich in den Fluren der Klinik an keine Geschwindigkeitsbegrenzung hielt, schon erzählt hatte. Sie schüttelte die Hand des Mannes, ließ sich ihrerseits als Kommissarin der Mordkommission vorstellen und wurde seines wachen Blicks gewahr. Ein helles Blau, wie sie es vom eigenen Spiegelbild gut kannte. Im Gegensatz zu ihr waren jedoch die schwarzen Haare des jungen Arztes, er mochte so um die dreißig sein, nicht gefärbt.

– Meine Freunde nennen mich Cop, wir passen also gut zusammen.

Ob der Tonlage fasste Jette sich schnell, setzte sich und orderte bei Noah einen doppelten Espresso und ein Glas Wasser. Sie registrierte das Lächeln ihres Liebsten, der einen Diener machte, mit der Freundlichkeit eines geschulten Kellners nach weiteren Wünschen fragte und sich dann zum Automaten der Kantine begab.

– Mein Boss nennt mich Angie, Marke Tomb Raider, ich sehe einem Duell gelassen entgegen.

Dimitros Yannakopoulos lächelte und deutete eine Kopfbewegung Richtung Noah an.

– Ich habe gehört, Sie sind mit der Aufklärung von Aufderhaldens Tod beschäftigt?

– Korrekt. Nur Noah war es mit Bestimmtheit nicht. Sachdienliche Hinweise jederzeit willkommen.

– Tja, ich bin noch keine drei Monate hier …

Noah stellte den Espresso und das Glas vor Jette auf den Tisch und setzte sich zu den beiden. Er war sichtlich gut gelaunt, für ihn war nicht nur Feierabend, sondern schon

Wochenende, was für sie selbst nicht galt, wenngleich sie sich die Pfalz noch nicht ganz aus dem Kopf geschlagen hatte. Da schnitt ihr die innere Stimme die Vorstellung ab und sprach: Aber Troller hat doch den Täter identifiziert! – Hatte er? Dies dunkle Funkeln, dieses ungeheure Flackern in seinen Augen … sie hatte es doch heute gesehen, war aber wohl zu wenig gefasst, hatte nicht nachgehakt, nicht zu Ende gedacht. Was hielt Troller zurück?

– … was aber wird nun aus unserem Rennen?

– Samstagnachmittag?

– Sehr gut, Rollis steht eine Begleitperson zu. Noah hat mir für das Spiel schon einen Korb gegeben. Wäre also nichts anderes als ausgleichende Gerechtigkeit –

– Ich stehe leider nicht auf Fußball. Und mich hier in der Öffentlichkeit mit einem Bayern-Fan zu zeigen, ich weiß nicht …

– Echt? Ist nicht wahr, oder?

Jette spürte, wie sich Noah neben ihr amüsierte, und sie sah in den Augen des jungen Arztes, wie er fieberhaft nach einem Dreh suchte, um sie für das Spiel zu gewinnen, doch er wurde vom Klingeln seines Handys unterbrochen. Sie kannte die Szene aus dem Fernsehen. Ermittelte Troller tatsächlich intern? Kein Zweifel … kein Zweifel? Gleich würde sich der Mann entschuldigen, denn ein Patient war in Nöten.

– Entschuldigung, ich muss leider … ein Boxenstopp, der keinen Aufschub leidet, hat mich sehr gefreut, Frau Kommissarin, und auf bald, will ich hoffen!

Der Hauptkommissar sah auf ein Dutzend bunter Regenschirme. Er würde das Arrangement überarbeiten müssen; zumindest würde er noch einmal ganz genau hinsehen;

womöglich war er beim Aufzeichnen der Verbindungen der einzelnen Figuren zu schnell gewesen, den Verführungen der Stereotypie anheimgefallen. So sehr sich die Regenschirme glichen, unter jedem befand sich ein anderer Mensch. Er würde aus diesem Dschungel herausfinden, auch ohne Machete, dafür mit Köpfchen, sodass am Ende Geschichte und Gesichter zueinanderpassten, der alte Wolf ausgespielt hatte.

Vielleicht war ihm Mowgli ja wieder in den Sinn gekommen, weil der Junge ein Findelkind war und also irgendwie mit Baby Schlumpf verwandt. War dieser Richard der Schlüssel?

Im Gegensatz zu den Figuren aus dem *Dschungelbuch* waren die Schlümpfe schwerer zuzuordnen. Auf den ersten Blick sahen die kleinen blauen Freunde fast alle gleich aus, wie Menschen, dachte Troller und hielt inne – ansonsten wäre dem Radfahrer das Ausweichmanöver wohl nicht geglückt. So aber registrierte er noch den ihm zugedachten Vogel, allerdings ohne zu verstehen, was ihm dieser an Freundlichkeiten aus der Distanz noch zwitscherte. Für neidvolle Gedanken angesichts der Akrobatik und des Gleichgewichtsinns eines jungen davonziehenden Bikers fehlte ihm glücklicherweise die Zeit. Die wenigen Schritte hin zum Bahnhof würde er auch noch schaffen … und Troller zückte abermals den Frosch, denn es war schon eigenartig, dass er von den Kollegen so gar nichts hörte. Wenigstens Angie hätte eine heiße Spur vermelden können … sollen … ja müssen! Doch da war nichts; jede Berührung ließ den Frosch lediglich leer schlucken.

Als Troller sich im Café umschaute, sah er Jumbo allein an einem der Tische sitzen. Kein Speich weit und breit.

– Warum bin ich nicht überrascht?

– Walle! Nun, weil du ein sehr guter Hauptkommissar bist, du hattest auch einen guten Lehrmeister. Setz dich.

– Zum einen: Weshalb bist du hier? Zum andern: Warum ist Speich nicht hier? Ich bin ganz Ohr.

– Na, deshalb und darum!

Troller setzte sich und bestellte ein stilles Wasser.

– Mensch, Walle, dir geht es nicht gut, hab ich Recht?

Troller zeigte keine Reaktion. Wollte er Geplänkel und Spielchen vermeiden, blieb ihm nichts anderes übrig als zu schweigen. Süßes und Saures ließen sich nicht mehr vermischen.

– Speich hat einen Termin in der großen Stadt, und er wollte seinen Zug erwischen. Die Wahrheit wird sein, dass er dich nicht sehen wollte.

Troller nahm drei Schlucke aus dem soeben vor ihn hingestellten Glas, verzog aber keine Miene. Er setzte das Glas wieder ab, lehnte sich zurück, Bader wich dem Blickkontakt aus, schaute stattdessen auf seine leere Teetasse, dann aber ergab er sich.

– Hermann Speich war nicht immer der gelassene Politiker von heute. Das war auch einmal ein Jungspund, einer, der seinen Überzeugungen unübersehbar Ausdruck verlieh. Er war noch keine zwanzig, als wir ihn das erste Mal in flagranti mit gezückter Spraydose erwischten.

Walle setze sich aufrecht hin, langte nach dem Glas, trank, trank diesmal langsam, ließ Jan-Hubert nicht aus den Augen, wartete, nahm noch einen Schluck und setzte das Glas erneut ab. Diesmal neben den Papieruntersetzer, sodass man das Klacken von Glas auf Stein hörte.

Als die Bedienung an Troller vorbeihuschte, orderte er Kaffee. Bader musste gespürt haben, dass sein Freund keine

Zeit hatte, doch er wusste offenbar nicht, was weiter zu sagen wäre, was er erzählen konnte – oder wollte. Er blickte auf, und Troller erschrak. Die Mischung aus Trauer, Angst und Müdigkeit, die ihm entgegenschlug, traf ihn unvermittelt, und er fasste sich ein Herz.

– An welchem Fall arbeitest du?

– An meinem. Und weil mir in meiner ganzen Karriere kaum je ein Zufall begegnet ist, wohl auch an deinem.

– Du jagst noch immer das Phantom … Mensch, Jumbo … Mann! Und du hast Speich nach den Graffiti befragt, nicht zum ersten Mal, wenn ich mich nicht täusche.

– Ja. Und ohne Ergebnis, freilich auch nicht zum ersten Mal. Ich habe ihn aber auch nach den Gründen für seinen Rückzieher gefragt.

– Und?

– Es geht allem Anschein nach nicht um seine Gesundheit, sondern um die seiner Frau. Sie muss einen Zusammenbruch erlitten haben und ist jetzt in der Klinik.

– Und? Wer ist diese Frau? Etwa Rotkäppchen? Hat Speich dir Näheres über die Ursachen dieses Zusammenbruchs erzählt? Physisch? Psychisch? Ist das nicht alles ein Ablenkungsmanöver? Ist es bestimmt. So leicht hast du dich nicht abspeisen lassen, mach mir nichts vor, bitte.

Der Frosch quakte dazwischen. Troller wollte den Anruf ignorieren, doch weil im selben Moment auch der Kaffee kam und ihm Bader ein Zeichen gab, er solle rangehen, griff er ins Jackett. Shirin meldete sich und berichtete von einer markanten Gewichtszunahme Friedas …

– Sprich Klartext!

Er erfuhr, dass Aufderhalden mindestens elf Millionen schwer sei, auch wenn sich das, wie Frau Yüzülmüs bemerkte, aufgrund der Aktienpapiere, Beteiligungen und so weiter nicht genau sagen lasse.

– Und sonst?

– Milan Vanek ist wohl untergetaucht. Auch Frau Braun, wie es scheint. Peer hat niemanden erreichen können. Und, bevor ich's vergesse: Häusermann will dich sehen. Heute noch, versteht sich.

– Nichts von Frau Kommissarin Hagen?

– Nein.

– Ruf sie an.

– Ja, Walle.

– Lös den Fall.

– Ja, Walle.

17

Während Jette sich an den Espresso machte, kam Noah ins Erzählen. Dimitros und er hatten in den wenigen Wochen bereits Freundschaft geschlossen. Ihr schien, als kenne Noah schon dessen ganze Lebensgeschichte, angefangen mit dem Tumor an der Wirbelsäule, mit dem der junge Grieche zur Welt gekommen war, der zwar nicht gleich zur Querschnittlähmung geführt hatte, aber doch Ursache für eine Reihe von Operationen war, von denen die eine dann nicht mehr den gewünschten Erfolg gebracht, sondern den Rollstuhl zur Folge hatte. Noah berichtete auch, dass es sich in Wahrheit nur um einen Achtelgriechen handelte, denn schon der Großvater väterlicherseits sei ein halber Bayer gewesen – was so einiges erkläre, wenn auch nichts entschuldige. Für Noah war es ein kleiner Skandal, wenn einer für die Bayern war, diese Millionentruppe, die längst jede Identität verloren habe, Hoeneß hin oder her. Aber als Arzt, erzählte er weiter, werde der Yannakopoulos mal ganz groß, der habe nicht nur etwas im Kopf, der wisse auch mit den Leuten umzugehen.

Sie erfuhr nach und nach von den Vorteilen des Rollstuhls, zum Beispiel, dass dieses Gefährt den Psychiater in seiner Tätigkeit nicht einschränkte, ihn vielmehr bei der Arbeit unterstützte. Und Jette begann ihrerseits ein Ausschlussverfahren. Wer kam in Frage? Sie suchte nach den sogenannten Alleinstellungsmerkmalen, denn das war der Schlüssel zum Motiv – oder umgekehrt. Ein Arzt im Rollstuhl genieße von vorneweg Respekt, keiner würde übergriffig einem solchen Mann gegenüber. Man glaube sich in guten Händen, weil man das Leid des anderen direkt vor Augen habe. Und Noah ging in die Details.

Jettes Hirnwindungen arbeiteten auf Hochtouren, auch wenn sie das Licht in dieser Kantine an den Besuch in der Bankfiliale erinnerte. Sie hatte sich eben im Auto schon Luft verschafft. Fluchen hilft manchmal doch, dachte sie jetzt, und dann hatten sie zur rechten Zeit im Radio »Let it rain« von Amanda Marshall gespielt. Der Song brachte sie immer wieder ins Lot. Das war die erste CD gewesen, die sie geschenkt bekommen hatte, und zwar vom lieben Hartmut zu ihrem zwölften Geburtstag. Amanda wird dir gefallen, hatte der Bruder gesagt, und Recht hatte er gehabt, der Hartl, Amanda gefiel ihr über die Maßen, half ihr noch heute in schweren Stunden über die Runden, obschon sie bald einmal hatte einsehen müssen, nie so singen zu können wie diese Frau, die dazu auch noch Gitarre spielte. Der Opa hatte damals völlig unerwartet als Erster, Bester, Geliebtester ernsthafte Konkurrenz bekommen. Fluchen, runterkommen, nachdenken …

Als sich das Kleine bemerkbar machte, war Noah gerade dazu übergegangen, die Frage zu beantworten, warum Yannakopoulos Arzt geworden sei.

– Das ging aber fix.

– Wie?

– Wofür ich fünf Tage gebraucht habe, schafft Cop in fünf Minuten.

– Quatsch. Das ist eine Nachricht von Troller.

– Also, wie heißt die Frau?

Bader hatte sich grad um einen weiteren Tee bemüht, war nicht gefasst oder fühlte sich tatsächlich nicht angesprochen.

– Jumbo, hallo? Wie heißt die Frau von Speich?

– Monika.

– Monika?

– Monika.

– Und du glaubst Speich? Du glaubst ihm, dass diese Krankheitsgeschichte seine politische Karriere beendet?

– Walle, du weißt, ich glaube nichts.

– Und du willst mir weismachen, dass du sonst weiter nichts von Speich erfahren hast. Du hast ihn auf Markowitsch angesprochen …

– Herrgott, Walle! Das ist ein Politiker, ein erfahrener noch dazu. Der lässt sich ohne Zwang nicht in die Karten schauen. Ich weiß wirklich nicht, welches Blatt er in der Hand hält, ganz wohl war ihm aber eben bei unserem Gespräch nicht. Ich habe ihn noch nach einer Stiftung gefragt, auf die ich im Zusammenhang mit Stahl gestoßen bin, eine gemeinnützige Organisation, dem Anschein nach. Hat aber mit deiner Wasserleiche nichts zu tun, glaube ich. Alles so verworren wie eh und je. Doch in dem Mann gärt es. Und ja, er kennt Markowitsch. Wenig erstaunlich, oder? Ich habe aber den wunden Punkt nicht getroffen. Leider.

– Mon vieux, hörst du das Elsass nicht rufen? Denk an deinen Geburtstag, an die Feier; so, wie du jetzt ausschaust, kannst du die Leute in knapp zwei Wochen unmöglich empfangen.

– Danke.

– Hör auf mich, ein einziges Mal nur, ja?

– Walle, du weißt, ich –

– Ich weiß, du hörst auf niemanden.

– Das stimmt nicht. Du kannst ohne Sorge sein. Anne hat die Koffer schon gepackt. Sie macht sich wieder Gedanken. Wie du. Wir fahren übermorgen.

– Das ist eine gute Nachricht. Aber sag, was weißt du noch über die von Mangoldts? Angie hängt dort länger fest, als ich erwartet hätte.

– Angie?

– Jette Hagen.

– Das ist doch die, mit der du kannst, von der du mir –

– Ja. Unglaublich eigentlich. Aber davon ein andermal.

– Was willst du wissen? Der Graf ist tot. Seit gut zwei Jahren, wenn ich mich nicht irre. Doch zurückgezogen hatte er sich damals noch vor mir. Hatte sich was eingefangen. Hepatitis C oder HIV oder beides. Ganz klar ist das nie geworden. Die letzten Jahre war der Mann so gut abgeschirmt wie sonst nur Michael Schumacher. Ottokar von Mangoldt hatte nichts ausgelassen, früher, so viel weiß ich mit Bestimmtheit, ein Genießer, erfolgsverwöhnt; von behördlicher Seite ein Leben lang unangreifbar. Da eine Wohltätigkeitsstiftung, dort eine Spende, einen besseren Steuerzahler als den Grafen gab es in Jedastedt zu meiner Zeit nicht. Es war aber schon einige Jahre vor seinem Tod still um ihn geworden. Ob der Wolfgang auf seiner Lohnliste stand? Ich will es mal vermuten. Ihr fischt im Trüben, Walle, ich tue dasselbe.

Troller zog die Augenbrauen hoch und griff nach der Kaffeetasse. Jumbo sollte ins Elsass, ohne weiteren Aufschub, so unbeschwert, wie das im Fall eines ehemaligen Hauptkommissars möglich war. Sollte?

Ganz so einfach wollte er den Alten nicht ziehen lassen. Nein, er wollte ihn gar nicht mehr ziehen lassen, er brauchte Bader, vielleicht so dringend wie noch nie. Es gab ohne Frage einen neuen Grafen; vielleicht war das dieser Carlos, vielleicht ein anderer. Er würde nun doch vom jungen von Mangoldt erzählen, der sich in der Roten Laterne eingenistet hatte.

Während die Kommissarin die beiden alten Fotografien von Irina studierte, erzählte Noah, dass der Vater bei der Deutschen Bank arbeite, die Mutter bei der Kirche; so habe sich nach Geld und Geist noch einer um die Gesundheit kümmern müssen.

– Die wahre Geschichte aber ist, dass die Klinik schon dem kleinen Dimitros ein zweites Zuhause geworden war, er schon zu Beginn des Medizinstudiums mehr wusste als so mancher ausgebildete Arzt. Hörst du mir noch zu?

Jette nickte, was jedoch einem Nein sehr nahekam, denn sie hielt den Blick starr auf das Display gerichtet. Erst als ihr bewusst wurde, dass Noah nicht weitererzählte, ein Schmollen inszenierte, das so eigentlich gar nicht in sein Repertoire gehörte, merkte sie auf und zeigte ihm die Bilder.

– Wenn wir diese Frau finden, hat die Pfalz noch eine Chance.

– Kein Problem, die Frau ist hier.

– Wassss? Irina ist hier?

– Sie heißt nicht Irina, doch diese Frau ist hier, ich müsste mich doch sehr täuschen –.

– Wie heißt sie?

– Darf ich dir nicht sagen. Schau mich nicht so an, lass die Waffe stecken. Ist ja gut! Ist ja gut. Das ist Monika Speich.

– Wie?! Monika Speich? Ich will sofort zu ihr.

– Das geht nicht.

– Das geht.

– Sie schläft. Dimitros musste sie sedieren. Hatte ich dir nicht vorgestern von ihr erzählt? Schwieriger Fall. Ziemlich durch den Wind, die Frau, sie riss sich so manches Haarbüschel vom Kopf. Vor morgen geht da gar nichts.

– Ruf den Mann an.

– Cop? Was willst du mit einer schlafenden Frau?

– Mein Fall.

– Ach!

– Oh, Lord of the XXL, erst das eine, dann das andere. Du gehorchst mir jetzt, ich fasse den Sittenstrolch und widme mich danach ausschließlich dir, okay?

– Und seine Mutter? Jolanda von Mangoldt?

– Die schönste Frau, die Jedastedt je gesehen? Was fragst du mich? Ist ihr nicht dein Bruder nachgestiegen? Aber nein, kriminelle Energien hatte dieses Weib noch nie, glaube ich; sie sorgte dafür, dass Ottokar die richtigen Kunstwerke kaufte, dass der Mann stets elegant gekleidet war. Ein gescheiter Kopf, daran erinnere ich mich sehr wohl, eigen … ach Walle, Jolanda hat einfach alle verzaubert, auch mich, diese Frau Doktor. Dissertation *Über das Erhabene bei Schiller et aliis*, weiß ich noch genau, recherchierte ich damals. Dativ Plural, damit auch das geklärt ist. Hat sich dann aber ganz ihren Kindern gewidmet.

– Kinder?

– Die müssen inzwischen erwachsen sein. Ich erinnere mich nur an den Sohn; frag mich jetzt aber nicht nach dem Namen. Beide, Tochter und Sohn, wurden früh irgendwohin in ein Internat verfrachtet. Was kriege ich jetzt dafür?

– Tage im Elsass und danach eine unbelastete Geburtstagsfeier. Anne wird mich lieben!

Bader winkte ab, lächelte aber zugleich. Die Korrektur, auf die der Alte noch immer aus war, würde ihm vielleicht doch noch gelingen. Sie waren damals hinters Licht geführt worden, hatten zwar nicht die Falschen dingfest gemacht, aber auch nicht die Richtigen. Denen, daran zweifelte Jumbo längst nicht mehr, hatten sie mit der Razzia und den entsprechenden Verhaftungen in die Hände gespielt, auf Staatskosten die Konkurrenz aus dem Weg geräumt. So waren die Gratulationen zu verstehen und nicht anders.

Troller kannte die Sichtweise seines alten Partners längst, der Fall jedoch war nie offiziell wieder aufgerollt worden, sodass er sich nie ernsthaft damit beschäftigt hatte. Was aber, wenn Bader Recht behielt, wenn es sich um ein und denselben Fall handelte? Auch Kriminalität war generationenübergreifend, das Geschäft musste weitergehen, im Guten wie im Schlechten. Ganz Schlumpfhausen ausräuchern? Zunächst galt es, die wichtigsten Schaltstellen hier am Bahnhof zu überprüfen.

– Kennst du Cesare Perlini?

– Wer ist das?

– Italiener, Geigenbauer, Hausmeister a. D., etwa in deinem Alter.

– Nie gehört. Ein Komplize?

– Nein, ein alter Freund. Wie du.

– Verstehe. Wie geht es weiter?

– Wir kreisen den Wolf ein.

– Ich treffe ihn zufällig?

– Das wird nicht nötig sein. Wenn ich richtig liege, legt er es darauf an, dass wir ihn als Täter ins Visier nehmen. Und er ist sich sehr sicher, dass wir ihn nicht überführen können, dass an seiner Stelle Joachim angeklagt wird.

– Verstehe.

Jette hatte die Autoschlüssel Noah gegeben, sie musste unfallfrei denken, die Dinge ordnen: Nachdem Aufderhalden die junge Frau, die damals als Irina in der Roten Laterne anschaffte, geschwängert und sitzengelassen hatte, trat Speich auf den Plan. Wie genau, das galt es noch zu klären. Womöglich ging dieser Wechsel auch komplizierter vonstatten. In jedem Fall hatte Grünspeich dann die Frau als Monika, wie sie vielleicht auch in Wahrheit hieß, geheiratet und wohl Klein-Richard adoptiert. Bei so viel Konfliktpotenzial gab es gleich eine Reihe von starken Mordmotiven. Und Jette, mit ihrer Tätersuche an ein Ende gelangt, stellte sich zwei Fragen: In welchem Rudel trieb der Wolf sein Unwesen? Und wer heulte mit?

Dass die Frau Speich kurz nach Mittag während des Besuchs von Mann und Sohn ein weiteres Mal ausgerastet war, konnte nur eines bedeuten: Es brodelte. Endlich. Irgendwer hatte also doch ins Wespennest gestochen. Jette steckte sich eine Zigarette an und kurbelte das Wagenfenster einen Spaltbreit herunter. Den Seitenblick Noahs registrierte sie sofort.

– Konzentrier du dich aufs Fahren, bitte.

Sie betrachtete das Bild, welches sie von der schlafenden Monika Speich gemacht hatte, nachdem Doktor Yannakopoulos so kooperativ gewesen war, einen Moment wegzuschauen. Wohl eine Kombination von mehreren Störungen, man stünde erst am Anfang, hatte Dimitros zu Protokoll gegeben, nachdem er der Kommissarin das Du angetragen hatte. Selbst im Schlaf wirkten die Gesichtszüge der Frau angespannt. Oder bildete sie sich das nur ein?

Was genau hatte diese Frau, die unzweifelhaft jene Irina von einst war, so aus der Bahn geworfen? Als Jette das Bild Troller schicken wollte, funkte Shirin dazwischen. Sie berichtete von Friedas Millionen, Häusermanns Ansage und Trollers Nachfrage. Sie drückte die Kippe in den überfüllten Aschenbecher, bat Shirin, sie möge die Familie Speich unter die Lupe nehmen, insbesondere Richard Speich überprüfen, bei dem es sich mit an Sicherheit grenzender Wahrscheinlichkeit um Baby Schlumpf handle. Und sie kündigte ihre Ankunft in zehn Minuten an.

– Alles klar?

– Aber ja. Ich werde in fünf Minuten vor dem Kommissariat halten, dich mit allen Liebesschwüren aus dem Wagen steigen lassen, diesen fahrenden Müllcontainer sodann in die Waschanlage begleiten, anschließend einkaufen und dich in gut einer Stunde mit einem Pfälzer Lächeln an Ort und Stelle wieder abholen.

– Du bist ein Schatz! Und so vielseitig begabt!

– Könnten Sie das wohl, werte Frau Kommissarin, noch ein wenig ausführen?

– Nun … Pfleger, Kellner, Erzähler und Chauffeur, darüber hinaus Müllentsorger, Autowäscher und Einkäufer – wo kriegt man das heute noch? In dieser Kombination! Gutes Personal ist ja so rar geworden …

– Das ist alles?

– Hm, lass mich überlegen … da gibt es schon eine weitere Begabung, die du hast, die du aber sträflich vernachlässigst in letzter Zeit.

– Tatsächlich?

Noahs rechte Hand hatte sich reflexartig auf Jettes Oberschenkel verlegt. Das hatte die Frau vom Mann auch erwartet.

– Dieses Handwerk meinte ich zwar nicht, obwohl ich durchaus neugierig bin, ob du dich in dieser Beziehung noch steigern kannst. Ich meinte vielmehr den Musiker.

Die Ampel schaltete auf Grün. Um in die Gänge zu kommen, blieb Noah nichts anderes übrig, als den Griff nach einem kurzen, liebevollen Druck wieder zu lösen. Jette schickte derweil das Bild der Schlafenden an Troller. Und sie summte »Let it rain« vor sich hin … Walle würde sie umgehend anrufen.

Es wäre wohl an der Zeit gewesen, Noah zu sagen, dass es mit dem Wochenende in der Pfalz diesmal nichts werde, aller Voraussicht nach nichts werden würde, vielleicht nächste Woche, doch hatte sie die Hoffnung noch nicht ganz aufgegeben, zumal die Speichs, wenn auch unerwartet, so etwas wie Licht am Horizont bedeuteten. Sie wollte nach der Zigarettenschachtel langen, hielt sich aber Noah zuliebe zurück. Ihr Kleines regte sich erneut, doch es war nicht Troller, sondern Shirin, schon wieder. Frau Yüzülmüs hatte wohl etwas zu sagen vergessen. Stattdessen aber vermeldete sie, sie sei eben auf Höhe des Cafés Jericho mit Katterer und zwei Kollegen von der Streife an ihnen vorbeigefahren.

– Was ist los?

– Scheuchles Sekretärin hat angerufen. Dillinger macht Radau. Da fliegen grad die Fetzen.

– Sehr gut.

– Sehr gut?

– Setzt den Notar gehörig unter Druck, verstanden?

– Wieso Scheuchle?

– Shirin, denk nach! Hätte der nichts zu verbergen, wäre Dillinger kaum ausgetickt. Inzwischen wissen wir ja, dass Frieda ein Vermögen hinterlässt. Da sind Ansprüche, Begehrlichkeiten und …

– … und Tatmotive, verstehe. Wir sind so bald wie möglich wieder zurück.

Die gegenseitigen Liebesbezeugungen zum Abschied waren ganz in Jettes Sinn gewesen. Noah hatte ihr für den Abend etwas Handfestes in Aussicht gestellt und sie ihm im Gegenzug … Da konnte ihr das Novembergrau nichts mehr anhaben, auch nicht der einsetzende Nieselregen. Schon bald würde sie sich wieder einmal die ganze CD anhören. Die richtige Musik in den Ohren bewirkte Wunder. Kein Katzengold, richtiger Stoff.

Jette schlug den Mantelkragen hoch, stellte sich unter das Vordach des Reviers und gab sich Feuer. Da kam Trollers Anruf zur rechten Zeit.

– Walle! Ich bin in einer Minute bei dir.

– Gut, dann kannst du ja ein wenig mit Scarlett spielen!

– Haustiere sind am Arbeitsplatz verboten.

– Dann bist du nicht demnächst bei mir …

– Troller, wo steckst du?

– Noch zu Hause. Ich mache einen Umweg, bin aber spätestens in zwanzig Minuten auf dem Präsidium.

– Aha?

– Gut, dass du Irina gefunden hast, also Monika. Gute Arbeit, Angie! Hast du das Puzzle schon beisammen?

– Noch nicht. Übrigens soll Dillinger bei Scheuchle ausgeflippt sein. Shirin und Katterer sind auf dem Weg.

– Sehr gut.

– Meine Worte. Aber sag, was will Häusermann?

– Dasselbe wie du, fürchte ich, ab ins Wochenende. Er wird uns Abderhaldens Abgang als Selbstmord schmackhaft machen wollen. Die Öffentlichkeit hat diese Variante bereits geschluckt, wie es scheint. Ein Lob auf die Presse! Fall gelöst, Fall abgeschlossen, keiner muckt auf, und unser Staatsanwalt steht gut da.

– Meinst du? Glaubst du das?

– Ich glaube fest daran, dass Anatol Häusermann diesen Weg einschlagen will, und wenn wir keine guten Gegenargumente haben, wird das auch so geschehen. Ich meine aber auch, wir sind nah dran. Wenigstens will ich das hoffen. Dank dir! Der Rest ist Aufmerksamkeit.

Jette gönnte sich eine weitere Zigarette, die erste ungestörte an diesem Tag. Sucht und Vergesslichkeit waren ein unzertrennliches Paar, das hatte sie vor einiger Zeit schon einsehen müssen. Wie nahe dran waren sie wirklich? Jette ließ den Rauch langsam durch die Nase entweichen, wie sie es nur tat, wenn sie sich unbeobachtet fühlte. Sie stand unter Strom und genoss es, deshalb liebte sie diesen Job. Waren die von Mangoldts tatsächlich aus dem Schneider? Schnell denken, wenn sich nichts tut; langsam, sehr langsam denken, wenn sich die Dinge überschlagen. Vielleicht das wichtigste Trollergesetz. Doch dessen Urheber schien ihr merkwürdig angeschlagen.

Was war nur mit Walle Troller los?

Es war nicht unüblich, getrennt voneinander zu ermitteln, im Gegenteil, das war Teil ihres Erfolgsrezepts, zugleich an unterschiedlichen Orten zu sein, unterschiedlichen Spuren nachzugehen, unterschiedliche Leute ins Visier zu nehmen. Doch recherchierten sie in diesem Fall an demselben Fall? Troller war aufgekratzt, launisch; was er sagte, so schien es Jette, war nur ein kleiner Teil dessen, was er dachte. Neu war auch das nicht. Die eigene Gemütslage ist das Fundament des Denkens, kein Trollergesetz, sondern eine jener Aussagen, wie sie Opa Hagen vorzugsweise auf den gemeinsamen Traktorfahrten gemacht hatte, wenn er seine Enkelin mit in die Reben nahm. Vielleicht übertrug sie die eigenen Unsicherheiten lediglich auf Troller, war ihrerseits aufgekratzt, launisch? Es war ein Leichtes, die Ereignisse so einzuordnen, dass sie einem in den Kram passten, einem vorgefertigten Bild entsprachen, doch die Wirklichkeit hatte Überraschungen auf Lager, das hatte sie stets, das war ihre herausragende Eigenschaft.

Jette entschied, die Zeit, die ihr bis zum Eintreffen von Troller, Shirin und Katterer blieb, zu nutzen, um weitere Nachforschungen anzustellen. Marielle von Mangoldt, ein Name wie ein Gedicht. Und sie war nicht die Tochter von irgendwem. Jette war sich sicher, die junge Frau hätte die Begegnung mit ihr am liebsten vermieden, war ihr aber, als sie die Villa verließ, direkt in die Arme gelaufen. Für einen kurzen Moment war die Fassade verrutscht, das Visier stand offen, keine Maske mehr, der Blick der jungen Gräfin nahe am Gefrierbrand. Entweder weil die Tochter von Mangoldt nicht mit einer Kommissarin im Elternhaus gerechnet hatte – oder eine solche fürchtete?

18

Troller war auf eine liebesbedürftige und auch hungrige Kartäuserin getroffen, jedoch nicht auf seinen Bruder. Joachim war nicht, wie er fälschlicherweise angenommen hatte, nach der Physiotherapie nach Hause gefahren.

Er füllte Scarletts Fressnapf und griff nach dem Mehrfruchtsaft. Womöglich fehlten ihm ein paar Vitamine. An der Tür des Kühlschranks hing mit einem Magneten fixiert Heikes Karte aus Australien. Ein Känguru, dessen Junges den Kopf aus dem Beutel streckte und schlief: »Relax down under!« Troller begriff den Wortwitz erst jetzt, nachdem er über ein Jahr schon diese Botschaft fast täglich im Blick gehabt hatte. War das ein Zeichen? Sollte er sich doch einmal als Urlauber versuchen? Es musste ja nicht gleich Australien sein. Die Ankündigung für den ersten Enkel war es indes nicht, das hätte ihm Heike spätestens vergangenes Wochenende gestanden. Dass sie in Franjo, einem Germanistikstudenten, den Richtigen gefunden habe, war fürs Erste schon Botschaft genug gewesen.

Troller trank und akzeptierte, dass ihn die Dame des Hauses inzwischen vergessen hatte, die Katze war voll und ganz mit dem Verzehr von Perlinis Fleisch beschäftigt. Am liebsten hätte er sich jetzt ein Stockwerk höher begeben, sich hingelegt und zwölf Stunden durchgeschlafen. Stattdessen versuchte er erneut, Jo zu erreichen.

– Ja, kleiner Bruder?

– Wo steckst du?

– Ich mach mich grad strafbar.

– Bitte?
– Moment.
– Jo? Hallo?! … Bist du noch da?
– Warte … gleich … so, jetzt ist's gut.
– Wo steckst du?
– Auf der Autobahn, Bruderherz. Und deinetwegen zum Rastplatz abgebogen.
– Verstehe. Hatte dich zu Hause erwartet.
– Mich? Wieso? *Du* hast dich doch für heut Abend abgemeldet! Werde nun die Zurückweisung mit ein wenig Großstadtluft kompensieren. Sie verstehen? Erst das Steakhouse, dann vielleicht eine Zigarre. Zum guten Ende werde ich mir in der *Schwarzen Acht* ein bereitwilliges Opfer suchen.
– Soso. Ich habe eine Frage an dich.
– Honorarfrei?
– Kommt auf die Antwort an.
– Schieß los.
– Wer war noch mal die schönste Frau in unserer Stadt?
– Die schönste Frau?! Du meine Fresse! Ist nicht wahr, oder? Ihr stochert bei den von Mangoldts herum?
– *Ich* stelle die Fragen.
– Jawohl, Herr Hauptkommissar. Jolanda Graf war die schönste Frau der Stadt. Das ist die Wahrheit, ich gelobe es, so wahr mir mein Stock getreulich zur Seite steht.

Sie alle freuten sich auf das Wiedersehen in St. Martin, die Eltern, Hartmut und seine Frau, nicht zu vergessen die fünfjährige Selma. Ihre Nichte konnte sie am allerwenigsten enttäuschen. Noch war der Donnerstag nicht vorbei, und aller Wahrscheinlichkeit nach hatte inzwischen der

Blitz eingeschlagen, sie mussten nur herausfinden, wo genau.

Jette hatte zu Marielle von Mangoldt im Netz eine Vielzahl von Einträgen gefunden. Im Gegensatz zu ihrem Bruder Carlos schien die Karriereleiter von Marielle steil nach oben zu führen. Sie hatte im Eiltempo ihr Studium abgeschlossen, war ein Jahr in den Vereinigten Staaten gewesen und arbeitete inzwischen bei einer Vermögensberatungsfirma, bei der man, wenn sie das richtig interpretierte, unter zehn Millionen gar nicht anzuklopfen brauchte. Für eine Fünfundzwanzigjährige kein schlechter Zwischenstand. War das überhaupt möglich? Jette fand auch Bilder von Marielle, vorzugsweise hoch zu Ross, die junge Businessfrau war passionierte Reiterin, und einiges wies darauf hin, dass ihr nicht nur ein Pferd, sondern ein ganzer Stall gehörte. Ein ganzer Stamm? Zwar fehlte der Federschmuck, doch entsprach ihre Haltung ganz und gar derjenigen eines Häuptlings. Ottokar von Mangoldt hatte wohl einige seiner Beteiligungen direkt an die Tochter vermacht.

Jette dachte an die Weinberge, die sie vielleicht einmal zur Hälfte erben würde, worauf sie aber nicht im Geringsten erpicht war. Sie würde diese Flächen künftig nicht mitbewirtschaften wollen, das war Hartls Feld. Sie hatte während der Kindheit zur Genüge mitbekommen, welche Plackerei der Weinbau war, sie war selbst davon nicht verschont geblieben in den Jahren, als die Schulden für die neue Erntemaschine abzutragen waren. Das Angebot des Vaters, eine Ausbildung im Burgund anzutreten, hatte einzig Hartmut angenommen, wenngleich sie selbst der Gedanke gereizt hatte, auf diese Weise doch noch die französische Sprache zu erlernen. In der Schule hatte sie nie Tritt gefasst, war, als der Lehrer zu einem Gedicht von Jacques Prévert abhob, endgültig ausgestiegen.

Jette hatte das Bild des Mannes noch heute vor Augen, wie er dagestanden war in seinem grobmaschigen weißen Pullover, den braungebrannten Oberkörper darunter zur Schau stellend, etwas von »sanguine, joli fruit« sabberte, bald an den einzelnen Wörtern zu saugen oder gar zu lutschen schien, dass es alle grauste. Die darauffolgende Interpretation, wonach es sich mitnichten um eine Blutorange, sondern vielmehr um eine Frucht im übertragenen Sinne handle, hätte sich Monsieur besser gespart; der Spitzname, den Jette dem Französischlehrer damals zudachte, blieb an dem Mann haften und hätte ihn, also Monsieur Pervers, um ein Haar den Job gekostet.

Es war nicht nur eine heile Welt gewesen, damals in St. Martin, doch die Gegend, inklusive Landau und Neustadt, galt Jette noch immer als ihr Urgrund. In jener Region war die Zeit stehen geblieben, zumindest scheinbar. Die Leute kannten sich, grüßten einander und lebten ein einfaches Leben. Ein Stück jener Geborgenheit hatte sie sich bewahrt. Dennoch stupste sie die Maus jetzt an. Die bildschirmschonenden Reben verschwanden, und vor ihr tauchte wieder jene stolze Reiterin auf, der sie alles zutraute. Marielle war nicht scharf, sie war gefährlich. Hatte sie das Kriegsbeil ausgegraben? Eine Verknüpfung zu Friedas Tod fand sie indes nicht.

Die junge Gräfin war perfekt, sodass nicht nur ungute Gefühle, sondern auch Zweifel angebracht waren – und scheinbar abwegige Zusammenhänge unweigerlich an Bedeutung gewannen. Jette schickte Shirin einen Link, diese würde in kürzester Zeit mehr über die Mangoldt-Tochter in Erfahrung bringen, als sie selbst dazu in der Lage war.

Es war kurz vor fünf, Troller würde sich, wie nicht anders zu erwarten war, verspäten. Shirin und Katterer ließen ebenfalls auf sich warten. Jette griff nach der Zigarettenschachtel, den Entzugserscheinungen galt es vorzubeugen. Da betrat Dorothea Schildknecht das Büro.

– No Troller in the house?

Im Aufstehen überlegte sich die Kommissarin, ob sie sich nun wieder hinsetzen oder den Fortgang in der entsprechenden Kühle – on the rocks – beschleunigen sollte. Sie deutete ein Kopfschütteln an, um den Schildknecht'schen Verdacht zu bestätigen und setzte sich wieder hin. Die Frau wandte sich zum Gehen, da rührte sich Jette, gab sich einen Ruck.

– Vielleicht kann ich Ihnen helfen?

Sie wusste, dass die Schildknecht jede Frau im Kommissariat als Konkurrentin empfand. Und was jüngere Frauen in höheren Positionen betraf, da mied das Faktotum, wie sie im Haus von einigen genannt wurde, jeden Kontakt.

– Ich weiß nicht …

– Ich bin vereidigt, vertrauenswürdig und an der Lösung des Falles sehr interessiert.

– Nun … Frau Hagen, Hauptkommissar Troller hatte mich gebeten, in Sachen Irina, einem Geldschlitz von damals, weiter zu recherchieren … und ich bin da auf etwas gestoßen, was vielleicht von Belang sein könnte.

Jette hatte die Bezeichnung »Geldschlitz« für eine Prostituierte noch nie gehört, was vielleicht an ihrer Herkunft lag oder schlicht der Tatsache geschuldet war, dass diese Wortwahl inzwischen überholt war. Und sie fragte sich auch, ob ihr die Schildknecht imponieren oder sie nur verwirren wollte. Dass die Frau Respekt verdiente, das hatte sie längst von Troller erfahren, und auch, dass er sie in früheren Zeiten »Miss Moneypenny« genannt hatte. Stammte die Schildknecht am Ende aus demselben Gewerbe wie –

– Wenn ich dieses Protokoll von 1991 richtig interpretiere, dann ist Milan Vanek der Cousin von Irina, jedenfalls ein naher Verwandter und nicht nur ihr Zuhälter gewesen.

– Was?!

Dorothea Schildknecht überwand die letzten Meter hin zu Jettes Arbeitstisch, sehr aufrecht und also ihrer Erkenntnisse sehr bewusst, öffnete behutsam die Faltmappe, die sie bei sich trug, und übergab die gesammelten und sichtbar vergilbten Dokumente der Kommissarin.

– Bitte. Schauen Sie sich dieses Protokoll an, gezeichnet von Hauptkommissar Stahl, wenn Ihnen der Name noch etwas sagt, Jan-Hubert Baders Vorgänger, und ich habe auch noch einige weitere Fotografien dazugelegt, die, wie mir scheint, das Umfeld von Friedrich Aufderhalden beleuchten, wenn auch zumeist in schummrigem Licht.

Jette hatte sich nun doch erhoben und überflog das Protokoll. Milan Vaneks Verknüpfung mit Monika Speich war womöglich genau jene Information, die ihnen bislang gefehlt hatte, um Täter und Motive klar zu erkennen. Gehörten die beiden zusammen, ergaben sich daraus ganz neue Wirkungsfelder.

– Nun, werte Frau Schildknecht, Sie haben vielleicht soeben den Fall gelöst!

Einfach zu beeindrucken war diese Frau nicht mehr. Sie bestellte ihren Garten, half, das Unkraut ausfindig zu machen, das Jäten überließ sie andern. Bevor nicht unwiderlegbare Beweise oder ein Geständnis vorlagen, bestand kein Anlass zur Freude. Anstoßen konnte man immer noch – später. Immerhin, sie nickte der Kommissarin zu, ganz so unmöglich erschien ihr die junge Frau Hagen offenbar nicht mehr. Dann aber schaute sie demonstrativ auf die Uhr und verabschiedete sich.

Jette warf noch einen Blick auf die alten Fotos, worauf Troller wohl mehr würde erkennen können als sie und startete einen neuen Anlauf, eine zu rauchen. Die Musik in ihren Ohren war noch nicht verklungen, doch langsames Denken war angesagt, keine falschen Schlüsse ziehen, eins und eins zusammenzählen, Geldschlitz für Geldschlitz, Sack für Sack, alles Geld fließt, das hatte einmal Troller gesagt – oder war's der Opa? –, es galt, die einzelnen Strömungen zu erkennen.

Troller saß in einem Taxi, das er notgedrungen hatte kommen lassen müssen. Joachim hatte ihm Jolanda in leuchtenden Farben geschildert, war in den Geschichten der Vergangenheit regelrecht aufgeblüht. Das hatte Walle irritiert. Jo wurde selten so ausführlich, insbesondere dann nicht, wenn es sich um ihn selbst handelte. Doch wenn sein älterer Bruder schon einmal aus dem Nähkästchen plauderte, dann wär's mehr als unsensibel gewesen, diesem Sprachfluss vorzeitig Einhalt zu gebieten, zumal Troller der Ältere damals tatsächlich über beide Ohren in die schöne Jolanda verliebt gewesen war. Womöglich verbarg sich dahinter die Verbindung, die er zur toten Frieda suchte.

Du versuchst, klar zu denken, und dann macht dir die Liebe einen Strich durch die Rechnung. Hätte er nicht irgendwann dem Känguru zugelächelt und neben den Feriengrüßen der Tochter das Kärtchen des Taxiunternehmens an der Tür des Kühlschranks registriert, ihm wäre nicht aufgegangen, dass nicht nur Jo außer Haus war, sondern auch der alte Mercedes.

Der Abenteurer und der Langweiler. Von außen betrachtet. Mit Danny DeVito und Arnold Schwarzenegger hatten sie sich aber nie vergleichen lassen. Den Film hatten sie sich noch gemeinsam angeschaut, und das war, wenn Walle sich richtig erinnerte, das letzte Mal gewesen, dass er mit dem Bruder gemeinsam im Kino … Wann war das nur gewesen? Sie hatten beide noch studiert. Ende der Achtzigerjahre? Es musste den Bruder hart getroffen haben, als ihn die schöne Jolanda zu Gunsten des wesentlich älteren von Mangoldt hatte sitzenlassen; getroffen, aber nicht umgehauen. Ottokar von Mangoldt hatte ihr, der schönsten Frau der Stadt, ein gemachtes Nest geboten, und vor allem habe der Mann ihrem Kinderwunsch, von dem sie geradezu beseelt war, entsprochen. Das war immerhin eine Erklärung.

Tatsächlich war das Kinder-in-die-Welt-Setzen nie Jos Ding gewesen, so viel wusste Walle und auch, dass sein Bruder den Verlust in den Folgejahren reichlich kompensiert hatte. Joachim war immer ein Mann der Gegenwart gewesen, voller Energie, die er zu bündeln verstand, manchmal mehr, manchmal weniger. Gescheit und lebenstauglich zugleich. Das war eine sehr seltene Mischung – von Glückskindern eben, wie Joachim Troller zweifelsohne eines war. Gewesen war. Daran gewöhnt, Oberwasser zu haben, gefeiert zu werden, bis zum Unfall.

Seither teilte der Bruder sein Leben in eine Zeit davor und eine Zeit danach. Falls er davor noch losen Kontakt zu Jolanda von Mangoldt gehabt hatte, so war er inzwischen abgebrochen. Und dies galt, je länger sich Walle das überlegte, für so manche andere Person aus Jos Umfeld ebenso. Hingen Baders ungelöster Fall und Aufderhaldens Tod zusammen, dann war Troller der Ältere der Mensch, der am wenigsten zur Lösung beitragen konnte. Jene Zusammenhänge, die gefragt waren, hatte er ausgeblendet; Jo hatte die Vergangenheit gelöscht, war um seine Zukunft betrogen worden und kämpfte einen einsamen Kampf mit der Gegenwart. Zwänge er den Bruder dennoch zurück in die Vergangenheit, Jo würde auf sein Recht auf Selbstschutz pochen; und vielleicht wäre der Mann am Stock, selbst wenn er wollte, nicht mehr in der Lage, sich in jene Zeit zurückzuversetzen.

Es war die Konsequenz, die den älteren Troller-Zwilling schon immer auszeichnete, eine Konsequenz, die ihn ein ums andere Mal überrascht hatte, denn sie ging einher mit einer Gnadenlosigkeit, vor der Joachim, auch wenn er selbst der Betroffene war, in entscheidenden Fragen nie zurückgeschreckt war. Nahm er am Ende zu viel Rücksicht auf den versehrten Bruder? Brücke an Captain: Muss ein Held nicht angeschlagen sein, um seine Bestimmung zu erfüllen? Troller fischte den Frosch heraus und schrieb dem Bruder eine Nachricht: »was hältst du von einem gemeinsamen urlaub?«

Der Reflex, der den Frosch zurück in sein Jackett befördert hätte, war ausgeblieben. Es war also der falsche Zeitpunkt, den Taxifahrer in ein Gespräch zu verwickeln. Sonst nutzte er die wenigen Gelegenheiten, die sich ihm boten, immer. Taxifahrer wussten Geschichten zu erzählen, und dies galt auch für seinen jetzigen Fahrer, einen Inder oder Pakistani, einen Tamilen? Taxifahrer waren die weit ergiebigere Quelle als Friseure, die zwar immer den neusten Klatsch und Tratsch kannten, jedoch nur selten Welthaltiges zu bieten hatten. Taxifahrer hingegen hatten oft eine interessante Geschichte, und sie waren, so Trollers Überzeugung, besser aufs Zuhören geschult als Friseure. Unterwegs im Auto ließ sich gut reden. Und saß man zu zweit so nah beieinander, blieb einem manchmal auch nichts anderes übrig. Wartete er auf eine Eingebung?

Troller schaute auf, es dunkelte schon, sie steckten im Feierabendverkehr. Was er sah, barg wenig Erhellendes. Er beschloss, sich die letzten Fotos, die sein Frosch geschluckt hatte, noch einmal anzuschauen, die schlafende Monika Speich, dann die Irina von früher. Alte Aufnahmen hatten etwas Kompromittierendes. Und er blickte auf die Bescherung, die Angie ihm von der Bankfiliale geschickt hatte, Friedas Inszenierung der Schlümpfe. Womöglich steckte hinter diesen Hartgummigesellen rein gar nichts, die Figuren dienten dem schrägen Schweizer lediglich als lustiges Spiel, als Verwirrspiel. Würde er seine kriminellen Energien ausleben, wäre es ihm nicht auch ein besonderes Anliegen, Beamte und Behörden an der Nase herumzuführen?

Dinge erschaffen, die zum Nachdenken anregen, weil sie den Anschein erwecken, dass etwas in ihnen steckt, sich hinter ihnen ein Plan verbirgt, die Lösung. Sich selbst zu maskieren, ist unumgänglich, hingegen Masken ohne etwas dahinter in die Welt zu setzen, das ist perfid, das ist clever … ein Schafspelz und kein Wolf darunter, ein für alle gut sichtbares Fell. Du kannst daran riechen, du darfst es streicheln. Doch du bist es, der dem Fell Funktion und Inhalt gibt, eine Bedeutung beimisst. War das Frieda? War das Fritz Aufderhalden gewesen? Das Schaf, das den Wolf missbrauchte? Missbraucht hatte? Eine der wesentlichen Eigenschaften des Menschen war die Fähigkeit zur bewussten

Täuschung, das wusste Troller. Auch in unendlichen Weiten entschied zuweilen die bessere Tarnvorrichtung.

Vielleicht hatten deswegen Jumbos Ermittlungen in Sackgassen geführt, weil das, was sich als Wegweiser anbot, von vorneweg nicht zu einem Ziel führte, eben nur Wegweiser war, ein Ding für sich, das einzig auf sich selbst verwies, ohne weitere Bedeutung, ohne Verknüpfung zu einer Wirklichkeit. Hatte er, Walle Troller, einundfünfzig, geschieden und gesundheitlich angeschlagen, am Ende seine Berufung verfehlt? Das Ruckeln des Froschs holte ihn unsanft zurück. Walle las: »bretagne, südtirol, kanaren – reihenfolge darfst du bestimmen :)«. Seine Gedanken waren dieselben wie jene des Bruders: Moules und Weißwein beziehungsweise Speck mit Brot oder Wärme und Licht. Ja, in umgekehrter Reihenfolge gefiel ihm das; erst Lichttanken und Nichtstun, später Ötzi die Ehre erweisen, um im Frühling dann auf der Île-de-Sein zu residieren. Das war ein richtig guter Plan.

– Woher stammen Sie, wenn ich fragen darf?

19

Peer Holthuizen, der vorzeitige Rückkehrer, hatte seine vermeintliche Zurückstellung noch nicht verwunden und für seine Powerpoint-Präsentation die Gel-Frisur neu gerichtet. Der eigens für diesen Tag geschaffene Igel war hellwach, in Windeseile hatte er mit Hilfe von Shirin den Erkenntnisstand auf einzelnen Folien angerichtet, reich bebildert, zu allen Personen, die sie zum Kreis der Verdächtigen zählten, nicht nur ein aktuelles Porträt, sondern, je nach Verfügbarkeit, auch ältere Aufnahmen hinzugesellt.

Es ging Herrn Holthuizen mitnichten nur darum, Staatsanwalt Häusermann zu beeindrucken, er richtete seinen Vortrag an alle, suchte den Blickkontakt bald mit Jette, bald mit Troller, dem nichts anderes übriggeblieben war, als sich vorläufig von den Urlaubsplänen wieder zu lösen.

Der Donnerstagabend war bedrohlich nahe gerückt, Friedas Leiche »versandfertig«, wie Gerda Freigaben aus ihrem Reich nannte, doch von der Klärung des Falles waren sie weit entfernt. So richtete man die Hoffnungen je länger, desto konzentrierter auf Peer, dessen rhetorische Fähigkeiten zwar unbestritten waren, doch diesmal redete er sich in Feuer, stellte nicht nur die bekannten Verbindungen der involvierten Figuren in den Fokus, sondern wusste auch über die »Jungen«, wie er sie zunächst genannt hatte, so einiges zu berichten. Obwohl der Importholländer, während er die neuesten Zusammenhänge darlegte, immer wieder auf Shirins Recherchearbeit verwies, richtete sich die Aufmerksamkeit im Konferenzzimmer allein auf die Stacheln des Igels.

Tatsächlich hatten Shirin und Peer ein neues Feld eröffnet, das darüber hinaus mit den jüngsten Erkenntnissen aus dem Notariat Scheuchle korrespondierte. Die Beinahehandgreiflichkeiten in der Kanzlei waren auf ein Immobiliengeschäft zurückzuführen, das Aufderhalden kurz vor seinem letzten Tauchgang noch abgeschlossen hatte. Gegenstand war ein altes Herrenhaus, das sich im Besitz der Familie befunden hatte, und zwar der Geschwister Aufderhalden, wie Peer betonte, als er den Pointer auf Ermatingen richtete, eine kleine Schweizer Gemeinde am See. Frieda-Friedrich habe zwar von seiner kranken Schwester eine Vollmacht besessen, die sich im Konvolut der Hinterlassenschaften aus dem Bankschließfach befunden habe, doch inkludiere diese Vollmacht selbstredend nicht das Einstreichen des gesamten Erlöses, sondern lediglich das Recht, sich um die Verkaufsangelegenheiten zu kümmern. Kein Wunder, führte Herr Holthuizen weiter aus, dass Neffe Dillinger bei Scheuchle auf die Barrikaden gestiegen sei und um ein Haar das teure Inventar der Kanzlei kurz und klein geschlagen habe – denn das Geld, wir reden von einem fünfzigprozentigen Anteil von 3,4 Millionen Schweizer Franken, sei bis dato nicht auf das Konto seiner Mutter geflossen.

Freilich war das lediglich das Vorspiel, jeder im Rund, mit Ausnahme von Neuzugang Katterer, wusste um die dramaturgische Begabung des Igels. Häusermann hatte mittlerweile seine Krawatte losgelassen und war im Begriff, das Selbstmordszenario, so er dieses tatsächlich im Kopf gehabt hatte, ad acta zu legen, oder er war ebenso vom Strom der Ereignisse mitgerissen wie Katterer, der in seiner Lernstarre Opfer erster Krampferscheinungen geworden war und sich nicht mehr anders zu helfen wusste, als sich für einen Moment zu entschuldigen. Holthuizen quittierte den Abgang mit einem väterlichen Nicken, hinter dem sich die Gefühle des Triumphes nicht mehr ganz verbergen ließen; und er wartete, bis der Kollege den Raum verlassen hatte, sei es, damit dieser das Beste verpasste, sei es, um sich der Aufmerksamkeit der anderen wieder gewiss zu sein.

– Weit interessanter als die jetzigen Streitigkeiten um das Herrenhaus sind für uns dessen letzte Bewohner, drei Absolventen der Hochschule St. Gallen, die davor schon zusammen im Internat in den Bündner Bergen waren. Ich darf vorstellen: die Geschwister Marielle und Carlos von Mangoldt und Richard Speich. Beste Freunde, will ich meinen, und im Trio geballte potenzielle kriminelle Energie.

Peer, dessen Igelfrisur zur Krone geworden war, legte eine weitere Pause ein, um dem Denken der Kollegen Raum zu bieten. Sogar der Hauptkommissar hatte die Augen zusammengekniffen, was wiederum Jette von Häusermanns Krawatte erlöste und an das wichtigste Trollergesetz erinnerte: schnell denken, wenn sich nichts tut, langsam, sehr langsam denken, wenn sich die Dinge überschlagen. Überschlugen sich die Dinge?

König Holthuizen stellte die drei Freunde nacheinander vor. Allesamt kluge Köpfe, so schien es: Marielle, hochbegabt, weswegen sie gleich zwei Klassen in den ersten Schuljahren übersprungen hatte, wies ein abgeschlossenes Studium der Internationalen Beziehungen vor, ihr Bruder Carlos war Wirtschaftsinformatiker und Richard Speich Betriebsökonom. Zog man die finanziellen Mittel in Betracht, die den dreien zur Verfügung standen, war allen klar, dieses Trio konnte mächtig was bewegen. Stellte sich lediglich die

Frage, welche Optionen sie ergriffen, wie genau sie Wissen und Kapital bündelten, wofür oder auch: gegen wen.

– Ich bin für dreifaches Weichkochen.

Den Antrag stellte Shirin, wohl nicht zuletzt, weil ihr die unliebsame Begegnung mit Carlos vom Vorabend in der Roten Laterne noch in Erinnerung war. Dieser windige Kerl. Er hatte etwas Grobschlächtiges, höchste Alarmstufe. Stellvertretend für Katterer dachte sie an Variationen des Teebeutelns, dachte es aber nur, weil Folter nicht zu den aktuellen Ermittlungsmethoden gehörte. Häusermann wiegte den Kopf, und Jette zog die Augenbrauen hoch. Sie alle wussten, dass jetzt nur einer das Wort ergreifen konnte. Hauptkommissar Walle Troller, dessen Zunge schon wieder am Gaumen klebte, wusste dies freilich selbst am besten.

– Befänden wir uns im Vatikan, ich würde einem Konklave sofort zustimmen. In unserem Fall aber, da bin ich mir leider sicher, können wir diesen dreien hier auf dem Präsidium noch so viele Fragen stellen, noch so lange warten, es wird kein weißer Rauch aufsteigen. Das Trio wird uns in Zukunft wohl gehörig auf Trab halten, diese Konstellation hat in der Tat etwas Beunruhigendes, doch für den Mord an Fritz Aufderhalden kommt keiner von ihnen in Frage. Ich sehe nirgends ein Motiv für Vatermord. Dass Richard um seinen biologischen Erzeuger weiß, davon ist mit Blick auf das Herrenhaus am See wohl auszugehen. Und wenn Peers Annahme zutrifft, dass es sich um beste Freunde handelt, werden auch Marielle und Carlos von Mangoldt sich nicht an Aufderhalden vergriffen haben. Dennoch habe auch ich ein gesteigertes Interesse an Richard Speich, nicht zuletzt weil keiner von uns bislang den jungen Mann zu Gesicht bekommen hat. Überhaupt die Speichs. Und dieser Onkel

Vanek. Das dürfte wohl eher unser Zielpublikum sein. Wir werden den Richtigen schon kriegen.

– Jetzt, noch heute – oder morgen?

Die Frage hätte von Peer kommen können, doch Shirin war schneller gewesen. Frau Yüzülmüs war von einer seltenen Ungeduld getrieben, die auf die Schnelle aber niemand im Raum ein- oder zuordnen konnte. Wie wenn es einer weiteren Unterbrechung bedurft hätte, betrat Katterer den Raum, und gerade weil er sich sehr bemühte, möglichst unauffällig seinen alten Platz wieder einzunehmen, richteten sich alle Augen auf ihn. Trollers Hoffnungen, er hatte inzwischen die Arme vor der Brust verschränkt, zerschlugen sich vollends, wieder hatte der junge Mann kein Wasser mitgebracht.

– Wasn't me!

Das Gelächter tat allen gut. Die Entlastung war nötig gewesen, und die Erkenntnis, dass der neue Kollege Humor hatte, ließ gar Peer ein freundliches Gesicht machen. Jette musterte derweil Troller. Etwas stimmte mit Walle nicht. Wie viel von dem, was er eben gesagt hatte, glaubte der Hauptkommissar selbst? Erkenne die falschen Fährten, dann kommst du automatisch auf die richtige Spur … War er ihnen, wie eigentlich immer, bereits wieder einen Schritt voraus oder, und der Gedanke beschäftigte sie, für diesmal in eine Sackgasse geraten? In jedem Fall wollte er nicht, dass sich die andern auf seinen Bruder einschossen, und er rückte auch mit dem wahren Täter noch nicht heraus, dies – zumindest – aus nachvollziehbaren Gründen. Ohne Frage hatte auch Troller den Fall noch nicht gelöst, die verschränkten Arme waren ein starkes Indiz dafür; abgesehen davon wollte er wohl nicht riskieren, vom Staatsanwalt vorzeitig vom Fall abgezogen zu werden.

Jette überlegte, wie eng geknüpft die brüderlichen Bande zwischen Joachim und Walle waren, wie sehr sie ihren Partner in den Ermittlungen beeinträchtigten. Doch es gab keinen Grund, dem Meister zu misstrauen; allzu gern aber hätte sie mehr gewusst, denn ihr schien, Walle trage doch einige Gewichte mit sich.

Nachdem die Gemüter sich wieder beruhigt hatten, machte Häusermann Anstalten, das Wort zu ergreifen, doch tat er das umständlich genug, sodass Troller genügend Zeit blieb, ihm in die Parade zu fahren. Auch diese Szene war eingespielt; der Staatsanwalt konnte sich auf seinen Hauptkommissar verlassen, wann immer es darum ging, seine Ratlosigkeit für sich behalten zu dürfen. Mit dem Selbstmordszenario, das wusste er inzwischen, hätte er sich lächerlich gemacht, ein anderes aber hatte er noch nicht, dafür zwei kleine Kinder, die zu Hause auf ihren Papa warteten.

– Nun, nachdem Michel sich auf überzeugende Weise für nicht schuldig erklärt und darüber hinaus in seiner wichtigsten Funktion als erster Wasserträger kläglich versagt hat, werden wir den Täter heute nicht mehr fassen. Wir kämen kaum weiter, würden wir die Speichs oder die von Mangoldts jetzt noch heimsuchen. Angie wird nun ausführen, was das im Einzelnen bedeutet.

Katterer fühlte sich mies, traute sich indes nicht, den Raum noch einmal zu verlassen. Zugleich war er überzeugt, Troller habe Jette Hagen auf dem falschen Fuß erwischt, sonst hätte er sie wohl nicht mit solch großen Augen angestarrt. Die Kommissarin ihrerseits quittierte den Blick des jungen Kollegen mit einem Lächeln. Wenigstens einer in der Runde würde gleich überrascht sein, denn selbstverständlich war sie auf Trollers Aufforderung gefasst und hatte sich das weitere Vorgehen längst durch den Kopf gehen lassen.

– Peer wird, wie schon vereinbart, heut Abend die Rote Laterne aufmischen. Und nein, Hans Georg, da kannst du noch so lange starren, du wirst ihn nicht begleiten. Ihr beide könnt früh genug noch Freundschaft schließen. Unseren Igel kennt nicht einmal das Personal der Kneipe, und das ist gut so. Jimmy, der Hilfskoch aus Sri Lanka, scheint untergetaucht. Das will mir nicht so recht gefallen. Shirin, du treibst uns bitte diesen Gesellen auf, bevor er ganz vom Radar verschwindet. Und ja, Hans G-Punkt darf helfen – nicht ablenken, helfen, klar? Was uns zu Herrn Holthuizens meisterlichen Charakterstudien der jungen Generation noch fehlt, sind die aktuellen Wohnsitze; am Schweizer Seeufer, in diesem Ermatingen, so wissen wir jetzt mit einiger Sicherheit, halten sie sich nicht mehr auf. Und Shirin, erste Priorität hat dieser Richard. Hat er nicht im Elternhaus wieder Quartier bezogen, dann steckt er vielleicht bei Vanek. Und, bevor du erblindest, geschätzter Kollege Katterer: Es gehört zu meinen Angewohnheiten, von Zeit zu Zeit die Haarfarbe zu wechseln; schön, dass auch du das bemerkt hast. Wenn dich weiter nichts stört, darfst du mich morgen um dreiviertel acht abholen, ausgeschlafen. Verstanden? Ich möchte zu Beginn der Besuchszeiten vor der Klinik stehen. Mindestens einer aus dem Familienkreis Speich, da verwette ich meine Harley drauf, werden wir da in Empfang nehmen können.

Katterer hätte gern etwas entgegnet, brachte es aber nur zu einem pflichtbewussten Nicken. Wie durch Zauberhand hatte sich seine Starre auf Häusermann übertragen, der nun seinerseits Kommissarin Hagen wie ein Zukurzgekommener anstarrte. Jette überlegte eine Sekunde, ob sie nun dem Staatsanwalt auch noch einen Auftrag geben sollte, die Gelegenheit war günstig, die Krawatte machte einen durchgekneteten Eindruck und schien für diesmal besiegt, doch sie besann sich anders.

– Alles, was ich offengelassen habe, fällt in Trollers Zuständigkeit.

Das Lächeln des Hauptkommissars war für alle das sichere Zeichen dafür, dass die Sitzung beendet war. Shirin warf Jette beim Aufstehen noch einen schrägen, wenngleich nicht unfreundlichen Blick zu. Sie hätte wohl die Affäre mit Hans Georg gern noch ein wenig für sich behalten, andererseits hatte man im Kollegium noch immer allen das Menschsein zugebilligt. Niemand, außer vielleicht Häusermann, störte sich hier an solchen Geschichten. Der Staatsanwalt wiederum war der Letzte, der von solchen Interna etwas mitbekam; er war auch jetzt derjenige, der sich erst mit einiger Verzögerung erhob, instinktiv die Krawatte zurechtrückte, ein Räuspern vernehmen ließ, sich dann aber darauf beschränkte, allen im Raum einen guten Abend zu wünschen.

Vielleicht unterschätzten sie ja alle diesen Anatol, er hatte eine Geradlinigkeit, die Neid erweckte, ob er im Moment überfordert war oder auch nur seinen Job machte, seine Aufgabe aber trachtete er immer nach bestem Wissen und Gewissen zu erfüllen; er schien doch ganz gut auf seinen Beinen zu stehen, an seinem Ort in dieser Welt, bot bewusst oder unbewusst insbesondere in schwierigen Situationen den gewünschten Widerstand, er wusste stets, wo mit sich hin, bewies Haltung.

Jette würde Rauchsignale aussenden und sich anschließend mit Walle dem Arrangement widmen, das einiger Ergänzungen bedurfte. Vor dem Lichtschalter hielt Troller mit einem Mal inne, schaute auf die weiße Leinwand und ließ Peers Folien noch einmal vor dem inneren Auge Revue passieren. Da war einiges in Bewegung geraten in seinem Kopf; alte und neue Kräfte mischten sich wild durcheinander … War Schlumpfhausen der Ermordung Aufderhaldens wegen in Aufruhr geraten? Spielte Jo als Sündenbock lediglich eine Nebenrolle? Troller fasste sich ans Kreuz, doch es war kein Niesreiz, der ihn irritiert hatte, es war angesichts der ausdruckslosen Leinwand ein Gedanke, der ihm aber wieder entwischt war, bevor er ihn nur ansatzweise hätte fassen können. Dann knipste er das Licht im Konferenzzimmer aus.

Troller war vor den Fotografien, die Doro ans Licht der Gegenwart gezerrt hatte, tief in die Vergangenheit abgetaucht. Wieder saß er als junger Assistent Baders am Steuer, konnte jedoch nun nicht fahren, wie er wollte, die Erinnerung reichte nicht bis in die Zeit der Bilder zurück. Nach und nach kamen alte Fälle in ihm hoch, Geschichten auch, die Jumbo vom alten Hogewald erzählt hatte, dem Vater von Rainer Hogewald, dessen Verbindung zu den von Mangoldts, das waren damals schon Konstellationen, die dann und wann einen Hintergrund boten, eine Koloratur, aber nie etwas Konkretes. Sehr konkret hingegen war ein Akteneintrag von 1994, den die Schildknecht aufgestöbert hatte. An einem Oktobermorgen war bei einem gewissen Cesare Perlini ein Geldkoffer mit fünfundvierzigtausend D-Mark gefunden worden. Routinekontrolle beim Autobahnzubringer, Vernehmung auf dem Revier, Protokollführer

Markowitsch. War Jumbo diese Geschichte damals entgangen, oder war sie zu nichtig gewesen, sodass der frischgebackene Hauptkommissar von damals die Sache gleich wieder vergaß? Würde ihn Bader anlügen?

Troller wusste, dass Jan-Hubert Bader, ging es um etwas Größeres, dazu in der Lage war. Was hatte Cesare mit dem vielen Bargeld vorgehabt? Das Protokoll gab darüber keinen Aufschluss, auch nicht darüber, wie der Fall ausgegangen war. Offensichtlich fehlte ein Teil der Akten. Entweder hatte Doro ihm nicht alles aufgetischt, was sehr unwahrscheinlich war, oder es waren Unterlagen verschwunden. Was hinwiederum auch nicht sein konnte. Zumindest nicht sein durfte. Eigentlich. Wäre Cesare auch nur ein Jahr später an jenem Ort vorgefahren, der Mann aus dem Süden, il gelato, wäre ihm, dem jungen Polizeibeamten Troller, in die Fänge geraten … ihre Beziehung wäre eine andere, mit an Sicherheit grenzender Wahrscheinlichkeit hätte sich nie eine Beziehung zwischen den Familien Perlini und Troller ergeben. Der ominöse Geldkoffer hätte die gemeinsamen Geburtstagsfeiern, all die wunderbaren Sommerabende draußen wohl nie zugelassen. Konjunktive.

Troller war sicher, Monika Irina Speich nie begegnet zu sein. Und auch Graf Ottokar war von der Bildfläche verschwunden, bevor er in diese Gefilde Jedastedts, in die Verstrickungen der Mächtigen, vorgedrungen war. Sollte er den alten Perlini noch heute aufsuchen oder lieber gleich Jumbo anrufen? In jedem Fall würde er nicht mehr länger darum herumkommen, den Wolf zum Tanz zu bitten.

– Willst du nicht etwas Farbe ins Spiel bringen?

Jette, deren Kommen Walle nicht registriert hatte, deutete auf das Arrangement an der Magnettafel, das es auf den neuesten Stand zu bringen galt. Der Mann schaute auf, doch schien sein Blick noch nichts im Raum zu fixieren, weder die Tafel noch die Kollegin. Er hätte noch etwas Zeit gebraucht. Jette glaubte, ein kurzes Flackern in seinen Augen erkannt zu haben … War es dieses Funkeln? Blitzte in Trollers Schädel grad die Lösung auf?

– Träumst du?

Er winkte ab, erhob sich, da klopfte jemand an ihr Kleines an.

– Noah ante portas?

Jette nickte und begann im selben Moment, eine Antwort zu schreiben.

– Lass! Ist schon gut. Geh! Heute war ein turbulenter Tag, wir werden den Fall morgen in aller Ruhe lösen. Ich bleibe noch ein Viertelstündchen, dann muss ich auch los.

– Darf ich raten?

– Untersteh dich! Das wäre unprofessionell.

– Bist du sicher?

– Wobei?

– Dass wir den Fall nicht schon heute lösen könnten.

– Angie, mein Schatz, ich fürchte, selbst wir könnten das nicht. Abgesehen davon ist die Gefahr, heute noch einen Fehler zu begehen, viel größer als morgen.

– Du planst also keinen nächtlichen Sololauf?

– Im Gegenteil.

– Im Gegenteil? Ehrenwort?

– Ehrenwort.

– Ich wollte noch …

– … meinem Bruder auf die Pelle rücken. Ja. Scheint dir auch nicht grad leicht zu fallen. Nun, ich habe hier zwei Fingerabdrücke von ihm, ganz brauchbar, glaube ich.

Deswegen war ich noch zu Hause. Jo war zwar nicht da, aber gute alte Polizeiarbeit lässt sich ja auch so verrichten.

– Ich lasse die also überprüfen … als ein Mitbringsel aus der Villa von Mangoldt?

– So viel Fehlinformation wird vielleicht gar nicht vonnöten sein. Ich bin auch so überzeugt, dass ein Treffer herausschauen wird.

– Wie?

– Ganz einfach. Wenn der Täter die Tat Jo in die Schuhe schieben will, dann hat er am Tatort auch dessen Fingerabdrücke hinterlassen. Und diese befinden sich jetzt in Kandlhubers Labor – unter den noch nicht identifizierten. Ich will nicht zuwarten, bis ein anonymer Tipp uns dazu zwingt, Joachim zur kriminaltechnischen Untersuchung vorzuladen.

– Verstehe. Können wir jetzt aber dieses Harry-Potter-Spiel beenden?

– Wie?

– Von jenem zu sprechen, dessen Namen man nicht nennt.

– Wir können uns in dieser Sache nicht den geringsten Fehler erlauben.

– Verstehe. Aber sag, wie lange willst du die andern noch im Dunkeln tappen lassen?

– Was denkst du?

– Wir gehen beide davon aus, dass der Wolf ein einsamer ist.

– Ja, Angie, das denke ich. Und wir fürchten beide die Hexenjagd: Marko-the-witch.

– Einerseits …

– … und andererseits müsste uns Häusermann den Fall entziehen.

– Wahrscheinlich ja. Obwohl.

– Obwohl? Vielleicht sollten wir den Staatsanwalt einweihen.

– Du willst interne Ermittlungen provozieren? Uns aus dem Spiel nehmen? Troller, das ist nicht dein Ernst!

– Nun … Wolfgang Markowitsch hat das alles von langer Hand geplant. Er kennt die Abläufe hier wie kaum ein anderer, er kennt mich – und inzwischen auch dich. Rufen wir Häusermann zu Hilfe, tun wir wenigstens etwas, womit der böse Wolf nicht gerechnet hat. Eines möchte ich aber noch von dir wissen: Wie bist *du* auf Markowitsch gekommen?

– Beobachten und zuhören, nachdenken und nochmals beobachten, weiterdenken. Ich habe einen guten Lehrmeister.

– Kannst du das ausnahmsweise ausbuchstabieren?

– Hat der Troller einen Täter identifiziert, so sehe ich das seinem Blick an. Und wenn dieser Hauptkommissar plötzlich interne Ermittlungen betreibt, so gerate ich vom anfänglichen Staunen darüber ins Grübeln, wende sodann ein simples Ausschlussverfahren an – und hab ihn!

Es waren keine zehn Stunden vergangen, und Troller befand sich wieder am selben Ort – nicht weil ihm Gerda den Einlass erneut verwehrt hätte, der Abend bei ihr hatte den Vorstellungen entsprochen und, wie er glaubte, ihrer beider Vorstellungen. Beim Pinkeln in der Früh jedoch war ihm etwas aufgegangen, das zu überprüfen keinen weiteren Aufschub duldete.

Eben hatte die Kirchturmuhr in der Ferne fünf Mal geschlagen, als er das Arrangement so überarbeitet hatte, dass sich ihm ein neuer Blick eröffnete. Noch immer ärgerte es ihn, den Kreolen an Aufderhaldens Ohren erst nicht genügend Beachtung geschenkt zu haben. Hätte er nur den Flyer von Friedas Kandidatur früher neben die alten Bilder Irinas gehalten! Die eigenartige Pose diente vornehmlich dazu, den alten Ohrschmuck seiner verlorenen Schlumpfine zur Schau zu stellen. Sah man das einmal so, konnte man es nicht mehr anders sehen. Deswegen hatte Grünspeich seine Kandidatur für das Amt des Oberbürgermeisters zurückgezogen. Aufderhalden hatte im Sinn, mit seiner Kampagne dem Kontrahenten ein klares Zeichen zu geben, wollte drohen, die vergessene Vergangenheit Irinas publik zu machen. Hogewalds Handreichung, die zum Abdruck des Flyers in der Zeitung führte, hatte bei Monika Speich die Sicherungen durchschmoren lassen.

Falls ihrem Mann der Flyer schon vor Friedas Abgang zugespielt worden war, dann hatte der Politiker ein Motiv. Allerdings zweifelte Troller daran, dass der Mann, obwohl er in jungen Jahren als linker Wirrkopf und Sprayer sein Unwesen getrieben hatte, tatsächlich über die charakterlichen Eigenschaften verfügte, einen Mord zu begehen, weder als Einzeltäter noch als Komplize. Das war auch zu absurd: Da hatten sie den richtigen Täter, der sich nicht überführen ließ, und nun schon mehrere andere Verdächtige, die scheinbar nur darauf warteten, überführt zu werden. Troller hatte sich wieder hingesetzt, vollzog die eine oder andere Drehung auf seinem Stuhl, atmete tief ein und langsam wieder aus. Auf das richtige Karussell aufspringen, im richtigen Moment, so lautete die Aufgabe, lautete sie schon immer.

Vielleicht würde er mit Gerda zusammenziehen, vielleicht hatte Bader Recht und die Wohngemeinschaft mit Jo war keine Lösung auf Dauer. Es ging nicht um einen Neuanfang, das hatte er inzwischen begriffen – hatte er? –, es ging um eine Fortsetzung, um die Fortsetzung von Leben, um die Glücksmomente, die ein jeder Tag bereithielt, wenn man es zuließ. Er schaute auf den abschließenden Bericht der Pathologie, ohne genauer nachzulesen. Das Wichtigste hatte ihm Gerda gesagt, hatte er schon geahnt, als er vom Fund der Leiche erfahren hatte: Die Lösung für den Fall fand sich weder im toxikologischen Befund noch bei den Blessuren und Knochenbrüchen, die der tote Körper Aufderhaldens aufwies. So zog er den Bericht der KTU hervor und wog diesen in der Hand. Hatte der Rastaman seinen Wagen inzwischen eigentlich wieder abgeholt? Wer würde sich um Friedas Kiste kümmern?

Auch wenn es gestern noch den Anschein gehabt hatte, als seien die Dinge in Bewegung geraten, genau genommen hatte sich nur eine größere Auswahl an falschen Tätern ergeben: Milan Vanek, Hermann Speich und Joachim Troller. Dreifachabsicherung à la Markowitsch. Vanek war jedoch längst durchgefallen, und auch Speich letztlich kaum eine Option. Joachims Beweggründe für eine mögliche Tat hingegen waren offensichtlich.

Troller knallte den Bericht der KTU auf den Tisch, erhob sich im selben Moment und stellte sich erneut vor sein Arrangement. Das Gedankenkarussell verlangsamte sich, die Verbindungslinien wurden schärfer, die Konturen klarer. Ob Aufderhalden damals tatsächlich am Steuer saß, als Jo in jener Nacht beinahe totgefahren wurde, spielte keine Rolle. Vielleicht hatte der böse Wolf es schon damals auf sie beide abgesehen und seinerseits Joachim in den Straßengraben befördert. Wenn aber nur die Möglichkeit aufschien, dass es Aufderhalden hätte gewesen sein können, dann wäre die Geschichte dazu schnell erzählt – und das Tatmotiv läge klar auf der Hand: Irgendwie hatte sein versehrter Bruder das doch noch herausgefunden, oder jemand hatte es ihm gesteckt. Der Rest war Vergeltung, ein Akt der Rache gewesen, all der angestaute Zorn, die Trauer um die nicht mehr zu korrigierende Hinfälligkeit hatten sich entladen. Meine Damen und Herren, wir haben das Motiv, wir haben die Fingerabdrücke, der Täter ist überführt: Kein anderer als Joachim Troller hat Friedrich Aufderhalden ins Jenseits befördert.

So viel aber war klar: Markowitsch hatte früh Kenntnis von der geplanten Intrige Friedas gegen Speich, ansonsten hätte er die Dinge nicht so aussehen lassen können, wie sie sich jetzt präsentierten. Scheinbar unwiderlegbar präsentierten.

20

Entweder war Katterer einen Tick zu früh oder auf die falsche Weise aus dem Wagen gestiegen. Milan Vanek und sein Neffe Richard hatten die Situation erfasst und sich gegen einen leichten Zugriff der Beamten entschieden. Noch fehlte dem jungen Kollegen die Erfahrung, und es war wohl an der Zeit, Katterer an die Kandare zu nehmen, dachte Jette, während sie Richard Speich nachsprintete und sich überlegte, wie sie auf die Wendung »an die Kandare nehmen« gekommen war, die sie wohl zuletzt von Opa Hagen gehört hatte ... den sie leider nicht mehr danach würde fragen können.

Es war nicht die Art Frühsport, die sie schätzte, Sorgen aber machte sie sich lediglich um Katterer, der nicht, wie sie ihm noch zugerufen hatte, Verstärkung angefordert, sondern sich seinerseits an die Verfolgung gemacht hatte. Wer nicht clever genug aus dem Wagen zu steigen wusste, beging auch beim Fahren Fehler, insbesondere beim Hinterherfahren mit überhöhter Geschwindigkeit. Sie hatten vor der Klinik warten müssen, und die Ungeduld eines jungen Polizeibeamten, gepaart mit Übereifer, waren alles andere als eine gute Mischung bei einer Verfolgungsjagd durch die Stadt. Damit wurde Sendezeit gefüllt, wenn der Plot nicht ausreichte, mit professioneller Polizeiarbeit hatte das wenig zu tun. Dennoch hatte Jette die Bilder vor sich: Der ehrgeizige Kollege würde sich kaum zügeln können, ein Blechschaden die Folge sein ... und beinahe hätte sie Richard aus den Augen verloren, der sich, das gestand sie ihrer Beute zu, einer erstaunlichen Kondition erfreute. Dass

Aufderspeich ins große Kaufhaus einbiegen würde, wusste Jette schon vor ihm, und sie war fast ein wenig enttäuscht, als Baby Schlumpf tatsächlich diesen Weg einschlug. Damit war der Spaß so gut wie vorbei.

Beim Betreten des Kaufhauses sah die Kommissarin, wie der Mann die Rolltreppe hochflitzte. Sie zückte ihr Kleines, forderte eine Streife an und erkundigte sich nach Katterer, vom dem allerdings niemand etwas gehört hatte. Auch der Versuch, den Kollegen direkt zu erreichen, scheiterte, und sie setzte sich ins Café, das sich gleich eingangs des Kaufhauses befand.

Obwohl es noch nicht zehn Uhr war, befand sich erstaunlich viel Volk im Gebäude, in diesem Kaufparadies Jedastedts, dessen riesiger Innenhof bereits in allen Lichtern weihnachtete, wie es sich für einen Konsumtempel Ende November eben gehörte und, so schlussfolgerte Jette, die vielen Leute gleich miterklärte. Jettchen weiß halt, wie der Hase läuft. Wieder die Stimme des Großvaters. Sein Kommentar, wenn sie strahlend mit dem gefundenen Osternest zurückkam und dem Schokohasen die Ohren abbiss. Vielleicht war es diese frühkindliche Prägung, ein Spürsinn, der in ihr die Kommissarin vorweggenommen hatte. Oder vielleicht waren es die guten Worte des Opas gewesen, dessen erster Todestag nahte, was vielleicht die Erinnerung an ihn hervorgerufen hatte … den sie manchmal in Troller wiederzuerkennen glaubte? Wo steckte der Mann eigentlich?

Jette wollte erneut ihr Kleines aus der Jackentasche hervorholen, da standen die beiden Kollegen der angeforderten Streife schon neben ihr.

– Okay, Jungs. Ihr setzt euch hier an diesen Tisch und trinkt Kaffee. Verstanden?

– Und der Flüchtige?

– Es reicht, wenn er euch sieht. Das wird ihn davon abhalten, diesen Ausgang zu benutzen, obwohl er das mit großer Wahrscheinlichkeit eh nicht vorhat.

– Aha?

– Ja, so ist das. Sorry, keine Zeit für Erklärungen. Aber ihr könnt euch von Peer oder Shirin ein Bild von Richard Speich schicken lassen, dann wisst ihr, wen ich gleich festnehmen werde.

– Das ist alles?

Die Kommissarin nickte den beiden Kollegen im Gehen freundlich zu und verließ das Kaufhaus. Es gab vier Möglichkeiten, das Gebäude zu verlassen. Den Haupteingang, der auch Hauptausgang war, die beiden Notausgänge, sprich zwei Treppen an der Außenfassade, und die Parkgarage. Sie würde den Herrn Betriebsökonom an der Ausfahrt in Empfang nehmen. Stellte sich einzig die Frage, wie lange sie der Mann warten ließ. So studiert dieser Richard auch war, von Flucht hatte er wenig Ahnung, sonst wäre er nicht ins Kaufhaus gerannt oder wenn schon, gleich Richtung Tiefgarage abgetaucht. Wer sich entschieden hat zu rennen, darf nicht mehr zögern. Er konnte in den oberen Etagen zwischen Handtaschen und Skimützen noch so grübeln, er saß in der Falle. Die Notausgänge würde er verwerfen, weil die Treppen außen keinen geschützten Abgang boten, beim Hauptausgang hatte sie die Kollegen postiert, es blieb nur der Ausweg durch die Parkgarage. Womöglich brauchte der Mann noch Zeit, um sich zwischen Rolltreppen und Aufzügen zu entscheiden, denn es führten mehrere Wege in die Tiefe. Und keiner war sicher.

Jette überlegte, ob sie sich noch eine Zigarette gönnen sollte, wischte die Idee aber gleich wieder weg, zumindest vorerst. Ging es Schlag auf Schlag, musste sie beide Hände frei haben. Begriffe Baby Schlumpf seine aussichtslose Lage, würde er sich vielleicht auch demnächst den Kollegen im Café stellen. Über so viel Einsicht aber, das sah sie nun durch die Scheiben des Wagens, hinter dem sie sich postiert hatte, verfügte ihre Beute noch nicht. Sie zog die Waffe, und als Richard Speich noch wenige Schritte von ihr entfernt war, trat sie hervor und zielte dem Mann direkt zwischen die Augen.

Offensichtlich war der Junge mit den Überlegungen zu seiner misslichen Lage ziemlich weit fortgeschritten, hatte ein solches Szenario bedacht, denn er erschrak nicht, setzte vielmehr ein schiefes Lächeln auf. Das angedeutete Schielen lieferte Jette die letzte Gewissheit, den Richtigen gestellt zu haben.

– Langsam hinlegen.

Drei Minuten später gab Kommissarin Hagen das Paket den verdutzten Kollegen im Café ab. Da meldete sich schon ihr Kleines.

– Katterer? Was? Ich bin nicht taub, ja? Und jetzt bitte der Reihe nach!

Auch Vanek schien nicht viel von Flucht zu verstehen, oder er hatte sich zu viele Actionfilme angeschaut. Wenn die Schilderungen des jungen Kollegen nur einigermaßen den Ablauf wiedergaben, hatte der Flüchtige kurzentschlossen ein Rotlicht ignoriert und den heranbrausenden Bus übersehen, sah jetzt ziemlich zerbeult aus und war mit Blaulicht auf dem Weg ins Krankenhaus.

– Und wie schon gesagt: Ich habe den Fall gelöst!

– Moment, warte.

Die beiden Kollegen von der Streife, die gern mehr vom Gespräch mitbekommen hätten, genau wie Richard Speich, der sich jeder äußerlichen Regung enthielt, standen unverrichteter Dinge neben der Kommissarin. Jette gab ihrem Missmut mit einem Kopfschütteln Ausdruck und trabte durch den Ausgang ins Freie. Vor dem Streifenwagen blieb sie kurz stehen, ging dann aber weiter Richtung Straßenbahn. Sie würde auf Schienen schneller im Präsidium ankommen als die Herren auf vier Rädern. Vor allem aber konnte sie ungestört weitertelefonieren, denn was Katterer ihr von den Bildern auf Vaneks Smartphone erzählte, war doch bemerkenswert, so bemerkenswert, dass sie sofort Troller informieren wollte. Sie beorderte den Kollegen zurück ins Präsidium, stellte sich hinten in die halbleere Trambahn und tippte auf dem Display Walle an.

– Och …

– Troller, bist du's?

– Angie?

– Das ist jetzt nicht wahr, oder? Habe ich dich geweckt?

– Nein.

– Dieses Nein scheint mir einen Ja-Anteil von nahezu hundert Prozent zu haben. Wo steckst du?

– Was gibt's?

– Dein Michel hat den Fall gelöst.

– So?

– Er hat auf Vaneks Handy Bilder gefunden, die ihn, also Milan Vanek, zeigen, wie er Friedas leblosen Körper vor der Roten Laterne in den Kofferraum schafft. Vanek selbst ist übrigens auf dem Weg ins Krankenhaus. Unfall auf der Flucht. Erzähl ich dir dann später.

– Soso.

– Walle?! Stehst du unter Drogen?

– Nein, noch nicht. Du?

– Was ist mit dir?
– Gute Frage.
– Ich bin in zehn Minuten im Präsidium.
– Werde mich beeilen.
– Gut.

Troller drückte Angie weg und versuchte, sich im Sofa aufzurichten. Er war tatsächlich weggetreten, und dies gleich für mehrere Stunden. Das Schlafmanko, das die letzten Tage über stetig größer geworden war, hatte seinen Tribut gefordert, nachdem sein ursprünglicher Plan, nämlich Jo aus dem Bett zu holen und das weitere Vorgehen zu besprechen, nicht aufgegangen war. Der Bruder war nicht im Haus, hatte wohl eine seiner Verflossenen reaktiviert oder trieb sonst wie sein Unwesen.

So aufgewühlt, wie er in aller Früh zu Hause angekommen war, so fühlte er sich auch jetzt wieder. Immerhin, die paar Stunden Schlaf hatten ihm gutgetan, und wäre noch Zeit gewesen für unter die Dusche, der Tag hätte sich wohl angehen lassen wie jeder andere. Er wich seinem Spiegelbild aus, schaute auf die Uhr, schüttelte den Kopf, knöpfte das Hemd wieder zu, langte nach dem Jackett und wäre auf der Treppe um ein Haar über Scarlett gestolpert.

Als der Hauptkommissar den Konferenzraum betrat, war er wieder intakt, auch sonst schien alles im Lot zu sein, er war mit jener kleinen Verspätung zur Gruppe gestoßen, die für ihn üblich war. Aus den Gesichtern um ihn herum sprach Erleichterung, denn dank Katterers Fund winkte allen ein Wochenende fernab kriminalistischer Ermittlungen. Selbst Angie schien guter Laune, obwohl sie vorhin während ihres kurzen Gesprächs bemerkt hatte, dass nicht alles zum Besten stand.

Troller selbst hatte auf der Hinfahrt, für die er erneut ein Taxi hatte bemühen müssen, zumindest den Gedanken zugelassen, dass womöglich auch er nicht frei von Irrtümern war, obschon sich in ihm alles gegen einen Täter Vanek sträubte. Noch selten – noch nie? – hatte er sich mit einem Fall so schwergetan. Lag er falsch? Er nickte Staatsanwalt Häusermann zu und setzte sich zu den anderen, damit das Zusammentragen der Puzzleteile beginnen konnte.

Sie würden wie immer, wenn die Lösung eines Falles sich abzeichnete, an dem Punkt einsetzen, an dem sie bei der letzten Sitzung auseinandergegangen waren. Das hatte sich über die Jahre bewährt und entsprach auch den Trollergesetzen. Selbst Katterer, der mit den Gepflogenheiten noch nicht so vertraut war, preschte diesmal nicht vor, entweder wollte er den Triumph auskosten, oder es waren auch ihm mittlerweile erste Zweifel gekommen – oder er hatte ganz einfach ein schlechtes Gewissen, denn dem Vernehmen nach hatte es Vanek böse erwischt. Zunächst berichtete Peer von einem ereignisarmen Abend mit wenig Gästen in der Roten Laterne, bei dem bis auf einen Flirt mit Eleni, die irgendwann gespürt hatte, auf welcher Seite er stand, nicht viel herausgeschaut habe. Nicht einmal ein Hilfskoch war greifbar gewesen, der aber nach Auskunft seines Chefs auch gar nicht Dienst hatte. Er habe sich freilich von diesem Yannick Jimmys Telefonnummer geben lassen, da gehe aber niemand ran.

Shirin nahm das Stichwort auf, ergänzte dahingehend, dass der tamilische Vogel wohl tatsächlich ausgeflogen sei, man aber gestern noch darauf verzichtet hatte, sich gewaltsam Zugang zu dessen Wohnung zu verschaffen. Im Takeaway-Laden an der Schillerstraße, der als Treffpunkt sowohl der Kurden als auch der Tamilen gelte, kenne man zwar Jimmy, wollte aber nichts über dessen aktuellen Verbleib wissen. Hingegen wusste Frau Yüzülmüs inzwischen, wo die jungen von Mangoldts Quartier bezogen hatten, nämlich zu Hause bei Muttern; was zwar, wie sie ergänzte, gewiss keine großartige Neuigkeit sei, aber doch die Frage aufwerfe, was Carlos eigentlich in der Roten Laterne verloren habe.

– Richard Speich hingegen hat nicht wieder sein altes Kinderzimmer in Beschlag genommen, sondern logiert bei Vanek. Warum das so ist, lässt sich ja nun leicht erfragen.

Als ginge es darum, die spannenden Erkenntnisse noch ein wenig hinauszuschieben, betrat plötzlich Frau Schildknecht den Konferenzraum und begab sich mit einer entschuldigenden Geste hin zu Häusermann.

– Aber selbstverständlich dürfen Sie den Stiefvater und Anwalt Guggenheim zu Richard Speich vorlassen. Hauptkommissar Troller wird sich in Kürze der Vernehmung des Zeugen annehmen.

Die Frau nickte pflichtbewusst und verließ wieder den Raum. Jette nahm den fragenden Blick Katterers wahr, der sich jedoch nicht an sie, sondern zu Shirin wandte, die sich mit einer erklärenden Antwort aber zurückhielt, denn es galt, den Lauf der Dinge nun nicht weiter aufzuhalten. Auf ein Zeichen Trollers hin hatte Peer den Beamer in Gang gesetzt, sodass nun alle die Fotos sehen konnten, die Katterer auf Vaneks Smartphone entdeckt hatte. Katterer setzte sich gerade hin, wollte schon Luft holen, doch er sah dem Hauptkommissar an, dass er vorläufig nichts zu sagen hatte, und es durchfuhr ihn wie ein Blitz: Schon wieder hatte er das Wasser vergessen. Troller hatte sich derweil in die Sitzposition gebracht, in welcher er zu sprechen pflegte.

– Nun, meine Lieben, was wir sehen, ist so eindeutig, dass mir fast schon die Augen schmerzen.

Im Nu arbeiteten die Hirne aller im Konferenzraum auf Hochtouren. Staatsanwalt Häusermann kniff die Augen zu, wohl in der Hoffnung, auf diese Weise mehr zu erkennen als das Offensichtliche, wurde aber nicht schlau, fand dafür die Sprache als Erster wieder.

– Ich sehe, was ich sehe. Wo liegt der Fehler? Eine Bildmontage?

Shirin schüttelte den Kopf, meinte, alles deute darauf hin, dass die Bilder echt seien, obschon sich dies bei den heutigen Möglichkeiten nicht mit letzter Sicherheit sagen lasse. Jette suchte den Blickkontakt mit Troller und ergriff dann das Wort.

– Du willst wissen, wer Vanek ins Visier genommen hat, richtig?

– Exakt. Die Bilder legen nahe, dass Milan Vanek in irgendeiner Weise in die Sache verwickelt ist, doch ich fürchte, wir werden den Mann so schnell nicht befragen können. Diejenige Person, die diese Bilder geschossen hat, befand sich aber zur fraglichen Zeit ebenfalls am Tatort. Hier hat jemand im Voraus das Besteck präzise ausgerichtet und präsentiert uns den vermeintlichen Täter auf dem Silbertablett. Oder ein anderer Gedanke, der mich nicht mehr loslässt: Dass wir diese Bilder haben, ist vielleicht ein Unfall, und damit meine ich nicht den Unfall, den Vanek mit dem Bus hatte, sondern allein die Tatsache, dass wir die Bilder hier vorliegen haben. Denn einmal angenommen, Vanek ist nicht der Täter, dann hat man ihm mit diesen Aufnahmen gleichwohl eine starke Botschaft geschickt.

– Alles Spekulation, nicht wahr?

Offensichtlich gefielen Häusermann die jüngsten Gedankengänge Trollers nicht. Und es fiel auch anderen im Raum nicht leicht, einen Beweis, wenn er schon mal vorlag, gleich wieder in Frage zu stellen.

– Das ist korrekt. Alles Spekulation. Das eine nicht weniger als das andere. Oder fast alles. Bevor wir uns auf Vanek einschießen, möchte ich gern ein plausibles Motiv für diesen Mord erkennen.

Frau Yüzülmüs meldete sich zu Wort und kam auf ihren gestrigen Vorschlag des Weichkochens zurück. Walle solle aus den Speichs die Wahrheit herausholen. Wie viel Provokation oder auch Missmut in Shirins Votum steckte, ließ sich zwar nicht ausmachen, fraglos hatte auch sie Pläne fürs Wochenende, doch sie hatte immerhin den einzigen naheliegenden Schritt angekündigt. Troller nickte und wiegelte zugleich ab, den Kommentar übernahm ausnahmsweise Häusermann.

– Kollege Guggenheim wird, so steht zu befürchten, wenig zulassen, vielmehr darauf pochen, dass wir Richard Speich gleich wieder auf freien Fuß setzen. Soweit ich sehe, haben wir, bis auf den Fluchtversuch des Jungen, nichts in der Hand. Vorschläge für das weitere Vorgehen? Frau Hagen?

Jette räusperte sich, war nun doch überrascht worden. Selbst noch zu sehr in Gedanken, hatte sie sich, wohl nicht zuletzt, um Häusermanns Krawattenpendel zu entgehen, eben wieder das Bild angeschaut, das Troller ihr von der Fassade geschickt hatte, hinter der sich Vaneks Firma befand … DISDRAGSCHEN. Der Hauptkommissar sprang in die Bresche und gab die nötigen Anordnungen.

– Shirin kümmert sich um den Urheber beziehungsweise Absender dieser nächtlichen Aufnahmen. Peer, du rufst bitte in der Klinik an und fragst nach Vaneks Zustand. Michel, du übernimmst den Flughafen, finde heraus, ob der Hilfskoch tatsächlich ausgeflogen ist. Und hol dir einen starken Kaffee, auf dich wartet eine Menge Schreibarbeit, würde mich wundern, wenn sich inzwischen die Versicherung des Busunternehmens nicht gemeldet hätte. Wegen des fehlenden Wassers sprechen wir uns später. Angie und ich treffen uns in fünf … sagen wir: in zehn Minuten zum Tee mit den Speichs. Es ist jetzt kurz nach elf. Wir sehen uns wieder um halb eins zur Kalten Runde und entscheiden dann über das weitere Vorgehen.

21

Troller hatte Jettes Rauchpause genutzt, kurz bei der Schildknecht vorbeigeschaut, sich bedankt, die allwissende Frau darüber hinaus um einige alte Akten und weitere Fotos gebeten und sich dann noch einmal vor das Arrangement gestellt. Die eine oder andere Verbindungslinie galt es noch ein wenig hervorzuheben. Mit einiger Sicherheit wusste er jetzt, was zur fraglichen Zeit in der Roten Laterne geschehen war. Die Nachricht seines Bruders, das vorgeschlagene Abendessen im Alten Löwen, war unbemerkt noch während der Sitzung eingegangen. Walle antwortete: »halb sieben passt! ich zahle.«

Ihm stand kein einfacher Gang bevor, doch er freute sich auf die Begegnung mit Maximilian Guggenheim, sie hatten über einige Jahre in derselben Handball-Mannschaft gespielt, waren miteinander befreundet, auch wenn sie sich nicht mehr so oft sahen. Dass der Zweimetermann mit der Peitsche von einst die Speichs vertrat, war ihm zwar neu, sprach aber weder gegen Guggenheim noch gegen den Politiker. Das Quaken des Froschs verhinderte, dass Troller zu weit in seine spielerische Vergangenheit abdriftete. Die Albath hatte vom Busunglück Wind bekommen und erinnerte ihn daran, versprochen zu haben, sie auf dem Laufenden zu halten. Er kündigte Salomé die Lösung des Falls für die Montagsausgabe an.

– Gehe ich recht in der Annahme, dass Sie auch aufgrund der Vergangenheit Ihres leiblichen Vaters in einem zwiespältigen Verhältnis zur Polizei stehen, deswegen im Reflex die Flucht ergriffen haben, sich aber des Weiteren keiner Schuld bewusst sind und auch nichts zur Aufklärung des Mordes an Friedrich Aufderhalden beitragen können?

Richard Speich schaute den Hauptkommissar verdutzt an, nickte dann aber, weil ihm eine andere Reaktion gar nicht möglich war, was nicht zuletzt eine beruhigende Wirkung auf seinen Stiefvater Hermann Speich hatte, dem es sichtlich unwohl war, dessen Hände nun aber immerhin zueinander gefunden hatten.

Jette beobachtete die Herren am Tisch. Da Troller das Fragen übernommen hatte, fiel ihr diese Aufgabe zu, auch wenn sie in dem Moment ihren Partner am liebsten zur Seite genommen hätte, um etwas über dessen Strategie zu erfahren. Allein das Setting war schon außergewöhnlich: Troller hatte sich gegen den Verhörraum entschieden und sie alle gleich an den Tisch im Konferenzraum gebeten, wo doch Einzelbefragungen in solchen Fällen nicht nur üblich, sondern auch aus guten Gründen angezeigt waren. Zwar war ihr bei der Begrüßung nicht entgangen, dass sich Guggenheim und Troller von früher kannten, wohl gut kannten, doch rechtfertigte dieser Umstand ganz gewiss noch kein solches, fast schon familiäres Vorgehen. Offensichtlich ging es ihrem Boss darum, den jungen Speich so schnell wie möglich loszuwerden. Da hätte sie sich den Frühsport auch –

– Gut, dann können Sie gehen. Doch Sie halten sich zu unserer Verfügung, verlassen Jedastedt vorderhand nicht, verstanden?

Richard Speich nickte nach einem flüchtigen Blick Richtung Guggenheim, der aber keine Miene verzog, abermals, hatte die Situation jedoch nur zum Teil erfasst, weswegen Troller nachsetzte.

– Auf Wiedersehen.

Hermann Speich nickte nun seinerseits seinem Adoptivsohn zu, worauf sich der junge Betriebsökonom zögerlich erhob und der Kommissarin, in deren Pistolenlauf er noch vor nicht allzu langer Zeit geschaut hatte, einen fragenden Blick zuwarf. Jette nahm dem jungen Mann die Verunsicherung keine Sekunde ab, hatte jenes maliziöse Lächeln bei der Festnahme in der Parkgarage noch nicht vergessen, Irritation und Unschuldsmiene waren gespielt, nicht einmal gut gespielt; und sie deutete lediglich eine Kopfbewegung Richtung Tür an, auf dass dieser Aufderspeichschlumpf den Raum endlich verlasse. Bei Gelegenheit würde sie in Erfahrung bringen, ob so ein Schielen tatsächlich erblich bedingt war.

Als der Mann die Tür hinter sich zugezogen hatte, entspannten sich die Gesichtszüge Hermann Speichs, und auch dessen Anwalt schien nun bequemer zu sitzen. Jette fragte sich, warum Häusermann nicht ebenfalls an der Gesprächsrunde teilnahm. Der Staatsanwalt hielt sich in der Regel aus polizeilichen Befragungen heraus, doch war an dieser Situation das Wenigste regelkonform. Troller spielte sein eigenes Spiel. Das stand ihm zwar zu, doch fühlte sie sich ausgeschlossen und war vielleicht auch deswegen überrascht, als Walle eines der alten Bilder Irinas und den Friedaflyer auf den Tisch legte.

– Reden wir ein paar Takte über das Mädchen mit den Kreolen.

Die Herren waren im Bild, und auch Jette gingen nach und nach die Zusammenhänge auf, die Troller sich jetzt von

Grünspeich bestätigen ließ. Ohne Zweifel hatte Walle sicherstellen wollen, dass der Politiker frei reden konnte; mit seinem Adoptivsohn im selben Raum wäre das nicht möglich gewesen, zumal es immerhin um den Mord an dessen leiblichem Vater ging. Was die politischen Hintergründe betraf oder auch die heraufbeschworenen alten Mächte, waren die beiden Speichs mit einiger Wahrscheinlichkeit nicht auf demselben Stand. Die Gründe für den Rückzug von Speichs Kandidatur für das Amt des Oberbürgermeisters lagen so offensichtlich auf dem Tisch, dass auch ihr klar war, worum es Troller ging: Er wollte herausfinden, von welchem Zeitpunkt an der Politiker von diesem Flyer, der geplanten und gezielt angezettelten Kampagne Friedas, wusste – ob vor Aufderhaldens unfreiwilligem Abgang oder erst danach. Hatte Speich davor schon Kenntnis gehabt, stand er unter Mordverdacht.

Doch auch Guggenheim hatte seine Hausaufgaben gemacht, seinen Mandanten auf diese Befragung vorbereitet. Hermann Speich antwortete ohne Zögern, legte dar, nicht beweisen zu können, vor dem Tod Friedas nichts von deren geplanter Kandidatur und der Infamie, die hinter dem Flyer stecke, gewusst zu haben. Und der Politiker ging in die Offensive, gab freimütig zu, dass ihm das Ableben Aufderhaldens nicht ungelegen komme, zumindest für den Fall, dass die Vorgeschichte seiner Frau nun nicht mehr an die große Glocke gehängt werde und Aussicht darauf bestehe, sie bald wieder aus der Psychiatrie zu holen.

– Auch mein Alibi für die fragliche Nacht, Herr Hauptkommissar, steht auf tönernen Füßen. Nach Mitternacht pflege ich, wann immer möglich, zu Hause neben meiner Frau zu schlafen. Und befindet sich Monika in der Klinik, dann liege ich zuweilen länger wach. Doch eines versichere ich Ihnen, leiste darauf auch jeden Schwur: Ich habe mit dem Tod des unliebsamen Fritz nichts zu tun.

Troller hatte schon während Speichs Schlussvolte den Blickkontakt mit Guggenheim gesucht. Dieser, so beobachtete Jette, wich nicht aus, hielt vielmehr auch der darauffolgenden Stille stand, bis er dann doch das Wort ergriff.

– Das war keine Wahlkampfrede, Walle. Hermann Speich ist nicht dein Mann.

– Gut. Lassen wir das mal so stehen. Du vertrittst auch Milan Vanek?

– Ja.

– Auch nicht unser Mann?

– Auch nicht. Allerdings erreiche ich ihn derzeit nicht.

Troller klärte die Herren über die Verfolgungsjagd, den Unfall und die Notoperation, die in der Klinik noch im Gang war, auf. Auch das entsprach so nicht den Regeln. Kommissarin Hagen versuchte durchzugehen, gegen wie viele Trollergesetze Walle in den letzten Minuten verstoßen hatte, war aber zu sehr damit beschäftigt, Speichs Gesichtszüge zu studieren. War er überrascht? In Sorge? Versuchte er, seine Gefühle und Gedanken zu verbergen? Sie kam zu keinem gültigen Schluss. Troller hatte sich in der Zwischenzeit ebenfalls wieder dem Politiker zugewandt und wiederholte jene Sätze, die er dem jungen Speich schon mit auf den Weg gegeben hatte, blickte dann hoch zur Uhr, die im Konferenzraum neben der Leinwand hing, erhob sich und gab ihr ein Zeichen, sie möge doch den Herrn Speich nach draußen begleiten.

Sie fühlte sich betrogen, das war nicht der Umgang, den sie beide sonst pflegten. Lag es an ihr? War sie schlecht gelaunt?

Jette wusste, Troller wollte noch ein paar Worte mit Guggenheim unter vier Augen wechseln. Das war legitim, das war nachvollziehbar, dagegen gab es nichts einzuwenden. Vielleicht wollte er ihr auch die Gelegenheit geben, ihrerseits dem grünen Herrn noch ein wenig auf den Zahn zu fühlen. Was auch immer ihr aber durch den Kopf ging, es wollte ihr nicht so recht gefallen, und dies auch deswegen, weil sie spürte, ja, weil sie sicher war, dass Trollers Wissensstand ein anderer war als ihrer, und die Spur, die er inzwischen verfolgte, ihr selbst bislang verborgen geblieben war. Er hatte doch längst den Wolf als Täter identifiziert. Hegte Walle plötzlich Zweifel an seiner unfehlbaren Intuition? Dann zog sie hinter sich und Hermann Speich die Tür zu.

– Okay, Walle, was willst du wissen?

– Bist du dir absolut sicher, Max, ich meine vor allem, was Vanek betrifft?

– Wie oft haben wir in letzter Sekunde ein Spiel noch gedreht? Solange die Partie nicht abgepfiffen ist, gibt es keine absolute Gewissheit. Das weißt du genauso gut wie ich. Doch ich bin mir sehr sicher. Die beiden kamen Anfang der Neunziger aus Prag … wie so viele andere – mit nichts außer der Hoffnung auf ein besseres Leben. Dass Monika und Milan zunächst im Milieu landeten, wird dich auch nicht erstaunen; das war für viele der einzig mögliche Anfang. Monika ist bis heute ein Opfer, wie sich jetzt wieder bestätigt, und Milan hat sich seine Position hart erarbeiten müssen, ich meine, seine Geschäfte sind inzwischen sauber.

– Richard Speich?

– Ganz ehrlich: Ich weiß kaum etwas. Als ich die Speichs näher kennenlernte, hatten sie den Jungen eben auf ein

Schweizer Internat geschickt. Da muss es davor so einige Probleme gegeben haben; ich will mal annehmen, dass ein pubertierender Junge weder für den Stiefvater noch für eine Mutter, deren Psyche gewiss schon damals labil war, das reine Vergnügen ist. Genaueres aber weiß ich nicht. Für mich war's jedoch selbstverständlich, nachdem mich Hermann darum gebeten hatte, hier anzutreten.

– Unseren Erkenntnissen zufolge wohnt Richard bei Vanek.

– Das ist korrekt. Aber auch dazu weiß ich nicht viel mehr. Die beiden scheinen sich gut zu verstehen, Hermann erzählte mir, Richard arbeite seit einigen Monaten in Vaneks Firma.

– Demnächst auf ein Bier?

– Gern.

Troller wollte noch zurück zu seinem Schreibtisch, auch hatte er Gerda bei seinem frühmorgendlichen Aufbruch versprochen, sie baldmöglichst anzurufen, doch nachdem er Guggenheim verabschiedet hatte, setzte er sich gleich wieder hin. Es war Zeit für die Kalte Runde, wozu ihm, wie er beim Eintreten der anderen gleich bemerkte, das Wichtigste fehlte. Auf Angie jedoch war Verlass, sie streckte ihm zwei Brötchen hin, eins mit Leberkäse, das andere mit Salami. So galt die Aufmerksamkeit, nachdem er sich dankend für Salami entschieden hatte, ganz dem jungen Kollegen, den er solange fixierte, bis dieser, von der sprichwörtlichen Tarantel gestochen, aus seinem Schalensitz hochfuhr.

Als Letzter, noch von Katterer unsanft angerempelt, betrat Häusermann das Konferenzzimmer, entschuldigte sich seinerseits, und zwar für die Verspätung, obwohl es gerade mal fünf nach halb war, wollte schon von der mangelnden Flexibilität seiner Frau klagen, die nicht im Stande gewesen sei, das Mittagessen früher auf den Tisch zu stellen, da bemerkte er, dass dafür wenig Interesse bestand, denn ein bereits Gesättigter, der auch noch klagte, war bei der Kalten Runde – und dies an einem Freitag – definitiv fehl am Platz.

Peer, seines Zeichens Vegetarier und deswegen verzweifelt damit beschäftigt, den Beutel der Salatsoße aufzureißen, hatte noch nichts im Mund und konnte sprechen. Schweres Schädel-Hirn-Trauma, man habe Vanek ins künstliche Koma versetzen müssen. Falls der Mann überhaupt noch in der Lage sein werde, Fragen zu beantworten, dann frühestens im Verlauf der kommenden Woche. Shirin hatte inzwischen geschluckt und sagte, der Hilfskoch Jimmy sei kurz nach acht in Colombo gelandet, von dort sei wohl auch die Bilddatei an Vanek verschickt worden. Dass Katterer nicht in der Lage war, ein Sitzungszimmer unauffällig zu betreten, nahm man diesmal hin, immerhin war er mit drei Flaschen Mineralwasser zurückgekehrt.

Jette dachte an Noah und auch an ihren Großvater, dessen erster Todestag war es nämlich, warum man sich für dieses und kein anderes Wochenende zu Hause verabredet hatte. Zu Ende denken ließen sich private Geschichten in der Kalten Runde nicht. Sie unterdrückte pflichtbewusst einen Rülpser, der spruchreif gewesen wäre, und ergriff dann das Wort.

– Wir entscheiden uns also zwischen Koma und Colombo?

Sie saßen fest. Ein falscher Verdächtiger im Koma war wenig hilfreich, einer aber, der sich seiner Heimatgefühle bewusst geworden und nun irgendwo auf Sri Lanka gestrandet war, noch weit weniger. Häusermann sah sich gefordert, der Zeitpunkt für ein gutes Wort war gekommen, und so lobte er die bisherigen Bemühungen, was in der Konsequenz nur auf die Ankündigung des Normalbetriebs fürs Wochenende hinauslaufen konnte, doch schien er sich inmitten väterlicher Aufmunterungen anders zu besinnen, zögerte plötzlich, denn es waren die Schlussbemerkungen Trollers ausgeblieben, weswegen der Staatsanwalt ganz entgegen seiner Gewohnheiten den Satz nicht fertig sprach, stattdessen den Hauptkommissar nach weiteren Optionen fragte.

– Keine, die uns noch davonlaufen könnten.

Das war zumindest eine Antwort, die Anatol Häusermann erlaubte, den angefangenen Satz mit dem Verweis auf den Dienstplan korrekt zu beenden, keine Antwort aber, die Jette befriedigte. Sie schaute Troller an, suchte den Blickkontakt, doch im Aufstehen aller fand sie keine Gewissheit, Walles Nicken war vieldeutig, auch nur als Entgegnung auf Häusermanns gute Wünsche fürs Wochenende zu verstehen. Lag es an ihr, lag es an Troller? An den Trollers? So sehr ihr die Aussicht auf die Pfalz gefiel, sie würde noch ausharren, ohne Rauchpause, ohne Wenn und Aber, sie würde sitzen bleiben, abwarten, bis sich die Reihen lichteten, sich im Zaum halten, so gut es ging. Ihre Entscheidung war denn auch an Troller nicht vorbeigegangen, sie hatte ihn am Wickel, das wusste er, und er setzte sich also seinerseits wieder hin.

– Du willst mich loswerden. Was soll das ganze Theater?

Troller wollte sich erst nichts anmerken lassen, verschränkte versuchsweise erneut die Arme, verzog das

Gesicht und griff sich dann doch an die Nase. Er fand sich selbst zum Kotzen, wendete die Gedanken hin und her, Angie hatte Antworten verdient, und er wollte das Anstehende auch in Worte fassen, unbedingt und rückhaltlos die Geschichte ins Lot bringen, endlich, denn ohne Aussicht gab es keine Zukunft.

– Angie ... das sind zwei Fragen. Aber lassen wir die Spitzfindigkeiten. Du hast ja Recht, will sagen, dein Gespür trügt dich nicht ... oder doch, denn ich will dich nicht loswerden, nichts läge mir ferner. Aber bitte, fahr in die Pfalz, das ist wichtig, denn es wird dir guttun. Ich kann das jetzt sagen, weil die Fortsetzung nicht mehr in unseren Händen liegt.

Jette hätte sich jetzt gern vor dem Arrangement postiert, doch sie waren im falschen Raum, also blieb sie einfach sitzen, beherrschte sich, ließ die Fragmente in ihrem Kopf ruhen und wartete. Troller setzte wiederum bei seiner Gewissheit an, wohlwissend, dass sich eine Intuition, so unfehlbar sie auch war, letztlich nicht begründen ließ, denn gerade das unterschied eine Eingebung von einem analytischen Schluss. Er erwähnte das untere Ende von Joachims Stock, den Gummipfropfen, dessen Ausprägungen passgenau mit dem Einschlag bei Friedas Halsschlagader übereinstimmten, die Fingerabdrücke, von denen sie inzwischen beide wussten, dass sie ebenfalls passten. Und er erzählte Angie vom Unfall, den sein Bruder damals gehabt hatte, als er im Straßengraben beinahe ums Leben gekommen war, von der Fahrerflucht auch und wie hinter dem Steuer vielleicht, vielleicht aber auch nicht, Aufderhalden gesessen sei.

Jette sah nun selbst, wie sich eins zum andern fügte. Sie zweifelte keine Sekunde an Trollers Geschichte – als die plausibelste aller Varianten. Spuren der Tatwaffe an der Leiche, Fingerabdrücke an einem zerbrochenen Bierglas am Tatort, dazu ein Motiv, das nachvollziehbarer nicht sein konnte.

– Aber er war's nicht.

– Nein, Markowitsch war's.

– Und jetzt?

– Wenn nicht noch ein Wunder geschieht, dann wird sich Jo morgen stellen müssen.

Troller holte tief Luft, die Fortsetzung der Geschichte, wie sie sich nun abzeichnete, zerriss ihm fast das Herz. Aber er wollte Angie doch mit seinen Gedanken vertraut machen, so weit, wie er inzwischen selbst gekommen war. Und er erzählte von den wiederholten Zurückstellungen, die Markowitsch im Verlauf seiner Karriere erfahren musste, obwohl er ganz gewiss nie ein schlechter Ermittler war.

– Denk dir, lange Zeit soll es so ausgesehen haben, dass gar nicht Jumbo die Nachfolge von Stahl hätte antreten sollen, sondern Markowitsch. Er war aber den Verantwortlichen damals wohl noch zu jung, oder man störte sich schon damals an seiner Sprachunfertigkeit. Er hatte sich später auch beim BND beworben, vergeblich. Zu jener Zeit war grad die Nazi-Geschichte von Heinrich Stahl publik geworden, und mit einem Schlag wurde ihm die Vergangenheit seines früheren Mentors zum Verhängnis.

– Stopp. Woher weißt du das alles? Du hast doch nicht den alten Bader in die Ermittlungen einbezogen?

– Mein Gott, Angie. So lass mich doch ausreden. Und … aber ja, hab ich, gestern, wider besseres Wissen, in der Not. Mir wurde in den letzten Tagen klar, dass ich Markowitschs Geschichte aufzuarbeiten habe, wenn es denn irgendeine

Chance geben soll, ihn doch noch des Mordes an Frieda zu überführen. Sei nicht böse bitte, hör einfach zu.

Für die Zeitreise hatten sich Troller und Hagen in ihr Büro gesetzt. Zum einen fanden sich dort eine Reihe alter Bilder, die für eine solche Unternehmung hilfreich waren, zum andern hatten sie freien Blick auf das Arrangement. Walle hatte mit der Rückblende zu Beginn des Jahrhunderts eingesetzt, erzählte ihr vom Fall Lefzen, den Diskussionen, die sie damals hatten, an denen sich auch Wolfgang Markowitsch rege beteiligt hatte, und wie er, Walle, damals Näheres über Heinrich Stahl und dessen Umgang mit der Klobürste erfahren hatte.

Troller hatte sich für diesen frühen Zeitpunkt als Beginn der Nacherzählung entschieden, weil Kollege Markowitsch kurz darauf zur Sitte versetzt worden war. Er selbst hatte mit dieser Entscheidung zwar nichts zu tun gehabt, dafür trug Jumbo die Verantwortung. Da aber Bader schon in jener Zeit vermehrt auf ihn setzte und also lieber auf die Dienste Wolfgangs verzichtete, kam es zu dieser Versetzung, die eben nicht zuletzt dazu führte, dass Markowitsch von da an – erst widerwillig, dann aber sich in sein Schicksal fügend – immer wieder mit der Roten Laterne und deren Protagonisten zu tun hatte.

Auch Jette war klar, dass der Wolf nach und nach die Leute vor Ort besser kennengelernt haben musste, nicht nur Bekanntschaft mit Milan Vanek machte, ihm darüber hinaus auch die Präsenz Graf Ottokars kaum entgangen sein dürfte. In jedem Fall war nicht auszuschließen, sondern wahrscheinlich, dass der Wolf von der Sitte – im Gegensatz zu Bader, Troller und Co. – über die Vaterfreuden Aufderhaldens früher oder später Bescheid wusste, auch wenn es Irina an jenem Ort nicht mehr gab, diese schon zuvor von Hermann Speich aus Fritzens Fängen befreit worden war.

– Niemand weiß mehr über die alten Verflechtungen rund um die Rote Laterne als Wolfgang Markowitsch. Ohne diese Kenntnisse wäre er gar nicht in der Lage gewesen, die Tat so minutiös zu planen – und schließlich durchzuziehen.

– Und du hoffst jetzt, der Wolf sei in die Machenschaften dieser dubiosen Gestalten von einst verstrickt.

– Exakt. Ich kann mir gar nicht vorstellen, dass Markowitsch nicht in die eine oder andere Mauschelei, Trickserei oder Schieberei verwickelt war – oder noch immer ist. Immer nur ein- und zurückstecken, das hält auf Dauer der aufrichtigste Polizist nicht aus, irgendwann willst du auch einmal austeilen oder dann eben einstreichen. Auch wenn sich der Wolfgang eines Tages endgültig von Heinrich Stahl löste – diese Beziehung ist mir übrigens noch einigermaßen unklar –, so heißt das ja nicht, dass er danach unabhängig war.

Jette hatte sich mittlerweile mehrere der alten Fotografien näher angeschaut, einige Aufnahmen stammten aus der Roten Laterne. Wenn der Wolf auf keiner zu erkennen war, so konnte er doch der Fotograf gewesen sein. Irgendwie aber gelang es ihr nicht, sich in die damalige Zeit zu versetzen. Jedastedt war in den letzten Jahren gewachsen, und wohl niemand konnte sich auf Dauer aus allem heraushalten, auch ein einsamer Wolf nicht. Kontakte ergaben sich wie von selbst, an einigen Beziehungen arbeitete man aktiv mit. Jette konnte noch so lange die Fotografien auf dem Tisch anstarren, einen konkreten Anhaltspunkt fand sie nicht. Troller erriet diesen Blick und fasste, indem er sich dem

Arrangement auf der Magnettafel zuwandte, in Worte, was Angie ebenso gut hätte aussprechen können:

– Es gibt eine Geschichte hinter der Geschichte, die ich noch immer nicht sehe, geschweige denn verstehe.

– Jimmy, der inzwischen uneinholbare Hilfskoch?

– Er wird damit zu tun haben, keine Frage.

– Sollten wir nicht doch …

– … Wolfgang Markowitsch des dringenden Tatverdachts wegen verhaften?

– Ja, sehr gerne.

– Welche Beweise hast du?

– Keine.

– Keine?

– Keine.

– Was ist also deine Strategie?

– Puh. Okay, war ein Versuch. Aber sag, wo steckt eigentlich dein Jumbo jetzt?

– Ich vermute, er hat sich vor wenigen Minuten in der Sauna neben den Wolf gesetzt.

– Nicht dein Ernst!

– Lediglich eine Vermutung.

– Komm, sag an! Ist das das Wunder, auf das du hoffst? Das Gespräch zweier alter Herren in der öffentlichen Sauna?

– Bin mir der Wahrscheinlichkeit von Wundern durchaus bewusst. Schaden wird's nicht, wenn Bader Markowitsch zur Rede stellt, vorausgesetzt, es kommt überhaupt zum Zusammentreffen, verabredet haben sich die beiden nämlich nicht.

– Was versprichst du dir wirklich davon?

– Wenig und viel zugleich. Auch wenn ich sehr sicher bin, dass Wolf unser Täter ist, so hätte ich das doch gern bestätigt. Markowitsch selbst wird uns diesen Gefallen wohl nicht tun. Bader hingegen hat dafür ein Gespür. Vielleicht sind wir uns darin ja gar nicht so unähnlich. Sollte es zum Gespräch der beiden kommen, so wird er mir meinen Verdacht bestätigen können, völlig unabhängig freilich davon, was Markowitsch erzählt und was nicht.

– Wenn ich jetzt also abziehe, tatsächlich mit Noah in die Pfalz fahre, versprichst du mir, mich auf dem Laufenden zu halten, ob eintretendes Wunder oder anstehende Verhaftung?

– Großes Trollerehrenwort.

22

Troller stand in der Küche der Roten Laterne und wusste nicht, wo mit sich hin. Schnell war er zum Schluss gekommen, dass er den Mord an Yannick, dem Koch, nicht hätte verhindern können, doch tat er sich schwer, mit sich und mit seinem Denken. Gerda, Klaus und Petra machten ihre Arbeit, Michel saß mit Eleni, die den Toten gefunden und sie umgehend gerufen hatte, in der Kneipe. Viel gab es an diesem Ort nicht mehr zu tun.

Ein klassischer Folgemord, wie ihn der Hauptkommissar nicht zum ersten Mal erlebte. War die Hemmschwelle zum Tötungsdelikt einmal überwunden, konnte es zu Kettenreaktionen kommen immer dann, wenn sich ein Mensch zur falschen Zeit am falschen Ort befand. Mit Blutrausch hatte das nichts zu tun, sondern mit dem Aus-dem-Weg-Räumen unliebsamer Zeugen. Troller verließ die Küche, ging wortlos an Kollege Katterer und Eleni vorbei und nahm die Stiegen ins Obergeschoss. Die Tür zu Carlos' Zimmer stand offen. Er grüßte Hendrix, der noch immer überlebensgroß mit der Gitarre im Anschlag an der Wand hing.

– Hey Joe, where you goin' with that gun in your hand?

Das war der falsche Text, und er war auch nicht zu Scherzen aufgelegt. Doch wenn ein Troller sprach, dann dachte es nicht mehr so laut in dessen Kopf. Er stellte sich ans Fenster und sah das, was er zu sehen erwartet hatte. Wer hier stand, hatte einen guten Blick auf die Stelle, von wo aus die Bilder, die Vanek beim Verladen Friedas zeigten, geschossen worden waren. Der Koch hatte etwas beobachtet, was er nicht hätte sehen sollen und daraufhin die falsche Entscheidung getroffen. Kalte Erpressung statt warmer Küche. Yannick hatte von diesem Fenster aus den nächtlichen Paparazzo beobachtet und in diesem seinen Gehilfen Jimmy erkannt. Eine Möglichkeit. Der Fotograf war Markowitsch, zweite Möglichkeit. Die Jungs aus der Küche steckten mit dem Wolf unter einer Decke. Auch möglich. Carlos von Mangoldt in Berlin, das Zimmer hier oben frei, der Koch gönnt sich nach getaner Arbeit einen Joint, vielleicht noch einen, hört ein wenig Musik, schläft ein, erwacht wieder, vielleicht wegen des Lärms in der Kneipe, vielleicht auch nur so, ist zu schlaftrunken, um die Treppen hinunterzusteigen, schaut stattdessen aus dem Fenster, beobachtet das Verladen des leblosen Aufderhalden, beobachtet den Fotografen. Die Verlockung war wohl zu groß gewesen. Wäre der Koch doch bei seiner Schöpfkelle geblieben …

Troller blickte in die graue Landschaft, vielleicht hatte sich Bader in ihm geirrt, und er war eben doch auf seiner letzten Runde. Er war der Gerechtigkeit nichts mehr schuldig, nie schuldig gewesen, die Welt würde sich weiterdrehen, die gute wie auch die andere, ganz unabhängig davon, ob er sich weiter einmischte oder nicht. Zum Helden, das hatte er sich vor einiger Zeit schon eingestanden, taugte er jedenfalls nicht.

Yannicks letzter Single Malt war kontaminiert gewesen. Um welches Gift es sich genau handelte, würde Gerda in den nächsten Stunden herausfinden. Es musste sich um etwas Geruchloses handeln, um etwas Perfides, der Todeskampf, so die erste Einschätzung der Expertin, hatte nicht lange gedauert. Und da außer Jimmy kaum jemand wusste, wo sich die persönliche Flasche des Kochs befand, schien der Täter schon überführt, wenn auch in Abwesenheit. Die Verlautbarungen des Frosches rissen ihn aus seinen Gedanken. Troller wusste, dass am anderen Ende Häusermann wartete, und er fand diesmal auch keinen Grund, den Staatsanwalt wegzudrücken.

– Was läuft da, Troller? Eben habe ich erfahren, dass …

Er entnahm Häusermanns Stimme, dass der Mann doch sehr um sein Wochenende fürchtete oder den Verdacht hegte, man hätte ihm bei der letzten Besprechung Informationen vorenthalten. Noch brauchte er ein wenig Zeit, um die Möglichkeiten gegeneinander abzuwägen. Die einfachsten Worte waren manchmal die schwierigsten; das galt für die Liebe – und für den Tod. Troller erzählte also dem Staatsanwalt von Carlos' Zimmer, in dem er sich gerade befand, das auch Yannick, der Koch, zuweilen als Rückzugsort genutzt hatte, und er beschrieb den Ausblick, den man vom Fenster dieses Zimmers aus hatte.

– Der Koch hat seinen Gehilfen erpresst?

– Eine Möglichkeit.

– Dann ändert sich nichts an unserem Ermittlungsstand?

– Nein. Wir haben allerdings eine Leiche mehr.

– Verstehe. Das ist nicht gut. Doch kein akuter Handlungsbedarf, richtig?

– So akut wie ehedem.

– Ich danke Ihnen.

– Ich danke Ihnen!

Gewisse Floskeln legte der Staatsanwalt nie ab. Und Troller spielte das Spiel mit. Zwischen ihnen gab es zu diesem Zeitpunkt weiter nichts zu sagen, auch wenn er das wohl noch würde büßen müssen. Er war definitiv in Teufels Küche geraten, wenn auch nicht ganz unversehens. Die

Lösung des Falls oblag dem Hauptkommissar, die sachgemäße Bearbeitung dem Staatsanwalt. Es galt, die korrekte Reihenfolge zu wahren.

– Was hast du dir eigentlich zeitlebens eingeredet? Und mit welchem Erfolg? – You better run on down?

Jimi verharrte in seiner Pose. Jede Ablenkung war nur eine Ablenkung; keiner wusste das besser als Troller selbst. Er schaute auf die Uhr und nahm die Stufen hinunter zurück in die Kneipe. Längst hätte er Angie anrufen sollen, nein: müssen, denn das war er ihr schuldig, denn das hatte er ihr versprochen. Was hätte er ihr sagen sollen? Und wie?

Unten angekommen, gab er Eleni die Hand. Die Frau war sichtlich betroffen, obschon ihr der Tod des Kochs nicht so sehr aufs Gemüt zu schlagen schien wie jener Aufderhaldens. Katterer, Kommissar in spe und von den Ereignissen überrollt, wohl noch im Glauben an eine völlig neue Wendung des Falls, schaute erwartungsvoll zu Troller auf, der all seine Erfahrung aufbringen musste, um dem jungen Kollegen einige nichtssagende Weisheiten, die jedoch den reibungslosen Fortgang der Ermittlungen gewährleisten würden, aufzutischen.

– Nur wer mit beiden Beinen auf dem Boden steht, wird nicht auf dem falschen Fuß erwischt.

Genau das, unter anderem, ließ er den Michel wissen, denn es war im Wortlaut jene Sentenz, die er einst in einer nicht ganz unähnlichen Situation von Jumbo zu hören bekommen hatte. Er warf noch einen Blick in die Küche, wo die Kollegen der Spusi damit beschäftigt waren, den Leichnam in den Plastiksarg zu hieven, und wo Gerda wohl nur noch auf sein Zeichen gewartet hatte. Das würde er sich nicht nehmen lassen, daran änderte auch der tote Koch nichts: Er versicherte der Frau, die er so schnell nicht mehr Sibir nennen würde, dass er sie morgen wie verabredet zum Spiel abholen werde. Und er nahm sich vor, Angie eine Nachricht zu schicken, noch bevor er den Alten Löwen betreten würde.

Jette hatte sich den Mantel übergeworfen, stand vor der Tür und blickte zufrieden ins kleine St. Martin. Noah hatte den Test, den Saumagen, den Mama mit Liebe zubereitet und serviert hatte, mit Bravour bestanden; zur Überraschung aller hatte ihm die Pfälzer Spezialität auch noch geschmeckt, und Selma, die lange nicht ins Bett zu bringen war, hatte sich bereits in den großen schwarzen Mann aus Afrika verliebt. Ohne Frage schmeckten die Zigaretten in der Pfalz besser als in Jedastedt, und wer weiß, eines Tages würde sie an diesen Ort zurückkehren, ihrerseits die Familie zu Saumagen einladen. Vielleicht, wenn ihnen das Wetter keinen Strich durch die Rechnung machte, würden sie morgen durch Edenkoben nach Edesheim spazieren, im Alten Posthof einkehren. Und sie griff ein zweites Mal nach ihren Pall Mall, suchte das, was sie einst zu dieser Marke gebracht hatte, den Wahlspruch zum Wappen: *in hoc signo vinces*. Ihre erste Liebe hatte als Übersetzer gedient, damals, beim Hambacher Schloss oben – »in diesem Zeichen wirst du siegen«. Doch das Wappen war mittlerweile so klein, kaum mehr zu erkennen, und der Wahlspruch fehlte, zu sehen war nur noch das Garstige, was einem den Genuss abgewöhnen wollte. Das war allemal ein Rauchopfer wert. Die Liebe ging dahin, das Laster blieb, bis heute.

Wie lange würde sie den Blick auf ihr Kleines noch hinauszögern? Das fragte sich Jette, blies Rauch aus und fragte sich erneut. In dunkler Vorausahnung hatte sie ihr Telefon im Mantel stecken lassen und nicht, wie sie das sonst immer tat, mit an den Tisch genommen. Sie war sich sicher, dass aus Jedastedt noch etwas nachkäme, und endlich, auf vieles gefasst, gab sie dem Pflichtgefühl nach … »yannick tot in der küche aufgefunden, kollateralschaden, erledige nun den rest. michel schickt dir noch den vorläufigen bericht.« Nicht dass sie sich erschreckt hätte, sie wusste ja, es würde noch etwas nachkommen. Ein weiterer Toter hätte es jedoch nicht sein müssen. Deadlock Yannick. Daher rührte ihre Irritation aber nicht, es war Trollers Wortwahl, die sie stutzig machte.

Die Trollerzwillinge hatten sich an ihrem Stammtisch eingerichtet. Sie waren zwar nicht allzu oft im Alten Löwen, doch wenn sie sich zum Festschmaus entschlossen hatten, dann saßen die Brüder an diesem runden Eichentisch in der Ecke am Fenster, von wo aus man einen guten Überblick sowohl auf den Innenraum als auch auf die Straße hatte. Der Alte Löwe war eine Mischung aus guter Kneipe und Edelrestaurant, man schätzte hier die deftige Küche, bot darüber hinaus aber auch dem feineren Gaumen die eine oder andere Leckerei. Es gehörte zu ihren Ritualen, die Moules et frites als Vorspeise zu teilen, dazu dem Muscadet aus der Bretagne zu huldigen, den der Wirt immer vorrätig hatte. Und weil das Steinpilzrisotto hier legendär war, wählten die Trollers auch meist diesen Fortgang, dazu Kalbsbraten und Gemüse-Bouquet. Als Joachim den teuersten Amarone zum Hauptgang bestellte, wurde auch Walle klar, dass sie heute die Kür der Pflicht vorziehen würden.

Beinahe war es ihm, als hätten sie sich, wie sie das in der Kindheit oft getan hatten, mit der Enterprise in unendliche

Weiten katapultiert, an einen Ort, wo sie niemand behelligte, zumindest keine menschlichen Wesen wie Eltern, Lehrer oder Schulkameraden, es lediglich noch darum ging auszumachen, wer nun Spock und wer Kirk war. Womöglich aber taugte keiner von ihnen beiden, weder für die eine Rolle noch für die andere. Dennoch wäre es Walle lieber gewesen, der Alte Löwe befände sich auf einem Planeten weitab von der Erde. Die Vorstellung allein reichte dafür nicht aus. Selbst wenn es Paralleluniversen tatsächlich gäbe, ihnen beiden würde der Zugang bis auf Weiteres verwehrt bleiben.

Man konnte sich die Zukunft ausmalen, man konnte sie, davon war er fest überzeugt, mit seinen Plänen und Absichten beeinflussen, was sich aber bereits ereignet hatte, ließ sich nun einmal nicht mehr rückgängig machen, bestenfalls kaschieren. Dass sie beide eben einen schon fast göttlich zu nennenden Braten von der Kalbsschulter gegessen hatten, war nicht mehr zu ändern, wäre gewiss zu leugnen gewesen, doch angesichts der Zeugen in diesem Restaurant ein lächerliches Unterfangen.

Man musste deswegen nicht gleich an das letzte Abendmahl denken. So feierlich war keinem der Zwillinge zumute, und das mit der Religion hatte sich schon in der Kinderstube erledigt, als die beiden nach und nach erfuhren, wer alles aus der Familie vom Krieg nicht zurückgekehrt war. Damals hatten sich ihre Großeltern von der Kirche abgewandt. Über die näheren Gründe hüllten sie sich in Schweigen, auch ihre Mutter hatte sich zeitlebens mit Erklärungen schwergetan, wenngleich sie daran festhielt, dass man an etwas glauben müsse, so schwierig das auch sei, in einem Vakuum ließe sich nun mal nicht leben.

Walle Troller, der mit einer gewissen Nervosität im Alten Löwen eingetroffen war, hatte sich während des Essens beruhigt. Er würde irgendwann zu erzählen beginnen. Sie wischten sich fast synchron mit der Serviette den Mund ab, warteten sodann, bis der Kellner beide Gläser wieder gefüllt hatte, auf dass jeder das seinige hob, sie sich in die Augen schauten und einander zunickten. So oder so ähnlich könnte sich die Szenerie im Urlaub wiederholen, ging es wohl beiden Trollers durch den Kopf, zugleich aber wussten sie, dass diese Pläne einen Aufschub erfahren würden.

Jette huschte zurück ins Haus, holte das Tablet aus ihrer Tasche, schaute kurz in die Küche, um den anderen mitzuteilen, dass sie noch in die Scheune müsse. Das klang nicht gleich nach Beruf und Dringlichkeiten, sie verzog sich immer mal wieder in die Scheune, wenn sie zu Hause war, denn dort, in der alten Scheune, gleich neben Opas altem Traktor, stand zum Überwintern die Harley. Da packte Jette manchmal die Sehnsucht, weniger der ausbleibenden Fahrten wegen als vielmehr wegen der Maschine selbst, die die letzten Jahre hindurch ihr treuster Begleiter gewesen war. Wollte sie sich auf den neuesten Stand bringen, so musste sie die letzte Fassung von Trollers Arrangement, das sie kurz vor der Abfahrt noch fotografiert hatte, in Ruhe studieren, dann Katterers Bericht lesen. Schon beim Abfotografieren hatte sie gesehen, dass der Hauptkommissar so einige Ergänzungen angebracht, in geplanter oder ungeplanter Spätschicht den einen oder anderen Namen hinzugefügt und mit Verbindungslinien versehen hatte.

Ruhig, Mädchen, ganz ruhig, kam Jettes innere Stimme zu Hilfe, und also beherrschte sie sich, denn sie hatte dem

Vater vor langer Zeit schon versprochen, in der Scheune nicht mehr zu rauchen, hoch und heilig versprochen, wie es bei ihnen der Brauch war, es musste ihr auch so möglich sein, klar zu denken, weiter den Linien zu folgen. Wolfgang Markowitsch war für Friedas jetzigen Zustand verantwortlich, so weit, so klar, doch wie gehörten Koch und Hilfskoch ins Spiel? Sie überflog Katterers Bericht erneut, versetzte sich ihrerseits in Carlos' Kammer, warf einen Blick aus dem Fenster und sah unten Jimmy hinter einem der Büsche stehen, sah, was Yannick gesehen haben musste, den Fotografen jener Bilder, die später auf Vaneks Handy zum Vorschein gekommen waren. Und Jimmy hatte den Erpresser eiskalt abserviert. Einleuchtend?

– Hör mir zu, Jo. Als Meister der Verpackung wirst du mir leicht folgen können: Ich gehe davon aus, dass Markowitsch diesen Hilfskoch in der Hand hatte. In jedem Fall muss es für Jimmy starke Gründe geben, wenn er sich jetzt entschieden hat, wieder in seine alte Heimat zurückzukehren.

– Ich kenne diesen Mann nicht.

– Das macht nichts. Schließlich hast du deinerseits einige Jahre einen Tamilen als Laufburschen beschäftigt, nicht wahr?

– Du meinst Sana?

– Ob Sana oder Jimmy, das ist einerlei.

– Ich kann dir nicht ganz folgen. Sana war ein guter Kerl. Auch wenn du es vielleicht nicht hören willst, die Anstrengungen der Polizei zu jener Zeit, einen Täter zu überführen, der einen Asylanten krankenhausreif geschlagen hatte, hielten sich in Grenzen. Und das dürfte auch heute noch nicht anders sein. Aber gut, wie dem auch sei … als Sana auf

Jobsuche war, landete er bei uns. Und, mein Zwillingsehrenwort, von einer Bekanntschaft Sanas mit diesem Jimmy ist mir bis heute nichts bekannt. Sana soll dem Vernehmen nach sein Glück inzwischen in Kanada gemacht haben, der Kontakt allerdings ist schon vor einiger Zeit abgebrochen.

– Du hörst mir nicht zu. Ich sagte doch, das ist einerlei. Aber wenn du deine Ausländerfreundlichkeit weiterhin so zur Schau stellst, untermauerst du den Tathergang nur noch.

– Ich ahnte ja schon, dass ich dieser Tat, die ich nicht begangen habe, überführt bin. Ein bisschen mehr verstehen möchte ich aber schon.

– Deswegen sitzen wir hier. Also der Reihe nach. Es geht ja wie immer darum, Fakten in einen sinnstiftenden Zusammenhang zu bringen.

Nachdem Walle seinem Bruder ein weiteres Mal die Beweise und Indizien dargelegt hatte, angefangen mit dem Kommandit-Gesellschafter Joachim Troller, der überraschend zu einem späten Treffen in die Rote Laterne gebeten wurde, wo die Wirtin Frieda zuletzt lebend gesehen worden war, bis hin zum Hämatom am Hals der Toten und den Fingerabdrücken Bierglas, sagte er:

– Es fehlt also noch das Motiv – und gegebenenfalls ein Komplize.

– Fahren Sie bitte fort, Herr Hauptkommissar.

– Gut, Herr Hauptverdächtiger. Ich erzähle Ihnen jetzt zwei mögliche Geschichten.

Und Walle erzählte vom feinen Gehör, über das Jimmy fraglos verfüge, wie dieser vor fünf oder sechs Wochen Jo angerufen und ihm gesteckt habe, er wisse mit Sicherheit, dass Friedrich Aufderhalden ihn damals angefahren habe. Der

Hilfskoch hatte lange nach Mitternacht ein Gespräch belauscht, in welchem Vanek und Frieda sich gegenseitig ihre Sündenregister vorhielten, nicht mehr ganz nüchtern wohl und in der Annahme, allein in der Kneipe zu sitzen. Der Angerufene hatte die Schmerzen wieder heftiger gespürt, die Wut war in ihm hochgekommen, schleichend zunächst, doch unaufhaltsam. Mit welcher Chuzpe Aufderhalden ihn seit dem Unfall behandelt hatte, zuvorkommend, kameradschaftlich, ihn stets, auch wegen der Kommandit-Gesellschaft, als Freund umarmte … ein kalter Zorn, der sich kaum beschreiben lässt, ein kühles, aber sehr intensives Gefühl hatte also von Joachim Troller Besitz ergriffen. Aufderhalden hätte ihn damals im Straßengraben einfach verrecken lassen. Und als sich ihm damals die Gelegenheit bot, konnte er nichts anderes mehr denken! In der fraglichen Nacht von Sonntag auf Montag war es dann so weit. Ausgangspunkt war ein Streit gewesen, der kurz vor der Schließung des Lokals um zwei Uhr zwischen Frieda, Vanek und Hogewald entbrannt war. Jimmy hatte zwar nicht alle Details mitbekommen, doch es musste um den geplanten Baumarkt gegangen sein. Rainer Hogewald und Frieda hatten ohne das Wissen Vaneks die Intrige gegen Grünspeich gesponnen, weil dieser Mann, einmal Oberbürgermeister, ihr Vorhaben durchkreuzt hätte. Milan Vanck ahnte, als man ihn in dieser Nacht endlich einweihte, welche Konsequenzen die Gegenkandidatur Friedas für seine Cousine, die labile Monika, haben würde. Und er machte richtig Radau, sodass es auch den wenigen Unentwegten, die sich noch in der Roten Laterne befanden, nicht entgehen konnte.

– Der Rest ist schnell erzählt. Du kamst spät hinzu, außer Frieda und Jimmy, der noch in der Küche ausharrte, war niemand mehr da. Aufderhalden umarmte dich wie ehedem und stellte dir ein frisch gezapftes Pils vor die Nase. Als sich dieser Hund, diese Sau dann aber über die Theke beugte, um sich noch einen Bierdeckel zu angeln, verwandelte sich vor deinen Augen diese Holztheke … und du sahst nur noch den grünen Filz des Billardtischs, nahmst deinen Stock, es war wie eine Eruption, denn du hattest alle Kraft in den Stoß gelegt und erwischtest Aufderhalden voll am Hals. Das war ein Akt höchster Präzision!

– Wow. So oder so ähnlich hätte es sich zutragen können. Bevor ich aber widerspreche: Wie geht die andere Geschichte?

– Die scheint mir je länger, desto unwahrscheinlicher. Ich meine die Variante, die dich als Einzeltäter darstellt, ohne Komplizen.

– Wäre das nicht einfacher?

– Nur auf den ersten Blick. In deinem Zustand, entschuldige bitte, kämen wohl schnell Zweifel auf, ob du in der Lage gewesen wärest, die ganze Geschichte allein durchzuziehen. Nein, nein, Markowitsch hat das bis ins letzte Detail geplant. Er hatte früh den Hilfskoch auf der Rechnung, und wenn er wusste, dass dieser für uns nicht mehr greifbar sein würde, beziehungsweise selbst dafür sorgte, dass Jimmy noch rechtzeitig seinen Flieger nahm, dann hat er an *dieser* Geschichte gearbeitet. Vergiss nicht, Wolfgang Markowitsch hatte einige Zeit auch mit dem Asylwesen zu tun. Auch wenn es für ihn selbst vielleicht wenig erfreulich war, immer mal wieder versetzt zu werden, er gewann in den unterschiedlichen Abteilungen Einblicke in die verschiedensten Verhältnisse. Obwohl ich noch nicht weiß, wie die entsprechenden Verstrickungen zu entwirren sind, es dürfte wohl nicht allzu schwer sein, diesen Jimmy als deinen Komplizen zu installieren. Du warst ja nicht umsonst deinerseits einige Jahre sehr aktiv, wenn es darum ging, Rückweisungen von Flüchtlingen zu bekämpfen.

– Verdammt! Und dann sollen also dieser Jimmy und ich Vanek auf den Plan gerufen haben, um ihn abzufotografieren, auf dass er für uns auch noch die Leiche entsorgt. Aber Walle, bitte sag mir jetzt, dass du die Schwachstelle gefunden hast. Zumindest was meinen Fall betrifft, da kann ich mir wirklich nicht vorstellen, dass es ausgerechnet Aufderhalden gewesen sein soll, der mich damals anfuhr.

– Es reicht für die Geschichte wohl schon aus, wenn der Fritz damals am Steuer gesessen haben *könnte*. Ich wäre nicht überrascht, würden wir alsbald auf weitere Indizien stoßen, die Aufderhaldens Golf als das fragliche Fahrzeug nahelegen. Kombiniert man die richtigen Akten, ergeben sich im Handumdrehen Fakten. Und du kannst mir glauben, Markowitsch hat in den letzten Jahrzehnten so einiges produziert. Das sind Berge. Ich stehe erst am Anfang. Um deine Frage aber zu beantworten: Die Schwachstelle ist Markowitsch selbst.

– Du hast noch nichts gegen ihn in der Hand.

– Leider. Und dass Vanek jetzt im Koma liegt, macht die Sache nicht leichter, wenngleich dieser Umstand auch für Markowitsch nicht vorauszusehen war. Der Wolf wollte aber zweifellos auch Milan Vanek in die Pfanne hauen. Die Geschichte dazu könnte uns vielleicht weiterhelfen.

23

Sie zückte ihr Kleines und tippte Troller an; höchste Zeit, dass sich der Mann erklärte. Doch ihr Anruf stieß auf wenig Gegenliebe. Da hörte Jette ein Klopfen, draußen stand wohl Hartl, ihr großer Bruder.

– Komm rein.

– Sorgen?

– Nur schlechtes Timing.

– Ich komme ungelegen?

– Du doch nicht. Ich meinte die Leichen und irgendwie auch die Täter.

– Schwieriger Fall?

Hartl hatte die wenigen Schritte auf Jette zu gemacht, schielte jetzt auf das Tablet, staunte und zeigte auch gleich mit dem Finger auf die Abbildung.

– Ich korrigiere mich: Sehr schwieriger Fall?

– Kommt auf die Perspektive an. Der aktuelle Fall scheint gelöst, doch was du da aufgezeichnet siehst, ist mehr als dieser Fall. Und eben ist ein zweiter Mord hinzugekommen.

– Also doch Sorgen?

– Nein, ehrlich: Nur viel Arbeit.

– Guter Mann übrigens.

– Noah? – Ja, weiß ich. Hätte ich ihn sonst mitgebracht?

Hartmut strich mit der flachen Hand über den Sattel der Harley und grinste in sich hinein. Er war noch nie ein Mann der vielen Worte gewesen, das konnten sie und wohl schon die kleine Selma besser. Doch er war ein Familienmensch, und je mehr von der Familie im Haus waren, desto wohler war es ihm. Er kam nach dem Großvater, den alle vermissten, über den sie eben am Tisch noch gesprochen hatten.

Jette vermisste Opa sehr. Er war der gute Geist des Hauses gewesen, doch sicher würde er, Winzer Hagen, eines Tages dessen Nachfolge antreten.

Jo hatte inzwischen die Seite mit den Desserts aufgeschlagen und seine Lesebrille aufgesetzt. Auch dies gehörte zu den Ritualen. Es wäre erstaunlich gewesen, wenn sich zu dieser Jahreszeit die geliebten Vermicelles nicht auf der Karte befunden hätten. Und er gab, noch während Walle von der Toilette zurückkam, die Bestellung für sie beide auf.

– Wenn ich dich richtig verstanden habe, und daran besteht wohl kein Zweifel, dann werde ich demnächst verhaftet – unter dem dringenden Tatverdacht, einen Doppelmord begangen zu haben?

– Ja. Yannick war zur falschen Zeit am falschen Ort, ein unliebsamer Zeuge, vielleicht auch ein Erpresser. Variationen sind viele denkbar, doch wer des einen Mordes für schuldig befunden wird, dem wird auch der andere angelastet. Da kannst du …

– … Gift drauf nehmen?

– Entschuldige.

– Wofür?

– Hör auf!

– Wie's aussieht, werde ich für den Herrn Hauptkommissar den Kopf hinhalten, nicht wahr? Dieser Markowitsch hat es einzig auf dich abgesehen und meinetwegen noch ein bisschen auf Vanek. Oder?

– Ja.

– Gib uns noch eine Chance. Was wäre, wenn wir die Geschichte so drehen, dass alles an Jimmy hängen bleibt?

– Wenn der Koch jemanden erpresste, dann dich und bestimmt nicht einen tamilischen Hilfskoch, bei dem eh nichts zu holen gewesen wäre. Aber das ist nur ein Detail. Die wahrscheinliche Mordwaffe führst du stets mit dir, die Fingerabdrücke lügen nicht, auch wenn Markowitsch diese fraglos zu einem früheren Zeitpunkt beschafft haben muss, und das Motiv könnte überzeugender nicht sein. Niemand weiß, was Yannick genau in jener Nacht beobachtet hat. Womöglich war er von Anfang an in den Mordplan involviert, vielleicht war er der eigentliche Komplize von Markowitsch, und aus uns unbekannten Gründen kam es zwischen den beiden plötzlich zu einem Zerwürfnis. Vielleicht verdankte Yannick seine Beteiligung an der KG bereits dem Umstand, etwas mitbekommen zu haben, was ihn eigentlich nichts anging. Was wäre, wenn er damals geholfen hat, die Fahrerflucht Aufderhaldens zu vertuschen? Oder er hatte Wind von der Sache bekommen und ließ sich sein Schweigen entsprechend versüßen? Aus freien Stücken hätte Frieda einem Koch kaum Jahr für Jahr Anteile übertragen. Und wenn der Rastaman nun auch Jimmy erpresste, weil er womöglich beobachtet hatte, wie dieser Vanek beim Verladen Friedas abfotografierte …

Auch die Vermicelles waren von herausragender Qualität, und im Zusammenspiel mit den Meringues, dem Vanilleeis und einem ordentlichen Schlag Sahne mundete die Nachspeise den Gebrüdern Troller doch sehr. Das war der letzte Aufschub, es galt zu genießen, so bald würden sie beide nicht mehr am selben Tisch sitzen. An der Gegenwart festhalten, solange es ging, dachte Walle, hätte sich in diesem

Moment gern ausgeklinkt, sah vor sich noch einmal die unendlichen Weiten und spürte zugleich, wie das Eis unweigerlich dahinschmolz, jede Schubumkehr utopisch war, schon immer, ob er nun an seine Scheidung dachte oder an die Kindheit, die Welt drehte sich im Uhrzeigersinn, im Großen wie im Kleinen.

– Und jetzt?

– Gute Frage. Wenn ich an meine schlechten Träume denke, an die brennenden Augen, den trockenen Mund, so müsste ich schon ein erklärter Feind der Psychosomatik sein, würde ich all diese Signale ignorieren. Doch ich tat es, tat es wohl nicht wider besseres Wissen, aber entgegen meiner Intuition … ich mag dieses Wort nicht mehr. Lass es mich so sagen: Der böse Wolf nötigt mich dazu, contre cœur zu handeln. Ich werde dich verhaften lassen müssen, oder vielleicht bringe ich dich ja dazu, dass du dich stellst. Was denkst du?

Synchron legten die Brüder den Löffel aus der Hand und starrten gleichzeitig auf die leeren Gläser.

– Abgesehen vom Grappa? »Beyond« hast du mir ja noch nicht ausgeliehen; aber »Into Darkness« hat mir schon gefallen, besonders der Einstieg, danach wird ein wenig viel aus den vorangegangenen Filmen zitiert, aber im Ernst: Ich werde mich nicht stellen. Ich war's nicht.

– Dann muss ich dich morgen verhaften lassen, spätestens.

– Und du wirst mich raushauen. Abgemacht?

Walle wollte dem Blick des Bruders nicht ausweichen. Alles, was über Beihilfe hinausginge, ließe sich nicht beweisen. Aufderhalden starb an den Folgen des Sturzes, als er nach dem Treffer mit dem Hinterkopf auf die Steinfliesen krachte. Unterlassene Hilfeleistung? Oder aber der Fritz war lediglich bewusstlos, und erst Vanek gab dem Sack mit seiner Entsorgungsaktion den Rest. Er muss gute Gründe gehabt haben, der Milan, die Leiche oder eben die vermeintliche Leiche fortzuschaffen. Das aber ist irrelevant, dachte Troller, oder dann sehr relevant: Es würde für alle Zeit offenbleiben, wann genau Aufderhalden das Zeitliche segnete. Möge die Justiz ihres Amtes walten, über Fragen der Gerechtigkeit zu philosophieren, war müßig, er würde ein anderes Programm starten müssen – und wenn er dafür nach Colombo fliegen müsste.

– Homo homini lupus. Ich hau dich raus.

Während Walle die Verbindung zu Jette herstellte, orderte Jo für sie beide den Grappa, und er bestellte für sich einen Doppelten, denn so viel stand fest, so schnell würde er diesem Genuss nicht mehr frönen können.

– Wäre schön, wenn ihr öfter kämet, du und Noah.

– Na los, jetzt rück schon raus. Was willst du mir sagen? Du hast doch hoffentlich den neuen Önologen nicht schon wieder entlassen?

– Nö, hab ich nicht.

– Meine Maschine verkauft? Opas Traktor?

– Nö, auch nicht. Siehste ja, ist alles noch da. Ich bin zwar dein Bruder, aber nicht lebensmüde. Und selbstverständlich bringe ich dir die Maschine dann im Frühjahr wieder.

– Hartl!

– Ja, Jettchen?

– Sag schon, bitte.

– Also gut. Selma bekommt ein Brüderchen, ein wenig unerwartet …

– … aber hochwillkommen! Mensch, Hartl, ich gratuliere dir. Ehrlich gesagt, diesen Verdacht hatte ich ja schon, ist ja kaum noch zu übersehen. Aber was schaust du denn so bekümmert?

– Dein Einverständnis vorausgesetzt …

– Wie? Was habe ich …? Nun komm, raus damit!

– Dein Einverständnis vorausgesetzt, möchten wir dem Kleinen Opas Namen geben.

Jette stürzte auf ihren Bruder zu, umarmte ihn, und die Freudentränen kamen ihr gerade recht, unaufhaltsam war das Glück, sie fühlte sich so unbeschwert wie lange nicht mehr; am liebsten hätte sie Amanda Marshall eingelegt und mit ihrem Bruder einen Tanz aufgeführt oder gleich eine Party in der Scheune angezettelt, wie früher, mit lachenden Gesichtern und frischem Wein, in jener Unbekümmertheit, wie sie nur die Jugend kennt, so unverwundbar, so unschlagbar, wie sie alle einmal waren. Früher. Die Fortsetzung indes war eine andere: Trollers Rückruf. Das galt es hinzunehmen, den galt es anzunehmen, das wusste Jette. Und auch ihr Bruder. Hartmut löste sich, er hatte ebenfalls Tränen in den Augen, und er gab seiner Schwester ein Zeichen, dass er schon mal vorgehen würde.

– Troller?

– Ja, Schatz, ich bin's, du hast mich eben gesucht? Ja? Dacht ich's mir. Warte, ich stelle auf Lautsprecher.

– Stör ich grad bei der Festnahme?

– Ja und nein, Angie. Das Wunder in der Sauna blieb aus, doch die Bestätigung habe ich inzwischen. Die Festnahme ist im Gange, doch du störst keineswegs.

– Okay. Also, na dann. Joachim Troller, es tut mir unendlich leid. Ich will hoffen, dass wir den Fall noch lösen. Sie können auf mich zählen. Mehr fällt mir leider auch nicht ein. Und mit dir, Walle, möchte ich mich dann bald wieder ausführlich unterhalten.

– Einverstanden. Mach's gut derweil.

Der Grappa kam, und die beiden Brüder saßen noch für eine Weile stumm im Alten Löwen beisammen.

Jette starrte, nachdem sie kurz aus der Scheune getreten war, wieder auf Trollers Arrangement. Allmählich begann sie zu begreifen, mit welchen Schwierigkeiten ihr Partner konfrontiert gewesen war. Allein schon der richtige Anfangsverdacht, den er fast immer hatte, musste ihn schwer belastet haben. Die eine oder andere Irritation, die durch sein Verhalten in ihr ausgelöst worden war, ließ sich leicht erklären. Allerdings, auch darüber war sie sich im Klaren, für Troller würde der Fall noch ein Nachspiel haben. Da war wenig Hoffnung. Und in Anbetracht der Generation, die er zusätzlich ins obere Drittel seines Arrangements eingebaut hatte, insbesondere mit Blick auf Namen wie Cesare Perlini und Jan-Hubert Bader oder auch auf ein »Phantom«, das er mit einem gestrichelten Kreis direkt über Friedrich Aufderhalden platziert hatte, war so viel gewiss: Friedas Ende war lediglich der Anfang gewesen. Da war wenig Trost.

Jette fühlte eine Beklommenheit, die ihr in dieser Scheune bisher fremd gewesen war, die sie auch nirgends sonst bislang verspürt hatte. Du willst dir die Welt erschließen, und schon wächst sie dir über den Kopf, so sprach sie mit ihrer inneren Stimme im Duett. Klein-Jette war nicht mehr, eine Erinnerung, das wohl, und sie würde dieses Zuhause niemals preisgeben, doch es galt ein für allemal zu akzeptieren, oft nicht zu wissen, wie der Hase läuft. Wie hatte Troller einmal gesagt? Vergiss nie die Figuren, die nicht auf dem Bild sind. Die Wahrscheinlichkeit, dass es sich beim Fotografen um Jimmy handelte, war zwar groß, sicher aber war das nicht. Der Tamile mochte gute Gründe haben, so einiges auf sich zu nehmen, zumal ihm in seiner Heimat keine Verfolgung drohte, zumindest nicht wegen Doppelmords in Jedastedt. Es war ein Leichtes, die Ereignisse so einzuordnen, dass sie einem in den Kram passten, einem vorgefertigten Bild entsprachen, doch die Wirklichkeit hatte immer wieder Überraschungen auf Lager. Hatte sie das nicht unlängst gedacht?

Allzu gern würde sie den jungen von Mangoldt hinter Schloss und Riegel sehen, diesen Pfau, der meinte, sich alle Freiheiten herausnehmen zu können. Versetzt den Whiskey des Rastamans mit Gift, verabschiedet sich in aller Ruhe nach Berlin, glaubt, sich so das perfekte Alibi verschafft zu haben, kehrt zurück und wird tatsächlich mit einem Mord konfrontiert, jedoch mit dem falschen. Meidet infolgedessen die Rote Laterne solange, bis Yannick endlich zur Flasche greift.

Carlos wollte doch Shirins Dienste in Anspruch nehmen. War er da auch in der Küche gewesen? Fehlte nur noch das Motiv. Gewiss aber hatte dieser Koch mit dem federnden Gang nicht nur Freunde gehabt. Was tatsächlich auf die Kappe des Hilfskochs Jimmy ging, würde vielleicht für alle Zeit ungeklärt bleiben. So schnell aber würde sie, Angie, Tomb Raider, nicht lockerlassen. Sobald Gerda das Gift identifiziert hatte, würde sie dessen Herkunft ermitteln – selbst wenn sie dafür die Villa der von Mangoldts auf den Kopf stellen musste. Weit schwieriger dürfte die Klärung der genauen Todesursache Friedas sein. Womöglich käme

Trollers Bruder am Ende mit einer geringen Strafe weg. Was Troller dazu dachte? Hatte Milan Vanek es tatsächlich ohne Hilfe geschafft, den leblosen Körper Friedas auf die Eisenbahnbrücke zu schaffen und von dort runterzustoßen? Die Blutspuren am Brückenpfeiler hatten zwar bestätigt, dass Aufderhalden auf seiner letzten Reise ebendort aufgeschlagen war, mehr aber auch nicht.

Jette schaltete das Tablet aus und wandte sich der Harley zu. Sie entschuldigte sich bei ihrer Maschine, stellte aber in Aussicht, morgen die eine oder andere Politur vorzunehmen. Ein wenig Zeit wollte sie auch am nächsten Tag in der Scheune zubringen, noch hatte sie sich nicht gänzlich von ihrer Kindheit verabschiedet, noch fehlte ihr das Weihnachtsgeschenk für Noah, noch war die Zukunft offen. Ganz bestimmt würde sie sich morgen auf den alten Traktor setzen, um sich der einen oder anderen Weisheit ihres Großvaters zu erinnern. Und dann: volle Kraft voraus!

24

– Ich interpretiere das Raunen hier im Saal als eine Mischung aus Enttäuschung und Erstaunen. Hoffentlich nehmen Sie mir die kleine Scharade nicht allzu übel. Was ich zeigen wollte, ist Ihnen aber nun gewiss aufgegangen: Wir neigen dazu, das zu erkennen, was wir suchen. Gibt es Fragen?

Troller war der Wechsel in die Stadt am See zunächst schwergefallen. Er hätte nicht von zu Hause wegwollen, musste aber einsehen, dass er unter den gegebenen Umständen eine Zeitlang abzutauchen hatte, und letztlich war er froh, kam es nicht zur Suspendierung, die nach den Vorfällen doch eigentlich die logische Konsequenz gewesen wäre. Mit der Verurteilung seines Bruders war schnell klar geworden, dass er vorerst in der eigenen Stadt nicht weiter ermitteln konnte, nicht als Hauptkommissar. Wie hätte er sich auch im selben Gebäude frei bewegen sollen wie Markowitsch? Hexe oder Wolf, das Böse hatte derzeit die Oberhand. Sich stattdessen an einen Bürostuhl fesseln zu lassen, eine Weile die Füße stillzuhalten, war indes keine Option gewesen. Über so viel Menschenkenntnis verfügte selbst ein Häusermann. Der Staatsanwalt hatte ihm die angestauten Urlaubstage der letzten Jahre vorgerechnet und ihm darüber hinaus eine Weiterbildung verordnet.

Er hatte lange mit sich gerungen, ob er Häusermann die wahren Umstände von Aufderhaldens Ableben darlegen sollte. Er hatte sich am Ende dagegen entschieden. War es mangelndes Vertrauen? Und wenn ja, in den Staatsanwalt oder in sich? Auch Häusermann hätte keine Hexenjagd initiieren wollen, er hätte wohl mangels Alternativen das BKA eingeschaltet oder anderswie um Amtshilfe ersucht. Nichts davon hätte Markowitsch zur Strecke gebracht. Der saß noch seine letzten Wochen ab, freute sich auf die Pensionierung, vor allem aber benahm er sich so, wie es sonst kaum ein Täter tat, kaum ein Bösewicht konnte: Er verhielt sich ruhig und labte sich jeden Tag an der Tatsache, dass Joachim Troller unschuldig im Gefängnis schmorte. Allzu gern hätte er es wohl gesehen, wenn sich auch er, der beurlaubte Hauptkommissar, in dem Fall vertan, sich selbst der Vertuschung von Tatsachen schuldig gemacht hätte. Troller war auf elegante Weise – vorerst für ein halbes Jahr – aus dem Verkehr gezogen, weg vom Fenster, bis Gras über die Sache gewachsen sei, so ähnlich hatte das Häusermann formuliert.

– Oh, doch, ich halte sehr viel von der forensischen Psychiatrie. Das wäre ein Missverständnis. Das Profiling ist ein wichtiges Instrument zur Klärung von Kapitalverbrechen. Lassen Sie es mich so sagen: Sowohl pathologische Befunde als auch Täterprofile sind in der Realität, in der wir leben, selten so eindeutig, wie Sie es vielleicht von Hollywood her kennen. Die Gefahr, auf ein vorschnell angefertigtes Profil hereinzufallen, ohne lange genug über mögliche Motive nachgedacht zu haben, ist immer dann besonders groß, wenn unter Zeitdruck ermittelt wird. Und glauben Sie mir, bei schweren Verbrechen ermitteln Sie immer unter Zeitdruck. Arbeiten Sie dann eifrig auf der Grundlage eines falschen Profils, schließen Sie unter Umständen bei Ihrer Suche den wahren Täter von vorneweg aus.

Ob er sich das eingestehen wollte oder nicht, er fand allmählich an seiner neuen Rolle Gefallen. Der Ernstfall, dem er sich ursprünglich ausgesetzt gesehen hatte, schien sich mehr und mehr in einen Glücksfall zu verwandeln. Das hatte Troller einzig seinem ehemaligen Handballkollegen Max zu verdanken. Der lange Guggenheim, der Mann mit der Peitsche; auch wenn Maximilian über diese Wurfkraft nicht mehr verfügte, so hatte er sich bei einer anderen Gewalt, der Judikative, inzwischen eine einflussreiche Position erarbeitet.

Eigentlich hatte Troller das Bier, zu dem sie sich bei der Aufklärung seines letzten Falls verabredet hatten, Wochen später dann nur in Anspruch genommen, um sich ordentlich in Gesellschaft zu betrinken. Dann aber weihte er den Mitspieler von einst in den Stand der Ermittlungen ein, denn er war sich sicher, sie beide standen noch immer auf derselben Seite. Und vielleicht hatte er da schon einen Hintergedanken: Er wusste um die Beziehungen, die Guggenheim zu Konstanz noch immer pflegte, wo er einst studiert hatte, und er hatte von Jumbo erfahren, dass Markowitsch in derselben Stadt offenbar eine Wohnung besaß, wenngleich diese unter dem Namen seiner Halbschwester registriert war. Doch diese Halbschwester hatte sich längst in eine andere Welt verabschiedet, war irgendwo in einer Sekte im fernen Vietnam untergekommen. Vielleicht war das eine Spur.

Für Max war sonnenklar, dass das Anhören von gut gemeinten Vorträgen des BKA für seinen alten Freund schnell zur Tortur werden würde, in jedem Fall aber wusste der Jurist um die verborgenen Fähigkeiten des früheren Spielmachers. Es konnte nicht darum gehen, dass Troller sich auf Geheiß von Kollege Häusermann weiterbilden ließ, vielmehr war es für Walle an der Zeit, seinerseits Wissen weiterzugeben. So fügte es sich, dass Max dem temporär ausrangierten Hauptkommissar eine Gastdozentur vermittelte, da ihm sein Doktorvater noch etwas schuldete, wie er Troller beim zweiten Hellen lächelnd mitteilte, und vielleicht bringe ihn das ja auf andere Gedanken, wenn er sich in nächster Zeit mit Studenten herumzuschlagen habe: *Walther Troller, Hauptkommissar: Kriminalistik (Gastvorlesung)*. Das hatte Klang, darauf würde er sich einlassen.

– Selbstverständlich habe ich Sie manipuliert, was erwarten Sie? Und ich gebe es zu: Ich tat es vorsätzlich, nicht böswillig. Wo befinden Sie sich hier? Genau, in einer Vorlesung zur Kriminalistik. Ich erzähle Ihnen von Attentätern und Amokläufern, sie denken an Breivik und Las Vegas, ich liefere Erläuterungen zu terroristischen Hintergründen, wir sprechen über den Islamischen Staat, und ich konfrontiere Sie mit einem Abschiedsbrief als Fallbeispiel. Meine Damen und Herren, es ist nicht mein Fehler, wenn Sie den Absender als Terroristen oder einsamen Wolf identifizieren. Es ist Ihr Fehler. Ich kann nichts dafür, dass diese Zeilen von einem Selbstmörder stammen, der ganz offensichtlich eine schwere Kindheit hatte, aller Wahrscheinlichkeit nach missbraucht wurde, dessen Mutter wohl einer Sekte angehörte, der als Buchhändler vielleicht tatsächlich zu Unrecht entlassen wurde und sich zuletzt als kostümierter Teddybär in der Fußgängerzone verdingte. So traurig das Schicksal dieses jungen Mannes ist, es ist nun mal der Abschiedsbrief eines Menschen, der viel Pech in seinem Leben hatte, der aber offenbar nie auf den Gedanken verfallen war, anderen zu schaden oder gar um sich zu schießen. Sie haben diesen Jungen zum Verbrecher gemacht, weil Sie nach einem

Verbrecher gesucht haben. Das ist haargenau die Situation, in der wir uns bei der Mordkommission befinden. Die Manipulation meinerseits, als deren Opfer sich nun vielleicht hier im Saal nicht nur die Fragestellerin sieht, diese Art der Vereinnahmung, sie ist fast immer gegeben. Kurzum: Sie haben bei Ihrer Analyse versagt. Sie haben aus einem depressiven Selbstmörder einen bösartigen Massenmörder gemacht. Weitere Fragen?

Troller war in Fahrt. Es tat ihm gut, andere zurechtzuweisen, und vielleicht würde er sich über das Wohlgefühl demnächst vertieft Gedanken machen. Noch war für ihn diese Rolle fremd, eigentlich überließ er den Zampano gern anderen, doch allem Anschein nach spielte er den Aufklärer nicht schlecht. Er wurde dafür bezahlt, Dampf abzulassen, und womöglich war sein Verhalten am Ende sogar pädagogisch wertvoll. Er versuchte sich zu erinnern, wie es ihm damals ergangen war, in diesen wenigen Semestern Psychologie, die er belegt hatte, als er seinerseits noch im Pulk der Studentinnen und Studenten saß und vor sich hin starrte, ihm die Welt noch unendlich groß erschien, Versprechen und Verlockung zugleich, ihm die Zukunft freundlich entgegenlächelte und womöglich ein Fressen war … das war das Metapherngeröll, aus welchem er sich noch immer nicht freizuschaufeln verstand, das waren die eigenen Schutthalden, die auf ihm lasteten … viel Staub, Verworrenes, Widersprüchliches. Vielleicht war er in jener Zeit so sehr mit sich selbst beschäftigt, dass ihm vom Umfeld, dem Campus und den Professoren kaum etwas geblieben war.

Oder es lag daran, dass er noch gar nicht bereit dazu war, in der Vergangenheit zu graben; hier zu funktionieren, hing nicht zuletzt damit zusammen, dass er vor dem die Augen verschloss, was vor gut drei Monaten geschehen war, es ihm anscheinend gelang, sich einen Neuanfang vorzumachen, hier am See unbeschwert atmen zu können. Und vielleicht lag es auch daran, dass er ausgerechnet an die Universität gerufen worden war, an der seine Tochter studierte. Davon hatte wohl selbst Guggenheim nichts gewusst – oder es vornehm für sich behalten.

So oft er in den letzten Wochen an dem Gebäude vorbeiging, in dem sich die Wohnung befand, die Markowitsch zeitweilig behauste, in jedem Fall zwischenzeitlich behaust hatte, so oft hatte sich nichts getan, nichts gezeigt. Freilich hatte der Wolf Wind bekommen davon, dass er sich hier in dessen Revier breitgemacht hatte, Studenten verunsicherte, um der eigenen Verunsicherung zu entgehen. Offensichtlich hatte es der Bösewicht darauf angelegt, ihn ausbluten zu lassen.

Troller suchte selten den Blickkontakt, zu wissen aber, dass Heike da war, sich in den hinteren Reihen eingenistet hatte, obwohl sie ursprünglich diese Vorlesung gar nicht belegen wollte, erfüllte ihn mit Stolz. Aufflackernder Vaterstolz. Erst hatte er Bedenken, als ihm Heike frohgemut mitteilte, sie würde sich diese Show nicht entgehen lassen, denn er wollte seiner Tochter nicht den Hampelmann bieten, den Lückenfüller. Ursprünglich war's nur eine Ahnung, dass ihm diese Auftritte an einer Universität, zu denen er – nein, er verbat sich die Floskel von der Jungfrau –, zu denen er völlig unvorhergesehen, völlig unerwartet gekommen war, auch gelingen könnten. Ganz abgesehen davon war sein Hiersein so unvorhergesehen ja gar nicht. Und er hatte sich nach der Verurteilung Joachims auf die Geschichte von Baron Münchhausen besonnen, spürte oder wusste gar, dass der Moment gekommen war, um hinter dessen Geheimnis zu kommen, wie man sich also an den eigenen Haaren aus dem Sumpf zieht. Alle Hoffnungen seines Bruders ruhten auf ihm, und darüber konnte Walle keine Sekunde lang hinwegsehen.

Die Lösung war: Man musste es einfach tun. Selbst wenn es in den ersten Versuchen noch den Anschein hatte, nur so zu tun als ob, man musste es einfach tun, nein, nicht einfach, sondern entschieden. Mit dieser Entscheidung war er vor die Studenten getreten, und er hatte es bisher nicht bereut, im Gegenteil, er hatte überraschend schnell die Bestätigung bekommen, die er brauchte: Er, Walle Troller, wurde gehört. Er, der aus dem Schussfeld genommene Hauptkommissar, hatte etwas zu sagen. Obwohl er derzeit die Bösen in Jedastedt nicht jagen durfte, bekam er unverhofft die Gelegenheit, etwas Sinnvolles zu tun – und darüber hinaus als Vater doch noch zu punkten. Davon hatte er in der Vergangenheit des Öfteren geträumt, die Möglichkeit dazu aber, spätestens nach der Scheidung von Felicitas, eigentlich ausgeschlossen. Das Leben hatte ihn wieder, nicht hinterrücks, aber unversehens. Über mögliche Trugschlüsse würde er sich später Gedanken machen.

– Ich fasse zusammen: Das Erstellen eines Profils ist ein künstlerischer Akt, es erfordert Kreativität und Erfahrung. Die Grenzen Ihrer Vorstellungskraft wurden womöglich vom Täter längst überschritten. Herrscht über die möglichen Motive einer Tat keine Klarheit, lässt sich kein konkretes Profil erstellen. Die wenigsten Täter legen es darauf an, eine Signatur zu hinterlassen. Das tun Serienmörder, die insgeheim danach trachten, gefasst zu werden, auf eine krude Form der Anerkennung aus sind, doch kenne auch ich diese Sorte nur aus der Literatur. Selbst wenn sich am Tatort Spuren finden, wenn sich gar am Zustand der Leiche Motive ablesen lassen, so besteht noch immer die Möglichkeit, dass Täter und Auftraggeber nicht identisch sind. Es wird Sie nicht überraschen, wenn ich Ihnen sage: Die richtig schlimmen Finger, die größten Verbrecher des 21. Jahrhunderts, auch wenn das angebrochene Säkulum freilich überhaupt noch keinen Überblick erlaubt, machen sich die Finger kaum mehr selber schmutzig. Meine Damen und Herren, das Böse ist mindestens so schnöde wie das Gute, und manchmal mache ich mir richtig Sorgen, dass die Intelligenz innerhalb dieses Schwarzweiß-Musters ziemlich ungerecht verteilt worden ist. Das Muster an sich ist problematisch, denn wer von Ihnen immer zweifelsfrei gut von böse unterscheiden zu können glaubt, sollte besser die Fakultät wechseln. Das meine ich ernst. Anders gesagt: Ist ein Kapitalverbrechen von langer Hand geplant worden, werden Sie es auch nicht im Handumdrehen aufklären können.

Troller setzte eine Kunstpause und nutzte die Gelegenheit, einzelne Gesichter zu studieren. Sein Blick schweifte hin zur Uhr, die hinter den Sitzreihen weiter oben an der Wand hing. Seine Zeit war um, für heute war es auch mehr als genug gewesen, dachte er, Heike lächelte, zumindest andeutungsweise, das war doch der perfekte Übergang.

– Eine Einführung in die Kunst des Ermittelns will ich das nächste Mal versuchen. Wer sich darauf vorbereiten möchte, mag sich schlau machen hinsichtlich des Trolley-Problems und des Milgram-Experiments; wir werden es dann mit einer Kombination der beiden zu tun haben. Ich danke Ihnen für die Aufmerksamkeit, und ja, machen Sie's gut!

Troller saß in der Bibliothek. Wieder war eine Woche vergangen. Immerhin, das Rekapitulieren war geglückt, er hatte sich ohne große Anstrengung die letzte Vorlesung in Erinnerung rufen können. Er sah die jungen Gesichter vor sich, und er freute sich auf die neuerliche Begegnung. Doch sein Widerstand war gebrochen. Die Vergangenheit forderte ihr Recht. Der Besuch des Bauernhofs seiner Großeltern unweit Konstanz hatte keinen Schaden angerichtet, zumal Gerda, seine Königin der Pathologie, bei ihm gewesen war. Auf Visite am See, wie sie das nannte, was ihn doch nicht zum ersten Mal dazu herausgefordert hatte zu beweisen, nicht ihr Patient zu sein – und auch nicht das träge alternde Walross, als das er sich schon selbst gesehen hatte. Spiegelbildern war nicht zu trauen, da steckte noch einiges an Leben in ihm. Doch er war nicht mehr das Kind von einst, das auf dem Hof ausgeholfen hatte, die Unbeschwertheit von damals ließ sich, wenn überhaupt, nur für Momente nachempfinden. Er hatte Gerda die Felder gezeigt, die man damals noch beackerte, von denen heute aber ein Großteil überbaut war. Hier nahm niemand mehr die Hacke in die Hand. Was der Landwirtschaft geblieben war, wurde mit schweren Maschinen bearbeitet.

Gerda hatte ihm den zweiten Koffer seines Heimkinos nur ausgehändigt gegen das Versprechen, kommendes Wochenende nach Jedastedt zu kommen. Endlich, zum ersten Mal wieder, nachdem … Früher oder später musste er zurück, und er wunderte sich, wie sehr er sich gegen die Vorstellung sträubte. Gerda duldete keinen Widerspruch, hatte von ihm nicht nur die Rückkehr aufs Wochenende hin gefordert, sondern auch den Umzug wieder zur Sprache gebracht. Er hatte erstens, zweitens und drittens in petto, dass eine Beziehung von Pathologin und Hauptkommissar nicht statthaft sei, das ginge grad noch so im Film; dass er jenes Haus, das er gemeinsam mit seinem Zwillingsbruder Joachim in der Altstadt bewohnte, auch wenn der gerade anderswo einzusitzen hatte, nicht einfach so aufgeben könne – und drittens? Doch er hatte geschwiegen, weil die Frau richtig lag, mehr von der Zukunft wusste als er. Wie hatte sie doch ganz nebenbei erwähnt, Scarlett habe sich auch ganz gut eingelebt, doch *ihr* fehle der Schmusekater.

Von Vierbeinern und Zweibeinern, davon würde er heute erzählen. Troller blätterte in Blaise Pascals Werk, suchte noch immer nach jener Textstelle in den *Pensées*, die er als Einstieg in die heutige Vorlesung zitieren wollte. In der Bibliothek staubten die Bücher vor sich hin, die Studenten nutzten den Ort zwar noch als stillen Arbeitsraum, aber ohne zu blättern. Hier war der Lärm der Zeit gebannt. Du setzt dich, sinnierst vor dich hin, du musst nichts, niemand drängt dich. Auch er hatte mittlerweile einen Laptop dabei, mochte aber nicht auf den Bildschirm starren. Unbedrängt und unbefangen für sich sein, flankiert von geballter Geistesgeschichte, eingebettet und willkommen, daran konnte er sich gewöhnen. Daran würde er womöglich Gefallen finden, wenn es ihm gelungen war, reinen Tisch zu machen, sprich den Bruder rauszuholen und den Wolf an die Kette zu legen.

Troller war online, doch seine Gewissheit, dass sich in Büchern auch Gedanken fanden, die nicht so leicht ins Netz gingen, würde er weiter hochhalten. Kaum ein Mensch schafft es, in einem Raum, ohne etwas zu tun, zwei Stunden lang ruhig zu sitzen – das war die Erkenntnis Pascals, nach der er fahndete. Prognosen sind gefragt, die Zukunft steht immer vor der Tür: Jener Bauer, der das Heu liegen und sich vom Gewitter überraschen lässt, hat nur den Schaden.

Voraussicht und entsprechendes Handeln, deswegen überlebte der Mensch, sich den Weg bahnend zwischen Angst und Neugier, stets das Risiko abwägend und zuweilen irrational, so ging es, so geht es noch heute. In dieser Zerrissenheit: Immer auf dem Sprung und derweilen versuchend, ganz bei sich zu sein; so lebt es sich –.

Als Troller die Augen wieder öffnete, sah er »Die letzten Jedi« vor sich, eine in Cellophan eingeschweißte Machtdemonstration, zweieinhalb Stunden lang, das längste *Star-Wars*-Abenteuer bislang, wie er schon erfahren hatte. Und er lächelte, denn er war bei sich, noch nicht so sehr auf dem Sprung, und da konnte seine Tochter Heike nicht weit sein.

– Du machst das gut, der zerstreute Professor steht dir!

– Danke und danke! Aber sag, wie komme ich dazu?

– So einfach mache ich's dir nicht.

– Okay. Das ist ein Bestechungsversuch.

– Richtig.

– Was fehlt dir?

– Falsch.

– Was möchtest du loswerden?

– Ganz kalt.

– Wie?

– Ich bin nur die Botin.

– Für wen? – Was? Franjo besticht mich? Das geht mir jetzt ein wenig zu schnell …

– Du bist gut.

– Und weiter?

– Mein Franz-Josef schenkt dir diese DVD.

– Aha? Du hast dich ganz offensichtlich sehr leicht zur Mittäterschaft bewegen lassen. Weißt du denn um das Erwachen der Macht?

– Ja, sicher.
– Warum?
– Das soll er dir dann selber sagen.
– Franjo hat ein Problem?
– Oh ja.
– Und du als Überbringerin willst dich dafür entschuldigen, gleich die wichtigste Vorlesung an diesem Tag zu schwänzen.
– Werde meine Gene heute nicht verleugnen, ja.
– Hm.
– Wir fahren nach Innsbruck. Franjo will, na ja, oder er glaubt: Er muss … ins Brenner-Archiv.
– Und?
– Und er bezahlt, und Innsbruck soll eine schöne Stadt sein, und ich freue mich darauf, und du wirst, rhetorisch unübertroffen, einmal mehr, entschuldige bitte, gleich vom Hamster-Troller-Rad erzählen, nicht wahr?
– Erwischt.
– Ich darf dich daran erinnern, dass deine heiß- und innigstgeliebte Tochter dafür schon Versuchskaninchen war.
– Hm.
– Siehst du.
– Deswegen?
– Jetzt sei nicht beleidigt, hochgelobter und weit herum geschätzter Dozent an dieser Uni, der du bist; Montag sind wir wieder zurück.
– Schön.
– Ja, genau.
– Und was mache ich bis dahin? Entschuldige, nein, ja, alles in Ordnung. Aber ich erfahre Aufklärung, was es mit der Bestechung auf sich hat? Und darüber hinaus?

– Bestimmt.

– Dann ist es gut.

– Noch nicht ganz. Letzte Frage.

– Wie? … Okay, sag an.

– Der Abschiedsbrief, den du letzte Woche gezeigt hast, von diesem kostümierten Teddybären, den hast du geschrieben, gib's zu!

– Meine Gene sind deine Gene, und jetzt geh schon!

Troller wollte wieder die Augen schließen, mit den Nachwirkungen des Tochterkusses auf der Wange noch einmal das Kribbeln im Zwerchfell spüren, das ihm das Trommeln der Studis das letzte Mal nach der Vorlesung beschert hatte, das sanfte Dröhnen, dieses anhaltende dumpfe Rauschen, Raunen, Bauschen … oder doch eher ein Brummen, schwer zu beschreiben, noch fand er die Worte dafür nicht, doch das war schon ein Lohn, einer, von dem er nicht gewusst hatte, eine Form der Zuneigung, des Respekts, Freude gar, eine ganz besondere Art spontan gezollter Anerkennung, davon konnte sich ein älterer Mann lange nähren … Er fand jedoch nicht mehr in sein Gedankengehäuse zurück, und er konnte auch nicht mehr lange in der Bibliothek sitzen bleiben, in zehn Minuten würde er loslegen, das Hamsterrad im Hörsaal in Schwung bringen.

Und er hatte Pläne für den Nachmittag. Troller schaltete den Laptop aus, jedoch mit einem guten Gefühl; er hatte dank seiner Tochter Gegenwart erfahren, und er wusste um deren Wert, um die Uneinholbarkeit wie die Unwiederbringlichkeit; ganz bestimmt hatte er sich nicht zum letzten Mal in diese Bibliothek begeben, sich von diesem Duft der Zeit, der Möglichkeit der Aufhebung, dem Geschmack der Existenz einnehmen lassen. In Erwartung: Rotkäppchens

Rache. Noch einige weitere Wochen, und der Poet in ihm würde vollends durchschlagen. Die Währung an diesem Ort hieß Pathos, dafür schien er seit geraumer Zeit empfänglich zu sein, das Empfinden jedoch blieb jedem selbst überlassen.

Troller nahm das Geschenk in die Hand, und er las erneut: »Die letzten Jedi«. Er fühlte sich zugehörig, keine Frage, mit der Angst galt es umzugehen, die Neugier zu bündeln – handle! Dazu gab es, abgesehen vom Sarg, keine Alternative. Und er spürte, die Macht war mit ihm …

25

Sie waren alle innerhalb weniger Minuten beim Schlachthof angekommen. Katterer blickte zum anderen Gebäude, im Büro oben, wo er sich mit Troller vor einiger Zeit eingefunden hatte, brannte Licht. Und eben trat Salvatore Perlini unten ins Freie, ein wenig steif, wie es schien, und bemüht, Haltung zu bewahren. Jette bekundete ebenfalls Mühe, sich zurechtzufinden. Eben war sie noch mit Petra unter der Dusche gestanden, die nun neben Kandlhuber und den Koffern bereitstand.

– Worauf warten wir?

Der fragenden Pathologin waren gekühlte Räume vertraut. Doch darauf gründete Gerdas Ungeduld nicht. Sie war im Gegensatz zu den anderen nicht nur ein Morgenmensch, sie wusste auch, dass das Verstreichen von Zeit ihrer Arbeit zuwiderlief. Eine frische Leiche lässt man nicht warten, das war unprofessionell. Perlini hatte die wenigen Schritte zu den Beamten inzwischen hinter sich gebracht. Da war ein Zucken in seinem Gesicht, das auch der volle Bart nicht verbergen konnte, doch er brachte kein Wort über die Lippen.

– Die Leiche ist also da drin?

Hauptkommissarin Hagen musterte im Fragen den Mann, von dem sie zwar schon gehört hatte, diesen jedoch zum ersten Mal sah. Ein attraktiver Südländer, so um die vierzig, ein schlanker Typ, vielleicht ein wenig klein geraten, der ihr aber ohne Bart wohl richtig gefallen würde. Perlini nickte, wollte schon vorangehen, kam aber an ihrem

Kopfschütteln nicht vorbei, wies stattdessen den Beamten mit knappen Handbewegungen den Weg. Sie beauftragte den Kollegen Katterer, sich mit dem Geschäftsführer zu unterhalten, und gab den anderen das Zeichen zum Betreten des Gebäudes.

Sie gingen den Korridor entlang, daraufhin zweimal links, wie ihnen angezeigt worden war. Und noch während Petra etwas wie »Schweinekälte« murmelte, stieß Gerda ein »Nein!« aus, das zwar nicht laut, schon gar nicht geschrien war, das aber aus tiefster Seele gekommen sein musste. Wie wenn sie weitersprechen müsste, wandte sie sich um und fuhr die junge Kollegin von der Spurensicherung harsch an.

– Du irrst dich, meine Kleine, du irrst dich gewaltig. Denn wir haben mächtig Feuer unterm Dach. Der da tiefgefroren sitzt, das ist … das ist Jan-Hubert Bader.

Im selben Moment hatte auch Kandlhuber den ehemaligen Hauptkommissar erkannt und ließ die Tasche fallen. Jette, die vom großen Jumbo nur immer gehört hatte, war ihrerseits aufgeschreckt, die Klobürste, die dem Mann um den Hals gehängt worden war, sagte ihr etwas – sie diente nicht nur der Legendenbildung, war vielmehr eine starke Botschaft. Gerdas Einschätzung würde womöglich in einem Ausmaß zutreffen, das noch kaum zu erahnen war. Petra hatte sich schnell gefasst, die Kamera gezückt, und sie schoss erste Fotos, auf dass die Pathologin nähertreten konnte.

Jette unterdrückte den Reflex, Troller anzurufen, erst denken, dann schießen, lautete die Devise auch in diesem Fall. Die Fallhöhe war diesmal beträchtlich. An ein Kuscheln mit Petra war bis auf Weiteres nicht mehr zu denken, hier waren andere Fertigkeiten gefragt, rauchen durfte die Hauptkommissarin ad interim auch in diesem Gebäude nicht, also setzte sie sich in Bewegung, ging den Weg entlang der gekachelten Wände zurück. Kein angenehmer Ort, eine Massentötungsanlage, das ziemlich genaue Gegenteil einer Sauna, schoss es ihr durch den Kopf, dieses helle kalte Licht, der eigenartige Geruch, wer konnte hier nur arbeiten. Wer musste? All die Maschinen, das Werkzeug zur Verarbeitung von Tieren, zur Verkleinerung von Fleisch, gut abgeschirmt vor den Blicken Unbeteiligter.

Die gefilterte Luft tat ihr gut; die Klobürste, kam ihr nun in den Sinn, hatte mit Folter zu tun. Gerüchte von früher: Stahl-Bader-Troller. Da seien alte Mächte am Werk, das hatte der Jumbo doch Walle noch mit auf den Weg gegeben, als sie mit der Aufklärung von Friedas Fall beschäftigt gewesen waren. Die Verflechtungen von früher, der nach wie vor ungelöste Fall. Fiel hier vor ihren Augen grad ein Kartenhaus zusammen? Probten die Schlümpfe den Aufstand? Das war nicht ihr Fall, das spürte sie mit Bestimmtheit, und doch würde sie die Ermittlungen leiten müssen. Wann riefe sie Troller an?

Jette zückte ihr Kleines, zögerte, ging dann die gespeicherten Bilddateien durch. Sie hatte die Aufstellung der blauen Hartgummimännchen, die sich Shirin und ihr nach dem Öffnen von Friedas Bankschließfach in der Metallbox präsentiert hatte, die Familienaufstellung, wie sie es später nannte, noch nicht gelöscht. Who done it? Ein Klo-Schlumpf war bei dieser Versammlung nicht zu erkennen, auch kein Metzger. Sie wollte sich aufmachen ins andere Gebäude, dort oben, das war leicht zu erkennen, saßen Katterer und Perlini, doch Geräusche hinter ihr ließen sie innehalten. Sie wandte sich um und sah, wie Kandlhuber den Eingang zum Schlachthof untersuchte. Jette steckte ihr Kleines weg, griff nach den Zigaretten und stellte sich neben den Spusimann.

– Kein guter Tatort?

– Wie man's nimmt. Einbruchspuren finden sich keine, doch das hast du selbst auch schon erkannt. Fingerabdrücke gibt es hingegen zuhauf, was aber für einen Arbeitsort wie diesen wenig überraschend sein dürfte. Wenn wir deswegen alle Arbeits- und Hilfskräfte dieser Großmetzgerei zum Abgleich aufbieten müssen, wird uns am Ende die Farbe ausgehen.

– Weitere Klagen?

– Hast du Troller schon informiert?

Statt zu antworten hantierte Jette umständlich mit dem Feuerzeug, schaute in den Himmel und wartete auf eine zündende Idee. Es war nicht leicht, hinter dem Hochnebel die Sonne auszumachen. Es herrschte trübes Wetter in diesen Märztagen, dennoch war von ihr Klarheit gefordert. Sie atmete tief ein, und sie versprach ihrer inneren Stimme, nicht sogleich auf Markowitsch als einzig in Frage kommenden Täter zu schließen, abgesehen davon würde der Wolf ganz gewiss keine Spuren hinterlassen, auch diesmal nicht.

– Soll ich Walle …?

– Untersteh dich.

– Verstanden, Frau Hauptkommissarin. Sie haben weitere Anweisungen?

– Friede, ja? Bitte.

– Alles gut, Jette. Ich möchte auch nicht mit dir tauschen. Vielleicht helfen uns die Kameras, davon hängen hier auf dem Gelände doch einige an den Fassaden, auch drinnen.

– Ja, vielleicht. Attrappen sind allerdings groß in Mode, und selbst wenn sich darunter funktionsfähige Geräte befinden, waren die wohl nicht eingeschaltet. Oder kennst du wen, der sich auf den Diebstahl ganzer Rinder- und Schweinehälften spezialisiert hat?

– Das nicht. Aber meines Wissens sind die militanten Tierschützer noch nicht ausgestorben. Im Gegenteil: Veganer aller Länder vereinigen sich, Veganerinnen eingeschlossen. Ganz ohne Grund wird hier nicht auf Überwachung gemacht.

– Stattgegeben. Ich geh mal nach drüben und frag den Chef.

Als Jette im Büro ankam, wollte sich Katterer eben verabschieden. Offensichtlich hatte der Kollege schon alles Wissenswerte in Erfahrung gebracht. Perlini machte einen geschäftigen Eindruck, keinen verdächtigen, aber einen nervösen. Ohne Frage hatte der Mann aufgrund der Ereignisse einiges zu regeln. Hatte er das? Sie entschied, die Situation zu entschleunigen.

– Herr Perlini, wir möchten Sie ja nicht länger als nötig aufhalten. Da mein Kollege aber mit leeren Händen dasteht: Gehe ich recht in der Annahme, dass sämtliche Kameras auf dem Gelände und auch innerhalb der Gebäude außer Betrieb sind?

– Nein, nicht alle. Wir haben leider immer mal wieder ungebetene Gäste. Doch wie ich Ihrem Kollegen schon erklärte, ist unser Techniker noch nicht im Haus. Wenn es Ihnen recht ist, liefern wir Ihnen die Aufnahmen dann nach?

– Zu Ihrem eigenen Schutz, Herr Perlini, nein, das ist mir nicht recht. Das Verschwinden relevanter Aufnahmen kommt nur in schlechten Filmen vor, und ich denke, wir müssen auf niemanden warten. Wir haben Fachpersonal hier vor Ort. Es sei denn, Sie hätten etwas dagegen, wenn jemand von der Spurensicherung sich kurz der Sache annimmt?

Katterer schaute pflichtschuldigst zu Boden, und auch Perlini schien im ersten Moment nicht zu wissen, wie er zu reagieren hatte. War er beleidigt, weil man ihn nicht von vorneweg jeden Verdachts enthob, war er überfordert, weil das Technische nicht sein Ding war? Welche Optionen er auch durchspielte, so und anders, sich am Bart zupfend entschied er sich zur Kooperation.

– Aber gewiss. Je schneller wir hier wieder auf Normalbetrieb umstellen können, desto besser.

Jette schickte Katterer los, um Petra zu holen, und wartete darauf, dass ihr der höfliche Italiener einen Stuhl anbot.

– Cappuccino?

– Lieber kurz und schwarz.

Jette setzte sich unaufgefordert an den Besprechungstisch und beobachtete den Mann, wie er die Kaffeemaschine bediente. Gern hätte sie gewusst, was diesem Perlini durch den Kopf ging. Die Leiche im Kühlraum machte ihm zu schaffen, das stand außer Frage, doch verfügte der Mann über ein hohes Maß an Selbstkontrolle, so mechanisch und scheinbar selbstvergessen wie er die Kaffeebohnen nachfüllte; ein Nichtraucher, auch das stand fest, sie hielt vergeblich Ausschau nach einem Aschenbecher. Sie hätte es längst gerochen, wenn in diesem Raum gepafft würde. Ein geschmackvoll eingerichtetes Büro, großzügig auch in den Dimensionen, das eine Bild an der Wand verriet den Fußballfan. Waren das nicht alle Italiener? Tifosi? Vorurteile vereinfachen das Denken, hörte sie Trollers Stimme, doch sie machen auch blind.

– Die Leiche im Kühltrakt, das ist Jan-Hubert Bader, nicht wahr?

Offenbar hatte Perlini der Geruch frisch gemahlenen Kaffees Mut gemacht. Er ging, selbst für Jette überraschend, in die Offensive. Und er hatte ihr keinen Zucker angeboten.

– Sie haben großes Vertrauen in die Qualität Ihres Kaffees.

Der Mann mit Bart nickte, lächelte, war aber, so schien es, mit Denken noch nicht ganz fertig. Halt dich zurück, hörte sie ihre innere Stimme, oder es war Troller, der sie ans Zuhören gemahnte. Ihr Gegenüber hatte sich Zeit gelassen, sich hinzusetzen, sich der Kaffeetasse anzunehmen, die er dann aber, ohne sie zum Mund geführt zu haben, wieder hinstellte.

– Es liegt mir selbstredend fern, Ihnen Ratschläge zu erteilen … aber Sie sollten unverzüglich Walle ins Bild setzen. Sie wissen wahrscheinlich, dass wir uns seit Jahren kennen, seit meiner Kindheit, um genau zu sein. Wir wohnten im selben Quartier … mein Vater … und Herr Bader, sie haben sich vor noch nicht allzu langer Zeit noch getroffen. Sie kannten sich ebenfalls.

Dann schwieg Perlini. Er hatte Mühe, die richtigen Worte zu finden, griff jetzt entschieden nach der Kaffeetasse, nahm den einen Schluck, denn mehr war in der Tasse nicht drin, schloss kurz die Augen und fasste sich wieder an den Bart. Jette stand mittlerweile unter Strom, ihre Gedanken schlugen quer, das ließ sich nicht weiter aussitzen, und sie brach entgegen der eigenen Vorsätze die Stille.

– Herr Perlini, was ist hier los?

– Das, Frau Hauptkommissarin, weiß ich auch nicht, Ehrenwort. Aber ich will mit offenen Karten spielen. Bevor Sie hier ankamen, rief ich meinen Vater an. Er sorgt jetzt dafür, dass meine Frau und die beiden Kinder außer Landes kommen, in Sicherheit. Und er hat mir das Versprechen abgenommen, dass ich für die nächste Zeit Bodyguards engagiere.

– Wie bitte?

Das war nicht nur ein Kartenhaus, da schien nicht nur unter einem Dach Feuer ausgebrochen zu sein. Schlumpfhausen war in Brand gesteckt, und Jette setzte sich gerade hin, dachte an Verschwörung, dachte an Mafia, dachte wieder an die Büchse der Pandora, an die Hoffnung und an das Übel, den Wolf und die sieben Schlümpfe, hatte plötzlich nur noch Querschläger im Kopf, und Salvatore Perlini erriet ihre Gedanken.

– Nein, aber nein, das ist kein schlechter Film, das immerhin glaube ich zu wissen, die Mafia oder was von ihr übrig geblieben ist, hat damit nichts zu tun. Auch wir Italiener sind im 21. Jahrhundert angekommen. Vater hat uns immer von den alten Geschichten ferngehalten, das hielt er für seine wichtigste Aufgabe, auch wenn er selbst die Vergangenheit nie ganz abschütteln konnte. Das ist kompliziert … Und übrigens, ich habe vorhin Ihren Kollegen angelogen, ich habe die Polizei nicht gleich nach dem Fund der Leiche angerufen, habe mir die Aufnahmen der Kameras erst angesehen, ich hoffe, Sie verstehen. Man erkennt nicht viel, Sie werden sehen. Ich habe Angst, das gestehe ich. Und solange meine Frau und die Kinder nicht in Sicherheit sind, werde ich keine ruhige Minute haben.

– Verstehe. Wo ist Ihr Vater jetzt?

– Ich weiß es nicht, ehrlich. Ich hoffe, am Flughafen.

– Rufen Sie ihn an.

– Das werde ich jetzt nicht tun.

– Sie haben wirklich Angst.

Wie zur Bestätigung setzte Perlini die leere Tasse noch einmal an, nahm den Kaffeesatz in sich auf, die Bitternis, und schloss erneut die Augen. Das Drama war wohl nicht gespielt. Zur gleichen Zeit stand Petra in der Tür, hatte aber instinktiv zugewartet, schaute nur, wartete, bis Jette sie entdeckte, ihr zunickte.

– Herr Perlini wird dir den Raum zeigen, wo die Aufzeichnungen der Kameras zu finden sind. Seid ihr drüben fertig?

– Gerda würde den Sack nie zumachen ohne dein Einverständnis. Oh … ich bitte um Entschuldigung, wollte sagen, du wirst erwartet, unten.

Jette nutzte die wenigen Meter zwischen den Gebäuden für hastige Züge; schnell denken, wenn nichts läuft, sehr langsam denken, wenn die Dinge sich überschlagen. Sie war dem Fall gewachsen, wenigstens musste sie sich das jetzt einbilden, die Übersicht wahren, den Blick nicht verschließen. Es war nur eine Frage der Zeit gewesen, bis sie selbst mit einem schwierigen Fall konfrontiert sein würde. Jetzt war es so weit. Angie, Tomb Raider, jetzt wird es ernst, bring Licht in die Sache, flüsterte ihr jemand ins Ohr, und der Chor stimmte ein: Nimm Herz und Verstand in die Hand. Staatsanwalt Häusermann würde sich bald einmischen, die Pressekonferenz war bei diesem Toten eine Selbstverständlichkeit, und nicht das übliche Verfahren stand an, sondern das übliche Verfahren plus

Zusatzanstrengungen, denn ein ehemaliger Hauptkommissar war ermordet worden.

Jette stand vor dem sitzenden Leichnam Baders, stand da schon eine Weile. Alle außer Gerda hatten nach und nach den Raum verlassen. Das war in ihrem Sinn, auch wenn sie nichts dergleichen angeordnet hatte. Die Pathologin hantierte noch etwas an ihrem Koffer, wie sie im Augenwinkel wahrnahm. Der Tote würde ihr nichts mehr sagen können, aus den Gesichtszügen eines Ermordeten etwas ablesen zu wollen, war nicht möglich, trotzdem schaute sie den Mann an, schaute hernach auf die Klobürste, die jetzt, in einen Beutel verpackt, neben ihm lag, die für sich betrachtet nichts Besonderes war. Ein Massenprodukt aus dem Kaufhaus, noch ungebraucht, auch wenn sich das mit bloßem Auge nicht mit Gewissheit erkennen ließ, eigens für diesen Zweck, die Inszenierung eines getöteten ehemaligen Hauptkommissars, gekauft und dem Mann umgelegt, womöglich erst nach seinem Tod angehängt.

Hätte Troller die Leiche so finden sollen? War das die Intention? Oder doch eine Botschaft für Perlini junior, den Großmetzger? Für dessen Vater? Lag es an ihr, oder entsprach dieses Bild auch so einer schlechten Karikatur? Wollte jemand den alten Bader noch über dessen Tod hinaus der Lächerlichkeit preisgeben?

Jette spürte die Kälte nicht, machte gleichwohl einige Schritte im Raum, als könne sie auf diese Weise die Fragen verteilen, neu anordnen, und sie suchte nach Motiven. Ohne Motiv kein Mord. Eine Verwechslung lag nicht vor, kein Versehen. Eine Tat im Affekt war das nicht. Das Schlussbild hatte einiges an Vorbereitung verlangt; nicht das Töten, das war, zumindest technisch, einfach zu bewerkstelligen. Aber das Zur-Schau-Stellen, darum ging es den Tätern … Todesursache? Gerda würde für Klarheit sorgen. Auf den ersten Blick waren keine Spuren von Folter zu erkennen. Ein toter Mann ohne äußere Verletzungen, der sich allem Anschein nach nicht gewehrt hatte. Täuschte der Anblick? So oder so: Petra hatte sich schon wieder geirrt, hier ließ sich nur schwerlich ein Sack zumachen. Eine gefrorene Leiche in Sitzstellung würde sich nur behelfsmäßig verpacken lassen, wenigstens das aber würde nicht ihre Sorge sein.

– Jan-Hubert Bader, ich verspreche Ihnen Aufklärung. Ich werde alles in meiner Macht Stehende tun, um die Täter ihrer gerechten Strafe zuzuführen. Und ja, ich werde Troller anrufen. So geht das nicht weiter.

Als Jette ins Freie trat, sich reflexartig eine Zigarette zum Mund führte, sah sie, dass Gerda ein wenig abseits stand, in Tränen dastand, was sie selbst sogleich überforderte, da doch diese großgewachsene Frau, noch bis vor Kurzem von Troller Sibir genannt, sich Gefühlsregungen grundsätzlich verbat, stets das Sachliche vertrat und darüber hinaus nie etwas anderes hatte gelten lassen, und doch jetzt, fragil und durch den Wind, wie ihr schien, nach einer Umarmung verlangte, die sie ihr im Wegschnippen der eben angezündeten Kippe auch gewährte.

– Du kannst das nicht wissen. Aber wie du dich eben des Opfers angenommen hast, so tat es einst Jumbo selbst. Immer. Du bist die Richtige, Jette. Wir werden den Fall mit dir lösen, das weiß ich jetzt.

Jette schluckte noch, nachdem die andern mit vereinten Kräften die Leiche abtransportiert hatten, sie allein zwischen den Gebäuden des Schlachthofs stand. Sie schluckte und rauchte. Das war der Druck, den zuvor immer Troller auszuhalten hatte – und vor ihm Bader. Sie zückte entschlossen ihr Kleines und las: »miss you, my blue train!« Und las hernach: »miss you, waterproofed!!« Die eine Nachricht von Noah, der sich in Sierra Leone um seine Angehörigen kümmerte, die andere von Petra, die sie heute in der Früh noch mit dem Duschkopf um den Verstand … Die Balance, Mädchen, ging es ihr durch den Kopf, du musst die Balance finden, ohne das Private wirst du die Welt nicht bestehen.

Wer hatte ihr das gesagt? Was sollte sie Noah antworten? Dass sie sich in der Zwischenzeit mit einer jungen Kollegin verlustierte, der sie auch schon vom Lord of the XXL vorgeschwärmt hatte, sie beide ladylike mit dem Gedanken spielten, von ihm in flagranti erwischt zu werden? Jette antwortete schnell und beiden dasselbe: »with impatience, love! J.« – Und endlich wählte sie Troller. Dass der Mann nicht Gewehr bei Fuß stand, wusste sie schon aus Erfahrung, dennoch wäre es ihr lieb gewesen, wenn er rangegangen wäre. Doch es war Donnerstag, Troller stand wohl jetzt in einem Hörsaal, bespielte Studenten, was ihm, so hatte er ihr gestanden, sogar Spaß machte.

Hätte einer wie Walle Troller die Erschütterungen nicht spüren müssen? Zwar war es nahezu ausgeschlossen, dass er schon Bescheid wusste, doch Bescheid wissen musste er. In Kenntnis gesetzt von ihr, zwingend, so schnell wie möglich. Troller würde den Mord an Bader persönlich nehmen, das stand fest. Die Angst Perlinis war ihr ein erster Indikator gewesen für das, was auf sie zukommen würde. Den Furor Walles mochte sich selbst Jette nicht ausmalen. Und in der Not schrieb sie ihm eine Nachricht: »melde dich! sofort.«

26

– Sie sind in einem fensterlosen Raum eingesperrt. Künstliche Beleuchtung, ziemlich grelles Licht, daran lässt sich nichts ändern. Im selben Raum ein festgeschraubter Tisch, unverrückbar, auf dem Tisch ein Käfig, der sich allem Anschein nach nicht öffnen und auch nicht von der Stelle bewegen lässt. Im Käfig befindet sich der berühmte Hamster in seinem Rad. Es ist deswegen der berühmte Hamster, weil er sein Rad nie verlässt, unermüdlich dieses Rad am Laufen hält. Sie hören aufgrund der Reibung oder auch wegen der sich bewegenden Beinchen des Tieres ein leises Rauschen. Hören Sie's? Gut. Auf demselben Tisch steht ein Glas, sagen wir, noch zur Hälfte gefüllt, eine geruchlose Flüssigkeit, allem Anschein nach Wasser, doch das wissen Sie nicht, und ein Revolver liegt ebenfalls dort, geladen, jedoch befindet sich nur eine Kugel in der Trommel. Sie werden seit einiger Zeit schon in diesem Raum festgehalten, so seit vier oder fünf Stunden. Mittlerweile haben Sie mächtig Durst, Sie haben auch einige Versuche, nach Hilfe zu rufen, bereits hinter sich, ergebnislos. Kein Traum, keine versteckte Kamera. Sie wissen nicht, wer Sie in diese Situation gebracht hat, und Sie wissen auch nicht, warum Sie sich in diesem Raum befinden. So weit, so klar? Jetzt drehen wir die Uhr 48 Stunden vorwärts. Welche Situation präsentiert sich uns dann? Ich setze auf Ihre Einbildungskraft, gebe Ihnen mal drei Minuten Zeit. Lösen Sie den Fall!

Dozent Troller schaute in die Runde. *Seine* Studenten, er dachte tatsächlich schon so besitzergreifend, waren misstrauisch geworden. Das war gut so. Sie würden sich von ihm nicht mehr so leicht um den Finger wickeln lassen, dachten sie. Er setzte auf Widerstand, brauchte diesen Widerstand für das eigene Denken. Darüber könnte er das nächste Mal etwas erzählen. Das Grundrauschen im Saal war merklich angestiegen, die Hamster drehten sich in ihren Rädern, tauschten sich untereinander aus, da herrschte alles andere als Einigkeit. Er rief sich einige der kreativsten Lösungen in Erinnerung, die er zu seinem Trollerrad schon gehört hatte. Heike hatte damals mit den Scherben des Glases den Hamster kitzeln wollen …

– Nun? Können wir? Gehe ich recht in der Annahme, dass die meisten Hamster inzwischen tot sind? Und wie steht's um die Menschen? Wer von Ihnen hat die letzten 48 Stunden überlebt? Nur keine falsche Scheu … aha, sehr gut; da scheinen doch einige einen beträchtlichen Überlebenswillen zu haben! Gewiss haben Sie auch die nächsten 48 Stunden in Betracht gezogen? Lassen Sie mich die Dinge ein wenig beschleunigen: Einige von Ihnen werden rational vorgegangen sein, einen Teil der Flüssigkeit geopfert, will sagen am Hamster ausgetestet haben, um im guten Fall den Rest für sich zu haben. Oder Sie haben die ganze Flüssigkeit über den Hamster gegossen in der Hoffnung, so einen Moment Ruhe zu erlangen, denn der kleine Nager wäre wohl vom Rad gesprungen, um sich die Nässe aus dem Fell zu schütteln. Ohne Frage lässt sich mit Scherben einiges anfangen, nicht wahr? Wenn alle Hoffnung dahin ist, erschießen Sie den Hamster und schlitzen sich hernach die Pulsadern auf, zum Beispiel. Für Tötung und Selbsttötung gibt es viele Möglichkeiten, Sie haben sich die Details ausgemalt, ich muss das jetzt nicht nachzeichnen. Einige von Ihnen sind wohl gar nicht so weit gegangen, haben erfolgreich den Hamster hypnotisiert, auf dass dieser den Schlüssel zur Tür auskotze, oder haben sich … Ja, bitte? Sie haben eine Frage?

Troller sah im Erteilen des Worts auf die Wanduhr. Du darfst in diesen Hörsälen vieles, Papa, ja, nur nicht überziehen, das kommt gar nicht gut an. Heikes Ermahnung, die er sich doch zu Herzen genommen hatte. Auch hatte er vorhin ein Ruckeln seines Frosches in der Hosentasche gespürt. Da wollte ihn jemand von außerhalb sprechen.

– Ja, danke! Sie sind mir zuvorgekommen. Und ich hoffe ehrlich gesagt, die Antwort auf Ihre Frage steht inzwischen im Raum. Denken Sie an das Milgram-Experiment, oder rufen Sie sich das Dilemma des Trolley-Problems in Erinnerung. Womöglich haben Sie den Clou längst erkannt und wollen mir lediglich die Show nicht stehlen. Eine Ahnung von der Kunst des Ermittelns also, nach der Sie mich fragen und die ich Ihnen ja auch beim letzten Mal in Aussicht gestellt habe, bekommen Sie, wenn Sie den Hamster als Stellvertreter erkennen. Setzen Sie statt seiner einen Menschen ein, und zwar den Menschen, der Ihnen am nächsten steht – oder irgendeinen Menschen, von dem Sie aber wissen, dass er einen sehr schlechten Einfluss auf den Menschen ausübt, der Ihnen am nächsten steht. Spielen Sie einige dieser zutiefst menschlichen Konstellationen durch. Nehmen Sie sich sodann selbst aus der Konstellation heraus und die Rolle des Ermittlers ein, der lediglich aufgrund des geschehenen Verbrechens, des Schlussbildes, wenn Sie so wollen, zu rekonstruieren hat, was geschehen sein mag; versuchen Sie, Opfer und Täter zu erkennen, hinter die jeweiligen Motive zu kommen. Und vielleicht gelangen Sie früher ans Ende Ihres Lateins, als Ihnen lieb ist, in anderen Worten: vita brevis, ars longa. – Machen Sie's gut!

Minuten später saß Troller im Wagen, allerdings nicht, wie er es sich ursprünglich vorgenommen hatte, auf dem Weg über die Grenze zum Dachsberg, sondern Richtung Jedastedt. Angies Nachricht hatte ihn nicht überrascht. Und sie schien auch gefasst, als sie das Wesentliche zusammenfasste. Seine Stellvertreterin funktionierte. Tomb Raider in Aktion. Das beruhigte, obschon er nichts anderes erwartet hatte. Baders Tod ging ihm nahe, würde ihn noch arg bedrängen, wenn er es denn zuließ oder wenn es nicht mehr anders ging, doch aus dem Nichts war dieses Ende nicht gekommen. Im ersten Reflex wollte er nicht fahren, sich erst besinnen, in die Bibliothek zurückkehren oder einen Spaziergang am See machen, um in Ruhe nachzudenken, doch dann kam ihm Anne in den Sinn, Baders Frau. Er musste zu ihr, auch wenn Doro und Katterer bereits auf dem Weg zu ihr waren. Seine stellvertretende Hauptkommissarin hatte richtig entschieden. Dorothea Schildknecht, lange die inoffizielle rechte Hand Jumbos, kannte die Baders, kannte Anne. Auch die Gattin würde nicht überrascht sein, sie hatte ihren Mann vor so einem Ende immer gewarnt. Er kann das Mausen nicht lassen, hatte sie ihm noch während der Feier zum 70. Geburtstag von Jan-Hubert gesagt – red doch bitte mit ihm.

Wie oft hatte Troller das getan? Wieder und wieder getan, wohl wissend, dass sein alter Mentor, der große Jumbo, sich nicht nur aufs Angeln und Malen würde beschränken können. Höchstwahrscheinlich ging es um Mäuse, um die pekuniären, also um Geld beziehungsweise um Macht, um

Ansehen und Bestätigung, ansonsten ging es um Ratten, genau genommen um eine große Ratte, also den bösen Wolf, den Hexenmeister Markowitsch, der sie alle seit einiger Zeit in Schach hielt. Auch ein Kriminalkommissar im Ruhestand blieb in Geschichten verstrickt, behielt seine Identität und sein Denken. Einen Skat klopfen half da nur für zwischendurch. Wie hätte sich sein alter Freund neu erfinden sollen?

Er würde sich von Anne Jumbos Notizbüchlein aushändigen lassen, das sie, da war er sicher, niemandem sonst geben würde, auch nicht Dorothea. Nicht wegen der alten Eifersüchteleien, diese Zeiten waren lange vorbei, doch Anne würde darauf bestehen, dass er, Walle Troller, sich des Falles annahm, weil ihr Mann das ebenfalls gewollt hätte – weil er vielleicht das Heulen des Wolfes doch noch vernommen hatte. Der Mord an Bader war sein Fall, kein Zweifel, doch welche Rolle er bei den Ermittlungen übernähme, das war noch offen.

Nein, das hatte er bereits entschieden. Er würde den Staatsanwalt gar nicht erst bedrängen, seine Auszeit war noch nicht abgelaufen, und eine vorzeitige Wiedereinsetzung in Amt und Würden, wie es so schön hieß, schuf nur weitere Unruhe, ungewollte Unruhe. Es gab keine guten Gründe, warum nur immer die Bösen über einen Joker verfügen sollten, er selbst würde diesmal mit Bedacht das Spielfeld abstecken, nach seinen Regeln einrichten, sodass Angie, wie es sich gehörte, an seiner Stelle als Hauptkommissarin den Fall lösen konnte.

– Gerda, ich komm einen Tag früher.

– Weiß ich schon.

– Im Alten Löwen um 19 Uhr? Ich lad dich ein!

– Bist du so gefasst, oder tust du nur so?

– Mir geht's gut.

– Und sonst?

– Hm? Ich bin grad beim Auftanken.

– Die Seeluft scheint dir gut zu tun.

– Wie?! Nein. Das Auto. Ich bin schon auf halbem Weg. Jos Edelkarosse schluckt so einiges.

– Das kann ich mir vorstellen. Nur du scheinst mir seltsam entrückt. Spreche ich mit Troller, Walle Troller?

– Alles gut, Gerda. Ich meine: bis auf den Mord an Bader. Muss alles erst ein wenig absacken, vermute ich. Ich schaue erst einmal bei Anne vorbei.

– Weiß Häusermann schon von deiner Rückkehr?

– Gut möglich.

– Gut möglich?! Sprichst du bitte Klartext?

– Verzeih, ich bin noch am Andenken, ich erzähl dir dann heut Abend alles, was ich weiß, Ehrenwort.

– Okay, einverstanden. Ich möchte aber gegenhalten. Sagen wir also 20 Uhr. Der Leichnam ist am Auftauen, noch sind mir die Hände gebunden.

Salvatore Perlini hatte die Wahrheit gesagt. Auf den Bildern, die eine der Kameras an der Außenfassade des Schlachthofs gemacht hatte, war nicht viel zu erkennen. Jette hatte sich die Aufnahmen mehrere Male mit Peer zusammen angeschaut.

Sie hatten auf dem Kommissariat mehrere Rochaden vornehmen müssen, nicht nur wegen der Beurlaubung des Hauptkommissars. Shirin war auf der Skipiste so unglücklich gestürzt, dass sie sowohl am rechten Knie als auch am linken Daumen hatte operiert werden müssen. Die OP lag zwar schon zwei Tage zurück und war gut verlaufen, doch da es sich bei Frau Yüzülmüs um eine Linkshänderin und klassischen Rechtsfuß handelte, war sie für jedwede Einsätze noch völlig unbrauchbar. Darüber hinaus war einer der Halswirbel lädiert, was sich erst nach der OP herausstellte, weswegen Shirin grad in der Röhre lag und nur schlecht einen Laptop bedienen konnte. Häusermann hatte zwar noch vergangene Woche angeordnet, man solle jemand von der Sitte bei Bedarf mit ins Boot holen, da gäbe es den einen oder anderen IT-Freak, doch dagegen sträubte sich Jette, sträubte sie sich noch jetzt, wenngleich ein Mann, der im Netz recherchieren konnte, hilfreich gewesen wäre. Peer war in dieser Hinsicht nicht unbegabt, doch sie wusste, dass er es nie lange auf einem Stuhl aushielt, auch wenn er sich jetzt am Computer nebenan redlich mühte. Jette starrte weiter auf den Bildschirm in der Hoffnung, doch noch etwas zu erkennen. Die drei Männer hatten gewusst, wo sich die Kameras befanden, hatten sich zudem Strümpfe über den Kopf gezogen und auch Mützen getragen.

– Ich hab's, schau her. Das ist ein Nissan Kubistar, ein ziemlich alter Kasten.

Jette schaute wie befohlen, zog die Augenbrauen hoch, nickte, wollte schon nach dem Kennzeichen fragen, obwohl ihnen beiden auch so klar war, dass das eine kaum zum andern passen würde.

– Und jetzt halt dich fest. Ich weiß auch, zu wem das Kennzeichen gehört: zu Jan-Hubert Baders neuem Peugeot.

– Na, fein. Dann brauchen wir nur noch den Besitzer eines, wie sagtest du, Nissan Kubikstar, ausfindig zu machen und Baders französischen Schlitten zu finden.

– Kubistar, ansonsten messerscharf geschlossen, Frau Hauptkommissarin.

– Dann such mal schön, Meister Holthuizen, du hast noch gefühlte fünf, also zehn Minuten Zeit, dann ist Sitzungsbeginn.

Jette atmete durch. Sie hatte sich einige Schritte von der Raucherfraktion am Hinterausgang entfernt, um in Ruhe zu denken. Das waren doch erste Spuren, vielleicht keine wegweisenden, doch immerhin. Es galt, für die morgige Pressekonferenz das eine oder andere vorweisen zu können, nicht der Presse, sondern Häusermann zuliebe. Sie wusste um den Umgang mit Fakten, es ging also darum, einen Tag nach dem andern zu überstehen. Doch das reichte nicht mehr aus, sie musste sich einen Vorsprung verschaffen, wie Troller das immer tat. Erst wirst du überrollt, so beginnt ein jeder Fall, dann musst du dich selbst auf die Überholspur bringen, irgendwie. War die Planung von Baders Tod doch nicht so akribisch vonstattengegangen, wie die ihm zugedachte Klobürste vermuten ließ? Wozu noch das Nummernschild des Opfers am Transportfahrzeug anbringen? Warum hatten die Täter – oder waren es nur die Überbringer gewesen? – sich mit dem alten Kastenwagen filmen lassen?

Perfekt war das nicht. Die Aufklärungschancen stiegen. Troller musste inzwischen in der Stadt sein, hielt sich vielleicht schon bei der Witwe Bader auf. So viel blieb für heute beim Alten: Auf die Sitzung nach der Sitzung würde es ankommen, das Gespräch mit Troller unter vier Augen, auch wenn sie sich ausnahmsweise dazu nicht am Arbeitsplatz treffen würden, sondern im Jericho, vorn bei der großen Kreuzung. Dauerte die erste Sitzung nicht zu lang, würde sie sich das letzte Arrangement vom Fall Frieda noch einmal ansehen. Troller erwartete das. Und sie würde Frau Schildknecht zum Gespräch bitten. Dorothea hatte sich ihren Abgang ganz bestimmt anders vorgestellt.

Da wird kurz vor deiner Pensionierung der Mann umgebracht, für den du viele Jahre alles gemacht hast, gemacht hättest, so genau wusste Jette nicht Bescheid, doch der Andeutungen waren einige gewesen, nicht nur von Seiten Trollers. Dorothea Schildknecht war Baders Rückendeckung gewesen. Markowitsch, der Sittenstrolch, hatte mehr als einmal von Jumbos Muse gesprochen, wenn er sich in den alten Geschichten verhedderte. Auch mit dem Wolf würde sie sich besprechen und ihn bei dieser Gelegenheit unauffällig erschießen. Daran hatte Jette in den letzen Monaten des Öfteren gedacht, wohl wissend, dass sich der Fall auf diese Weise nicht lösen ließ. Ratte hin oder her, es galt, Markowitsch zur Strecke zu bringen, lebend, genauer gesagt: japsend oder winselnd. Vielleicht aber wäre es an der Zeit, ihn spüren zu lassen, dass sie Bescheid wusste. Oder wartete er nur darauf? Dieser Mann mit seinen Geschichten und Anekdoten, seinem unerträglichen Gehabe … wie er sich dienstags und freitags in der Sauna installierte, ausgerechnet, ausgerechnet an jenen Tagen gemischter Sauna, damit er den Frauen auf die Titten starren und sich aufgeilen konnte.

Sie hatte von den alten Grabenkämpfen nur immer Nebenkriegsschauplätze mitbekommen, wusste lediglich, dass auch Markowitsch damals als Nachfolger von Bader aspiriert hatte, gegen Troller jedoch chancenlos geblieben war. Wolfgang teilte das Schicksal von so vielen, die Karriereleiter war ihm verwehrt geblieben, da ging halt leider nichts, er hatte wohl tatsächlich nie eine Chance bekommen. Das war das Gesetz der Auslese – oder auch der Willkür.

War ein Kollege ermordet worden, und sei dies auch nur ein ehemaliger, man würde alte Differenzen im Nu überwinden. In so einem Fall, bei dem jeder direkt betroffen war, ob er nun Bader gekannt hatte oder nicht, würden die Animositäten ruhen, da galt es, gemeinsam und mit geballter Kraft die Dinge wieder ins Lot zu rücken. Völlig ausschließen ließ sich der böse Wolf aus dem Kreis der Tatverdächtigen ja nicht.

Während Jette noch ihre Gedanken bündelte, sah sie Kandlhuber und Petra im Gleichschritt den Parkplatz betreten, und sie stellte sich den beiden entschieden in den Weg.

– Wo Rauch ist, ist auch Feuer, werte Kollegin. Wir wurden zu einem ausgebrannten Kastenwagen am Waldrand gerufen.

– Ähm, und …

– Holthuizen arbeitet, wenn ich das so sagen darf. Nein, entschuldige, wir haben ja Frieden geschlossen. Es ist so: Kaum hatte Peer den Nissan zur Fahndung ausgeschrieben, meldete sich auch schon eine Streife, die vermutlich nach Kiffern und Landstreichern Ausschau hielt, sie hätten da was in der Größe gefunden, und ziemlich ausgebrannt.

Jette nickte und sah das Leuchten in Petras Augen. Solche Energien waren nicht zu unterdrücken, das betraf auch sie. Gleichwohl gab sie den Weg frei, bat zugleich aber um unverzügliche Berichterstattung und zückte ihr Kleines, noch bevor die beiden den Wagen bestiegen hatten: »hab mich heut auf skype mit noah verabredet, sorry! love, J.« Und der Wagen war noch nicht außer Sichtweise, da las Jette:

»macht nichts, my best bitch, ich bring den champagner! P.« Sie sah sich schon abends am Bildschirm sitzend Noahs Familienprobleme abhören, während Petra im Hintergrund einen Striptease hinlegte, dass ihrem lieben Freund Hören und Sehen verging und er sich nichts sehnlicher wünschte, als … doch erst die eine Sitzung, dann die andere. Wir begeben uns in die Grauzone, Angie, das hatte ihr Troller nach Prozessende noch gesagt. Sie musste auf der Hut sein. Die Möglichkeiten für Fehler, falsche Verdächtigungen, Kurzschlüsse, diese Möglichkeiten waren doch immens. Eine Wölfin auf Abwegen würde aus ihr nie werden, hoffentlich. Du musst immer bei dir bleiben, Mädchen, ja? – Und Jette versprach es.

Planung der weiteren Ermittlungen, der Pressekonferenz für Freitagnachmittag, Begegnung mit Troller zur Besprechung des Eigentlichen. Vielleicht noch einkaufen, vielleicht was essen, vor allem aber denken, den Fall lösen, Superwoman, best bitch, Angie, Tomb Raider, das machst du, das willst du, alles … oder? Wieder meldete sich ihr Kleines: »i'm on the highway to you! bis später!! HaHa.« – Wie hatte sie das vergessen können! Hartmut Hagen! Sie war mit Hartl verabredet, er brachte heute ihre Maschine, ihre liebste Harley … erst die Meute, dann Troller, dann der Bruder. Doch mit etwas Glück haute das hin. Jette befeuerte sich und schrieb zurück: »… and the thunder rolls!«, setzte ein Smiley hinzu und machte sich auf ins Sitzungszimmer.

Wenn Peer schon so eifrig war, so hatte sich inzwischen bestimmt Baders Peugeot gefunden, auch hatte die Leiche vielleicht genügend Zeit gehabt aufzutauen, sodass der Bericht der Pathologie vorlag. Gerda würde sich in diesem Fall mehr ins Zeug legen als sonst, obschon das kaum ging.

Tränen sind wie Benzin, nur besser, ging es Jette durch den Kopf: besser und stärker; Tränen sind zwingend, sie gewähren keinen Aufschub, sie lassen keine Alternative.

Sie würde Shirin und Hans Georg auf die Perlinis ansetzen, auf den Schlachthof, das Umfeld, die Leute, die dort arbeiteten. Die Rote Laterne nicht zu vergessen, Baby Schlumpf, da hatte sich einiges verändert seit Friedas Abgang, der Laden im Industriequartier brummte. Das Lokal lief richtig gut, davon hatte Peer kürzlich berichtet. Fakten, Geschichten, Gerüchte … Komm in die Gänge, Mädchen, linke Spur, überholen und wissen, was als Nächstes kommt. Voraussicht! Dem Spitzbuben hatte sie noch nicht so lange her zwischen die Augen gezielt; der machte schon damals auf großen Macker, dieser Richard, wär' doch nicht weiter verwunderlich, wenn der etwas mit der Ermordung Baders zu tun hätte.

27

Troller saß wieder im Wagen, hatte sich aber nicht sogleich zur Weiterfahrt entschließen können. Alter Mann in altem Mercedes, beides noch ziemlich gut in Schuss, dachte er, glaubte es zumindest und wusste jetzt, dass sich ein Besuch in der JVA bei seinem Bruder nicht länger würde aufschieben lassen. Sie hatten, seit Jo einsaß, immer mal wieder telefoniert, Sprüche geklopft, Nichtiges ausgetauscht. Er behause dieselbe Zelle wie einst vor ihm der Uli, hatte der Bruder geprahlt, und er würde nicht zuletzt deswegen vorzeitige Entlassung erfahren, in jedem Fall schon bald Freigang haben.

Man hatte den Bruder im benachbarten Freistaat untergebracht, zum Schutz beider, wie Häusermann damals betonte. Vielleicht wäre Jo in den Vollzugsanstalten Baden-Württembergs tatsächlich gefährdet gewesen, wenn ein Mithäftling davon Wind bekommen hätte, dass der Bruder desjenigen Mannes, dem er das Gefängnis verdankte, sich plötzlich in greifbarer Nähe befand.

Troller hatte vollgetankt, es gab keinen Grund für einen weiteren Aufschub, er würde sich um die Klobürste kümmern, Angie um den Ermordeten. So konnten sie unabhängig voneinander arbeiten und während der Ermittlungen die Vergangenheit mit der Gegenwart abgleichen. Die wenigsten Täter legen es darauf an, eine klare Signatur zu hinterlassen. Genau das hatte er vor einer Woche den angehenden Juristinnen und Juristen im Hörsaal noch gepredigt. Er drehte den Zündschlüssel, die Klobürste taugte als Visitenkarte wenig, diente lediglich dazu, eine falsche

Fährte zu legen. Besser eine falsche Fährte als überhaupt keine Spur. Baders Worte, Troller beschleunigte.

Auch eine falsche Fährte musste erst jemand legen. Und das konnte nur einer getan haben, der um die Vergangenheit wusste. So jemand musste Freude an der Finte haben, am Versteckspiel. Ein klares Zeichen für Narzissmus, für ein überhöhtes Selbstwertgefühl. Der Wolf, wer sonst. Wer einen Mord plante, trachtete danach, möglichst keine Spuren zu hinterlassen. Alles andere war unprofessionell oder emotional motiviert. Eine falsche Fährte bedeutete Zusatzaufwand, den jemand, dem es nur um die Tat ging, nicht auf sich genommen hätte. Die Geschichten um die Klobürste reichten weit zurück, viel weiter, als Troller sie ohne Hilfe hätte rekonstruieren können. Vielleicht würden ihm Jumbos Notizen auf die Sprünge helfen; darin fände sich der jüngste Stand von Jan-Huberts Ermittlungen, die letzten Skizzen eines Phantomjägers.

Jumbos Ende wies darauf hin, dass er auf etwas gestoßen sein musste, vielleicht den Jackpot geknackt hatte. Aller Voraussicht nach … und Troller sah den Traktor vor sich nach der Kurve grad noch rechtzeitig, stieg auf die Bremse, verschaffte sich die Übersicht, scherte aus – und Kick-down. Er hatte sich schnell an das automatische Getriebe des Mercedes gewöhnt, da geht's ein, zwei Gänge runter, und du spürst die Kraft, die Beschleunigung, dafür hatte er aufgetankt: Du wirst in den Sessel gedrückt, und ab die Post! Auch deswegen bestieg er noch heute die Enterprise, für dieses Ausklinken, vorzugsweise mit Lichtgeschwindigkeit …

Aller Voraussicht nach lag der Fall komplizierter. Bader hatte ihm während der Feier zu seinem Siebzigsten die Zahnbürste gezeigt, ihn solange angeschaut, bis er selbst darauf kam: ein anonymes Geschenk, das einzige an diesem Tag. Jemand hatte Jumbo auf perfide Weise angezählt, gab ihm zu verstehen, dass etwas im Gang war, dass sein Ende nahte – mit einer fabrikneuen Zahnbürste. Bader scherzte damals, meinte, am Ende wolle ihn Anne mit diesem Geschenk maßregeln, im Alter sei das mit dem Mundgeruch so eine Sache, das anhaltende Kauen von Blattgrün sei ihm eh langsam zuwider, doch sein Blick verriet etwas anderes. Etwas war am Rumoren, etwas kochte wieder hoch, und wäre damals nicht der Prozess gegen seinen Zwillingsbruder angestanden, Troller hätte vielleicht anders reagiert, hätte insistiert. Du glaubst keine Sekunde an einen Scherz und tust dennoch so, weil es von dir erwartet wird oder weil du nicht anders kannst, alles nach Entlastung verlangt, nicht nur scheinbar eine Auflösung fordert, damit es weitergehen kann, die Feier, das Leben, die Hoffnung, ging es Troller durch den Kopf, als er allmählich in heimische Gefilde vordrang, Tempo wegnahm, wieder runterkommen wollte und die Scheibe auf der Fahrerseite runterließ.

Der Fundort der Leiche … das Wenige, das ihm Angie im Gespräch angedeutet hatte … wie sie von der Angst Salvatores erzählt hatte – er musste Cesare treffen. Der alte Perlini musste reden. Sie würden sich verständigen, auf die eine oder andere Art würden sie zueinander finden; es ging um die Zukunft, und den Nährboden dafür kannte er nur allzu gut: die Angst. Spätestens mit dem Ableben Jumbos waren es dieselben Geschichten, die sie angingen. Und für beide galt, für Cesare vielleicht noch mehr als für ihn, daraus heil wieder herauszukommen.

Troller schob sich im Schritttempo durch die Vororte Jedastedts. Was war los mit ihm? Er fuhr rechts ran. Er schwitzte. Sein Puls war hoch. Ich bin nicht außer mir, attestierte er sich selbst, ich lebe, ich verarbeite, es denkt, auch gut, Ordnung machen, zu verstehen versuchen, so geht das. Eine Schleife, bitte eine Schleife drum rum, ein Geschenk, am Ende, nein, die Gabe ist am Anfang, sicherlich, stattgegeben, da gibt es viel, eine Menge Holz, wir schaffen das, ich ... Troller stieg aus dem Wagen. Da war Luft zum Atmen, da stand er, wieder auf zwei Beinen, noch nicht ganz aufrecht, aber er stand. Er stand da und übergab sich. Endlich.

Auf dem Tisch lag ein Bündel Briefe und loser Zettel, auch ans Wasser hatte Katterer gedacht. Inzwischen hatte sich der junge Beamte in der Abteilung eingelebt. Häusermann ruckelte an seiner Krawatte, und Peer wippte mit den Beinen, um seinem Denken Nachdruck zu verleihen. Ausnahmsweise hatte sich auch Frau Schildknecht dazugesetzt, starrte in die Runde, hatte ihrerseits eine Schachtel mit Fotografien mitgebracht, alte Fotografien, wie sich leicht erkennen ließ. Alles wartete. Auch das war nicht neu; doch statt auf Troller wartete man halt jetzt auf Frau Hagen. Sie betrat das Sitzungszimmer, wie sie es sich in den letzten Monaten angewöhnt hatte: als Hauptkommissarin und in dieser Funktion als die Ruhe selbst. Jette setzte sich, griff nach der Flasche und füllte sich das Glas mit Mineralwasser, schaute auf, nickte in die Runde, fragte nach Ergebnissen aus der Pathologie, doch niemand rührte sich. Shirin hätte jetzt andeutungsweise mit dem Kopf geschüttelt ... Und sie nahm den Gedanken als Stichwort:

– Ich soll schön grüßen. Von Shirin. Wir haben uns eben kurz gesprochen. Einer der Halswirbel ist angeknackst, auch der zwölfte Brustwirbel hat etwas abbekommen. Doch keine weiteren Operationen mehr. Viel Physiotherapie. Morgen darf sie nach Hause, inklusive Halskrause. Noch zwei Wochen krankgeschrieben. Doch wir wissen es besser. Sie leidet an Entzugserscheinungen und wird sich demnächst wieder an den Nabel der Welt hängen, wie sie mir versicherte. Ob sie von zu Hause aus arbeiten wird oder gleich wieder hier Stellung bezieht, ist noch offen.

Häusermann räusperte sich, und Jette überlegte, ob das nun mit dem von ihr gleich wieder ausgebooteten IT-Freak von der Sitte zusammenhing oder ob der Staatsanwalt sich einen anderen Einstieg gewünscht hätte. Sie entschied, darüber nicht länger nachzudenken und richtete den Blick stattdessen solange auf Katterer, bis dieser den Teebeutel fallen ließ.

– Äh, ja. Eine eigenartige Person, diese Frau Bader. Was hier vor uns liegt, befand sich noch vor gut zwei Stunden auf ihrem Küchentisch. Fein säuberlich geordnet und bereitgestellt. Sie habe dafür keine Verwendung, sagte sie mit einer doch despektierlichen Geste, wenn ich das richtig gedeutet habe. In jedem Fall handelt es sich um die gesammelten Drohbriefe, die Jan-Hubert Bader während seiner Karriere und noch darüber hinaus bekommen hat. Wenig lustig. Einiges dürfte verjährt sein, doch wir haben mit der Auswertung erst begonnen.

Weil Peer wusste, dass Jettes Blick gleich auf ihn fallen würde, stellte er das Wippen der Beine ein, nahm seinerseits einen Schluck Wasser und räusperte sich.

– Der ausgebrannte Kastenwagen, den die Kollegen von der Spusi noch genauer untersuchen werden, dürfte der gesuchte Nissan Kubistar sein. Doch wenn ich Kandlhuber richtig verstanden habe, brauchen wir uns da keine Hoffnungen zu machen. Baders Peugeot fand sich übrigens ganz in der Nähe, unversehrt. Klaus' Kommentar geht in dieselbe Richtung – so abgebrannt der eine, so klinisch rein der andere, sprich: Spuren Fehlanzeige.

Als Troller den Wagen wieder bestieg, hatte er sich gründlich ausgekotzt. Hatte er geschrien? So war das nicht geplant, doch so war es gewesen, und als er sich im Ledersitz wieder anschnallte, fühlte er sich nur noch leer. Als hätte jemand für ihn vorzeitig das Handtuch geworfen. Doch der einzige Mensch, der das hätte tun dürfen, war Jumbo, und der saß oder lag inzwischen in der Pathologie und war am Auftauen. Aufwachen würde der Mann allerdings nicht mehr.

Aufwachen! Das war nicht so einfach. Dazu hatte ihn Jo aufgefordert, hatte ihn zu Kirk und Skywalker in Personalunion bestimmt. Und es ging nicht um Mythen, es ging nicht um Science fiction, es ging darum, dass er das Zepter in die Hand nähme, endlich. Baders Kampf war zu Ende, seiner aber hatte eben erst begonnen. So leicht würde er sich nicht geschlagen geben. Er war zu Boden gegangen, das ließ sich nicht leugnen, er hatte gewankt und war dann ausgerutscht, noch aber war er nicht in der letzten Runde angelangt. Er schaute auf die Uhr, er war noch gut in der Zeit. Ohne Frage war er vorhin zu schnell unterwegs gewesen, auch in Gedanken. Noch wusste er nicht, wer er nun war, als er die letzten Kilometer zu Anne fuhr. Walle nahm es hin, denn Troller musste weiter atmen, das war der Lauf der Dinge, immer, die Fortsetzung sicherstellen … und er dachte an Baron Münchhausen, dachte an Heike und

Gerda. Er würde aufbegehren. War's das jetzt? Troller war sich unschlüssig. Nicht was den Fall Bader betraf, da galt es, die Täter alsbald dingfest zu machen, seinetwegen würde er jedoch nachsitzen müssen, später.

Staatsanwalt Häusermann hatte sich während der letzten Worte Peers im Schalensitz zurechtgerückt. Offenbar fand er wenig Gefallen am Dargelegten, wollte schon die Pressekonferenz des kommenden Tages anmahnen, musste indes feststellen, dass die Hauptkommissarin nicht ihn, sondern die Schildknecht in den Blick genommen hatte. Noch hatte er nicht den rechten Umgang mit Trollers Stellvertreterin gefunden.

Ihr hingegen kamen Häusermanns Hemmungen zupass. Anscheinend reichte allein die Tatsache, Frau zu sein, dass ihr der Staatsanwalt nicht so in die Parade fuhr, wie er es Troller gegenüber zu tun pflegte. Vielleicht gab es auch andere Gründe für die Zurückhaltung. Mit dem aktuellen Fall hatte das wohl nichts zu tun. Dorothea hatte das Zeichen verstanden, umfasste jetzt mit beiden Händen die mitgebrachte Schachtel und holte tief Luft.

– Nun, einige von Ihnen dürften noch wissen, wie ich zu Jumbo stand. Ich werde mich in den letzten Tagen hier auf dem Revier gewiss nicht in den Vordergrund stellen, vielleicht aber kann ich helfen. Denn was geschah, hat mit Baders Vergangenheit zu tun. Keine voreiligen Schlüsse, ich weiß, das hat auch Jan-Hubert immer gesagt. Gut möglich aber, dass sich in dieser Schachtel Hinweise auf die schändliche Tat finden. Das sind alte Aufnahmen, und es sind jene Aufnahmen, die Bader bei seinem letzten Besuch genauer anschaute. Nicht zum ersten Mal. Und das letzte Mal liegt noch nicht lange zurück. Unseren letzten Kaffee hatten wir vor gut zwei Wochen, im Archiv unten, versteht sich. Gut möglich, dass einige der alten Fotografien zu einigen dieser alten Briefe, die uns Anne ausgehändigt hat, passen. Vielleicht liegt der Mörder unmittelbar vor uns.

– Ja, aber … Frau Schildknecht … vielen Dank. Könnten wir da vielleicht das eine oder andere Bild morgen für die Pressekonferenz … ich meine, wir hätten etwas vorzuweisen, nicht wahr? Frau Hagen, was denken Sie?

Jette ignorierte Häusermanns Krawatte, die ins Pendeln geraten war, warf dem Mann vorerst nur einen ernsten Blick zu, um sich dann aber gleich wieder Dorothea zuzuwenden.

– Wenn ich das noch anfügen darf: Auch Troller hat sich diese Aufnahmen angeschaut, und zwar als er seinen letzten Fall bearbeitete. Sie wissen schon. Darunter finden sich auch Fotos vom jungen Aufderhalden, vom Grafen und einigen anderen. Es steht mir nicht zu, fragen will ich dennoch: Müsste nicht Troller in diesem Fall ermitteln? Diese Frage stellt uns übrigens auch Baders Witwe. Ich glaube, sie hatte mit seinem Besuch gerechnet, nicht mit mir und Herrn Katterer.

– Ja, Frau Schildknecht … Wie soll ich sagen? Dieser Gedanke ist bestimmt uns allen schon gekommen. Ich fürchte aber … nun, wie soll ich sagen, ich denke –

Jette hatte den hilfesuchenden Blick Häusermanns bemerkt und fiel ihm also, wie auch Troller das an dieser Stelle jeweils tat, ins Wort:

– Troller wird den Dienst nicht vorzeitig wieder antreten. Gleichwohl wird er sich jetzt bei Anne Bader befinden und Dinge in Erfahrung bringen, die diese Frau eben nur ihm anvertrauen mag. Ich arbeite an einem Modell der Kooperation, wenn ich das mal so sagen darf. Wenn jemand beurlaubt ist, so ist er ebenso wenig zur Untätigkeit verdammt, wie wenn jemand krankgeschrieben wurde. Wie Outsourcing und Legalität Hand in Hand gehen, will ich mit Herrn Häusermann anschließend im Detail noch klären. Wie es sich gehört, werden wir in alle Richtungen ermitteln, Material liegt ja zur Genüge vor. Für die Pressekonferenz morgen Nachmittag schlage ich vor, wir bieten Markowitsch von der Sitte auf, der hat mehr Geschichten auf Lager, als die Vertreter von der Presse mitschreiben können. Ich habe den Wolf schon vorgewarnt, werde ihn morgen noch genauer instruieren, vielleicht gelingt es uns ja, einen Köder auszuwerfen. Und ich meine, morgen früh, spätestens, werden wir auch Fakten aus der Pathologie haben.

Der Staatsanwalt hätte gern etwas hinzugefügt, doch ihm fehlten die Worte. Die Dinge schienen von der Hauptkommissarin so angerichtet, dass er sich keine Sorgen zu machen brauchte, auch wenn ihm das Wirken Trollers, wie es Frau Hagen in Aussicht gestellt hatte, unheimlich war, jedoch die beste Lösung zu sein schien – auf die er doch selbst hätte kommen können. Und wie er zum Schlusswort ansetzen wollte, musste er sich erneut zurücknehmen; augenscheinlich war Frau Hagen noch nicht fertig, eben fragte sie Holthuizen nach dem Spielplan, worauf dieser, als hätte er darauf gewartet, feierlich das Halbfinale in der Europa League ankündigte. Und das war wiederum das von Jette provozierte Stichwort.

– Liebe Leute, das war eben eine Einladung. Ich für meinen Teil erwarte den Besuch meines Bruders aus der Pfalz, und ich kann ihm keinen größeren Gefallen tun, als mit ihm heut Abend das Spiel zu schauen, in der Roten Laterne.

Soll ja dem Vernehmen nach *die* Fußball-Kneipe der Stadt geworden sein; man hört nur Gutes, seit Friedas Sohn die Zügel dort in die Hand genommen hat. Ein Anstandsbesuch ist also überfällig. Und jetzt im Ernst: Ich möchte mich dort umsehen, und ich möchte gesehen werden. Peer ist dort seit einiger Zeit Stammgast, wie er mich hat wissen lassen, und vielleicht sehen die Gäste der Roten Laterne in ihm tatsächlich nur den Fußballfan. Das soll gern auch so bleiben. Schaut aber die Polizei nach dem Rechten, werden sich doch gleich alle viel wohler fühlen, nicht wahr?

Am liebsten wäre Troller nach seinem Besuch bei Anne gleich zu Gerda ins Gefrierfach hinabgestiegen, nicht nur um den neuesten Stand aus der Pathologie zu erfahren, sondern auch um sich von Jumbo zu verabschieden. Und bestimmt saß Doro im Archiv, suchte alte Unterlagen heraus und war ihrerseits mit der Lösung des Falles zugange. Stattdessen aber hatte er einen Zwischenhalt in einem Copy-Shop eingelegt und Baders Notizen zweimal kopiert, eine Kopie für sich, eine für Dorothea, das war er ihr schuldig. Das Original würde er Angie übergeben.

Noch ließ die Hauptkommissarin auf sich warten. Troller saß im Jericho, in diesem Café, in dem er sich oft mit Jumbo getroffen hatte, zu Anfang und manchmal auch am Ende des Tages. Was wird aus Anne? Er hatte die Trauer gespürt, auch wenn sie sich gefasst gab, die starke Frau mimte, sich aufrecht hielt, wie sie es in all den Jahren mit diesem Mann hatte einüben müssen. Sie hatte die Pflichten Jan-Huberts immer mitgetragen, wusste um die Ernsthaftigkeit, die ihr Mann seiner Aufgabe beimaß, beigemessen hatte, um die Notwendigkeit des Widerstands, auch wenn sie sich zusehends auf verlorenem Posten sah. Sich und ihn. Er habe bis zum Schluss das Phantom gejagt. Erst das Grab besiegelt die Niederlage. Hatte das Jumbo tatsächlich gesagt? Oder Anne? Hatte ihn deswegen Felicitas verlassen? Wollte sie ein solches Ende nicht selber erleben müssen?

Es gehe ihr gut, hatte ihm Heike das letzte Mal versichert, als er sich überwunden und nachgefragt hatte. Die Tochter hatte ihm auch geglaubt, dass er sich ehrlich freue, wenn es Felicitas gut ging, auch ohne ihn. Dass es ihr jetzt ohne ihn endlich wieder gut ging. Sollte er Baders Notizen gar nicht erst zur Kenntnis nehmen? Sich selber schützen und vermeiden, selbst zum Phantomjäger zu werden? Konnte er, Walle Troller, anders? Dass er jetzt wieder blätterte, war darauf noch keine gültige Antwort. Er befasste sich mit Jumbos Vermächtnis, das war er seinem alten Freund schuldig. Und es war professionelle Neugier, die in ihm hochkam; das war nicht nur sein Beruf, das war seine Berufung. Für Augenblicke sah er sich wieder am Straßenrand stehen, wie er sich auskotzte, wie er sich die Seele aus dem Leib schrie. Das hatte gutgetan.

Resignation, da war sich Troller ziemlich sicher, fühlte sich anders an. Er würde sich nicht zum Don Quichote machen lassen. Ritter ja, aber nicht von der traurigen Gestalt. Und vielleicht konnte erst derjenige richtig kämpfen, der das Kommando abgegeben hatte. Das wäre eigentlich Angies Stichwort gewesen, doch sein Schutzengel ließ weiter auf sich warten. Hatte Häusermann sich wichtig gemacht? Stand Jette noch bei Gerda? Troller orderte ein erstes Pils. Er war nicht im Dienst, gleichwohl blätterte er weiter in Jumbos Testament. Noch waren keine Trompetenklänge zu hören, noch erzitterten die Mauern der Stadt nicht. Er würde sich geduldig vorarbeiten durch Namen und Konstellationen, durch Erkenntnisse und Vermutungen, durch allen Schmerz und die Ängste – bis zur letzten Eintragung, die letzten zwei Worte von vorgestern: »Alte Bande!«

28

Die Inneneinrichtung der Roten Laterne war kaum wiederzuerkennen. Richard Speich beziehungsweise die Kommandit-Gesellschaft hatte richtig Geld investiert, das alte Mobiliar durch neues ersetzt, den ganzen Plunder von den Wänden genommen, neu gestrichen und drei Bildschirme aufgehängt. Entstanden war eine Mischung aus Pub, Restaurant und Fußballkneipe.

Man zahlte für die Aussicht. Wer einen freien Blick auf einen der großen Bildschirme haben wollte, reservierte im Voraus einen der Tische, begnügte sich nicht mit ein paar Bierchen zum Spiel, sondern ließ sich vor dem Anpfiff oder dann während des Spiels ordentlich verköstigen. Neu war am hinteren Ende des Lokals eine kleine Bühne, auf der ein einzelner längerer Tisch stand für kleinere Gesellschaften oder auch eine Geburtstagsfeier, ein angedeutetes Separee, vor das sich ein Vorhang ziehen ließ. So konnte man für sich sein und zugleich die Fußballstimmung genießen. Zwei- oder dreimal im Monat, an fußballfreien Abenden, fand ein Konzert statt. Dann wurde der große Tisch von der Bühne geräumt.

So stand es in der Speisekarte geschrieben, wenn auch in anderen Worten, noch vor der Auflistung der Speisen und Getränke. Jette und ihr Bruder hatten sich auf Barhockern an der Theke eingerichtet, die Ausführungen und Angebote studiert, hungrig und gut gelaunt, auch wenn Jette ihren Bruder aufgeklärt hatte, dass an diesem Abend nicht alles eitel Freude sein werde. Hartl störte das nicht, im Gegenteil, es komme ihm zupass, seine Schwester einmal bei der

Arbeit zu sehen, wie er sich ausgedrückt hatte, überdies war er eingeladen, hatte er Jettchen doch ihre Lieblingsmaschine gebracht, da der Winter nun vorbei war und sie es gar nicht mehr erwarten konnte, sich in ihren heißgeliebten Sattel zu schwingen. »Jetstream Hagen«, so hatte sie einst ein guter Freund genannt, und so kannte man sie noch heute in der Pfalz. Doch Angie, der Name, den Kollege Troller ihr in Anlehnung an Tomb Raider verpasst hatte, gefiel Hartl ebenso. Sorgen machte er sich inzwischen keine mehr, eine Hauptkommissarin wusste schließlich, wie mit einer Harley umzugehen war. Ohne den Fahrtwind konnte seine Schwester nicht, jedenfalls nicht auf Dauer, auch wenn Jette vornehmlich vom Klang schwärmte, diesem unvergleichlichen kraftstrotzenden Brummen – kein anderer Motor karessiere die Eingeweide seines Fahrers auf so vollendete Weise wie derjenige einer Harley.

– Willst du es dir noch einmal überlegen, ich meine das mit der Einladung? Scheint mir nicht grad ein Schuppen für Hartz-4-Empfänger zu sein.

– Das war jetzt aber nicht nett.

– Entschuldige.

– Ich überleg's mir, falls du vom überteuerten Burgunder bestellst.

– Das war jetzt aber auch nicht nett. Du bringst mich aber auf eine Idee. Vielleicht sollte ich dem Chef hier mein Kärtchen dalassen. Beim Weinangebot sehe ich Möglichkeiten der Optimierung.

Jette grinste ihren Bruder an, gab sodann der Frau hinter der Theke ein Zeichen und bestellte zweimal Gulasch mit Spätzle, einmal mit, einmal ohne Rotkohl. Und sie nutzte die Gelegenheit, nach Eleni zu fragen, die vor nicht allzu langer Zeit ebenfalls hier in der Roten Laterne noch die Gäste bedient hatte, erntete jedoch nur ein Schulterzucken. Allem Anschein nach hatte man auch das Personal ausgewechselt – notgedrungen, wie Jette ihre Gedanken präzisierte. Nicht nur Frieda, auch der Koch, dieser Yannick, hatte das Zeitliche gesegnet, und dessen Gehilfe war in der Zwischenzeit kaum an den Tatort zurückgekehrt. Hartl richtete sich derweil die Frisur und genoss die Aussicht. Das Konzept des Lokals schien aufzugehen. War an den Bildschirmen grad nichts los, konnte man sich am Personal weiden, allesamt jung und hübsch und gut gebaut, da nahm Mann die stolzen Preise gerne hin.

– Wie wär's, Brüderlein, bleib doch ein paar Tage, dann gehen wir am Dienstag hier zum Konzert. Dem Gitarristen möchte ich gern ein wenig auf die Finger schauen. Du kannst dich dann in aller Ruhe weiter umsehen. Na, was meinst du?

Hartl lächelte, winkte mit einer Geste ab, die sie von jeher kannte, die typische Hagen'sche Handbewegung seit Generationen, übersetzt: Ich würde ja gern, aber die Reben warten nicht. Oder wahlweise: In der Trotte gibt es viel zu tun. Ihr Bruder hatte von einer Abfüllanlage erzählt, die er demnächst in Betrieb nehmen wolle, auch hatte er Entwürfe für neue Etiketten mitgebracht, die er ihr zur Begutachtung schon vorgelegt hatte. Abgesehen davon hatte der Mann Familie.

– Selma hat übrigens verkündet, nun sehr viel schneller wachsen zu wollen.

– Aha?

– Ich hatte ihr beim Abschied gesagt, sie sei noch zu klein für auf die Harley.

– Und das hat sie verstanden?

– Nein, natürlich nicht.

– Und was macht Klein-Harald?

– Er schreit und ist gefräßig, unstillbar, seit er da ist. Wird aber wohl noch ein wenig dauern, bis der dir den Wagen holen kann.

– Wie?

– Derrick!

– Hab ich schon solche Tränensäcke?

– Jettchen, nicht doch! Aber in gut 18 Jahren vielleicht, wer weiß! Solange wird Harald aber nicht auf dich warten wollen …

Es brauchte nicht viel, um Jettes Heimatgefühle zu wecken. Sie wollte sich gedanklich schon in der Pfalz einrichten, ihre kleine Nichte vorn auf die Harley setzen, den Weinbergen einen Besuch abstatten, da hatte sie plötzlich eine Hand vor dem Gesicht, nicht das zarte Händchen Haralds, das nach ihrer Nase greifen wollte, sondern die Hand von Baby Schlumpf, die ihr über die Theke hingestreckt wurde. Deren Besitzer hatte sein freundlichstes Gesicht aufgesetzt, stand ihr fast schon freudestrahlend gegenüber, als sähe er seine beste Freundin endlich einmal wieder.

– Frau Hagen! Welche Überraschung! Es freut mich, dass Sie unser Lokal beehren! Und Ihr werter Mann?

Jette sah erneut das Gesicht, als sie den Typen damals mit gezückter Waffe in der Tiefgarage gestellt hatte, und sie sah das Gesicht, als er sich wenig später auf dem Revier wieder von ihr verabschiedete, sah jetzt dasselbe Gesicht mit demselben Lächeln, dieselbe Fratze, beherrschte sich aber und war nachgerade erstaunt, wie ruhig sie bleiben konnte.

– Das ist Kollege Pfälzer. Pfälzer, das ist Richard Speich, der Geschäftsführer.

– Oh, ich sehe gerade, Sie sind nicht allein gekommen. Es gibt was zu feiern?

Jette blickte über die Schulter und sah, was der junge Speich eben schon gesehen hatte, nämlich wie Petra und Katterer das Lokal betraten.

– Darf ich Ihnen vielleicht einen Tisch anbieten? Das wird bestimmt zu eng hier an der Theke.

– Ja, wenn das denn möglich wäre?

– Die Bühne gehört Ihnen!

– Ist denn keine werte Gesellschaft im Anflug?

– Die ist doch schon hier, bitte!

Ob so viel ausgesuchter Höflichkeit musste Hartl erst einmal leer schlucken. Seine Schwester hatte in dieser Stadt so einiges dazugelernt, von dem er offensichtlich noch nichts wusste. Zwei Dinge waren aber auch ihm schlagartig klar geworden: Er würde Herrn Speich sein Kärtchen nicht geben, und der Mann von der Roten Laterne und seine Schwester würden in diesem Leben ganz bestimmt nicht mehr Freunde werden.

Für Jette war es höchste Zeit abzubiegen, sie begleitete die drei noch bis an den Bühnenrand, entschuldigte sich dann aber, jedoch nicht nur der Entzugserscheinungen wegen, sie war auch neugierig geworden. Alles neu macht der Spitzbube, ging es ihr durch den Kopf, doch an der Architektur wird auch er nicht gerüttelt haben. Sie fand den Weg zu den Toiletten und stand kurze Zeit später vor dem Aufgang ins obere Geschoss. Die Tür zur Treppe aber hatte es früher nicht gegeben, da war ein massives Tor mit einem Spion eingemauert worden.

– Na, neugierig?

Sie verbot sich zu erschrecken, wandte sich zu Speich um, der erneut dem Augenkontakt nicht auswich, und am liebsten hätte sie jetzt die Waffe gezückt oder – noch besser – dem Mann gleich die Fresse poliert.

– Berufskrankheit, klar.

– Na, vielleicht ein andermal, ich hab grad zu tun.

– Verstehe.

– Gute Besserung!

Sie verkniff sich weitere Freundlichkeiten, wandte sich wortlos ab und ging nach draußen.

Durchatmen, die Gedanken filtern. Sogar der Aschenbecher an der Außenfassade war durch einen neuen ersetzt worden. Hier würde so schnell nun doch nichts abgerissen werden, wie sie vor noch nicht allzu langer Zeit vermutet hatten. Womöglich hatte die KG nach dem Tod Friedas auch ihre Pläne geändert. In jedem Fall sprach der Sohn, dieser von Speich adoptierte Richard, inzwischen ein gewichtiges Wörtchen mit. Gern hätte sie sich in der oberen Etage umgesehen. Peer hatte davon erzählt, dass die üblichen Verdächtigen noch immer im Haus verkehrten. Doch wenn sich die Gesellschafter an diesem Ort ein Besprechungszimmer eingerichtet hatten, dann war daran zunächst eigentlich nichts verdächtig, befänden sich darunter nicht so zwielichtige Gestalten wie dieser Immobilienmensch Hogewald. Wahrscheinlich, spekulierte Jette weiter, hatte Carlos sein Kämmerchen oben behalten. Der Abkömmling der von Mangoldts war ihr nicht weniger suspekt. Verfügte über Millionen und bespielte neuerdings das Publikum hier in der Kneipe. Viel Veränderung in wenig Zeit, die Figuren indes schienen teilweise noch dieselben zu sein.

Sollte sie die Partie mit Petra um einen Abend verschieben? Mit einem Mal war sich Jette nicht mehr sicher, ob sie ihrem Bruder nicht zu viel zumutete. Kollege Pfälzer! Daran hatte der Hartl bestimmt seine Freude, ihn jedoch mit ihrem Liebesleben zu belasten, das musste nicht sein. Der Bruder hatte Noah gespeichert, er mochte ihren schwarzen Mann, und das war richtig so. Sie hätte ihm nicht von einem schlechten Gewissen erzählen wollen, das sie gar nicht hatte. Stattdessen wollte sie alsbald Energien in die Notizen Jumbos investieren. Dieses Büchelchen, das ihr Troller im Jericho überreicht hatte, würde noch einige Zeit in Anspruch nehmen, auch wenn sie mit den Zeichen und Symbolen ganz gut vertraut war. Sie erinnerte sich an Walles Blick, ein Hauch von Vorwurf und wohl auch ein wenig Traurigkeit hatte sie zu erkennen geglaubt. Noch hatte er sich nicht daran gewöhnt, dass sie nun diejenige war, die mit Verspätung eintraf, und ganz bestimmt hätte er gern länger mit ihr gesprochen. War Troller in eine Abseitsfalle getappt, oder hatte er sich freigespielt? Unterschätzte sie Richard Speichs Schauspielkunst, oder wusste der Mann tatsächlich noch nichts vom Ableben Baders?

– Tomb Raider!

– Cop! Mensch, was machst du denn hier?

– Ich gebe zu, hab schon nicht mehr darauf gehofft, rechtzeitig aus der Klinik zu kommen, aber schön, dass du auf mich gewartet hast!

Jette beugte sich über den Rollstuhl, drückte Dimitros, den schnellsten Arzt des Landes, mit dem selbst sie an diesem Abend nicht gerechnet hatte. Aber auch der eingefleischteste Bayern-Fan machte Ausnahmen.

– Herr Yannakopoulos, wie geht es dir?

– Frau Hagen, jetzt, da ich Sie sehe, geht selbst am Abend die Sonne wieder auf.

– Du bist öfters hier?

– Ja, ich bin's, einsamer Rolli auf Abwegen. Wäre ja gern mit Noah nach Sierra Leone geflogen, die Infrastruktur dort hat jedoch abschreckenden Charakter. Kommt erschwerend hinzu, dass die da unten einen wie mich gar nicht brauchen können, die haben ganz andere Probleme als ihre Psyche.

– Na, wärst du in Afrika, könntest du jetzt nicht hier sein. Ist allerdings ziemlich voll da drin, auch ohne die Bayern.

– Schon? Das erstaunt mich doch sehr. Du aber wärst nicht Hauptkommissarin, wenn du mir nicht einen Platz freigehalten hättest, oder?

– Du hast Glück, die Bühne gehört uns!

– Echt? Puah, da herauf habe ich es ja noch nie geschafft. Du wirst mich auf Händen tragen müssen!

– Na ja, hochkarren wird's wohl auch tun … Fußball verbindet eben!

– Du hast es also eingesehen?

– Na ja, der Verbindungen können manchmal auch zu viele sein.

– Sorry, war ein harter Tag. Hätte es gleich wissen müssen, du bist im Dienst. Was ist passiert?

– Eins nach dem andern, Herr Doktor, ja?

Troller hatte Gerdas Gang zur Toilette genutzt, um seinen Frosch zu zücken: »domani, am grillestande alle 11.« – Der Absender hatte seine Nummer unterdrückt, doch die Nachricht ließ keinen Zweifel, Cesare Perlini hatte sich gemeldet. Sein Anruf bei der Großmetzgerei hatte die erhoffte Wirkung gezeigt, auch wenn Salvatores Sekretärin sich ihm gegenüber als nicht zuständig erklärt hatte. Trollers Befürchtungen, der alte Italiener sei nicht mehr in der Stadt, hatten sich als unbegründet erwiesen.

Das Unbegründete würde ihn jedoch noch ein Weilchen beschäftigen. Wenigstens Gerda hatte festen Boden unter den Füßen. Sie hatte ihm von Jettes Verhalten bei Bader im Schlachthof erzählt, wie sie beeindruckt gewesen war von der jungen Kommissarin … als Hauptkommissarin hätte sie Jette aber dennoch nicht bezeichnen wollen. Ihr Hauptkommissar blieb Walle, und jetzt, da er ihr endlich nachgegeben und dem Umzug zugestimmt hatte, würden sie diesen Fall mit vereinten Kräften lösen. Ein Fall, der womöglich gar kein Fall war, zumindest kein Mordfall, wenn der vorläufige Befund keine wesentliche Veränderung mehr erführe.

Was gab es Beglückenderes als eine große schlanke Frau, die sich zu bewegen wusste, dachte Troller, als Gerda zurück an den Tisch kam und er ihr mit einem Lächeln vom Wein nachschenkte.

– Keine voreiligen Schlüsse, mein Lieber!

Er hob das Glas, denn zur Eile bestand kein Anlass, und gewiss war Gerda mit ihren Ausführungen noch nicht zu Ende. Eins nach dem andern, Frau Doktor, dachte er, die Welt kann warten, und also auch der Walle.

– Der Katalog der Gifte ist ein umfassender.

– Den Wein eingeschlossen?

– Zum Wohl, alter Knabe, und ja, auch der Wein gehört dazu. Doch Alkohol hatte der Bader nicht im Blut. Gesundheit!

– Auf dich, meine Holde. Aber sprich bitte weiter.

– Wärest du nicht mein allerliebster Walle, ich hätte dir eh noch nichts erzählt. So viel zu Punkt eins. Mein Ärger, nichts außer einem kaputten Herzen gefunden zu haben, ist zwar begründet, für einen definitiven Befund aber wenig zweckdienlich, und wie gesagt ist es dafür auch noch zu früh. Ich bin mit den Tox-Screens noch nicht durch. Das war Punkt zwei. Es ist folglich in höchstem Maße unprofessionell, jetzt schon von einem natürlichen Herzversagen als Todesursache auszugehen. Vielleicht aber ist es gut, wenn du diese Möglichkeit bei deinen Überlegungen in Betracht ziehst. Deswegen sage ich das alles. Weil ich dir vertraue, und das, mein Lieber, war Punkt drei.

Gerda hatte das Glas noch nicht wieder hingestellt, nahm jetzt einen weiteren Schluck, vielleicht auch in der Hoffnung, Walle würde etwas entgegnen. Tatsächlich überlegte sich Troller auch Sätze wie »Damit will ich in Zukunft gern leben« oder »Aller guten Dinge sind drei«. Doch beides schien ihm unpassend. Obwohl sie beide im Alten Löwen privat beieinandersaßen, ließ sich der Hauptkommissar, der vornehmlich aufs Zuhören setzte, nicht ganz abschütteln. Denn ausgeredet hatte Gerda noch nicht, lediglich eine Pause eingelegt, die mit dem Absetzen des Glases nun ein Ende fand.

– An Jumbos Herz wurde schon zweimal geflickt, sein Motor war verbraucht, schon zuvor einige Male ins Stocken geraten, und würde er noch leben, ich hätte keine gute Prognose für ihn. Ohne Frage lässt sich ein solcher Tod befördern, einerseits chemisch, was ich noch nachzuweisen hoffe, andererseits psychisch, was meine Beweiskunst noch übersteigt. Aber sag, Herr Hauptkommissar, ist es denn nicht weniger Mord, wenn man das Herz eines anderen ohne nachweisbare Substanzen vorsätzlich und in böser Absicht zum Stillstand bringt?

– Mord bleibt Mord. Die Frage ist eine andere, Gerda. Wie lässt sich ein Vorsatz oder auch die böse Absicht beweisen? Du weißt das längst, und das ist auch der Grund für deinen Ärger. Nachtisch?

– Ich dachte, du wolltest dich noch von Jumbo verabschieden.

– Das dachte ich auch. Vielleicht sollte ich ihn aber auch so in Erinnerung behalten, wie ich ihn zuletzt traf. Ich brauche in nächster Zeit einen kühlen Kopf.

– Wie soll ich das jetzt verstehen?

– Bader gehört Angie, ich werde mich um die Klobürste kümmern. Ab morgen. Der Rest des Abends gehört uns. Einverstanden?

Gerda hob, die Lippen zu einem Kussmund formend, das Glas. Sie würden sich nicht beeilen, noch war die Flasche nicht leer, und beide wollten sie für ein Weilchen den eigenen Gedanken nachhängen, das half für das Dienstliche und würde zugleich einen Übergang schaffen zu dem, was sie aneinander hatten, von dem die Pathologin und der Hauptkommissar glaubten, dass es zukunftsträchtig sei.

Gerda hatte sich für Walle entschieden, lange bevor der Mann davon einen Schimmer hatte, obwohl er inzwischen das Gegenteil behauptete. Auch die Frau vom Gefrierfach kannte das Leben, wusste um die Gewichte, die die Vergangenheit jedem anhängte, oft unversehens, manchmal gnadenlos. So sehr sie sich früh in einen andern verliebt hatte, einen Piloten, wie ihn sich so manche junge Frau wünschte: Der Überflieger war ein Windhund geblieben, dessen Charme immer wirkte und jede Frau dahinschmelzen ließ und in Empfängnisbereitschaft versetzte, es sei denn, man wollte es auf die Dauer aushalten – diese Gewandtheit, die

Generosität, wenn jemand so stilvoll seine Flügel auszubreiten wusste, Noblesse und Coolness, jederzeit auf der richtigen Flughöhe –, so mündete doch alles, hatte man es sich einmal im Alltag einzurichten versucht, in einem nie zu stillenden Bestätigungsdrang. Er mochte weiter um die Welt vögeln, von Kontinent zu Kontinent, Gerda gab einem Mann mit Selbstzweifeln mittlerweile den Vorzug. Und letztlich steckte in Walle eine Kraft, die tiefer reichte, ihr unergründlich schien, die der Troller wohl selbst zuweilen nicht ganz unter Kontrolle hatte. Manchmal fand er Worte, die weit außerhalb dessen lagen, was sie selbst in der Lage zu denken war.

Walle hatte sich für Gerda entschieden, weil er dafür die nötige Zeit gehabt hatte. Der Zwangsurlaub und auch die Gastdozentur hatten Räume geöffnet, die davor noch zugesperrt waren. So ohne Weiteres hätte er sich das Scheitern seiner Ehe nicht eingestehen können. Er musste erst auf Normalgröße schrumpfen, damit er klein werden konnte, so klein, wie ihn die Überführung seines Zwillingsbruders gemacht hatte. Da eröffnete sich ihm eine Perspektive, die dem Scheitern über das eigene Verschulden hinaus einen Sinn gab: Er war nur immer Kind seiner Träume, nicht deren Meister. Gerda verstand das wohl besser als er selbst. Ein solches Glück duldete keinen weiteren Aufschub. Er würde zu ihr ziehen, sich neu einzurichten versuchen, ohne Reue, zumindest ohne falsche Scham. Es gab keinen Grund, weiterhin gebückt durch die Welt zu gehen, er hatte lange genug den Boden angestarrt; die Falltür, nach der er Ausschau gehalten hatte, konnte er später immer noch suchen, er würde fortan wieder den Blick über die eigenen Abschrankungen hinweg wagen – und ausbrechen, falls es nötig werden sollte.

Er hatte am See vergeblich nach einem anderen Anfang gesucht. Die Erinnerungen an die Großeltern waren intakt, er selbst jedoch hatte keine Wurzeln dort. Er war noch ein Kind, als es auf der Halbinsel viele Jahre einen Kampf um die neue Straßenführung gab, gegen die sich sein Großvater gewehrt hatte. Das wusste er noch. Mit einer Ausnahme waren Joachim und er nie länger als einen halben Tag in jenem Dorf zu Gast gewesen. Als der Vater Mitte der Siebzigerjahre bei einem Fabrikbrand ums Leben kam, hatte die Mutter die Zwillinge über die Sommerferien an den See gebracht, und am Wasser wurde dann auch Geburtstag gefeiert. Man hatte sich alsbald um Normalität bemüht, auch wenn selbst zwei neunjährigen Jungen nicht zum Feiern war. Doch sie mussten zurück ins Leben, wie Mutter ihnen entschieden erklärte. Schon damals ging es nicht um einen Anfang, sondern um eine Fortsetzung.

– Sind wir nicht alle Anfänger, ein Leben lang?

– Walle?

– Wie gut kennst du deine Herkunft? Müsste man, um sicher zu stehen, nicht genau wissen, woher man gekommen ist?

– Ich gehe davon aus, die Natur hat es aus guten Gründen so eingerichtet, dass das Ich-Bewusstsein eines Menschen erst zeitverzögert erwacht.

– Aus guten Gründen?

– Zumindest besteht so die Chance, unbelastet anfangen zu können. Sich umsehen und sich selber finden, Schritt für Schritt, eins nach dem andern und ohne Sippenhaftung, wenn's geht. Die Philosophie dazu wirst du besser kennen als ich.

– Du bist weise.

– Quatsch. Du bist melancholisch. Versuchst du dich grad in Wiedergutmachung an dir selbst?

– Schreibt nicht jeder Mensch vergeblich an seinem großen Roman? Entschuldige die Gegenfrage … ich frag's ja gar nicht, fürchte lediglich, Baders Tod bringt da in mir so einiges durcheinander, und dummerweise bekomme ich vieles davon nicht richtig mit – als wäre ein Fass, dessen Inhalt ich aber nur teilweise kenne, kurz vor dem Überlaufen.

– Dann sollten wir den Alten Löwen schleunigst verlassen und in einen Jungbrunnen steigen!

29

Jette hatte sich nach der Morgensitzung kurzerhand in den Sattel geschwungen und war losgedonnert. Dass Gerda sie noch weiter vertröstet hatte, gefiel ihr gar nicht, dass es sich beim ausgebrannten Nissan womöglich um das Fahrzeug handelte, das die von Mangoldts als gestohlen gemeldet hatten, schon eher. Allerdings war dieser Diebstahl schon vor Jahren angezeigt worden. Das Gedächtnis der Schildknecht war unbezahlbar, sie würden die Frau definitiv vermissen. Noch drei Wochen, dann hatte sie ihr Pensum erfüllt, wohl übererfüllt. Jette entschied sich für einen Umweg, lenkte ihre Maschine ins Industriequartier. Der Fahrtwind belebte den Geist, die Vibrationen der Harley halfen, die Gedanken zu ordnen. Endlich zeigte sich auch wieder die Sonne. Das würde zwar nicht annähernd an die dreißig Grad heranreichen, die in Sierra Leone derzeit das Mindestmaß waren, doch das Licht tat ihr gut.

Sie vermisste Noah. Er hatte von Problemen gesprochen beim Wiederaufbau der Schule, hatte ihr zugleich vom Guma Lake vorgeschwärmt, diesem riesigen See mitten im Wald. Den würde er ihr gern einmal zeigen, wenn die Lage ein wenig ruhiger wäre, wenn man sich in Freetown wieder freier bewegen könne – und darüber hinaus. Noah war ein Guter, ein Familienmensch wie sie, nur zurzeit am falschen Ort, seit bald zwei Wochen schon. Und er hatte bei der Klinik Verlängerung beantragt, wie er ihr gestern Nacht gestand, zu vieles läge im Argen, ein Cousin sei angeschossen worden, und seine Nichte habe das Denguefieber erwischt.

Das waren andere Probleme. Vergleiche verbaten sich, das hatte Jette schnell begriffen, und sie fuhr rechts ran, ihr Kleines hatte sich bemerkbar gemacht.

– Morgen, Meister Troller.

– Morgen, Schatz. Sag, habt ihr alles beieinander? Hast du die alten Aufnahmen gefunden?

– GRATULEISCHEN und DISDRAGSCHEN? Ja, haben wir. Peer ist dabei, die Fotos für die Pressekonferenz noch ein wenig aufzumotzen, wie er sagte. Aber erklärst du es mir noch einmal? Was für einen Köder werfen wir da aus?

– Angie, so genau weiß ich das auch nicht, ehrlich. Doch die beiden Schmierereien verbinden Vergangenheit und Gegenwart. Die Gratulation von einst an unsere Adresse, sprich an Bader oder auch an seinen Vorgänger Stahl, steht in einem Zusammenhang mit der Zerstörung, die ich letztes Jahr an jenem Gebäude abfotografiert habe, worin sich Vaneks Firma befindet. Das ist derselbe Sprachwitz, dieselbe Handschrift, du erinnerst dich. Du hast ja Jumbos Notizen inzwischen auch studiert. Diese anonymen Botschaften haben ihm keine Ruhe gelassen.

– Jetzt jagen also *wir* das Phantom?

– Lass das meine Sorge sein, ich treffe mich gleich mit dem alten Perlini.

– Mit dem sich Bader auch getroffen hatte.

– Korrekt.

– Und ich bin auf dem Weg zur Villa von Mangoldt.

– Weil Jumbo sich kürzlich auch dort noch umsah, sehr gut.

– Einerseits. Und andererseits, was du noch nicht weißt, das Fahrzeug, mit dem Bader zuletzt transportiert wurde, es könnte den von Mangoldts gehört haben.

– Wie?

– Frau Schildknecht hat mich heut früh auf einen Fahrzeugdiebstahl aufmerksam gemacht. Liegt zwar schon Jahre zurück, doch du hast mich ja gelehrt, wie es um den Zufall bestellt ist.

– Dieser Nissan gehörte von Mangoldts?

– Wahrscheinlich ja. Ich gedenke, den Besitzern die frohe Botschaft des Fundes in den nächsten Minuten zu überbringen.

– Du hast dein Baby wieder, stimmt's?

– Deine Intuition täuscht dich nicht.

– Du hast noch immer keinen Namen für deinen liebsten Untersatz?

– Nein, für ein Baby ist die Harley zu ausgewachsen … das will wohl überlegt sein. Hast nicht du mir die Geschichte von Wenzels Taufe erzählt?

– Verstehe. Rufst du mich nach der Pressekonferenz an?

– Ja, Paps.

– Na, dann. –

– Warte, eins noch.

– Ja?

– Gerda hat vorhin so seltsam rumgedruckst. Haben wir es am Ende gar nicht mit einem Mordfall zu tun?

– Deine Intuition täuscht dich nicht.

– Was dann?

– Hm … vielleicht weit Schlimmeres.

– Klartext?

– Erhoffe ich mir von Cesare.

Troller hievte sich aus dem Mercedes, scheiterte aber beim ersten Versuch, denn sein Kreuz machte nicht mit. Wann würde er sich um seinen Rücken kümmern? Ohne intaktes

Rückgrat ließ sich weder stehen noch gehen, weder sitzen noch liegen, mens sana in corpore sano, und manchmal verfluchte er diesen Generator der vermeintlichen Weisheiten, der da irgendwo in seinem Kopf des Kommentierens nicht müde wurde.

Er war in seinem alten Quartier angelandet. Warum hatte ihn Cesare ausgerechnet hierher bestellt? Sie beide lebten schon einige Zeit nicht mehr in diesen Häusern. Die Erinnerungen kamen zum falschen Zeitpunkt: Hier waren sie eingezogen, Felicitas und er, als Heike zwei Jahre alt war, hier waren sie Familie gewesen, hatten sich, wie ihm damals schien, auf alle Zeiten eingerichtet. Denn es war ein guter Ort, ein gutes Quartier, es war ein guter Anfang gewesen. Nicht an den Hauptverkehrsachsen und doch nahe am Zentrum Jedastedts. Von hier aus konnte Heike leicht in den Kindergarten, fand schnell zur Schule, das Kommissariat war nicht weit, und Felicitas war glücklich. Sie stammte aus dieser Stadt, sie hatte ihre Freundinnen, wechselte in die Stadtbibliothek, übernahm schon bald die Leitung, und es war ein kurzer Weg ins Heim, in dem sie ihre demente Mutter hatte unterbringen müssen. Walle gab sich einen Ruck. »Geht doch«, sagte er zu sich, richtete sich auf, da war auch keine Übelkeit mehr wie am Vortag.

Jette war inzwischen in Rage geraten. Zwar hatte sie auf der anderen Seite des Tores grad noch Marielle von Mangoldt aus dem Wagen steigen und ins Haus gehen sehen, doch auf ihr mehrfaches Klingeln reagierte niemand. Man hatte entschieden, sie außen vor zu lassen, und jeder Versuch, sich ihrerseits Zugang auf das Grundstück zu verschaffen, würde als Hausfriedensbruch taxiert werden, dass wusste sie so gut wie jene Menschen, die sich derzeit in der Villa befanden. Wahrscheinlich stand in diesem Moment jemand vor dem Bildschirm, beobachtete sie, wie sie ratlos vor diesem mächtigen Tor stand und wie eine Raubkatze hin und her schlich. Sie befahl sich also Stillstehen, trommelte mit den Fingern auf den Helm, den sie auf den Sattel ihrer Maschine gelegt hatte, und beschränkte sich aufs Denken.

Sie sollte anrufen. Sollte sie? Niemand im Haus würde sich jetzt ans Telefon wagen. Den Gärtner rufen, der circa hundert Meter von ihr entfernt selbstvergessen in den Rabatten werkelte? Er hielt sich wohlweislich auf Distanz. Doch der Mann war in Rufweite. Sie konnte diesen Mann in Verlegenheit bringen, das wohl, mehr aber nicht. Ein Gärtner als Täter wäre wohl das Letzte gewesen, auf das sich hoffen ließ. Ihn nach dem gestohlenen Nissan fragen? Er würde nichts wissen, weder wollen noch dürfen. Ebenso gut hätte sie Kater Ottokar ins Verhör nehmen können.

– Sie wünschen?

Jette wäre beinahe der Helm von der Maschine gepurzelt; mit einer Stimme, die nun unvermittelt aus dem Betonpfeiler zu ihr sprach, hatte sie nicht mehr gerechnet. Sie fasste sich aber, hechtete nun nicht zur Gegensprechanlage, sondern bewegte sich gemessenen Schrittes um ihre Harley, hatte den Helm unter den Arm genommen, schon mit sich hadernd, sich keine Zigarette mehr angesteckt zu haben, und brachte sich in Position.

– Ich wünsche Einlass.

– Warten Sie, ich komme gleich zu Ihnen.

Das war nicht die Stimme der Witwe von Mangoldt gewesen. Das war aller Wahrscheinlichkeit nach Marielle, die Tochter von Mangoldt gewesen, die sich hatte verlauten lassen, sich ihr ankündigte, nicht hoch zu Ross, wie Jette das Bild wieder vor Augen hatte, das sie im vergangenen Jahr noch im Netz gefunden, von der erfolgreichen Tochter, von der hochbegabten, hochtrabenden, die eben noch aus dem Wagen gestiegen und im Haus verschwunden war … die nun gleich wieder zum Vorschein käme. Vielleicht hatte sich die junge Dame ja nur das Näschen gepudert, war deshalb nicht in der Lage gewesen, sofort auf das Klingeln zu reagieren. Gemach, gemach, mahnte jetzt ihre innere Stimme, doch so einfach war das nicht, sodass Jette nun doch in die Lederjacke griff. Wenn jemand wie Marielle von Mangoldt ankündigte, *gleich* zu kommen, konnte das durchaus noch einige Minuten in Anspruch nehmen. Sie rief sich die einzige Begegnung in Erinnerung, die sie mit dieser Frau gehabt hatte, unweit von ihrem jetzigen Standort, auf der andern Seite der Gitter, wie sie beinahe ineinander geprallt wären, als sie nach dem Gespräch mit der Witwe das Haus verließ. Damals hatte sich Marielle von Mangoldt erschrocken, hatte für den Bruchteil einer Sekunde sämtliche Masken fallen lassen, schien in höchstem Maße irritiert zu sein. Diesmal hingegen wäre sie vorbereitet, und Jette stellte sich schon vor, wie sie von der jungen Geschäftsfrau, die jetzt in ihre Luxuskarosse stieg, gleich hier vorne, auf jener Seite, die zum öffentlichen Grund gehörte, durchs Wagenfenster hindurch mit einer fadenscheinigen Begründung abgespeist und stehen gelassen würde.

Marielle fuhr eine dunkle Corvette Stingray, wohl das neueste Modell, das Verdeck hochgezogen. Doch entgegen den Erwartungen der Kommissarin stieg die junge Frau, nachdem sich hinter ihr das Tor wieder geschlossen hatte, aus dem Wagen, kam auf sie zu und streckte ihr die Hand entgegen.

– Marielle von Mangoldt. Ich glaube, wir hatten schon das Vergnügen. Ich bin leider ein wenig in Eile, was kann ich für Sie tun?

Der alte Perlini stand mit Troller auf dem Dach. Cesare hatte damals, als er die Hauswartpflichten abgab und mit seiner Frau umzog, wohl vergessen, alle Schlüssel abzugeben. Hier oben, gut zwanzig Meter über dem Boden, ließ sich gut reden. Sie waren ungestört und würden es auch bleiben. Cesare hatte ohne Umschweife zu erzählen begonnen, alte Geschichten, die Troller teilweise kannte oder sich nach und nach zusammengereimt hatte.

Die Perlinis hatten Wein vertrieben, vornehmlich in den Osten, erst in die DDR, dann, nach der Wiedervereinigung, auch in die ehemalige Sowjetunion, falschen italienischen Wein verkauft und, wie er nun erfuhr, auch Parma-Schinken, der jedoch nie aus Parma stammte. Zum einen aber war der Etikettenschwindel größtenteils verjährt, zum andern legte Cesare seinem alten Freund glaubhaft dar, dass er sich selbst vor vielen Jahren schon aus den Geschäften zurückgezogen hatte. Zwar habe er zuweilen noch für Vermittlerdienste einspringen müssen, manchmal eine Fahrt übernehmen oder eben ein Gespräch führen, doch seine Brüder hätten irgendwann akzeptiert, dass er keine Risiken mehr auf sich nehmen wollte. Und längst waren nicht mehr seine Brüder am Ruder, sondern deren Söhne. Die aktuellen Geschäftspartner, so mutmaßte der alte Perlini, würden aber diese Unterscheidung nicht machen, hatten sich die Schwachstelle der Familie ausgesucht, um mit der gefrorenen Leiche Baders im Schlachthof eine deutliche Warnung zu platzieren.

– Falsche Adresse, du verstehen?

Troller blickte in die Ferne, versuchte, in Richtung der Villa von Mangoldt Tomb Raider auszumachen, auch wenn er wusste, dass auf diese Distanz nichts zu erkennen war. Selbstverständlich fiele er Cesare nicht ins Wort, sein Freund würde vielleicht auch so die offenen Fragen noch beantworten. Er zog sich die Mütze tiefer ins Gesicht, hier oben hatte der Wind eine andere Kraft. Perlini erzählte von den Vorsichtsmaßnahmen, von denen er schon wusste. Inzwischen waren Schwiegertochter und Enkel außer Landes, die Bodyguards hatten bei Salvatore ihren Dienst angetreten. Noch aber hatte sich Troller kein Bild machen können, wie ernst die Lage wirklich war. Wenn Perlini solche Maßnahmen ergriff, dann nicht zum Vergnügen. Wer aber drohte? Und warum?

Auch Cesare war der Audi unten am Straßenrand nicht entgangen. Wem von ihnen beiden galt die Eskorte? Warum hätte sich das BKA an seine Fersen heften sollen?

Ein Hauptkommissar außer Dienst besuchte sein altes Quartier, womöglich aber zog der Todesfall Bader noch weit größere Kreise als er vermutete. Cesare radebrechte über die Vergangenheit, und er schien auch nichts zu verschweigen, jedenfalls nichts von Belang, die Lage war ernst, man hatte ihm gedroht, ihm und seinem Sohn, nicht nur ihm und seinem Sohn gedroht, sondern auch dessen Frau und dem kleinen Francesco, nicht mit einem Betonschuh, sondern mit einem gefrorenen Baderklotz.

– Was weißt du über die Klobürste?

– Ma … Walle! Du bist einzige deutsche Mann, die wisse Bescheid über alle Geheimnis nel sugo. Sai? Oder?

Troller konnte nicht widersprechen, er hatte sich eh vorgenommen, nach dem Treffen mit Cesare die entsprechenden

Einkäufe noch zu tätigen. Denn er wollte Gerda verwöhnen, und er stand bei seiner Tochter im Wort. Mit diesem Sugo hatte er noch immer brilliert, das Perlini-Rezept war ohne Konkurrenz … doch er beherrschte sich.

– Ich dir verheimliche nix. Ich kenne Scheiße, ascolta mi …

Und was Cesare in der Folge erzählte, so gut ihm Troller folgen konnte, lief darauf hinaus, dass der alte Perlini schon lange als Informant für das BKA diente, Hauptkommissar Stahl sich die Dienste des Süditalieners damals gesichert hatte, man seit Jahrzehnten also gewissermaßen auf derselben Seite stand, was Cesare mit einer unscheinbaren Geste in Richtung des unten geparkten Audis untermauerte, ohne darüber weiter Worte zu verlieren.

Troller griff sich an die Nase. Das hätte er längst wissen müssen. Warum hatte er nie an eine solche Verbindung gedacht? Nicht neu anfangen, sondern anders fortsetzen, das war auch die Maxime Cesares gewesen. Aus Einsicht oder notgedrungen: sich anpassen und überleben. Er würde das in Ruhe durchdenken. Hatte sich das BKA schon bei den Ermittlungen zu Aufderhaldens Ableben unmerklich eingeklinkt? Einfluss genommen, aktiv mitgespielt? So schnell ließen sich diese großen Spielfelder nicht überblicken. Er brauchte Zeit, so bald wie möglich; hier schrieben Autoren am großen Roman, an die er nicht gedacht hatte. Konnte das sein? Hatte sich sein Blick wegen Joachims Verurteilung so sehr eingeengt, dass ihm alles andere entgangen war? Der Wald und die Bäume, Anziehung und Abstoßung, Troller verstand »pasticcio« und »stupidità«, was er sich als »dumme Sauerei« zusammensetzte, er hörte »errore« und »pericolo«, das meinte wohl einen »gefährlichen Fehler«, wer diesen auch immer begangen hatte. Und er verlor für einen Augenblick die Beherrschung und fragte scharf nach, warum er, Cesare, denn die Irrtümer nicht aufkläre.

Der Fingerzeig des Freundes reichte weit über das BKA hinaus, führte Trollers Blick zur Klink, die er schon kannte, das war jener Ort, der für Felicitas' Mutter Endstation gewesen war und, wie ihm sein Freund offenbarte, auch der Ort, wo sich nun Rebekka befand. »Non preocurpati!«, das war an ihn gerichtet und meinte wohl, dass er sich keine Sorgen machen solle, und er hörte immer wieder das Wort »cura«, das klang nicht gut, das hieß, etwas ging zu Ende, nicht etwas, Rebekka lag im Sterben. Eine Frage von Tagen, vielleicht Wochen, doch Cesare schien gefasst, wirkte entschlossen, klopfte mehrmals auf Walles Schulter, hätte ihn wohl am liebsten umarmt …

Jette trommelte erneut auf ihren Helm, und sie dachte an Noah und sein neues Cajón, das sie ihm zu Weihnachten geschenkt, auf dem er aber noch kaum gespielt hatte; dachte aber vor allem an Marielle von Mangoldt, die eben in ihrer Corvette davongebraust war, eine Frau, die sich nichts ankreiden ließ, der gewiss nichts anzuhaben war, und sie hoffte im selben Augenblick, dass die junge Dame nichts mit dem Tod von Bader zu tun hatte. Dieses Weib ließe sich nicht überführen, niemals. Selbst für den unwahrscheinlichen Fall, dass eine Marielle von Mangoldt Fehler machte, so verfügte sie über schier unbeschränkte Mittel, diese zu vertuschen … nicht zu vertuschen, ungeschehen zu machen. Selbstverständlich wusste sie nichts vom gestohlenen Nissan und ebenso selbstverständlich versprach sie, Erkundigungen einzuholen und die Frau Hauptkommissarin zeitnah zu informieren. Dass ihre Mutter heute noch auf St. Vincent in der Karibik anlanden würde, erwähnte sie beiläufig, ohne Not, als hätte sie die Frage erwartet und ohne Umschweife Auskunft geben wollen, aus freien Stücken quasi, um den Ermittlungen, obwohl kein Wort über den toten Bader gefallen war, dienlich zu sein.

Sie sog die gefilterte Luft ein, sie war sicher, die Frau wusste um Baders Ableben, noch aber hatte sie keine Idee, wie sie Marielle von Mangoldt aus dem Konzept bringen konnte. Sie musste sich was einfallen lassen, etwas Perfides, raffiniert und durchdacht, und auf dem richtigen Terrain, ansonsten ließe sich eine Corvette Stingray mit einer Harley nicht überholen.

30

Lag es daran, dass er sich in der Schweiz befand, oder warum strahlte die Sonne und erlaubte es ihm, draußen zu sitzen, hier, auf dieser grenznahen Anhöhe, dem Dachsberg, wohin es ihn schon vor Tagen gezogen hatte? Der Umbau der Anlage, die einer Großbank gehörte, war in vollem Gang. Die Kaderschmiede von einst würde bald wieder in neuem Glanz erstrahlen, was auch immer hier künftig geschmiedet würde.

Es war ein gutes Wochenende in Jedastedt gewesen. Gerda und er würden sich aneinander gewöhnen, ihre Wohnung war groß genug, sie würden einander Raum lassen, das Berufliche so gut es ging vom Privaten trennen, miteinander reden, sich in Ruhe lassen, wenn es angezeigt war. Ihm war in Gerdas Küche ein meisterlicher Sugo gelungen, den auch Heike und Franjo goutierten. Wann hatte er zuletzt in einer Studenten-WG zu Abend gegessen? Nähe und Distanz, das war doch das Geheimnis aller Beziehungen. Gerda hatte verstanden, warum er sich wieder Richtung Konstanz verabschiedete, zumindest für so lange, wie seine Gastdozentur andauerte und die Ermittlungen es zuließen. Er hatte den Umweg auf sich genommen, Jo in der JVA zu besuchen, endlich, sodass sie von Angesicht zu Angesicht ein Gespräch hatten führen können. Joachim hatte akzeptiert, dass er zu Gerda zog, dass es ihn zu Gerda hinzog, er würde, so hatte Troller der Ältere verkündet, auch für sich einen guten Weg finden, wohl in dem Haus in der Innenstadt bleiben, nach einem Mieter für die verwaiste Etage Ausschau halten, vielleicht trete gar eine attraktive Mitbewohnerin in sein Leben. »Knackis sind gefragt, wie du weißt, obschon ich nicht gerade ein Massenmörder bin, hab ich doch was zu bieten, nachweislich das eine oder andere auf dem Kerbholz, auch Nicht-Nachgewiesenes.«

Troller ging das Gespräch mit seinem Bruder noch nach. Seit der Geschichte mit Aufderhalden war ihm, als habe er den Kontakt verloren, als verschweige ihm Jo etwas; stattdessen erzählte er vom internen Tischtennis-Turnier, bei dem er in das Viertelfinale vorgestoßen sei, »ich als Krüppel, stell dir das mal vor!« War er zu wenig mitfühlend? Oder doch nur enttäuscht darüber, die scheinbar wiedergewonnene Nähe zu seinem Bruder nach dessen Unfall jetzt wieder verloren zu haben? Dabei hätte er sich über die Ankündigung Jos freuen sollen, der in Aussicht gestellte Freigang würde schon bald Tatsache sein. Dennoch kam es ihm so vor, als wäre sein Bruder verlegen um die Zukunft, als hätte Jo noch keine konkreten Pläne für die Fortsetzung. Das war doch ungewöhnlich.

Der Strafvollzug schlug Joachim aufs Gemüt, auch wenn er das nie zugeben würde, die Versehrtheit reichte tiefer, als es von außen erkennbar war. Kein Wort mehr von den gemeinsamen Ferienplänen, keine Mahnung an das Versprechen, ihn rauszuholen. Hätte er etwas dazu sagen sollen, Jo ein Angebot machen, eine Aussicht bieten? Der Bruder würde in absehbarer Zeit zurück sein, zurück in seinem Designer-Geschäft, das derzeit seine Mitarbeiter führten, so souverän führten wie schon während seiner letzten Abwesenheit, als er sich in der Reha zurückgekämpft hatte. Und dann würde Jo wieder Quartier beziehen in jenem Haus in der Innenstadt, von wo er inzwischen mit Gerda kleinere Sachen und die ersten Möbel geholt hatte.

In Jedastedt schien der Fall schon vergessen. Wen kümmerte es, dass der zum Krüppel gefahrene Bruder des Hauptkommissars Rache genommen, den fahrerflüchtigen Täter zeitverzögert ins Jenseits befördert hatte? Niemanden. Diejenigen, die sich überhaupt Gedanken machten, waren wohl zu großen Teilen auf Seiten Joachims. Da hatte einer die Dinge selbst in die Hand genommen und wieder geradegerückt. Dass dieser Troller womöglich unschuldig im Knast schmorte, interessierte keinen. Noch weniger fragte jemand nach der Gemütslage des Bruders. Sie beide würden also weitermachen.

Troller hatte das Wochenende genutzt, um sich in die Aufzeichnungen Baders zu vertiefen. Angie hatte ihm Kopien der Drohbriefe gegeben, nicht aller, das war auch nicht nötig gewesen, die Vorauswahl, die Dorothea mit Katterer getroffen hatte, war aussagekräftig genug und noch immer von stattlichem Umfang. Ein Schläfer war zwar nie ganz auszuschließen, einer, der seinen Groll inwendig pflegte und sich Jahre später plötzlich bemüßigt sah zuzuschlagen; Troller jedoch hatte entschieden, dieser Variante vorerst keine weitere Beachtung zu schenken. Jumbo war aktiv gewesen, auch in seinem Auftrag, trat bis zuletzt irgendwelchen Leuten auf die Füße. Dass man ihn so hatte festfrieren lassen, musste mit seinen letzten Bewegungen zu erklären sein. Bader hatte den alten Perlini zur Rede gestellt, war auch bei den von Mangoldts vorstellig geworden. Gern hätte er gewusst, mit welchen Worten Jumbo Cesare unter Druck gesetzt, was er die Witwe von Mangoldt gefragt hatte, zugleich zweifelte er daran, dass ihn dieses Wissen weiterbrächte. Wer ein Phantom jagt, trifft im besten Fall auf Gespenster.

Einige davon geisterten noch immer durch Jedastedt – als Schlümpfe oder als ehrbare Bürger, als das eine wie das andere. Jemand hatte sich von Baders Herumstochern gestört gefühlt, so gestört, dass er den Mann kaltstellte oder hatte kaltstellen lassen. Der Sittenstrolch? Vielleicht war der Tat unmittelbar ein Besuch in der Sauna vorangegangen. Hatte den Wolf das Fell gejuckt? So gern er auch für Baders Ableben Markowitsch zur Verantwortung gezogen hätte, er fand keine passende Geschichte dazu. Auch wenn Markowitsch von Jumbo bedrängt worden war, eine solche Inszenierung wie die dargebotene trug nicht dessen Handschrift.

aliquid stat pro aliquo
wir hamstern doch alle!
ihre albträume möchte ich
hingegen nicht haben.
machen sie's weiter gut?
herr troller?
ihr student

Troller ging die Botschaft Wort für Wort durch, scrollte hoch und runter, obwohl er den ganzen Text leicht auf dem Screen sehen konnte. Wie sähe das Psychogramm des Absenders aus? Diese Frage würde er seinem Publikum am Donnerstag stellen. Lassen sich aufgrund des Textes Rückschlüsse ziehen auf Alter und Geschlecht? Ist die Schreiberin oder der Schreiber frustriert oder desillusioniert? Ging der Botschaft womöglich eine Kränkung voraus? Steckt zwischen den Zeilen eine Drohung? Welche Wirkung erfährt der Empfänger aufgrund des Inhalts und hinsichtlich der Anonymität des Absenders?

Er würde die Aufmerksamkeit seiner Studentinnen und Studenten insbesondere auf die beiden Fragezeichen lenken, sie fragen, was genau vom Absender eigentlich in Frage gestellt würde. Und er würde diese Botschaft diesmal nicht einfach an die Wand projizieren, stattdessen vor der Vorlesung genügend Kopien erstellen, sodass jede und jeder den Text vor der Nase hätte, in die Hand nehmen konnte, um sich so in seine Lage, in die Lage des Adressaten zu versetzen. Erst wenn sich die volle Wirkung entfaltet hätte, sich alle der Tragweite anonymer Botschaften bewusst geworden wären und begonnen hätten, sich gegenseitig zu verdächtigen, würde er sich als Absender zu erkennen geben. Vielleicht wäre das dann auch ein guter Zeitpunkt, um die Urheberschaft des Abschiedsbriefes, den er das vorletzte Mal mit ihnen besprochen hatte, preiszugeben.

Eigentlich hatte Troller den Frosch hervorgeholt, weil er auf Neuigkeiten von Angie hoffte. Es war Montag, der Nachmittag schritt voran, und Hauptkommissarin Hagen war bestimmt nicht untätig gewesen. Hatte sie nicht den Speich vom Schwimmen abholen, bei der *Vanek Import* anklopfen und ihn anschließend in Kenntnis setzen wollen? Sollte er seiner Ungeduld nachgeben, seinerseits anrufen?

Jette war in der Mittagspause einfach losgefahren. So schnell wie möglich Angie wiederfinden, das war ihr Plan gewesen, denn nach dem Wochenende war ihr, als leide sie an einem tiefsitzenden Jetlag, ohne auch nur eine Sekunde abgehoben zu haben. Immerhin würde Noah nun früher zurückkehren als erwartet. Sein Geld habe man gern genommen, seine anderen Versuche zu helfen aber waren nicht allseits geschätzt, wie er wohl erst sich, dann via Skype auch ihr eingestehen musste. Er war schon zu lange weg aus Sierra Leone, zwar noch immer der geliebte Sohn und Bruder, im Clan der Familie aber mehr und mehr ein Fremder geworden. Wer Afrika verließ und auch noch in Europa gut ankam, wurde nicht nur bewundert, sondern auch beneidet, angefeindet oder kurzerhand für tot erklärt. Schließlich hatte man der Heimat den Rücken gekehrt und die eigenen Leute im Stich gelassen. Es war Noah nicht gelungen, alte Freundschaften zu erneuern, stattdessen sei er mit unrealistischen Forderungen konfrontiert worden. Die Lage im Land musste katastrophal sein, schloss Jette, auch wenn ihr guter schwarzer Mann solch drastische Worte nicht verwendete. Das Misstrauen saß in jedem Fall tief. Noah hatte auf Drängen seines Vaters noch für diese Woche den Rückflug nach Deutschland gebucht. Die Gefahr, dass man seine Familie mit Bitten bedrängte, die nicht zu erfüllen waren, wuchs mit jedem Tag.

Die Harley beschleunigte, schoss auf der schmalen Fahrbahn über eine Waldlichtung, als Jette bewusst wurde, in jener Region angelangt zu sein, die den Kliniken die meisten Organspender lieferte. Hier gab es einige dieser fiesen Kurven, deren Radius gegen Ende hin überraschend kleiner wurde. Und die Bäume waren schon immer stärker gewesen. Sie verdeckten auch die Sicht, machten aus einem Überholmanöver ein Himmelfahrtskommando, bevor man wusste, wie einem geschah. Du musst die einzelnen Bäume sehen, mahnte sie jetzt die innere Stimme, und das klang doch dringlich, sodass Jettes Handgelenk lockerließ, der Oberkörper sich ein wenig aufrichtete. Schaute sie zu wenig genau hin?

Peer folgte inzwischen einer Eingebung, was die Strumpfmasken der Männer betraf, die Bader in den Schlachthof bugsiert hatten. Herr Holthuizen dürfte jetzt bei der Kartbahn angekommen sein. Katterer fütterte Shirin mit Informationen, auf dass sich die Rekonvaleszenz mit gezielter Suche im Netz paare. Die Rekonstruktion von Baders letzten Stunden gestaltete sich wegen dessen Einfrierung schwierig; Gerda hatte von Tests gesprochen, die noch am Laufen waren, die mit Mageninhalt und Magensäure zu tun hatten, den Medikamenten, die Jumbo noch eingenommen, nachweislich noch nach dem Mittagessen am vergangenen Mittwoch zu sich genommen hatte. Die Pathologin hatte von Abbau und Absorption gesprochen, von genaueren Untersuchungen des Blutes … die Frau war schon früh morgens so in Fahrt gewesen, dass Jette erst gar nicht wusste, wo ihr der Kopf stand, sie von wegen unklarer Todesursache und noch unklarerem Todeszeitpunkt nur nicken konnte in der Hoffnung, bald eine einfache und verständliche Ansage zu bekommen.

Sie fuhr rechts ran, ließ die Harley auf dem kleinen Rastplatz ruhen, zog den Helm vom Kopf und gab sich Feuer. Schnell denken, wenn sich nichts tut; langsam, sehr langsam denken, wenn sich die Dinge überschlagen. So lautete das wichtigste Trollergesetz. Zu dessen Beachtung gehörte zu wissen, ob sich die Dinge überschlugen. In Jettes Kopf fühlte sich das definitiv so an, doch es waren nicht nur die Gedanken rund um den Fall, die sie beschäftigten. Petra würde wohl in nächster Zeit zurückstecken müssen, damit Noahs Heimkehr nicht weitere Turbulenzen auslöste. Wie weit war Troller mit seinen Ermittlungen übers Wochenende gelangt?

Sie zückte ihr Kleines, ein kurzer Blick bestätigte die Vermutung. Der Altmeister hatte sich noch nicht gemeldet. Ob sie ihrerseits anrufen sollte? Durch die Bäume fiel das Licht in wankenden Streifen. Wind war aufgekommen, die Äste bewegten sich. Waldluft und Zigarettenduft, Jette schloss für einen Moment die Augen, der Jetstream hatte den Jetlag zum Verschwinden gebracht. Worauf wartete sie noch? Eine Verabredung mit Rumpelstilzchen stand nicht an. War sie nicht auf dem Weg zu Grünspan, dem Speich, dem Politiker und Adoptivvater Richards? Wollte sie nicht einen zweiten Versuch bei der *Vanek Import* unternehmen, nachdem ihr Klingeln am Morgen noch vergebens gewesen war?

Du musst die einzelnen Bäume sehen, hörte sie ein Echo, da hatte sich ihre Maschine schon wieder in Bewegung gesetzt.

Troller hatte am Freitag die Albath nach der Pressekonferenz nicht, wie ihm ein erster Impuls nahelegte, weggedrückt, sondern den Anruf entgegengenommen. Ob sie ihm seine Untätigkeit abgenommen hatte, bezweifelte er, doch sie hatte sich vom Staatsanwalt bestätigen lassen, dass er noch immer außer Dienst sei und dies trotz der jüngsten Ereignisse vorderhand auch so bleibe. Salomé hatte in ihrer Berichterstattung im Jedablatt tatsächlich darauf verzichtet, seine Person eigens zu erwähnen, was doch aufgrund seiner langjährigen Freundschaft mit Bader eigentlich ihre journalistische Pflicht gewesen wäre. Er hatte sie damals, als sein Bruder verhaftet worden war, wie versprochen informiert, und sie setzte auch diesmal darauf, dass er sich meldete, wenn der richtige Zeitpunkt gekommen war.

Ohne seinen Hinweis hätte sie vielleicht im hauseigenen Archiv nicht nachgeschaut; sie war erstaunt, als er ihr von jenem Artikel erzählte, den Kowalski damals über Heinrich Stahl und dessen dunkle Vergangenheit geschrieben hatte. Begegnen wollte er der Journalistin, die Lederhosen trug wie keine andere, vorerst allerdings nicht. Hatte er auch deswegen Jedastedt heute Morgen wieder verlassen? Er hatte die Samstagsausgabe mitgenommen, diese jedoch im Auto liegen lassen. Eine neuerliche Lektüre hätte aber seine Ungeduld auch nicht besänftigt. Er konnte genauso gut hier draußen in der Sonne sitzen bleiben. Das im Jedablatt Dargelegte entsprach eh ziemlich genau dem, was er sich erwartet hatte. Kollege Markowitsch hatte sich zwar mächtig ins Zeug gelegt, mit seinem Stottern den Unterhaltungswert noch erhöht, doch mehr zu berichten als Kowalski damals hatte auch der gute Wolfgang nicht. Troller hätte dem Mann während seiner Ausführungen gern in die Augen geschaut, doch solange sich Markowitsch im Alltagstrott befand, seine Routine ausspielen konnte, würde sich das Monster, das in ihm steckte, nicht hervorlocken lassen. Wer von Natur aus stotterte, hatte für jedes Stolpern die Erklärung schon parat. Ihm ein Bein zu stellen, würde ohne weitere Folgen bleiben, stattdessen galt es, diesen Wolf zur Strecke zu bringen, ihm ein für allemal den Garaus zu machen.

Die Geschichten und Gerüchte um die Klobürste beziehungsweise Stahls Zweckentfremdung waren lediglich ein weiteres Mal kolportiert worden. Für die Presse war das gut genug. Oder mehr als das. Dass man der Redaktion noch zwei Bilder vermeintlicher Kunstwerke zur Verfügung stellte mit der Bitte um sachdienliche Hinweise, kam doch sehr selten vor. Die Schlagzeilen hätte auch er diktieren können. Die Klobürste fand sich als »Wink aus der Vergangenheit« groß abgebildet wieder, die Graffiti zusammengefasst unter der Frage: »Wer gratuliert hier zur Zerstörung?« In der Zwischenzeit musste eine Vielzahl an Hinweisen auf dem Revier eingegangen sein. Peer und vielleicht auch Shirin waren wohl damit beschäftigt, die Wichtigtuer und Selbstdarsteller auszusortieren. Würde etwas Konkretes herausschauen, Angie würde ihn informieren.

Troller steckte den Frosch weg, blinzelte in die Sonne, auch die Sonnenbrille hatte er im Wagen liegen lassen. Gern hätte er die Baustelle betreten, einen tieferen Einblick gewonnen, so ein Dachsberg beherbergte fraglos die eine oder andere Fuchshöhle; er fürchtete jedoch, man würde ihm den Verirrten oder auch Verwirrten nicht abnehmen. Nach den Toiletten zu fragen, erübrigte sich, die waren gut sichtbar hingestellt worden, außerhalb der Gebäude, mobile Kunststoffkabinen, in denen selbst ein gestandener Troller Platzangst bekam. Ansonsten aber war gegen die Aussicht auf dem Dachsberg nichts einzuwenden. Sah man vom Baulärm ab und den Menschen, die diesen verursachten, man hätte sich leicht in einer Idylle wähnen können.

Die Einsicht indes, dass es sich hier um ein altes Machtzentrum handelte, hatte Troller schon früher gewonnen. Die Verstrickungen Aufderhaldens, das Haus unten in Ermatingen, worin die Nachkommen auch der von Mangoldts während ihres Studiums gehaust hatten zusammen mit Baby Schlumpf Richard, seine Recherchen über Raubgold während des Zweiten Weltkriegs, die Kleinstadt Frauenfeld, die vor noch nicht langer Zeit ein Treffpunkt der Ndrangheta war, einer Zelle der Mafia, das alles hatte ihn auf den Plan und auf diesen Berg gerufen. Einige der alten Fäden liefen hier in der Ostschweiz zusammen beziehungsweise hatten womöglich auf dieser Anhöhe ihren Ursprung, waren auf dem Dachsberg geknüpft worden, nahe am See, der an einigen Stellen doch tiefer war als bei Wikipedia nachzulesen.

Troller stellte sich vor, wie irgendwann nach dem Krieg Ottokar von Mangoldt, die Brüder von Cesare, vielleicht auch Hogewald senior und einige andere Gestalten sich hier an einen Tisch setzten, sich von Friedrich Aufderhalden, einem jungen, aber wachen Geist aus der Region, die Getränke servieren ließen, wie sie Beschlüsse fassten, von denen am Ende gar Jumbo Wind bekommen hatte – weil auch Heinrich Stahl Bescheid gewusst hatte, von Anfang an involviert, gar beteiligt gewesen war? Gut möglich, dass dereinst hier angerichtet wurde, was es jetzt auszubaden galt. Dereinst? Vielleicht sollte er seine Vorstellung ein wenig konkreter nach den Jahrgängen der einzelnen Protagonisten ausrichten …

– Stör ich?

– Sibylle! Aber nicht doch. Hatte dich früher erwartet.

– Kommst du voran?

– Bei dem Wetter, bei der Aussicht?

– Klärst du mich auf?

– Nun, ich gedenke, das nächste Mal etwas über Drohbriefe zu erzählen.

– Du hast mich also doch gesehen.

– Gewiss, falsche Studentinnen erkenne ich sofort. Ein wenig erstaunt bin ich über eure Zurückhaltung. Den Gruß deiner Leute am Freitag in Jedastedt habe ich gern zur Kenntnis genommen, allein die Botschaft blieb mir bislang verschlossen.

– Das hast du schön gesagt.

– Ich bin auch vorbereitet. Das gehört sich wohl, wenn mir das BKA sogar ins Ausland folgt.

– Bei deinem Ruf, deiner Aufklärungsquote, deinem Charme?

– Du sprichst doch nicht von jenem Hauptkommissar, dessen Zwillingsbruder in Haft sitzt, dem ein Zwangsurlaub verordnet wurde, den er akademisch einzulösen versucht, und der jetzt hier auf dem Dachsberg die Zeit totschlägt?

– Walle, ich mochte dich schon immer.

– Ja, aus uns hätte was werden können.

– Ich wiederhole hiermit das Angebot!

– Das ist lieb. Magst du dich nicht setzen?

– Und?

– Was?

– Wie geht es deinem Bruder?

– Das weißt du bestimmt besser als ich. Dieser tätowierte Musterknabe in der Nebenzelle, der taugt doch was, oder?

– Der Häftling Troller ist leider nicht sehr kommunikativ.

– Ist wohl genetisch bedingt, kann man nichts machen.

– Walle?

– Ja?

– Du hältst deinen Bruder für unschuldig?

– Kein Kommentar.

– Sprich mit mir.

– Das war aber ein schnelles Vorspiel … Worüber, liebe Sibylle, möchtest du mit mir denn sprechen?

– Vielleicht darüber, warum Jedastedt aus den Fugen gerät?

– Das kann ich leicht beantworten: Weil die Ursachen des Spieltriebs manchmal sehr bösartig sein können. Und das geschieht immer dann, wenn die Machtverhältnisse ins Wanken geraten. Du bist am Zug.

31

Als Jette bei den Speichs ankam, sah sie, wie der Hausherr eine schwere Tasche in den Kofferraum seines Wagens hievte – und sich also verdächtig machte? Doch Hermann Speich war über ihr Erscheinen wenig erstaunt, winkte ihr freundlich zu, bat sie ohne weitere Umstände ins Haus und erzählte noch beim Betreten, dass seine Frau und er für einige Tage nach Prag fahren würden, da die Mutter Monikas nächste Woche ihren Achtzigsten feiere. Und Speich kam auch einem Nachfragen zuvor, gab unumwunden zu, dass sie ursprünglich erst nächste Woche hätten fahren wollen, aber aufgrund der Ereignisse, sprich in weiser Voraussicht, wie er es nannte, die Abfahrt nun vorziehen würden.

Sie hätte Speichs Frau, wäre sie ihr irgendwo zufällig auf der Straße begegnet, nicht wiedererkannt. Noch hatte Jette das Bild in Erinnerung, das sie damals in der Klinik von der schlafenden Monika geschossen hatte. Wenn sie es richtig im Kopf hatte, war die Frau jetzt genau fünfzig Jahre alt. Monika Speich wusste aber nicht nur, wie man hochhackig die Stiegen einer Treppe zu nehmen hatte, sondern sie schien ihr auch hergerichtet, als hätte sie Besuch erwartet. Oder die Frau sah, wenn die Psyche sie nicht außer Gefecht setzte, einfach nur gut aus und verfügte über eine angeborene Eleganz in ihren Bewegungen. Als hätte man sich auf einem offiziellen Empfang getroffen, wurden sie von Herrn Speich einander vorgestellt, und wie es sich für eine Hausdame gehörte, fragte Monika Speich nach einigen Worten der Höflichkeit, ob sie, die werte Hauptkommissarin, Tee oder Kaffee wünsche.

Jette rekapitulierte für sich die Biografie Irinas beziehungsweise Monikas, hatte sich für einen Augenblick die Frau mit zwanzig in der Roten Laterne vorgestellt, wie sie von Aufderhalden geschwängert worden war. Und sie bat ebenso freundlich, eine entschuldigende Geste andeutend, um ein großes Glas Leitungswasser. Der Ausflug von vorhin hatte sie durstig gemacht. So gekünstelt, wie ihr die Szenerie im Hause Speich zunächst vorgekommen war, so natürlich erschien ihr nach und nach der Umgang der beiden miteinander. Die Höflichkeiten, die auf Jette wie ein umständliches Getue wirkten, wurden hier selbstverständlich gepflegt, was vielleicht weniger mit der Vergangenheit der Frau als vielmehr mit dem Status des Mannes zu tun hatte. Hatte nicht Troller Speich unlängst als *homo politicus* bezeichnet, wie er im Buche steht?

Als Monika Speich sie fragte – sie hatten sich kaum an den Esstisch gesetzt –, ob sie sich denn absentieren dürfe, dachte Jette auch nicht länger nach, nickte nur voller Verständnis, denn gewiss hatte die Frau noch einige Vorbereitungen für die Abreise zu treffen, gewiss wollte die Frau das Gespräch zwischen ihrem Mann und der Hauptkommissarin nicht länger stören, und ganz gewiss galt es, die labile Psyche der Frau angesichts der Berichterstattung einer tiefgefrorenen Leiche inklusive Klobürste zu schonen. Was davon auch immer in Frage kam, sie konnte das Gebaren von Frau Speich nicht recht deuten, setzte sich stattdessen aufrecht hin, darauf wartend, dass ihr Hermann Speich etwas bot.

Wie sich die Gesichtszüge ihres Gegenübers mit dem Abgang seiner Frau entspannten, wie er plötzlich eine bequemere Sitzhaltung einnahm, so hatte sie das schon einmal erlebt, damals, als Troller am Sitzungstisch Richard Speich entließ, sodass der Adoptivvater frei sprechen konnte. Beiläufig griff der Mann in sein Jackett, Jette sah schon eine Waffe aufblitzen, war aber wohl nur ein wenig nervös, hielt sich am Glas fest, das sie am liebsten in einem Zug ausgetrunken hätte, kam dann aber nicht mehr dazu, weil das, was Hermann Speich vor ihr auf den Tisch legte, selbst eine Hauptkommissarin Marke Tomb Raider erst einmal leer schlucken ließ.

– Friedas Abgang hat die Balance gestört?

– Mehr noch als ich selbst anfangs vermutet habe. Doch wir sind jetzt im Antwortmodus, Sibylle. Du bist noch immer am Zug.

– Die Bündnisse des transatlantischen Westens sind in Auflösung begriffen: Trumpiert einer die Welt mit seinem kurzsichtigen Geschäftsgebaren, eine beleidigte Macrone läuft auf und weiß die Mayday-Signale nicht zu deuten, begleitet von Anmerkelungen, die einem Abgesang doch sehr nahekommen – da lachen sich Pin und Put ins Fäustchen.

– Geht's auch ne Nummer kleiner?

– Falscher Modus, Walle.

– Gut. Ich glaube, da waren – gewiss nicht nur in Jedastedt – einige Bestrebungen im Gang, sich allmählich eine weiße Weste zu verschaffen. Oder sagen wir: eine graue. Die neue Generation der Perlinis, der von Mangoldts, der Aufderhaldens, der Hogewalds und wie sie alle heißen, haben sich bemüht, ihre angehäuften Vermögen nach und nach in legale Wirtschaftsunternehmen zu pumpen. Wer einmal hat, kann eigentlich nichts mehr falsch machen, kann Position, Macht und Vermögen leicht auch ohne kriminelle

Machenschaften befestigen, befördern und ausbauen. Die Idee war gut, doch scheint unter den Parteien noch nicht alles ganz bereinigt zu sein. Entweder sind da alte Rechnungen noch nicht ganz beglichen, oder aber es möchte jemand von außen in diese Phalanx einbrechen, den man – aus welchen Gründen auch immer – nicht unter sich haben will.

– Das entspricht … fast im Wortlaut … unserer Analyse. Wüsste ich es nicht besser, ich glaubte, du hättest uns abgehört.

– Ich euch! Wow. Das war jetzt aber ein starkes Ablenkungsmanöver. Zur Sache, Sibylle, bevor uns der Schweizer Grenzschutz auf die Pelle rückt!

– Okay, mir ist auch nicht nach Scherzen zumute. Baders Abgang kommt uns ziemlich ungelegen. Oder, um ehrlich zu sein: eure Ermittlungen. Jetzt schau mich nicht so an. Selbstverständlich muss Kommissarin Hagen alles daran setzen, die Tat aufzuklären, und unglücklicherweise hast du sie, wie nun mal nicht anders zu erwarten war, verdammt gut ausgebildet. Der Aufruhr allerdings kommt uns in die Quere bei unseren Ermittlungen.

– Raus damit.

– Nun, so sehr wir uns der Terrorbekämpfung widmen, unsere Hauptaufgabe ist inzwischen doch die Geldbeschaffung. Du hast von den *Paradise Papers* gehört, das sind gewissermaßen Schatzkarten, und der Staat braucht nun mal Geld. Uns läuft die Zeit davon, von wegen Verjährungsfristen. Wir decken auf, machen Deals oder bringen zur Anklage.

– Und ihr benötigt die Kooperation der einen zur Überführung der anderen.

– So ist das.

Ein Unikat. Jette starrte eine Einzelanfertigung an: ein grün eingefärbter Schlumpf, mit drei Stecknadeln versehen, angestochen, aufgespießt. Was als V-Schlumpf in Baders Notizbüchlein vermerkt war, stand nicht für einen möglichen V-Mann, über den sie sich übers Wochenende Gedanken gemacht hatte, sondern für eine eigens präparierte Hartgummifigur, eine Voodoo-Puppe, die ihr Hermann Speich jetzt präsentierte, die er aber auch schon Wochen zuvor – wie er nun erklärte – Jan-Hubert Bader gezeigt hatte.

– Das war Aufderhaldens Hochzeitsgeschenk. Damals. An mich.

Jette nahm das Glas zur Hand, so schnell konnte auch sie nicht denken, sie würde abwarten, auf Zeit spielen, der sich anbahnenden Auflösung der Schlumpfologie keinesfalls zuwiderhandeln, langsam trinken, sehr langsam, unbeteiligt wirken, möglichst gar nicht wirken, denn es stand aller Wahrscheinlichkeit nach die größere Offenbarung bevor als jene, die sie damals im Untergeschoss der Bank erlebt hatte, als Shirin den Schrein öffnete und Friedas Vermächtnis offenlegte. Speich würde nun Tacheles reden, und sie nippte am Glas, versuchte, die allzu großen Gedanken zu verscheuchen, die sich mit einem Mal wieder um die Hoffnung und das Übel drehten, da lag immerhin ein grüner Schlumpf vor ihr, von zweifelhaftem künstlerischen Wert, durchlöchert und trostlos, ging es ihr durch den Kopf, denn die Farbe war an einigen Stellen abgeblättert; kein Wunder, dachte sie, dieser Schlumpf war schon älter, inzwischen eine Reliquie, ein Überbleibsel, von dem sie aber noch nicht wusste, was sie davon halten sollte, und sie gab das Zeitspiel auf und ließ die Zurückhaltung fahren.

– Das ist nicht wahr, oder? Ganz schlechtes Kino. Was soll diese Show? Sie wollen mir sagen, Sie fühlten sich bedroht, angezählt, eingespannt?

– Das … das ist nicht meine Erfindung. Ihre Überraschung verstehe ich, weiß Gott, aber das ist das, was mir Friedrich Aufderhalden vor der Hochzeit mit Monika hat zukommen lassen. Ich schwöre es. Bitte …. bitte lassen Sie mich erklären. Herr Bader hat übrigens ähnlich reagiert wie Sie. Diese ganze Schlumpfgeschichte hat inzwischen Ausmaße angenommen, dass niemand mehr sehen mag, wie banal das Ganze doch ist; ursprünglich war … Wir sind es gewohnt, dass aus Spaß Ernst werden kann, doch ist der Ernst einmal da, will niemand mehr auf dessen Ursache zurückkommen. Frau Hagen, Fritz Aufderhalden war ein Spieler, kein schlechter Spieler, denn er verfügte über die Mittel, und er lebte sich aus, rücksichtslos. Als Richard zur Welt kam, verwandelte er Jedastedt in Schlumpfhausen, aus einem Jux heraus, weil ihm das grad so gefiel, weil es sich halt anbot. Schlumpfine war mit Monika eh gesetzt, er war Papa Schlumpf, dann ordnete er die Paten seines Sprösslings zu, dann seine Nächsten, einer nach dem andern wurde mit einem Schlumpf beglückt, und er erfuhr Aufwind, als sich plötzlich die Polizei für die Hartgummigenossen zu interessieren begann. Was für eine Bestätigung für einen Suchtmenschen und schrägen Vogel, für ein Ungeheuer, das stets den Widerstand suchte, die Konfrontation, und er erhöhte den Einsatz, verwendete die Schlümpfe alsbald als reale Figuren, spielte vermeintliche Trümpfe aus, setzte Zeichen, inszenierte und provozierte …

– Schon gut, schon gut. Sie denken also auch, dass Friedas und Baders Ableben in einem Zusammenhang stehen?

Sibylle war verschwunden, wie sie gekommen war. Troller hatte sich ebenfalls erhoben, jedoch einen Umweg eingeschlagen. Noch wollte er sich nicht in den Wagen setzen, noch war Zeit, und er traute der Klarheit nicht, mit der sich die Fakten offenbarten. Die Sonne strahlt, doch der Schein trügt. Sibylle hingegen täuschte ihn nicht, das hatte sie noch nie getan, geschwiegen, wenn die Situation es nicht anders zuließ, das schon, aber nicht betrogen. Cesare Perlini war schon früh zum V-Mann des BKA geworden. Das war auch der Grund, warum die Akten unvollständig waren, die Geschichte um den bei ihm sichergestellten Geldkoffer im Sand verlief. Er hatte sich damals notgedrungen zur Kooperation entschieden und lieferte seither wertvolle Informationen. Wenn nun bei den jüngsten Geldbeschaffungsmaßnahmen des BKA einem der zur Kasse Gebetenen ein Licht aufgegangen war, dann fände sich ein starkes Motiv für die Botschaft, die den Perlinis mit dem steifgefrorenen Jumbo hinterlegt wurde. Was hatte Bader damit zu tun? Er hatte im alten Perlini den V-Mann erkannt, diesen zur Rede gestellt, aber dann? War Jan-Hubert unvermittelt zwischen die Fronten geraten?

Allmählich verstummte der Baulärm. Troller war in ein Waldstück eingebogen, das offenbar Joggern und Hundehalterinnen vorbehalten war. Die Menschen grüßten freundlich, schienen in ihm aber zugleich den Fremden zu erkennen, der hier nichts verloren hatte. Doch die Bewegung tat ihm gut, Spaziergänge stärken das Kreuz, hatte ihm Gerda vergangene Woche erläutert, das Kreuz und vielleicht auch das Rückgrat. Du musst für dich Sorge tragen, alter Mann, das sagte er inzwischen zu sich selbst, dachte weiter über Cesare nach, dessen Sorgen ohne Zweifel größer waren als die seinen. Noch immer liebte der Mann seine Rebekka, stand ihr bei und würde wohl ohne sie nicht mehr derselbe sein. Einerseits mochte Perlini sich nicht zu weit von ihrem Krankenbett entfernen, andererseits hatte er dringend andernorts Dinge zu erledigen, Missverständnisse zu klären, wie er betonte, wie er hoffte.

Im Fokus von Sibylle standen derweil Richard Speich, der Alleinerbe von Aufderhalden, und die von Mangoldts. Auch das BKA hatte einsehen müssen, dass sich zwischen diese drei Freunde, die offenbar das Zepter entschieden in die Hand genommen hatten, nur schlecht ein Keil treiben ließ. Marielle, Carlos und Richard kannten sich seit Internatszeiten, hatten sich am Fuß des Dachsbergs während des Studiums ein Haus geteilt, waren so dicke, dass Informationen zu ihren genauen Vermögensverhältnissen nur von außen kommen konnten.

»Alte Bande« – Jumbos letzter Eintrag. Damit konnten nur die von Mangoldts und die Aufderhaldens gemeint sein. Und die Hogewalds womöglich. Auch Rainer Hogewald hatte sein Imperium auf einem bereits bestehenden Fundament aufgebaut, das sein Vater in der Nachkriegszeit über die Jahre hinweg erst mit gezielten Landkäufen, dann mit entsprechenden Gebäuden in Jedastedt errichtet hatte. Troller griff sich an die Nase, es galt, Raum und Zeit in Einklang zu bringen.

Sibylle Weiß, sie war noch immer die Musterschülerin von damals, als sie gemeinsam die Polizeischule absolvierten. »Was weiß ich, frag Sibylle!« Das Credo jener Zeit. Er war jedoch ihrem Ruf nie gefolgt. Ihr Erfolgsrezept basierte auf Informationen, schon immer, auf konkreten Informationen. Von Algorithmen hielt sie auch heute noch nicht viel, folgte stattdessen konsequent der Spur des Geldes. Ihre Klarheit hatte etwas Einschüchterndes, sie war nie offensichtlich dominant, nie forsch gewesen, doch ihre Strenge hatte auch ihn auf Abstand gehen lassen. Er fühlte sich damals der jungen Frau Weiß nicht gewachsen, das konnte er sich inzwischen eingestehen. Wie war das heute?

Hätte er den Hörsaal vergangene Woche nicht so schnell verlassen, Sibylle hätte ihn wohl in ein weiteres Bewerbungsgespräch verwickelt, ihm einmal mehr seine Bestimmung vor Augen geführt, seine Zukunft beim BKA, die längst schon hätte beginnen sollen, er einzig den Trotz hochhielt, um der Vernunft ihr Recht vorzuenthalten. Wäre mehr Zeit gewesen, sie hätten erneut über die Größe der Spielfelder diskutiert, über den Aspekt des Irrationalen … nun aber war sie ihm nachgegangen, um die Ermittlungen weiter voranzutreiben. Hatte sie ihm die Augen geöffnet?

Die Sonne strahlt, doch der Schein trügt. Daran hatte schon Jumbo festgehalten. Er wäre beim Angeln und Malen geblieben, hätten ihn die Ereignisse um die Sammlung Gierloth nicht wieder aus der Reserve gelockt. Bader hatte immer den Verdacht gehegt, von Hein Stahl instrumentalisiert worden zu sein, und als bei der Provenienzforschung vor zwei Jahren der Name seines Vorgängers auftauchte, gab es für Bader kein Halten mehr. Und er mischte sich, ohne es zu wollen, in die Ermittlungen des BKA ein, verfolgte die Spur der Raubkunst und war deswegen auch den von Mangoldts auf die Pelle gerückt, denn er war sich wohl ziemlich sicher, das eine oder andere in Frage stehende Werk an den Wänden der Villa wiederzufinden.

Es war höchste Zeit, Angie zu kontaktieren.

32

– Ich habe nun alles mehrfach gecheckt. Jan-Hubert Bader starb an einem Herzinfarkt. Verdächtige Substanzen, die dieses Ereignis befördert hätten, fand ich keine. Der Todeszeitpunkt lässt sich nicht exakt bestimmen, zumindest aber auf den Mittwochnachmittag eingrenzen, so zwischen 14 und 17 Uhr. Das ist leider alles.

– Keine Hinweise auf den Tatort … auf den Sterbeort?

– Nichts. Gut möglich, dass Bader post mortem noch die Hände gewaschen wurden. Ebenso gut möglich, dass er selbst noch auf der Toilette war. Auch an seinen Schuhen fand sich nichts. Klaus hat alle Kleidungsstücke mehrfach unter die Lupe genommen. Da war zwar etwas Speichel auf dem Hemd, doch ohne Zweifel von Bader selbst. Ein Hustenanfall vielleicht, kurz vor dem Infarkt, übergeben hat er sich aber nicht. Ich werde die Leiche morgen freigeben, Jette, mir fällt nichts mehr ein.

– Kandlhuber und Petra?

– Arbeiten meines Wissens noch an der Elektronik, an Baders Handy, das Petra heute von der Witwe bekommen hat, und am Navi des Peugeot.

– Ich dachte, Bader hätte kein Handy?

– Das dachten wir wohl alle. Aber wenn ich dazu etwas sagen darf …

– Bitte, Gerda, ich nehme heute auch Spekulationen.

– Weniger als das, meine Liebe, ich vermute, das sind nur Strohhalme.

– Das fürchte ich auch, aber …

Jette zückte ihr Kleines, und sie lächelte, denn Troller kam ihr gerade recht. Und nicht nur ihr, das wusste sie inzwischen mit Sicherheit. Also verabschiedete sie sich auch nicht, blieb in der Pathologie bei Gerda stehen, nahm den Anruf entgegen und stellte auf Lautsprecher.

– Troller, schön, dass du anrufst, ich stehe hier in der Pathologie. Keine unnatürliche Todesursache ... was Bader betrifft, meine ich, Herzinfarkt, er starb vergangenen Mittwoch zwischen 14 und 17 Uhr, ich nehme an, in der Villa von Mangoldt. Gerda wird die Leiche morgen freigeben. Und ich habe den V-Schlumpf.

– Ich weiß, der alte Perlini.

– Wie? Nein ... das glaube ich nicht. Meiner ist grün und mit Stecknadeln durchlöchert, ein richtiger Voodoo-Schlumpf.

– Du warst bei Vanek?

Es dunkelte, als Jette draußen unter dem Vordach des Reviers stand und ihren Entzugserscheinungen entgegenwirkte. Sie hatte das Spielfeld neu abgesteckt, Trollers Arrangement an der Magnettafel gar nicht erst zu erweitern versucht, sondern noch einmal neu angesetzt. Zögen ihre Ermittlungen noch weitere Kreise, Baders alte Tafel würde bald durch eine größere ersetzt werden müssen. Die Perlinis erschienen nun in einem anderen Licht. Sie hatte auch Gierloth recherchiert und die Schildknecht behelligt, sie möge alle alten Fotos noch einmal durchsehen, diesmal mit besonderem Augenmerk auf Kunstwerke – wie es wohl zuvor auch Bader getan hatte. Denn das, da war sich Troller sicher, war der eigentliche Grund seines letzten Besuchs im Archiv gewesen. Peer hatte sie den Auftrag gegeben, sich noch einmal der von Mangoldts anzunehmen, denn sie wollte am nächsten Tag nicht unvorbereitet zum Konzert von Carlos Möchtegern-Hendrix in der Roten Laterne erscheinen.

Immerhin einen nützlichen Hinweis hatte Herr Holthuizen aus den Reaktionen auf die Berichterstattung im Jedablatt bieten können. Ein Skatkumpel von Bader hatte sich gemeldet, der dem ehemaligen Hauptkommissar noch begegnet sein wollte, als dieser am Mittwochnachmittag in seinem Peugeot in der Gegend der Mangoldt'schen Villa war. So gegen halb drei sei das gewesen, das wisse er, weil er um drei einen Termin beim Zahnarzt gehabt habe. Bader hätte kurz angehalten, um sich dafür zu entschuldigen, den letzten Spielabend sausen gelassen zu haben. Wortwörtlich habe er gesagt, er spiele grad einen Grand ohne vier, und wenn niemand Kontra gebe, stünde dem Abend nächste Woche nichts im Wege.

Obschon Jette von Skat wenig verstand, war ihr klar geworden: Jemand hatte Kontra gegeben, auch wenn das letztlich nur das Herz des ehemaligen Hauptkommissars betroffen hatte. Schließlich hatte Peer seine Beförderung zum Partner gerechtfertigt, indem er ihr ein Bild von der Kartbahn präsentierte, auf dem der grinsende Rekordhalter mit Helm in der Hand zu sehen war: Milan Vanek war der Schnellste, wenngleich seine Bestzeit älteren Datums war, er diese Marke noch vor seinem Zusammenprall mit dem öffentlichen Bus erzielt hatte. Anscheinend vertrieben sich Milan und Richard des Öfteren die Zeit auf der Kartbahn. Holthuizen hatte auch berichtet, dass die jungen von Mangoldts, Carlos und Marielle, immer mal wieder auf der Bahn zu Gast seien, obwohl es davon keine Fotos gab.

Da hielt also der Mann, der glücklich aus dem Koma erwacht war und seither an einer Gedächtnislücke litt, den Rekord auf der Kartbahn im Nachbarort. Und er streckte nicht nur den Helm mit seinem Namenszug in die Kamera, sondern zeigte auch den Strumpf her, den an diesem Ort jeder Fahrer ausgehändigt bekam, den Kopfschmuck oder Feuerschutz, was es auch war, es war so ein Teil, wie es die Überbringer von Baders Leichnam ebenfalls getragen hatten. War Vanek der Leichenträger vom Dienst? Hatte er nicht nur Frieda ins Wasser befördert, sondern auch Bader tiefgefroren? So einfach? So einfach war es bestimmt nicht.

In Jette stieg der alte Ärger wieder hoch. Da erwacht einer unschuldig aus dem Koma, wechselt aus zunächst nicht nachvollziehbaren Gründen den Anwalt aus und erwirkt über den Nachfolger, dass die Beweismittel, die Katterer auf seinem Handy sichergestellt hatte, als nicht zulässig erklärt werden. Selbst Häusermann sprach von einem Skandal, wenn auch nur hinter vorgehaltener Hand. Maximilian Guggenheim hätte dabei freilich nicht mitgemacht. Da hatte sich die Gegenseite die Paragraphen schön zurechtgelegt und sich am Ende noch gerühmt, ein Verfahren, welches den Staat nur wieder viel Geld gekostet hätte, frühzeitig unterbunden zu haben. Blitzte sie morgen bei der *Vanek Import* wieder ab, sie würde den Mann schriftlich vorladen lassen. Katterer, der sich damals anscheinend unrechtmäßig Zugang zu Beweismitteln verschafft hatte, war inzwischen wohl bei Shirin zu Hause. Auch deren Abendprogramm hatte sie mit Trollers jüngsten Erkenntnissen definiert. Solange die Vergangenheit Stahls im Dunkeln lag, würde sich ihnen auch die Gegenwart nicht erhellen. Auf jeden Fall würde sich Shirin im Darknet umsehen, derweil

Hans Georg das Abendessen zubereitete – oder vielleicht doch besser die Pizza ins Haus liefern ließ.

Jette schwirrte der Kopf. Das Rauchen half, von einer Übersicht war sie jedoch weit entfernt. Noch nie hatte sie direkt mit dem BKA zu tun. Das waren nur bedingt Freunde, so viel wusste sie; oft mischten sich die großen Kollegen im dümmsten Moment ein. Diesmal schien es aber umgekehrt, als hätte es das Bundeskriminalamt darauf angelegt, dass sie, Hagen & Co., die Arbeit machten oder eben Troller. Der schien seinerseits wenig beunruhigt … wusste er schon länger Bescheid? Ob Häusermann an mehr Material kam? Troller hatte ihr den Auftrag gegeben, den Staatsanwalt ins Bild zu setzen. Das taten sie sonst nie, zumindest solange die Ermittlungen nicht abgeschlossen waren. Doch um an mehr Informationen des BKA zu gelangen, war dieser Weg vielleicht der einzig mögliche, die offiziellen Kanäle nutzen, auf die Zusammenarbeit der Behörden setzen. Genauso gut konnte sie Strohhalme aneinanderreihen.

Da würde ihr Amanda heut Abend bessere Dienste leisten, von »Let it rain« bis »Promises«, einmal das volle Programm, oder sie nähme sich Hartls Mitbringsel vor, drei alte CDs von Steve Earle, noch aus dem vergangenen Jahrhundert … wird dich umhauen, Jettchen, und sie hatte es in den Augen ihres Bruders gesehen, dieses vertraute Leuchten, das war bester Stoff, was ihr da überbracht worden war, fernab des Mainstreams, denn für das Gängige, für das, was von den Radiostationen noch geboten wurde, hatte Hartmut längst kein Gehör mehr. Anders hören, anders sehen, anders verstehen, der Hagen-Code; und sie sprach dem Opa nach: »Aufmerksam des Hasen Blick, vorwitzig züngelt alsbald die Schlange im hohen Gras, einziger Zeuge der Mensch, wie kurz vor der Mähmaschine Meister Lampe den Kopf des Reptils verschlingt.« Großvaters Ansprache zu ihrem dreißigsten Geburtstag. Da war er schon wirr im Kopf.

Und Jette wusste noch immer nicht, was sie mit dieser Geschichte anfangen sollte, doch sie war in ihr Gedächtnis eingebrannt, für immer. Sie spürte die Hand Petras auf ihrem Po, sie hätte sich der Berührung sogleich entziehen wollen, doch ihr Körper gehorchte nicht.

– Darf ich eine schnorren?

– Du rauchst doch nicht.

– Macht aber das Küssen angenehmer.

– Schlampe.

– Selber.

Und Petras Hand wanderte ungehindert weiter, sodass ihr keine andere Wahl blieb, als in der Innentasche nach der Schachtel zu greifen. War's die Hand? War's Petras Stimme? Die Frau hatte sie im Griff; das war höhere Gewalt, jeder Richter hätte mildernde Umstände gelten lassen. Alles hat seine Zeit und seinen Ort, hörte Jette jetzt ihre innere Stimme, wusste aber nicht, was darauf zu entgegnen wäre, gestand stattdessen ein, bestechlich zu sein, wiewohl sie mehr Enthusiasmus entwickelte, wenn ihr Petra den Zusammenhang von Friedas Abgang und Baders Ende erklärte. Darauf hatte der Grünspeich keine befriedigende Antwort gewusst, obwohl es ganz bestimmt eine Antwort gab, das spürte sie, dachte an Grenzüberschreitungen, fand aber keinen gemeinsamen Nenner, alternativ jedoch den kleinsten gemeinsamen Teiler, so glaubte sie, glaubte sie nicht, assoziierte noch das eine Fragment zum andern, kam dann aber zum selben Schluss, zu dem sie schon vor Minuten gekommen war: Wenn dies und das, jenes und welches, kreuz und quer, wenn die Welt nicht gleich zusammenbräche und das Treiben anhielte, dann läge womöglich ein freier Abend drin … worauf Petra erst einmal lockerließ, in die Schachtel langte, sich zur Flamme neigte und an der Zigarette zog.

– Das sind unlautere Mittel.

– Die Handgreiflichkeiten?

– Die auch.

– Du denkst zu viel.

– Dafür werde ich bezahlt.

– Siehste, mich kriegst du fast umsonst.

– Noch immer nichts auf dem Navi?

– Professionell manipuliert, da ist nichts mehr.

– Du bist talentiert.

– Ich rieche eine Falle.

– Du könntest das Navi sagen lassen, was es einst wusste. Nicht?

– Zweifelst du an meiner Fingerfertigkeit? Du willst mich doch nicht zu einer Straftat verleiten. Oder?

– Ich zweifle nicht. Vielleicht brauche ich aber die Anordnung zu einer Hausdurchsuchung. Das Wenige auf Baders Handy reicht höchstens dafür aus, um zu beweisen, dass der Mann nicht Selbstmord begangen hat. Und die Aussage seines Skatkumpels hilft auch nicht weiter, so leicht lässt sich Häusermann nicht bekehren.

– Du hast dir viel vorgenommen für eine Nacht.

– Muss ich dich rumkriegen?

– Das musst du, musst du immer wieder.

– Du bist unersättlich.

– Sagt eine Süchtige? Ich geh schon mal vor. Sushi, wenn es dir recht ist, für dazwischen. Erwarte dich um sieben.

Troller hatte sich gegen Luke Skywalker entschieden, stattdessen Kleists *Marquise* in einem Zug gelesen. Noch ein Geschenk von Franjo. Dieses mit der Bitte verbunden, der Herr Hauptkommissar möge den Fall neu bewerten. Franjo hatte sich nicht nur mit dem Professor angelegt, bei dem er seine Master-Arbeit in Angriff nehmen wollte, er hatte sich offenbar auch gegen die einhellige Meinung der literaturwissenschaftlichen Fachwelt gestellt, wonach der russische Offizier Ursache jener für die Marquise unerklärlichen Schwangerschaft war. Franjos These: Man könne Kleists Erzählung auch so lesen, dass ihr Vater zumindest ebenso sehr in Betracht käme als Urheber, sprich als Vater und als Großvater des Ungeborenen.

Er hatte sich schnell breitschlagen lassen. Der Abend in der WG seiner Tochter war ein voller Erfolg gewesen. Der mitgebrachte Sugo hatte sich harmonisch mit Heikes Lieblingsspaghetti vermengt, und Franjo hatte in Innsbruck einen Zweigelt ausgewählt, der ganz nach seinem Geschmack war. Am meisten hatte ihn aber gefreut, in Heikes Freund einen wachen Geist zu erkennen, der ihnen immer wieder neue Geschichten von den Südtiroler Bumsern, den Bombenlegern, auftischte, deren Literarisierung er sich bei Tumler, Zoderer und Mall zu untersuchen vorgenommen hatte. Er war dann sehr erleichtert, behelligte ihn der angehende Germanist doch nur mit einem schmalen Reclam-Heftchen und behielt die Stapel an Kopien zurück, die er im Brenner-Archiv für sich gemacht hatte. Etwas gar freimütig hatte er seinerseits den beiden von den jüngsten Fällen erzählt, die in Jedastedt einer Lösung harrten, von der Tiefkühlung des einen und der Exekution des andern, dass er zwar bei den Ermittlungen behilflich, offiziell aber gleichwohl unbeteiligt sei.

Offenherzig, gegenseitig offenherzig war dieser Abend verlaufen, und das wirkte in Troller nach. Gut möglich, dass er sich von Berufs wegen in den letzten Jahren zu sehr abgeschottet hatte, weit wahrscheinlicher, dass ihn die Scheidung von Felicitas nachhaltig verunsicherte, sich seine Seele noch immer verkrampfte.

Und der Herr Gastdozent hatte in Kleist einen Geistesverwandten erkannt. Vielleicht war das lediglich der guten Stimmung geschuldet, die weiter anhielt, auch jetzt, Stunden, nachdem er zurück in der Zweizimmer-Wohnung saß, die ihm Guggenheim hier in der Stadt am See gleich mitvermittelt hatte. Vielleicht hatte er sich von Franjo auch schon zu sehr vereinnahmen lassen, doch jener Schriftsteller war ohne Zweifel auch ein Kriminalist gewesen.

Vage hatte sich Troller an eine Schullektüre erinnert, *Der zerbrochene Krug*, damals am Gymnasium, zwangsverordnet allerdings. Da hatte er noch ganz andere Dinge im Kopf, war für einen wie Kleist noch nicht empfänglich gewesen. Der Richter war der Täter, das wusste er noch, mehr nicht. Was nun aber die arme Marquise betraf, da fehlten die eindeutigen Beweise. Ein berühmter Gedankenstrich, auf den ihn Franjo noch eigens aufmerksam gemacht hatte, und eben das Undenkbare. War Inzucht zu Kleists Zeiten tatsächlich weniger vorstellbar als heute? Wie der Vater seine schwangere Tochter erst verstieß, vor allem aber wie er sie nach der Versöhnung mit Zärtlichkeiten traktierte, das war schon ein starker Fingerzeig in Richtung Franjos

Interpretation. Und wie er kriminalistisch-akademisch die relevanten Passagen wieder las, war er gar geneigt, den russischen Offizier aus dem engeren Kreis der Verdächtigen auszuschließen. Dieser Mann war der Verliebte, nicht der Vergewaltiger. Wer hingegen die Grenzen überschritt und dies so selbstverständlich und dreist, dass er auch im Beisein seiner Frau – und Mutter der Marquise – sich nicht zurückhielt, das war der Vater. Heinrich von Kleist war nicht nur Schriftsteller und Kriminalist, er war auch ein großer Verführer, zumindest in Worten. Für die Darlegungen der Vater-Tochter-Beziehung wandte der Autor alle Präzision auf, da ging er ins Detail, schilderte jede Regung; dagegen wirkte das Ins-Szene-Setzen des Offiziers regelrecht distanziert, skizzenhaft.

Falsche Fährten zu legen, das bedeutete Aufwand; keiner wusste das besser als Troller selbst. Hatte Kleist lediglich Freude daran gehabt, eine zwielichtige Vaterfigur zu zeichnen, um auf diese Weise vom wahren Täter, dem ehrrührigen Offizier, abzulenken? Das schien ihm doch wenig wahrscheinlich, auch wenn er sich hüten würde, einen Autor zu psychologisieren, der sich vor über zweihundert Jahren das Leben genommen hatte. Es konnte nur darum gehen, ob das Erzählte Aufschluss über die Vaterschaft gab oder eben nicht. Um das zu entscheiden, musste er tiefer in den Text einsteigen, so tief, wie er sonst auch in einen zu lösenden Fall einzusteigen pflegte. Kleist hatte das Spielfeld abgesteckt, der Rest war Aufmerksamkeit.

Troller legte das gelbe Bändchen weg, warf einen Blick auf »Die letzten Jedi«, seine Belohnung für den Kleist-Einsatz, und sah auf die Uhr. Der Dienstag war schon gute zwei Stunden alt, um Guggenheim anzurufen, war's zu spät, war's noch eindeutig zu früh. Ihn beschlich ein schlechtes Gewissen. Er hatte sich vorsätzlich der Aufgabe eines Studenten gewidmet, anstatt jenes Spielfeld näher zu betrachten, das ihn eigentlich beschäftigte. Es galt, die Figuren neu zu ordnen, die Schlümpfe abzuhaken. Allein zur Aufklärung alter Vergehen im Bereich der Raubkunst hätte sich Bader nicht so ins Zeug gelegt. Er hatte bei seiner Beschäftigung mit der Sammlung Gierloth Zusammenhänge erkannt, die den alten Stahl und den alten von Mangoldt auf eine früher nicht erkannte Weise zueinander in Beziehung setzten. GRATULEISCHEN? Die Schmiererei von damals war Jumbo wieder hochgekommen, als er ihm jenes Bild zeigte, das er von der Fassade der *Vanek Import* geschossen hatte: DISDRAGSCHEN. Vanek?

Er würde mit Anne noch einmal sprechen. Wenn sich Jumbo so intensiv mit dieser Kunstsammlung beschäftigt hatte, dann war das auch ihr nicht entgangen. In den Aufzeichnungen fand sich dazu erstaunlich wenig. Einzig der Name Beckmann, den er, Troller, mit einem Fragezeichen versehen hatte … könnte den Künstler Max Beckmann meinen, denn von ihm befanden sich auch Werke in der Sammlung Gierloth. Hing eines davon in der Villa von Mangoldt? Warum hatte ihn Bader nicht eingeweiht? Troller hielt inne. Wenn's nicht der Offizier war, dann war's der Vater, aliquid stat pro aliquo. Wenn mit dem Vermerk »Troller« gegen Ende von Baders Notizen nicht er, sondern Joachim gemeint war? Dann war der Alte womöglich doch noch dazugekommen, einen Troller zu treffen, dann stand Bader auf der Besucherliste der JVA, dann …?

Troller der Jüngere hatte sich vors Fenster gestellt. Ohne ein Glas in der Hand, die Arme vor sich verschränkt.

Guggenheim hatte ihm vom Blick auf den See vorgeschwärmt, da lasse sich ungestört denken. Kein Verkehr um diese Zeit, Boote und Schiffe vertäut, kaum ein Mensch unterwegs und die Mondsichel ein zuverlässiger Anker. Die Welt kühlte ab, pausierte. Troller sollte schlafen, ging es Walle durch den Kopf, dir wird kein Arges widerfahren, noch kommst du ins Bett, ein müder Joker kann nicht stechen, slow down, sleep well, die Macht wird mit dir sein, du wirst den Fall lösen und Gerda wiedersehen, ihr werdet Urlaub machen, und eines Tages werden dir Heike und Franjo den ersten Enkel zur Aufsicht bringen … Was geschah mit dem Willen des BKA, was mit dessen Wissen? Behielte am Ende Sibylle Recht, und er, Walle Troller, würde bald unter anderer Flagge segeln? Tat er es schon? Was geschähe, wenn er jetzt die Wohnung anzündete? Machen Sie's weiter gut? Herr Troller?

Dann stand die Zeit still. Plötzlich. Sein Atem setzte aus. Kein Geräusch, der Raum, in dem er sich befand, löste sich auf. Er sah nur noch die Boote, die Schiffe. Danach hatte er die ganze Zeit über in dieser Stadt gesucht, nach einem Ansatz, nach jener Möglichkeit, Markowitsch zu versenken: Wenn dieser Mann hier eine Wohnung hatte, dann gehörte ihm vielleicht auch eines der Schiffe da draußen. Nicht vielleicht, sondern ganz ohne Zweifel.

– Veni, vidi … ich hab dich! Klar zum Entern!

33

– Eine Hinrichtung. Einmal in den Kopf, einmal ins Herz. Der Täter hat bei der Exekution nichts anbrennen lassen. Schalldämpfer, höchstwahrscheinlich; rein, bum-bum, und wieder raus, wie John Wick, und aus die Maus.

Petra schoss die Fotos, Kandlhuber kommentierte weiter, Gerda hielt sich noch an ihrem Koffer fest, und Jette stand nur da: falscher Film, dachte es, falscher Film, dachte es noch immer, falscher Film … Im Vorzimmer hatte sich Kollege Katterer Frau Brauns angenommen, Vaneks Sekretärin, die ihren Chef in der Früh so vorgefunden hatte. An Jettes Ohr drang die Stimme der Frau, ein Heulen, Seufzen und Schniefen, dieselben Fragmente in Variationen wiederholend: »Ich weiß nichts«, »schrecklich«, »keine Ahnung«, »mein Gott«, »aus dem Nichts«, »schrecklich-schrecklich«, »Herrje«, »ich weiß gar nichts« … Sie hätte sich am liebsten die Ohren zugehalten, hatte stattdessen die Arme vor der Brust verschränkt, wie sie das Troller in schwierigen Momenten abgeguckt hatte, stand weiter nur da, den Dissonanzen ausgesetzt, die sich in der Überlagerung von Endlosschlaufe, Kandlhuberkommentaren und Brown'scher Bewegung ergaben, starrte vor sich hin, ohne etwas zu sehen, rein, bum-bum, nicht peng-peng, weil gewissenhaft verhütet, und wieder raus, schrecklich-schrecklich, John Wick, falscher Film … War das nicht längst eine Nummer zu groß? Da hatte jemand der Schlange den Kopf abgebissen, ein Hase aber war's wohl nicht. Eher ein Wolf. Angie, bist du da?

– Jette?

– …

– Frau Hagen?!

– Wie?

– Bist du da?

– Wer spricht? … Entschuldigt. Ja, doch, anwesend. Scheiße. Macht weiter.

Jette verzichtete auf den Aufzug, nahm die Stufen nach unten, langsam, einer Ahnung folgend, noch war sie nicht auf Entzug. I've traveled so far and some blood on my hands, here I am, with a song in my heart and an attitude from the start … Sie hatte es gestern beim Klingeln belassen, sich irgendwann wieder abgewandt und auf die Maschine gesetzt. Sie war bei Petra gewesen und hatte sich nach Mitternacht mit Steve Earle auf eine Reise gemacht … Sie hatte der Veröffentlichung der Bilder zugestimmt, DISDRAGSCHEN mit Smiley als Zielscheibe. Da war jemand ihrer Aufforderung gefolgt, hatte zugeschlagen, final und letal. Und sie war schon im Begriff, ihr Kleines zu zücken, ließ dann aber stecken, repetierte Stiege für Stiege die wichtigsten Trollergesetze, das war der Anfang, das war der einzig mögliche Anfang, solange sie nicht zu eigenen Gedanken in der Lage war. Auch Steve Earle wusste nicht, wohin die Reise ging. Vielleicht aber war das Musizieren noch immer die bessere Lösung als das Denken. Die Hoffnung indes, die Dixie Chicks würden sich mit ihr zum Quartett umformieren, hatte sie schon vor langer Zeit begraben, some dreams don't ever come true …

Noch im Treppenhaus zündete sie sich die Zigarette an, im Reflex, aber nicht aus Versehen, es fühlte sich an, als wäre sie verprügelt worden, ohne etwas davon gemerkt zu haben, plötzlich versehrt, rundum zerschlagen, wieder bei Bewusstsein, doch nicht nur angezählt, sondern durch die Mangel gedreht, windelweich, wie sie es nicht kannte, dabei war sie noch eben … und das hatte mit Fallhöhe zu tun, mit einer Frau, die nun oben Fotos schoss, so fühlte es sich also an, wenn Troller von Extremen sprach, wenn er selbst nach Worten rang. Und was sagte Steve, wenn er durch die Hölle gegangen war: I feel alright!

Es gebe auch neuere Aufnahmen mit Shawn Colvin, hatte Hartl noch erwähnt, und im Aufstoßen der Tür entschied Jette, sich diese umgehend zu beschaffen, dann würde ihr fortan nichts mehr geschehen können. Sie würde sich imprägnieren lassen, rundum und gegen alles, was da künftig auf sie zukommen, über sie hereinbrechen würde. Wenn Mister Earle das überleben konnte, dann konnte sie das auch.

FACIA DI MERDA

in schwarzer Schrift, direkt unter die Smiley-Zielscheibe gesetzt, mit einer Schablone, nicht allzu groß, aber gut lesbar, in wenigen Sekunden aufgesprayt. Das also war es, was sie wieder nach unten hatte gehen lassen, eine ergänzende Botschaft, unmissverständlich, die sie vielleicht schon vorhin, bei ihrer Ankunft, im Augenwinkel wahrgenommen hatte; eine Botschaft, die gestern aber, als sie schon einmal vor diesem Gebäude stand, noch nicht da gewesen war.

Für einen Augenblick drohte Jette aus dem Gleichgewicht zu kippen. Da hatte jemand Vanek in den Kopf geschossen und ihr ins Gesicht geschissen. Und mit einem Mal war der Schalter umgelegt, sie wusste nicht, wie ihr geschah, als hätte sie eine Kraft erfasst, die aus ihrem Innern kam, Wärme durchströmte den Körper, heizte ihren Schädel auf, sie stand mit Steve vor dem Tor zur Hölle, she'll take the blame, cause someone's gotta do it, und was sich in ihr ausbreitete, ballte sich zugleich, verlieh ihr ein neues Gewicht, das sie wieder Tritt fassen ließ.

Jette Hagen stand jetzt mit beiden Beinen auf dem Boden, auf festem Grund, schnippte die Zigarette weg, die sich diesmal selbst geraucht hatte, sie wollte am liebsten gleich den Helm aufsetzen und das Visier runterlassen, zog stattdessen aber das Kleine aus der Innentasche und schoss einige Fotos. »vanek in seinem büro exekutiert, kommentar siehe anhang.« Die Reaktion von Troller würde nicht lange ausbleiben, dessen war sie sich gewiss. Und sie nahm die Stiegen hoch, zurück zum Tatort, mit Schwung in Angriff. Spuren sichern, Schlüsse ziehen, Aufträge erteilen – und zugreifen:

– I feel alright!

Seit einiger Zeit fand sich Troller jeden Dienstag auf dem Sankt-Stephans-Platz zum Wochenmarkt ein. Die Besorgungen fielen zwar geringer aus als in Jedastedt, für sich allein kochte er nur selten, die Rituale am Markt aber waren ihm lieb, und schließlich hatte er schon so manchen Fall zwischen den Gemüseständen gelöst. Guggenheim hatte ihm einiges über die Provenienzforschung erzählt, wusste auch Bescheid über die Gierloth-Sammlung. Kunstraub wie auch Naziverbrechen im Allgemeinen war nicht Maximilians juristisches Spezialgebiet, doch er hatte schon immer ein Faible gehabt für die bildende Kunst, war auch der einzige Handballer gewesen, der zur Vorbereitung auf ein Spiel am liebsten eine Ausstellung besuchte, derweil die andern sich mit Rock oder Punk in den Ohren einstimmten. Das Schlagzeug-Solo von Saga, »A brief case«*;* wie oft hatte er sich damit auf Betriebstemperatur gebracht, höher geschaltet, denn darauf kam es in diesem Sport an, umschalten im richtigen Moment, den Gegner austanzen, auf dem falschen Fuß erwischen.

Die Schifffahrtsbehörde der Stadt hatte – auf Geheiß von Herrn Holthuizen – pflichtschuldigst kooperiert, ihm die Liste mit den Anlegern am Hafen, noch bevor er angeklopft hatte, ausgedruckt und ihm ohne weitere Umstände und in aller Freundlichkeit ausgehändigt. Selbst wenn die Arabella auf den Ex-Mann von Markowitschs Halbschwester eingetragen war, das war das Boot, das war die kleine Yacht, die der Wolf als Hauptquartier benutzte.

»vanek in seinem büro exekutiert, kommentar siehe anhang.« Troller betrachtete das Foto, das Angie mitgeschickt hatte, nickte, das passte und passte nicht. Wieder auf den Mann gespielt. Die falsche Fährte war so falsch, selbst der Urheber wusste, dass sich niemand würde täuschen lassen. Da wurden mit aller Gewalt die Perlinis in den Fokus gerückt, erst mit der Hinterlegung von Baders Leiche, jetzt mit einer Botschaft an Vaneks Fassade. Jemand wollte Cesare oder dessen Sohn einheizen und spielte zugleich sein eigenes Spiel. War der Wolf auch ein Fuchs, vulpius, der V-Mann? Willkommen im Bestiarium! Stellte sich die Frage, wer alles Zugang hatte. Eigentlich kam dafür als Drahtzieher nur einer noch in Frage: Carlos von Mangoldt. Da war ein junger Mann grad dabei, sein Blatt zu überreizen. Und am Ende – oder am Anfang – war das BKA der Provokateur. Eigentlich? Troller zögerte nicht länger und leitete die Nachricht an Sibylle weiter.

Sie würden das Desaster nicht allein ausbaden, es galt, Angie zu schützen, das war seine erste Aufgabe, die Presse würde die ihnen zur Verfügung gestellten Bilder als Auslöser für das Abservieren Vaneks sehen und den Schwarzen Peter sofort an das Kriminalkommissariat weiterreichen: »Polizei provoziert Mord an Jedastedter Geschäftsmann.« Schöne Schlagzeile. Gefolgt von einem depressiven Häusermann, der als zuständiger Staatsanwalt auf seine Leute einprügelte, nicht dass am Ende noch etwas von dieser unrühmlichen Geschichte an ihm hängen bliebe. Sollte er vorgreifen, Salomé Albath anrufen, den Schaden zu begrenzen versuchen?

– Keine Kuckuckseier, ich schwör's!

Troller griff sich instinktiv ans Kreuz, die Niesattacke war unvermeidlich, war heftig, der Schmerz aber blieb glücklicherweise aus.

– Gesundheit!

– Danke.

– Da scheint jemand intensiv an Sie zu denken!

– Bitte?

– Freilaufende Hühner, Bio, beste Bodenhaltung. Wie viele hätten's denn gern? Eier, meine ich.

Er lächelte. Wenn's nicht der Offizier war, dann war's der Vater, hörte er das Echo in seinem Kopf, aliquid stat pro aliquo.

– Ich bitte um Entschuldigung! Ich brüte grad meinerseits. Oder noch nicht einmal das, ungelegte Eier … wenn Sie die auch im Angebot hätten?

– Hm, ich bin frisch geschieden. Das kommt jetzt etwas unvermittelt, aber …

Troller richtete sich wieder zur vollen Mannsgröße auf, die Frau gefiel ihm, ein verrücktes Huhn mit einer spitzen Zunge.

– Ich kann mein Nest leider derzeit schlecht verlassen, erbitte also eine Woche Bedenkzeit, einverstanden?

– Zur Qualitätssicherung?

– Von der Lebensmittelkontrolle bin ich nicht, mein Wort drauf, will mich aber ums Leben und auch um die Mittel kümmern.

– Ein Mann, der denkt! Da warte ich gerne.

Noch bei der Verabschiedung hatte sein Frosch erneut geruckelt. Troller hatte sich ein wenig abseits gestellt, um die Besucherliste der JVA, die ihm Peer geschickt hatte, ohne Verkaufsgespräch und ohne weiteren Flirt zu studieren. Bader hatte tatsächlich noch Jo aufgesucht, für ein Fachgespräch über Kunst? Auch Troller der Ältere verstand etwas davon, schon von Berufs wegen. Warum hatte Joachim gestern nichts von Jumbos Besuch erwähnt? Nur weil er nicht gefragt hatte? Weil der Bruder aus unerfindlichen Gründen nicht mit offenen Karten spielte, stattdessen ein Pingpong zelebrierte? Und wer, zum Kuckuck, war Nuno Costa, der offenbar in diesen Minuten seinem Bruder gegenübersaß?

– Holthuizen, Kriminalkommissariat.

– Wer zum Teufel ist Nuno Costa?

– Das ist, warte, Chef, ich war schon dabei, das ist ein Landschaftsgärtner, so viel steht fest, portugiesischer Staatsangehöriger, Wohnadresse Jedastedt, ist … warte, warte … ist mit an Sicherheit grenzender Wahrscheinlichkeit der langjährige Gärtner der von Mangoldts.

– Neuigkeiten vom BKA?

– Ziemlich Wind hier, wenn ich das so sagen darf …

– Angie schon zurück?

– Nein. Du weißt Bescheid? Von wegen Vanek?

– Ja. Pressesperre angeordnet?
– Nein.
– Gilt ab sofort.
– Aber … geht das … ich meine, darfst du …?
– Ja, das geht.
– Verstanden.
– Dorothea?
– Hat sich zur Sitzung angekündigt.
– Gut.
– Du kommst auch?
– Nein.

Und Troller schloss sich, den Blick auf Zwiebeln, Knoblauch und Ingwer gerichtet, mit Angie kurz. Die Unruhe aber war nicht mehr zu bändigen, etwas rumorte, veranlasste ihn zur Eile, offenbar war Gefahr in Verzug, denn er mochte nicht länger hinschauen, bewegte sich unvermittelt vom Markt weg, hin zu Jos Karosse.

– Schnapp ihn dir!
– Du meinst Carlos?
– Ja.

Jette war während des kurzen Gesprächs mit Frau Braun auf dieselbe Lösung gekommen wie Troller. Das Ausschlussverfahren hatte eigentlich nur Marielle und Carlos von Mangoldt übriggelassen, freilich nicht als Killer, aber als Auftraggeber. Die gezielten Nadelstiche des BKA hatten ihre Wirkung doch nicht verfehlt. Druck ausüben, Misstrauen säen und abwarten, was geschieht. So ging das. Die besten Freundschaften zerbrachen am Geld, das war nicht neu; Blut war dicker als Wasser, das galt schon immer. Es war kurz vor Mittag, ziemlich Verkehr auf den Straßen.

Jette zog mit heruntergelassenem Visier an den Kolonnen vorbei, beschleunigte, nutzte einen Schleichweg, vielleicht hatten Richard Speich und Vanck auch entschieden, fortan ihr eigenes Süppchen zu kochen … bis jemand reinspuckte. Einer Eingebung folgend bog sie zur Roten Laterne ab, vor der Villa von Mangoldt würde sie wahrscheinlich eh vergeblich Einlass fordern, abgesehen davon war ein Abstecher zur Kneipe kein großer Umweg.

Einige saßen bereits vor ihren dampfenden Tellern, noch waren aber nicht alle Tische besetzt, die Bildschirme ausgeschaltet. Die Ankündigung des Konzerts hatte sie bereits an der Eingangstür gesehen, auch auf der Theke stand eine Tafel: »Carlos y Carlitos – heute, 20.30 Uhr«. Sie erkundigte sich nach Richard Speich, erntete aber von der Bedienung nur ein Schulterzucken. Sie stellte sich der Frau, die das Tablett mit Getränken gut gefüllt hatte, also in den Weg und streckte ihr den Ausweis vor die Nase.

– Hagen, Kripo Jedastedt. Ich fragte Sie eben höflich nach Herrn Speich.

– Entschuldigung, Sie sehen ja, was hier los ist. Richard sollte längst wieder zurück sein.

– Zurück sein? Von wo zurück sein?

– Das weiß ich nicht. Er wollte noch was erledigen und hat versprochen, vor Mittag wieder hier zu sein. Also jetzt.

Jette hatte nickend einen Schritt zur Seite gemacht und sich dann Richtung Toiletten begeben. Die massive Tür, vor der sie vergangene Woche schon gestanden hatte, war angelehnt, der Weg in die obere Etage diesmal unversperrt – und sie entsicherte die Waffe. Von einem größenwahnsinnigen oder schon irrsinnigen Carlos wollte sie nicht überrascht werden. Sie hätte Katterer über ihren Umweg informieren müssen, der Kollege wäre inzwischen mit dem Wagen wohl auch hier vor der Roten Laterne eingetroffen. Daran hatte sie jedoch schlicht nicht gedacht, und sie betrat die Szenerie, wie sie diese selbst immer verspottete, wenn sie mit Noah zusammen abends vor dem Fernseher saß, sie sich einen Krimi anschauten, und in der Not, um irgendwie doch noch Spannung zu erzeugen, der Ermittler plötzlich auf sich allein gestellt war, vorzugsweise im Dunkeln und mit leerem Akku.

Doch es war nicht dunkel, ihr Kleines war intakt, leer waren lediglich die Räumlichkeiten in der oberen Etage. Nicht nur menschenleer. Zu ihrem Erstaunen fand sie die obere Etage ziemlich genau so vor, wie sie sie damals, im vergangenen November, verlassen hatte. Keine geheime Kommandozentrale mit viel Hightech, Ledersesseln und begehbarem Humidor, stattdessen derselbe alte Holztisch, ergänzt um einige Stühle, die wahrscheinlich vom alten Mobiliar der Kneipe herstammten. Friedas Plakate waren zwar weggeräumt worden, doch an der Wand hingen noch dieselben Tapetenreste, von der Decke baumelte noch dieselbe nackte Glühbirne. Friedas Kammer war so aufgeräumt wie ehedem, womöglich nutzte mittlerweile Richard das Bett seines verstorbenen Vaters, und auch Carlos' Zimmer schien unverändert. Einem unverdrossenen Hendrix gegenüber steckte Jette die Waffe wieder weg, auch heute würde sie den Täter nicht im Schrank finden. Hier oben standen die Türen allseits offen, und der hässliche Anorak wartete noch immer auf seinen Träger. So viel stand fest: Für die Ewigkeit hatte man die Rote Laterne doch nicht wieder hergerichtet, schön aufgeputzt im sichtbaren Bereich, eine Fassade erstellt, von der auch sie sich hatte blenden lassen.

Jette hörte, wie jemand die Treppe heraufkam, drehte sich aber nicht um, hielt den Blick weiter auf die Regalbretter des Schranks gerichtet, sie stand auf festem Grund, außer dem Stein mit dem Katzengold war alles noch am alten Ort, und sie hatte das Visier unten, ohne Helm, aber mit sicherem Gefühl.

– Sie haben nach mir gesucht?

– Mein Beileid, Herr Speich.

– Danke.

– Etwas einfallslos, der Text, den Sie Frau Braun vorgesagt haben.

– Finden Sie? Welchen Text?

– Kennen Sie die drei Affen?

– Mir scheint, Sie haben Ihre Berufskrankheit noch nicht überwunden. Darf ich fragen, wonach Sie suchen?

Jette wandte sich um, sah sich jetzt einem ziemlich ramponierten Richard Speich gegenüber, blieb aber ganz bei sich.

– Sie möchten wohl mit einem blauen Auge davonkommen.

– Kleine Auseinandersetzung, nicht der Rede wert.

– Mit Carlos?

– Gut geraten.

– Sie gestehen?

– Sagen wir's mal so: Wir waren uns über die Besetzung auf der Bühne nicht ganz einig.

– Sie wollten mitspielen?

– Nein. Ich kenne meine Grenzen.

– Sie haben mir etwas zu sagen?

– Frau Hagen, ich bin kein Affe. Dass der Übungsraum der Band derzeit ein wenig unaufgeräumt ist, daran bin ich mitschuldig. Dass aber der Hauswart gleich die Polizei verständigt hat, fand ich unnötig. Da ist kein Lärm mehr, nur Sachschaden. Die kaputte Gitarre, ich gebe es freimütig zu, geht auf mein Konto, das geschah im Affekt oder vielleicht auch als Reverenz an Carlos' großes Vorbild.

– Und Ihr kaputtes Gesicht?

– Wie gesagt, eine Rangelei unter Freunden. Kann schon mal vorkommen.

– Sie möchten nicht Anzeige erstatten?

– So unmusikalisch bin ich nun auch wieder nicht.

– Wo ist Carlos von Mangoldt jetzt?

– Da bin ich überfragt. Ich musste ihn mit dem Hauswart an der Badener Straße zurücklassen, die Pflicht rief, wie sie gewiss schon haben feststellen können. Darf ich Sie nach unten begleiten?

– Gern!

– Sie haben bestimmt Hunger.

– Ich dachte grad an einen Apfel, allerdings an einen ungenießbaren.

– Vom Baum der Erkenntnis?

– Ganz falsch, ganz anderer Stamm.

Als Jette die Kneipe verlassen und sich befeuert hatte, wandte sie sich noch einmal um: »Konzert Carlos y Carlitos abgesagt. Sorry!« Sie verstand nun, warum Frieda einst als »Der glitschige Fritz« bekannt gewesen war. Offensichtlich lag nicht nur das Schielen in den Genen. Oder der junge Speich war seinem Stiefvater in Sachen Konversation ein guter Schüler gewesen. Oder beides. Ob die Zeichen in der Roten Laterne nun auf Abbruch standen oder nicht, ungestört unterhalten konnte man sich in der oberen Etage ganz gut, und dafür wurden die Räumlichkeiten wohl auch weiterhin genutzt. Am liebsten wäre sie noch einmal zurückgegangen, ob all der Freundlichkeiten hatte sie vergessen, dem umtriebigen Geschäftsführer gute Besserung zu wünschen, ihr Kleines jedoch mahnte sie an andere Dringlichkeiten.

– Katterer? Ja, entschuldige! Bin unversehens in der Roten Laterne hängengeblieben. Jemand bei den von Mangoldts zu Hause? … Nicht? Dann treffen wir uns auf dem Revier, spätestens um halb zwei zur Sitzung.

34

– Sibylle, du musst mir einfach vertrauen. Holt ihn bitte umgehend raus!

– Ist veranlasst, Walle, ich sitze hier nicht allein. Erklär's mir aber trotzdem, so weit es deine Fahrkünste zulassen.

– Ich will's versuchen, hab ja von Angie nicht umsonst dieses Headset geschenkt bekommen. Kennst du *Star Trek*?

– Aber sicher.

– Dann hast du »Into Darkness« gesehen?

– Nein. Zu wissen, dass viele Männer nie aus der Pubertät kommen, verpflichtet mich ja noch nicht zum Nachvollzug, oder?

– Ich werde darauf zurückkommen. Vorab aber die Kurzfassung: In diesem Film steht Spock mitten in einem Vulkan und droht zu verglühen …

– … es sei denn?

– Es sei denn, Kirk verstößt gegen die oberste Direktive und lässt die Enterprise auf dem fremden Planeten aus dem Meer auftauchen. Denn nur dann kann er seinen Freund noch rechtzeitig aufs Schiff zurückbeamen.

– So banal ist das angerichtet?

– Keine unqualifizierten Kommentare bitte. Das ist ja nur die Kurzfassung.

– Verstehe. Herr Kirk rettet also diesen Spock.

– Du hast es!

– Ich verstehe überhaupt nichts.

– Jo und ich haben uns immer über die Rollenverteilung gestritten.

– Und weiter?

– Die erhaltene Botschaft lautet: »Tiberius, eben ist der große Fisch am Schiff vorbeigeschwommen!«

– Hast du schon mal zitiert. Ich versteh's noch immer nicht.

– Mensch, Sibylle! Wo sind deine hellseherischen Fähigkeiten? Kirk heißt mit vollem Namen James Tiberius Kirk. Da die Botschaft an mich gerichtet ist, fällt die Rolle Spocks auf dem Vulkan Jo zu, der diese Nachricht unzweifelhaft auch in Auftrag gegeben hat. Es liegt also an mir, die Enterprise auftauchen zu lassen, sprich das BKA, um Spock vom Vulkan, will sagen, Joachim raus aus der Justizvollzugsanstalt zu holen. Und das eilt eben sehr, weil der große Fisch vor der Brücke der Enterprise auftaucht, kurz bevor Kirk den Befehl zum Auftauchen gibt, kurz bevor …

– … und das ließ sich nicht einfacher kommunizieren?

– Ich gehe davon aus, dass sich Jo in höchster Gefahr befindet, auch deswegen niemandem traut und mich verschlüsselt über einen Mittelsmann alarmiert hat.

– Du hast übrigens richtig vermutet, wie mir grad mitgeteilt wird. Die Nummer des Absenders gehört diesem portugiesischen Gärtner, einem Herrn Costa.

– Siehst du!

– Nein, so richtig blicke ich noch nicht durch. Inwiefern verstößt du jetzt gegen die oberste Direktive, einmal abgesehen von massiver Tempoüberschreitung?

– Das, Sibylle, weiß ich auch noch nicht sicher.

– Falscher Modus.

– Ehrlich, ich bin selbst noch am Neuordnen. Aber wenn der Vater nicht der Graf ist, dann ist's der Troller.

– Unverschlüsselt, bitte.

– Ich vermute, dass der biologische Vater von Marielle von Mangoldt Joachim Troller heißt.

– Was?!? Sch … Wir treffen uns in der JVA. Du kannst jetzt auf Lichtgeschwindigkeit umschalten. Umgehend. Bitte.

Dass sich das Abservieren Vaneks womöglich nie würde klären lassen, war Jette auf der Rückfahrt ins Präsidium sauer aufgestoßen. So sauber dieser Job erledigt worden war, hatte es der Täter kaum darauf angelegt, geschnappt zu werden. Eben einer wie John Wick, nur verdammt real. Ebenso klar war indes, dass auch die Kollegen von der Sitte in die Ermittlungen einbezogen gehörten. Wie sehr Milan Vanek in früheren Jahren zuhälterisch tätig war, wusste sie zwar nicht, dass er aber an Ort und Stelle mitmischte, daran gab es keinen Zweifel. Markowitsch musste mitziehen. Sie hatte sich lange genug auf die Konfrontation mit dem bösen Wolf vorbereitet.

Als Jette nur Schulze im Büro sitzen sah, wollte sie gleich wieder kehrtmachen, besann sich dann aber anders, vielleicht konnte Markowitschs Kollege, der ursprünglich vergebens versucht hatte, bei Troller zu landen, und dessen Unzulänglichkeit sie wohl ihre Position verdankte, ihnen allen am Ende gute Dienste leisten.

– Hast du's schon gehört? Vanek ist exekutiert worden. Schuss in den Kopf, Schuss ins Herz.

– Wie? Milan Vanek?

– Genau der.

– Und jetzt? Willst du was von mir?

– Aber ja, Tristan. Immerhin bist du der aufstrebende Sittenwächter auf diesem Posten.

– Hm.

– Wo warst du in der Nacht von gestern auf heute? Na?

– Was? Ach so, ein Scherz, verstehe. Troller hat mächtig auf dich abgefärbt! Nun denn, Frau Hauptkommissarin; ich war mit meiner Liebsten …

– … akzeptiert.

– Hä? Und weiter?

– Ich will's dir mal laut vordenken, werter Kollege Schulze. Einmal angenommen, das abrupte Lebensende von Herrn Vanek hätte nicht so sehr mit seinen legalen Geschäften in der Gegenwart zu tun, dann dürfte die Wahrscheinlichkeit hoch sein, dass die Gründe für die Beseitigung in dessen zwielichtiger Vergangenheit liegen.

Jette spürte, dass sich jemand in ihrem Rücken befand, dass sich, wenn das Glück auf ihrer Seite stand, soeben der Wolf angepirscht und in Stellung gebracht hatte, jetzt also im Türrahmen stand und abwartete, sich auch so hingestellt hatte, dass sich Schulze bemühte, die Anwesenheit seines Chefs nicht zu verraten. Doch auch darin schien der Mann ziemlich talentfrei zu sein; so intensiv, wie er versuchte, seine Blicke anderswohin zu lenken, dabei die Gedanken zu ordnen, da er mit Sprechen doch an der Reihe war. Immerhin aber, so viel Hirnschmalz gestand sie Tristan zu, er hatte wohl gemerkt, dass mit ihm ein Spiel gespielt wurde, und da wollte er nicht länger hintanstehen.

– Rotkäppchen fragt gerade, warum du so große Zähne hast!

– Na, da-da-da-mit ich dich b-b-b, b-b-b … bess-ssss-ssssss-sser fressen kann!

Jette verbiss sich jedes Lächeln, wandte sich auch nicht um, bewegte lediglich den Kopf ein wenig zur Seite, um Markowitsch ansatzweise die Reverenz zu erweisen.

– Von einem Märchen, in welchem dritte Zähne eine Rolle spielen, weiß ich leider nichts. Bin allerdings, werter Kollege, auch noch zu sehr in der Realität gefangen und also auf der Suche nach Vaneks Killer.

– Va-va-va-…

– Ja. Milan Vanek ist exekutiert worden, in seinem Büro, eiskalt abserviert. Schuss in den Kopf, Schuss ins Herz.

Markowitsch hatte sich entschieden, aus dem Türrahmen und in das Gesichtsfeld von Jette zu treten, richtete seinen Blick aber auf Schulze, der, statt das Wort wieder zu ergreifen, nur mit den Schultern zuckte.

– Und jetzt ho- … ho-ho-ho … hoffst du, b-b-b … bei uns –.

– Ja. Tristan hat ein Alibi. Doch ich vermute, seine Isolde reicht für euch beide.

Hätte man jetzt den Ton abgedreht, die Szenerie hätte auch so interpretiert werden können, dass Jette von den beiden Kollegen der Sitte in die Zange genommen wurde, eine Hauptkommissarin zwischen den Fronten, doch es war wohl genau die Figurenkonstellation, die sie sich gewünscht hatte: ein stotternder alter Wolf, der nichts sagen wollte, und sein jüngerer Kollege, der nicht wusste, was auf eine solche Provokation hin zu entgegnen wäre. Auch wenn Tristan nach wie vor nicht verstand, was da zwischen den beiden vor ihm ausgefochten wurde, so schien er doch allmählich zu begreifen, dass es an ihm lag, für Entspannung zu sorgen.

– Die Hauptkommissarin vermutet die Gründe für den Mord an Vanek in dessen Vergangenheit. Sie hat uns, wenn auch auf ihre Art, soeben um Unterstützung bei der Klärung dieses Verbrechens gebeten.

Darauf hatte Jette gewartet. Sie schaute Wolfgang direkt in die Augen. High noon. Und sie sah das Aufblitzen in den Augen des Raubtiers, ganz kurz, aber unzweifelhaft, ein Kräftemessen; ich krieg dich, sendete Tomb Raider, forget it, lautete postwendend die Antwort von Old Beowulf. Beide waren sich ihrer Sache sicher. Jette deutete ein Nicken an, verließ den Raum, und sie entschied sich gegen die Kantine, wollte stattdessen die Zeit bis zur Sitzung noch vor dem Arrangement verbringen.

Das Bild, das ihr der Hauswart an der Badener Straße von Carlos von Mangoldt vermittelt hatte, bestätigte ihre schlimmsten Befürchtungen. Der Übungsraum war in einer Weise verwüstet, dass man sich erst gar nicht vorstellen mochte, wie lediglich zwei sich raufende Männer ein solches Chaos hatten anrichten können. Jette hatte einige Fotos geschossen, die sie sich jetzt wieder anschaute. Alles kurz und klein geschlagen; hätten Carlos y Carlitos heute Abend noch in der Roten Laterne auftreten wollen, dann bestenfalls als A-cappella-Band. »Ich dachte, die bringen sich um! Ich ruf ja sonst nicht gleich die Polizei.« Und offensichtlich war der Mann sehr irritiert gewesen, wie sie aufgetaucht war, nachdem er doch noch einmal angerufen und Entwarnung gegeben hatte. Bestimmt hatten ihm Carlos oder vielleicht auch Richard einen großen Schein zugesteckt, damit er den zweiten Anruf tätigte.

Jette kannte diesen Blick, hinter dem sich ein schlechtes Gewissen nicht verbergen ließ, der mehr ein Wegschauen als ein Hinsehen war, und sie hatte in der Folge alle Mühe, den Mann, den sie vom Mittagstisch geholt hatte, davon zu überzeugen, dass sie dieser Teil der Geschichte gar nicht interessiere. Selbstverständlich ließe sich ein Anruf auf der

Polizei nicht durch einen zweiten einfach löschen, deswegen sei sie ja hier, um nach dem Rechten zu sehen, um weiteren Ausschreitungen vorzubeugen, und nicht, um ihm, dem Hauswart, ein Fehlverhalten vorzuwerfen. Es dauerte, bis der Mann sich wieder einkriegte und vom Geschrei im Keller zu berichten begann, das er doch gar nicht habe belauschen wollen, zunächst, aber das dann doch einen Lärmpegel erreicht habe, dass auch er nicht länger habe weghören können. »Auf jeden Fall ist mehrfach von Mord die Rede gewesen, wer aber wen ermorden wollte oder ermordet hatte, das habe ich beim besten Willen nicht heraushören können.« Und es dauerte noch länger, bis ihr der Mann seine Angst eingestanden hatte, die ihn dann ergriff, als er mit dem einen der beiden, dem Mieter des Kellerraumes, zurückblieb. Der habe mit jemandem ein kurzes Telefongespräch geführt und sei danach wie verwandelt gewesen, wie wenn nichts geschehen wäre. »Als hätte jemand auf einen Knopf gedrückt, da stand plötzlich ein anderer Mensch vor mir, lächelte, klopfte mir auf die Schulter, ›alles halb so wild, Alter, wir räumen dann morgen auf‹. Dann ist er davongeschlichen, hat nicht einmal die Tür hier unten zugesperrt.«

Jette hatte auch jene Bilder wieder hervorgesucht, die Petra damals vom Tatort in der Küche geschossen hatte, vom toten Yannick, nachdem er – aller Wahrscheinlichkeit nach – den letzten Schluck aus seiner Flasche genommen hatte. Ihr hatte schon damals die Rekonstruktion des Tathergangs beziehungsweise die offizielle Version, auf die man sich dann geeinigt hatte, nicht richtig geschmeckt. Auch Troller nicht, das wusste sie. Dass der Rastaman nicht nur den Kochlöffel geschwungen hatte, sondern auch vor

Erpressung nicht zurückschreckte, war das eine, doch dass er glaubte, bei seinem Hilfskoch Jimmy wäre etwas zu holen, war das andere, das nach wie vor doch sehr unwahrscheinlich war. Sie setzte ein dickes Fragezeichen hinter Jimmy. Hatten sie das Alibi von Carlos damals gewissenhaft überprüft? War er schon zugegen, als Frieda abtransportiert wurde? Und falls der Koch über ein Wissen verfügte, das ihn in der Kommandit-Gesellschaft privilegierte, hätte er dann, vielleicht ausgelöst durch Aufderhaldens Tod, nicht ebenso gut Carlos unter Druck setzen können? Was wäre, wenn gegen alle Wahrscheinlichkeit die beiden Morde gar nicht in einem direkten Zusammenhang standen?

Wenn es jemand schon länger auf diesen Yannick abgesehen hatte, auf diesen wippenden Gang weit allergischer reagierte als sie, dann hätte doch dieser jemand keine bessere Gelegenheit nutzen können, als nach Friedas gewaltsamem Tod an Ort und Stelle ebenfalls mörderisch tätig zu werden. Am meisten aber beunruhigte Jette der Gedanke, dass Markowitsch es womöglich bei seiner hinterlistigen Tat gar nicht nur auf Walle abgesehen hatte. Denn Joachim Troller war gewiss nicht nur der Zwillingsbruder, auch er war ein Mensch mit einer Geschichte. Und so wenig sie darüber nach wie vor wusste, es musste sich den Gerüchten nach doch um eine ziemlich bunte Geschichte handeln.

So viel stand fest: Richard und Carlos waren zwei verschlagene Jungs. Sehr gern hätte sie von Dimitrios ein Psychogramm der beiden erstellen lassen. Vielleicht war Carlos ja als schwieriger Patient bekannt, ein gefährlicher Psychopath, längst aktenkundig, zumindest medizinisch, den lediglich das Arztgeheimnis schützte. So sehr sie dem jungen von Mangoldt mittlerweile alles zutraute, und das tat sie, das tat sie nach allem Nachdenken umso entschiedener, so sicher war sie jetzt, dass für den Mord an Yannick mehrere Szenarien in Frage kamen, darunter eben auch solche, die sie damals höchstens angedacht hatten. Das BKA hatte ohne Frage schon im vergangenen Jahr auf die Familien eingewirkt, Aufruhr zu erzeugen versucht, sodass der ungeplante Abgang Friedas etwas in Bewegung setzte, was außer Kontrolle geraten war, dessen Verheerungen noch immer nicht abzusehen waren.

Jette setzte zwei Schritte zurück, versuchte erneut, einen Überblick zu gewinnen. Vielleicht war es an der Zeit, Baders alte Tafel zu digitalisieren. An der Komplexität würde sich jedoch nichts ändern. Vielleicht aber am Blick? Es war eine der Situationen, in denen sie Troller vermisste. Stünde er jetzt neben ihr, sie würde anders schauen, voller Zuversicht, seine Perspektive mit ihrer abgleichen, sie würden Hypothesen und Fragen austauschen, Möglichkeiten ausschließen, gemeinsam Entscheidungen treffen.

– Kann ich helfen?

– Shirin, ach, wie siehst du denn aus?

– So schlimm? Also die Krücken hier dienen zur Stärkung der Oberarmmuskulatur, befördern die Blasenbildung an den Händen und ermöglichen mir derzeit wie nebenbei die Fortbewegung. Und die Halskrause, hm, wahrscheinlich zur Korrektur der Haltung, damit ich künftig den Kopf richtig auf den Schultern trage.

– Was machst du hier?

– Hans Georg sagte etwas von »Not am Mann«, das habe ich dann zu meinen Gunsten uminterpretiert.

– Aber du hättest doch auch von zu Hause aus …

– … hab ich doch. Aber da halte ich es auf Dauer nicht aus. Stell dir vor, heute früh wollte meine Mutter bei mir einziehen, weil sie glaubt, ich werde nicht ausreichend umsorgt.

– Aber …

– Nein, habe ich noch nicht. Katterer ist ja zu meinem Glück das Gegenteil eines konservativen Türken, aber bring das bitte mal meinen Eltern bei.

– Verstehe.

– Und hier habe ich auch die besseren Zugänge. Die Stahl-Geschichte allerdings war nicht weiter schwierig, zumindest was den letzten Teil betrifft. Der Mann war ohne Nachkommen und hat alles einer wohltätigen Stiftung vermacht, der *Patrona*, kümmert sich um alleinerziehende Mütter und misshandelte Kinder, mit Sitz in Stuttgart. Und ja, Verwaltungsratspräsidentin ist – Jolanda von Mangoldt.

– So ein Zufall aber auch.

– Gell!

– Das Vermögen der Stiftung liegt so bei 15 Millionen oder auch mehr, die Immobilie, worin sich die Stiftung befindet, nicht eingerechnet.

– Immobilie?

– Eins der wenigen Patrizierhäuser im Zentrum der Stadt, das den Krieg fast unbeschadet überstanden hat.

– Nicht schlecht! Lass mich raten: Die Wände im Gebäude sind richtig schön kunstbehangen.

– Das vermute ich auch. Leider fand ich noch kaum Innenaufnahmen. Da müsste mal wer nachsehen gehen, vorzugsweise jemand, der ein bisschen mobiler ist als ich.

– Da kümmern wir uns gleich drum; ich will noch schnell zu Gerda in die Pathologie. Wir sehen uns in zehn … sagen wir: in fünfzehn Minuten in der Sitzung.

Als Troller zur Justizvollzugsanstalt einbog, war das Gelände schon abgeriegelt. Die Szenerie kam ihm so unwirklich vor, dass der Schock ausblieb. Er hielt den Wagen an, kurbelte das Fenster herunter und wartete geduldig, bis der Mann vom SEK sich zu ihm bewegt hatte; er zeigte seinen Ausweis, nannte seinen Namen, worauf der Mann, einen strengen Blick auf das Fahrzeug werfend, die Angaben weitergab. Das eiserne Tor vor ihnen setzte sich in Bewegung, und Walle lenkte den Mercedes die letzten Meter Richtung Innenhof, wo ein weiterer Mann, maskiert und die MP im Anschlag, ihm den Platz wies, wo er den Wagen parken sollte. Als er die Scheibe zu seiner Linken wieder hochkurbelte, sah er, wie ein Hubschrauber des Sondereinsatzkommandos unweit von ihm abhob, er sah auch die Ambulanz, die nahe am Haupteingang stand.

Troller nahm die Dinge zur Kenntnis, was auch immer geschehen war, nichts davon würde sich mehr rückgängig machen lassen; er zog den Zündschlüssel aus dem Schloss, räusperte sich versuchsweise; willenlos, so schien es ihm, stieg er aus dem Wagen, legte wie ferngesteuert die ersten Schritte zurück, da erfasste ihn ein kühler Luftzug, und es dauerte nicht lange, bis der Parkplatzanweiser zu ihm sprach, ihm mitteilte, dass er erwartet würde, ihm sodann vorausging, als würde er den Weg nicht allein finden, als befände man sich in einem unwegsamen Dschungel oder auf vermintem Gelände. Er richtete den Blick auf den gepanzerten Rücken seiner Eskorte, übersetzte für sich »So Ein Käse«, schmunzelte, fragte sich im selben Moment, ob er jetzt irre geworden sei oder vielleicht doch einen Schock erlitten habe, die kurze Strecke und die kühle Luft aber halfen ihm, die Gedanken wieder zu bündeln …

Als der Mann vor ihm einen Schritt zur Seite wich, hatte er den Blick frei auf Sibylle Weiß, die in einem zu großen grünen Mantel am Eingang stand, eine Feldherrin, die Anweisungen gab, sachlich und bestimmt, ihm aber schon zugenickt hatte. My name is Troller, Walther PPK Troller, schoss es ihm durch den Kopf, noch hatte er die Gewalt über sich offenbar nicht zur Gänze wiedererlangt, was weiß ich, frag Frau Weiß, hörte er ein Echo, räusperte sich, um noch ein wenig Zeit zu gewinnen, ein zweites Mal, kam dann aber doch nicht zu Wort, händigte auf Geheiß Sibylles seiner Eskorte die Zündschlüssel aus, nickte seinerseits und dachte, dass es womöglich ganz gut war, wenn er jetzt nicht selber fahren müsse, denn er befand sich, da hegte er keine Zweifel mehr, auf einem fremden Planeten.

Wie ein alter Sack ließ sich Troller in den großzügigen Fond der gepanzerten Limousine plumpsen, versuchte sich neu zu orientieren, zu sammeln; weißt du, Walle, ich tue mich manchmal schon schwer, für mich selbst Verantwortung zu übernehmen, hörte er nun Jos Stimme aus der Vergangenheit, von damals, als er, Troller der Jüngere, Hochzeit gefeiert hatte; Joachim, der Stardesigner, der Lebemann von einst, der jetzt in einem Hubschrauber lag, vielleicht mehr tot als lebendig irgendwohin verfrachtet wurde … Er fühlte sich elend, so viel stand fest, gleichwohl bemühte er sich um eine bessere Sitzposition, nahm jetzt den Geruch des Leders wahr, hier ließ sich doch atmen. Was bedeutete Jos Vorsprung von sieben Minuten noch? Nach all den Jahren? Was hatte die Zeit aus ihnen gemacht? Was hatten sie aus der Zeit gemacht? Als Sibylle sich zu ihm in den Wagen setzte, jemand die Tür von außen zudrückte, entspannten sich ihre Gesichtszüge. Auch sie atmete durch, öffnete den Mantel und drückte den Rücken durch.

– Jetzt starr mich nicht so an! Was hast du erwartet? Das ist eine schusssichere Weste. Auch schon mal gesehen? Walle?

– Ja?

– Du siehst blass aus. Kotz mir bitte nicht den Wagen voll. Du weißt, wir müssen sparen.

– Weiß ich. Und hab ich übrigens schon hinter mir, die Erinnerung ist noch ziemlich frisch, ich verzichte diesmal also gern auf das Vorspiel.

– Ja, entschuldige. Deinem Bruder geht es gut, inoffiziell.

– Inoffiziell?

– Offiziell hat er von dem Gift, das Kurt gerade aus dem Magen gepumpt wird, auch etwas abbekommen.

Und Sibylle erzählte, als sie das Gelände der JVA verlassen hatten, der Reihe nach, wie sie – dank Walles Alarm – mit dem SEK gerade noch rechtzeitig vor Ort gewesen wären, den Anschlag während des Tischtennisturniers vereiteln und beide, Kurt wie auch Joachim, lebend aus der Anstalt herausholen konnten. Man würde den Einsatz des Sondereinsatzkommandos offiziell als Übung deklarieren und sei nun dabei abzuklären, ob es besser sei, die beiden Geretteten für tot zu erklären oder nicht. Im Falle von Kurt sei dies wohl unumgänglich, da der Mann aufgeflogen sei, auch wenn der Aufbau einer neuen Identität einen erheblichen Aufwand bedeute, das Umtätowieren noch nicht eingerechnet.

Troller schaute während der Erklärungen Sibylles aus dem Fenster, er hoffte darauf, bald wieder in bekanntes Terrain vorzustoßen. Es bereitete ihm sichtlich Mühe, die jüngsten

Ereignisse in eine Geschichte, in seine Geschichte, wie er sie sich zusammengereimt hatte, einzubetten. Warum taufte das BKA sämtliche verdeckten Ermittler bis zum heutigen Tag auf den Namen Kurt? Vielleicht flogen mühselig eingeschleuste Beamte, Geheimdienstler und Spione ja gerade deswegen in schöner Regelmäßigkeit auf. Ein tätowierter Kurt, flugs zum Knacki gemacht … so ging es halt nicht. Doch Walle Troller beherrschte sich. Am liebsten hätte er die Arme vor sich verschränkt, stattdessen begann er, sich die kalten Hände zu reiben. Er dachte auch daran, nach der Minibar zu fragen, die zweifellos zum Interieur dieses Wagens gepasst hätte, kämpfte aber erneut mit der Wahl der richtigen Worte, sodass er sich damit beschied, den Kopf ins Wageninnere zu wenden, Frau Weiß wenigstens wieder im Augenwinkel wahrzunehmen und ein wenig das Gesicht zu verziehen. Selbst wenn er jetzt passende Worte fände, er würde sie für sich behalten. Wie er so dasaß, in leichter Schräglage, angegurtet war er freilich nicht, konnte das Denkanstrengung oder gar Missfallen signalisieren, Hauptsache, Sibylle redete weiter.

– Ich vermute, dass es sich beim Gift, das wir in der Trinkflasche der beiden sichergestellt haben, um dieselbe Substanz handelt, die im vergangenen Jahr den Koch der Roten Laterne das Leben kostete. Wir überprüfen das. Deiner Nichtreaktion nach zu schließen, vermutest du dasselbe. Gute Frau übrigens, eure Pathologin, Gerda, Gerda … wie heißt sie nochmal gleich?

Troller wendete den Blick wieder Sibylle zu. Er tat es langsam, schaute ihr sodann direkt in ihre grün leuchtenden Katzenaugen und hob dabei die linke Braue. Er hätte Frau Weiß in dem Moment freilich auch zuzwinkern können, allmählich jedoch hatte er die Kontrolle über sein Denken wieder, und in der Konsequenz auch über seine Mimik.

– Ich möchte dich um etwas bitten, Sibylle.

– Schon wieder? Aber gerne!

– Könntest du eine kleine Yacht mit Namen Arabella im Hafen von Konstanz durchsuchen lassen?

– Einfach so?

– Das käme wohl euren Geldbeschaffungsmaßnahmen entgegen und würde darüber hinaus die Beweise oder zumindest starke Indizien dafür liefern, dass Wolfgang Markowitsch der Mörder von Friedrich Aufderhalden ist.

– Der alte Markowitsch von der Sitte?

– Eben der. Da gab es eindeutig stärkere Bande zu Heinrich Stahl als ursprünglich gedacht, und ich wäre doch sehr überrascht, wenn sich unter Deck nicht das eine oder andere sehr wertvolle Kunstwerk fände.

– Klingt verlockend.

– Wohin fahren wir eigentlich?

– Zum Treffpunkt. Du brennst doch sicherlich darauf, deinen Zwillingsbruder zu sehen. Und zu sprechen.

35

Sie hatten nichts in der Hand, obwohl sich anscheinend alles zusammenfügte. Zumindest waren die Verbindungen, die sich aufgrund der Veräußerungen der Gierloth-Sammlung ergeben hatten, klar ersichtlich geworden. Konrad Gierloth, der vor bald fünf Jahren gestorben war, hatte lediglich noch als Verwalter der Sammlung fungiert, die dereinst sein Vater auf zum Teil dubiose Weise während des Nazi-Regimes zusammengetragen hatte. Entweder war Heinrich Stahl einer der Zulieferer des alten Gierloth gewesen, oder er hatte um die entsprechenden Verschiebungen gewusst. Der komische Konrad, so hatte ihn Shirin getauft, hatte über Jahrzehnte eine Kunstsammlung von über 1500 Werken versteckt, von der kaum jemand etwas wusste, erst eine Zollkontrolle im Schnellzug von Zürich nach München hatte den Fall 2010 ins Rollen gebracht. Davor hatte Gierloth lediglich einzelne Werke veräußert, um seinen Lebensunterhalt zu bestreiten.

Wie viele Verbrechen im Zusammenhang mit dieser Sammlung begangen worden waren, sei noch immer nicht restlos geklärt, hatte Shirin weiter ausgeführt, die dazu vorhandenen Daten und Informationen seien in einem Wort unüberschaubar, allerdings scheine der Anteil an Raubkunst verschwindend klein zu sein. Was aber ihren aktuellen Fall betraf, so hatte Dorothea Schildknecht doch die eine oder andere Entdeckung auf den alten Fotografien gemacht: In der Roten Laterne hingen über viele Jahre, als die Kneipe noch Bordell war, das Porträt einer jungen Frau mit einer

Lilie in der Hand, ein wenig bekanntes Werk von Otto Dix, und an derselben Wand eine Biergartenszene von Max Liebermann. Beides Werke, die einst zur Sammlung Ludwig Gierloths, also Konrads Vater, gehörten.

Jette wollte sich schon laut fragen, wessen Arbeit sie da gerade erledigten, als Peer einwarf, er könne Neuigkeiten aus der Karibik vermelden, denn dort befände sich ja derzeit Jolanda von Mangoldt, nicht mehr auf St. Vincent, sondern inzwischen auf der Insel Antigua, von wo sie schön grüßen lasse. Wie genau Holthuizen es geschafft hatte, von der Sekretärin der *Patrona*-Stiftung die Handynummer der Witwe von Mangoldt zu erfragen, verschwieg er zwar, doch berichtete er vom transatlantischen Gespräch, dass nämlich Frau von Mangoldt auf ihrem Inseltrip im Paradies nicht gedenke, Papiere neu zu ordnen, auch wenn sie nächste Woche noch auf den Cayman-Inseln vorbeischaue, für geschäftliche Belange solle man sich bitte an ihre Tochter wenden.

Jette starrte auf das Teebeuteln, das Shirin und Troller neuerdings im Duett vollführten, fragte sich, wann ihr der Geduldsfaden reißen würde, erinnerte sich dabei unwillkürlich an ihren Französischlehrer, wie er einst aus der Haut fuhr, weil sie ihm einmal mehr die nötige Aufmerksamkeit nicht geschenkt hatte, er sie plötzlich aufrief und fragte, ob sie eigentlich wisse, was ihr Name auf Französisch bedeute – und ohne auf eine Antwort zu warten, diese gleich selber gab, und das auf Deutsch, was entschieden gegen seine ehernen Grundsätze verstieß, worauf er aber »in Notwehr«, wie er betonte, manchmal zurückzugreifen sich gezwungen sah, der Klasse infolgedessen vom Verb »jeter« zu erzählen begann, irgendetwas von »jeter au féminin« faselte, so tat, als würde er gleich die Kreide nach seiner Lieblingsschülerin werfen wollen, stattdessen aber zum Partizip »jeté« überging, dieses nach weiteren Ausschmückungen nominalisierte, sprich zum Geworfenen wechselte, sodann ergänzte – oder, wie er es nannte, »präfixierte« –, was in »la rejeté« kulminierte und Jette unwiderruflich vor versammeltem Publikum zur »Verworfenen« machte. Das war aber längst nicht mehr der Beginn einer herzhaften Feindschaft gewesen, sondern bereits deren gepflegte Fortführung. Damals hatte sie bei monsieur le prof nachgefragt, wie sie das nun auf Französisch zu sagen hätte, falls sie ihrer Begeisterung ob des soeben Dargelegten Ausdruck verleihen wolle, im Sinne von: Ich schmeiß mich weg.

– Katterer, warum ist Vanek tot?

Das war das Ventil, das sie gebraucht hatte. Und es war ihr geglückt, die Frage sachlich, ganz nüchtern zu stellen. Kollege Hans Georg Katterer jedoch schien nicht überrascht, ließ elegant den Teebeutel fahren, veränderte hernach seine Sitzposition, hob den Kopf ein wenig und blickte in die Runde.

– Ich glaube, die Geldbeschaffungsmaßnahmen des BKA haben ihre Wirkung getan, man könnte mit Blick auf den exekutierten Vanek auch sagen: verfehlt, doch scheint offensichtlich der junge von Mangoldt hinter der Tat zu stecken. Wenn wir den Schilderungen des Hauswarts an der Badener Straße Glauben schenken wollen, und daran, so meine ich, lassen die Ausführungen von Jette kaum einen Zweifel, so gibt es nur einen Grund, warum Richard, der seinerseits verwandtschaftlich mit Vanek verbandelt ist, Carlos im Übungsraum der Band aufsuchte und diesen mehr als nur zur Rede stellte. Mich wurde hier in den letzten Monaten eindrücklich gelehrt, nicht an Zufälle zu glauben. Milan Vaneks Leiche wurde entweder von Richard Speich oder aber von dessen Sekretärin entdeckt. War tatsächlich Frau Braun die Finderin, so hat sie ganz bestimmt nicht als Erstes die Polizei alarmiert, sondern Richard angerufen, nicht zuletzt, weil dieser Mann ja, wie wir wissen, ebenfalls einen Fuß in Vaneks Importfirma hat. Er wusste also in jedem Fall früh Bescheid – und ging als Nächstes auf Carlos los. Aber um noch einmal auf die Frage zurückzukommen: Wir wissen, dass die von Mangoldts gehörig unter Druck stehen. Da sind einerseits die Bestrebungen des BKA, da war andererseits Jan-Hubert Bader, der im Zusammenhang mit den Veräußerungen der Gierloth-Sammlung in der Villa der Familie vorstellig wurde. Der ehemalige Hauptkommissar war bestimmt nicht dort, um mit den von Mangoldts einen Deal auszuhandeln. Und siehe da, wenige Tage später steuert die Witwe von Mangoldt die Cayman-Inseln an. Tja. Gehörte ich zu dieser Familie, ich hätte mir wohl schnell einmal Gedanken gemacht, wie jene, die Druck ausüben, zu ihren Informationen gelangen. Vanek, der seit vielen Jahren in geschäftlicher Beziehung zu den von Mangoldts steht, worunter gewiss auch eine Reihe weniger legaler Aktivitäten gehörte, zumindest in der Vergangenheit, verfügte ohne Frage über ein Wissen, über brisante Informationen, sei es über die Machenschaften des verstorbenen Grafen oder sei es über das Beziehungsnetz der Familie heute. Ich gehe davon aus, dass in den letzten Tagen die jungen von Mangoldts zur Überzeugung gelangten, dass Vanek das Leck sein müsse – vorausgesetzt freilich, es verhält sich so, dass eine so drastische Maßnahme wie eine Exekution auch triftiger Gründe bedarf.

Katterer, der Ansicht, fürs Erste genug gesagt zu haben, griff nach dem Mineralwasser und füllte seinen Becher. Noch nie hatte er auch nur annähernd so viele Worte auf einmal gemacht, allem Anschein nach hatte der Sohn eines Fahrlehrers die Phase der Lernstarre überwunden und sich über Nacht vom Wasserträger zum Mitdenker gemausert. Das Dargelegte hätte ein wenig besser strukturiert sein dürfen, doch was Katterer eben von sich gegeben hatte, ergab Sinn; die Blicke wanderten also nach und nach zur Hauptkommissarin, die aber in eine eigenartige Stummheit gefallen war, als ob sie diese unter Kollegen wenig beliebte Eigenschaft Trollers nun auch annehmen wollte. Peer, des Mitdenkens nachweislich fähig, sprang ein und hakte nach.

– Und wie passen deiner Ansicht nach die Perlinis in die Geschichte?

– Ich denke, das ist Ablenkung und Revanche in einem. Wenn wir erst seit Kurzem wissen, dass Cesare Perlini seit Jahrzehnten als Informant des BKA dient, heißt das ja nicht, dass dieser Umstand anderen ebenso lange verborgen geblieben sein muss. Vielleicht möchte uns jemand mit der jüngsten Botschaft mitteilen, dass jene alten Geschichten rund um GRATULEISCHEN und DISDRAGSCHEN, worüber wir hier noch immer kaum etwas wissen, mit Perlini in Zusammenhang stehen. Ich habe auch darüber nachgedacht, ob wir in der Konsequenz dann nicht FATSCHA DI MERDA hätten lesen müssen, also F-A-T-S-C-H-A geschrieben, glaube aber inzwischen, die Pedanterie sei in dieser Sache fehl am Platz. Jemand, und ich tippe dabei auf Carlos von Mangoldt, möchte wie nebenbei die Perlinis anschwärzen, den Druck ein wenig umverteilen. Wir können zwar nicht wissen, wer alles in der Vergangenheit

Nachteile aufgrund von Perlinis Informationsdienst zu gewärtigen hatte, ohne Zweifel waren das aber solche, die vor dem Staat etwas zu verbergen hatten – oder noch immer haben. Vielleicht ist das ein wenig zu einfach, doch warum solltest du, wenn du den einen Informanten ausschaltest, nicht zugleich einen anderen ans Messer liefern, wenn es sich doch grad so schön anbietet. Vielleicht war die Verlockung auch schlichtweg zu groß, nachdem man Bader schon in Perlinis Schlachthof zur Schau gestellt hatte, da wollte jemand vom einmal eingeschlagenen Weg nicht mehr abrücken und wählte bei der *Vanek Import* erneut die italienische Variante. Ich möchte eine Psyche, die so tickt, ja lieber nicht haben, aber sie dürfte ziemlich genau in den Kopf des jungen von Mangoldt passen. Oder?

Shirin hatte während Katterers Erläuterungen erst unmerklich, dann aber gegen den Schluss hin, so gut es die Halskrause zuließ, entschieden genickt. Entweder war ihr die Erinnerung an die erste unliebsame Begegnung mit Carlos von Mangoldt wieder hochgekommen, als sie auf unzweideutige Weise von diesem Mann in der Roten Laterne angemacht wurde, oder, was wahrscheinlicher war, sie hatte mit Hans Georg die Lösung des Falls schon im Vorhinein besprochen, und ihre Zustimmung galt vor allem dem Sprecher, da er das gemeinsam Erdachte adäquat auf den Punkt gebracht hatte. Das Nicken schien denn in der Runde auch ansteckenden Charakter zu haben, bis Jette ihrerseits den Kopf hob, anschließend jedoch nicht mehr senkte.

– Lassen wir uns nicht zu schnell an die Kandare nehmen. Michel … entschuldige, Hans Georg liegt richtig, wenn er die Verlockung anspricht, die wirkt, wenn man sich einmal für einen Weg entschieden hat. Mit einem Mal hat man Scheuklappen aufgesetzt und merkt es nicht einmal. Was ich sagen will: Haben wir uns einmal auf Carlos von Mangoldt eingeschossen, richten wir auch unbewusst alle Geschichten nach ihm aus, verwerfen andere Möglichkeiten schnell oder ziehen diese nicht einmal mehr in Betracht. Ich selbst bin zwischenzeitlich auf den Gedanken verfallen, Carlos von Mangoldt nachträglich den Giftmord an unserem Laternen-Koch Yannick in die Schuhe zu schieben. Scheint sich grad sehr anzubieten, nicht wahr? Ich habe an Katterers Ausführungen auch nichts auszusetzen, Kompliment übrigens, wohl aber ist es diese scheinbare Eindeutigkeit, wie sich nun sehr schnell alles ineinander und zueinander fügt, die mich stutzig macht. Ich erinnere euch gern an das vielleicht wichtigste Trollergesetz: Schnell denken, wenn sich nichts tut; langsam, sehr langsam denken, wenn sich die Dinge überschlagen. Wir haben bislang nichts in der Hand. Ich wüsste nicht, wie ich Staatsanwalt Häusermann davon überzeugen soll, Carlos von Mangoldt zur Fahndung auszuschreiben, und ich weiß noch viel weniger, wie ich bei ihm einen Hausdurchsuchungsbeschluss der Villa von Mangoldt, auf den hier im Raum gewiss alle hoffen, erwirken sollte. Bader wurde kurz vor seinem Ableben, das zudem eine natürliche Ursache hatte, in seinem Wagen in der Nähe der Villa gesehen, das Navi des Peugeot indes gibt nichts her, noch weniger der ausgebrannte Nissan, den die von Mangoldts vor Jahren schon als gestohlen gemeldet haben. Ja, auch ich fände es clever, wenn ich als eine von den Bösen über ein Fahrzeug verfügte, das offiziell längst nicht mehr vorhanden ist – kommt aber wohl ebenso wenig über den Status der Unterstellung hinaus wie die Behauptung, Richard habe Carlos im Übungsraum der Band wegen des Mordes an Vanek zur Rechenschaft ziehen wollen. Und wenn ich gleich ein weiteres Resultat vorwegnehmen darf: Auch die ballistische Untersuchung der beiden Kugeln, die Gerda vorhin aus der Leiche gefischt hat, wird nichts Verwertbares ergeben. So viel zum Stand unserer Ermittlungen. Dennoch werde ich, mangels Alternativen, gleich Häusermann zu überzeugen versuchen, sowohl fürs Einleiten der Fahndung als auch für die Hausdurchsuchung. Ihr aber, und ich weiß, ihr glaubt jetzt gleich schon wieder Troller zu hören, doch es scheint mir die einzig vernünftige Anweisung zu sein, wendet euch bitte einem Gedankenexperiment zu: Zerbrecht euch den Kopf über Alternativen, geht von vorneweg davon aus, dass Carlos von Mangoldt mit der Sache nichts zu tun hat, zumindest, was das Abservieren Vaneks betrifft. Wie gestalten sich dann die Geschichten? Ich werde übrigens dasselbe tun.

Jette hatte dem ersten Impuls, ebenfalls das Sitzungszimmer zu verlassen, um sich vor der Häusermann-Visite noch ein wenig gefilterte Luft zu verschaffen, widerstanden, saß jetzt alleine da, bald zwischen den Stühlen, so kam es ihr vor, so leicht aber würde sie sich nicht gehen lassen. Du musst an dir festhalten, Mädchen, ja? Den Ereignissen voraus zu sein, war keine leichte Aufgabe. Es galt, den feuchten Finger in die Luft zu strecken, zu fühlen, zu spüren, woher der Wind wehte. Du kannst dann mitsegeln oder zu kreuzen beginnen. Auf Dauer aber würde sie nicht vorwärtskommen, wenn sie lediglich Trollers Weisheiten beherzigte; du hast deinen eigenen Kopf, Jettchen, das hast du hoffentlich auch schon gemerkt, das Selberdenken ist eine seltene Gabe, nutze sie. War das jetzt ihre innere Stimme gewesen? So viel wusste sie mit Sicherheit: Flaute fühlte sich anders an.

Jette zückte ihr Kleines, das während der Sitzung zweimal aufgemuckt hatte. Noah war auf dem Weg zum Flughafen, er würde morgen wieder zurück sein. Das war doch eine gute Nachricht. Sie schickte ein Jubel-Emoji, entschied dann aber, die Vorfreude angesichts der zweiten Nachricht zurückzustellen: »joachim wohl der vater von marielle, vom bka/sek aus der jva geholt (giftanschlag vereitelt), aufklärung folgt (hoffentlich) demnächst, jericho um 17 uhr? w.« – Jette schaute auf die Uhr, so schnell träte keine Windstille ein. Sie würde sich auch nicht weiter von einer Krawatte irritieren lassen, sondern diese im Sturm erobern.

Walle vermochte sich nicht zu erinnern, wann er seinen Bruder das letzte Mal in Tränen aufgelöst erlebt hatte. Die Umarmung war überfällig gewesen, und er hatte sich anstecken lassen; nicht nur von Joachim war eine große Last abgefallen, er hatte die Erleichterung gleichermaßen gespürt, endlich war die Zeit gekommen, reinen Tisch zu machen. So groß die Freude gewesen sein musste, als Jo in der Reha von der unverhofften Vaterschaft erfuhr, so schwer wog das Wissen in der Folge. Denn sein Bruder war je länger, desto auswegloser in ein Dilemma geraten, das ihn einerseits seine Tochter schützen lassen wollte, andererseits gegenüber ihm, dem Zwillingsbruder, zu einem Rollenspiel zwang, das er auf Dauer kaum aufrechterhalten konnte. Es kam erschwerend hinzu, dass er die Machtspiele und Intrigen der Großen selbst nie ganz durchschaute.

– Mit einem Mal scheint jede Bewegung falsch zu sein, ich fand mich in einer Schockstarre wieder, versuchte mich einzuigeln.

Walle war gerührt, als ihm die Zuordnung der Kartäuserin aufging. Es war ein erster Versuch Jos gewesen, mit den neuen Gegebenheiten umzugehen: das Männchen für Jolanda, dessen Schwester Scarlett für den gemeinsamen Haushalt mit ihm. Das war nur sentimental, doch er begann auch deshalb, seinen Bruder wiederzuerkennen, nach und nach mitzufühlen. Dass Joachim zur Lösung der ungeklärten Fälle wenig beitragen konnte, hatte ihn erst enttäuscht, dann aber auch erleichtert. Sein Bruder hatte keinen Grund mehr, etwas zu verschweigen. Das Phantom, dem Bader ein Leben lang nachjagte, war ihm so unbekannt wie je. Mit Vanek hatte er selbst nie engen Kontakt gepflegt, die Machenschaften von Aufderhalden & Co. hatten ihn nie interessiert. Und er hatte gewiss auch nie mit dem alten von Mangoldt etwas zu schaffen, vielmehr hatte er das Feld geräumt, nachdem sich Jolanda entschieden hatte.

– Nicht sofort, das versteht sich von selbst – aber hättest du der schönsten Frau Jedastedts widerstehen können?

Er habe schon nachgerechnet, doch habe Jolanda nie eine Andeutung gemacht, und hätte er damals gewusst, dass Marielle eine Frühgeburt war, hätte er vielleicht auch nachgefragt. Walle wusste selbst, dass Jo eine Vaterschaft zu jener Zeit nicht in den Kram gepasst hätte; abgesehen davon kam es damals ganz bestimmt niemandem in den Sinn, den Grafen herauszufordern, am wenigsten der frisch angetrauten Jolanda. Hätte Ottokar von Mangoldt nicht kurz vor Jos Unfall das Zeitliche gesegnet, sie wäre mit der Wahrheit wohl nicht herausgerückt. Womöglich habe sie es auch mehr Marielle zuliebe getan als ihm, hatte Jo noch gesagt, die Frau, die das Erhabene noch immer hochhalte, habe durchaus ein Gewissen.

– Vielleicht hat aber auch Marielle Verdacht geschöpft, ich weiß es nicht.

Troller war Sibylle dankbar, hatte sie ihnen beiden doch die Gelegenheit für ein Gespräch unter vier Augen gegeben. Es war ihm einerlei, ob sie dabei abgehört wurden, denn er war sich sicher, für seinen Bruder würde nichts Belastendes herauskommen. Sie saßen im Wintergarten eines kleinen Häuschens, welches das BKA wohl für solche Fälle immer mal wieder nutzte, irgendwo auf dem Land, doch man hatte ihm keine Augenbinde auf dem Hinweg verpasst, so geheim konnte der Ort nicht sein, oder Frau Weiß hatte doch mehr Vertrauen in ihn, als er für möglich hielt.

Nuno Costa, der Gärtner, war von Marielle geschickt worden, doch ging es bei diesem Besuch, wie Jo erzählte, vornehmlich um eine dringliche Unterschrift die Kommandit-Gesellschaft betreffend. Marielle hatte ihn gebeten, ihr die Anteile an der KG Rote Laterne zu übertragen, eine kleine Verschiebung, die aber die Mehrheitsverhältnisse veränderte, zum Guten hin, wie sie versicherte.

– Ich habe ihr selbstverständlich geglaubt – und tue es noch. Marielle steht unter Druck, so viel hörte ich aus Costas Andeutungen heraus. Für mich war's nur eine Unterschrift. Dass ich die Nachricht an dich absetzen ließ, rührte letztlich aber mehr von den Bedenken Kurts her. Ich hatte den Mann in seiner Funktion früh erkannt, und wir schlossen Freundschaft. Noch letzte Woche gestand er mir, dass er wohl nicht länger in der Lage sei, für meine Sicherheit zu sorgen. War's Strategie? War's echte Sorge? Ich weiß es nicht. Als dann aber dieser Gärtner auftauchte, die Sorgenfalten nicht verbergen konnte, da habe ich den Mann gebeten, Tiberius auf den Plan zu rufen. Es schien mir der einzig mögliche Weg.

Walle befand sich mittlerweile allein im Wintergarten, er ließ sich die Worte Jos Mal ums Mal durch den Kopf gehen. Demnächst würde Sibylle auftreten, auch sie hatte Gesprächsbedarf, wenngleich Frau Weiß wohl mehr an den Auskünften des Bruders interessiert war als an den seinen. War es eine Geschichte oder waren es doch mehrere, die sich unglücklich überlagerten? Der Frosch hatte während des Gesprächs geruckelt. Er zögerte, verspürte Lust, das Gerät unbesehen weit von sich zu schleudern, noch immer befand er sich auf dem falschen Planeten. Er konnte weiter die Arme verschränken, sitzen bleiben oder aufstehen. Aufstehen und gehen. Hier gab es kein Weiterkommen. Dann schaute er doch genauer hin; sein Schutzengel hatte das Treffen bestätigt. Angie würde es schaffen. Nicht nur ins Jericho, sondern darüber hinaus.

36

Im Grunde hatte ihr der Staatsanwalt nur bestätigt, was sie eh schon wusste, und Jette hatte gar das Mitleid hinnehmen können, das Häusermann nicht ganz hatte verbergen können. Sie hatten nichts in der Hand, weder für eine groß angelegte Fahndung noch für eine Hausdurchsuchung. Letztlich gab es nicht einmal gute Gründe, die Pressesperre, die von Troller sowieso unrechtmäßig angeordnet worden war, länger aufrecht zu erhalten. Der vom Staatsanwalt gewährte Aufschub bis morgen früh war eine allzu knappe Frist, bis dahin würden sie kaum neue Erkenntnisse haben. Jette setzte eine entsprechende Nachricht in Stichworten an Troller ab.

Dass Häusermann das BKA über die Exekution Vaneks umgehend informiert hatte, war auch keine Überraschung gewesen. Das war seine Pflicht. Aber der Herr Staatsanwalt, so hatte sie zu erkennen geglaubt, litt auch selber, hatte gar einmal die Krawatte aus dem Spiel gelassen, in einem Anflug von Resignation die Schultern gezuckt. Erst schleicht sich dieser Vanek aus dem Verfahren, das im Mordfall Friedrich Aufderhalden gegen ihn eröffnet werden sollte, dann lässt er sich hinrichten. Gut möglich, dass sie alle hier nur Marionetten waren, unmerklich am langen Faden geführt. Sie hatte gar nicht mehr darum gebeten, den Fall des toten Kochs noch einmal aufzunehmen, wenngleich die Umstände, die zu dessen Vergiftung geführt hatten, für sie noch immer ungeklärt waren. Zufälle waren selten, oder es gab sie nie; wenn nun plötzlich in der JVA ebenfalls mit

Gift hantiert wurde und gar das SEK vorgerückt war, um Walles Bruder im letzten Moment zu retten, dann musste man doch einen Zusammenhang vermuten.

Die Einladung dazu war so offensichtlich, dass Jette am liebsten um sich geschlagen hätte. Da spann jemand die Fäden im Hintergrund, versuchte ihr Denken und Handeln zu steuern, und hatte seine Freude daran. Keine Frage, sie fühlte sich noch immer ins Gesicht geschissen. Gäbe es einen konkreten Zusammenhang des Giftanschlags in der Justizvollzugsanstalt mit dem Mord an Yannick, dann sollte ihn gefälligst das BKA aufdecken. Gäbe es hingegen eine Verbindung zwischen dem toten Koch und Vanek, so fände sich diese vielleicht in den Geschäften und Verstrickungen der Importfirma, die Shirin jetzt genauer untersuchte. Womöglich fände Peer auch Mittel und Wege, Frau Brauns Gesprächsbereitschaft zu befördern, sodass ihnen von dieser Seite sachdienliche Hinweise zukamen. Dritte Zähne, Kukident, drei Phasen: Beißt einer mit seinen falschen Zähnen zu (erste Phase), hinterlässt er Spuren (zweite Phase), die mit dem Abdruck seines ursprünglichen Gebisses nichts mehr zu tun haben (dritte Phase). Ergo: Man muss dem Wolf den Bauch aufschlitzen.

Entgegen den Gepflogenheiten fand sich Jette nicht an der frischen Luft wieder, ihre Schritte hatten sie unmerklich vors Archiv geführt. Ihr war nicht entgangen, dass Dorothea Schildknecht während der Sitzung immer stiller geworden war, hatte da aber noch nicht die Vermutung, dass die Frau vielleicht etwas wusste, gar etwas verschwieg, sondern vielmehr ihren Beitrag mit der Zuordnung der Werke bereits geleistet hatte. Sie klopfte, öffnete die Tür, und tatsächlich saß die Frau am großen Tisch, sortierte erneut Bilder, schaute dann aber zu ihr hin mit einem Blick, den sie nicht einzuordnen wusste. Wortlos – was hätte sie denn sagen können? – machte sie auch den letzten Schritt und setzte sich der Schildknecht gegenüber. Die ältere Dame schob die Brille mit dem Zeigefinger ein wenig tiefer, schaute sie jetzt über den Brillenrand an, ein angedeutetes Lächeln.

– Sie haben mehr von Jan-Hubert, als ich ursprünglich dachte. Eindeutig mehr übrigens als der Troller.

– Wie?

– Ihre Haltung, Ihr Sprechen … Ihr Hiersein.

– Gutes Stichwort. Warum bin ich hier?

– Wegen der Grautöne, und weil Sie nicht mehr weiterwissen.

– Wegen der Grautöne?!

Frau Schildknecht zog an der Schublade, die sich auf ihrer Seite unterhalb der Tischplatte befand, griff hinein und brachte einen Aschenbecher zum Vorschein, den sie zwischen sie beide sachte neben die Fotos platzierte. Die Hand verschwand ein zweites Mal in der Schublade und hielt beim Auftauchen eine Schachtel Zigaretten zwischen den Fingern.

– Haben Sie Feuer?

– Sie rauchen? Hier unten?

– In Notfällen ja. Ach so, machen Sie sich wegen des Rauchmelders keine Gedanken, der ist grad außer Betrieb.

Jette bediente sich aus der ihr dargebotenen Schachtel, zückte das Feuer, und nach dem ersten Zug, noch im Zurücklehnen, bot ihr die Schildknecht das Du an. Es schien sich beim gemeinsamen Rauchen in diesen Räumlichkeiten um ein altes Ritual zu handeln, dessen sie nun erstmals teilhaftig wurde, wohl auch zum letzten Mal, denn Doros Tage waren gezählt, ihre Pensionierung rückte unwiderruflich näher. Doch es war die richtige Aktion zur richtigen Zeit, sie fühlte, wie die Anspannung wich, wie auch sie sich jetzt anlehnen konnte, durchatmen. Wie viele Fälle waren wohl in der Vergangenheit hier unten im Aufsteigen des Rauches gelöst worden? Jette war froh, dass Dorothea, nachdem sie die Brille weggelegt hatte, wieder von sich aus zu sprechen begann.

– Wenn Jumbo in diesem Zustand ins Archiv kam, dann jagte er das Phantom.

– Oh je.

– Nein, nein. Sie … du verstehst mich falsch. Jan-Hubert war's durchaus recht, wenn die anderen hinter seinem Phantom eine konkrete Person vermuteten, die es aus ihrer Sicht freilich nicht gab, und man sich deswegen an dieser Jagd auch tunlichst nicht beteiligen wollte. Doch Jumbos Phantom war kein Hirngespinst, es war für ihn, auch wenn er in der ersten Zeit vielleicht selbst noch an einen einzelnen Bösewicht glaubte, sehr bald zu einer Chiffre geworden, stellvertretend für die Grautöne.

– Weil es schwarz oder weiß so selten gibt.

– Exakt. Jumbo hat die Erfolge von Heinrich Stahl immer anerkannt, doch wurde er je länger, desto mehr auch misstrauisch, was die Machenschaften seines Chefs und Vorgängers betraf. Er hatte begriffen, dass jene, die das Sagen hatten, sich schleichend von der einen auf die andere Seite bewegten. In beide Richtungen, versteht sich. Ach, ich kann das nicht so einfach erklären.

– Du meinst, die vermeintlich Guten entdecken eines Tages ihre kriminellen Energien, weil es ihnen langweilig geworden ist oder die Gier erwacht, und die Bösen haben irgendwann die Nase voll, wollen sich auf dem Erarbeiteten ausruhen und suchen den Weg in legale Gefilde.

– Sehr gut. Ja. »Vermeintlich« war übrigens ein Lieblingswort von Jumbo. Du darfst nicht vergessen, Jan-Hubert war ein Kind des Kalten Krieges. Auch wenn er nie höher hinauswollte – Angebote hatte er genug – und der Jedastedter Kripo bis zum Ende die Treue hielt, machten ihm die Aktionen im großen Stil zunehmend zu schaffen, nicht zuletzt, weil sich diese immer mehr auch in den kleinen Bereichen auswirkten.

– Wie?

– Ja, kompliziert … ich selbst habe auch nie alles verstanden. Jumbo sprach immer von einem labilen Gleichgewicht, das es unbedingt zu erhalten gelte. Doch wenn von staatlicher Seite aus Verbrechen begangen wurden, um eben halt diesem »vermeintlich« höheren Ziel zu dienen, dann war für Bader eine Grenze überschritten. Er hatte mir bei seinem letzten Besuch hier nicht gesagt, wonach er suchte. Ich glaube, er wollte mich nicht behelligen, nicht beunruhigen. Was ich aber heute weiß, lässt mich doch stark vermuten, er sei bei seinen Recherchen auf etwas gestoßen, das den alten Stahl in ein noch mal anderes Licht rückte, in einen, sagen wir mal, unguten Zusammenhang. Wenn nicht, weiß ich gar nichts. Jumbo aber, daran zweifle ich nicht, fühlte sich ein weiteres Mal betrogen. Er war aufgebracht, so nervös, wie ich ihn lange nicht mehr erlebt hatte. Als er sich verabschiedete, umarmte er mich, das hatte er zuvor nie getan, und er tat es wohl, damit ich nicht sehe, wie er sich auf die Lippen biss. Alles Spekulation, ich weiß. Doch ich werde nie vergessen, wie Jan-Hubert als junger Beamter eine Zeitlang noch darauf hoffte, man habe aus den Fehlern der Spiegel-Affäre und später im Umgang mit der RAF gelernt, daran erinnere ich mich sehr gut, denn das hatte mich gleich für ihn eingenommen, und ich glaube, du hättest seinen Enthusiasmus verstanden ... allerdings, ja, gewiss, er sah sich alsbald bitter enttäuscht. Was er hier nun spät entdeckte, gab Jumbo womöglich den Rest.

– Und das hat ihn das Leben gekostet?

– Ich glaube ... in der Summe ... ja.

– Ich verstehe. Nur hilft mir das nicht weiter.

– Doch. Es gibt da etwas, das euch drei verbindet, Bader, Troller und dich.

– Aufkommende Verzweiflung?

– Das ist der Preis, oder sagen wir: die Nebenwirkung. Was ich meine: Ihr verfügt über eine sehr starke poetische Suggestionskraft.

– Klingt wie aus einem Buch.

– Ist es auch. Ich pflege zu lesen. Aber bitte erwarte von mir jetzt keine Quellenangabe. Wenn ich hingegen in meinen Worten von einem »seltenen Gespür« spreche, klingt das nur noch esoterisch.

– Bewahre!

– Siehst du. Was ich meine: Ihr habt etwas, was über die verbreitete Mechanik des Denkens hinausgeht. Du, Jette, kannst das Irrationale, das Abwegige, meinetwegen das Undenkbare mitdenken, ohne gleich den Boden unter den Füßen zu verlieren, wirst deswegen also nicht gleich selbst irrational oder abwegig. Und vor allem: Du lässt dir so schnell nichts vormachen.

– Wow! Das hätte ich nun doch gern schriftlich!

– Mal sehen, wenn ich in Pension bin, vielleicht.

– Ich weiß noch immer nicht, warum ich hier bin.

– Ganz einfach: um durchzuatmen. Hier drinnen finden sich nur vermeintliche Anfänge. Geh nach draußen, setz den Helm auf, du wirst den Weg schon finden.

Es war an der Zeit, vorwärts zu kommen, das spürten beide. Troller war auf dem Weg zum Jericho noch einmal bei Anne gewesen, Jette hatte sich zum Schlachthof leiten lassen. Ausschlussverfahren oder Suggestion, Ahnung oder Intuition, es ging darum, die Steinchen zu überprüfen, um anschließend das Mosaik als Ganzes zu sehen. Das seltene Gespür, es hatte Troller und Jette doch schon über Tage geleitet, denn beide wussten auf ihre Weise, dass alles vor ihnen lag. Das meinte nicht die Lösung des Falls, denn genau darin bestand der Skandal, dass nicht die Geschichte den Fall machte, sondern der Fall die Geschichte.

Jette war vor Troller im Jericho eingetroffen, hatte sich hingesetzt, um Trollers letzte Nachricht noch einmal zu überdenken. Warum hatte das BKA die Hausdurchsuchung in der Villa von Mangoldt erwirkt? Dass es sich bei der unerwarteten Schützenhilfe des Bundeskriminalamtes nicht um einen Freundschaftsdienst handelte, stand außer Frage. Oder? Sie würde Troller auf diese Frau Weiß hin befragen, und allzu gern hätte sie Häusermanns Gesicht noch gesehen, als er von dieser Anordnung erfuhr, zu der er sich selbst nicht in der Lage gesehen hatte. Würden sie morgen den Tempel der Pandora betreten oder nur wieder gute Miene zum abgekarteten Spiel machen?

Als wäre sie von Junior und Senior zum Kaffee erwartet worden. Die Dinge seien geregelt, »tutto a posto«, hatte der Alte sie wissen lassen, denn er hatte inzwischen

Familienrat gehalten, auch die Nichten und Neffen beruhigt, und Salvatore hatte für die Kommissarin übersetzt, wo es nötig war. Sie hatte dem alten Perlini seine Offenheit abgenommen. Man sei »auf der sicheren Seite«, würde nun den Provokationen fürderhin gelassen entgegensehen. Sie hatte sich das Wort »fürderhin« gemerkt, es hatte aus dem Mund Salvatores ein wenig gestelzt geklungen, doch sie hatte es noch von ihrem Opa im Ohr. Ein gutes Wort. Die Perlinis hatten schon vor einiger Zeit reinen Tisch gemacht, und keiner, darauf wollte Cesare Perlini gar einen Schwur ablegen, habe in jüngster Zeit gegen die Abmachungen verstoßen. Das sei in ihrer Familie unmöglich, da die Konsequenzen, auch wenn man selbstverständlich in der Gegenwart angekommen sei, so drastisch seien wie ehedem. Es gehe um die Ehre, hatte Salvatore noch beim Schlürfen des Espressos versichert, da verstünden sie keinen Spaß und würden sich ganz bestimmt von niemandem anmachen lassen.

Der alte Perlini hatte noch etwas von »casino« gesagt, kopfschüttelnd, was Jette dahingehend interpretierte, dass man nicht gewillt sei, sich auf irgendwelche Spiele einzulassen. Falls nötig, könne er die gesamte Buchhaltung der letzten fünf Jahre jederzeit offenlegen, beteuerte daraufhin der Junior, und was die anderen betreffe, da würde man sich zur Wehr zu setzen wissen. Er hatte damit wohl die lebenden Schränke gemeint, an denen sie am Eingang mit gezücktem Ausweis vorbeigegangen war: Bodyguards, geschult im unfreundlichen Blick, am Ende aber doch nur aufgeblasene Komparsen, das aber sagte sie den Perlinis nicht. Einmal nachgedacht, und schon war das Glas vor ihr leer geworden. Jette gab der Bedienung ein Zeichen, und im selben Moment meldete sich ihr Kleines oder genauer: die Sushi-Meisterin Petra.

– Sag das bitte noch mal.

– Okay, Frau Hauptkommissarin, ich wiederhole: Die ballistischen Untersuchungen ergaben, dass die beiden Kugeln, die Gerda aus Vaneks Körper gefischt hat, zweifelsfrei zu einer Waffe gehören, die auf Heinrich Stahl registriert ist.

– Registriert *war*, Petra. Der Mann lebt schon länger nicht mehr.

– Hm, davon weiß diese Eintragung nichts.

– Soso, dir ist aber schon klar, …

– … dass ein Toter niemanden mehr erschießen kann?

– Entschuldige. Gute Arbeit. Bleibt uns lediglich herauszufinden, wer die Waffe geerbt hat.

– Hab ich schon eingegrenzt.

– Du hast …

– … ja, ich habe es gewagt, die alte Schildknecht zu behelligen.

– Stark. Und was kam dabei heraus?

– Sie meint, als Erben für eine Waffe Stahls kämen nur zwei in Frage: Bader oder Markowitsch. Der Kollege von der Sitte ist mir aber in den Feierabend entwischt.

– Gut so.

– Wie?

– Sehr gute Arbeit, wollte ich sagen. Den Rest darfst du mir überlassen.

Jette steckte ihr Kleines wieder weg, gab der Bedienung, obwohl sie das leere Glas inzwischen durch ein volles ersetzt bekommen hatte, erneut ein Zeichen, denn ein doppelter Espresso schien ihr zur weiteren Denkarbeit absolut unverzichtbar zu sein. Kukipeng, drei Phasen: Vanek abknallen (erste Phase) und dies mit der Waffe eines anderen (zweite Phase), die dann aber dem Erben zweifelsfrei zugeordnet wird (dritte Phase). Und der böse Wolf liegt in Ketten. So einfach hätte sie es gern, so einfach war's wohl nicht.

Troller hatte bei der Witwe Bader noch vorbeigeschaut, weil er es zum einen für richtig hielt, zum andern hatte er noch Genaueres zu erfahren gehofft über Jumbos letzte Aktivitäten. Dass man auf dem Heimweg vom Elsass über die Schweiz fahren, sich eine Ausstellung in Bern zu Gemüte führen konnte, überraschte ihn denn auch nicht, doch setzte er darauf, dass der Alte seiner Frau noch ein bisschen mehr erzählt hatte über seine jüngsten Erkenntnisse. Etwas musste ihn beunruhigt, etwas musste ihn angestachelt haben.

– Wie ein Autist, so stand er vor den Bildern, hatte irgendwelche Papiere bei sich, ebenfalls mit Abbildungen, hat vor sich hingemurmelt. Und wenn ich Luft holte, sagte er nur: frag nicht!

Anne war am Abschließen, das hatte Walle eindeutig gespürt, da war Trauer und Abschied, da war aber auch das Verlangen nach Fortkommen, nach Weiterleben. Anne hatte genug. Die Leiche war freigegeben, die Beerdigung war auf die kommende Woche angesetzt.

– Du sagst bitte etwas, Walle, dann kommt die Urne in die Erde, und danach verzieh ich mich.

Als er im Jericho auf Angie traf, war eigentlich schon alles ausgemacht. Das BKA hatte die Hausdurchsuchung durchgesetzt, weil es sich erhoffte, so zu neuen Erkenntnissen hinsichtlich der Geldbeschaffungsmaßnahmen zu kommen, oder es wollte einfach Marielle von Mangoldt weiter unter Druck setzen und freundlich-bestimmt zur Kooperation bewegen. Immerhin hatte eine solche Anordnung zur Folge, dass sie sich tatsächlich überall würden umsehen dürfen, beschlagnahmen, was ihnen beliebte. Es ging nicht um das Ableben Baders, es ging um Wirtschaftskriminalität. Und es war beiden ebenso klar, dass sie nichts finden würden, weder Hinweise auf Baders Ende noch auf Vaneks Exekution. Und falls tatsächlich einmal verfängliche Werke aus der Gierloth-Sammlung oder von sonst wo in der Villa von Mangoldt zu bewundern gewesen waren, so hatte man diese längst durch andere Exemplare ersetzt.

– Diese Geschichte wird nicht von uns geschrieben, aber wir werden darin auftauchen, und wir werden unseren Spaß haben!

– Meinst du? Ich fühle mich noch immer ins Gesicht geschissen.

– Angie, nein. Du hast die Kacke zum Dampfen gebracht. Mehr geht in diesem Fall nicht.

– Alles zu groß?

– Viel zu groß. Ändert aber nichts an unserer Arbeit.

– Das ändert alles.

– Ich verstehe dich. Aber überleg's dir gut. Was du mir antwortest, wird über deine Zukunft entscheiden.

– Aber den Wolf, den schlitzen wir auf, demnächst, zusammen, ja?

– Darauf hoffe ich, habe auch Sibylle Weiß gebeten, Markowitschs Yacht zu durchsuchen.

– Ha, eine Yacht! Und? Erzähl! Du hast ihn also am Wickel?

– Schwierig. Sibylle hat mir inzwischen mitgeteilt, dass die Arabella derzeit in Bregenz vor Anker liegt. Und auf österreichischem Grund kann das BKA nicht schalten und walten, wie es will.

– Scheiße.

– Ja, schon. Aber angesichts der Geschichte wohl ganz gut so.

Jette kannte ihren Partner. So schnell würde Troller seinen Joker nicht ausspielen. Die Ankündigung jedoch hatte er ausgesprochen, angesichts der vorgerückten Zeit darauf hingewiesen, sie sei außer Dienst, und zwei Pils bestellt.

Troller setzte sodann bei Otto Dix an, dem berühmten Künstler, von dem sich ebenfalls Werke in der Gierloth-Sammlung und eines gar in der Roten Laterne befunden hatten. Er wollte Angie erzählen, was ihm in den letzten Tagen durch den Kopf gegangen war, insbesondere was das Anfangen und Fortsetzen betraf, wie er sich also im Dorf umgesehen hatte, in dem einst seine Großeltern lebten, er nach seiner eigenen Herkunft fahndete und doch nicht fündig geworden sei. Und hätte er bei seinem Rundgang schon gewusst, dass ihnen Otto Dix bei ihren Ermittlungen begegnen würde, er hätte ohne Frage auch einen Abstecher ins Nachbardorf gemacht, wo der Künstler nämlich nach dem Krieg sein Atelier hatte. Doch auch das wäre kein Anfang gewesen, lediglich ein weiterer Zufall, eine eigenartige Fügung, die keine schärferen Konturen erbracht hätte, sondern vielmehr der Erkenntnis gedient hätte, dass die Ränder gegen außen hin immer ausfransten.

– Was ich sagen will: Wir kommen immer vom Hundertsten ins Tausendste, das liegt in der Natur der Sache, meinetwegen auch daran, dass dieser Planet eine Kugel ist. Prost übrigens!

Jette hob das Glas, und sie wusste schon, sie würde ihre Maschine vor dem Jericho stehen lassen müssen. Wie Troller sich eingerichtet hatte, wie er ansetzte, mit Erzählen eigentlich noch nicht einmal begonnen hatte, würde es noch ein Weilchen dauern, bis er die Katze aus dem Sack ließe. I've traveled so far and some blood on my hands, here I am, with a song in my heart and an attitude from the start – ob Troller Steve Earle kannte? Sie hielt die Frage zurück, hörte stattdessen, wie Walle vom frühen Tod seines Vaters erzählte, wohl wissend, dass auch sie den Vater früh verloren hatte. Sie hatten beide noch in der Phase des Sich-gegenseitig-Abtastens Gemeinsamkeiten ihrer Biografien entdeckt, die zumindest teilweise erklärten, warum sie des Öfteren sehr ähnlich tickten. Troller hatte nie versucht, ihr einen Ersatzvater zu bieten, er wehrte sich auch gegen die Rolle des Lehrmeisters, begegnete ihr deswegen sehr schnell auf Augenhöhe, forderte sie heraus, lockte sie aus der Reserve. So arbeiteten sie noch heute. Und Walle ließ durchblicken, dass er an diesem Zustand auch künftig gern würde festhalten wollen.

Jette schielte nach der kleinen Karte, die am Rand des Tischs gefaltet in ein Holzklötzchen gesteckt war. Das Jericho verfügte nicht über die große Küche, der Hunger ließ sich hier aber gleichwohl stillen. Falls Troller in dieser Ausführlichkeit fortführe, würde sie sich unbedingt stärken müssen, auch schien ihr angezeigt, dem Bier alsbald etwas Festes hinzuzufügen. Denn mithalten wollte sie, das in jedem Fall. Gerüchten zufolge sollten hier schon, noch vor ihrer Zeit, die Mauern erzittert sein. Das galt es abzuwarten.

Ihr Partner musste etwas loswerden, so viel stand fest, und offenbar brauchte er dafür einen wohlüberlegten Anlauf. Vielleicht würde er ihr das erste Mal von seiner Scheidung erzählen oder auch Näheres darüber berichten, wie er unverhofft zu einer Nichte gekommen war.

Ihr Blick zu den Kleinigkeiten hin war Troller freilich nicht entgangen. Er fasste sich kurz an die Nase, wollte schon die Arme verschränken, griff stattdessen aber wieder zum Glas und schaute ihr in die Augen.

– Du hast Zeit?

– Wenn du mich einlädst?

Troller nickte, und er lächelte. Er würde Angie zunächst noch von den schlechten Erfahrungen erzählen, die er ihr voraushatte, auch davon, wie einen dieser Job beuteln konnte. So nüchtern, wie er dazu in der Lage wäre, so sachlich, wie es ihrer Geschichte dienlich war. Und womöglich hatte sie dann erst zu ihrer Zukunft etwas zu sagen, bevor er ihr die Frage stellte, die ihm schon jetzt auf der Zunge lag. Er nahm also den letzten Schluck und hob anschließend das leere Glas noch ein wenig höher, um den Nachschub sicherzustellen.

37

Wäre Walle Troller der jungen Frau früher begegnet, er hätte schon länger um seine Nichte Marielle von Mangoldt gewusst. Sie hatte Angie und ihn noch während der Hausdurchsuchung in ihr Arbeitszimmer gebeten. Die Ähnlichkeit mit Joachim stach vielleicht nicht sofort ins Auge, doch wie sie ging, wie sie sprach, die Grübchen, die sich in ihrem Gesicht abzeichneten, wenn sie lächelte, das alles kam Walle sehr vertraut vor. Obwohl Marielle von Mangoldt kaum Freude an der Hausdurchsuchung haben konnte, sie ließ sich nichts anmerken. Vielleicht hatte sie am Vorabend auch einen Hinweis erhalten, die Gelassenheit wirkte nicht gespielt, die Frau schien auch jetzt Herrin der Lage, und Jette korrigierte sich sogleich: Sie saßen nicht einer Herrin gegenüber, vor ihnen präsentierte sich die Gräfin, charmant und eloquent, der Kaffee stand bereit. Hier war man den Umgang mit Gästen gewohnt – mit Ausnahme des vierbeinigen Ottokars, der sich beim ersten Anzeichen drohenden Ungemachs verzogen hatte. Und der Aschenbecher fehlte.

Frau von Mangoldt bedauerte, dass man sich nicht unter anderen Umständen habe kennenlernen können, meinte auch, Frau Weiß und sie würden noch an der Feinabstimmung der gemeinsamen Strategie arbeiten, doch sie sei sehr zuversichtlich, was die Zukunft anlange, auch wenn die Gegenwart noch ein wenig unübersichtlich erscheine. Troller wusste nicht, ob er weinen oder lachen sollte, er war froh darüber, Angie an seiner Seite zu haben und sich vorderhand aus dem Gespräch heraushalten zu können.

– Der Unübersichtlichkeit wegen sind wir ja hier. Wir gehen davon aus, dass der ehemalige Hauptkommissar Jan-Hubert Bader letzten Mittwoch hier zu Gast war und dann auch hier starb.

Die junge Frau schaute Troller direkt in die Augen, sodass es ihn mehr als nur anrührte, er diesem Blick nur mit Mühe widerstand. So hatte ihn bisher nur Joachim angeschaut, nicht oft, aber immer dann, wenn es ihm ernst war.

– Muss ich zu meinem Schutz in Konjunktiven sprechen, oder darf ich offen sein?

Troller hielt den Blick aufrecht, antwortete aber nicht. Er war nicht am Zug, er würde nicht vorgreifen. Die Hauptkommissarin ließ derweil Frau von Mangoldt wissen, man wolle vorerst förmlich bleiben.

– Nun, ich war zur fraglichen Zeit nicht im Haus. Ich kann Ihren Verdacht also weder bestätigen noch dementieren, meine aber, vernommen zu haben, Herr Bader sei eines natürlichen Todes gestorben?

– Herzversagen, die näheren Umstände sind noch ungeklärt.

– Das tut mir leid.

– War Herr Bader am fraglichen Mittwoch Gast in diesem Haus?

– Wie ich schon sagte, Frau Hauptkommissarin, ich war nicht hier.

– Stimmt. Das sagten Sie. In welcher Beziehung standen Sie zu Milan Vanek?

– Es gab und gibt geschäftliche Beziehungen zur Importfirma von Herrn Vanek. Nebenbei war Herr Vanek Mitgesellschafter der KG Rote Laterne, wie Sie wissen.

– Wer profitiert vom Tod Vaneks?

– Das weiß ich nicht. Das dürfte davon abhängen, ob Milan Vanek ein Testament verfasst hat, und wenn ja, was in diesem drinsteht.

– Warum wurde auf Ihren Vater ein Giftanschlag verübt?

– Mein Vater starb vor einiger Zeit schon, dass er Opfer eines Giftanschlags geworden sein soll, ist mir hingegen neu.

– Ich meine Ihren biologischen Vater.

– Ich habe keine Antwort für Sie, vielleicht fragen Sie deswegen beim BKA nach?

Jette wandte den Blick zu Troller, und Walle deutete ein Nicken an.

– Okay, Frau von Mangoldt, nichts, was Sie sagen, wird gegen Sie verwendet werden. Können wir also noch einmal von vorne beginnen?

Marielle von Mangoldt wechselte erneut einen Blick mit Walle, nickte dann ihrerseits und ging die Fragen noch einmal durch, bestätigte sowohl Baders Anwesenheit wie auch dessen Tod, stellte aber noch einmal klar, lediglich die Schilderungen ihrer Mutter wiederzugeben, da sie selbst an jenem Nachmittag tatsächlich nicht in der Villa gewesen sei. Vom Inhalt des Gesprächs wisse sie so viel, dass es unter anderem um die Freundschaft ihres Vaters zu Herrn Stahl gegangen war, Herr Bader habe auch konkret nach einzelnen Werken aus der Gierloth-Sammlung gefragt, die sich tatsächlich zeitweise im Besitz der Familie befunden hätten.

– Obwohl Sie sich darüber wohl im Klaren sind, will ich es deutlich sagen: Was sich heute an Kunstwerken im Besitz der Familie von Mangoldt befindet, ist absolut sauber. Sie werden in unserem Keller weder Leichen noch Raubkunst finden. Da es sich beim Transport von Herrn Baders

Leiche und dessen anschließender Zur-Schau-Stellung im Schlachthof um eine Straftat handelt, kann ich zum jetzigen Zeitpunkt dazu noch keine weitere Auskunft geben.

Troller hatte sich für den Bruchteil einer Sekunde überlegt, ob er intervenieren sollte, hatte deswegen auch einen anderen Blick aufgesetzt, was Marielle von Mangoldt wiederum registriert hatte, sie im Reden innehalten ließ, bis er erneut nickte und sich zurücklehnte. Als Profiteur von Vaneks Tod nannte sie sodann Richard Speich, da dieser – dem Vernehmen nach – schon lange als Alleinerbe gesetzt sei, fügte aber gleich hinzu, dass in diesem Fall der Profiteur wohl kaum der Mörder sei.

– Wo ist Ihr Bruder?

– Ich habe Carlos fortgeschickt.

– Fortgeschickt?

– Fortgeschickt.

– Und wohin?

– Solange die Dinge nicht geklärt sind, bleibt das mein Geheimnis.

– Die Dinge klären Sie mit dem BKA?

– Ja. Doch so viel kann ich Ihnen versichern: Carlos hat nichts mit dem Mord an Vanek zu tun.

– Was macht Sie da so sicher?

– Ich kenne meinen Bruder, seit er denken kann.

– In welchem Verhältnis stehen Sie zu …

– … Joachim Troller?

– Ja.

Marielle von Mangoldt schenkte sich Kaffee nach, stellte hernach die Kanne so hin, dass sich die andern beiden auch würden bedienen können, zog dann eine der Schubladen ihres Schreibtischs auf, holte einen Aschenbecher heraus, schob diesen mit einer Geste Richtung Hauptkommissarin, die nur bedeuten konnte, dass es noch ein wenig länger dauern könnte, griff nach dem Milchkännchen, kippte es langsam, sodass der Blick aller auf den dünnen weißen Faden gerichtet war, der in der Tasse verschwand und die schwarze Flüssigkeit nach und nach aufhellte. Jette hielt an sich, verbot sich sowohl den Blick zum Aschenbecher wie den Griff in die Innentasche, und Troller kam das alles so bekannt vor, dass er am liebsten die Schuhe ausgezogen hätte. Stattdessen langte er seinerseits nach der Kaffeekanne, schenkte seiner Partnerin und sich nach, lehnte sich dann aber wieder zurück, darauf setzend, dass das Beste noch käme.

Die junge Frau begann von ihrer Verstörung zu berichten, die sie ergriffen habe, als ihre Mutter mit der Wahrheit herausrückte, wie sie selbst nie den Hauch eines Zweifels gehabt hätte, was ihren Vater betraf, sie diesen noch heute verehre, weil eigentlich so ziemlich alles, was sie heute ausmache, auf ihn zurückgehe. So könne sie Joachim Troller auch nicht Vater nennen, doch sie habe in ihm inzwischen einen guten Freund gewonnen und nicht zuletzt sich selbst noch einmal besser kennengelernt.

Walle war sich sicher, dass Marielle den Spinat ebenfalls mit Knoblauch statt mit fein gehackten Zwiebeln bevorzugte, verscheuchte den Gedanken aber sogleich, für solche Dinge wäre später noch Zeit. Noch galt es, die Unterschiede im Auge zu behalten, denn da sprach nicht Jo, da sprach dessen Tochter, Kind desselben Verstandes, ohne Frage, und das wiederum verlangte, weiterhin auf der Hut zu sein. Er war frischgebackener Onkel, das war in Ordnung so, nichtsdestotrotz aber auch beunruhigend. Die Gräfin verfügte über die analytischen und spielerischen Fähigkeiten ihres Vaters, seines Bruders, und sie verfügte darüber hinaus über die Waffen einer Frau. Es war eindeutig: Walle Troller spürte die Macht, und er hätte sich im selben Moment gern öffentlich als Kindskopf gescholten, denn der Wirkungskreis von Meister Jodas Jüngern war doch definitiv ein anderer. In Ermangelung von Alternativen griff er zur Kaffeetasse und verhielt sich weiter ruhig.

Marielle von Mangoldt begann von den Schwierigkeiten zu erzählen, die die unverhoffte Vaterschaft in ihrer Familie nach sich gezogen hätte. Carlos habe schon vor dieser Neuzuordnung damit zu kämpfen gehabt, immer nur an zweiter Stelle zu stehen. Es sei früh ausgemacht gewesen, dass sie die Geschäfte der Familie übernehmen und selbstverständlich auch für Carlos sorgen würde; sie müsse sich um ihren Bruder kümmern, das habe Vater ihr mehrfach aufgetragen, seinen Stärken und Schwächen entsprechend ihn fördern und beschützen, nicht zuletzt vor sich selbst.

– So einsichtig mein liebster Bruder zwischenzeitlich auch gewesen ist, so sehr tat ihm diese Rollenverteilung wieder und wieder in der Seele weh. Und als Mutter ihn dann ebenfalls einweihte, alles andere wäre für niemanden auf Dauer auszuhalten gewesen, hat sich Carlos die erste Zeit zurückgezogen, einzig noch mit seiner Gitarre gesprochen. Doch er hat sich gefangen, zumindest halbwegs. Und er hört auf mich, noch immer.

– Sicher?

– Sicher.

– Frau von Mangoldt, uns fehlt ein Mörder. Und denke ich an den vergifteten Koch der Roten Laterne, womöglich gar zwei.

– Ja. Und ob Sie es mir glauben wollen oder nicht, das ist für mich mindestens ebenso beunruhigend wie für Sie.

– Wir glauben schon von Berufs wegen nichts, sind aber an der Lösung der Fälle sehr interessiert.

Jette griff nun doch in die Innentasche. Wollte sie dieser Gräfin weiter Paroli bieten, musste sie jetzt eine rauchen. Den Seitenblick zu Troller vermied sie, er würde womöglich den Kopf schütteln, andeutungsweise, nur andeutungsweise, sie aber stand als Hauptkommissarin in der Pflicht, und überraschenderweise kam ihr Marielle von Mangoldt entgegen, das Zeichen war auch nur ein angedeutetes gewesen, das musste in der Familie liegen, aber offensichtlich erwartete sie jetzt, dass man ihr die Schachtel hinstreckte.

– Sie rauchen?

– In Ausnahmesituationen ja. Und eine solche scheint mir doch jetzt gegeben zu sein.

Walle Troller schüttelte für beide gut sichtbar den Kopf; es war aber mehr als Lebenszeichen zu verstehen denn als Ermahnung. Letztlich war er froh, nicht seinerseits wieder nach dieser Schachtel greifen zu müssen. Vielleicht aber würde auch er eines Tages mit seiner Nichte eine rauchen, nicht aus Not, sondern aus Gefallen. Zunächst aber galt es, die anderen Dinge zu klären, die dringlichen.

– Ich fürchte, ich werde keine große Hilfe sein. Jedenfalls kann ich Ihnen weder den Mörder des Kochs noch jenen von Vanek liefern. Beide Opfer kannte ich nicht wirklich. Und ich sah auch nie eine Veranlassung, daran etwas zu ändern; zwielichtige Figuren, wenn ich das so sagen darf, mein Vater hätte sie wohl als Emporkömmlinge bezeichnet – oder als Ratten. Ich nehme an, beide haben sich in Dinge eingemischt, die für sie eine Nummer zu groß waren. Oder andersrum: Beide hatten aus mir letztlich unklaren Gründen einen Fuß in die Tür setzen können, willkommen im Raum war aber weder der eine noch der andere. Wie mir Richard berichtete, wurde Vanek das Opfer einer regelrechten Exekution. Und wenn das tatsächlich ein Auftragsmord war, dann muss sich jemand aus dem Raum mächtig über ihn geärgert haben. Dafür kämen dann einige jener Chinesen, die gerade dabei sind, unser Land aufzukaufen, ebenso in Betracht wie ein russischer Oligarch oder wahlweise ein arabischer Scheich, letztlich all jene, die derzeit mitmischen, aufgrund ihrer Mittel mitmischen können und wollen. In anderen Worten: Es gibt inzwischen keine neuen Märkte mehr, die Welt ist verteilt worden, wer erfolgreich wirtschaften, also expandieren will, kann das nur, indem er andere verdrängt.

– Das war's?

– Ich fürchte, ja, das war's. Oder doch nicht ganz. Denn was die Rettungsaktion in der Justizvollzugsanstalt betrifft, da gestehe ich Ihnen beiden offen: Ich habe keinen blassen Schimmer, bin nur froh, dass die Geschichte glimpflich ausging.

– Ihr Gärtner?

– Ja, ich habe Nuno geschickt wegen einer Unterschrift. Doch das betraf eine vergleichsweise kleine Welt, die KG Rote Laterne. Das Schlusslicht, wenn Sie so wollen, eine Reminiszenz auch. Aufgrund der Verschiebungen, die Vaneks Tod mit sich bringt, war es mir ein Anliegen, das Gleichgewicht zu wahren, wiederherzustellen. Das sind aber Peanuts, wirtschaftlich gesehen. Mir geht's dabei nur darum, in Jedastedt den Frieden zu wahren. Ehrenwort.

Jette wechselte einen Blick mit Troller, es war Zeit zu gehen. Die beiden erhoben sich synchron, und noch während

Walle seiner Nichte die Hand gab, fiel Jettes Blick auf einen Stein, besetzt mit Katzengold, jenen beiden anderen, die sie schon gesehen hatte, sehr ähnlich.

– Eine Frage noch, Frau von Mangoldt, was hat es mit dem Katzengold auf sich? Schon als ich Ihre Mutter besuchte, fiel mir ein solcher Stein unten im Wohnzimmer auf, und ich hätte ihn damals um ein Haar mitgehen lassen.

– Kompliment, Frau Hagen, Sie haben in der Tat einen außerordentlichen Spürsinn. Hätten Sie zugegriffen, verfügten Sie jetzt über ein kleines Vermögen. Es sind Einzelanfertigungen, drei an der Zahl, die mein Vater vor vielen Jahren hat herstellen lassen. Kein Katzengold, das Gold ist echt, und ins Innere des Muttergesteins ist ein Diamant eingearbeitet. Eine eigenwillige Form der Lebensversicherung, wenn Sie so wollen, die Vater zu unseren Gunsten abschloss für den Fall, dass unliebsame Zeiten wiederkehren. Aber bitte verraten Sie Ihren Kollegen hier im Haus nichts! Ach, und bevor ich's vergesse: Vorhin kam mir zu Ohren, die Arabella sei wieder in Konstanz eingelaufen.

Troller hatte zugestimmt, sich auf dem Kommissariat weiter zu besprechen, auch wenn er dieses Gebäude, solange sein Zwangsurlaub noch andauerte, eigentlich nicht hatte betreten wollen. Einerseits aber war er neugierig auf das Arrangement, das Angie inzwischen erstellt hatte, andererseits konnte er so noch bei Gerda vorbeischauen. Doch es hatte sich eigenartig angefühlt, als er sein Büro wieder betrat, auch die Drehung auf seinem Stuhl, zu der er ganz mechanisch angesetzt hatte, war plötzlich nur noch eine Drehung um die eigene Achse. Häusermann hatte sich zwar im ersten Moment überrascht gezeigt von Trollers Auftauchen, doch keineswegs missmutig oder gar übellaunig, vielmehr war das Gegenteil der Fall, denn mit dem Mord an Milan Vanek, so verkündete er den beiden, hätten sie ab sofort nichts mehr zu tun, die Kollegen vom BKA würden sich der Sache annehmen, schließlich handle es sich fraglos um Wirtschaftskriminalität im größeren Stil. Und dann war der Mann samt freudig flatternder Krawatte auch schon wieder aus der Tür.

Kein Mord an Jan-Hubert Bader und ein ungelöster Fall, der am BKA hängenblieb, die Jedastedter Aufklärungsquote würde sich weiterhin sehen lassen können. Darüber verloren Troller und Angie denn auch kein weiteres Wort. Was sie beide noch immer beschäftigte, war etwas anderes: Wozu hatte Sibylle Weiß die Hausdurchsuchung in der Villa von Mangoldt angeordnet? Und was fanden deren Leute in diesem Augenblick auf der Arabella, die anscheinend von Geisterhand gesteuert unversehens wieder auf deutschem Boden vor Anker lag? Sie waren Zeugen einer Inszenierung geworden, deren Sinn sich noch immer nicht recht erschließen wollte. So richtig gesucht, das war Jette wie Troller sehr schnell aufgegangen, wurde nicht. Viel Wichtigtuerei, ein wenig Unordnung veranstaltet, eine Beschlagnahmung da, eine andere dort – als hätte man sich in der Villa Mangoldt für einen lustigen Zeitvertreib getroffen, in aller Freundlichkeit und einvernehmlich … andernfalls hätten sie beide etwas missverstanden.

– Einmal angenommen, Marielle von Mangoldt und Frau Weiß sind tatsächlich gerade an der »Feinabstimmung der gemeinsamen Strategie«, wie uns ja von deiner Nichte dargelegt wurde, soll dann der ganze Aufmarsch tatsächlich dazu gedient haben, diese Kooperation zu verschleiern?

Soll jemand so zur Überzeugung gelangen, die Familie von Mangoldt stünde auf der Abschussliste des BKA?

– Angie, so sehr ich an dieser Erklärung ebenfalls zweifle, noch kommt mir keine bessere in den Sinn. Doch nehmen wir die andere Inszenierung hinzu, das Vorgehen des BKA in der Justizvollzugsanstalt. Beide Darbietungen werfen die Frage auf, wer mit welcher Aktion wen genau täuschen will. Womöglich gab es nie einen Giftanschlag.

– Erklär mir das.

– Nun, der Giftanschlag auf meinen Bruder ist nicht mehr als eine Behauptung. Er selbst hat davon nichts abgekriegt, und den V-Mann, dem man angeblich den Magen hat auspumpen müssen, habe ich nicht mehr zu Gesicht bekommen. Tatsache ist, dass nicht der portugiesische Gärtner Joachim unter Druck gesetzt hat, sondern Kurt. Es ist einzig meiner Naivität geschuldet, dass ich erst dachte, man hätte den Mann eingeschleust, um meinen Bruder zu beschützen. Es ging von Anfang an um Informationen. Und als die nicht kamen, wollte man sehen, was Jo unternimmt, wenn er sich in Lebensgefahr wähnt. Ich weiß, das ist auch reichlich konstruiert, unmöglich aber ist diese Geschichte nicht.

– Verfügt dein Bruder denn über relevante Informationen?

– Nein, ich denke nicht … sofern ich in dieser Beziehung nicht noch immer mit Blindheit geschlagen bin.

– Was hältst du eigentlich vom unerwarteten Familienzuwachs?

– Ein gescheites Kind, für eine Einschätzung brauche ich aber noch Zeit.

– Könnte es sein, dass Markowitsch schon früh von dieser Vaterschaft wusste, früher als der Vater selbst?

– Dieser Gedanke ist mir auch schon gekommen, bislang ohne gültiges Resultat.

– Was machen wir mit Carlos?

– Ist nicht mehr unser Problem. Aber ich weiß, was du meinst. Auch ich möchte ihn nicht ungeschoren davonkommen lassen. Gut möglich aber, dass seine Geschichte am Ende nur eine traurige ist. Der Junge ist nicht ohne Grund frustriert, vielleicht auch von Neid zerfressen, und er hat sich, um seiner Aggression Luft zu verschaffen, in eine alte Geschichte eingeklinkt, von der er einst von seinem Vater erfuhr. Stell dir vor, du wirst umsorgt und zugleich kleingehalten, dann bietet sich dir plötzlich die Gelegenheit, Aufmerksamkeit zu erregen. Da liegt ein toter ehemaliger Kriminalkommissar in der Stube, endlich kannst du einmal selber etwas in die Hand nehmen, und du wählst also die Klobürste, hängst sie der Leiche um den Hals und gibst das ganze Paket medienwirksam in Perlinis Schlachthof ab.

– Angepisster Junge lässt andere Scheiße fressen?

– Ja und nein. Ich glaube nicht, dass Carlos der Urheber der jüngsten Botschaft an Vaneks Fassade ist.

– Wer dann?

– Es muss jemand gewesen sein, der um den ersten Teil der Geschichte, um Baders Zur-Schau-Stellung, wusste, und darum die Gelegenheit nutzte, um Carlos gleich auch den zweiten Teil, die Exekution Vaneks, in die Schuhe zu schieben.

– Und Richard Speich ist darauf reingefallen?

– Möglich, aber doch eher unwahrscheinlich. Es gibt vielerlei Gründe, warum zwei junge Männer aneinandergeraten; der wahrscheinlichste ist aber seit alters, du darfst einmal raten, ja, genau, eine Frau. Ich wäre nicht überrascht, wenn uns Marielle von Mangoldt dazu bei Gelegenheit mehr erzählen könnte. Und auch über den eigenartigen Umstand, dass Sibylle Weiß letzte Woche in der Vorlesung saß, als ihr gerade einmal beim Schlachthof angelangt ward. Ich meine, derzeit passt nur scheinbar vieles zusammen.

– Und am Ende steckt hinter allem Rainer Hogewald, der noch immer von seinem Baumarkt träumt.

– Wie so oft, Angie: Wir wissen letztlich viel zu wenig, und das gilt freilich auch für Hogewald.

Als sich Troller und Jette wieder dem Arrangement zuwandten, um zu überprüfen, ob Jumbo mit »Alte Bande« vielleicht doch nur die Beziehung zwischen Ottokar von Mangoldt und Heinrich Stahl gemeint haben könnte, ertönte plötzlich ein Trommeln, das von außen zu ihnen ins Büro drang. Der eine lächelte, die andere eilte zum Fenster. Auf dem Vorplatz spielte ein schwarzer Mann die mitgebrachten Congas, flankiert von einem Mann im Rollstuhl, der aller Wahrscheinlichkeit nach als Chauffeur gedient hatte, und von einer jungen Kollegin der Spurensicherung, die sich mit gutem Grund eben hinzugesellte. Noch nie war ihretwegen ein Ständchen gegeben worden, und Jette sah, wie Noah in sein Spiel vertieft war, wie Dimitros ihr winkte, und wie Petra bereits begonnen hatte, den Musiker anzubaggern.

Auch wenn das nur ein Aufschub war, die Dringlichkeiten hatten sich für Jette im Nu verschoben – und sie ließ einen ebenso erfreuten Troller allein im Büro zurück.

38

aliquid stat pro aliquo
wir hamstern doch alle!
ihre Albträume möchte ich
hingegen nicht haben.
machen Sie's weiter gut?
herr troller?
ihr student

– Nun, ich denke, inzwischen haben Sie so einige Verdächtigungen angestellt. Ursprünglich hatte ich den Plan gefasst, Ihnen an dieser Stelle einen langen Vortrag über das Perfide und Subversive zu halten, das in solchen anonymen Botschaften steckt. Es handelt sich dabei um eines der effektivsten Mittel, einen Menschen zu zermürben, dem Empfänger also nicht nur den Tag zu versauen, sondern ihm richtig zu schaden. Ein wenig aber haben Sie mich ja inzwischen kennengelernt, und der eine oder andere unter Ihnen wird schon vermuten, dass im vorliegenden Fall Sender und Empfänger dieselbe Person sind. Nämlich ich. Und das ist korrekt. Der vorliegende Text dürfte die Folge einer Kontamination sein, in andern Worten: Mir geriet während der Vorbereitungen zur heutigen Vorlesung ein Fall dazwischen, der dieses Schreiben stärker bestimmte, als es mir erst selbst bewusst war, und als ich dann nach und nach merkte, was ich mir selbst geschrieben beziehungsweise eingebrockt hatte, wurde mir richtig unwohl. Offen gestanden, ich wusste nicht mehr, was alles in dieser auf den ersten Blick simplen lateinischen Wendung steckt. Sie muss mir aus einer sehr frühen Zeit hängengeblieben sein, und als ich an die heutige Veranstaltung dachte und eben zugleich einen Fall zu lösen versuchte, kam sie mir wieder hoch. Keine Sorge, ich will Ihnen hier nicht den Altphilologen oder den Linguisten ersetzen, mir schwirrt jetzt noch der Kopf von der halben Stunde, die ich mit dieser Formel heute früh vor dem Computer zubrachte. Etwas steht für etwas, das eine für das andere. Ich bin überzeugt, dass diese Aussage letztlich jenen Wesenszug von uns Menschen bezeichnet, der überhaupt vielleicht Auslöser dafür war, dass sich so etwas wie unsere Sprache überhaupt entwickelte. Wir deuten, wir wollen verstehen, wir übersetzen, wir ordnen zu – einem Ding ein Zeichen, einem Ereignis ein Wort oder zusammengefasst: einem Zeichen ein Zeichen. Und ich füge hinzu: weil wir nicht anders können. Das kann man nun besonders langweilig oder richtig spannend finden, nicht wahr? Worum es mir aber zunächst geht: Ich habe meinen Plan für die heutige Vorlesung geändert, und das Entscheidende dabei ist: Ich habe es getan, weil ich es kann. Der Ablauf der Veranstaltung hier liegt doch zu einem hohen Grad in meinen Händen, ich bestimme das Drehbuch. Dieser Umstand dürfte es auch sein, der in mir zunehmend Freude aufkommen ließ, hier einmal in der Woche vor Ihnen stehen zu dürfen. Ich bestimme den Anfang und auch den Schluss, und ich überlege mir eine Dramaturgie, die die beiden Punkte sinnstiftend miteinander verbindet. Ich behaupte nun, dieses Bedürfnis ist uns gemeinsam. Sie erwarten eine Geschichte, die einen Anfang nimmt und die idealerweise kurz vor Ablauf der anberaumten Zeit zu einem Ende kommt. Das erwarten wir immer.

Es ist diese Erwartung, die in unserem Wesen liegt: deuten, zuordnen, zu verstehen versuchen. Das ist unser Muster. Und im Wissen darum schalten Sie den Fernseher ein und schauen sich einen Krimi an, einige wenige werden alternativ noch zum Kriminalroman greifen. So oder so wissen Sie aber, dass Ihnen eine Geschichte erzählt wird. Ihnen wird ein nachvollziehbarer Einstieg geboten, gefolgt von überraschenden Wendungen, Sie geraten alsbald in ein Wechselbad der Gefühle, und alles zielt darauf ab, Ihre Vorfreude wieder und wieder anzustacheln, ihre Vorfreude nämlich auf den nachvollziehbaren Schluss. Ansonsten blieben Sie unbefriedigt, und die Autorin beziehungsweise der Drehbuchschreiber hätte die Aufgabe nicht erfüllt. Ohne Nachvollziehbarkeit keine Geschichte. Die Geschichte ist der Vollzug, die Nachvollziehbarkeit ist aber nicht deren Folge, sondern die Bedingung zur Möglichkeit einer Geschichte. Das heißt nun nicht, dass ein Autor immer von vorneweg einen Plan haben muss; ich gehe davon aus, die besten Geschichten entstehen, wenn sich aufgrund des Vollzugs die Pläne immer mal wieder ändern. Ich vermute gar, dass gerade darin das Geheimnis der Spannungserzeugung steckt.

Troller hielt inne und blickte auf. Er nahm die Brille ab und griff nach dem Wasserglas. So still war es die vorangegangenen Male nie gewesen. Er ließ den Blick über die Köpfe der Studentinnen und Studenten schweifen, versuchte, die Stimmung zu erfassen, den einen oder anderen Gesichtsausdruck zu deuten, schluckte dann aber, ohne zu einem eindeutigen Ergebnis gekommen zu sein. Einzig die Wanduhr mahnte ihn, ließ an der fortgeschrittenen Zeit keinen Zweifel.

– Uns scheint hier die Heiterkeit grade ein bisschen abzugehen. Ich muss mich entschuldigen. Ich sah mich heute früh außerstande, Ihnen die Geschichte der Geschichte frei vorzutragen. Sehen Sie es mir bitte für heute nach, wenn ich vornehmlich ablese. Das entspricht aller Wahrscheinlichkeit nach nicht den jüngsten Erkenntnissen der Pädagogik. Ich werde auch heute wohl nicht zu einem guten Ende kommen … Ich mach's das nächste Mal wieder gut. Einverstanden? Also weiter im Text, sprich, worauf ich hinauswill:

Die angesprochene Kontamination, die das quasi-anonyme Schreiben an mich beförderte, entpuppte sich bei genauerer Betrachtung als Kollision. Was nämlich in realen Kriminalfällen im Gegensatz zur Fiktion fehlt, das ist der Autor. Da grenzt niemand das Personal, die vorkommenden Figuren, so ein, dass die Übersicht gewahrt bliebe, da ist auch selten ein Bemühen vorhanden, einen nachvollziehbaren Einstieg zu schaffen, ganz zu schweigen vom Schluss. Treten wir an einen neuen Fall, wissen wir meist nicht, wo wir das entsprechende Buch aufzuschlagen haben, und ja, das wird Sie nicht erstaunen, einige Figuren tun von allem Anfang an vieles dafür, gar nicht erst aufzutauchen. Eine Geschichte zu verstehen, bei der die Hauptfigur fehlt, kann eine sehr mühselige Angelegenheit werden. Das uns angeborene Muster, das Verlangen nach Zuordnung, nach Sinn, wenn Sie so wollen, greift dann ins Leere. Das mag mit Irrationalität, mit Willkür oder zuweilen gar echten Zufällen zusammenhängen, doch das ist letztlich wieder nur ein Versuch des Verstehens. Abgesehen davon wissen wir sehr wohl, dass auch die Literatur solche Aspekte nicht auslässt, sondern damit – in guten Fällen – geradezu virtuos zu spielen vermag. Der Umkehrschluss, der daraus vermeintlich zu ziehen wäre, nämlich dass man sich halt eines anderen Musters bedienen müsse, welches zu realen Kriminalfällen passt, ist freilich wiederum ein Fehlschlus – denn wir haben kein anderes Muster zur Verfügung. Wenn wir bei unseren Ermittlungen jeweils den Zufall von vorneweg ausschließen, dann tun wir das nicht, weil wir nicht an Zufälle glauben, sondern wir tun es, um einer Geschichte erst einmal auf die Spur zu kommen. Was uns hingegen manchmal fehlt und zu korrigieren wäre, das ist der Umgang mit unseren enttäuschten Erwartungen. Diesen entgegenzutreten, indem wir zum Beispiel jedem Amoklauf und Sprengstoffanschlag immerzu reflexartig einen terroristischen Hintergrund andichten, könnte sich als so große Hypothek erweisen, dass die Rückzahlungen eines nicht mehr fernen Tages lediglich noch in kriegerischen Auseinandersetzungen getätigt werden können …

Troller hob erneut den Blick, hatte er doch verlässlich gespürt, dass eben seine letzte Minute angebrochen war; er schaute auf das Wasserglas, verkniff es sich aber sogleich, nun noch etwas von wegen halbvoll und halbleer nachzuschieben, nahm die Brille ab und sagte stattdessen:

– … Das müsste ich jetzt wohl näher ausführen. Und noch habe ich Ihnen nichts Konkretes zu den weiteren Zeilen meines Schreibens an mich gesagt. Ich hoffe also, Sie kommen nächste Woche zu meiner Schlussvorstellung, selbst dann, wenn Ihnen aufgegangen sein sollte, dass ich auch heute dasselbe erzählt habe wie die vorangegangenen Male, halt wieder in anderen Worten. Ich danke Ihnen.

Troller hatte seine Tochter und auch Franjo noch vor der Vorlesung, als sie sich kurz in der Bibliothek trafen, zum

Mittagessen in jenes Restaurant gleich beim Münster eingeladen, das er in den letzten Wochen für sich entdeckt hatte. Zum einen wollte er Heike nicht länger in Unkenntnis darüber lassen, dass da überraschend eine Cousine zum Vorschein gekommen war, zum andern schuldete er ihrem Freund noch eine Antwort, was die Vaterschaft in Kleists Geschichte der Marquise betraf. Der wahre Grund für die Einladung dürfte aber gewesen sein, dass er sich nach Geborgenheit sehnte. Nun tat ihm Heikes ehrliche Freude über die familiären Neuigkeiten einfach gut. Sie war Marielle von Mangoldt zwar noch nie begegnet, was aufgrund der Internatsgeschichte der Cousine und auch des Altersunterschieds wenig erstaunte, doch natürlich wusste auch Heike, wer diese junge Frau war, deren Namen man inzwischen über Jedastedt hinaus kannte.

Sie werde sich das kommende Familientreffen gleich eintragen, sagte sie also, schaute ihren Vater erwartungsvoll an, wollte schon nach dem Handy greifen, doch Papa Troller bestand darauf, erst einmal den Salat zu essen.

Als die Vorspeise vom Tisch war, schien es an Franjo zu sein, die Unterhaltung bis zum Hauptgang zu bestreiten. Den Auftrag dazu hatte er sich selbst gegeben, denn zweifellos brannte er darauf, die jüngsten Darlegungen des Gastdozenten, die sich Heike und er nicht hatten entgehen lassen, mit den offenen Fragen rund um die *Marquise von O …* zu verbinden; und tatsächlich hatte Walle bald den Eindruck, der Herr Germanist hätte seine kommissarischen Überlegungen zu Kleists Vorlage, obwohl er diese noch gar nicht kundgetan hatte, aus dem in der Vorlesung Gesagten so ziemlich einwandfrei abgeleitet, und der junge Mann ging nahtlos zum nächsten Level über. Franjo begann von jenem Richter zu erzählen, der damals in den 1960er-Jahren doch sehr milde Urteile gefällt habe im Prozess gegen die Carabinieri, die wegen Misshandlung der inhaftierten Bumser angeklagt waren. Im Folgejahr seien dann im Prozess gegen die Bombenleger zwar schon auch mehrjährige Haftstrafen ausgesprochen worden, doch fielen auch da die Urteile nicht ganz so hart aus wie von den Angehörigen und Parteigängern befürchtet.

– Die Darstellungen in der Literatur, was den Zusammenhang dieser beiden Prozesse anlangt, variieren doch sehr. Da ist einerseits von Schande die Rede, weil die Beamten damals allzu glimpflich davongekommen seien, und andererseits ist aber auch von der Weisheit dieses Richters zu lesen, der mit seinem Urteilsspruch überhaupt erst den Weg dafür ebnete, dass die Bumser letztlich nicht mehr, wie lange Zeit erwartet worden war, des Landesverrats angeklagt wurden, was wesentlich drastischere Strafen zur Folge gehabt hätte. Die Frage, die sich mir stellt: Hat nun dieser Richter den Fortgang der Geschichte auf unlautere Weise, aber mit einem guten Ende in Sicht, mitbestimmt oder gar vorweg erfunden?

Troller waren die Handgreiflichkeiten noch während Franjos Vortrag, auch wenn diese unter dem Tisch vonstattengingen, nicht entgangen, und er hätte am liebsten gleich beide geherzt, nahm dann aber mit dem frisch gezapften, ihm eben hingestellten zweiten Pils vorlieb, das doch auch ganz hervorragend schmeckte.

– Mein Paps, nicht deiner!

Franjo bestürmte seine Liebste sogleich mit Küssen. Das war wohl auch Heikes Absicht hinter der Kneifattacke gewesen, und Troller war auf bestem Weg, sich wieder mit der

Welt zu versöhnen. Mit seiner Antwort würde er indes zuwarten, so ein Schweinsbraten, wie er nun vor seiner Nase zu liegen kam, duldete keinen Aufschub. Das hatte rein gar nichts mit Erziehung zu tun, sondern einfach mit einem guten Appetit.

Jette hatte die Mittagspause erneut genutzt, um sich auf die Harley zu schwingen. Längst war es an der Zeit, für ihre Maschine einen Namen zu finden, doch sie brauchte den Ausritt auch aus anderen Gründen. Das Angebot, das ihr Troller am Vortag noch unterbreitet hatte, gemeinsam nämlich zum BKA zu wechseln, hatte sie in den letzten Stunden kaum mehr losgelassen. Da standen mit einem Mal mehr Informationen im Angebot, mehr Mittel, mehr Möglichkeiten, und das war es doch, was sie sich schon längere Zeit mehr wünschte als die Sätze, die mit »vielleicht« einsetzten und mit »wahrscheinlich« endeten, in denen andere Wörter wie »scheinbar« oder »vermeintlich« Stammgäste waren. Und sie erinnerte sich an diese irritierenden Ansichten des Herrn Nietzsche über die Hoffnung – das größtmögliche und zugleich unverzichtbare Übel. Hatte dieser alte Miesepeter Recht, dann war's von vorneweg ausgeschlossen, jemals zu wissen, wie der Hase läuft. Und vor lauter Bäumen siehst du den Wald nicht, in den du eingebogen bist, bist ja auch viel zu schnell unterwegs, als dass es dir möglich wäre, das Reh zu sehen, das dir eben den Spiegel vorgehalten hat. Doch niemand ließ sich gern ins Gesicht scheißen, stattdessen wünschte sich jeder doch nur …

Jette hatte noch in der Früh entschieden, das Pläneschmieden fürs Wochenende ganz Petra und Noah zu überlassen, sie würde sich fügen, sie würde sich gern fügen, die andere Entscheidung aber konnte ihr niemand abnehmen, da halfen nur die Vibrationen und der Fahrtwind, das Zwiegespräch mit der inneren Stimme auf der liebgewonnenen Waldstrecke – die Beschleunigung. Ob Wahrscheinlichkeiten tatsächlich auch mit viel Leichtigkeit zu handhaben wären?

– Die Intentionen deines Richters, lieber Franjo, sind unergründlich. Allein schon die Bürden seines Amtes machten es ihm unmöglich, zum Zeitpunkt des Urteils seine persönlichen Absichten kundzutun. Und falls er es zu einem späteren Zeitpunkt tat, lassen sich diese nicht mehr klar einordnen, weil er dann schon selbst Teil der sich fortspinnenden Geschichte geworden wäre. Die Schwierigkeit aber aus meiner Sicht ist tatsächlich die: Wer schreibt Geschichte vor, wer liefert sie im Nachhinein? Die Verantwortung derer, die die Deutungshoheit innehaben, ist nicht zu unterschätzen, diese Menschen sind auch nicht zu beneiden. Dass es so etwas wie eine Deutungshoheit überhaupt gibt, letztlich geben muss, ist der Ursprung so manchen Dilemmas. Und auch deswegen, ihr Lieben, habe ich heute bei der Kripo Jedastedt gekündigt.

– Du hast was?

– Schatz, ich muss aus dieser Geschichte raus, es ist höchste Zeit.

– Und wie geht es weiter? Was sagt Mom … entschuldige!

– Alles gut. Entweder ich lande beim BKA, das gilt für den Fall, dass Angie einschlägt und mich dorthin begleitet, oder ich gehe in den Ruhestand. Im ersten Fall wechsle ich vom kleinen auf das große Rad. Womöglich wird sich dadurch am Dasein des Hamsters nichts ändern, ganz aber habe ich die Hoffnung noch nicht aufgegeben, und im andern Fall …

– … ha, du im Ruhestand?!

– Jo hat mir Vermögensanteile überschrieben, von denen ich bis vorgestern keinen Schimmer hatte, als Vorsichtsmaßnahme, wie er sagte, und bestimmt noch aus anderen Gründen. Kurzum: Ich werde für Geld künftig nicht mehr arbeiten müssen. Meine Vorstellungen sind wie folgt: Franjo kümmert sich um die Bumser, du schließt Freundschaft mit Marielle und machst Karriere, ihr schickt Gerda und mir die Enkel, und an den anderen Tagen übe ich den Schlaf der Gerechten. Perfekt, oder? Trinkt ihr in eurem Alter eigentlich schon Grappa?

– Jetzt mal langsam, Paps. Warum ist Jo auf freiem Fuß? Ich möchte schon gern den Schluss der aktuellen Geschichte erfahren.

Troller druckste erst ein wenig herum, sagte etwas wie »nicht der Rede wert«, weil die eigentliche Geschichte eben nicht abgeschlossen sei, erzählte dann aber, dass die Durchsuchung der Arabella genügend belastendes Material zutage gefördert habe, um Jo vollumfänglich zu rehabilitieren. Was genau das BKA gefunden habe, entziehe sich seiner Kenntnis, wie es aber aussehe, habe Wolfgang Markowitsch tatsächlich über Jahre hinweg Pläne geschmiedet, um sich zu rächen, wohl ohne dafür zunächst eine konkrete Person im Visier gehabt zu haben, vielmehr habe er es allen zeigen wollen … beweisen, dass die Zurückweisungen, das Kleinhalten und der Spott, den er immer wieder zu ertragen hatte, ungerecht waren, unfair, gemein, ja: niederträchtig. Ohne Frage habe Markowitsch die Machenschaften der Bösen genauso wie jene der Guten früh durchschaut, um die Wechselwirkungen gewusst, die Abhängigkeiten.

– Dem Vernehmen nach fand man im Bauch der Yacht nicht nur drei Kunstwerke, dic in direktem Zusammenhang mit Heinrich Stahl, meinem Vorvorgänger, standen, sondern auch Aufzeichnungen, eine Art Tagebuch, das sich über die Seiten hinweg je länger, desto klarer zu einem Roman wandelt, zu einer Geschichte, die der Wolfgang sich selbst diktierte und nach und nach in die Tat umzusetzen begann.

– Klingt grad so, wie wenn du selbst vom Erzählten kaum etwas glaubst?

Jette hatte an jener Stelle einen Zwischenstopp eingelegt, wo sie schon das letzte Mal gehalten hatte. Sie nahm den Helm ab, zündete sich eine Zigarette an, suchte die Sonne zwischen den Baumwipfeln – und fand sie auch.

– Ich taufe dich auf den Namen Angie! Das bringt genau genommen nur für einen Menschen Umstellungsprobleme, und den kenne ich mittlerweile ganz gut. Du machst mir bitte keine Schande und auch keine Unfälle, ich will mich immer auf dich verlassen können. Verstanden?

Und weil Jette merkte, dass zum feierlichen Ritual noch etwas fehlte, spuckte sie auf den Sattel, ließ ein wenig Asche darauf fallen und verrieb das Ganze mit den Fingern.

– I feel alright!

– Ach, ihr zwei! Was soll ich weitererzählen? So harmonisch sich die Fälle auch zu einem guten Ende hinbiegen lassen, die Tatwaffe, mit der dieser Import-Vanek exekutiert wurde, bleibt unauffindbar. Selbst wenn auch für diesen Mord mein werter Kollege den Kopf hinhalten müsste, selbst wenn er es tatsächlich gewesen wäre, er hätte die Waffe verschwinden lassen, unauffindbar. Das schreit nach einer Fortsetzung, deren Geschichte aber noch ungeschrieben ist. Wahrscheinlich ist: Markowitsch hat Frieda Aufderhalden ermordet, hat die Tat begangen in der Absicht, dem Kommissariat und insbesondere mir eins auszuwischen. Ich war es, der den Bruder ans Messer liefern musste. Wie allerdings Wolfgang zu Jo steht, weiß ich bis heute nicht. Mit anderen Worten: Es gibt schon bei diesem ersten Mord einen Spielraum für Alternativen. Was den Folgemord betrifft, die Vergiftung von Yannick, dem Koch aus der Roten Laterne, so bleibt so ziemlich alles, wie Angie richtig erkannte, im Unklaren, spätestens dann, wenn man sich vom Gedanken verabschiedet, dass Friedas Ableben mit jenem des Kochs in Zusammenhang stehen muss. Was aber gibt es für alternative Erklärungen? Wer würde danach suchen? Und vor allem: Lässt sich dann die Geschichte anders erzählen? Die Frage stelle ich gern dem Germanisten hier am Tisch!

– Für einen Kriminalroman ist eine Auflösung zwingend. Ansonsten wären die Leser … autsch, entschuldige, ja, auch die Leser*innen* schwer enttäuscht. Ich stelle mir also vor, wie Frau Hagen und du den bösen Wolf im letzten Moment am Flughafen stellt, ihm Handschellen verpasst, ihn aufgrund seiner Eitelkeit überführt, abführt und medienwirksam der Gerechtigkeit zuführt! Das müsste freilich motiviert sein, eingebettet, ich meine, es gibt eine Vielzahl an Möglichkeiten, die Verbindungen Markowitschs mit anderen zwielichtigen Figuren nachzuweisen, denn er war ja, wenn ich das richtig verstanden habe, während seiner Laufbahn in die unterschiedlichsten Belange Jedastedts involviert, er wusste

Bescheid, konnte die Weichen nach seinem Gutdünken stellen. Nur entwischen darf dieser Bastard nicht!

– Tja, ist er aber. Entweder hat sich Markowitsch erfolgreich abgesetzt, und das traue ich ihm leider zu, ein solcher Ausgang war von Anfang an Teil des Plans, oder er liegt irgendwo auf dem Grund des Bodensees, das wiederum traue ich andern ohne weiteres zu. Bleibt er verschwunden, wird wohl nie ein Roman daraus, doch wird man der Einfachheit halber alles, was es noch zu klären gilt, ihm anhängen. Das ist in jedem Fall angenehmer, als wenn demnächst ein ICE ungebremst in den Kopfbahnhof Jedastedts saust. Und so viel steht fest: Den Menschen in Jedastedt und auch darüber hinaus wird diese Erklärung mit dem unzweideutig identifizierten Bösewicht genügen.

Heike spürte, wie es in ihrem Vater brodelte, er war drauf und dran, Franjo für seine Arbeit die Note 1 zu geben und sich selbst eine 3 minus. Um größeren Schaden abzuwenden, orderte sie den Grappa, knuffte Franjo ein weiteres Mal, setzte ihr liebstes Lächeln auf, dazu die vielfach bewährte Kombination von Augenaufschlag und Artikulation:

– Und als Nächstes, Paps? Ich meine, zur Gemütsaufhellung?

– Nach dem Grappa? Ganz einfach. Heute Abend gönne ich mir die doppelte Ration, erst »Beyond«, auf den wartet Jo schon lange, danach »Die letzten Jedi«. Und dann habe ich nächsten Dienstag ein Rendezvous mit der Eierfrau hier auf dem Markt, der ich schweren Herzens eine Abfuhr werde erteilen müssen, und, nicht zu vergessen, am Donnerstag noch den Showdown an der Uni. Volles Programm, würde ich sagen. Prost, ihr Lieben!

Sie hatte ihr Kleines gezückt und Angie als Zeugin aufgerufen. Vielleicht schrie sie kurz auf, denn die Sonne strahlte, wahrscheinlich seufzte sie, denn der Schein trog, doch dann schickte Jette, noch mit offenem Visier, Troller ihre Antwort –.

www.septime-verlag.at